LA GUERRA DE LOS CIELOS
VOLUMEN 4

Fernando Trujillo
César García

Edición y corrección
Nieves García Bautista

Diseño de portada
Alberto Arribas

Tipografía
Michał "Neoqueto" Nowak

CAPÍTULO 1

Fue el calor del Infierno lo que nos azotó hace unos días. Surge de las mis-mísimas entrañas de la Tierra, de sus imperecederas llamas y las almas que sufren en ellas su eterna agonía. Vosotros, ingenuos pecadores, os alegrabais de que no hiciera frío, pero pronto lamentaréis vuestra osadía. Os encamináis directamente hacia el fuego del Diablo en…

—Cállese, padre —le interrumpió un soldado echando un leño en la hogue-ra—. No me gusta pegar a un cura, pero si continúa con ese sermón… Y usted, señor, acérquese al fuego, por el amor de Dios. Vosotros, dejadle sitio, más cerca, en primera línea. ¡Lleva a un niño en brazos!

—Gracias —titubeó Robbie Fenton caminando por el estrecho pasillo que abrieron las personas que se arremolinaban alrededor del fuego—. Solo que-ría un poco de calor para él —dijo señalando a la criatura—. Se lo agradezco mucho.

—Siéntate en esta tabla de madera —le ofreció un hombretón completa-mente redondo—. Así no se te helará el culo. Hay sitio para los dos, vamos. ¿Alguien tiene una manta para el chico? Estupendo, y aguardiente para este buen hombre, que no se diga que no somos considerados.

—Desde luego, pero que sea para él, que tú ya te has bebido tres vasos.

—Porque tengo más cuerpo que calentar —dijo el hombretón dando un tra-go de la botella. Luego llenó un vaso mugriento y se lo tendió a Robbie—. No hay nada mejor contra el frío, te lo aseguro. Y ahora, si no es molestia, señor soldado del ejército, me gustaría saber por qué has mandado callar al cura.

¿Acaso no tiene derecho a expresar su opinión? ¿O te da miedo que tenga razón y vayamos a arder todos en el Infierno?

—A mí todo eso me da lo mismo. —El soldado se encogió de hombros y miró con evidente deseo la botella de aguardiente—. Mi deber es mantener el orden. Mientras la gente no se altere, puede discutir todas las profecías que le dé la gana.

—Como si los soldados estuvieran inmunizados contra el miedo, ¿no? —habló un tipo con aspecto de mendigo—. Solo cumplís órdenes. ¡Ja! Ya he oído eso antes.

—¿Tú crees al cura? —preguntó el hombretón.

—Ni loco, pero no me trago la falsa postura de los militares, diciendo que aquí no ocurre nada. Hay demonios y todos lo sabemos, pero nos lo ocultan a propósito. Dirán que es por nuestro bien, para que no cunda el pánico y todas esas gilipolleces. ¡Se están riendo de nosotros! ¡Tenemos derecho a saber a dónde nos llevan!

Robbie vio gestos de aprobación entre varios de los presentes. El aguardiente, o lo que quiera que fuese aquel brebaje, quemaba, descendía por su esófago como fuego líquido. Resopló y tosió varias veces como reacción al alcohol. Luego arropó mejor a su hijo con la manta que le habían dado. Bebió otro trago.

—Bien hecho. Enseguida entrarás en calor —aplaudió el hombretón a su lado. Y dirigiéndose al grupo entero, añadió—: Pues a mí sí me gustaría escuchar al cura. Sus palabras coinciden sospechosamente con lo que está pasando. ¿Cuándo fue la última vez que sentimos calor a la intemperie? Joder, yo ni me acuerdo de lo que son los pantalones cortos. ¿Y qué me decís de la semana pasada? Me quité el abrigo aquí mismo, en mitad de… ¿dónde estamos? Bueno, da igual, en mitad de este descampado o lo que sea.

—Estamos en una autopista —le corrigió el mendigo—. No se ve por la nieve, que por cierto no llegó a derretirse con esa misteriosa ola de calor, así que tampoco fue para tanto. Ahora nos estamos congelando de nuevo, ¿o no?

—Pero el calor viene del fuego, a menos que creas que alguien ha conectado una estufa gigante, así que el cura lleva razón. Vamos hacia las llamas y, después de haber visto a los demonios, bien podrían ser las del Infierno.

—Claro, claro, o sea que vamos hacia el Infierno —se burló el mendigo—. Entonces, dime, ¿por qué nos sigue el cura? No seamos más tontos de lo habitual, que no es poco. Eso de ahí delante es Londres. Desde aquí se ven los edificios. Nunca me gustó esa asquerosa ciudad desde que la rodearon con la muralla, pero decir que es el Infierno me parece una insensatez. Lo que no nos cuenta el ejército es por qué dejan que nos muramos de frío aquí afuera en vez de llevarnos a la ciudad de una maldita vez.

—Son las órdenes —contestó el soldado—. Hasta que la zona no esté asegurada, no podemos entrar.

—Ni siquiera lo sabes —bufó el mendigo—. Os han dicho que nos impidáis entrar y no sabéis por qué. ¡Qué le van a contar a un simple soldadito! Pero estás aquí, helándote como nosotros, como ese pobre niño. ¿Cuánto tiempo más tenemos que esperar? ¿Cuántos deben morir para que decidamos hacer algo?

El soldado mantenía la vista en la hoguera con mucha tranquilidad.

—El que haga falta —repuso en tono despreocupado.

—No lo molestes —advirtió el hombretón—. No sé qué clase de paranoias conspiratorias te estás inventando, pero el ejército no nos dejaría morir. ¿Para qué? ¿Con qué propósito? Si no nos permiten entrar en Londres, será por alguna razón. Deja de soltar estupideces, que la gente te escucha y algunos te creen.

—Pues claro que me creen. Porque ven la verdad en mis palabras. Aquí hay algo que apesta. Tú, gordinflón, crees en los cuentos religiosos y en el ejército, curiosa mezcla, y al parecer también crees en cualquiera que te ofrezca una explicación, por absurda que sea. Pero yo tengo cerebro, ¿sabes? Participé en las guerras contra los norteños, maté a muchos como el soldado que ahora nos retiene aquí —resopló—. ¿Cómo hemos llegado a esto? Hace unos años éramos enemigos y ahora me tengo que quedar sentado en el hielo porque él me lo ordena.

—Ya no somos enemigos. El mando lo comparten Gordon y Thomas, así que las órdenes provienen de los dos.

El mendigo soltó una carcajada que cogió a todos por sorpresa. Robbie se alegró de ver que no era el único que no entendía el chiste.

—Qué poco sabéis —dijo el mendigo cuando cesó la risa—. ¿Gordon? ¿Thomas? Ilusos… Te diré algo y más te vale que prestes atención. Solo hay un hombre que esté al mando, solo uno, y se llama Jack Kolby.

—Lo conozco. Es el que sofocó la revuelta en Oxford y luego le atacó un demonio…

—No lo conoces. Puede que lo hayas visto y que hayas oído hablar de él, pero, créeme, no lo conoces. Gordon, Thomas y todos los demás son marionetas en sus manos. Hace mucho que controla todo lo que pasa y es el mayor cerdo que existe, en el Cielo, en el Infierno y en cualquier otra parte. Dejé el ejército precisamente cuando me enteré de que él influía directa o indirectamente en todas las decisiones de Gordon. ¿Y sabes qué? Que mientras nosotros nos matábamos en la guerra contra los norteños, Jack se dedicaba a comerciar con ellos. Pregúntale al soldado si tengo razón.

El hombretón, al igual que Robbie y el resto de los presentes, se volvió hacia el soldado.

—Yo no tengo trato con el Alto Mando. Mis órdenes vienen de mi superior, el sargento…

—Lo que os decía —sonrió el mendigo—. Muy pocos saben lo que sucede en realidad.

—Es cierto que Jack es un contrabandista —dijo una mujer—. Mi marido, que en paz descanse, le pidió préstamos y no tuvo más remedio que aceptar sus condiciones abusivas.

—Yo le compraba drogas —añadió alguien al otro lado del círculo—. Y sé que también secuestraba gente. Una vez…

—Mi hermano trabajaba para una de las organizaciones de Jack, incluso una vez lo vio fumando un puro. Mi hermano me contó cómo inflaba el precio de los alimentos para especular…

Se sucedieron infinidad de anécdotas e historias en torno a Jack Kolby, que resultaron en un variado repertorio de actos delictivos, de los más ruines y deplorables que se pudiera imaginar. Durante un tiempo hablaron todos a la vez. Se formaban corrillos en los que se podía escuchar toda clase de atrocidades, de modo que daba la impresión de que los presentes competían por ver quién exponía la mayor barbaridad.

Robbie Fenton, que conocía a Jack y había trabajado con él hasta que su mujer se quedó embarazada y decidió abandonar los negocios, no daba crédito a la mitad de lo que escuchaba. Jack Kolby no era ningún ángel, eso seguro, y sus negocios nunca habían respetado la ley, pero de ahí a creerlo capaz de cualquier cosa había una diferencia considerable.

A Robbie le sorprendió que más de una persona asegurara que Jack había secuestrado a gente. Jack era un hombre de negocios, no un gánster. Podía extorsionar y amenazar, pero secuestrar… Robbie nunca le había visto llegar tan lejos.

Por si acaso, y considerando el clima reinante, se abstuvo de participar en la conversación y de decir que había sido amigo del hombre al que ahora todos condenaban.

Su hijo se había dormido en sus brazos, arropado por la manta que le habían ofrecido. Robbie sintió el deseo de que le llenaran de nuevo el vaso de aguardiente. El hombretón no había mentido cuando le prometió que ese brebaje hacía entrar en calor, y lo mejor es que además subía un poco el ánimo. Su tolerancia al alcohol se podía considerar dentro de la media, pero como llevaba casi dos días sin comer, por haber renunciado en favor de su hijo a los escasos alimentos que había conseguido, los tres sorbos de aguardiente se propagaron rápidamente por todo su cuerpo, incluyendo la cabeza, donde muy en el fondo resonaba una suave melodía que endulzaba su conciencia sobre el mundo a su alrededor.

Sus esperanzas de beber un poco más se desvanecieron al ver al cura acabarse la botella de un trago largo.

—¿Qué tiempo tiene? —le preguntó una mujer.

Robbie parpadeó un tanto sorprendido.

—¿Perdón?

—Su hijo, ¿qué tiempo tiene?

—Oh, seis meses.

—¿De verdad? —preguntó la mujer, que ahora miraba al pequeño con gran extrañeza—. Parece mayor, casi diría que de dos años. Yo tengo un bebé de nueve meses y es mucho más pequeño.

Robbie maldijo en su interior.

—Sí, perdón, quería decir un año y seis meses —rectificó—. El aguardiente me ha afectado un poco.

La mujer sonrió con dulzura. Robbie aún no se había acostumbrado a mentir sobre la edad de su hijo. No podía contar que con solo seis meses su bebé ya andaba, tenía la dentadura completa, entendía prácticamente todo lo que le decían y comía la misma cantidad de comida que un adulto. Como tampoco podía decir que su gestación apenas había durado cinco meses y que un hombre negro, gigantesco y mudo velaba por él, consiguiéndole comida y hasta medicamentos, aunque el bebé nunca había estado enfermo.

Robbie buscó el modo de desviar la conversación hacia cualquier tema que no fuese su hijo, pero no le hizo falta.

—Por eso os decía que algo huele muy mal. ¡Y yo sé lo que es! —El mendigo había acaparado de nuevo la atención general y los murmullos se desvanecieron—. ¿No os resulta sospechoso que nos hayan echado de Oxford?

—No se ha echado a nadie —le corrigió el soldado—. Se ha evacuado la ciudad por su propia seguridad. El ejército les facilita alimentos y les escolta hasta Londres para que nadie sufra ningún daño.

—¿Y por qué no nos dicen de qué huimos? —insistió el mendigo que barría el círculo de personas alrededor de la hoguera con la mirada. Robbie tuvo la impresión de que aquel hombre tenía don de gentes, o como poco sabía hablar en público y hacer que sus palabras y sus ideas fueran escuchadas—. Nos sacaron de la ciudad sin una sola explicación. Oxford, la ciudad que ocuparon los norteños. Y ahora un soldado del Norte nos da órdenes y se niega a informarnos. ¿Nadie más ve la conexión?

—La verdad es que yo no —dijo el hombretón, sin disimular su ignorancia—. ¿Dónde quieres ir a parar?

El mendigo sonrió. Era evidente que esperaba esa pregunta, probablemente estaba deseando que alguien se la hiciera.

—Ya os he dicho que Jack comerciaba con el Norte y de repente los norteños ocupan Oxford y a nosotros nos mandan a Londres. ¿No es evidente? Jack ha vendido la ciudad a nuestros enemigos. ¡Es un traidor! Dentro de poco los norteños gobernarán nuestra Zona Segura. ¿Cómo si no se explica que el comandante Gordon no reconquistara Oxford? Fue culpa de Jack. Gordon nunca ha perdido una guerra. ¡Es el mejor estratega militar del mundo!

Se despertaron algunos murmullos de aprobación.

—Yo oí decir que la niebla se movía —intervino un anciano—, que se había tragado la Zona del Norte y avanzaba sobre Oxford. Sí, eso dijo mi sobrino, que sabe mucho de estas cosas, su mujer era del Norte. A ver si lo veo y viene a explicarlo él.

—Con todos los respetos, abuelo —dijo el mendigo—. ¿Usted vio la niebla?

—No —gruñó el anciano.

—Yo perdí a mi perro en la niebla —dijo un chaval.

—¿Viste a tu perro entrar en la niebla?

—No, pero encontré su correa cerca de la niebla y Zeus nunca se alejaba de...

—La niebla es un cuento —declaró el mendigo—. Dicen que se mueve, pero nadie puede confirmarlo. Nos asustan con fantasmas, nos dicen que la niebla va a venir a por nosotros y nos vamos corriendo como...

El mendigo interrumpió su discurso porque le salpicó una lluvia de chispas. Un tronco había caído en el centro de la hoguera removiendo las brasas. Lo había arrojado una mujer que ahora miraba directamente al mendigo.

—La niebla es real, y su movimiento, también. Yo lo he visto con mis propios ojos. He visto cómo se tragaba una ciudad entera y a miles de personas.

—Seguro que sí —bufó el mendigo, consciente de que ahora todos estaban pendientes de la mujer. Era joven y delgada, con el rostro lleno de pecas. Su mirada y su voz transmitían seguridad y confianza—. Así que lo has visto con tus propios ojos, ¿eh? ¿Vas a contarnos que eres del Norte y que la niebla lo cubrió todo, pero tú escapaste? Por cierto, tu acento no me encaja.

—Porque mi acento es de mucho más lejos —contestó la mujer—. No soy del Norte. La ciudad que he visto desaparecer bajo la niebla es Chicago, y si volvéis a Oxford, correréis la misma suerte.

La mujer se dio la vuelta, sin esperar una respuesta, y se alejó del grupo. Robbie se apresuró a levantarse para seguirla, lo que resultó complicado con el niño en brazos. Su interés por la conversación de los que estaban reunidos alrededor de la hoguera se había esfumado y se centraba ahora en la estadounidense. Ni siquiera le preocupaba o no si la niebla realmente se desplazaba, como apuntaban los últimos rumores. Lo que de verdad le intrigaba era si aquella mujer venía de América, como había dado a entender.

Mientras trababa de darle alcance y pensaba en continentes, Robbie se sintió como si tuviese cien años. Los cinco continentes, un concepto del mundo antiguo. Le vino a la memoria un recuerdo de su infancia. Había fallado una pregunta de un examen por contestar que los continentes eran seis y no cinco; Robbie había incluido a la Antártida en su recuento personal.

Todo aquello le parecía ahora distante y lejano, parte de un mundo que cada vez le costaba más recordar con detalle. Desde la Onda, las distancias se habían reducido mucho y el mundo se dividía en Zonas. Pero aquella mujer había mencionado Chicago, una de las mayores ciudades de Estados Unidos, un país que muchos niños ni siquiera habían oído nombrar.

Robbie era consciente de que algunos pueblos fundados después de la Onda, habían adoptado nombres de ciudades del mundo conocido con anterioridad. Una vez visitó Moscú a tan solo ochenta kilómetros de distancia de Londres. Sin embargo, algo en la voz de aquella mujer, además de su acento, le hacía pensar que se había referido a la auténtica ciudad de Chicago. Si estaba en lo cierto, significaba que todavía era posible viajar y recorrer largas distancias.

La mujer caminaba deprisa entre la multitud, entre las tiendas de campaña, las caravanas y todos los vehículos que se habían podido conseguir antes de que el ejército los obligara a evacuar Oxford. Después se les había unido más gente de los pueblos cercanos en su marcha hacia Londres.

Los militares controlaban la situación con bastante eficacia, dada la dificultad evidente que conllevaba movilizar a la población del Norte con tanta urgencia, pero al mismo tiempo reinaba un caos considerable. La gente se agrupaba como creando barrios de una ciudad que parecía organizada por un borracho. Había basura por todas partes, soldados patrullando y sofocando disputas, personas realizando trueques para cubrir las necesidades más básicas.

El ejército suministraba alimentos y cuidados médicos, aunque de un modo racionado, por lo que la ropa se convertía lentamente en uno de los bienes más codiciados, en especial, los zapatos. Robbie agradecía calzar unas botas de su número exacto y tener otro par, guardado como un tesoro, por si llegaba a necesitarlas más adelante.

Con lo bien que le había ido en el pasado, en Londres, cuando el propio Jack había pujado por comprar uno de sus terrenos… Qué lejos veía ahora esos tiempos, anteriores a la llegada de los demonios y toda esta locura, como si la Onda no hubiera sido suficiente para desbaratar el mundo entero.

Cada vez le separaba una distancia mayor de la mujer, que caminaba ligera, mientras que él cargaba con su hijo y unos cuantos años más en sus castigados huesos. Robbie creía que no tardaría en perderla de vista entre el hervidero de personas que deambulaban de un lado para otro. La mujer torció a la derecha entre dos camiones y se encaminó hacia el lateral de la extensión ocupada por los exiliados de Oxford. No dejaba de resultarle curioso que, poco tiempo atrás, él había recorrido aquel mismo camino en sentido contrario, huyendo de Londres.

En la periferia había menos gente. Se veían algunos edificios rodeados por la marea de vehículos, en un estado cercano a las ruinas. El mayor de todos lo habían ocupado los militares para establecer su centro de mando. La estadounidense parecía dirigirse a un autobús estacionado en frente de aquel edificio.

Aprovechando que apenas había gente, Robbie se propuso echar a correr para darle alcance, cuando su hijo se despertó. El bebé rompió a llorar en sus brazos.

—Tranquilo, hijo. Soy yo. No pasa nada. ¿Tienes frío?

El chiquillo dejó de llorar repentinamente, movió la cabeza de un lado a otro, con los ojos muy abiertos, como si buscara algo. Robbie alzó la vista y comprobó que la mujer había desaparecido.

Siguió caminando un poco más por si volvía a verla. Avanzaba por la parte de atrás de lo que debía haber sido un edificio de unas dos plantas, a juzgar por la única pared que quedaba en pie de aquel montón de escombros y ladrillos. A su derecha, una valla de metro y medio de altura delimitaba una superficie blanca por la nieve que no dejaba de caer. Entre los escombros se acurrucaban dos cerdos. Debía de tratarse de una pequeña granja.

El chiquillo se agitó con violencia.

—¿Qué te pasa, hijo? Sí, ya volvemos con mamá, no te preocupes.

Robbie se dio la vuelta y tropezó con un adolescente. El chico lo miró con los ojos desorbitados y la boca abierta, se tocaba el pecho con la mano derecha, y en su mirada había una mezcla inconfundible de pánico y desesperación. Robbie no entendía qué le pasaba ni por qué lo miraba de esa manera por un simple tropiezo.

Entonces el chaval cayó de rodillas al suelo y se agarró el cuello. Hacía un sonido extraño al respirar.

—Maldición —exclamó Robbie. Se acercó a la valla y dejó a su hijo al otro lado, donde no le pasaría nada—. Tranquilo, pequeño, necesito que estés quieto un momento en este recinto. —Habría jurado que el bebé había asentido con la cabeza, pero no tenía tiempo de pensar en ese detalle. Después fue hasta el adolescente y se agachó junto a él, que estaba volviéndose morado—. Eres asmático, ¿verdad? No te preocupes, estoy contigo. ¡Ayuda! ¡Necesito ayuda! —exclamó, rogando que alguien oyera su voz—. Tienes que calmarte, chaval, el miedo lo empeora todo. Respira por la nariz. Así, muy bien. ¡Ayuda! ¡Que venga alguien de una vez!

Robbie se levantó, resuelto a cargar con el chico a hombros si era necesario. Por fortuna dos soldados llegaron a paso ligero.

—¿Qué ha pasado?

—¡Tiene asma! ¡Un inhalador! El aire... Necesita broncodilatadores...

Robbie, a punto de sufrir un ataque por los nervios, escuchó algo así como un «no se preocupe, señor» y vio cómo los soldados se alejaban cargando con el muchacho. Robbie respiró dos veces tan hondo como pudo. Luego, al volver la vista atrás, se quedó de golpe sin aliento en los pulmones.

Su hijo no estaba donde lo había dejado. En realidad no estaba en ninguna parte. Robbie repasó la valla mientras el mundo entero desaparecía ante sus ojos. Había una puerta, a varios metros de distancia, y estaba cerrada. Ni un solo hueco por el que su bebé pudiese haber escapado.

Robbie se obligó a pensar con lógica para combatir el miedo que crecía en su interior. La única explicación que se le ocurrió fue que el bebé se hubiese resguardado del frío en algún hueco entre los escombros, a pesar de que los cascotes se encontraban a una distancia considerable para un niño de su tamaño.

Al acercarse a la valla para saltarla, advirtió unas pequeñas huellas en la nieve. Eran de su hijo, tenían que serlo, el tamaño y la distancia concordaban con los pasos de un niño muy pequeño. Seguían la verja en paralelo hasta un punto y… desaparecían. El rastro se interrumpía de forma abrupta, pero tenían que continuar por alguna parte, ya que el niño no podía haberse esfumado sin más.

Miró más allá de la verja. A un metro escaso de distancia, fuera del recinto, Robbie encontró de nuevo las huellas. ¿Habría saltado la valla? La hipótesis le parecía descabellada, dado que su hijo había comenzado a andar recientemente. La única explicación era que un adulto lo hubiese cogido y lo dejara al otro lado, pero no vio ninguna otra huella. Robbie tampoco comprendía cómo el niño podría haber caminado tan deprisa. Lo había visto andar, oscilando de un lado a otro para conservar el equilibrio, y tardaba en recorrer unos cuantos metros.

Las huellas se alejaban hacia un desierto de dunas blancas. La nieve caía de lado y dificultaba la visibilidad. Robbie caminó tan rápido como pudo, apartando sus dudas y miedos, consciente de que debía encontrar al bebé antes de que la tempestad cubriese su rastro y muriese de frío.

Lo llamaba tan fuerte como podía. Rodeaba su boca con las manos y gritaba. El silbido del viento era la única respuesta. Llevaba apenas dos minutos tras las huellas cuando ya no pudo soportar la angustia. Las marcas seguían ahí, pero era imposible que su hijo hubiese recorrido aquella distancia en el corto espacio de tiempo que había atendido al chico asmático. Quizá su hijo permanecía aún en el corral, y él se había alejado persiguiendo unas huellas que podrían pertenecer a cualquier animal y que él había confundido en la locura de no encontrar a su pequeño.

Se giró para regresar lo más rápido posible.

—¡Apá!

Robbie se detuvo en seco. La voz había sonado lejana y apenas audible, pero…

—¡Apá!

Era de su bebé. ¡Le estaba llamando! Se trataba de la primera vez que su hijo de seis meses pronunciaba una palabra o casi una palabra: «papá». Robbie sintió un vuelco en el pecho. El niño estaba vivo y cerca.

Robbie corrió siguiendo las pisadas. Enseguida llegó a un montículo de nieve y lo rodeó. Un surco alargado se extendía hasta más allá de donde la tormenta de nieve le permitía ver. La escena le recordaba a la estampa que dejaría un meteorito tras estrellarse contra el suelo. Y allí, en el centro de lo que sería el lugar de impacto, estaba su hijo.

—Apá.

Robbie lo estrechó con tanta fuerza entre sus brazos que casi tuvo miedo de asfixiarlo. Y puede que lo hiciese, porque el niño se revolvió entre gemidos, agitó las manos y pataleó. Robbie lo dejó de nuevo en el suelo.

—¿Cómo has llegado tan lejos?

Hacía tiempo que sospechaba que su pequeño le entendía a la perfección, a pesar de su corta edad. El niño se volvió, se agachó en la base del montículo y comenzó a escarbar con sus diminutas manos.

—¿Qué haces? No podemos quedarnos aquí, te congelarás.

Lo agarró de nuevo, pero su hijo se desató en otra de aquellas extrañas rabietas que sacudían todo su cuerpo. Robbie pensó que se haría daño a sí mismo. Lo dejó en el suelo y lo sujetó por los hombros.

—Escúchame, hijo, tenemos que volver con mamá. ¿Lo entiendes? No pode...

El niño se soltó con un giro brusco de caderas, se escurrió entre las manos de Robbie, cada vez más débiles a causa del frío, y de nuevo se arrojó sobre la nieve y escarbó.

Robbie tendría que echárselo a los hombros y aguantar el berrinche, porque no podía dejarlo allí jugando. Cuando regresaran con los demás, podría apilarle nieve para que se entretuviese, si eso le divertía tanto.

—Apá.

El niño lo miraba con mucha intensidad y Robbie entendió por qué. Entre sus rodillas, enterrada en la nieve, sobresalía una mano de mujer, de dedos esbeltos y uñas impecables.

—¡Dios santo!

El niño tiraba de la mano, pero no podía levantarla. Robbie observó a su hijo, intrigado. Como impelido por una orden silenciosa del pequeño, agarró la mano y tiró. De la nieve salió un brazo, después un hombro. Tuvo que parar para recobrar el aliento.

—Lo intento, hijo, pero hay demasiada nieve —dijo en respuesta a la mirada inquisitiva del niño.

Excavaron alrededor del cuerpo. A Robbie se le estaban congelando los dedos a través de los guantes, pero su hijo no daba muestras de sensibilidad al frío, a pesar de tener las manos desnudas.

—¿Sabías que esta mujer estaba aquí?

El chiquillo sonrió mientras enterraba las manos en la nieve. Su contribución era prácticamente nula, pero continuaba apartando pequeñas bolas de nieve con ahínco.

—Aparta, hijo. Voy a probar a tirar de nuevo. Ummm... Creo que se mueve... ¡Aaah!

Sus manos resbalaron y Robbie cayó al suelo. Al menos su esfuerzo había dado resultado. El cuerpo de la mujer asomaba de cintura para arriba. No se veía bien su pecho por la nieve, así que no podía saber si todavía respiraba. Con un último tirón, Robbie terminó de sacarla. Entre la espesura blanca que se acumulaba en la cabeza se apreciaban retazos de cara y cabello negro. Robbie se apresuró a retirarle la nieve para que pudiese respirar, la incorporó hasta dejarla sentada y la meneó con fuerza.

En la sacudida se desprendieron nieve y hielo, y al final quedó al descubierto un rostro tan perfecto que no parecía real. Robbie alzó la cabeza y contempló el cielo, después el surco en la nieve, después las alas blancas que sobresalían de la espalda de la mujer.

De niño había imaginado en alguna ocasión cómo sería un ángel, y aquel pensamiento se volvió más recurrente desde que los demonios habían aparecido en Londres. La mujer que ahora sujetaba por los hombros era mucho más hermosa que cualquiera de las versiones que su imaginación había recreado en su mente. Era la creación más perfecta que jamás había contemplado en su vida.

De repente se preguntó si un ángel podría morir debido a una caída. La idea de que aquella mujer estuviese muerta y congelada le encogió el corazón. Era impensable, tan hermosa… No, tenía que estar viva. Era un ángel que había venido a ayudarlos.

Robbie la sacudió con timidez para despertarla. El bebé trepó y la golpeó con los puños. Quizá pensaba que su papá estaba jugando con ella.

—Solo está dormida, hijo.

El niño se bajó de las piernas de la mujer y arremetió contra las alas. Se desprendió más nieve en bloques apelmazados, casi congelados, hasta que una pluma quedó a la vista.

—¡Hijo, apártate! —se alarmó Robbie.

Retiró el resto de la nieve a manotazos apresurados. Una sensación desgarradora crecía en su interior. Luego limpió la otra ala y el resultado fue el mismo. Las plumas eran completamente negras. Aquella mujer no era un ángel, a pesar de su extraordinaria hermosura, como él había creído.

Robbie retrocedió, asustado.

—¡Apá!

El niño tenía el rostro dividido por una sonrisa inmensa. En cada mano sostenía, a duras penas, sendos puñales casi tan grandes como sus piernas.

—¡Suéltalos!

El grito y la expresión de Robbie asustaron al niño, que dio un pequeño bote y dejó caer los cuchillos. Robbie, considerablemente más asustado, se agachó y lo cogió en brazos, pero el pequeño volvió a llorar y a revolverse. A Robbie ya no le importaban sus pataletas, no iba a consentir que su hijo se quedara junto a un demonio que bien podía estar muerto.

Cuando fue a comprobar que el crío no se hubiese cortado con los puñales, notó que las piernas no obedecían sus órdenes, ni el resto de su cuerpo, que se había quedado paralizado por el miedo.

La mujer, el demonio de alas negras, había abierto los ojos. Y miraba fijamente a su hijo.

Sirian había sido el primero en salir del Infierno tras la brutal detonación que arrasó Londres.

Encontró un paraje gris y sombrío, destrucción, montañas de ceniza en lugar de edificios. Ni una gota de agua, ni un copo de nieve. La niebla que cubría la puerta del Infierno se había dispersado, y diversas columnas de humo surgían de cualquier parte de la ciudad, se enroscaban y ascendían perezosas hacia un cielo rosado, casi sangriento.

Tras él, los primeros demonios no tardaron en aparecer; algunos salían del Agujero, como él, tambaleándose, aturdidos; otros regresaban para averiguar qué había sucedido. Sirian, mareado y confuso, se ocultó bajo un montón de cadáveres.

Su primera conclusión fue que los demonios habían provocado aquella explosión brutal para impedir que él y el resto de los ángeles neutrales los encerraran en el Agujero. La imagen de sus compañeros cayendo al interior, arrastrados por el enorme disco de telio con el que planeaban sellar el Infierno para siempre, permanecía viva en sus pensamientos. A decir verdad, no podía librarse de ella.

Sin embargo, no habían sido los demonios los responsables de la explosión. Sirian se enteró al día siguiente, cuando llegó Dast, el séptimo Barón, después de más de veinte horas bajo una pila de cadáveres que no paraba de crecer.

El ángel, sepultado por los muertos, logró ver al séptimo Barón paseando entre las cenizas, deslizando su desagradable mirada alrededor, con aquellos sucios rizos retorciéndose sobre su rostro. Sus enormes ojos iban de un lado a otro, las manos componían gestos, ademanes sin la menor gracia, que transmitían órdenes y señalaban lugares concretos. Dast supervisaba la actividad de los demonios.

—Quiero hablar con alguien que estuviese cerca cuando ocurrió la explosión —pidió Dast con aquella voz que recordaba a un siseo—. Y que no esté herido. Tengo que aclarar quién nos ha hecho esto.

Así comprendió Sirian que los demonios estaban tan desconcertados como él. No pasó mucho tiempo hasta que se presentó un demonio. Desde su escondite, Sirian solo podía ver sus pies, pero como estaban cerca del Agujero, donde se apilaban los cadáveres, podía escucharlos con bastante claridad. La explicación que ofreció el demonio no sirvió para mucho, en realidad no sabía casi nada del suceso.

—Entonces —dijo Dast—, el estallido vino del interior. No nos atacaron desde el exterior.

—Fue justo en el primer círculo. Yo había escoltado a Nilia para ver a…

—¿Nilia?

Sirian compartió el asombro de Dast. Él mismo la había visto en el Cielo, combatiendo en la batalla de la Ciudadela. Y el propio Sirian era el responsable de que el Cielo hubiese quedado bloqueado al petrificar la niebla, por lo tanto, no era capaz de entender cómo Nilia había salido, ni por qué había regresado al Infierno. ¿Estaría ella detrás de la explosión?

—Nilia no ha podido ser —dijo Dast, como si le estuviese contestando a él—. La conozco. ¿Qué ganaría atacándonos a nosotros? Aunque… ¿será posible que cambie de bando?… No, es absurdo. Nilia no… Y en el imposible caso de que decidiera unirse a los ángeles, ellos no la aceptarían, ha matado a tantos que… No, no ha sido ella. ¡Tengo que pensar! Buscadla, quiero saber cómo llegó hasta aquí.

—Ya no podemos continuar —repuso otro demonio que Sirian no podía ver—. Al menos hasta que se despierten los que se están restableciendo.

—Seguiremos nosotros —siseó Dast—. Vamos a sacar a todos lo que podamos antes de abandonar. Podríamos ser los únicos que quedemos con vida.

—¿Y si morimos al intentarlo? Estamos demasiado débiles. Además, ¿por qué das tú las órdenes? No veo a ningún Barón de verdad por aquí.

—¿Acaso sabes tú qué hacer? —rugió alguien más. Dos botas de tamaño considerable entraron en el reducido campo de visión de Sirian—. Dast es un Barón. ¿Lo entiendes, imbécil? Así que harás lo que él diga. ¿Alguno de los que estáis aquí se cree con la mitad de cerebro que Dast? —Todos permanecieron en silencio—. Mejor, si alguien cambia de opinión, que venga a discutirlo conmigo… Dast nos sacó del Agujero después de la Onda. ¿Tan pronto se os ha olvidado cómo estábamos por aquel entonces? Yo os lo recordaré, porque parece que a algunos os falla la memoria. Estábamos desesperados, ya no creíamos posible que fuésemos a escapar nunca. ¡Esa es la verdad! ¿Cuánto más hubiésemos resistido? ¿Tres o cuatro siglos tal vez? ¿Siete? Vimos a muchos de los nuestros arrojarse al Agujero, pero Dast continuó trabajando y nos liberó. ¡Un poco de respeto! ¡Ahora, vamos a rescatar a los nuestros hasta que no podamos tenernos en pie si hace falta!

Trabajaron muy duro, sin descanso. A los heridos, la inmensa mayoría, los dejaban durmiendo en alguna parte para recuperarse. Sirian no veía dónde, pero les oía mencionarlo y debía de ser muy cerca.

Durante dos días, el neutral de ojos violeta aguantó bajo la montaña de cadáveres, sin moverse, soportando el peso que no paraba de aumentar, observando cuanto podía entre una maraña de alas negras, brazos y pies.

Reconoció el esfuerzo de los demonios, su empeño y dedicación. No descansaban y, por lo que podía escuchar, arriesgaban su vida traspasando la entrada al Infierno para ayudar a sus compañeros, aunque solo se internaban lo indispensable. Tejían runas de fuego para estabilizar los bordes del Abismo. Con todo, cayeron al vacío un par de ellos. Tampoco eso les impidió proseguir auxiliando a los suyos. Los que despertaban se unían a los demás, excepto algunos, que iban y venían continuamente, sin que Sirian lograra enterarse de cuál era su función.

El ángel no había encontrado un momento para escabullirse y escapar sin que lo apresaran. No oía la voz de Dast desde hacía tiempo, hasta que el tercer día el séptimo Barón se acercó de nuevo al borde del Agujero.

—¿Dónde os habíais metido?

—En combate —informó un demonio—. Nos cogieron por sorpresa.

—¿Los neutrales?

—Menores.

Sirian captó un leve temblor en aquella voz, como si el demonio estuviese avergonzado

—Nos cogieron desprevenidos en medio de la tormenta —continuó explicando—. Ni siquiera sabíamos qué eran, vestidos con estos trajes metálicos.

—Dame eso —siseó Dast—. Sí, diría que es un casco… Ligero, pero resistente. Parece hecho con ese metal que llaman telio.

—También usan espadas de fuego gris, algo insólito.

Sirian imaginó que Jack se había visto obligado a entrar en acción con sus hombres; tal vez había supuesto, como él, que la explosión la habían provocado los demonios y decidió intervenir. Le consoló saber que contaban con el factor sorpresa, a juzgar por el estupor con que informaba el demonio, pero su secreto había dejado de estar oculto.

—¿Gris? ¿Estás seguro? —se interesó Dast—. Ya veo. ¡Traedle!

Se acercaron varias pisadas desde cierta distancia. Un trozo de casco abollado cayó al suelo, a dos metros escasos de Sirian. En efecto, era parte de una de las armaduras que habían diseñado para los menores, y su estado no invitaba a ser optimista respecto a la cabeza que hubiera cobijado.

—Las armaduras, ¿qué son? —preguntó Dast—. ¿Qué habéis hecho con los menores? Esto es cosa de Sirian, ¿verdad? ¡Habla!

Sirian aguzó el oído.

—No voy a decirte nada —respondió una voz neutra.

Aquella voz manaba autocontrol, aunque se notaba forzada. Sirian sabía de quién se trataba. Se llamaba Zynn y era uno de sus mejores amigos, de la máxima confianza. Sirian lo había dejado al mando cuando se entregó a los demonios con el plan de permitirles entrar en el Cielo para luego encerrarlos, Zynn se había encargado de tratar con Jack cuando fue a Stonehenge, donde se fabricaban las armaduras y se entrenaba a los menores. Se acordó de que Zynn había congeniado con un niño llamado Jimmy.

—No voy a perder el tiempo contigo, Zynn —siseó Dast en un tono peligroso—. Ya conocemos nuestras respectivas posiciones y ambos sabemos que no hay acercamiento posible entre nosotros. Imagino que no pensabas acabar en nuestras manos cuando tú y el resto de los cobardes decidisteis traicionarnos en la primera guerra. Pero antes de matarte me gustaría hacerte una pregunta y que me respondieras con sinceridad. Cuando perdimos y el Viejo os encerró en el Cielo, ¿qué pensasteis Sirian y tú? Después de ver que el Viejo os castigaba, ¿os arrepentisteis de no habernos apoyado? Podríamos haber establecido un nuevo orden de no haber sido por vuestra traición. A ver, contéstame. Sirian y tú habéis tenido milenios para reflexionar en vuestra prisión.

—Hablaré a ese respecto con sinceridad, si tú haces lo mismo —repuso Zynn.

—Yo no tengo secretos y nunca he traicionado a nadie.

—Entonces te haré la misma pregunta. Ahora que ves las consecuencias de la rebelión, ¿volverías a apoyarla? Mientras moríais en el Agujero, ¿no lamentaste ni una sola vez haber buscado otra solución a nuestro conflicto?

—¿Qué solución? ¿Hablar?

—¿Tan terrible es? ¿Merecen la pena todas estas muertes para...? ¿Qué habéis logrado?

—Ser libres, dueños de nuestras decisiones, comprobar que tenemos el valor de enfrentarnos a cualquier cosa, incluso al Viejo, para vivir de acuerdo a nuestros ideales. ¡Nuestros ideales! Tú pensabas como nosotros.

—Salvo en matar a nuestros semejantes para conseguirlo —le corrigió el ángel.

—Así que no te arrepientes. Ni siquiera después de saber que ahora podríamos ser libres los dos.

—Tampoco te arrepientes tú, Dast, ni siquiera aceptas que podríamos haberlo conseguido razonando con el Viejo y los Justos, aunque fuera un proceso algo más lento quizá. Si niegas esa posibilidad, yo negaré que tengáis la menor oportunidad de lograrlo ahora, como todavía creéis.

—Posibilidades... —siseó Dast—. Mi error fue confiar en vosotros. Hablabais con pasión, con esa convicción que sale de dentro. Pero os fallaba el valor, eso es lo que no vimos. Mucha palabrería, y cuando llegó la hora de la verdad, en vez de vuestros deseos más profundos, afloró vuestro miedo. Me maldigo a mí mismo por no haberme dado cuenta de que erais unos cobardes.

—¿Crees que no hace falta valor para estar en nuestra situación? Me lo dice el demonio que nunca ha empuñado una espada, que siempre se ha escudado en los demás, que habla de ir a la guerra pero sin ser él quién luche... Pues sí, Dast, pensamos mucho en aquella época, dudo que nadie pueda evitarlo. Te recuerdo siempre arropado por Satán, el Favorito, bajo la protección de sus alas, adulándolo. ¿Habrías sido tan valeroso de no saber que él te cuidaría? Por lo que he oído, eso hizo incluso en el Agujero. Su recuerdo es lo que te mantiene ahora en el poder, ¿no es así? De todos modos, no creí que precisamente tú asociaras el valor con la violencia.

—Será porque yo entendí que ciertos problemas no se solucionan con palabras, sobre todo porque lo intentamos y no sirvió de nada. Soy débil físicamente, sí, pero crees que me respetan porque Satán me apreciaba. Qué iluso. El Favorito fue la mejor creación del Viejo. Si él se fijó en mí, por algo sería, y mis compañeros han tenido ocasión de comprobar el motivo, ahí abajo, donde acabarán tus restos. Bien, ya basta de cháchara. No te insultaré con amenazas, sabes muy bien lo que te espera. Si me dices dónde puedo encontrar a Sirian o a Jack Kolby morirás rápidamente. Sí o no, decídete, porque como verás tengo mucho de lo que ocuparme. Míralos bien, Zynn, a los que han sufrido el Infierno por tu culpa. ¡Míralos! Porque te voy a dejar en sus manos. ¿Y bien?

—No —dijo Zynn casi inmediatamente—. No hablaré. Haz lo que tengas que hacer.

Se lo llevaron. Sirian se tapó los oídos pero ni siquiera así logró ahogar los alaridos de Zynn, desgarradores, espantosos, de esos que evocan imágenes aterradoras en la mente de quien los escucha. Sirian consideró asomarse para matar él mismo a su amigo y así acabar con su tormento. Sí, sus gritos eran tan horribles, que ni siquiera deseó liberarlo, solo poner fin a su dolor.

Los demonios seguían trabajando sin pausa ni descanso mientras prolongaban la agonía de Zynn. Dos días después, Zynn no había dejado de gritar en todo el tiempo. Sirian creía que terminaría por volverse loco.

Sonó un golpe contra el suelo, muy cerca. Sirian giró la cabeza y vio un brazo arrancado por el hombro, cuyo rastro de sangre teñía de rojo la nieve de alrededor. Los gritos de Zynn no cesaban. Al día siguiente cayó una pierna mutilada y un ala a la que le habían arrancado todas y cada una de sus plumas, que acabaron sobre la nieve ensangrentada.

Los gritos continuaban.

—¿Terminamos con él? —preguntó alguien—. Algunos se entretienen demasiado y nos retrasamos.

—Todavía no —repuso Dast.

Escuchar esa frase le dolió a Sirian.

—¿Qué te pasa, Dast? No es propio de ti.

—Zynn no me importa, pero acaban de asestarnos un golpe durísimo y su tortura levanta el ánimo a los demonios.

—No lo había visto de ese modo. Pero sabes que no nos dirá cómo detonaron esa…

—Cuento con ello, aunque sé cómo averiguarlo —siseó Dast—. Esa bomba o lo que fuera la fabricaron los menores.

—¿Los menores? No nos precipitemos. Ellos no pueden…

—¿Y las armaduras? Ya los hemos subestimado bastante, no voy a cometer ese error de nuevo. No reparamos en ellos y ahora se han armado y han estado a punto de exterminarnos, ¿te parece poco? Sirian se alió con ellos, estoy seguro, porque no pueden haber aprendido tanto por sí mismos.

—¿No les atribuyes demasiada inteligencia? Solo son menores, estúpidos. Para ellos somos la encarnación del mal. Piensan que tenemos cuernos y tridentes. La palabra «demonio» les da miedo. Apuesto a que están rezando.

—No todos son iguales —repuso Dast—. Yo interrogué a su comandante, un tal Gordon, y te puedo asegurar que no estaba asustado. O si lo estaba, demostró un gran dominio de sí mismo. Y no solo eso, tuvo el aplomo suficiente para desviar nuestra atención fingiendo que nos conducía hasta Jack Kolby. Ya te he dicho que los neutrales les han instruido. Puede que estén al corriente de los acontecimientos más importantes de nuestra historia. No me refiero a la inmensa mayoría de los menores, naturalmente, pero Sirian, como es más que evidente, no es estúpido, y habrá sabido cuáles de ellos son capaces e inteligentes. ¡He sido un idiota! Seguro que en sus planes contaban con nuestra indiferencia porque los neutrales se lo advirtieron.

—¿Entonces deberíamos haber acabado con ellos antes de atacar a los ángeles? No sé, los menores no tienen la culpa de esta guerra… ¿Por qué habrán intervenido? Provocarnos es garantizar su muerte. ¿Y dices que son inteligentes?

Dast no respondió al instante.

—Lo son, no los subestimemos de nuevo. Parece obvio que su plan consistía en encerrarnos otra vez en el Agujero, pero fallaron y no les vamos a conceder otra oportunidad.

—Lo sé, lo sé. Es que son… son menores. No puedo evitar sentirme indigno peleando contra ellos. Ni siquiera tienen sanadores.

—Ellos han querido tomar parte en la guerra, no nosotros. —La voz de Dast experimentó un cambio peligroso—. Muy pronto sabrán que se han puesto de parte del bando equivocado.

—Ordene que bajen las armas. —Una voz opaca y grave sonó amortiguada tras un extraño casco metálico. Un chasquido abrió el yelmo y dejó a la vista el rostro de una mujer—. Piénselo bien antes de cometer un error.

Sin el metal cubriendo su rostro, la voz de la mujer sonaba normal. La escoltaban cuatro acompañantes: dos a cada lado y otros dos un paso por detrás, todos vestidos con las mismas armaduras plateadas.

Thomas bajó su pistola, pero no ordenó a sus soldados que hicieran lo mismo. Estaban apostados para controlar la única salida del almacén de suministros en el que se hallaban.

—¿Quiénes sois?

—No somos una amenaza. Somos humanos, como vosotros.

—No se lo crea, señor —dijo uno de los soldados que apuntaba al quinteto y no con un pulso demasiado firme—. Los he visto hacer esos símbolos raros con fuego.

—¡Silencio! —ordenó Thomas.

Alzó la voz en un intento por controlar la situación. Veía odio en los ojos de sus soldados, inseguridad en sus posturas, miedo en el sudor que empapaba sus frentes, de ese miedo que no es fácil domeñar ni siquiera por quienes están acostumbrados a la guerra. Se palpaba la tensión. Él mismo no sabía qué pensar, no era capaz de decidirse. Aunque no había oído hablar de que vistieran armaduras, aquellos debían de ser demonios, no cabía otra explicación.

Thomas había colaborado con Gordon en el plan para asaltar Londres y manipular la runa de fuego que el tal Yala había creado en la muralla de la ciudad. Según aquel plan, el propio Gordon se infiltró entre los demonios caminando con tranquilidad, fingiendo ser uno de ellos, lo que había probado que no era posible diferenciarlos de los humanos a simple vista, a no ser que desplegaran las alas. Eso significaba que un ángel o un demonio podían demostrar su verdadera naturaleza, pero un humano, no, y en esa duda oscilaba su decisión frente a aquel grupo armado.

A menos que disparara. Si lanzaba un tiro justo en... Thomas apretó los párpados con fuerza y tomó aire. Estaba perdiendo el dominio de sí mismo si una idea semejante se le había pasado por la cabeza.

Se preguntó dónde se habría metido Jack, que era el único que de verdad sabía tratar con los ángeles. La siguiente pregunta que se hizo fue sobre Gordon. Su antiguo enemigo no vacilaría como él. Habría evaluado la situación en menos de un segundo y tomado una decisión que a su juicio garantizase la seguridad. Habría acertado o se habría equivocado, pero habría hecho algo. Thomas envidiaba esa capacidad de Gordon para actuar y luego justificarse. Pero Gordon no estaba allí con él. Y Jack tampoco.

—Puedo demostrar que no mentimos —aseguró la mujer—. Apúntenos si quiere, pero ordene a sus hombres que no disparen.

Thomas asintió. La mujer giró un poco la cabeza, sin apartar la vista de los soldados, y también asintió. Dos de sus acompañantes, de baja estatura, alzaron las manos y se quitaron los cascos.

A varios soldados se les escapó un suspiro de asombro.

—Le dije que no éramos demonios. A menos que crea que hay niños entre ellos.

Thomas se había quedado bloqueado. Lo último que esperaba era ver a dos chicos dentro de aquellas armaduras. Tendrían diez años, doce como mucho. Aquellos rostros de piel sin mácula no podían haber alcanzado la pubertad. Eran niños, por muy increíble que pareciera.

—¿Será posible? —balbuceó Thomas.

Algunos de sus hombres también se rindieron ante la evidencia. Sus brazos se relajaron y dejaron caer algunos centímetros los cañones que hasta ese instante apuntaban a las cabezas del grupo. Thomas fue consciente de su posición en ese momento y de lo que se jugaba. Como único líder, al menos hasta que Gordon y Jack regresaran, era responsable de la seguridad de sus hombres, puede que del resto de la humanidad si se confirmaban los informes que había recibido últimamente.

—¡Apuntad! ¡Si alguien se mueve, abrid fuego!

Los soldados obedecieron. La mujer, los dos niños y los otros dos soldados, que seguían con el casco puesto, alzaron los brazos.

—Señor —dijo de nuevo el soldado que antes le había recomendado precaución—, tengo noticias de un demonio que es un niño, así que esos dos bien podrían serlo.

—¿Es una información verificada, soldado?

—Lo he escuchado de varias personas, señor. Numerosos testigos aseguran que se trata de un demonio que siempre lleva una capa negra con capucha y que habla muy raro. Nadie conoce su edad a ciencia cierta, pero aparenta quince años, de acuerdo con los testimonios, señor.

La mujer suspiró.

—Es cierto que existe un demonio así —admitió—. Se llama Capa, pero nosotros no somos demonios. Si nos obligan, tendremos que matarlos. Piénselo.

Algo en la voz de la mujer le dijo a Thomas que hablaba en serio, que aquellos cinco podrían acabar con los veinte hombres que lo escoltaban si era preciso. Sin embargo, eso no eliminaba el problema que tenía entre manos.

—¿Tu nombre?

—Stacy.

—Bien, Stacy, nadie va a dejar de apuntaros mientras no sepa qué está pasando exactamente. Nos impedís entrar en Londres, pero detrás de nosotros vienen cientos de miles de personas que se congelarán si nos quedamos aquí. Así que o me dais una explicación ahora mismo o no tendré más remedio que quitaros de en medio.

La última frase sonó dura. Thomas había imitado el tono de voz de Gordon cuando profería amenazas, el mismo tono que Gordon había empleado con él cuando era el representante de la Zona Segura del Norte, y Gordon, su enemigo. Cada vez que Gordon le había advertido con aquel tono, Thomas no había dudado de la veracidad de sus palabras. Del mismo modo esperaba que Stacy lo tomara en serio, porque si no, iba a ordenar a sus hombres que abrieran fuego sobre ellos, incluyendo a los niños. Si después descubrían que no eran demonios, que Dios lo ayudara a soportarlo, porque él no sería capaz de perdonarse.

Gordon lo acusó en más de una ocasión de ser un segundón que nunca debería haber ocupado un mando, una idea que ahora Thomas compartía en su interior. Él había sido el máximo responsable del Norte solo porque sus superiores murieron, y ahora, porque Jack y Gordon no estaban.

Conocía perfectamente su obligación, incluso sabía qué haría si no le quedaba otra salida, pero también estaba convencido de que eso lo destrozaría por dentro. No estaba preparado para asumir las responsabilidades del mando al máximo nivel.

Al repasar su vida militar, comprendió que siempre había contado con la comodidad de poder alegar que cumplía órdenes. Pese a su alto rango, siempre había tenido a alguien por encima, y solo la perspectiva de poder descargar la responsabilidad en un superior era una válvula de escape para su conciencia.

Por el bien de la gente que lo seguía y dependía de él, Thomas esperaba que nadie notara su agitación interior, menos aún Stacy y sus cuatro compañeros.

—La orden… —comenzó a decir Stacy.

—¡No! —interrumpió Thomas—. No quiero que digas nada. Si sois aliados, que nos lo cuente el chico.

Thomas señaló a uno de los niños, que sostenía el casco entre sus manos, con el semblante muy serio.

—Conforme —dijo Stacy—. Jimmy, vas a contestar a todas las preguntas que te haga Thomas, ¿de acuerdo? No tienes que ocultarle nada.

—¡Por supuesto! —contestó el pequeño Jimmy con mucha energía—. ¿Tengo que llamarle señor? ¿Por qué nos apuntan esos soldados? ¿Es que son idiotas, no ven que…?

—Jimmy, cariño, ¿qué hemos hablado antes?

El chico se rascó la frente.

—Nada de protestar durante una misión —recitó en tono militar—. Solo obedecer. Solo tú puedes darme órdenes directas. Si mueres, debo encontrar otro corazón para formar un nuevo cuerpo y salvar mi vida. El único hombre que puede darme órdenes es Jack Kolby. Si no hay mujeres, entonces mi criterio es…

—Suficiente, Jimmy. Muy bien —lo felicitó Stacy—. Ahora quiero que contestes a las preguntas de Thomas. Es una orden.

—¡Por supuesto! —repitió Jimmy, con más energía incluso que la primera vez.

Thomas parpadeó, aturdido, ante la conversación que acababa de presenciar. La idea de que no eran humanos cobró algo más de fuerza, muy a su pesar. El chico se volvió y lo miró con gesto altivo. En realidad no se trataba de una postura arrogante; era tan bajito que debía alzar la barbilla para mirarle a los ojos.

—Muy bien, hijo. Solo vamos a hablar un rato, no hace falta que estés tan serio. Esto no es un consejo militar. —Thomas miró a Stacy—. Dejad aquí a Jimmy y marchaos para que pueda hablar sin que lo manipules.

—¡No! —chilló el niño.

Flexionó las rodillas y tensó todos los músculos en menos de medio segundo. Blandía una espada que Thomas no sabía de dónde había salido. El arma ardía, como las de los ángeles y los demonios, pero el fuego era gris, metálico, del mismo tono que su pequeña armadura. Las llamas parecían líquido que se ondulaba.

Los soldados reaccionaron apretando las armas con fuerza. Todos los cañones apuntaron a Jimmy al instante.

—¡Deteneos! —gritó Stacy.

—¡Que nadie abra fuego! —ordenó Thomas.

El comandante comprobó, estupefacto, que Stacy se había dirigido a los miembros de su equipo, no a los soldados. La mujer tranquilizó al otro chico, que también sostenía una espada en las manos, y luego, cuando por fin la guardó, se acercó a Jimmy.

—Baja la espada, Jimmy.

El chico obedeció, pero era ostensible que la orden no le había agradado. Apretaba las mandíbulas, sus ojos despedían fuego.

—Eso es ¬—continuó Stacy—. Yo me ocupo de esto, no te preocupes. Thomas, no podemos dejar a Jimmy solo. Nos quedaremos aquí, pero prometo que no intervendremos. Solo él contestará a las preguntas.

—¿Por qué lleva una espada? ¿Y por qué no puede quedarse solo si no ocultáis nada?

—Porque moriría —contestó Stacy—. No podemos separarnos.

—¿Qué?

—Ya es suficiente —dijo Stacy muy seria—. Te estoy dando todas las facilidades que puedo. Acéptalas o asume las consecuencias, pero te advierto de que yo también tengo responsabilidades y estoy harta de que nos apunten con armas mientras tratamos de demostrar nuestras buenas intenciones.

Thomas calibró rápidamente la situación y esta vez no tuvo ninguna duda sobre cómo actuar.

—¡Bajad las armas! De acuerdo, Jimmy contestará las preguntas mientras vosotros esperáis ahí —dijo señalando un rincón del ruinoso edificio en el que se encontraban.

Stacy y los demás miembros de su escuadra se retiraron a la esquina, entre los murmullos metálicos que sus armaduras causaban al moverse.

—¿Tardaremos mucho? —preguntó Jimmy.

—Lo menos posible, hijo —contestó Thomas.

—Yo no soy tu hijo. Y esa respuesta es muy imprecisa.

Thomas cogió aire.

—¿Qué edad tienes?

—Once años, dos meses y veinte días.

La pregunta era más por curiosidad que por razones de interés militar, pero Thomas no pudo evitar que lo sorprendiera la juventud del chico. Había deseado que tuviese al menos catorce o quince años. ¿Cómo era posible que un chaval tan pequeño mantuviese tanta entereza ante un pelotón de soldados que lo había apuntado con sus armas?

—Os he oído hablar de una misión. ¿En qué consiste?

—En matar demonios.

—¿Tú? ¿Vosotros habéis matado a demonios?

—A siete. Al último le atravesé las tripas. Así.

Jimmy realizó con la espada una demostración muy ilustrativa del movimiento con el que supuestamente había matado a un demonio.

—Ya veo —dijo Thomas—. ¿Cómo es posible matarlos?

El chico frunció el ceño.

—Pues matándolos. ¿Qué pregunta es esa? ¿No eres un militar? Lo mejor es cortarles la cabeza, pero yo soy muy bajito, así que prefiero pincharles la tripa. No es tan efectivo, claro, pero si lo haces bien, mueren. ¡Y yo lo hago muy bien!

Thomas recordó a Gordon asegurando que, cuando habían huido de Londres, dispararon un obús contra un demonio y lo único que consiguieron fue derribarlo, para volverse a levantar en apenas un segundo. Ahora tenía ante él a un mocoso con una armadura que aseguraba que su cometido era destripar demonios.

Recordó también la espada que le había enseñado Jack, el arma que usaban ángeles y demonios, la misma con la que se había equipado el comando que había liderado Gordon para tomar la ciudad de Londres. Aquella espada era de fuego; en cambio, la que el pequeño Jimmy esgrimía con tanta energía era diferente y no solo por su tamaño, algo más reducido, aunque considerable en comparación con la talla del chico. La espada de Jimmy era gris. Se ondulaba como si fuera de fuego, pero su tono era opaco, metálico.

—Tu arma es de telio, ¿verdad? —le preguntó, mientras se esforzaba por encajar las piezas—. Igual que tu armadura y la de Stacy y tus compañeros.

—Mi cuerpo —repuso Jimmy.

—¿Perdón?

—Stacy y los demás son mi cuerpo. Stacy es mi corazón ahora, desde que mataron mi anterior cuerpo.

Thomas tuvo que hacer una pausa. Jimmy se expresaba con la naturalidad y la franqueza propia de los niños, y con cierta desfachatez también, pero era sincero, eso saltaba a la vista.

—Hijo… Perdón, Jimmy. No estoy seguro de entenderte. ¿A qué te refieres cuando dices «cuerpo»?

El chico bufó, miró a Stacy de reojo, quien se limitó a asentir. Luego volvió a centrarse en Thomas.

—El cuerpo es la unidad mínima de combate —recitó—. Está compuesto por cinco miembros. El corazón es siempre una mujer que… que no se haya secado por dentro.

—¿Secado?

—Ummm, que pueda engendrar hijos —explicó Jimmy, sonrojándose un poco—. Las piernas tienen que ser dos hombres de al menos veinte años. Los brazos los formamos dos niños; da igual su sexo, pero la edad no puede superar los catorce años. Yo soy ambidiestro, aunque se me da mejor el brazo derecho. Ahora ocupo el brazo izquierdo, pero en mi anterior cuerpo era el derecho. ¡Y maté a siete demonios!

Thomas observó brevemente a Stacy y a los demás, y comenzó a entender algo de toda aquella locura. Los cinco, Stacy, Jimmy y los demás formaban una especie de unidad indivisible, lo que encajaba con la explicación de Stacy de que no podían separarse si querían sobrevivir. Decidió seguir indagando, porque si se detenía a pensarlo, acabaría por ordenar que los encerraran a todos y les dispensaran ayuda psicológica.

—Entonces, ¿nunca podéis separaros o moriréis?

—Podemos separarnos si nos quitamos las armaduras, así se deshace el cuerpo. Mientras estamos armados, solo el corazón puede sobrevivir sin los demás. El resto moriríamos aislados. Si el corazón palma en combate, tenemos alrededor de un minuto para quitarnos las armaduras o disolver la runa de enlace. Si no, también morimos.

—¿Eso fue lo que le pasó a tu… cuerpo, al anterior que has mencionado? —Thomas se esforzaba por seguir aquella lógica con la esperanza de llegar a comprender algo—. ¿Mataron a la mujer…, al corazón?

—¡No fue culpa mía! —chilló Jimmy, de pronto—. Lo hicimos bien. La runa era perfecta, pero ese demonio era demasiado fuerte. ¡La destrozó como si nada! El muy… Nosotros mantuvimos la formación, pero… pero… Mató al corazón, nos derrotó… —La respiración del chico se agitó, le costaba dominarse. La máscara de seguridad con que el chico se había mostrado se derrumbó en cuanto recordó el traumático episodio. Ahora sí parecía un niño de verdad y no un soldado en miniatura. Thomas reprimió el deseo de abrazarlo—. Nos habría matado a todos de no ser por el hombre desnudo. Nunca habíamos visto a un demonio tan fuerte. Tenían que ser las alas de fuego...

—¿Alas de fuego? —le interrumpió Thomas—. ¿Estás seguro?

Jimmy asintió y se sorbió los mocos. Thomas no podía creer que aquel niño se hubiese enfrentado a Tanon, y menos aún que siguiera con vida. Sirian, el ángel neutral amigo de Jack, les había explicado que era uno de los líderes de los demonios, un Barón, y no uno cualquiera. Sirian les había contado que incluso había matado a su propio padre durante la guerra. Tanon era el más poderoso de todos con diferencia, un demonio implacable y brutal al que nadie se enfrentaría sin contar con alguna ventaja de su parte, a no ser que quisiera suicidarse. Sin duda, Tanon era el ser más peligroso de toda la Creación.

—Después tuve que escapar —continuó Jimmy, aún sollozando—. Debemos mantenernos con vida para formar otro cuerpo. Sí, esas son las órdenes. —Por lo visto, recordarlas le ayudaba a recobrar la compostura. Jimmy volvió a erguirse y, poco a poco, su voz fue recuperando algo de su orgullo juvenil, casi sonaba de nuevo un poco insolente—. Y yo cumplo las órdenes siempre. No me paré a socorrer a nadie, sino que retrocedí, hasta que encontré a Stacy. Ella había perdido un brazo izquierdo, así que completé su cuerpo. Quería vengarme, ¡lo juro! Pero el hombre desnudo nos obligó a retirarnos y...

—Para, para. Vas demasiado deprisa, Jimmy. Necesito que respondas con mucha atención a mis siguientes preguntas. Recuerda que Stacy te lo ha ordenado. —Thomas tomó aire y trató de recapitular la información que acababa de escuchar porque, si no se equivocaba, era mucho más trascendente de lo que jamás habría imaginado. Durante un segundo fue consciente del silencio que reinaba a su alrededor. Sus soldados también estaban absortos en la conversación que mantenía con el muchacho—. Bien, veamos. Dices que un hombre desnudo fue capaz de derrotar al demonio de las alas de fuego, ¿correcto? ¿Le mató? ¿Viste si acabó con él?

—No lo sé. Quedarme allí sin un cuerpo implicaba arriesgar inútilmente la vida. No nos lo permiten.

—Entiendo. Las órdenes. Hiciste muy bien, Jimmy, te lo aseguro, pero dime, ¿sabes quién era ese hombre desnudo?

—No. No lo había visto nunca.

—De acuerdo, ¿viste si tenía alas?

—No tenía, eso seguro.

A Thomas le hubiese gustado saber de qué color eran, porque desde luego tenía que ser un ángel o un demonio, pero al parecer ese misterioso nudista las llevaba replegadas. No podía ser un hombre. Si ya era imposible para un humano medirse con un demonio normal y corriente, con Tanon ni siquiera era concebible. De nuevo se le planteaba otro problema de identificación: sin una exhibición de las alas, no había modo de estar seguro. Claro que ahora estaba prácticamente convencido de que Stacy, efectivamente, era humana.

—Esto es muy importante, Jimmy. Presta atención. ¿Había sombras cuando os peleasteis contra el demonio de las alas de fuego?

El chico bajó la vista. Era evidente que dudaba sobre la respuesta.

—Yo creo que sí.

—¿Crees?

—Nos sorprendió la explosión y luego nos encontramos en medio de una tormenta. No me fijaba en si había sombras, la verdad. Pero luego, al regresar… No sé, había algo extraño. Las sombras estaban ahí, pero eran como poco oscuras, como transparentes… Algo muy raro.

Que eso era raro estaba claro. Aunque las sombras no fueran un detalle sobre el que se interrogara a nadie, calificarlas de aquella manera era probablemente la peor descripción de una sombra que se podía esperar. O hay sombras o no las hay. No es tan complicado. Con semejante explicación, Thomas no podía determinar si el grupo había ido o no al Cielo, donde según su información se encontraba Tanon. Claro que, según esa misma información, el acceso al Cielo era imposible, ya fuera de entrada o salida. La estrategia que él, Jack y Gordon habían trazado se basaba en ello, y también en sellar el Infierno, un objetivo sobre el que tampoco tenía datos.

—Necesito saber si el demonio de las alas de fuego estaba en Londres o si vosotros fuisteis al Cielo. ¿Lo entiendes, Jimmy?

—Perfectamente.

—¿Y bien?

—Los adultos están investigando. Por eso no podéis entrar en la ciudad hasta que lo verifiquemos.

—Me temo que eso lo decidiré yo. Y no es una opción, porque…

Thomas dejó la frase a medias al darse cuenta de que discutía con un niño sobre la salvación de miles de personas que se congelarían si no se refugiaban en la ciudad.

—Londres ya no existe —insistió Jimmy—. Solo quedan en pie los edificios de las afueras. En el interior de la muralla, todo son cenizas humeantes y un poco apestosas. Desde aquí no se ve porque los edificios tapan la destrucción, pero…

—Lo he entendido —gruñó Thomas, molesto. No era la información que esperaba—. Supongo que es por la explosión a la que antes te referías.

Jimmy asintió.

—Ahora hay una tormenta en el centro de Londres. Allí nos atacaron los demonios. Nos cogieron por sorpresa porque estábamos desorientados. La explosión nos lanzó por los aires y creo que algunos de los nuestros murieron porque los cuerpos se separaron. El mío por suerte permaneció unido, así que luchamos, pero éramos pocos. Los demonios nos tenían acorralados, pero entonces uno de ellos se rebeló y se puso a matar a sus compañeros.

—¿Un demonio? —se extrañó Thomas—. ¿Matando a los suyos? No tiene sentido.

—Eso pensamos nosotros, pero te juro que era un demonio. Sus alas eran negras. Era un demonio muy alto. —Jimmy levantó la mano cuanto pudo, estirando el brazo al máximo—. Más todavía. Yo creo que medía dos metros. Tenía el pelo rubio y largo. Se puso a matar demonios, bueno, a despedazarlos, más bien. Yo creo que se volvió loco. Los demonios no se lo esperaban y no pudieron con él. Entonces reaccionamos, volvimos al combate, y les ganamos. Conseguimos que retrocedieran hasta salir de la tormenta. Al demonio rubio lo perdimos de vista porque iba corriendo a toda velocidad, como si tuviera mucha prisa, y con las armaduras no es fácil seguirle el ritmo, y... Bueno, los niños no tenemos las piernas muy largas y ralentizamos a los demás. Es un problema en el que Jack y Sirian están trabajando... Bueno, después vino el de las alas de fuego y, si no llega a ser por el hombre desnudo, habría acabado con nosotros. Luego regresamos. Eso es todo —terminó Jimmy. Tomó aire como si hubiera hablado todo el tiempo sin respirar.

Thomas no consideraba que aquello fuese todo, pero empezaba a hacerse una idea de lo que había sucedido. Esa idea no era nada alentadora. Parecía evidente que, de algún modo, la separación entre el Cielo y la Tierra se había roto con la estampida, y lo peor era que parecía que los demonios habían ganado la guerra en el Cielo, dado que Jimmy y los suyos no se habían topado con ángeles, sino con Tanon. Era una conclusión precipitada, puede que los ángeles se hubiesen retirado a otra parte, pero por ahora tendría que asumir que habían perdido.

Quedaban muchas incógnitas por despejar. Algunos detalles los intuía, no necesitaba repetir la pregunta para confirmar que las armaduras y las espadas grises estaban hechas de telio.

—Jack os entrenó, ¿verdad? En secreto. Antes, cuando hablabas con Stacy, dijiste que solo recibías órdenes de una mujer o de Jack, ¿no es así?

—Las mujeres son los corazones. Ellas toman las decisiones o no funciona. Es... Es así.

—¿Y Jack?

—Jack es nuestro líder.

Desde luego, Jack Kolby era muchas cosas. Era un líder, sí, eso por descontado, uno que casi nunca ostentaba el cargo, y menos en público, pero que siempre manejaba los hilos en la sombra. También era manipulador y el conspirador más asqueroso que Thomas hubiera conocido. Sabía que Jack siempre se guardaba algo, que no les contaba todo, pero nunca hubiese creído posible que estuviese formando un pequeño ejército sin que nadie estuviera informado de ello. Gordon le había advertido muchas veces sobre Jack. Le había dicho que hacía mucho tiempo que el magnate estaba al tanto de la existencia de ángeles y demonios, y que se había reservado esa información con algún objetivo.

Thomas había creído en Jack cuando los convenció para que sellaran el Infierno, o tal vez debería decir cuando los manipuló, porque ya no sabía qué pensar. ¿Por qué no les había confiado la fabricación de esas armaduras de telio? ¿Con qué propósito había ocultado ese secreto? A Thomas se le ocurría un par de posibilidades, como la de querer conservar el poder, lo que ahora se demostraba al impedirle entrar en Londres por medio de aquel quinteto.

Seguro que tendría otros planes oscuros que no compartiría con nadie. Thomas lo veía muy capaz de manipular incluso a Sirian, a un auténtico ángel. De lo que no albergaba la menor duda era de que si Jack no les había contado nada, era porque no se fiaba de ellos, ni de él ni de Gordon, eso en el mejor de los casos. Tampoco dudaba de que, cuando lo encontrara de nuevo y le preguntara al respecto, Jack le ofrecería una explicación de lo más elocuente. Su especialidad era convencer. Siempre sabía qué decir para que otros hicieran lo que él quería.

—Gracias, Jimmy. Me has ayudado mucho.

El chico asintió, satisfecho. Stacy y el resto de sus compañeros se reunieron con él.

—No me ha parecido muy inteligente —susurró Jimmy a sus compañeros, aunque Thomas lo escuchó perfectamente.

—Lamento las amenazas —dijo Thomas—. No sois demonios, es cierto, pero tenía que asegurarme. Ahora solo quiero saber dónde está Jack Kolby.

—Muerto —contestó muy seria Stacy.

Thomas apenas pudo disimular su turbación.

—¿Qué? ¿Quién lo mató? ¿Cómo?

Era impensable que Jack hubiese muerto porque Sirian siempre velaba por él. En un instante, Thomas comprendió lo que Jack representaba en realidad: el conocimiento, el único ser humano capaz de entender la situación actual y discutir con un ángel de igual a igual. Casi se mareó por un momento. Por mucho que lo despreciara, prefería que Jack estuviese vivo y a su lado para guiarlos a todos.

—Es el protocolo —explicó Stacy. Si se dio cuenta de su inseguridad, no lo demostró, cosa que Thomas agradeció en su fuero interno—. Su muerte no está confirmada todavía, pero hasta que no lo encontremos a él o a su cadáver, actuaremos como si hubiese muerto. En fin, ya tiene las explicaciones que quería. Solo falta que usted entienda que no puede entrar en Londres bajo ningún concepto.

Thomas se enfureció. Su confusión y su incertidumbre se mezclaron al chocar con la única orden que no podía aceptar de nadie.

—Creo que no lo has entendido. —Thomas alzó la mano y los veinte fusiles de sus hombres apuntaron de nuevo al quinteto—. Cientos de miles de vidas dependen de que los llevemos a un lugar seguro. ¡Están muriendo fuera de la ciudad! Vais a retiraros ahora mismo o tendré que ordenar que los soldados abran fuego.

—Nos hemos equivocado —dijo el pequeño Jimmy empuñando la espada—. No puede ser él.

—Es él, Jimmy, confía en mí —dijo Stacy—. Solo está desesperado.

—¿De qué habláis?

—Hablamos de ti, Thomas. —Stacy desenfundó también su espada. Era como la de Jimmy, pero más grande. Ella y los niños se pusieron los cascos. Los cinco miembros se colocaron en formación; los hombres un paso por detrás, los niños a los lados de Stacy. El metal de sus armaduras traqueteaba con cada movimiento—. A usted no le pasará nada, Thomas, pero sus hombres morirán si da esa orden.

—¿Cómo que a mí no me pasará nada?

—Gordon está muerto —dijo Stacy—. Y eso sí está confirmado. Usted es ahora el líder de la población humana, Thomas, y por eso no podemos dejar que le suceda nada. Esas fueron las últimas órdenes de Jack: velar por su vida, porque usted es nuestra única esperanza.

Thomas ni siquiera intentó aceptar la gigantesca responsabilidad que acababa de aplastarlo. No estaba preparado para asumirla. Para no bloquearse dejó escapar su rabia.

—¿Qué estupidez es esa? ¿Sabéis de lo que estáis hablando? ¡La niebla se ha tragado la ciudad entera de Oxford! ¡Y no se ha detenido! ¿Qué esperáis que haga yo?

Un crujido retumbó en la estancia. Sonó con más intensidad hacia la derecha. Thomas volvió el rostro en esa dirección. La formación de Stacy también se orientó hacia la pared oeste. La pared tembló y no tardó en aparecer una grieta justo en el centro, que creció y se ramificó. Una franja de fuego surgió a través de la pared. Thomas reconoció sin problemas que era el filo de una espada, idéntica a la que usó el demonio que atacó a Jack cuando estaba en Oxford, tratando de sofocar una manifestación.

Sonó un golpe terrible y varios ladrillos salieron despedidos. La pared se vino abajo con un gran estruendo, levantando una pequeña nube de polvo. De nuevo se asomó la espada de fuego y después el hombre que la empuñaba. Vestía ropas sucias y negras que no eran de su talla, le quedaban demasiado holgadas. Su rostro estaba manchado de sangre brillante, de un rojo tan vivo que refulgía con luz propia.

Avanzó dos pasos, ligeramente encorvado.

—¿Dónde está Jack Kolby? —rugió, haciendo vibrar los muros.

Thomas no tenía el menor interés en averiguar qué había hecho Jack para irritar a un demonio capaz de derribar una pared a puñetazos, como no estaba dispuesto a esperar a que llegaran sus compañeros de alas negras. Por lo visto, Stacy no mentía al decir que Londres estaba infestado de demonios.

—¡Abrid fuego!

Los soldados, que desde el primer momento mantenían encañonado al desconocido, obedecieron. Veinte rifles vomitaron su munición al mismo tiempo.

—¡Nooooooooooooooooooo! —gritó Jimmy.

El pequeño echó a correr hacia el demonio y saltó. Las balas atravesaron al desconocido por todas partes. La sangre salpicaba sus brazos, piernas y torso, allí donde impactaban los proyectiles. Alguna de aquellas balas dio a Jimmy cuando pasó volando delante del demonio. Se escucharon varios sonidos metálicos al estrellarse las balas contra la armadura del chico.

—¡Jimmy! —gritó Stacy—. ¿Qué estás haciendo?

—¡Alto el fuego! —ordenó Thomas—. ¡No disparéis al niño!

La lluvia de balas cesó.

—Se puso en la línea de tiro, señor —se disculpó un soldado—. No pudimos evitarlo.

—¡Vuelve aquí, Jimmy!

Thomas sintió un gran alivio al ver que el pequeño se levantaba como si nada. La armadura desde luego era efectiva.

—¡Idiotas! —gruñó Jimmy—. Este es el hombre desnudo del que os hablé.

¿El que se había enfrentado a Tanon? Thomas no podía creerlo. El caso es que el hombre continuaba de pie. La sangre cubría su cuerpo por completo, manaba de tantos orificios que no era posible contarlos. Ningún ser humano podría sobrevivir a semejante daño.

—¿Dónde… está… Jack? —repitió, esta vez con un susurro apenas audible.

Entonces se desplomó en el suelo. Cayó de bruces, completamente inerte. Y todo se tiñó de rojo a su alrededor. Puede que, después de todo, sí se tratara de un hombre.

CAPÍTULO 2

Por última vez: retroceded ahora mismo —ordenó el ángel—. Esto es traición.

Su compañero, otro custodio, repasó con la mirada a los seis ángeles que los cercaban.

—¿Vais a morir por él? —preguntó el cabecilla de los rebeldes—. Solo sois dos y estamos en la cueva más profunda, no llegará ayuda a tiempo. Apartaos, no nos obliguéis a emplear la fuerza.

Los dos custodios se mantuvieron firmes a pesar de que su inferioridad era incuestionable. Aferraron con fuerza el escudo y se aproximaron el uno al otro. Los ángeles rebeldes los observaron sin la menor preocupación, confiados, dado que controlaban la única galería por la que se podía salir de la cueva y ascender hasta alcanzar el exterior de la montaña. Los tenían atrapados.

—Recapacitad antes de cometer un error —advirtió el custodio—. Moriremos, sí, pero no será por él, sino por cumplir las órdenes. ¿Se os ha olvidado ya lo que nos distingue de los demonios? Todos hemos perdido a seres queridos, pero eso no justifica…

—¡Cállate! —estalló el cabecilla—. ¡La guerra se ha terminado! —Agitó las alas blancas con violencia. Su voz se quebró por la rabia—. ¡Hemos perdido! Todo el esfuerzo, nuestro sacrificio, las muertes… ¡Todo para nada! Ya habíamos perdido antes de que esos malnacidos salieran del Agujero y atacaran la primera esfera, solo que no lo sabíamos. ¡Y nos pides que lo aceptemos sin más!

Sus compañeros bufaron y dieron un paso adelante. Un murmullo de aprobación recorrió la cueva.

Los dos custodios tensaron los músculos, extendieron sus alas acorazadas.

—La guerra no ha terminado —repuso el ángel—. Esto no tiene por qué ir a más. Si no retrocedéis, nosotros moriremos, pero algunos de vosotros también, que no os quepa duda. ¿Es eso lo que queréis?

Esta vez replicó otro de los insurrectos, uno que controlaba mejor su tono de voz, no así el fuego que despedían sus ojos.

—Lo único que ha terminado es nuestra paciencia. Hemos sido muy tolerantes con ellos, demasiado. Asius le ofreció a Tanon una tregua, lo sé porque me lo ha contado personalmente. Cedió en mucho más de lo que es razonable para conseguir la paz. Pero Tanon se negó. Ni siquiera después de saber que Diacos había sido descubierto y ya no contarían con ayuda desde dentro. ¿Lo entendéis o no? Está bastante claro. Si Renuin no lo quiere ver es su problema. Los demonios no buscan nada más que matarnos. Están completamente locos y no se puede razonar con ellos. Por favor, apartaos o vuestra muerte será la más ridícula de todas.

—Todos compartimos el mismo dolor. —El custodio dejó caer el escudo y separó las manos en gesto de paz. Su compañero lo miró, sorprendido en un primer instante, pero no tardó en imitarlo—. Matarnos no os aliviará. Pero no seremos nosotros los que alcemos las armas contra nuestros hermanos. La elección es vuestra. Ya hubo otros que actuaron del mismo modo hace tiempo y sabemos cuáles fueron las consecuencias. ¿Queréis ser como ellos? Adelante. Matadnos, si es lo que queréis. Nosotros no cederemos ante nada. El orden que representamos no lo puede quebrar ninguna traición, ni siquiera la vuestra, en el momento en el que más os necesitamos. Pero todo esto ya lo sabéis. Como sabéis también que os arrepentiréis más adelante. Renuin lo entenderá, dadas las circunstancias, porque es sabia y comprensiva, pero vosotros no podréis. Os odiaréis a vosotros mismos.

Los seis ángeles se detuvieron. Sus músculos se relajaron, dejaron caer los brazos y aflojaron las manos que empuñaban las armas. Intercambiaron miradas en las que compartían sus dudas, sus miedos y su dolor. Aquellas miradas eran tristes, casi vacías.

—¿Cómo lo soportáis? —preguntó finalmente el cabecilla—. ¿Cómo seguir adelante sabiendo que el Viejo está muerto?

—Nosotros no lo estamos —contestó el custodio.

Varias palmadas resonaron en la cueva.

—Y yo que pensaba que os ibais a pelear por mí —dijo Stil sin dejar de aplaudir—. Bonito discurso. Una pena que me hayas privado del espectáculo.

El custodio lo golpeó en el estómago.

—Cierra la boca, demonio. Podría cambiar de opinión y entregarte a ellos.

Stil, de rodillas, necesitó un segundo para recobrar el aliento. Era significativo que lo hubiesen golpeado por una simple provocación, lo que implicaba que incluso sus defensores tenían los nervios al límite.

—Acabas de defender mi vida y me golpeas estando indefenso. Muy mal, deberías predicar con el ejemplo, ¿no crees? ¿Por qué no dejas que me torturen tus hermanos? Lo están deseando.

Recibió un puñetazo en la boca.

—No le escuchéis.

Enfurecerlos era la única esperanza de Stil para escapar. Por lo que sabía, estaban todos muy alterados después de enterarse de la muerte del Viejo. La euforia que habían sentido cuando Yala ganó la batalla y repelieron a los demonios, pronto se desvaneció tras la peor noticia que podían esperar. El propio Stil se sorprendió como el que más, pero en su caso no fue tristeza el sentimiento que experimentó. Más bien, le invadió una profunda sensación de libertad.

Ahora debía fomentar el desconcierto entre los ángeles, dividirlos. Si llegaban a enfrentarse entre ellos, tal vez podría escapar. En el peor de los casos, su situación no cambiaría. Si alguno de ellos perdía la cabeza, podría asestarle una buena paliza y luego llamar a un sanador que borrara todo rastro de heridas con el fin de que sus superiores no se enterasen. Pero a Stil, después de haber estado en el Infierno, ningún castigo le daba el menor miedo.

—Un bonito discurso el que has soltado a tus hermanos. ¿Dónde estabas durante la primera guerra? Si me hubieses hablado así a mí, a lo mejor me lo habría pensado dos veces antes de rebelarme.

—Aunque me cueste lo indescriptible, puedo respetar a Renuin lo suficiente para cumplir sus órdenes y no matarlo —dijo el cabecilla a un custodio—. Pero no pienso escuchar sus burlas. Si no cierra la boca ahora mismo…

—No harás nada —le provocó Stil—. Mi esposa, tu superior, no te lo permite. Y el superior de tu superior… Bueno, creo que ese ya no dará ninguna orden más. —Dos de sus compañeros tuvieron que sujetar al ángel—. ¿Acaso he dicho alguna mentira? Es precisamente la verdad lo que te pone furioso, ¿a que sí?

Los ángeles tuvieron serios problemas para contener al cabecilla. Uno de los custodios se volvió y alzó el escudo para golpear de nuevo al demonio. Stil percibió la rabia en el rostro desencajado antes de cerrar los ojos, anticipando el impacto. Se preparó para rodar y luego abalanzarse sobre ellos, cuando no se lo esperaran, a ver si con un poco de suerte…

—¡Por las siete esferas!

—¡Cuidado! ¡Maldita sea!

—¡Están aquí! ¡Han vuelto!

Stil no recibió golpe alguno. Abrió los ojos y por un breve instante pensó que sí le habían atizado, en la cabeza, y que por eso tenía alucinaciones. Todo estaba a oscuras… ¡en el Cielo! La luz había desaparecido prácticamente por completo. En la negrura, oyó la desorientación de los ángeles, que gritaban y se estorbaban mutuamente.

Reaccionó con violencia y rapidez. Acostumbrado a la oscuridad del Infierno, Stil no tenía dificultad para advertir a los ángeles. Sus manos y pies estaban
encadenados, pero con un margen más que suficiente para moverse con razonable libertad.

Embistió con el hombro al que tenía más cerca. El ángel no supo de dónde
venía el ataque, perdió el equilibrio y cayó sobre los demás. Stil no tuvo problemas en derribar a otro de una patada.

Los ángeles lanzaban manotazos con desatino y maldecían, a la vez que
tropezaban e intentaban levantarse, presas de la confusión. El demonio aprovechó para cortar sus cadenas con el escudo de uno de los custodios. Luego se
marchó a toda prisa. No sabía si se trataba de un golpe de suerte o de alguna
estratagema de los demonios para rescatarlo, pero igual que se había ido la luz,
esta podría regresar, y lo último que quería era encontrarse en medio de ocho
ángeles furiosos a los que acababa de provocar.

La montaña en la que se encontraba había cambiado mucho, probablemente
debido a la Onda. Por lo que sabía, la entrada estaba arriba, así que se movió
tan rápido como pudo, escogiendo siempre el camino ascendente. Oía voces
por todas partes que exigían una explicación. Se cruzó con algún que otro ángel
en un par de ocasiones, pero no lo percibieron y tanto sus alas como su cabello
blanco contribuían a que pensaran que era uno de ellos. Los ángeles, como él,
ni se imaginaban cuál podía ser la causa del apagón, su confusión era total.

—¡Cuidado! —gritó Stil, muy ofendido, a un ángel que tropezó con él—.
¡Contrólate!

—¿Qué está pasando?

—Ha sido Stil —dijo Stil—. Ese asqueroso demonio nos ha vuelto a traer la
oscuridad, como pasó en la Ciudadela. ¡Voy a matarlo antes de que se escape!

—¡Maldito traidor! Debería haberse podrido en el Agujero —gruñó el ángel
tanteando la pared.

—Voy abajo con los demás a darle su merecido. ¿Vienes?

—Espero que me dejen arrancarle un ala antes de acabar con él.

Stil lo vio tropezar mientras descendía por el túnel. En la siguiente cueva
no había nadie, pero le dio la impresión de que la oscuridad era menos densa.
No debía faltar mucho para que desapareciese por completo y la luz volviese a
inundarlo todo, como era natural. Aun así, Stil tardó en dar un paso más. Si no
le fallaba el juicio, estaba viendo su propia sombra... en el Cielo.

Aquello no tenía el menor sentido. Agitó un poco las alas y en efecto una
porción más oscura osciló en el suelo, perfilando claramente el contorno de
sus plumas. Si aquella inexplicable oscuridad era obra de los demonios, habían
descubierto un nuevo modo de provocarla durante su cautiverio.

Dos ángeles aparecieron por la apertura que conducía a la salida o como poco al túnel que le permitía seguir ascendiendo. Stil empezaba a preocuparse, así que no se molestó en distraerlos, sino que los rodeó con intención de pasar de largo antes de que repararan en él. Sin embargo, antes de rebasarlos, uno de ellos giró muy rápido y Stil recibió un puñetazo brutal en la mandíbula. No se lo esperaba y cayó. Una patada le mandó de vuelta hacia atrás.

—No vas a ninguna parte, demonio.

Stil se puso en pie, maldijo su estupidez y su confianza en la oscuridad. No se había detenido a examinar a los dos ángeles que tenía enfrente, y eso había sido un error descomunal.

—Cuánto tiempo, Yala —dijo mientras se incorporaba.

Los gemelos se separaron un paso y flexionaron un poco las rodillas. El resplandor de las llamas que despedían las espadas alcanzó para distinguir sus melenas doradas, que nacían a dos imponentes metros de estatura. Giraron un poco, dieron un paso lateral y colocaron las espadas ligeramente hacia los extremos, de modo que los hombros opuestos quedaran más cerca.

—¿Sabes? Me alegro de que nos encontremos de nuevo —dijo Stil, tratando de ganar tiempo—. Tuviste suerte cuando me capturaste en la Ciudadela. No sabía que podías pasar heridas de un gemelo a otro, por eso me venciste. —Observó a Yala, que permanecía impertérrito—. ¿Qué se siente al fracasar, Yala? ¿Recuerdas cómo contribuiste a nuestra comedia? Me detuviste porque pensabas que iba a matar a Diacos, el Héroe. ¿No era así como denominabais a nuestro aliado?

—Hablas demasiado para… —dijo un gemelo.

—… ser un vulgar prisionero —terminó el otro.

Y eso fue todo. Continuó inmóvil. Yala no se dejaba provocar, sino que guardaba la concentración, preparado para la pelea. A Stil nada le gustaría más que desquitarse con el ángel que le había derrotado, pero era consciente de que no tenía ninguna oportunidad estando desarmado. Su cuerpo, además, estaba dolorido, entumecido de llevar tanto tiempo encadenado.

Con todo, no podía dejarse capturar tan cerca de la libertad. Entregarse voluntariamente era impensable para él, ya que sería como aceptar que lo encerraran de nuevo en el Agujero. La sola idea le revolvía las tripas.

—¿A qué esperas, demonio? —le apremió Yala—. Veamos si…

—… fue la suerte lo que me dio la victoria la primera vez —dijo el otro gemelo—. Vamos, escapa, trata de huir, dame…

—… una excusa para poder matarte. ¿Te dan miedo…?

—¿… mis armas?

Yala arrojó las dos espadas al suelo y antes de que estas tocaran el suelo, Stil ya cargaba contra él. Había sucumbido a la provocación, como le decía una vocecilla en su interior. Pero su orgullo, que retumbaba en su interior como un terremoto, le recordaba que no podía retroceder ante ningún ángel, menos aún ante el responsable de su captura. La ira había vencido al sentido común. Estaba furioso, no atendía a razones y la muerte era preferible a la humillación de ser apresado por segunda vez.

A la vez que bloqueaban la salida, los gemelos se prepararon para recibir la embestida. Stil no había previsto realizar ninguna finta ni maniobra de combate, con la esperanza de que Yala no anticipara un ataque tan desesperado.

Uno de los gemelos dio un paso adelante; el otro atrás. El primero encajó el golpe de Stil, mientras que el segundo le asestaba al demonio un puñetazo en la cara. Después empujó a Stil y ayudó al gemelo que había recibido el golpe a incorporarse.

El demonio rugió y saltó entre ellos. Agarró a uno por el cuello, batiendo las alas con ferocidad para que el otro no pudiera ver ni acercarse con comodidad. Stil apretó con todas sus fuerzas mientras recibía golpes en la espalda y las piernas. Su plan era estrangular a uno de los gemelos hasta ahogarlo; después Yala sería fácil de matar. Tensó los músculos de su brazo al límite, imprimiéndoles la fuerza que otorga la rabia de pasar una eternidad en el Agujero.

Yala era fuerte, pero no podría resistir mucho más. En una rápida maniobra, el gemelo giró y se puso de cara al otro, que esperaba con el puño preparado. Antes de terminar el giro, el puño ya volaba hacia el demonio, que alcanzó a ver cómo rozaba la cara del gemelo que intentaba estrangular para estrellarse contra la suya. Todo se volvió negro unos instantes, pero Stil no cedió. Entonces el gemelo sacó las alas y empujó con ellas al demonio para sacudírselo de la espalda.

Stil retrocedió, consciente de que no podía superar a Yala en aquellas condiciones. Sus ojos se fijaron en algo que tenía en la mano. Un pluma… ¡Una pluma negra! Miró las alas del gemelo que había tratado de estrangular y reparó en el tono oscuro de sus plumas. Solo había una manera de conseguir ese color.

—¡Has estado en el Agujero!

Por eso Yala lo había visto cuando trataba de huir y no se sentía desorientado en la oscuridad.

—Y allí regresarás tú muy pronto —dijo Yala.

Uno de los gemelos en el Agujero… Era una información demasiado importante, tanto que podía cambiar el curso de la guerra. Lo único que no encajaba era la actitud del ángel.

—¿Por qué peleas conmigo? —preguntó el demonio.

Yala no se molestó en contestar, sino que se abalanzó de nuevo sobre él. Stil tensó las alas, su arma más preciada; jamás se habían quebrado, ni siquiera la oscuridad del Agujero logró ennegrecerlas.

Chocaron. Cada uno de los gemelos sujetó una de sus alas. Stil empujó con todas sus fuerzas.

—Detente —murmuró Stil—. No tiene sentido que luchemos ahora. —Los gemelos incrementaron la presión. Stil tuvo que retroceder un paso—. ¿Por qué lo haces? ¿No ves que yo soy tu única esperanza? Ah… Ahora lo entiendo. No lo sabes, ¿verdad? —Esbozó una sonrisa sardónica—. Has estado allí el tiempo suficiente para que tus alas se volvieran negras, pero no has descubierto el secreto. —Yala cedió un poco. Lo miró con las dos cabezas, serio, con cierta inseguridad brillando en sus ojos—. Dudas, pero sabes que digo la verdad.

—Solo una parte de la verdad, la parte…

—… que te conviene. No confío…

—… en ti.

—Tienes que creerme —dijo Stil—. No es un truco. Puedo…

Los gemelos tiraron de las alas al mismo tiempo. Stil, que no contaba con esa reacción, salió despedido hacia arriba. Se estrelló contra el techo de la cueva. Después cayó al suelo. Se levantó furioso. No por el golpe, sino por la incapacidad de razonar con el ángel más tozudo de todos.

—No te escucharé, demonio —dijo Yala.

Estaba decidido a matarlo, tal y como había anunciado al desprenderse de las armas. Si esa era su única intención, Stil convino en que no merecía la pena hablar más. Cargó contra él, resuelto a despedazarlo o morir en el intento.

Estaba a unas tres zancadas de los gemelos cuando retumbaron varias detonaciones seguidas, cortas y ahogadas, que se repetían con rapidez. Stil no había oído nada semejante en el Cielo, jamás. Buscó con la mirada el posible origen de aquel traqueteo, pero no vio nada, hasta que se percató de que el gemelo que tenía las alas negras temblaba en espasmos incontrolados, como ajenos a su voluntad, y que rompieron la simetría con su otro gemelo.

El demonio ya no podía detener su carrera. Estaba a punto de chocar con Yala cuando advirtió que el de las alas negras sangraba por varios lugares. Sonaron un par de detonaciones más y Stil notó un pequeño impacto en el hombro. Era una bala, como las que empleaban los menores. Se preguntó durante un fugaz instante si habría menores o demonios disparando sus armas contra Yala. Una idea absurda, desde luego.

De todos modos, a Yala no le sentó nada bien. Stil derribó con un ala al gemelo de las alas blancas, que se había quedado aturdido, pisó la cabeza del que había sido acribillado, que yacía en el suelo, y continuó corriendo.

A medida que ascendía, la oscuridad se desvanecía. Si se topara con algún ángel, seguro que lo reconocería. Sin embargo, la suerte todavía estaba de su parte porque no se encontró con nadie durante el resto del recorrido. A poca distancia, la salida de la montaña se abría ante él. La luz era débil, como la de un atardecer en el plano de los menores. En cuanto salió, descubrió que no había nada normal en aquella luz.

La ladera de la montaña aparecía cubierta por borrones oscuros, el paisaje estaba manchado, sucio. Cuando alzó la cabeza comprobó que aquellas manchas se correspondían con las formaciones rocosas que flotaban sobre ellas. Los árboles proyectaban sus formas alargadas, las rocas tenían un lado más oscuro que otro. Eran sombras, sombras en el Cielo, por todas partes, hasta donde le alcanzaba la vista.

Le invadió el desconcierto. Como mínimo toda aquella esfera estaba inundada por la luz de los menores, y en realidad sospechaba que el Cielo entero estaba sumido en la penumbra. Aquello no podía ser obra de los suyos. Los demonios no poseían nada capaz de alterar de ese modo las siete esferas.

Por desgracia su problema era otro.

—¿Vas a alguna parte, querido? —le preguntó Renuin.

Estaba de pie, hermosa, bajo un árbol que colgaba boca abajo desde el fragmento de tierra flotante en el que había estado arraigado. Detrás de ella, había al menos doscientos ángeles, blandiendo doscientas espadas llameantes en sus manos.

Stil replegó las alas y sonrió a su esposa. Su suerte se había acabado.

Eran demasiadas las veces que Richard Northon se despertaba desorientado por completo. Su cabeza tenía que empezar de cero a recomponer su identidad y todo lo que había vivido últimamente. El Cielo, el Infierno, la guerra, Raven, Nilia… Y, por supuesto, su extraña unión con Yala por medio de una operación a corazón abierto en medio del Infierno.

Al abrir los ojos en esta ocasión, tampoco recordó dónde se encontraba. Se frotó los párpados. Lo primero que vislumbró fue una pequeña nube de humo flotando sobre él; después, a la derecha, un puro con la punta naranja.

—¿Sabes? Creo que este puede ser de los últimos puros que queden en Londres, tal vez en el mundo entero. Eso debería hacer que cada calada fuera una delicia, que su aroma me embriagara como nunca, que me volviese loco de placer saboreando esta maravilla. Pero te diré una cosa, Rick, es mentira. Todo eso de que cuando sabes que algo se acaba lo disfrutas más… Basura. Este puro, amigo mío, sabe exactamente igual que todos los que me he fumado antes, y han sido unos cuantos, te lo aseguro. No, el final de las cosas, no tiene nada que ver, nada en absoluto. La ilusión, la actitud, el modo de encarar el fin es lo que cuenta. Si yo sintiese la más mínima pasión en mi interior, este puro podría ser un montón de mierda enrollada en mi boca y a mí me sabría a gloria bendita. Así son las cosas. La ilusión es lo que cuenta. ¿Pero sabes qué he aprendido, Rick? Que hay algo peor todavía que no tener ilusión: haberla perdido. Sí, perderla es una sensación… No puedo describirla. Solo conocí a un hombre, una vez, antes de la Onda, que parecía capaz de vivir sabiendo que era un mediocre.

Un tipo muy curioso al que ahora, por fin, después de tanto tiempo, creo que he llegado a comprender. Me gustaría que estuviese aquí conmigo. Sí, creo que en este preciso momento, no hay otra persona en todo el mundo con la que más me gustaría hablar que con Dylan Blair.

—Hola, Jack —dijo Rick, sentándose al borde de la cama.

—¡Estás despierto! Y yo que creía que hablaba solo. ¿Qué tal te encuentras? Me han dicho que me buscabas.

Los pensamientos de Rick se habían asentado mientras escuchaba la disertación de Jack. Ahora se sentía más despejado. En realidad, se encontraba perfectamente.

—Tienes un aspecto horrible. Has cambiado mucho.

Jack se pasó la mano por la calva, advirtiendo la mirada de Rick.

—Un demonio me atacó en Oxford —explicó encogiéndose de hombros—. Me temo que el pelo es cosa del pasado para mí. Tú, sin embargo, estás mucho mejor que en nuestro último encuentro. Siento mucha curiosidad por tu viaje y, para qué negarlo, por la asombrosa facultad que has desarrollado para sobrevivir a más de treinta balazos sin que te quede ni un rasguño.

—¿Mi viaje? —Rick contuvo una carcajada histérica—. Mi viaje… Hace falta mucho morro para mirarme a la cara tan tranquilo, sin mostrar la menor vergüenza. Ya se me había olvidado lo arrogante que eres, Jack. Fuiste tú el que me engañaste para que emprendiera esa misión que ahora llamas «viaje». Nos enviaste al Cielo a por armas, ¿recuerdas? Pero no nos dijiste que ya lo sabías todo. Nos enviaste allí sin advertirnos de nada. He pensado mucho en por qué lo hiciste, Jack. Lo he pensado mientras trataba de sobrevivir en medio de una guerra entre ángeles y demonios. Suena impresionante, ¿verdad? Las cosas que habré visto, pensarás. He visto mucho más de lo que debería, y también he estado completamente ciego en el peor agujero que se pueda concebir. Allí abajo también pensé en ti, Jack, en por qué me has hecho atravesar el peor infierno de mi vida, literalmente hablando.

—Imagino —dijo Jack, despreocupado— que tendrás alguna teoría.

—En efecto, la tengo. Tú no haces nada sin obtener algo a cambio. ¿Cuánto te dieron por vendernos? Porque de eso se trataba, ¿no? De llevar a Raven al Cielo para…

—Vas bastante desencaminado. —Jack chupó el puro, exhaló y envolvió a Rick en una nube espesa—. Entiendo que el humo no te perjudica, ¿verdad? Si una bala no puede hacerlo… A lo que íbamos. De modo que también has estado en el Infierno. Y sigues vivo, más que vivo diría yo. ¿Inmortal, tal vez? Luego discutiremos esa parte. ¡Me has impresionado, Rick! Y te aseguro que muy pocas personas lo han logrado después de todo lo que he visto en mi vida. —Jack hizo una pausa para darle otra calada a su puro—. Celebro que conserves tu autocontrol, un rasgo de disciplina militar, sin duda. A pesar de todas las barbaridades que he cometido, pocas personas tienen tantos motivos para odiarme como tú. Pero sigues ahí sentado, escuchándome. Brindo por eso. Lamentablemente uno no puede evitar ser como es, y mi experiencia manipulando a los demás me dice que si aún no me has estrangulado es porque quieres algo de mí. Soy un malpensado, lo sé. Deformación profesional...

—No has contestado a mi pregunta.

—No os vendí, Rick. Cometí un error, puede que dos. Por desgracia no fueron los únicos. No soy tan listo como creía, después de todo.

Había una tímida sonrisa en la cara de Jack mientras hablaba, pero Rick advirtió que en realidad era una mueca de tristeza. Realmente, el todopoderoso Jack que controlaba cuanto sucedía en Londres había cambiado mucho. El aspecto físico y el cabello perdido eran lo de menos. Poco a poco, Rick se daba cuenta de que el auténtico cambio se había producido en su interior, y afloraba en multitud de detalles sutiles en los que ahora reparaba.

El traje de Jack estaba manchado y el nudo de la corbata algo torcido a la derecha. El Jack que él conocía siempre lucía una imagen intachable, hasta el mínimo detalle. Aquella dejadez era significativa, pero no era lo único. Sus hombros caían algo más de lo habitual, hablaba con más palabras, daba más rodeos, y sus ojos parecían incapaces de mirarlo con fijeza más de unos pocos segundos. En otros tiempos, los ojos de Jack podían sostener la mirada de cualquiera. A Rick le sorprendió pensar de ese modo, en «otros tiempos». El tiempo ya no significaba mucho para él, después de haber estado caminando sin orientación por un agujero oscuro y frío en compañía de ángeles y demonios, pero no podían haber transcurrido más de unos meses desde que dejó Londres para cruzar la niebla en compañía de Raven. Aun así, tenía la sensación de que se trataba de otra época.

Desde que salió del Infierno todo había cambiado. En el Cielo había sombras, Londres era un montón de cenizas y escombros carbonizados, y ahora Jack no era más que un recuerdo del hombre que fue. Tampoco podía obviar lo mucho que él mismo había cambiado por dentro.

Se preguntó qué más sería diferente, qué más podía ir peor, porque ninguno de aquellos cambios era para bien. Tiempo atrás no se le habría ocurrido que pudiera experimentar algo más terrible que la Onda. Ahora su instinto le decía que lo peor estaba por venir.

—Así que cometiste errores... Me sorprende que lo admitas, Jack.

—Solo los necios niegan la evidencia. Yo puedo ser muchas cosas, pero no soy tonto. No podía controlar a Raven, o no sabía cómo. Tuve que dejarle ir con vosotros. Ese fue un error; el otro fue un ángel llamado Sirian.

—¿El neutral? —preguntó Rick.

—¿Lo conoces?

—He aprendido unas cuantas cosas. ¿Qué pasó con Sirian y qué tiene que ver con la misión a la que nos enviaste?

—Sirian me engañó. Lo que en realidad perseguía era sellar el Cielo para que la guerra no llegara a nuestro mundo. Un plan que demuestra inteligencia, lo admito. Pero me lo ocultó. Yo no sabía que Susan…

—Sí, también sé que es un ángel.

—Perfecto. Parte de ese plan era infiltrarla entre vosotros para no ser descubierta y yo tuve que aceptarlo para conseguir la ayuda de Sirian.

El recuerdo de Susan despertó un resorte en su interior. Rick había sentido algo por ella. Puede que en otras circunstancias aquel sentimiento se hubiese desarrollado hasta llenarlo por completo, no estaba seguro, pero sí sabía que no se había tratado de un simple capricho o no estaría recordándola en su cabeza de aquel modo tan…

—¿Regresó Susan? Nos separamos en el Cielo y no sé qué fue de ella.

—Que yo sepa, sigue allí.

—¿Y Rylan?

—Tampoco he tenido noticias suyas. Esperaba que tú me contaras qué fue de él… ¿No me preguntas por Raven?

—Hablaremos de él dentro de un momento. A ver si lo adivino. Tú maquinabas con Sirian la creación de esa especie de ejército con armaduras y espadas de telio, ¿correcto? Esa es la ayuda que necesitabas de él y supongo que no os sobraba el tiempo para estar listos, de ahí lo de sellar el Cielo. ¿Voy bien?

—Más o menos.

—Así que para conseguir tu ejército personal nos sacrificaste. Puede que no estuvieras al tanto del plan secreto de Sirian, pero sí sabías lo que obtendrías a cambio, que era lo único que te importaba.

—No podía saber que terminarías en el Infierno, Rick. Susan debía cuidar de vosotros.

—No me mientas ahora, Jack, por favor. ¿Qué pasó la primera vez? Me enviaste con un pelotón de cien personas y solo regresamos dos, de milagro. Ni siquiera nos dijiste que íbamos al Cielo.

—No podía, y no me habrías creído, ni tú ni nadie. Traté de detener aquella expedición, pero Gordon había encontrado el portal e insistía. ¿Le hubieses contado a él la verdad de estar en mi lugar? Conseguí que solo fuerais en una misión de reconocimiento, ¿recuerdas? Solo debía durar dos horas. Al Cielo, Rick, ir y volver. ¿Cómo iba a pensar que os atacarían los ángeles? Esperaba que a vuestra vuelta Gordon perdiera tiempo analizando los resultados y Sirian me ayudara a evitar una nueva expedición. Pero salió mal. No puedes pensar que aquello me benefició a mí en modo alguno.

Rick no veía cómo Jack podía sacar partido de que masacraran a casi cien soldados, cierto.

—Dime, ¿actuarías de forma diferente si volviésemos atrás en el tiempo?

Mírame a los ojos. ¿Nos informarías para que pudiésemos elegir o cederías para que Sirian te enseñara a manipular el telio?

Jack lo observó unos instantes.

—Haría exactamente lo mismo —admitió—. Necesitábamos esa nueva tecnología.

—Y ni siquiera pestañeas al decírmelo...

—O puede que no, que hubiese preferido convencerte, y lo habría conseguido. Siempre logro que los demás piensen que llevo razón —se lamentó Jack—. Antes incluso podía convencerme a mí mismo.

—Si me hubieses dicho la verdad...

—No habría cambiado nada. ¿Crees que no te habría manipulado igual? Piensa, Rick, cómo te saqué de la cárcel al margen de los deseos de Gordon, cómo acabaste trabajando para mí, a pesar de la opinión que yo te merecía, y cómo aceptaste guiar la expedición a través de la niebla sin apenas saber nada de ella. No seas ingenuo, Rick, todo habría resultado igual. Convencer a un soldado... Créeme, Gordon era mucho más duro que tú y tampoco se libraba de mi palabrería. Ni siquiera Sirian, un ángel. Tú no tenías la menor opción de resistirte. Ya te he dicho que solo los necios niegan lo evidente.

—No eres tan bueno como crees, Jack.

—¿No te acabo de convencer con lo que te he dicho? ¿De verdad?

Rick se mordió los labios.

—Maldita sea, ¿Qué eres? ¿El mejor político del mundo?

—Eso creía yo.

—Esto es increíble —suspiró Rick—. Siento cierta... lástima por ti. No puedo evitarlo por mucho que te odie. ¿Lo estás haciendo ahora? ¿Me estás manipulando?

—No lo sé —repuso Jack—. Puede que sí. No es mi intención, pero después de tanto tiempo, lo hago casi sin darme cuenta. También te dije que uno no puede evitar ser quien es. En cualquier caso, estoy siendo sincero.

Eso Rick no lo dudaba. Jack debía de haber cometido un error terrible para estar tan abatido. No hacía falta ser tan bueno como él leyendo a las personas para darse cuenta de que estaba siendo muy duro consigo mismo.

—Me da miedo preguntarte qué has hecho, Jack, te lo juro.

—Lo peor que podía hacer: fracasar. —Jack desvió la mirada al suelo—. Quería salvar el mundo. También quería quedármelo para mí, es cierto, pero eso ahora es secundario. Lo tenía todo controlado, dentro las circunstancias. Dominaba la situación en Londres y en el Norte, gestionaba el telio, me aprovechaba de Sirian para conseguir mis objetivos... Era el rey del mundo, Rick. No te puedo explicar lo bien que sienta saber que todo sucede bajo mi supervisión, porque yo así lo decidía, de nuevo, dentro de unos límites razonables. Ah, cómo lo echo de menos.

La rabia de Rick fue diluyéndose poco a poco para dejar sitio a una sorpresa que no paraba de crecer.

—Así que te has rendido… ¡Tú, precisamente! No sé si creerte. Si es una actuación, te felicito.

—¿Rendirme? —murmuró Jack, pensativo, mientras la ceniza se acumulaba en el extremo de su puro—. Podría verse de ese modo. Sí, no es una descripción del todo mala de mi situación. De todos modos, digamos que intento poner un remedio, aunque sea completamente imposible. Me queda solo una cosa más por hacer. Por eso te ayudaré si puedo, Rick, aunque me gustaría saber qué te ocurrió y cómo has logrado… ¿ser inmortal? Es simple curiosidad.

Rick lo midió con la mirada durante unos segundos, asimilando al nuevo Jack, tratando de encajarlo en la nueva consideración de un hombre derrotado, en lugar del tipo astuto y decidido que siempre se salía con la suya, que gobernaba el mundo desde la sombra. No era fácil borrar al antiguo Jack. Había sido demasiado arrebatador, demasiado importante como para verlo ahora relegado a un simple fracasado incapaz de reaccionar ante lo que quiera que hubiese sucedido mientras él y los demás trataban de sobrevivir al Cielo y al Infierno.

—No soy inmortal —contestó Rick—. Bueno, no lo creo. La verdad es que no estoy seguro de qué soy ahora mismo. ¿Conoces a un ángel llamado Yala? Perfecto, pues escucha con atención, porque te voy a contar una historia que no es fácil de creer. Ya sabes cómo empezó nuestro viaje al Cielo…

Jack escuchó con atención cada palabra. Casi parecía el de siempre: atento, analizando, extrayendo conclusiones. Sus ojos volvieron a brillar como en otro tiempo. No interrumpió al soldado hasta que llegaron al momento en que aparecieron en el Infierno, por lo que Rick dedujo que Jack conocía a todos los ángeles y demonios relevantes. Sirian debía de haberle informado bien al respecto.

Su expresión cambió ligeramente cuando Rick le narró su operación a corazón abierto, con el fin de enlazarlo a Yala y que pudiese sobrevivir en aquel agujero desolador, frío y oscuro, que no se parecía en nada a la idea de Infierno llameante que dominaba en la cultura popular. Su interés no disminuyó en ese punto, al contrario, pero Rick creyó percibir una sombra de decepción en su rostro.

—Así que te has convertido en un hermano de Yala. ¿Lo he entendido bien?

—Sigo siendo yo mismo. Lo cierto es que resulta complicado explicar lo que se siente. Pero esa no es ni mucho menos la mayor sorpresa de todas. Poco después…

Rick le refirió lo que habían descubierto sobre la Onda, que se había originado con la muerte de Dios y que fue Raven quien lo mató. Hasta ese momento, no se había parado a pensar en cómo se sentiría al contarle algo así a otra persona. Mientras lo hacía, se preparaba para asistir a la mayor expresión de asombro imaginable, o tal vez de indignación, por no creer una historia que parecía tan absurda. Para lo que no estaba preparado era para la reacción de Jack.

—Continúa —fue todo lo que dijo.

Ni siquiera parpadeó.

—¿Es que no te sorprende lo que te acabo de contar?

—Lo sospechaba —dijo muy tranquilo Jack. Tuvo que volver a encender el puro porque se había consumido hasta apagarse, al llevar tiempo sin darle una calada—. ¿No te parece lógico? ¿Qué otra cosa podía alterar toda la existencia, los tres planos? Y antes de que lo digas, no, no lo ocultaba. No tenía evidencias firmes. ¿Cómo iba a sugerir una teoría semejante sin pruebas? Me habrían tomado por un chiflado, uno de esos sacerdotes que predican el apocalipsis en cada esquina.

Rick pensaba que ya nada lo sorprendería después de lo que había pasado, pero ver a Jack razonando, diciendo que era lógico que Dios hubiera muerto, lo desencajó del todo. Ni siquiera atisbaba la impresión que le producía la tranquilidad de Jack.

—¿Tampoco te choca que Raven lo matara?

—Aquí debo reconocer que juego con cierta ventaja. Yo conocí a Raven antes de la Onda. Él no me recuerda por su amnesia, pero yo sé quién es y, aunque no hacía las cosas increíbles de ahora, tampoco era un tipo lo que se dice normal. No supe que era «especial» hasta que fue demasiado tarde, hasta que lo vi provocar la Onda con otras dos personas.

—¿Lo viste? ¿Lo sabías? Pero…

—Cálmate, Rick. No sé mucho más que tú. En cuanto a las otras dos personas… No puedo hablarte de ellas, lo siento. No es nada personal. ¿Me creerías si te dijera que hasta el momento de la Onda yo era ciego? —Rick asintió con cierta resignación—. La Onda me devolvió la vista. Y yo sospeché desde el primer segundo lo que había pasado. Las dos personas que estaban con Raven… No es posible entenderlo todo, Rick, te lo aseguro. Hay detalles por encima de nuestra compresión.

—Claro, es lo que sucede cuando un niño se mete donde no lo han llamado, ¿verdad? —dijo Rick con soniquete. Jack reaccionó visiblemente. Su rostro se paralizó, el puro de sus labios resbaló sin que diese cuenta—. Encontramos al niño en el Infierno, Jack.

—¿Vivo?

—Sí. Por Dios, ¿qué te pasa? ¿Tienes frío?

—Tengo miedo. Miedo de verdad —aseguró Jack con el rostro desencajado—. Pensaba que esos dos habían muerto, pero si están vivos, nuestra situación es mucho peor de lo que imaginaba. Puede que, después de todo, estemos perdidos.

—Me estoy cansando de tu actitud, Jack, en serio.

—Ya… Lo siento, yo… El niño, ¿qué pasó con él?

—No lo sé. Lo perdí después de la explosión. Lo cierto es que nos separamos. Yo aparecí en medio de una tormenta. No veía nada, pero sentía a Yala, así que lo seguí. Fue cuando nos encontramos con tus amigos de las armaduras. Estuve a punto de atacarlos porque no sabía qué eran, pero Yala los ayudó. Aprovechó que los demonios no lo habían reconocido porque sus alas se habían puesto negras, y los asaltó cuando estaban a punto de despedazar a uno de esos comandos formados por cinco miembros.

—Dicen que te enfrentaste a Tanon.

—Eso fue después. Yala tenía mucha prisa, creo que sentía al otro gemelo, o eso me pareció porque yo noté a alguien más en mi cabeza. Con las prisas no me di cuenta de que estábamos en el Cielo. Yo… Se suponía que había que atravesar la niebla para llegar al Cielo con un Viajero. Tampoco estaba la ciudad que vimos Raven y yo la primera vez, supongo que la destrozaron en la guerra, y por último… Había sombras, un poco débiles, tal vez, pero yo estaba desorientado por la explosión. ¿Cómo iba a recordar que allí no debía haber sombras? Lo último que pensé es que estaba en el Cielo. —Rick hizo una pausa antes de proseguir—. Traté de alcanzar a Yala pero me dejó atrás. Creo que iba a intervenir en una batalla enorme que estaba librándose en ese mismo momento en otra… esfera. Me quedé solo y no supe a dónde ir. Entonces escuché ruidos, los seguí y llegué a tiempo de ver a Tanon acabar con cinco de tus hombres. Decidí intervenir.

—¿Pero cómo sobreviviste? Mis hombres te vieron perseguirlo. ¿Qué pasó? Tengo entendido que Tanon es el más fuerte de todos, una mala bestia.

—Eso me dijo Yala. Sentí su advertencia de que no me enfrentara a él. Pero yo no podía dejar morir a los soldados. Le pedí ayuda, pero Yala me dijo algo así como que tenía que ganar una batalla decisiva o los ángeles estarían perdidos. Es muy difícil de explicar porque nuestra comunicación no es hablada, son… sensaciones que me transmite. Imágenes y sonidos que no siempre comprendo. No puedo expresarlo mejor.

—¿Ahora también habláis?

—Estamos demasiado lejos. A veces percibo algo raro, pero…

—Bueno, da lo mismo —le cortó Jack—. Sigue con Tanon.

—No hice caso a Yala y lo perseguí, sí, como te dijeron tus hombres. Creo que estaba agotado por algún esfuerzo titánico que había realizado. En mi cabeza se formó una imagen de Tanon derribando una montaña entera él solo… Quizá no la interpreté bien, no puedo estar seguro, pero la conclusión de Yala de por qué Tanon no pudo conmigo es que estaba extenuado.

—¿Y ya está? Tanon estaba débil y le hiciste retroceder. ¿Así te escapaste de él?

—No me escapé, Jack —dijo Rick muy serio—. No me hizo falta porque yo maté a Tanon.

CAPÍTULO 3

La tormenta rugía. Las nubes se enroscaban en borbotones negros que los rayos aguijoneaban. Destellos intermitentes barrían con sus fogonazos las sombras, aquellas sombras intrusas a las que no les correspondía oscurecer lugares que debían estar continuamente bañados de luz, contraviniendo los deseos de su creador.

La tempestad acechaba a cierta distancia, más allá de un abismo, en el límite de la primera esfera. Al retorcerse y tronar, al deformarse como si la sacudiera una voluntad superior e inasequible, al vomitar relámpagos y tornados, daba la impresión de que se abalanzaría sobre la superficie que tenía delante. Esa impresión, no obstante, era incorrecta. La tormenta no se desplazaba ni cambiaba de lugar, sino que ocupaba el mismo espacio en el que hacía poco colgaba una gigantesca cortina de niebla.

Asler sacudió ligeramente los hombros y al instante volvió a caer en la cuenta de su transformación. Cuando estaba inquieto, cuando cavilaba, cuando estaba absorto en sus pensamientos o distraído, no era consciente de su propio cuerpo. Sus gestos eran instintivos, automáticos, y olvidaba que ya no tenía alas, que sus plumas ya no se agitarían a su espalda. Se preguntó cuánto tardaría en ser consciente de la mutilación y sus pensamientos se detuvieron en Asius y el momento en que el pelirrojo le arrancó sus preciadas alas. Un odio viscoso lo recorrió.

Se asomó una vez más al precipicio y estudió el panorama que se extendía abajo y que ya había visto incontables veces. Aparentó que calculaba, que le daba vueltas a alguna solución que se le había ocurrido porque eso era lo que los demonios esperaban de él.

—La tormenta no es una amenaza —declaró con una seguridad que no tenía. Se preguntó si en eso consistiría estar al mando, en adoptar una decisión y actuar con confianza, por muchas dudas que tuviese—. Seguirá ahí, quieta. No interferirá. ¿Estáis listos?

Un demonio menudo y de corta estatura replegó sus pequeñas alas y se acercó al borde. También lanzó un vistazo hacia abajo.

—No soy un sanador, no podré…

—Pero lo fuiste —le cortó Asler—. Algo recordarás. En el peor de los casos nadie puede hacerlo peor que tú. Eres la opción menos mala.

Se preguntó si debía de haberle dicho que lo haría bien, que estaba convencido de que era el indicado, e infundirle confianza de esa manera. Enseguida se alegró de no haberlo hecho. Era un demonio y, como todos, había puesto a prueba sus capacidades en el Agujero, al límite de sus fuerzas, lo que daba fe de su capacidad.

—Todos sabéis lo que tenéis que hacer —dijo Asler—. ¡Adelante!

Comenzaron a tejer runas de fuego, como en el Agujero. Creaban eslabones que luego enlazarían para formar una cadena. Por esa cadena descendería el demonio que Asler había escogido por haber sido sanador.

Asler volvió a examinar el abismo. Abajo, a mucha distancia, flotaban varios fragmentos de tierra. En uno de ellos un árbol se inclinaba por la fuerza de la tormenta. El viento amenazaba con troncharlo mientras hacía arquear las ramas en ángulos imposibles y arrancaba sus hojas, que, lejos de su sostén, volaban alocadas, describiendo trayectorias irregulares.

Alrededor se suspendían formaciones rocosas a diferentes alturas y distancias de la pared del precipicio y de la tormenta. En una de aquellas rocas, boca abajo, yacía Tanon. De su espalda emergía una punta de piedra ensangrentada, que al Barón de las alas de fuego se le había ensartado en la caída. Su cuerpo goteaba. Al igual que las hojas del árbol, la sangre del demonio se zarandeaba a capricho de la tormenta; se desperdigaba, formaba círculos y flotaba en el aire. Había manchas rojas en todas las rocas cercanas, incluidas las situadas a mayor altura, pero sobre todo en la pared del acantilado, donde una lengua roja resbalaba hacia el fondo.

Los demonios no sabían qué le había sucedido a Tanon, cómo era posible que hubiese sufrido esa caída, o peor aún, quién lo había derribado. Durante varios días habían discutido el mejor modo de rescatarlo. Hubo quienes apuntaron, no sin razón, que Tanon estaba muerto. Asler lo negó desde el primer momento y erradicó rápidamente cualquier comentario al respecto. Sin embargo, tampoco tenía la certeza de que el Barón continuara con vida; por muy fuerte que fuese, era poco probable que pudiera sobrevivir a una herida como esa, pero renunciar a Tanon sin confirmar su muerte no era una opción.

Los ángeles les habían derrotado y Yala había demostrado ser más fuerte de lo que habían pensado. Necesitaban a Tanon, al mejor, al demonio que derribó una montaña entera para asaltar la posición de los ángeles. No hacía falta ser un gran estratega para reconocer la importancia de Tanon en esta guerra.

Asler llevaba mucho tiempo deseando el puesto de Barón, pero no a costa de perder a Tanon. Antes de la primera guerra, cuando discutían las opciones que tenían y se empezó a sopesar abiertamente la rebelión, hubo muchos demonios que no accedieron hasta que Tanon confirmó su participación. Sin él, puede que los demás no se hubiesen atrevido a iniciar la guerra por no tener posibilidades de victoria. Ahora ya no había marcha atrás, pero la muerte de Tanon podría suponer un duro golpe para la moral de los demonios. Sobre todo con Urkast muerto y Stil aún en poder de los ángeles.

Al no quedar Barones en el Cielo, al menos hasta que rescataran a Stil, Asler había asumido el mando. Lo había logrado en parte por contar con el apoyo de su clan —el de Urkast—, que era el más numeroso de todos. Aunque no se realizó un nombramiento oficial, Asler se impuso por la lógica, pero su posición y la unión de todos los demonios no durarían si sufrían una nueva derrota. Si no ofrecía una victoria, los demás no tendrían razones para seguirlo, otros tratarían de hacerse con el mando, surgirían diferencias de opinión y terminarían divididos. Y sin unión, acabarían perdiendo. Asler no podía permitirlo. Después de tanto tiempo deseando el poder, ahora le parecía que esa posición tenía un gusto amargo.

Los demonios terminaron la cadena de fuego. La arrastraron hasta el borde y comenzaron a dejarla caer.

—¡Con cuidado! —advirtió Asler—. ¡Despacio! Si se engancha tendréis que bajar a soltarla. ¡Un poco más a la derecha!

A pesar de que el viento hacía temblar las llamas, las runas no se deshacían. Asler se dijo que aquello no era nada en comparación con las condiciones que habían tenido que soportar en el Infierno, aunque allí habían invertido más tiempo en su creación. Y bastante más en su mantenimiento.

El viento cambió de dirección con un aullido. El primer eslabón vibró un poco; una ola se propagó desde arriba y separó la cadena de la pared del acantilado. El primer eslabón se sacudió en el aire y acabó enredado en el árbol, alrededor de una porción de tierra que quedaba suspendida encima de Tanon.

—¿Qué hacéis, estúpidos? —gruñó Asler—. ¿No sabéis sujetarla? Ahora hay que desengancharla… ¡Tirad! ¡Vamos!

—No hemos sido nosotros —se defendió un demonio pequeñajo, que había sido elegido para descender y rescatar a Tanon—. El suelo ha temblado de repente. ¡Mira!

Asler notó una vibración bajo sus pies. De no haber estado concentrado en el precipicio, seguramente se habría percatado de ella antes. Los demonios se observaron en silencio. El suelo latía rítmicamente, cada vez más fuerte.

—¡En formación! —ordenó Asler.

Los demonios obedecieron. Se orientaron hacia una pendiente desde la que llegaba un estruendo. La tierra no dejaba de palpitar. Las copas de varios árboles se inclinaron en un crujido de madera hasta desaparecer de su vista. Algo ascendía hacia ellos, algo grande y pesado que arrasaba lo que encontraba a su paso.

Las espadas de fuego brillaron en las manos de los demonios.

Unas figuras de metal, algo deformes, aparecieron rodeadas por una aureola de fuego. Caminaban acompasados, arrastrando unos gigantescos pies deformes y un tanto abollados. Su envergadura superaba los tres metros de altura.

—¡Titanes! —gritó un demonio, lleno de alivio.

Los demás se relajaron un poco. Asler también, aunque no terminaba de fiarse. En la última batalla, solo habían logrado salvar a algunas sombras, mientras que habían perdido a todos los titanes. Sin embargo allí estaban, avanzando lentamente hacia ellos. Detrás de los dos primeros caminaba otro par; cuatro titanes en total que mantenían una rigurosa formación. Cada uno tenía un brazo alzado hacia el centro del cuadrado, de modo que los cuatro puños se juntaban en el núcleo de la formación, a más de cuatro metros de altura.

Las piedras botaban a su paso, excepto las que acababan bajo sus pies, que se convertían en arenillas y se alzaban en la nube de polvo que envolvía la marcha. Nada interrumpía a aquellos cuerpos de metal. Pasaban por los obstáculos de fragmentos de tierra suspendidos y árboles como si fueran débiles juncos. Avanzaban en línea recta, por lo que era fácil adivinar su destino: Asler.

Los demonios se apartaron de su camino. La cadena de fuego saltó en pedazos bajo los cuerpos metálicos. Asler tuvo que dar un paso atrás cuando los titanes se detuvieron delante de él. Una vez más agitó los hombros, pero no se desplegaron las alas que ya no tenía.

—¿Quién los controla? —rugió Asler. Nadie contestó. Todos miraban a los titanes, que ahora parecían estatuas con los cuatro puños alzados y unidos—. ¿Quién? ¡Vamos, que hable el evocador responsable!

Asler rodeó a los colosos de metal mientras estudiaba a los demonios, que parecían tan intrigados y sorprendidos como él. Entonces los titanes se movieron, dieron un paso lateral para separarse y comenzaron a bajar los brazos que habían mantenido alzados. Posaron los puños en la tierra con una suavidad que resultó chocante después de su demostración de fuerza y metal. Asler se percató de que había un montón de cuero negro sobre sus manos, envuelto en las llamas que rodeaban a los titanes. El montón de cuero negro se movió, exhaló algo parecido a un bostezo y dio un pequeño salto.

—¿Hemos alcanzado nuestro destino? —Se oyó al fondo de una capucha—.

Disculpadme, creo que me he dormido. Espero, mis queridos amigos, que no hayáis errado al... ¡Asler!

—¡Capa!

—Mis disculpas —dijo Capa doblándose en una reverencia—. No acostumbro a viajar de este modo, desde luego, pero... ¡Oh! ¡Cuántos compañeros aquí reunidos! Cuánta grandeza junta, lo mejor del Infierno, sin duda. Cómo iba yo a perderme un acontecimiento de semejantes proporciones.

—Capa, ¿y esos titanes?

—¿Mis muchachos? Son un poco serios, cierto. Últimamente percibo cierta irritación en quienes me escuchan, y esto escapa a mi humilde entendimiento, pues no es otro mi objetivo que resultar del todo transparente a la hora de expresarme. Qué sería de nosotros sin el don de la comunicación. No quiero ni pensarlo. Yala, por ejemplo, ni siquiera quería dejarme hablar. Podríamos calificar su actitud como de muy grosera, y eso que me aseguré de presentarle mis respetos. Renuin por otra parte sí se mantuvo dentro de las normas mínimas de la educación y la cortesía. Confieso que esperaba de ella un recibimiento más caluroso después de tanto tiempo sin vernos, pero claro...

—Capa, basta —le cortó Asler—. ¿Qué es toda esa palabrería de Renuin y Yala?

El Niño retiró su capucha y se inclinó hacia Asler con aire conspirador. Sus ojos azules chispearon.

—¿No hablo claro? Lo estoy haciendo de nuevo, ¿verdad? Seguramente por eso los ángeles se enfadaron conmigo, pobrecillos. De nuevo, todo se reduce a un problema de comunicación.

—No es ese el problema —bufó Asler—. ¿Me estás diciendo de verdad que has estado charlando con los ángeles?

El rostro de Capa se iluminó.

—Ciertamente. Y es un alivio inmenso comprobar que me has entendido a la perfección. Mi angustia crecía ante la idea de no ser capaz de comunicarme debidamente.

—Estás loco, Capa. Lo digo en serio. Se te ha metido niebla en la cabeza y ya...

Asler dejó la frase a medias y trató de controlar su enfado al apreciar la expresión triste de Capa. En verdad estaba convencido de que el Agujero lo había trastornado y convertido en un demonio aún más raro de lo que siempre había sido, y por eso ahora soltaba todas esas estupideces sobre que había estado de cháchara con los ángeles. Es más, con toda probabilidad, hasta el propio Capa podría creer que así había sucedido.

No lo culpaba de sus desvaríos. Asler pensaba que esas chifladuras eran su modo de sobrellevar el terrible castigo que todos habían padecido en el Infierno, pero aun así no lo soportaba. Le entraban ganas de arrojarlo por el precipicio, a ver si se ensartaba también en una roca, como le había ocurrido a Tanon

Muy a su pesar debía escuchar a Capa, porque traía cuatro de los titanes más poderosos consigo, cuando hacía tiempo que los evocadores aseguraban que no podían invocar más desde el Agujero, por no mencionar que fue Capa quien desarrolló la disciplina de la evocación. Entre todas sus locuras siempre surgía algo sorprendente que nadie se esperaba. De hecho, el propio Tanon siempre lo consideró uno de los miembros más valiosos de su clan. Por tanto, no sería inteligente, ahora que él estaba al mando, obviar los delirios de Capa sin comprobar, al menos, si podía obtener algo en claro.

—No creas que no te comprendo, Asler —le dijo Capa acercándose en un par de saltitos—. Mis dotes de observación son considerables, y, aunque no están a la altura de mi portentoso ingenio, me resultan provechosas. Yo también movía la espalda como tú. Es irritante, ¿no es cierto? Me refiero a perder las alas, naturalmente. Como sin duda sabrás, yo también sufrí ese terrible trance en el Agujero. Creí que me volvería loco... Demos gracias a que mi intelecto se conservó intacto. Lo superarás, amigo mío, ya lo verás. Eh, tú. —Capa se volvió de repente hacia el demonio de baja estatura. Dibujó una pequeña runa de fuego verde en el aire—. Me preguntaba si sería una molestia excesiva que te ocuparas de mis muchachos —dijo señalando los cuatro titanes—. Son muy cariñosos, ya lo verás. A este le gusta que le acaricien de vez en cuando. —El titán se agachó, se puso a cuatro patas e inclinó la cabeza hasta dejarla a la altura de Capa. Capa, que tampoco era alto, se estiró al máximo y le dio unos golpecitos en la cabeza de metal—. Así, muy bien, estarás en buenas manos. Oh, claro, volveré en cuanto pueda. ¿Lo ves? —le preguntó al demonio—. Se complace en recibir unas cuantas palmadas de aprobación de tanto en tanto. No dejes que se peleen, ¿eh? Son muy traviesos. Ah, sí, y que nadie les grite, que eso los altera.

El demonio pequeño miró a Asler con expresión de perplejidad. Los demás habían observado la escena con la boca abierta. Los titanes y las sombras eran esclavos, los enemigos con los que habían combatido en el Agujero hasta que lograron someterlos. Aquellas fieras habían matado a muchos de los suyos, por lo que ningún demonio, jamás, podría considerarlos como algo más que instrumentos destinados a cumplir su voluntad. Sin embargo, Capa parecía estimarlos como mascotas a las que mostrar afecto y una alta consideración.

—¿De dónde han salido, Capa? —preguntó Asler, suavizando la voz.

—¿No es obvio? Del Agujero, por supuesto. —El Niño abrió los brazos y sonrió—. No se precisa una memoria particularmente desarrollada para recordar cómo adiestramos a nuestros nuevos y amados amigos.

Asler suspiró.

—¿Por qué los demás evocadores no pueden traer a ninguno?

—¿Cómo? —Capa reaccionó como si le hubiesen dado un puñetazo en el pecho—. ¿Tan pronto se ha olvidado mi arte? —Suspiró con teatralidad—. Mis enseñanzas no cundieron lo suficiente si ya no recuerdan cómo invocar a nuestras queridas mascotas. ¿Es eso cierto?

El demonio pequeño se encogió de hombros.

—Los ángeles bloquearon el Cielo —le recordó Asler—. Ya no es posible...

—Absolutamente cierto —asintió Capa, bajando y subiendo la cabeza exageradamente—. Una treta que desató mi más profundo desagrado, debo confesar. La niebla petrificada nos separaba. Y eso no era bueno. Las divisiones, por otro lado, cuentan con el molesto inconveniente de no constituir la mejor manera de fomentar las relaciones. Por eso disolví la niebla. Antes de que me des las gracias, Asler, tal y como deduzco de la patente expresión de tu rostro, debo admitir un pequeño error de cálculo por mi parte. Es de suponer que habrás advertido la formidable tormenta que ha reemplazado la niebla, ¿correcto? Maravilloso. Pues ese es el pequeño detalle que resta brillo a lo que, de otro modo, ahora sería considerada una hazaña prodigiosa. No es que yo sea uno de esos que buscan el aplauso fácil o no reconocería este error insignificante. Tuvo que ser la Onda. Afectó a la niebla y, al disolverla, se revolvió y se convirtió en...

—Capa, espera —le cortó Asler—. Hablas demasiado deprisa y demasiado... Da igual. ¿Estás diciendo que se puede viajar de nuevo entre los planos?

—Tu capacidad de comprensión no deja de asombrarme —sonrió el Niño.

—Pero... —Asler se acercó al demonio de corta estatura, que observaba con desconfianza a los titanes—. Prueba. Invoca a una sombra.

El demonio obedeció. Pintó una runa sencilla y rápida con la indiferencia de quien no espera que sirva para nada. Una sombra se materializó a su lado. Empezó a ladrar sin control y se abalanzó sobre el titán. El pequeño evocador tuvo que intervenir para que dejara de mordisquear inútilmente al gigante de metal.

—¡Funciona! —dijo sin disimular su asombro, mientras repasaba la runa de Capa para dominar a los titanes.

Funcionaba, sí. Asler acababa de presenciarlo, al igual que todos los demás. El viaje entre los planos era posible de nuevo. Reconsideró los informes que mencionaban el ataque de unos menores vestidos con trajes plateados. Tras regresar a la primera esfera, el principal temor de Asler había sido tener que explicar a Tanon que los ángeles los habían derrotado gracias a la inesperada intervención de Yala; sin embargo, escuchó toda clase de noticias disparatadas sobre menores con extrañas armaduras. Asler no dio crédito a tales informaciones, como era lógico, y después, tras encontrar a Tanon, su atención se había centrado casi exclusivamente en rescatarlo. Ahora que confirmaba que los planos volvían a estar comunicados, era posible que la presencia de los menores en el Cielo no fuera una patraña. Quizás guardaba relación con el deterioro de la luz y la aparición de sombras, como en el plano de los menores.

La cabeza le ardía con tantos datos nuevos que considerar. Si los menores suponían una verdadera amenaza, debía hacer algo al respecto. Pero no podía abandonar la primera esfera y devolvérsela a los ángeles. Sería el mayor error estratégico de toda la guerra, casi comparable a una rendición. No, mantener el acceso al Cielo era prioritario.

Por otra parte, enviar un destacamento al plano de los menores tampoco le seducía. Si los ángeles iniciaban alguna ofensiva, necesitarían a todos los demonios para rechazarlos.

Además, tampoco entendía que los demás demonios no se hubiesen reunido ya con ellos. ¿A qué esperaban? Debían de tener sus propios problemas si permanecían junto a las puertas del Infierno.

Demasiadas incógnitas y demasiadas variables que considerar. Asler decidió proseguir con el plan previsto de salvar a Tanon, si es que continuaba con vida.

—Capa, retira a los titanes. Han destrozado la cadena que estábamos empleando para...

—Desde luego, desde luego. No tenías más que solicitarlo.

El Niño recogió una rama del suelo y la arrojó a cierta distancia. Los titanes salieron inmediatamente corriendo tras ella. Un par de demonios tuvieron que saltar a un lado para evitar ser arrollados. Dos titanes llegaron al mismo tiempo hasta la rama. El choque fue brutal. Los otros dos saltaron y se enzarzaron en una pelea. Varias formaciones de piedra suspendidas en el aire reventaron en mil pedazos.

—Mis pequeñines... —sonrió Capa por lo bajo.

—Controladlos, maldita sea —ordenó Asler.

El demonio bajito y varios evocadores comenzaron a dibujar runas, manteniendo la distancia de la espectacular pelea de los gigantes.

—Esa cadena era una idea pobre, me permito señalar —apuntó Capa, asomándose al abismo—. Propia de cierta limitación intelectual. Así actuábamos en los viejos tiempos, en el Agujero, pero el mundo evoluciona por fortuna, espero.

—Ya no tengo más tiempo que perder, Capa —bufó Asler—. Tenemos que rescatar a Tanon, así que no molestes mientras creamos una nueva cadena.

—¿Molestar? ¿Yo? —El Niño se llevó una mano al pecho mientras pasaba la otra por su frente, como si se limpiara el sudor. Se tambaleaba ligeramente—. Qué decepción... Después del esfuerzo heroico que he realizado con gran desinterés por mi parte para demostrar los beneficios de mis aportaciones... Si el rencor albergara espacio dentro de mi pequeño ser, os negaría mi inestimable ayuda. Pero el pobre Tanon no se merece eso.

—Apártate, Capa, ya te he dicho que...

Asler se desesperó. El Niño apuntaba con la mano abierta hacia el precipicio y balanceaba la otra de un modo extraño. También había levantado una pierna y susurraba una melodía. Asler no sabía cómo manejarlo. ¿A qué estaba jugando? Una vez más se le pasó por la cabeza empujarlo y acabar con todo.

—¡Está subiendo! —gritó un demonio.

Asler se asomó para averiguar a qué se refería. Efectivamente, Tanon ascendía. No solo el Barón, sino también toda la roca contra la que se había estrellado ganaban altura lentamente. Asler parpadeó para asegurarse de que no sufría visiones. El demonio de las alas de fuego cada vez estaba más cerca. La isla de piedra sobre la que yacía chocó contra otra que estaba por encima, la del árbol arqueado.

—¡Uy! —murmuró Capa—. Culpa mía.

La porción de tierra salió rebotada por el impacto hacia la tormenta, donde desapareció casi de inmediato. Asler no podía creer que Capa fuera capaz de todo aquello. En teoría solo un moldeador podía hacer algo semejante, y requería mucha preparación antes de intentarlo siquiera. Tendría que haber realizado cálculos y grabado runas para moldear cualquier elemento de las siete esferas, pero Capa efectuaba sus movimientos con naturalidad, medio bailando con esa postura tan rebuscada. Mantenía los ojos cerrados y silbaba. En definitiva, se divertía.

Por fin, la roca levitó lentamente sobre sus cabezas y se posó con suavidad. Tanon seguía clavado a la punta de piedra ensangrentada.

—¡Está vivo! —confirmó un demonio—. Es increíble… Aunque respira con dificultad.

Capa se aproximó en pequeños saltos, abriéndose paso entre los demonios que murmuraban y discutían cómo liberar a Tanon sin lastimarlo más o incluso terminar de matarlo.

—Unas sugerencias un tanto pobres —dijo Capa—. Aunque se aprecia y agradece vuestro interés en Tanon, me veo en la complicada tesitura de rogaros que os retiréis. De dejaros actuar a vosotros, la muerte de mi antiguo señor sería del todo irremediable. Y no me he desviado de mis ineludibles obligaciones para ser testigo de cómo vuestra torpeza acaba con Tanon, quien siempre me cuidó en el Agujero. Él siempre tenía una palabra amable que dedicarme y creía en mí. Ah, no… No es mi intención que nadie me recuerde devolviendo favores con la moneda de la ingratitud.

Los demonios dudaron ante el discurso de Capa, que se acercó mucho al rostro de Tanon, tanto, que parecía estar susurrándole al oído. Su mano enfundada en cuero negro acariciaba la trenza del Barón de las alas de fuego. A Asler no le pasó inadvertido el modo en que Capa se había referido a Tanon. Si no se equivocaba, había dicho su «antiguo» señor.

—Si le retiramos la piedra que lo atraviesa, se desangrará —informó un antiguo sanador a Asler. Varios más lo confirmaron—. Es mejor dejarle así hasta que capturemos a un sanador.

Asler no veía otra alternativa.

—Aseguraremos esta zona —decidió—. Nadie se acercará a Tanon hasta que podamos garantizar…

Primero vio el espanto en los demonios, y un instante después reparó en que aquellos ojos no apuntaban a él, sino detrás, hacia Tanon. Cuando se giró, ya sabía lo que había sucedido.

—Así, así —susurraba Capa—. Claro que duele, mucho, ¿pero acaso no eres el más fuerte de todos los ángeles y demonios? De tu resistencia y poder procede la profunda devoción que despiertas en todos, incluido en mí, pues soy el mayor de tus admiradores, como bien sabes.

—¿Qué has hecho, Capa? —se escandalizó Asler—. ¡Se morirá!

Pero el Niño no dio muestras de oírle. Depositó a Tanon en el suelo, donde no tardó en crecer un charco oscuro. En su vientre se abría un agujero enorme.

A un gesto de Asler, los demonios dieron un paso hacia Capa, resueltos a apresarlo. El suelo retumbó cuando un titán se interpuso en su camino. Los demonios se detuvieron, y se quedaron frente al gigante, indecisos.

—¡Yo no he dado esa orden! —se defendió el demonio menudo, al que Capa había transferido supuestamente el control de los titanes.

El titán se inclinó y separó los brazos. Las llamas que lo envolvían se avivaron. Asler entendió que las palabras que Capa había pronunciado antes estaban cargadas de sentido: el Niño ya no consideraba a Tanon su señor.

—¡Es Capa quien controla al titán! —gritó Asler—. ¡Detenedlo!

—¿Cómo? —Capa se incorporó y pasó entre las piernas del titán—. ¿Así se recompensan mis servicios? ¿No está mi dedicación demostrada más allá de toda duda? —La capa negra del Niño temblaba y, a juzgar por la tensión que flotaba en el ambiente, Asler supuso que de indignación. Capa dio un par de pasos laterales, hacia el borde del precipicio—. Qué rechazo más injusto… No sé si merece la pena seguir adelante, dadas estas ásperas condiciones.

Capa quedó con un pie suspendido sobre el abismo. Les dedicó una de sus reverencias más extravagantes y luego se dejó caer al vacío. En su despedida, lucía una profunda expresión de tristeza.

—Maldito desequilibrado… —murmuró Asler.

—¡Le ha curado! —gritó un demonio—. ¡A Tanon!

A Asler no le bastó con escuchar las exclamaciones de asombro de los demonios que se apiñaban alrededor de Tanon. Tenía que comprobarlo con sus propios ojos.

—La herida… Yo vi cómo Capa la cerró.

—¡Es imposible!

—Yo también lo vi.

La evidencia era indiscutible. El vientre de Tanon presentaba una quemadura espantosa, pero estaba intacto. El agujero que lo había atravesado había desaparecido y el flujo de sangre se había cortado.

—Necesita dormir para restablecerse —dijo el demonio pequeño—. Es cuestión de tiempo que se reponga del todo.

Una sombra oscureció el cuerpo de Tanon durante unos segundos, para luego deslizarse sobre Asler y seguir más allá, hacia los titanes y todavía más lejos. Alzaron la cabeza y lo vieron allá arriba, volando, batiendo las alas, como hacían todos ellos antes de la Onda.

—Qué dura es mi labor y qué escaso el reconocimiento que recibo —se lamentó Capa desde las alturas—. Y lo peor es que aún me queda tanto por hacer…

Asler, como el resto de los demonios, fue incapaz de apartar la vista hasta que Capa se convirtió en un punto en la distancia. Tenía alas, volaba… ¡Capa había recuperado la facultad de volar! Era imposible contemplarlo sin sentirse inferior, como si fueran unos lisiados.

Alguien aventuró que sus alas no eran normales, que parecían tener un color plateado, que quizá fueran metálicas. Asler tenía muchas cosas en qué pensar, pero eso sería luego. Por el momento no podía desprenderse de la admiración que sentía al ver a un demonio volando.

La silueta de Capa se retorció en las alturas cuando apenas era distinguible.

—Yo también haría reverencias si pudiese volar… —murmuró Asler para sí mismo.

—Me he comido una rata. ¿Me has oído? Una asquerosa rata medio derretida que he encontrado escarbando entre la ceniza. Apestaba… Joder que si apestaba. ¡Y me ha gustado! ¡Eso es lo que más asco me ha dado de todo! No he dejado nada blando alrededor de los huesos, no sé si me entiendes. ¿Has visto alguna vez los huesos de una rata? Son muy finos y… ¡Uno lo partí entre los dientes! Pero no me detuve, no, lo rebañé, lo dejé limpio y reluciente… Todavía me rugen las tripas de hambre. Me voy a quedar tan delgado como tú. ¡Con lo que yo era…! ¡Raven! ¿Me estás escuchando?

Arthur Piers lo dejó por imposible. Raven no reaccionaba. Llevaba sentado frente a lo que había sido una ventana ¿cuánto tiempo? Como poco tres días. Tres días sin hablar, sin moverse, mirando las ruinas de Londres con los ojos desenfocados y, lo más asombroso de todo, sin congelarse de frío. Tenía el pelo cubierto de hielo y un pequeño montículo blanco en la base de la nariz. Y no temblaba. Ni la menor tiritona sacudía el escuálido cuerpo de Raven. Tampoco se resfriaba ni se ponía enfermo. Parecía haber entrado en estado catatónico o puede que estuviese bajo los efectos de una grave conmoción. Piers no tenía ni idea, no era un maldito médico, pero apostaría a que se trataba de algo mental.

Raven había balbuceado una historia bastante complicada de creer sobre el Cielo y el Infierno. Al principio pensó que esos asquerosos demonios que habían aparecido en Londres lo habían asustado tanto que se había vuelto loco, cosa que no sería de extrañar, y que aquella enajenación engendraba sus disparatados discursos. Hasta que lo vio brillar. Una aureola de luz lo envolvió de repente. Desprendía calor, no demasiado, pero suficiente para que fuese agradable permanecer junto a él.

Raven no dio muestra alguna de ser consciente de la luz que irradiaba. Siguió hablando, día y noche. A veces sus palabras no eran comprensibles, saltaba de un punto a otro de su relato. Y parecía triste. Piers comprendió enseguida que el loco no le hablaba a él, sino que solo pronunciaba sus palabras inconexas, ajeno a todo lo demás.

Entendió poco de lo que decía. Barruntó algo sobre unas muertes, lo que no era una novedad, en especial la de una niña pequeña. También mencionaba una mujer con un nombre muy raro que Piers no retuvo, pero era obvio que Raven estaba enamorado de ella porque la describía como la mayor belleza de toda la creación. En realidad usaba adjetivos más cursis, que a Piers le daban vergüenza solo de escucharlos, pero la idea estaba clara: esa mujer de cabello y ojos negros debía de estar buenísima.

Y así, de una forma tan repentina como empezó a divagar, Raven se sumió en el silencio. Se acabó su historia. Piers le disparó una andanada de preguntas, pero no hubo manera de que contestara a ninguna. Lo último que creyó entender era que Raven se sentía terriblemente culpable por algo que había hecho y que debía de ser imperdonable. Lo había explicado con una metáfora bastante estúpida. Según sus propias palabras, Raven había matado al mismísimo Dios. En ese momento, Piers se preocupó de verdad y consideró seriamente que Raven se había vuelto idiota del todo y sin remedio, pero era imposible no advertir que había algo especial en él. La luz que había irradiado era solo un detalle. Había muchos más.

—No quiero dejarte —le dijo con tono derrotado, sabiendo que Raven no le respondería—, pero me moriré de hambre si me quedo aquí. Sé que tú no necesitas comer, ni abrigarte, ni dormir... ¡Joder, si ni siquiera haces tus necesidades! Pero yo sí, tío. Tengo que marcharme, Raven, buscar a los demás, si es que hay supervivientes, y si no, ir al Norte, pero lo que tengo claro es que no sobreviviré entre estas ruinas. La explosión arrasó todo lo que había comestible... Escucha, me gustaría que me acompañaras. Moverte te vendrá bien. A lo mejor se te despeja la cabeza y te olvidas de todas esas tonterías. Yo también sé lo que es estar encoñado con una mujer. Hasta un palurdo como yo conoció una vez a una mujer preciosa. Mi querida Carlota. Ella sí que era un ángel...

Raven se levantó de repente, como si algo lo hubiera despedido desde el suelo. Miró a su alrededor, extrañado. Piers se sobresaltó un poco, pero enseguida se repuso de la sorpresa.

—¡Por fin! —exclamó abriendo los brazos—. Venga, vámonos.

Raven lo observó con una expresión un tanto estúpida.

—Tú... Piers, ¿verdad? Me diste agua... Gracias, tengo que irme.

—Eh, eh, eh, espera un momento. ¿No me recuerdas?

—Sí, claro —contestó Raven, pero era evidente que dudaba—. Me trajiste agua... con barro... hace un rato y...

—¿Hace un rato? ¡Fue hace al menos una semana! Puede que más, es difícil llevar la cuenta. Mira, ¿ves la nieve? ¿Recuerdas que hubiese un solo copo de nieve cuando te di el agua?

Raven se tambaleó un poco.

—Yo... No estoy seguro. Sí, creo que tienes razón... ¿Una semana, dices? Eso es demasiado. Tengo que encontrar al niño.

—¿Qué niño? —preguntó Piers—. Bah, da lo mismo, al menos nos vamos de aquí.

—¡No! —Raven se giró muy deprisa y estuvo a punto de caerse al suelo—. Tengo que ir yo solo. No puedes acompañarme.

Piers dudó. La voz de Raven temblaba, sus ojos estaban desenfocados y parecía a punto de desmoronarse. Aun así, transmitía firmeza y una nota de alarma. De tratarse de una persona diferente, Piers habría concluido rápidamente que se trataba de un loco de verdad, pero después de lo que había visto...

—Puedo ayudarte a encontrar ese niño. No... Es que no quiero quedarme solo. Te he cuidado durante esta semana.

—Morirías —le advirtió Raven, todavía sin mirarlo directamente.

—Me arriesgaré.

—¡No! Ya he matado a suficientes personas, y no solo a humanos. También maté a... Ni siquiera sé a quién rezar ya para pedir perdón por lo que he hecho... ¡Nadie más! Nadie más morirá por mi culpa. No sé controlarme y cuando pierdo el control... Yo arrasé la ciudad. Todas estas ruinas y cenizas son por mi culpa. Nadie puede permanecer a mi lado. ¡Nadie!

Piers iba a replicar, pero reparó en que la pared sobre la que Raven se había apoyado durante su extraño monólogo se había ennegrecido allí donde había posado la mano. Al retirarla había crecido una grieta. Un crujido alarmante se extendió por los muros y el suelo, a su espalda. En pocos segundos, el techo también chirrió.

Se lanzó corriendo a través de la grieta por la que Raven había estado contemplando el exterior. Aterrizó sobre un montón de nieve, resbaló y se golpeó contra los restos carbonizados de un autobús. No se detuvo a examinar su hombro dolorido, sino que se levantó, rodeó los restos del autobús y corrió varios metros, hasta que metió el pie en un charco y terminó de bruces en el suelo.

Por fortuna había ganado distancia suficiente para ponerse a salvo cuando el edificio se vino abajo. El derrumbe levantó una nube de polvo y una llovizna de escombros que quedaron esparcidos por los alrededores.

Un instante después, el edificio contiguo también se desplomó. La nube de residuos se hizo más espesa y se elevó. Piers tosió. Se cubrió la nariz y la boca con su abrigo, pero la garganta ya estaba abrasada por el polvo.

En pocos segundos, la nieve y el viento dispersaron los efectos del siniestro. Entonces vio la silueta alargada de Raven emergiendo de las ruinas del edificio, caminando con tranquilidad, despacio. Aún parecía torpe y desorientado, pero no más que antes del derrumbamiento. Y Piers estaba seguro de que el edificio tendría que haber caído sobre él, una parte al menos. Raven debería ser un montón de carne y huesos aplastados bajo toneladas de ladrillos y no un tipo que deambulaba con aire despistado, como si acabara de despertarse de una larga siesta.

Entonces, reparó en una herida que tenía en el brazo derecho, empapado de sangre.

—Déjame ver eso —dijo Piers acercándose a él—. No tiene buena pinta.

—Al norte —murmuró Raven, ausente—. No, ha cambiado. Lo siento. Ya voy.

De nuevo ignoraba a Piers, quien aprovechó para caminar a su lado, cuidando de no interrumpir su marcha ni perder de vista el brazo herido. Rasgó la manga del jersey mugriento de Raven, que de todos modos ya estaba medio rota, y vio mucha sangre. Raven no se quedaba quieto y Piers sabía que era inútil pedirle que se detuviera, así que la limpió como pudo mientras andaba de lado. La carne estaba abierta y puede que lo que asomaba al fondo fuese el hueso.

—¿No te duele? Como mínimo, tendría que vendarte hasta que encontremos a alguien que…

Le herida se cerró ante los ojos de Piers. Primero dejó de manar sangre, después la carne se fundió y la piel quedó lisa, sin cicatriz alguna. Piers palpó con su propia mano para asegurarse de que no estaba alucinando.

—Impresionante… Oye, eso ha sido… ¿Dónde vas? Por ahí no, Raven, en serio. Vas directo a la tormenta.

Piers la había visto en sus expediciones diarias en busca de comida. Una nube gigantesca en medio de la ciudad que vomitaba truenos y lluvia, e iluminaba las inmediaciones con sus rayos, que parecían proceder del interior. A su alrededor soplaba el viento con fuerza.

Aquella tormenta había sustituido a la gigantesca mole de niebla petrificada. Por eso sabía que ocupaba la extensión de lo que antes había sido Trafalgar Square. En las calles próximas, solo había esqueletos de hormigón. Ni un solo edificio se conservaba intacto en esa zona, derruidos entre escombros, cristales y restos de vehículos, muebles o electrodomésticos. Se podía encontrar de todo en el suelo, un bolígrafo, un juguete, azulejos, una puerta… Cualquier cosa menos comida.

Era peligroso vagar por allí, no solo porque cualquier pared podría desmoronarse en cualquier momento, ni por las pequeñas explosiones esporádicas de algunos aparatos eléctricos, ni siquiera por las ráfagas de viento que hacían volar a piedras y cristales. Lo peor eran los demonios que Piers había visto en dos ocasiones cerca de la tormenta.

La primera vez estuvo a punto de llamarlos a gritos. En su desesperación y soledad, los había confundido con supervivientes, pero pronto detectó las alas en la espalda, de plumas negras, y se escondió a tiempo. Estuvo a punto de ser descubierto. De no ser por el gigantesco hombre negro, que pasó andando en ese momento y distrajo su atención, los demonios le habrían visto. Se lo había dicho a Raven, durante su misterioso trance, para que se decidiera a salir de Londres, pero la profusión de malos augurios y calificativos de terror había sido inútil. Y ahora que parecía haber despertado de su conmoción, Raven se encaminaba directo hacia la tormenta y el peligro.

—Mira, tío. A lo mejor tú puedes curarte de cualquier herida, pero yo no. Por favor, Raven, no sigas por ahí.

—El camino es claro… Tira de mí, como… No, no tira. Lyam me lo explicó en el Infierno. Soy el que siente en todo momento la ubicación de la séptima esfera.

—¿De qué hablas? Estás delirando. —Piers agarró con fuerza lo que quedaba de su antigua porra, la que Raven había arrojado por la ventana. Ya no era más que un pedazo de madera carcomido, sin rastro de la inscripción que hacía referencia a Carlota. Aquel objeto ni siquiera podría definirse como una porra—. Esto es por tu bien, amigo.

Piers alzó el arma y se dispuso a darle con todas sus fuerzas. Si un edificio no le había causado daño, él tampoco lo haría, pero tal vez un buen golpe, justo en la cabeza, lograra espabilarlo.

Le habría atizado, estaba realmente decidido, pero la tormenta se revolvió en ese preciso instante y escupió algo enorme. Una bola de tierra emergió de las nubes y fue directamente hacia ellos. Piers se quedó paralizado de terror, viendo aquella gigantesca roca acercarse, hacerse más grande a toda velocidad.

Debieron haber acabado aplastados como insectos, pero Raven alzó el brazo. En su extremo, la mano brillaba. La mole de piedra, o lo que fuese, se estrelló contra la delgada figura de Raven y salió rebotada hacia la derecha. En el suelo abrió un surco que recorrió la calle, atravesó la fachada de un edificio y se detuvo al chocar contra una montaña de escombros y basura en su interior.

El impacto había sacudido a Raven. Piers, que se había ocultado tras él, sintió la vibración a través de sus hombros huesudos, sobre los que se apoyaba, pero eso fue todo, un leve temblor que ni siquiera le había desestabilizado.

La porción de tierra que había escupido la tormenta era muy extraña. Tenía aproximadamente el tamaño de una furgoneta, pero su color resultaba indescriptible, entre gris y dorado, y brillaba con bastante intensidad. Del centro sobresalía un árbol de una variedad que Piers jamás había visto. El ejemplar tenía varias ramas rotas y estaba arqueado. También estaba manchado de rojo.

—¡Socorro! ¡Ayuda!

Eran varias voces las que pedían auxilio, y provenían de la roca que acababa de arrojar la tormenta. Sonaban desesperadas. Piers tiró de Raven, que para su sorpresa no se resistió, y corrieron hacia el interior del edificio. Raven caminaba descoordinado, tropezando continuamente.

Piers rodeó la roca y encontró un boquete en el suelo. Debajo había mucho polvo y una luz que se agitaba. No podía distinguir nada, pero imaginó que se trataba de un sótano o tal vez de un garaje donde todavía quedaran personas con vida. Creyó ver, al menos, tres siluetas.

—Os sacaremos de ahí —gritó—. ¿Cuántos sois?

Un chorro de luz cegó a Piers, que se cubrió con las manos para protegerse.

—¡Cuatro! ¡Uno está herido!

La voz era de una mujer y parecía muy asustada.

—¡Aguantad! —les dijo Piers—. Raven, ayúdame, tenemos que encontrar una cuerda, algo… Tenemos que ayudarles. ¿Puedes mover ese pedrusco antes de que se les caiga encima?

—No. No puedo.

Piers blasfemó y miró alrededor. La roca estaba al borde del agujero, donde se apreciaban varias grietas. Un leve temblor, un crujido, una baldosa más que se rompiese y aquel pedrusco gigante caería sobre los supervivientes. Como si hubiera escuchado sus cálculos, una de las grietas se abrió un poco más, la roca se inclinó y el desgarro amenazó con propagarse en cualquier instante y romper el boquete de manera fatal. Las personas del interior chillaron asustadas. Piers encontró un pedazo de tela grande y grueso que podría haber sido una cortina. Ató un extremo a una viga y dejó caer el otro por el agujero. Luego se tumbó boca abajo y extendió el brazo.

—¡Tenéis que trepar! ¿Podéis alcanzar la tela?

Abajo se removían unas formas oscuras e imprecisas, que vislumbraba a veces, cuando la linterna dejaba de dar saltos. Parecían discutir el orden de ascenso. Se les notaba muy nerviosos.

—¡La mujer, primero! —gritó Piers—. ¡Deprisa!

El suelo crujió. Piers alcanzó a ver una forma escalando con torpeza por la tela. Jadeaba. Los compañeros del fondo la animaban a continuar, le pedían que no mirara hacia abajo. Finalmente sus manos se encontraron, y también sus miradas. Piers vio los ojos atemorizados de una mujer sucia y delgada, una súplica muda en su expresión.

—¡Te tengo! ¡Vamos, sube!

En otro tiempo la habría levantado sin problemas, pero llevaba demasiado sin comer, salvo la rata que había devorado hacía unas horas. A pesar de su debilidad, no la soltaría. La mujer colaboró. Se ayudó con las piernas y la mano que tenía libre, y se impulsó. Casi asomaba la cabeza por el agujero.

—Un poco más —murmuró Piers.

Ya iba a conseguirlo, cuando el suelo chirrió y se desgarró debajo de Piers. Cayeron tablones y escombros del techo. El edificio entero parecía a punto de resquebrajarse. La roca giró y se desplazó un poco más hacia el agujero.

Piers logró sujetarse en el último momento a la tela y quedarse suspendido en el aire, con la mujer pataleando y chillando, aferrada a su mano. Le dolían los hombros. No aguantaría mucho. La roca giró de nuevo. Piers vio el árbol asomando sobre ella, acercándose lentamente, centímetro a centímetro.

—¡Raven! —gritó con sus últimas fuerzas—. ¡Detén la roca! ¡Nos va a aplastar!

El rostro de Raven se asomó por la grieta. Los miró, con su nariz prominente apuntando hacia abajo.

—Si intervengo, os mataré —dijo, impasible—. Lo siento.

Y se marchó.

Piers, con los brazos a punto de reventar por el esfuerzo, sintió varias ramas y hojas que le caían sobre la cabeza. Escuchó un nuevo crujido y, al final, cuando ya no podía más y la roca se le echaba encima, se soltó.

—¡Maldito bastardoooooooooooooooooooo!

Había transcurrido más tiempo del que Rick había supuesto en un primer instante. En concreto, llevaba más de cuatro horas hablando con Jack. Si se concentraba, podía precisar los minutos y los segundos, incluso podía determinar cuánto había pasado inconsciente. Los ángeles debían de tener un sentido especial para medir el tiempo.

De repente, supo que se basaba en la luz. La idea se formó en su cabeza, sin previo aviso, aunque a la vez era consciente de que ese conocimiento provenía de Yala. Quizá por eso su parte humana no fue capaz de descifrar la relación entre la luz y el tiempo. Solo estaba seguro de que si se exponía a la luz natural, podría medir el tiempo a la perfección.

Rick continuó barruntando y se le ocurrió que ese peculiar sentido debía de ser una de las múltiples habilidades que los demonios perdieron en el Infierno, donde solo había oscuridad. Habiendo sido algo natural en ellos, debieron de sentirse muy incómodos hasta que se adaptaron. Otro de los miles de pormenores que convirtió su estancia en el Agujero en una tortura.

El sentimiento que lo invadía ahora, sin embargo, era completamente suyo: tenía prisa.

—Jack, te lo he contado todo. He sido muy paciente contigo, teniendo en cuenta cómo me engañaste. Y está bien, de verdad, ni siquiera te guardo rencor. Pero ahora tienes que ayudarme. Esto no ha terminado.

Jack Kolby asintió, distraído. Movía mucho las manos, acaso porque se le habían terminado los puros.

—Claro, si está en mi mano ayudarte... —contestó Jack.

—Tengo que encontrar a Raven.

—No sé dónde está. ¿Has considerado la posibilidad de que haya muerto? Si se convirtió en una bomba viviente capaz de reventar las puertas de Infierno y toda la ciudad...

—No es la primera vez que explota —repuso Rick, recordando a la niña que Raven quemó involuntariamente y que tanto atormentaba sus sueños—. Además, dudo mucho que pueda morir.

—Interesante, muy interesante... —murmuró Jack, pensativo—. Créeme cuando te digo que me encantaría encontrarlo, pero de verdad que no he sabido nada de él desde que os marchasteis.

—Jack, tú lo controlas todo, lo sé. Si alguien puede dar con él...

—Ya no controlo nada. Lo siento mucho.

Jack desvió la mirada hacia la ventana, donde los copos de nieve se precipitaban contra el cristal sin cesar. Detrás de la lluvia blanca asomaban algunos edificios de Londres, tristes, descuidados. Había muchas ventanas rotas y fachadas agrietadas. Como a dos manzanas de distancia, empezaba un paraje desolado, el centro de la ciudad, y, más allá de la línea que delimitaba la antigua muralla de Londres todo era gris y blanco.

No todos los edificios habían caído tras la explosión de Raven, pero ni siquiera los que seguían en pie conservaban un rastro de entereza, sino que parecían hechos de ceniza. Rick, que también observaba la ciudad, captaba con claridad los detalles a pesar de la distancia. Veías las ruinas, el asfalto quebrado, los vehículos convertidos en amasijos de hierro. Distinguía las ondulaciones negras en que se habían convertido las planchas de la muralla al derretirse, formando un extraño montón de dunas, parcialmente cubiertas de nieve.

—Entonces me marcho —dijo de repente—. Si no puedes ayudarme, Jack, lo encontraré yo solo.

Se levantó. Jack permaneció ensimismado, con los ojos desenfocados.

Un alboroto llegó desde el otro lado de la puerta. Rick se puso en guardia de inmediato. Reaccionar ante cualquier indicio de peligro se había convertido en un hábito para él. Escuchó a dos mujeres que discutían. Una trataba de mantener la calma; la otra, cada vez hablaba más alto.

Entonces se abrió la puerta. Entró una mujer delgada de aspecto frágil, con el rostro lleno de pecas. Detrás de ella estaba la otra mujer, enfundada en una armadura de telio.

—He dicho que tengo que verlo —bufó la pecosa.

—¡Lucy! —Jack se giró como si hubiese visto un fantasma—. Está bien, es amiga mía —le dijo a la mujer de la armadura, que asintió y cerró la puerta.

Rick alcanzó a ver a los niños que la acompañaban, y aunque no vio a los dos hombres, sabía que estaban ahí también. Siempre de cinco en cinco. Dedujo que Jack no andaría por ahí sin escolta.

—¿Estás bien? —le preguntó a la mujer—. No sabía…

—¿Dónde te habías metido? —rugió Lucy furiosa. Las pecas palpitaban en sus mejillas encendidas—. ¡Llevo buscándote días! ¡Semanas!

Jack se acercó a ella y le puso las manos en los hombros. Lucy temblaba de rabia contenida. Lo odiaba… y lo quería. Era demasiado evidente. Y él correspondía a ese sentimiento. Se le notaba en su lenguaje corporal, su rostro preocupado, el cambio en su voz. Rick nunca había visto a Jack con una mujer. Si había mantenido alguna relación seria, siempre se lo había ocultado a los demás. Era desconcertante verlo amedrentado por la mirada de otra persona, ese hombre que se codeaba con los líderes de Londres y de la Zona Segura del Norte. ¿Sería posible que aquella mujer fuera la responsable del cambio experimentado por Jack?

—Lo siento mucho. Tenía algo importante que comprobar.

Jack se disculpaba demasiado últimamente.

—¡Tenías que haberme enviado un mensaje! ¡Algo, para que supiera que estabas vivo! ¿Cómo se te ocurre desaparecer después de una explosión como esa? —Lucy hablaba muy rápido, a trompicones—. Ya hablaremos… Por desgracia, ahora ha surgido un problema que tienes que atender.

Jack retiró la mirada.

—Yo ya no puedo hacer nada.

—¿Qué dices? ¿Qué ha pasado? ¿Es por Gordon?

Jack negó con la cabeza.

—¿Gordon ha muerto? —intervino Rick—. Perdón por interrumpir —dijo cuando Lucy lo fulminó con la mirada—. Me llamo Rick. Soy… un amigo de Jack.

—También ha muerto Nathan —explicó Jack—. Han pasado muchas cosas desde que te fuiste. Ahora el líder es Thomas.

—¿El del Norte?

Rick no podía creer que Gordon ya no estuviese al mando del ejército, y más difícil de creer todavía era que ahora lo comandase su antiguo enemigo.

—¿Y tú de dónde sales? —le preguntó Lucy de mala gana—. ¿Cómo es que no te enteras de nada de lo que ha sucedido? Hasta yo sé que… Bah, qué más da. Jack, tienes que venir. Han capturado a un demonio con vida.

—¿Con vida? —Jack arrugó la frente—. Supongo que matarían a sus compañeros. No es una buena noticia, puede que haya represalias.

—El demonio estaba solo, Jack. Y no lo capturaron los de las armaduras. Al parecer, ha sido un hombre corriente, ni siquiera es un militar. Me han dicho que lo conoces. Se llama Robbie Fenton.

—¿Robbie? —exclamó Rick.

Él también lo conocía. Antes de viajar al Cielo, cuando trabajaba para Jack, le hizo una visita para averiguar por qué Robbie se había negado a venderle una de sus propiedades a Jack, la que luego resultó estar destinada a albergar uno de los cinco edificios que formarían el portal gigante por el que los demonios accedieron al Cielo. Pero eso no fue lo que más sorprendió a Rick. La mujer de Robbie estaba embarazada por aquel entonces, a pesar de que Rick había descubierto documentación relativa a una operación en la que le habían extirpado la matriz.

Su expresión debía de ser horrible mientras lo recordaba, porque Lucy y Jack lo contemplaban con una mezcla de extrañeza y preocupación.

—Cuéntame lo de ese demonio —ordenó Rick con tono severo—. Yo también conozco a Robbie y puede que se trate de algo que no guarda relación con la guerra.

—¿Quién es este tío? —exigió Lucy, muy molesta—. ¿Por qué sigue aquí, Jack? Tenemos asuntos urgentes de los que ocuparnos.

—Es el mejor soldado que jamás haya existido —respondió Jack—. Puedes confiar en él, Lucy. También es otra de las personas de las que me aproveché en el pasado y que envié a una muerte casi segura sin importarme.

—¡Jack! —atajó Rick—. Ahora no es el momento. Lucy: el demonio. Continúa.

Pero Lucy miraba a Jack con evidente preocupación. Rick tuvo que pedirle de nuevo que prosiguiera.

—El tal Robbie encontró al demonio y lo tienen encadenado. No sé cómo pudo atraparlo. Y desde luego es un demonio porque tiene las alas completamente negras.

—¿Sabes si había alguien más? Un tipo delgaducho y narizotas, con pinta de despistado, como si no supiese ni dónde se encuentra.

—No he visto a nadie así.

—Ya... —suspiró Rick—. Ese demonio estará herido, ¿no? Es la única explicación posible. Os dejo, tengo cosas que hacer.

Rick había visto miles de demonios. Los había visto luchar en el Cielo y en el Infierno, uno más no tenía la menor importancia. Su única prioridad era encontrar a Raven y al niño que hallaron en el Infierno, porque estaba convencido de que ambos continuaban con vida.

—Vamos, Jack —oyó decir a Lucy a su espalda—. Sabes que nadie más sabrá qué hacer con esa mujer. Solo tú…

—¿Mujer? —Rick, que ya estaba cerca de la puerta, se dio la vuelta bruscamente y regresó junto a Lucy—. ¿El demonio es una mujer? ¿Por qué no lo has dicho antes?

—¡Eh! Aparta las manos. ¿Y qué más da si es hombre o mujer? Oye, no me toques, te lo advierto. ¿Pero qué te pasa?

—¿Es guapa?

—¿Qué?

—La mujer —se impacientó Rick, que era vagamente consciente de que no se controlaba—. El demonio, quiero decir. ¿Es una mujer exageradamente guapa?

—Ummm…, bueno, sí… Bastante. La verdad es que nunca había visto…

—¿Morena? ¿Tenía dos puñales?

Lucy se quedó boquiabierta.

—¿Cómo lo sabes?

—Más vale que esas cadenas que le habéis puesto sean de telio —murmuró Rick.

—¿La conoces? ¿Sabes quién es? —preguntó Lucy.

—Tengo que ir a verla inmediatamente. Escúchame con atención, Lucy. Avisa a tus hombres de que no la dejen dormir, es muy importante. ¿Me has entendido? Y que nadie se acerque a ella excepto para despertarla. Para nada más, que no hablen con ella, que no la miren.

Lucy no reaccionó bien ante el modo casi violento de hablar que empleaba Rick.

—¿Por qué tengo que aceptar tus órdenes? Ni siquiera sé quién eres.

Rick endureció la expresión todavía más y dio un paso hacia Lucy.

—Soy alguien que acaba de regresar del Infierno. ¿Te parecen suficientes credenciales? Si esa mujer se duerme, se curará, y dudo mucho que unas cadenas la retengan, aunque sean de telio. ¡Así que hazme caso! Jack, ¿vienes?

—Ya no es asunto mío —contestó Jack demasiado tranquilo, como si la conversación le aburriera—. Te dije que solo me queda una cosa por hacer.

Rick reprimió las ganas de estrangularle.

—Yo tampoco sé quién eres tú —le dijo a Lucy—. Pero espero que tengas el sentido común suficiente para estar a la altura de las circunstancias. Hay algo entre vosotros dos, se nota. No sé muy bien qué es ni me interesa, pero si Jack te importa algo, tienes que vigilarlo, está muy raro. Y lo vais a necesitar más adelante. ¿Entiendes a qué me refiero?

Lucy asintió, aturdida.

—¿Tú no lo necesitarás?

—Yo tengo que seguir otro camino.

—¡Espera un momento! El demonio… Me pides que cuide de Jack, pero no me dices quién es esa mujer.

—Tengo que comprobar si es quien yo creo. Conocí a un demonio que encaja con esa descripción... Se llama Nilia, pero... Me niego a creer que sea ella.

—¿Por qué?

—Porque entonces estaríais todos muertos.

El hijo de Robbie Fenton trepaba por el ala derecha. Se aferraba a las plumas negras hasta alcanzar el hueso en la parte superior. Después, colgando, se acercaba cuanto podía, primero una mano, luego otra, hasta que inevitablemente resbalaba y caía. No tardaba en levantarse, soltar una carcajada y volver a empezar. Se le veía feliz. Resoplaba por el esfuerzo, reía y no era capaz de estar quieto ni un segundo.

—Siento mucho lo que te han hecho —se disculpó por enésima vez Robbie—. He intentado explicarles que no eres un... que eres buena, pero no me hacen caso. Soy solo un don nadie.

Nilia alzó un poco el ala, medio palmo, y el chiquillo volvió a caer. Acto seguido, volvió a trepar por las plumas.

—¿Todavía crees que soy un ángel?

—Nos salvaste —balbuceó Robbie, no le gustaba estar en desacuerdo con ella, en nada—. Aquel día, cuando te encontramos enterrada en la nieve...

—Cuando te desmayaste.

—Sí, bueno, el frío y... Me asusté un poco, es verdad... Pero nos llevaste a mi hijo y a mí de vuelta con los demás. Eres buena.

—Es el concepto más infantil sobre el bien y el mal que he escuchado en toda mi vida. —Nilia negó con la cabeza y su crítica encendió el rubor en el rostro de Robbie—. ¿Seguro que el niño no eres tú en vez de él? —preguntó señalando con el ala izquierda al pequeño, que continuaba jugando con las plumas negras.

Robbie, consternado, retiró la mirada. Se sintió torpe. Aquella mujer, no, aquel demonio le asombraba en todos los sentidos. Le deslumbraba su belleza, tanto, que trascendía cualquier pensamiento carnal. Su rostro era lo más bonito que había contemplado jamás. Algo tan hermoso no podía ser malo, era una contradicción.

Además, se portaba muy bien con su hijo. Desde que la encerraron, Robbie y el niño la habían visitado a diario. Su hijo se lo pedía a lágrima viva y lloraba a mares cuando se marchaban. Nilia no demostraba alegría al verlos, aunque tampoco disgusto. Su rostro permanecía impasible, mientras permitía que el niño se abalanzara sobre ella y saltara sobre su cuerpo, como si el hermoso demonio fuese su juguete preferido.

Observó sus muñecas. Las tenía esposadas, unidas a la pared por una cadena de escasa longitud, apenas suficiente para que se pudiera sentar con comodidad. No se merecía un trato como ese.

—Me temo que no te soltarán si de verdad eres un… ya sabes. —A Robbie le atemorizaba emplear la palabra «demonio» para referirse a ella—. La explosión que destruyó la ciudad… ¿Fuisteis vosotros? ¿Nos atacasteis? ¿Por qué?

—Dímelo tú —repuso Nilia—. He estado ocupada últimamente y no me he puesto al día, pero sé que los asuntos de los menores… —Carraspeó—. Vuestros asuntos no nos importan. ¿De dónde habéis sacado esas armaduras?

—No lo sé. Lo juro por Dios…, digo, lo juro. Nunca las había visto.

—Pues tus amigos de las armaduras han debido de cabrear a los míos. Una estupidez por vuestra parte.

—Pero tú nos ayudarás, ¿verdad? Sabes que nosotros no os hemos hecho nada.

—Es posible. Tú averigua de dónde han salido esas armaduras y veré qué puedo hacer.

—Lo haré —prometió Robbie, esperanzado, sin reparar en si la información relativa a las armaduras y aquellas espadas grises podrían constituir un secreto—. Por cierto, te he traído algo de comer. —Robbie sacó un bocadillo de queso que había conservado tan bien como había podido—. Puedo pedirles agua, eso no te lo negarán.

—Guárdalo —bufó Nilia—. Tienes pinta de necesitarlo más que yo, o dáselo al niño.

—Solo quería ayudarte.

La cara de Nilia se contrajo de una forma espantosa. Volvió el rostro, que quedó cubierto por su cabello negro.

—Coge… al niño —gimió.

Robbie no entendía qué le pasaba, pero reaccionó al ver cómo sus alas temblaban y se agitaban. Tomó a su hijo en brazos y retrocedió de un salto. El niño comenzó a llorar y a patalear.

—No le pasa nada —dijo para tranquilizar al niño, que no dejaba de mirar a Nilia.

Robbie esperaba de verdad no haber mentido a su hijo. Nilia jadeaba. Se puso de rodillas y se inclinó hacia un lado, estirando la cadena al máximo. Era una postura extraña. De no ser por las cadenas, caería de bruces. De repente, Nilia hizo un ruido muy desagradable. Y vomitó. Robbie se dio la vuelta, sujetando a su hijo con fuerza. No se volvió hasta que todo quedó en silencio, y aun así esperó varios segundos antes de hacerlo. También guardó el bocadillo de queso. Puede que la comida de los seres humanos causara náuseas a los demonios.

Nilia se había vuelto a sentar. Parecía molesta, pero nada indicaba que se encontrara mal.

—¿Te han envenenado? Tal vez pueda traer a un médico amigo mío. En realidad era veterinario, pero sabe mucho de...

—No digas tonterías.

Robbie, casi sin darse cuenta, soltó a su hijo, que se revolvía en sus brazos. El niño salió disparado hacia Nilia y una vez más agarró el ala izquierda. Esta vez su hijo logró trepar hasta llegar al hombro. Metió las manos entre su melena negra y se dispuso a encaramarse sobre su cabeza.

—¡Quieto! ¡No hagas eso!

—Déjale —ordenó Nilia.

Robbie asintió y de nuevo se ruborizó.

—Lo siento. Él... parece que te aprecia mucho. Le gusta estar contigo.

—¿A tu mujer no le molesta?

—Bueno, ella está enferma. Desde que nació el chico no se ha sentido muy bien. Yo me encargo de los dos. Hago lo que puedo.

El niño, que estaba coronando la cabeza de Nilia, resbaló y se quedó colgando sobre su cara. Ella agitó un poco la cabeza y el pequeño cayó. Antes de que llegara al suelo, lo recogió con su ala, que había colocado en horizontal, ahuecada. El hijo de Robbie aterrizó sobre un colchón de plumas negras y lanzó una carcajada aguda y estridente. Se dispuso a levantarse, pero Nilia se lo impidió con la otra ala. La cruzó con la otra, formó una especie de cuna de plumas y lo meció. El pequeño se quedó tranquilo, embelesado y quieto por primera vez.

—Tiene mucha energía —dijo Nilia, distraída.

—Sí —confirmó Robbie—. Por eso come tanto, creo, y apenas duerme. Se nota que es muy listo y...

—¿Cuántos años tiene?

Robbie dudó. No quería mentir a Nilia, a su salvadora, que tan bien se portaba con su hijo, pero no podía decirle la verdad.

—Año y medio.

El niño alzó la cabeza y observó a Robbie con el ceño fruncido. Luego miró a Nilia, sonrió y volvió a tumbarse. Los ojos de Nilia brillaron.

—Tiene seis meses —rectificó Robbie—. Lo sé, ya anda y salta y hace muchas otras cosas, por eso miento sobre su edad, porque no sé si lo sabes pero los bebés humanos de seis meses ni siquiera gatean.

—Los bebés humanos —repitió ella.

—Lo sabes, ¿verdad?

—Y tú también.

En efecto, era más que evidente que su hijo no era del todo humano, sobre todo porque su mujer se había quedado embarazada a pesar de que años atrás le habían extirpado el aparato reproductor. La operación y la consiguiente esterilidad no habían hecho más que avivar el deseo del matrimonio de tener hijos, así que cuando aquel chico encapuchado de los ojos azules, el que hablaba tan raro, les había dicho que su sueño era posible, que en realidad el médico solo había extirpado un ovario, ni siquiera se cuestionaron por qué la mujer no se había quedado embarazada hasta entonces.

Capa, que era el nombre del chaval, resultó muy convincente. Les había asegurado que, tras tomar cierta medicina que formaba parte de un tratamiento de fertilidad, solo tenían que volver a intentarlo. Y así fue. Su sueño se vio cumplido.

Sin embargo el niño no había sido normal nunca, ni siquiera durante la gestación. Nació con apenas cinco meses y entonces ya estaba perfectamente desarrollado. Con el paso del tiempo y la increíble evolución del bebé, Robbie llegó a la conclusión de que aquel tratamiento tenía alguna propiedad especial que convirtió a su hijo en mucho más que un ser humano.

Por no hablar del extraño gigante negro con la cabeza rapada que siempre merodeaba allá donde fueran, y que incluso estuvo presente el mismo día del parto. Se las arreglaba para conseguirles comida o ropa. Robbie era consciente que no cuidaba de la familia, sino solo a su hijo, esa criatura que no podía ser humana.

—Por eso es tan inteligente, ¿verdad? Entiende muchas cosas. Creo que ya sabe escribir. Le gusta mucho dibujar, pasa todo el tiempo…

—¿Qué has dicho?

Nilia lo miró directamente por primera vez, con mucha intensidad.

—Que es muy inteligente —repitió Robbie—. Aprende rápido.

—¿Le gusta dibujar?

—Mucho. Pinta continuamente. A veces coge un palo y dibuja en la nieve.

—Tú, enano. —Nilia bajó la vista, al niño, que seguía recostado entre sus alas—. ¿Te gustaría hacer un dibujo para mí? Si no lo haces, se acabó lo de corretear por mis alas.

—No he traído papel y lápiz —se disculpó Robbie, como si se lo hubiesen pedido a él.

El niño saltó al suelo y Nilia retiró las alas. Robbie vio a su hijo arrodillarse frente a ella, en el frío y sucio suelo del sótano que hacía las veces de cárcel para el demonio. Su hijo lucía una sonrisa inmensa, miraba a Nilia continuamente, quien a su vez estudiaba al chiquillo con mucho interés.

El niño empezó a deslizar el dedo por el suelo, vigilado por Robbie, que siguió aquellas pinceladas infantiles sin distinguir nada conocido. El pequeño dedo de su hijo retiraba el polvo en cada trazo, pero no era suficiente para que se apreciara lo que quiera que estuviese pintando. Ella y el niño intercambiaban miradas y parecían absortos en lo que para él no era más que un bebé garabateando sobre el suelo. Sin embargo, Nilia no perdía el interés y hasta le corregía de vez en cuando.

—El círculo tiene que ser más grande. ¡No tanto! ¿Es que no tienes término medio? Menores... No, así no. Más alargado... Mejor. Un poco más inclinado. Esa parte bórrala. ¡No, esa no! Anda, vuelve a empezar.

El niño se comportaba como si entendiera todas aquellas instrucciones, solo le faltaba hablar. Asentía y buscaba la aprobación de Nilia con la inseguridad del aprendiz. Mientras, Robbie asistía a la escena como si no hubiera sido invitado. Al contemplarlos enfrascados en la tarea, ajenos a su presencia, pensó que no tenía sentido fingir que comprendía aquellas filigranas y, como el juego parecía ser del agrado de su hijo, se limitó a observar en silencio.

A pesar de que el tono de Nilia no era precisamente dulce, era evidente que su hijo la adoraba. La sonrisa no se había encogido ni un solo milímetro desde que comenzó aquella especie de lección de dibujo, ni siquiera cuando ella le corregía con cierta irritación en la voz.

—Parece que os lo pasáis bien —intervino Robbie—. Él... Él te entiende, ¿verdad?

—¿Por qué no me lo preguntas ya de una vez? —repuso Nilia, pasando las plumas por el suelo, como borrando una parte del dibujo.

Robbie se armó de valor porque sabía que no se perdonaría jamás si callaba la duda que latía en su interior.

—¿Es normal?

—Esa no es la pregunta —contestó ella—. Más que nada porque nunca he visto a tu hijo, si es que tienes uno.

Robbie asintió, resistiéndose a asumir el significado de aquellas palabras. Aunque siempre lo había sabido, no quería aceptarlo.

—Entiendo —murmuró abatido—. Mi mujer se quedará destrozada. Mejor que no se entere.

—Ella sí es su madre. Pero tú no eres el padre de este niño.

—¿Cómo? —Robbie suponía que les habían dado el cambiazo en el hospital, probablemente el gigante negro que los protegía, pero no imaginaba que fuera él mismo quien sobrara en la ecuación—. ¿Estás segura? —insistió, enfurecido—. Perdón... Claro que lo sabes, tú eres... ¿Y el padre? ¿Quién es?

—Ya lo sabes.

Era bastante evidente. Solo un pobre iluso como él, cegado por la ilusión de formar una familia y darle a su mujer lo que siempre había deseado, podía haber pasado por alto aquel detalle durante tanto tiempo. En otras circunstancias, sin tener que huir primero de Londres para luego regresar de nuevo desde Oxford, luchando continuamente por sobrevivir, habría reparado en ello mucho antes. Pero no había sido así. El instinto de supervivencia, el frío, la niebla y los rumores sobre el apocalipsis lo habían mantenido ocupado. Eran tantas las desgracias y las muertes que había presenciado, que no quería cargar con un disgusto más a sus espaldas. Ya tenía bastante con cuidar a su mujer enferma, al bebé, a los niños que habían acogido tras quedarse huérfanos… Robbie no podía más. Y, sin embargo, tampoco podía dejar de confirmar la verdad.

—¿El padre es un demonio?

Nilia giró la cabeza muy rápido hacia la puerta. Robbie escuchó pasos que se acercaban, pesados, y también una especie de murmullos metálicos. La puerta se abrió de repente. Entraron cinco soldados con armaduras. Una mujer, dos hombres de una envergadura considerable y dos niñas; lo supo porque no llevaban casco. Parecían idénticas. De no ser porque una era rubia y la otra morena, podrían haber sido gemelas. Robbie aún no comprendía cómo habían metido a niños tan pequeños en aquella locura. ¿De verdad pensaban llevarlos a combatir?

—Apartaos de ella —ordenó la mujer, en el centro del quinteto. Señalaba a Nilia con un dedo recubierto de metal gris—. Salid, por favor, nadie puede mantener ningún contacto con la prisionera a partir de este momento.

El hijo de Robbie bufó, exactamente igual que un gato.

—¿Por qué? Solo está jugando con un niño pequeño —protestó Robbie.

—Es por vuestra seguridad —aseguró la mujer.

—Hemos venido a visitarla todos los días y no ha pasado nada. —Estaba tan indignado que casi no se lo creía—. ¿Qué mal podemos hacer mi… mi hijo y yo?

Aunque aquel niño no fuera su hijo, aunque estuvo a punto de referirse a él como un niño cualquiera, se dio cuenta de que no podría. Él lo había criado. Era su hijo y siempre lo sería.

—Tenemos órdenes. Salid ahora mismo.

La sola idea de resistirse era absurda, pero Robbie no quería marcharse, ni dejar sola a Nilia, que además había vomitado y podría estar enferma.

—¿Qué le vais a hacer?

—Nada. —La voz de la mujer se endureció, como advirtiendo de que su paciencia tenía un límite—. Las órdenes son de aislamiento y privación del sueño. Fuera. Es la última vez que repito esta orden.

El bebé soltó un chillido y desapareció entre las plumas de Nilia, detrás de su espalda. Robbie no sabía qué hacer.

Entonces, a un firme ademán de la mujer, los dos hombres se adelantaron, pasaron ante Robbie con total indiferencia y se colocaron a ambos lados de Nilia.

—No te muevas —le advirtió uno a Nilia—. Es por tu bien.

—Yo cogeré al crío —dijo el otro. Su armadura dejó escapar un chirrido mientras se agachaba—. Maldita sea. Ven aquí, chico. No tenemos tiempo para esto.

—Más te vale no hacerle daño, montón de hojalata —dijo Nilia, desafiante.

—Eres tú la que supone una amenaza —repuso el que seguía de pie—. Vosotros habéis destrozado la ciudad.

—No me gusta cómo me miras. —Nilia agitó la cabeza y su melena bailó hacia atrás, sobre los hombros—. Demuestra que ignoras por completo la amenaza que represento, cosa que no me sorprende. ¿Qué se puede esperar de alguien vestido como un idiota?

—¡Lo tengo! —exclamó el soldado que buscaba al hijo de Robbie. Un berrinche espantoso salió de detrás de las alas de Nilia—. Quieto, tranquilo. ¡No voy a hacerte nada! Pero... ¡Para de una vez, niñato!

—¡Dejadle en paz! —gritó Robbie, que no soportaba la imagen de su hijo en manos de un tipo que parecía un robot plateado—. ¡Suelta a mi hijo ahora mismo!

Se produjo una gran confusión. El hijo de Robbie berreaba y se retorcía entre los brazos del soldado que, impresionado por la reacción del pequeño, a duras penas lograba sujetarlo. El otro soldado no apartaba su atención de Nilia. Las dos gemelas, si lo eran a pesar de la diferencia de color de sus cabellos, esperaban las órdenes de la mujer que estaba al mando, quien pronunció algo que no se llegó a escuchar con claridad. Robbie trató de coger a su hijo, pero ni siquiera logró mover el robusto brazo metálico del soldado. También gritó, pidiendo que no le hiciesen nada y contribuyendo al caos general.

El soldado profirió un alarido terrible. Se arrodilló, blasfemó y maldijo al niño, a Robbie y a todos sus antepasados.

—¡Mi mano! —exclamó—. Ese pequeño bastardo... ¡Dios! ¡Mi mano!

Robbie por fin logró tomar a su hijo en brazos, pero recibió un golpe del soldado que estaba arrodillado, involuntario, aunque eso no evitó que perdiese el equilibrio y cayera al suelo.

—¡Ya basta! —ordenó la mujer.

—Mi mano... —repitió el soldado. Robbie alcanzó a ver que tenía el pulgar doblado en un ángulo que no era natural. El metal, además, estaba un poco abollado en la punta, lo que debía de ser doloroso si el dedo gordo ocupaba el espacio que se suponía dentro de aquel guante metálico—. Ha sido el niño.

—Sal de aquí ahora mismo —le ordenó la mujer.

—Tú, retrasado —dijo Nilia al soldado que la vigilaba, mientras las gemelas ayudaban al que tenía problemas con el pulgar. Daba la impresión de que se disponían a enderezarle el dedo gordo—. Más te vale no haber perdido mis puñales o te tragarás toda esa chatarra que llevas puesta.

—¿Qué? —se extrañó el soldado—. Cierra la...

Nilia arqueó la espalda y se tensó. Desplegó las alas hacia atrás, muy rápido, con mucha fuerza. Salió disparada hacia adelante y hacia arriba, hasta el límite de la cadena que la mantenía apresada a la pared, lo suficiente para encararse con el soldado. Le asestó un golpe en la cabeza con su propia frente. El militar se tambaleó, dio un paso atrás y se desplomó.

El otro soldado se acercó a Nilia y le dio una patada en las costillas. Nilia se dobló y cayó de rodillas.

—No vuelvas a moverte —le advirtió el soldado.

Su compañero, que ya se había levantado de nuevo, también la golpeó con la bota, en el costado opuesto. Los chirridos de las armaduras eran más agudos con los movimientos rápidos. Se disponían a golpearla de nuevo cuando la mujer intervino.

—¡He dicho que basta! —repitió, furiosa—. Dejadla en paz. Demonio, no puedes dormir. Son las órdenes. Si obedeces, no tendremos que maltratarte para interrumpir tu sueño.

—Esas órdenes —dijo Nilia alzando la cabeza, satisfecha de ver sangre en el soldado que había atacado con la cabeza— ¿las ha impartido otro idiota de metal? ¿Qué me vais a hacer para que no duerma? ¿Cosquillas?

Le lanzó un beso al soldado, lo que desató su rabia. Él y su compañero la cogieron cada uno por un ala y le dieron un fuerte puñetazo. Robbie contempló impotente cómo aquellos puños metálicos se estrellaban contra ella, contra su rostro, después su estómago. Nilia les insultó un par de veces más mientras forcejeaba inútilmente, dado que las cadenas limitaban sus movimientos. Ellos respondieron con más golpes. No se detuvieron cuando ya no se movía, de rodillas, tirada en el suelo. Continuaron maltratándola, con violencia. Terminaron con una patada en la cara.

Nilia acabó boca abajo, con las alas extendidas sobre el suelo y la cabeza inerte sobre su propio vómito.

—Suficiente —dijo la mujer—. Creo que ya sabe qué haremos para mantenerla despierta.

Robbie estaba espantado. Sujetaba a su hijo contra su pecho de modo que no pudiese ver nada.

—Sois unos salvajes.

—Es un demonio —repuso la mujer—. Estamos en peligro de muerte, así que o cumplimos las órdenes o lo pagaremos todos sin excepción. Tú tienes suerte de ocuparte solo de tu familia en vez de tener que luchar contra ellos.

Apreció cierta tristeza en aquellas palabras. La mujer debía de haber pasado por algo terrible y aun así no le agradaba lo que acababa de suceder, porque Robbie no había visto a un demonio recibiendo una paliza brutal por dos hombres revestidos de metal que la duplicaban en tamaño. Sus ojos vieron a una criatura preciosa e indefensa, agredida una y otra vez hasta caer desfallecida.

—Llévate a tu hijo de aquí —insistió la mujer.

Robbie iba a pedir una última vez que no le hiciesen daño a Nilia, que estaba ayudando a su hijo porque no era como ellos pensaban. Probablemente habría dicho mucho más, pero advirtió un resplandor en el suelo, cerca de Nilia, donde su hijo había estado jugando. Aquel resplandor tenía la forma de uno de los garabatos que había trazado siguiendo las instrucciones del demonio y al instante Robbie comprendió que aquel montón de líneas, aparentemente aleatorias, significaban algo. No le atrajo la idea de que los tipos de la armadura le interrogaran al respecto, mucho menos que obligaran a su hijo a repetirlo o a realizar cualquier clase de pruebas.

Por suerte el resplandor desapareció bajo un montón de plumas oscuras. El ala de Nilia se deslizó sigilosamente hasta cubrirlo por completo.

—Sí, por supuesto —dijo Robbie—. Ya me marcho. Debo cuidar de mi familia.

CAPÍTULO 4

Un día, después de muchos sepultado bajo los muertos, con la sangre y las tripas de sus enemigos derramándose sobre él, Sirian descubrió que los gritos de Zynn habían cesado. Su compañero por fin había muerto, por fin los demonios habían dejado de torturarlo.

Cuando el séptimo Barón apareció, Sirian prestó atención por si averiguaba algún cambio relevante en la situación de los demonios.

—¡Ya basta! —rugió Dast, tan alto como su voz le permitía, que no era demasiado—. Vamos a establecer un perímetro de seguridad hasta que terminemos de salvar a los nuestros. No voy a correr ningún riesgo con los menores.

—¿Y si nos arrojan otra de esas bombas?

—Si pudiesen lo habrían hecho ya. Vamos a rodear y proteger la entrada al Agujero. Al norte derramad gasolina y cread una muralla de fuego que no se extinga. En el cauce del Támesis tenemos una posición poco favorable. Nos pueden rodear desde localizaciones elevadas y ya no tenemos tiempo de fortificarnos. El fuego les impedirá vernos y mientras comprobaremos la resistencia de sus armaduras. Si tratan de apagarlo será como anunciar su llegada. Y al sur… ¿Podemos hacer la prueba ya? Excelente.

Sirian no escuchó nada más durante un corto periodo de tiempo. Su mente se había quedado en blanco al enterarse de que los demonios volcarían su ira contra los menores. Aquella maldita explosión, cuyo origen continuaba ignorando, lo había estropeado todo, no solo sus planes personales de sellar el Infierno. No se le había ocurrido hasta ahora que culpar a los menores era la única opción lógica desde el punto de vista de Dast.

El suelo vibró, interrumpiendo sus pensamientos, y una roca envuelta en una fina aureola de fuego aplastó un montículo de nieve, barro y lo que parecía metal fundido, justo enfrente del diminuto orificio a través del cual Sirian espiaba a los demonios.

—Que los titanes formen al sur —ordenó Dast—. Un evocador cada diez metros. Cualquier cosa que se mueva y no tenga las alas negras se mata sin contemplaciones.

Ese era el interés que los demonios tenían en mantener el Agujero abierto. Querían fortalecer su ejército con titanes y sombras. Eran soldados obedientes y prescindibles, a los que encargar las tareas más peligrosas. ¿Cuántas de aquellas aberraciones quedarían aún en el Agujero?

Transcurrió otro día sin cambios. Sirian no veía posibilidad alguna de escapar. Sin embargo, tenía que hacerlo como fuera o los menores estarían perdidos. Debía encontrar a Jack y advertirle. Suponía que el magnate seguiría con vida gracias al traje de telio que vestía y por encontrarse relativamente lejos del Agujero cuando se produjo la detonación.

Solo había un modo de distraer a los demonios para poder escapar. Sirian alargó el ala derecha y la encajó debajo de una piedra. Después, con mucha dificultad, consiguió extraer un hierro del suelo. Tardó horas, ya que no quería remover el montón de cadáveres ni hacer ruido. Entonces se metió algo en la boca, que prefirió no saber qué era, y lo mordió. Con el hierro atravesó la piedra, el hueso central de su ala derecha y el suelo, hasta quedar ensartado. Después estuvo a punto de perder el sentido en varias ocasiones.

Sirian permaneció tres días más desgarrándose lentamente la espalda sin hacer ningún ruido, sin soltar un gemido. Se estaba infligiendo una herida lenta y prolongada, y eso era terrible para un sanador. A cada segundo sentía el impulso de curarse, pero logró contenerse.

Finalmente lo consiguió. Se arrancó completamente el ala derecha.

—Soy el último —jadeó una voz desconocida—. No queda nadie más.

Sirian prestó atención.

—¿Estás seguro? —preguntó Dast.

—Completamente. El primer círculo ha caído. Reforzábamos las runas para seguir salvando a los nuestros, pero finalmente cedieron varios eslabones. El abismo… se ha hundido. Y con muchos demonios… Los he visto caer, Dast. He visto su miedo. Tantos milenios sobreviviendo, temiendo ese asqueroso precipicio para terminar así. ¿Quién nos ha hecho esto?

—Enseguida te pondré al día. ¿Qué hay de los otros?

—Muertos. Ahora eres el cuarto Barón, Dast, y el único que queda en este plano.

Sirian había percibido pura rabia en el breve relato del último superviviente del Infierno. Lo imaginó echando chispas por los ojos, apretando los puños, deseando encontrar un enemigo para desquitarse. Y serían los menores quienes tendrían que lidiar con un montón de demonios furiosos.

Los menores estaban entrenados todo lo bien que las circunstancias les habían permitido, pero en el fondo Sirian temía por ellos. No se trataba de una lucha equilibrada. Sus planes estaban encaminados precisamente a evitar esa confrontación, a encerrar a los demonios en su propio plano sin necesidad de batallar contra ellos. ¿Cómo reaccionarían los menores cuando tuviesen que pelear contra un montón de rocas y fuego? ¿O contra bestias oscuras, armadas de colmillos letales?

Durante los entrenamientos, los neutrales habían emulado a los demonios. Habían revelado cuanto sabían de runas y técnicas de combate, adaptadas a las formaciones de cinco miembros, pero no les habían hablado de los titanes y las sombras porque no tenían conocimiento de que semejantes criaturas existiesen. Los demonios habían sido muy astutos al ocultarlos. Sirian recordó el horror que lo invadió al descubrirlos en el Cielo, y los rostros sorprendidos de los ángeles al verse combatiendo contra aquellos seres del Agujero.

Pero después de todo, se trataba de ángeles. Los menores, en cambio... ¡Para sobrevivir tenían que ir a la guerra con niños! Los más pequeños, su futuro, también tendrían que enfrentarse a esos engendros. Los titanes en particular eran los peores desde el punto de vista psicológico. Enfrentarse a un demonio era duro, sin duda, pero parecía un ser humano con alas; un titán, en cambio, era un monstruo. ¿Estarían los menores en condiciones de superar el miedo irracional que seguramente les producirían aquellas aberraciones de piedra? Sirian se estremecía solo de imaginar al pequeño Jimmy blandiendo su espada frente a un monstruo al que alcanzaba solo hasta la rodilla.

Tenía que ir con ellos y prepararles para lo que se avecinaba. Y por fin se presentó la oportunidad que tanto había esperado. Los demonios se retiraron a alguna parte, sus voces llegaban desde la distancia. No tendría una ocasión mejor.

Sirian se curó la espalda lo imprescindible para que dejara de sangrar. No quería arriesgarse a que el menor destello de luz asomara entre los muertos y lo descubriesen. La herida no cicatrizaba. Sirian debía de estar más débil de lo que creía. Lo intentó otra vez, y otra. Se sintió como un novato. Esa era una de las operaciones más sencillas, incluso en sus lamentables condiciones.

Se tomó su tiempo para salir de debajo de la pila de cadáveres. Cada movimiento dolía como si lo atravesaran con mil espadas al mismo tiempo. Se arrastró entre el barro, la nieve y los escombros. Enseguida lo azotó un viento gélido.

No había cambiado mucho el panorama desde que salió del Infierno. La tierra seguía removida en el cauce del Támesis, surcos gigantescos desgarraban lo que había sido el lecho del río. A lo lejos, más allá de la orilla, el gris y el blanco se mezclaban. La nieve debería haberlo cubierto todo, pero aún se distinguían columnas de humo alzándose lentamente, aunque no tan densas como al principio. Los edificios debían de continuar calientes y derretían la nieve.

Alrededor del Agujero los demonios habían pintado muchas runas, cuyas llamas ardían suspendidas sobre el suelo. Otra serie de trazos formaban una lengua de fuego que se derramaba sobre el Infierno. Sirian dedicó unos segundos a estudiarla y comprobó que estaba tejida por multitud de runas muy pequeñas y entrelazadas. Esa debía de ser la cadena que el demonio había mencionado y que usaban para sujetar el primer círculo, el que se había sumido en el abismo.

Enseguida Sirian descubrió el único lugar por el que podría escapar: el muro de fuego que rugía en la parte norte. Al sur patrullaban bastantes titanes, pero no tantos como había temido en un principio. Claro que eso no implicaba que no se pudieran invocar más. Al este y al oeste, siguiendo el antiguo curso del río, acampaba el grueso de los demonios. Por suerte no se veía a Dast por ninguna parte.

Lo más duro fue arrastrarse entre el lodo y las runas donde dormían los demonios. Había planeado tumbarse como uno de ellos y fingir que dormía, pero no le hizo falta. Nadie se acercó por aquella parte.

Supuso que los demonios habían recibido la orden de no interrumpir el sueño de los que se estaban reponiendo, la única forma de curarse que tenían desde que el Viejo los privó de sanadores.

Reflexionando sobre ello, Sirian comprendió que el sueño debía de haber sido la clave de su supervivencia en el Infierno. Tal vez habían desarrollado esa capacidad hasta el límite, logrando restablecerse en menos tiempo, por ejemplo.

Contemplarlos allí, tumbados a la intemperie mientras la nieve caía sobre ellos, era una estampa impactante. Había muchos, con todas las heridas imaginables. Mientras escapaba, Sirian no pudo evitar fijarse en un demonio con la cara deformada por las quemaduras y en el proceso gradual que le devolvió una piel en perfectas condiciones. De forma automática pensó en su propio rostro, que nunca se curaría de la herida que le infligió Tanon.

Ya había recorrido un largo trecho cuando alcanzó los restos de un autobús medio derretido y se metió dentro para estudiar la situación. El muro de fuego ardía a poca distancia; solo tenía que ascender por una pequeña pendiente y atravesar las llamas. El problema eran las sombras. Las bestias patrullaban los alrededores, junto a unos pocos evocadores que las controlaban.

Sirian sacó una espada que había cogido de uno de los cadáveres, pero no extendió su hoja de fuego. Esperó. Había pasado días enteros bajo el peso de una montaña de cuerpos inertes que no había dejado de aumentar, se había arrancado un ala en una tortura lenta y ahogada. Aunque tuviera la huida a su alcance, casi rozándola, debía aguantar un poco más. Midió el patrón que seguían las sombras y los evocadores, hasta que halló el momento que le ofrecía más posibilidades de éxito. La mayoría de los demonios se concentraba a bastante distancia. Había llegado la hora de arriesgarse.

Lanzó un arco de fuego tan pequeño y silencioso como pudo, que cruzó el aire, sobre los demonios que dormían, y se estrelló contra la pila de cadáveres. Fue un disparo preciso, en el punto exacto que había planeado. Los cuerpos sin vida rodaron a un lado y se desplomaron. Los demonios, desconcertados por la repentina avalancha, acudieron a averiguar qué ocurría.

Sirian aguardó a que encontraran lo que había dejado para ellos. No tardaron en descubrirlo.

—¡Aquí! —gritó un demonio—. ¡Es un ala! ¡Completamente blanca!

—¡Queda un ángel escondido en alguna parte!

—¡Buscadlo!

—¡Mirad! ¡Una máscara! ¡Aquí!

—¡Es Sirian!

—¡Lo quiero para mí!

—¡Será para el que lo encuentre!

La maniobra era arriesgada, pero revelar su existencia era la única manera de distraerlos. Lo ideal habría sido que lo creyeran muerto, y era probable que llegaran a esa conclusión si no daban con él. En cualquier caso, la oportunidad de capturar al líder de los neutrales era demasiado golosa como para dejarla pasar.

En cuanto los evocadores supieron que Sirian se escondía en alguna parte, relajaron la vigilancia. No abandonaron sus puestos, pero se acercaron al centro y dirigieron su atención hacia la búsqueda del traidor.

—¡Dejadme un pedazo cuando lo atrapéis! —gritó uno de los evocadores.

Sirian aprovechó la euforia de los demonios para salir de su escondite y llegar hasta el fuego. No miró hacia atrás, solo corrió tan rápido como pudo. Ya solo le quedaba confiar en la suerte, que nadie mirara en su dirección en esos escasos segundos en que tardaría en alcanzar las llamas y pasar al otro lado.

Con un último esfuerzo, se sobrepuso al dolor de sus piernas y las llevó al límite para dar el salto. Su cuerpo se separó del suelo, voló y atravesó la cortina de llamas sin oír siquiera un gruñido de las sombras. El calor, el humo y el hedor de la gasolina lo envolvieron en un instante, mientras el fuego acariciaba sus brazos primero, luego su cabeza y los hombros, hasta que se sumergió en él por completo.

Pero su vuelo se detuvo en seco con un golpe brutal. Sirian se estrelló contra algo invisible, se rompió una mano y rebotó hacia atrás. Cayó sobre el fuego, todavía sin comprender qué lo había detenido. Rodó para salir de las llamas, gimiendo y jadeando, consciente de que tenía que volver a intentarlo.

Terminó tumbado en el barro. Dos ojos grandes, rodeados de rizos, le observaban desde arriba.

—Así que ahí era donde te escondías —siseó Dast. Lo acompañaban dos demonios con la satisfacción pintada en sus caras—. Qué predecible eres, Sirian, me decepcionas. ¿O es la desesperación? No era difícil darse cuenta de que este es el punto menos vigilado. Claro, porque me escuchaste cuando lo dije, ¿verdad?

—¿Sabías que te espiaba? —preguntó Sirian, cogiendo su mano rota.

—Puedes curarte, adelante —invitó Dast con un ademán torpe y forzado—. Sospechaba que tratarías de espiarnos, ya que no podías hacer otra cosa. ¿Oíste también los gritos de Zynn? Si no te acuerdas, no te preocupes, que muy pronto te refrescaremos la memoria con tus propios chillidos, aunque tú durarás más que él. ¡Por fin un plan sale bien! ¿Sabes? El fuego de los menores es bastante insignificante para nosotros, pero tiene una propiedad muy interesante: camufla las runas. Si prestas la debida atención se diferencian, claro, pero a simple vista no se distinguen unas llamas de otras, sobre todo cuando son tan abundantes. Me imagino que con el miedo y las prisas no te paraste a analizar fríamente para qué encenderíamos el fuego con gasolina. Cómo imaginar que podríamos haber escondido una pequeña barrera de runas entre esta inmensa hoguera, ¿verdad? Seguro que no cometerás ese error de nuevo. Bueno, en realidad, no volverás a cometer ningún error de ningún tipo nunca más.

Los demonios que acompañaban a Dast soltaron una carcajada exagerada. Babearon y se relamieron como animales feroces.

—¿Cómo lo supiste? —preguntó Sirian.

—¿Que estabas por aquí, escondido en alguna parte? ¿No lo deduces? Piensa —siseó el séptimo Barón—. De acuerdo, te daré una pista. Me lo dijo un amigo tuyo.

Sirian negó con la cabeza, incapaz de aceptar lo que Dast insinuaba.

—¿Zynn? No te creo. Él no me traicionaría.

—Ya, ya, seguro. El honor, la lealtad, todo eso está muy bien, y lo admiro. Pero, verás, Sirian, el problema es el dolor. Sí, así de simple. Hemos aprendido mucho sobre el dolor durante nuestro encierro, muchísimo. Somos expertos. Y también entusiastas, y estamos ansiosos por compartir nuestros conocimientos. ¿No me crees? —Dast miró a sus dos compañeros antes de dedicarle a Sirian la sonrisa más repugnante que el ángel había visto en su larga vida—. ¿Crees que tú habrías resistido más que él? No te preocupes, tendrás la ocasión de demostrar que estoy equivocado.

En los tiempos anteriores a la Onda, una reunión de carácter urgente e impro-visada se mantenía en el aire. Los ángeles flotaban, formando una esfera del tamaño apropiado en función del número de asistentes con derecho a partici-par activamente. El resto componía otra esfera mayor, alrededor de la primera, donde se ubicaban los que acudían solo con carácter presencial, y así sucesiva-mente, formando tantas esferas como fuera necesario para que todos pudieran asistir. La jerarquía de cada ángel determinaba su ubicación: a mayor rango, más cerca del núcleo. En el centro se situaba el ponente, generalmente, uno de los tres Justos.

Era una configuración que había dado buenos resultados. Los ángeles po-dían mantenerse en el aire en completo silencio y el ponente podía girarse con libertad, para dirigirse a quien más le conviniera en cada momento.

Sin embargo, aquellos tiempos pasaron y ya se consideraban pertenecientes a otra era. En algún momento futuro, los observadores, que eran los responsa-bles de registrar la Historia, reflejarían en los cristales el hecho más importante que jamás había acontecido, uno que los marcaría para siempre, mucho más que la primera guerra y la rebelión de los demonios. No obstante, eso sería después de que la segunda guerra terminara y todos los ángeles lo aceptaran. Muchos de ellos aún se resistían a creer que el Viejo hubiese muerto.

—Capa está loco. No podemos dar crédito a sus palabras.

—¡Es un truco! ¡Otra estrategia de los demonios para desmoralizarnos!

—El Viejo no puede morir. ¡Tampoco intervino en la primera guerra porque no hizo falta! ¡Vencimos! ¡Él sabe que nos bastamos nosotros solos! Cuando ganemos, volverá, y nos dará las gracias.

Esos y otros similares eran los argumentos más utilizados por quienes no po-dían digerir la terrible noticia. Yala también les había hablado de la muerte del Viejo, pero el dolor no escuchaba la razón. A pesar de que los gemelos habían logrado expulsar a los demonios en la última batalla, prácticamente ellos solos y cuando todo parecía perdido, los demás ángeles desacreditaban su versión y se aferraban a la estancia de uno de ellos en el Infierno para explicar que ese sufrimiento le había nublado el juicio. Cualquier excusa valía para negar la evidencia.

Renuin también se hundió al enterarse de la espeluznante noticia. Como al resto, un vacío inmenso se abrió en su interior. Era una sensación pavorosa, similar a la que experimentó cuando le informaron de que algunos ángeles se habían sublevado y Stil, su esposo, era uno de sus líderes. En aquella ocasión, tampoco quiso creerlo, pero al instante supo, igual que ahora, que era cierto. Renuin ignoraba si se trataba de alguna clase de fortaleza interior que le per-mitía sobreponerse a cualquier dificultad o era la responsabilidad de su cargo la que impedía que se derrumbara y sucumbiese a la locura y la desesperación.

Descansaba sobre una roca que los moldeadores habían colocado a media altura, junto a la pared destrozada de una montaña que había sido severamente castigada en la última batalla. El promontorio estaba agujereado por grandes socavones, y en derredor flotaban tentáculos de piedra que presentaban formas extrañas como consecuencia de los destrozos y las explosiones de fuego.

Sobre aquella pared de piedra deforme, aprovechando sus huecos, sus grietas y sus repisas, se amontonaban los ángeles. Asomaban sus alas blancas desde el suelo hasta la cima, entre sus recovecos y salientes, entre las sombras que no deberían existir. Era su modo colocarse alrededor de Renuin a falta de su capacidad para volar.

Renuin, que los había dejado hablar durante un tiempo, consideró que ya era hora de intervenir.

—Su luz se extinguió para siempre —dijo, sofocando los murmullos—. Como vosotros, nunca pensé que afirmaría algo semejante, pero negar la verdad no nos ayudará. Yo, más que nadie, debería haberme dado cuenta antes. —Renuin hizo una pausa. Los ángeles aguardaron, en un silencio que parecía llenar la quinta esfera—. Estudié los problemas de armonía que afectaban a las siete esferas cuando la cuarta abandonó su órbita y se quedó inmóvil. Descubrí tarde que… un apéndice del Agujero la atravesaba, lo que impedía su desplazamiento y causaba su inestabilidad. Quería pensar que solo ahí residía el problema, que si lo arreglaba, todo volvería a la normalidad. Pero no… Los tres planos han quedado afectados, toda la existencia está amenazada. Es evidente que solo hay un hecho capaz de lograr este efecto, y negarlo no es lo que nos conviene. Debemos asumir que estamos solos.

Extendió los brazos e inclinó la cabeza. Todos se fijaron en la sombra que proyectaba. Para la inmensa mayoría de los ángeles, era la primera vez que contemplaban una sombra directamente, no a través del Mirador, desde donde se divisaba el mundo de los menores. Ahora las sombras estaban en el Cielo, por todas partes, en sus rostros, en su ropa, debajo de cada piedra. Su mundo se había vuelto más oscuro.

Era algo tan antinatural que hubo algunos ángeles que se marearon al percibir las sombras por primera vez. Se internaban en el interior de un agujero o una cueva y no veían el fondo, solo negrura. No podían adivinar qué o quién se escondía unos pasos más allá. La incertidumbre y la sensación de amenaza eran claustrofóbicas.

Los reunidos en torno a Renuin no pudieron seguir negando la verdad, que resultaba incuestionable en boca de su miembro más elevado. Tenían que asumir que ningún demonio, ningún ángel, nadie en absoluto, sería capaz de alterar de semejante modo toda la Creación. Solo el Viejo podría obrar algo así, pero ya se había ido para siempre.

Se mantuvieron en silencio un rato largo, cada uno con sus pensamientos y su dolor. Hasta que alguien explotó.

—¡Entonces vengaremos al Viejo! ¡Acabaremos con los demonios!

Lo corearon. Las alas de numerosos ángeles se agitaron y se alzaron voces a favor a lo largo de la montaña. No tardó en surgir el comentario que Renuin esperaba oír.

—¡Y mataremos a Stil, que es uno de sus cabecillas!

Estaba resuelta a tomar las riendas del destino de los ángeles, y el primer paso era hacer comprender la muerte del Viejo; el segundo, dejar clara la situación de Stil de una vez por todas.

—¡Nadie tocará a mi esposo! —declaró con firmeza. Los ángeles callaron, sorprendidos. Renuin había empleado la palabra «esposo» a propósito. No iba a ocultar su relación con Stil ni a esconderse ante nadie por sus decisiones—. Ya lo habéis oído. Aún puede sernos muy útil. Tiene mucha información y podría servirnos como moneda de cambio en un futuro.

—¡No dirá nada!

—Es posible. Entonces, llegado el momento, ordenaré su muerte, pero no será una decisión tomada a la ligera, por venganza. Será tras reflexionar sobre qué es lo más conveniente.

Un ángel planeó desde la cima hasta una posición que le permitiera colocarse frente a Renuin.

—¿Puedes asegurarnos que tu decisión no está influida por un interés personal? —preguntó disimulando mal su frustración—. Disculpa que te pregunte pero, dada la situación actual, es una sospecha que compartimos muchos.

—Haces bien en disculparte, tú y todos los que dudáis de mí. Dime, ¿puedes asegurar que protejo a Stil porque mi amor por él nubla mi juicio? —El ángel no respondió—. Nuestro sistema de gobierno ha sido siempre público, desde el inicio de los tiempos. Habéis asistido a cada una de mis decisiones, incluso las que afectaban a mi vida durante la primera guerra. ¿Os atrevéis a cuestionar ahora mi criterio?

—Has sido una gran líder, Renuin —dijo el ángel—. Nadie lo duda. Ni siquiera el Viejo cuando aún estaba con nosotros. Yo y todos los demás estamos orgullosos de haber servido bajo tu mandato. Pero no podemos negar los acontecimientos recientes. Diacos era también uno de los tres Justos, como tú, un líder querido y amado por todos que resultó ser un traidor. Todavía le seguiríamos de no ser por Asius. No insinúo que tú seas una traidora, ni mucho menos. Esa cuestión está fuera de toda duda. Pero que hayas sido una gran líder no implica que lo sigas siendo, no cuando todo se desmorona, cuando han muerto los demás Justos y casi todos los consejeros, no cuando tu esposo es nuestro prisionero y las esferas se sumen en las sombras.

—Entiendo. Mi excelente trayectoria pasada, según tu exposición, implica que seré una incompetente.

—No he querido decir eso.

—¿Qué quieres decir entonces? Habla.

El ángel respiró hondo antes de proseguir.

—Creo que deberíamos posponer la decisión sobre la suerte de Stil. Nuestro gobierno, como bien has dicho, siempre ha sido público, dirigido por los consejeros, los tres Justos y el propio Viejo. Ahora solo quedas tú. Una decisión tan importante debería tomarla un gobierno completo, a ser posible con el mayor consenso posible, es decir, después de que se restituyan los puestos que ahora están vacíos. ¿Es una petición sin sentido la mía?

Renuin le asestó una mirada severa.

—Innecesaria —contestó—. Puede que ansíes ocupar tú uno de esos puestos. No lo sé, ni me importa. Sobre todo porque coincido contigo en todo lo que has dicho.

—No estoy seguro de entenderte —titubeó el ángel.

—Tal y como querías, el gobierno, al completo, ha tomado la decisión.

—Pero…

—Yo soy el gobierno. —Renuin barrió la montaña que tenía ante ella con una mirada cargada de seguridad y confianza—. Son tiempos difíciles y ahora se requieren medidas difíciles. No voy a nombrar nuevos Justos ni consejeros hasta que termine la guerra. Asumo la responsabilidad de nuestro destino, aquí y ahora, ante la representación más numerosa posible de los ángeles.

Esta vez, tras una nueva pausa, fue otro ángel el que replicó.

—¿Por eso desterraste a Asius? Quien, por cierto, era un consejero cojonudo.

Renuin bajó la vista y lo localizó. Era inconfundible.

—Tú deberías saberlo bien, Vyns. Asius no estaba dispuesto a colaborar.

—¿Y eso no debería hacernos usar la cabeza, para variar, en vez de ser unos capullos? Puede que se le fuese un poco la olla al Pelirrojo, ¿pero a quién no, con esos mierdas de demonios y la que han liado? ¿Dónde estaríamos sin Asius?

Algunos ángeles lanzaron miradas de reproche a Vyns por su tono.

—No es la hora de emprender acciones individuales. —Renuin habló con normalidad, sin dar muestras de que le molestara la intervención de Vyns—. Asius nos dividía y no sobreviviremos si no estamos unidos. Quien no lo entienda, no tiene lugar entre nosotros.

—Pues entonces estoy fuera —declaró Vyns—. Yo solo soy un pobre idiota que no sabe de grandes palabras. Al principio Asius me caía mal, incluso ahora me da un poco así… como de asco, no sé por qué, tal vez porque es un poco estirado y lo hace todo bien. Pero incluso yo he visto de lo que Asius es capaz y lo listo que es, joder. Si vosotros no os dais cuenta es vuestro problema. ¡Me largo con él! ¡Ahí os quedáis!

—¡Dejadle ir! —ordenó Renuin.

Varios custodios, que habían dado un paso en dirección a Vyns, se detuvieron ante la orden de Renuin. El observador dio un salto y planeó entre ellos hasta posarse en el suelo. Después se alejó caminando sin volver la vista, tarareando una canción estridente que había sido muy popular entre los menores antes de la Onda.

Renuin lo observó hasta que se perdió tras la ladera de la montaña, a la espera de si algún ángel seguía sus pasos. Finalmente Vyns desapareció solo, agitando la cabeza y rasgando su ala derecha como si se tratara de una guitarra eléctrica.

—No es un capricho mío. —Renuin elevó la voz—. Formaré un nuevo gobierno cuando la guerra haya terminado y los demonios estén en el Agujero, donde les corresponde. No antes. Si lo hiciese ahora se originarían disputas entre nosotros, se formarían bandos, luchas de poder. Y no tenemos tiempo para eso.

—Podrías nombrarlos tú —dijo alguien.

—Podría, pero entonces qué diferencia habría entre que yo decida quiénes están al mando o que esté yo sola. Además, tendría que pensar detenidamente sobre los más adecuados, no es una decisión que se tome a la ligera. Tampoco tengo tiempo para eso ahora, ni para transmitir debidamente la información de la que disponíamos los tres Justos y que solo ahora yo conozco. Tenemos que estar unidos. Nuestra única esperanza es actuar como si fuéramos un solo ángel.

—¿Y ahora qué?

—Se terminaron las discusiones. A partir de este momento se hará mi voluntad. Restauraremos el orden y después, con más calma, abandonaré mi cargo y decidiremos nuestro destino. Yo no puedo garantizar nuestra victoria, nadie puede. Pero sí puedo garantizaros que seguirme es la opción que más posibilidades nos brinda. Y yo sé que lo haréis porque eso es lo que nos diferencia de nuestros enemigos. Ellos no pueden confiar en nadie a ciegas. ¿Habéis visto cómo luchan ahora? ¿Creéis que su unidad se debe a la confianza mutua y al respeto? No, les une el odio que nos profesan. Nosotros les demostraremos por qué perdieron la primera vez, les enseñaremos la fuerza de creer en el compañero, en algo más grande que uno mismo, en algo intangible que ni siquiera comprendemos del todo pero que sí somos capaces de sentir. Ese es nuestro camino, o al menos el camino que yo pienso seguir. Si pensáis que hay una alternativa mejor, decidlo ahora y replegad las alas. Si por el contrario, estáis de acuerdo, alzadlas bien alto y estiradlas al máximo.

Nada más pronunciar la última palabra, la montaña se cubrió casi por completo de blanco. Ni un solo ángel ocultó sus alas. Las plumas blancas se mezclaban al chocar unas con otras. Algunos ángeles también alzaron sus espadas de fuego y rugieron.

Renuin esperó a que se calmaran de nuevo antes de finalizar su discurso.

—No vamos a preocuparnos más por la cuarta esfera y el deterioro que causa en la armonía. Tampoco vamos a investigar las sombras que han ensuciado nuestro hogar. —Renuin hizo una pausa para asegurarse de que contaba con la atención de todos los ángeles—. La primera vez nos cogieron por sorpresa con su traición; la segunda, después de la Onda, también nos sorprendieron al conquistar la primera esfera. ¡No habrá una tercera vez! Hemos sido infinitamente pacientes con ellos, pero se ha terminado. ¡No volveremos a quedarnos a la defensiva, cediéndoles a ellos la iniciativa! ¡Ahora vamos a atacar nosotros! ¡Vamos a darles la guerra que han estado buscando desde el principio! Ahora veremos qué pueden hacer en una lucha justa, sin traidores entre nosotros ni planes ocultos. Desde este instante, nuestra única ocupación es ¡la guerra!

En la calle resonaba un estruendo rítmico.

El nuevo ejército desfilaba al paso, en formación, envuelto en el coro de siseos y silbidos que producían las juntas de sus armaduras plateadas. Los cascos presentaban formas diversas, resultado de varios intentos de mejorar el diseño y añadir funcionalidad. No quedaba material para sustituir los modelos antiguos, de modo que no todas las armaduras ofrecían la misma estampa. Aunque igual de resistentes, las últimas fabricadas eran más ligeras, lo que había supuesto un ahorro de telio y una ganancia considerable en cuanto a movilidad.

Desde los edificios se asomaba una multitud de rostros a observar el desfile. Algunas ventanas estaban abiertas a pesar del frío, otras estaban rotas, otras ni siquiera conservaban el marco.

Avanzaban en dos anchas hileras de soldados plateados, agrupados en unidades de cinco, una mujer, dos hombres y dos niños, un patrón tan evidente que no era posible pasarlo por alto. Precisamente por ese motivo se intentaba que las mujeres y los hombres fueran de estatura similar y cada unidad se ordenaba de un modo distinto. No era frecuente que las mujeres marcharan en el centro por ser las más importantes. Sería como señalar el punto débil al enemigo.

Jack recordó la aportación de Sirian en ese sentido.

—Los ángeles están acostumbrados a las formaciones desde siempre —le explicó a Jack en su momento—. Protegen a los sanadores. Los demonios, por lo que pude ver cuando conquistaron la primera esfera, han variado sus tácticas. Ya no utilizan formaciones, aunque sí se organizan. No he logrado descifrar cómo, pero les da muy buen resultado porque su aparente distribución caótica confunde al enemigo. A falta de sanadores, protegen a sus evocadores. El caso es que tanto ángeles como demonios están acostumbrados a buscar el punto más vulnerable de su adversario. Nosotros no podemos evitar ir de cinco en cinco, pero si colocáis siempre al corazón en el centro, no tardarán en darse cuenta.

Jack, que siempre había relegado en Gordon los aspectos militares, encontró acertadas las palabras del ángel.

—Ordenaré que entrenen diferentes formaciones ahora mismo.

—No es lo único que debéis hacer —prosiguió Sirian—. El diseño de los cascos de las mujeres ha sido un error. Deben usar el mismo que los hombres para pasar inadvertidas. Si llegamos a entrar en combate, deberéis hacer lo posible por ocultar sus cadáveres. Espero que no lleguemos tan lejos, pero cuando se enteren de lo que podemos hacer y de la importancia de las mujeres, las matarán a todas, si pueden. Y se enterarán, Jack. Los conozco, se han alzado contra Dios. Nunca se detendrán, aplastarán todo lo que se interponga en su camino. Es ahora cuando debes decidir si queréis seguir manteniéndoos al margen o actuar. Si no perciben amenaza por vuestra parte, no os harán nada, pero si das este paso, no habrá vuelta atrás. Lo comprendes, ¿verdad? Con ellos no podrás negociar ni manipular. No habrá nada que puedas decir a unos seres que jamás, bajo ninguna circunstancia, consentirán que los vuelvan a encerrar. Preferirán la muerte, y morirán matando. Carecen de las motivaciones económicas o las necesidades básicas con las que tú acostumbras a llevar tus negociaciones.

—Todo el mundo quiere algo —había replicado Jack.

—Los demonios no se pueden comparar a ningún otro rival al que te hayas enfrentado. Y tú los vas a convertir en vuestros enemigos, porque su predisposición hacia vosotros no es hostil ni amistosa, es indiferente. Vuestra intervención inclinará la balanza. Debéis decidir ahora si queréis seguir adelante.

—A esa decisión te enfrentaste tú, ¿verdad, Sirian? Durante la primera guerra. Nunca me has contado por qué te mantuviste neutral. Sinceramente, viendo cómo te va ahora no me parece que fuese la mejor elección. Dime una cosa, ¿actuarías del mismo modo si volvieras atrás en el tiempo?

—No te contestaré a esa pregunta, Jack, porque condicionaría tu resolución. Debéis decidir libremente.

Y lo hicieron. Al día siguiente, Jack se reunió con Gordon y Thomas en Oxford, y acordaron intervenir para cerrar las puertas del Infierno.

Lo que ahora corroía a Jack por dentro, mientras desfilaba entre las hileras de soldados acorazados por una ciudad en ruinas, era que en realidad no habían acordado nada. Jack era consciente de que esa decisión la había tomado él solo. La participación de Gordon y Thomas había sido una ilusión que él había creado. Desde el primer momento supo qué decir y cómo convencerlos, incluso para que creyeran que la iniciativa se llevaría a cabo porque ellos así lo querían.

Recordó que les presentó la situación de tal manera que parecía que ellos estaban uniendo a la gente, deshaciendo las antiguas fronteras de las Zonas

Seguras y creando un futuro para todos.

Recordó su propia satisfacción al comprobar que, una vez más, había conducido a los dos hombres más poderosos del mundo en la dirección que él quería y con la mayor de las sutilezas.

Recordó todo eso y se odió.

Le trajo de vuelta a la realidad una cabeza inmensa que asomaba sobre todas las demás, una cabeza rapada y oscura. El enorme hombre negro caminaba por detrás de la línea de soldados, en sentido contrario al de Jack, que le siguió un rato con la mirada, preguntándose a dónde se dirigiría. Por un instante añoró su compañía silenciosa y le inundó el repentino deseo de dejarlo todo para ir en su busca. Tal vez lo hiciese después de acabar con sus obligaciones.

A su derecha caminaba Lucy. Eran las dos únicas personas que no llevaban armaduras. Los soldados, a ambos lados, avanzaban con una precisión impecable. Aquella exhibición levantaría el ánimo de los que estaban observando desde los edificios y les mostraría que no estaban derrotados. Y cuando se lo contaran a los demás y a los que aún estaban por venir germinarían de nuevo la esperanza y la confianza en la humanidad.

Al final de la calle, frente a las puertas de un antiguo almacén que había sido de su propiedad, esperaba Thomas, escoltado por una unidad de cinco miembros. Las hileras de soldados se detuvieron, giraron hacia el centro, por donde caminaban Jack y Lucy. Uno de los soldados que escoltaban a Thomas se separó de su unidad y caminó a su encuentro.

—¡Jack! ¿Vamos a matar demonios?

El pequeño Jimmy levantó la visera de su casco y se situó a su lado. Jack vio sus jóvenes ojos brillando de expectación. Vio también a un niño criado en el mundo después de la Onda, un niño que nunca había jugado al escondite y que había viajado hasta el Cielo para enfrentarse a un demonio con las alas de fuego. Aquel chico sabía cómo comportarse en la peor guerra de la Historia, y era, probablemente, uno de los pocos soldados experimentados que podía decir que había matado a siete demonios.

Sin embargo, Jack seguía viendo al niño que había en él. Una pequeña criatura que no había tenido la oportunidad de crecer en la inocencia y, a cambio, había consagrado su vida a lo que para otros era la mayor responsabilidad imaginada.

Jack lamentó profundamente no haber sido padre.

—Por supuesto, Jimmy —le dijo dando una palmada en su hombro de metal—. Pero cada cosa a su tiempo, ¿de acuerdo?

—Me aburro escoltando a Thomas —dijo en tono conspirador—. No es mal tipo y eso, pero siempre está muy serio. ¿No puedo volver contigo, Jack? Por favor. ¿Quién es la chica? ¿Es tu novia?

—Me llamo Lucy.

—¿Es tu novia? —repitió Jimmy—. Es guapa, me gustan las pecas de su cara. Stacy dice que a mí me saldrán granos cuando crezca.

—Es mucho más que mi novia, Jimmy. Después de ti, es la persona más importante para mí. ¿Cuidarás de ella?

—¡Si alguien la toca lo ensarto! —Jimmy desenfundó su espada—. Puedes contar conmigo. ¡Lo juro!

Jack advirtió que Thomas se impacientaba. Le saludó con un ademán de la cabeza y un bufido.

—Aquí tienes a tu ejército —dijo Jack.

—¿Dónde diablos te habías metido? —gruñó Thomas, sin despegar la vista de Jack—. Tienes muchas cosas que explicarme.

Jack se acercó un poco más a él.

—Delante de todo el mundo, no —murmuró—. Solo un segundo. —Jack se volvió hacia Stacy, la mujer que constituía el corazón de la unidad que protegía a Thomas—. Necesito a Jimmy para esta reunión. ¿La distancia es suficiente o tiene que quitarse la armadura?

Stacy entrecerró los ojos y estudió la nave industrial que tenía delante.

—¿No saben cuánto pueden separarse? —susurró Lucy al oído de Jack.

—Depende de la habilidad del corazón, que puede desarrollarse con la práctica. Solo Stacy conoce el límite de sus capacidades.

—Que Jimmy no salga del almacén —dijo Stacy.

—No será necesario.

Jack invitó a Thomas a entrar primero; después, Lucy y Jimmy, que parecían sentirse muy cómodos juntos. Ella lo estudiaba con curiosidad y una mueca divertida. El niño, por su parte, no era menos curioso al repasarla con la mirada. Jack entró en último lugar, cerrando la puerta a su espalda.

—Aquí empezó todo, en cierto sentido. —Jack movió la cabeza con aire melancólico.

—¿Por qué nos has traído a esta pocilga? —preguntó Thomas, sinceramente intrigado.

Saltaba a la vista que aquel lugar estaba abandonado desde hacía tiempo. No había más que vigas y hierros oxidados, trozos de cristal, muebles rotos. Un destrozo completo de lo que quiera que hubiese habido allí anteriormente.

—Por nostalgia —contestó Jack—. Aquí encontramos un portal que conducía al Cielo. Enviamos a una expedición de la que solo regresaron dos soldados con vida. Te hablé de ello, Thomas, ¿lo recuerdas? Y tú, Lucy, has conocido a uno de esos soldados, al único que conservó la cordura.

—¿Rick? —preguntó ella.

Jack asintió. Se quitó el gorro y acarició su calva con la mano. Conservaba viva la sensación de pasar el peine por su cabeza.

Thomas se volvió y encaró a Jack.

—Enciéndete un puro, haz lo que quieras, pero empieza a explicarme qué ha pasado.

—Por eso estamos aquí. —Jack aceptó encantado la sugerencia de Thomas. En cuanto el humo llenó su boca, se sintió algo mejor—. Verás, Thomas, ahora estás al mando de un ejército muy diferente de lo acostumbrado, es importante que te familiarices cuanto antes con sus particularidades.

—Al cuerno con el mando. No vas a engañarme, Jack. No voy a ser otra vez tu hombre de paja. Si vas a…

—Esta vez estarás al mando de verdad. Ya he dado mi última orden. ¡Jimmy!

El chico se acercó y se cuadró delante de Thomas.

—A partir de ahora, Thomas es nuestro líder. Acataremos todas sus órdenes y le seguiremos hasta el final —recitó mientras los miraba a todos.

—No entiendo tus juegos, Jack, de verdad —dijo Thomas—. La gente va a morir congelada si no hacemos algo y perder el tiempo…

—Ya están ocupando los edificios de Londres que son seguros, los que no tienen la estructura dañada y los que se encuentran en zonas relativamente alejadas de los demonios. El problema no son los que has evacuado de Oxford, son los que llegan de todas partes. Están dando un rodeo para no atravesar la ciudad y toparse con los demonios. Mis hom… Tus nuevos soldados los guían. Llegarán dentro de pocos días y tendrás que ocuparte de todos.

—Pero… ¿Por qué vienen aquí si apenas podemos mantenernos con vida? Es una locura. No habrá suficientes…

—Todo está previsto —le cortó Jack—. La logística es lo de menos. Tienes problemas mucho mayores de los que ocuparte.

—¿Lo de menos? ¡Sin comida la gente morirá! ¿Qué importa lo que hagan tus soldados con armaduras si no hay nadie a quien defender?

—¡Jimmy!

—Los suministros están garantizados para varios meses —informó el niño—. Contamos con alimentos envasados al vacío, incluyendo bebidas y suplementos vitamínicos. También disponemos de todas las medicinas conocidas y…

Thomas levantó la mano y agitó la cabeza como si estuviese mareado.

—¿De qué está hablando este chico?

—Jimmy tiene una memoria prodigiosa. —Jack le dio un golpecito en el casco—. Te pondrá al corriente de todo, incluidas las cuestiones militares. Por eso le asigné un puesto que lo mantuviese a tu lado. Ahora puedes revocar mi orden, si lo deseas, pero le necesitarás. Jimmy te dará la información sin deformarla, como hacen los adultos. Es mejor que un ordenador. Por otra parte tiene más experiencia en combate que nadie.

—Ha luchado una sola vez, según me ha contado él mismo —replicó Thomas.

—Ya, ¿y cuántas veces se han enfrentado tus hombres a los demonios? ¿Cuántos han matado a uno solo de ellos?

—De acuerdo, no voy a discutir eso ahora. ¿Has estado acumulando provisiones para todo el mundo? —se asombró Thomas—. Deben de ser cantidades industriales. ¿Cómo es posible?

—No lo es. —Jack hizo una pausa, consciente de que el pobre Thomas tenía que absorber demasiados datos y la responsabilidad que conllevaba la nueva situación—. Tenemos suministros de sobra porque pensé que seríamos muchos más. Ahora rezo para que lleguemos a los tres millones.

Lucy miró a Thomas con gesto comprensivo.

—Es verdad. Creo que deberías delegar la logística en otra persona. Jack me ha explicado cuánto te preocupas por la gente, y es admirable, pero no podrás ocuparte de todo al mismo tiempo. Tienes que centrarte en las cuestiones más relevantes.

—En realidad, creo que esa persona deberías ser tú, Lucy —dijo Jack—. Tú también te preocupas por los demás y, de no ser por ti, no habrían llegado hasta aquí los supervivientes que trajiste de Chicago. No hay nadie más que puede entender nuestra situación a tiempo y tenga la fortaleza de enfrentarse al destino que nos espera.

—Lo estás haciendo otra vez, Jack —dijo Thomas—. Lo estás planeando todo.

—No. Te estoy poniendo al corriente de lo que he hecho hasta este momento. Cúlpame de las circunstancias de las que partes, si eso te hace sentir mejor, pero desde ahora serás tú el que juegue la partida.

—Entonces dejémonos de rodeos. ¿Qué son esos rumores de que están desapareciendo niños, Jack? Pensaba que eran desvaríos para sobrellevar la muerte de sus hijos, pero demasiadas personas aseguran que han visto cómo los secuestraban.

—Claro que hay niños, mira a Jimmy… Los estamos reclutando… ¡No, maldita sea! Sí, los he secuestrado. En esta guerra necesitamos a los niños, porque sin ellos no funcionan las unidades de cinco. Las mujeres son más importantes todavía, pero ellas lo entienden, no son tan difíciles de convencer como un crío. ¿Has intentado enseñar a matar a un niño de ocho años? ¿A decirle que no puede salir corriendo cuando vea a un demonio porque si se separa morirá, y sus cuatro compañeros también, que si los cinco no permanecen unidos no sirven de nada?

—¡Por Dios Santo! —se escandalizó Thomas.

—Al fin entiendes lo que sucede. Jimmy no conoció el mundo antiguo, pero nosotros sí. ¿Recuerdas aquello de «las mujeres y los niños primero»? Pues ahora es literal. Las mujeres y los niños van a ir los primeros a la guerra. Van a matar los primeros. Y van a morir los primeros. ¡Jimmy!

—El cuerpo está formado por una mujer, dos niños y dos hombres. Las mujeres constituyen el corazón y sin ellas la unidad queda inutilizada. Su vida es más importante que ninguna, su protección es la máxima prioridad. Son varios los motivos tácticos para que los niños ocupen las posiciones de vanguardia. Su reducida estatura no dificulta la visión de los demás miembros y se mueven más despacio debido a sus cortas piernas; en la retaguardia se corre el riesgo de que se queden atrás en medio del combate. Además, están adiestrados para dibujar los trazos más cortos de las runas mientras los adultos crean líneas de fuego sobre sus cabezas, lo que...

—¡Basta! —pidió Thomas.

—Ojalá pudiéramos parar —dijo Jack—. Pero esto no es más que el principio. Pronto empezarán a llevarse a las mujeres y no deben estar en las mismas unidades que sus hijos, por razones obvias. Después irán los hombres. Empezaremos por los miembros del ejército regular hasta que no quede una sola armadura vacía. Los demás tendrán mucho trabajo fabricando y reparando armaduras y espadas. Como ha dicho Lucy, es demasiado para que una sola persona pueda supervisarlo absolutamente todo. En tu caso bastará con que asimiles los conceptos generales que Jimmy te transmitirá.

—¿De verdad? Qué fácil. No me había dado cuenta de que solo tenía que asimilar unos conceptos. —A Thomas le temblaban las manos de rabia—. Y tú ahí, tan contento, pasándome la responsabilidad gigantesca de un problema que has creado tú y a espaldas de todos.

Lucy puso las manos sobre sus hombros, lo que cortó la línea de visión con Jack, a quien era obvio que se dirigía toda la ira de Thomas.

—Estás reaccionando a la defensiva —dijo con dulzura—. Es natural. Jack te está pidiendo que asumas en unos minutos lo que él lleva años sabiendo. Toma aire, siéntate aquí, en esa caja... Espera que te la coloco... Vamos a hacer una pausa.

Thomas era todo perplejidad. Ni siquiera daba la sensación de ser consciente de estar sentado. Jack podía imaginar el torbellino de pensamientos que estarían rugiendo en su cabeza. Y aún no le había contado lo peor, ni mucho menos. Encontró acertada la sugerencia de Lucy de esperar un poco.

Jimmy, confuso, observaba en completo silencio. Jack también entendía la desorientación del chico, que encontraba natural todo lo que se había dicho hasta el momento, porque era el mundo que conocía. Para él todo se reducía a una ecuación muy sencilla: había un problema y un enemigo a los que eliminar, no comprendía cómo alguien no podía estar de acuerdo en el modo de proceder.

Jack entendía su desconcierto, entendía a todo el mundo. Era una de sus maldiciones personales.

—¿Por qué no nos lo contaste? —preguntó Thomas, mucho más relajado—.

Podríamos haber colaborado en la formación de ese ejército. Seríamos más fuertes y ahora estaríamos preparados.

—Pensé que íbamos a contar con más tiempo —contestó Jack.

—Pero no es solo por eso —apuntó Thomas con una mirada afilada. Jack advirtió que empezaba a razonar y a aceptar la situación. Ya no se abrumaba, como antes de la pausa—. No querías que los demonios lo supieran, ¿verdad? Querías mantener el secreto para que no nos vieran como una posible amenaza.

—Vas por buen camino —asintió Jack—. Pero por desgracia los demonios no son el único problema. Si hubieses tenido tiempo como yo para meditar sobre todo esto, te darías cuenta de que hay mucho más.

—¿Más problemas? ¿Cuáles?

—Tú, Thomas. Gordon, nosotros, la raza humana en general. Somos un gran problema para nosotros mismos. ¿Qué crees que habría pasado si hubiese sido de dominio público que podemos fabricar ese nuevo armamento? ¿Te suena Hiroshima?

—¿Qué es *Tirosinia*? —preguntó el pequeño Jimmy.

—Era una… Como un Londres que estaba muy lejos —contestó Thomas, adaptándose al modo de entender las cosas del muchacho—. Hace mucho tiempo, antes de que tú nacieras, inventamos un arma terrible, la más poderosa hasta el momento. Y la utilizamos para arrasar una ciudad llena de gente.

—¿Eran enemigos? —preguntó Jimmy.

A Thomas se le escapó una sonrisa ante la rapidez con que el niño simplificaba el problema.

—Es más complicado que eso, hijo. —Thomas se volvió a Jack—. Entiendo a qué te refieres. Crees que Gordon o yo habríamos usado esas armaduras para matarnos entre nosotros.

—Es lo que habéis estado haciendo hasta que aparecieron los demonios —confirmó Jack.

—¿Y tú te consideras mejor que nosotros? Te guardaste el secreto para ti.

—Me considero más inteligente. Y también me consideraba mejor, sí. Ahora sé que esto último es un error, que la inteligencia no basta, que nunca ha sido lo que de verdad necesitábamos. Pero eso ya no importa. Vuelve a sentarte, Thomas. Ahora te contaré la verdad. Me odiarás, pero debes tener la mente abierta para lo que está por venir.

—Lo intentaré.

Jack apagó el puro, que ya estaba medio consumido, y encendió otro.

—Las armaduras y las espadas no las diseñamos sin más. Fue un proceso largo y complejo.

—Pensaba que Sirian te había enseñado.

—En realidad fue más bien al revés. —Jack soltó una nube de humo mientras buscaba la mejor forma de explicarlo—. Sirian me enseñó a manipular el telio, pero la idea fue mía. Colaboraba con otros ángeles. La verdad es que al propio Sirian lo conocí hace poco. Él estaba ocupándose de encerrar a los demonios y los ángeles en el Cielo. Este detalle es importante, porque Sirian no me habría permitido cometer las locuras que hice, pero sus subordinados tenían la orden de apoyarme. Los manipulé, como siempre.

—No estoy seguro de entenderte.

—Era necesario experimentar para rematar las armaduras; probar, acertar con alguna de las miles de posibilidades que teníamos para dejar de ser los débiles. Las armaduras no fueron la primera idea que se me ocurrió.

—¿Hay más armas?

—No. Pero yo no lo sabía y se avecinaba una guerra. Tenía que hacer algo. Así que me propuse crear a nuestros propios ángeles. Sé cómo suena ahora, pero por aquel entonces, con los ángeles advirtiéndome sobre lo que iba a suceder y todo lo demás... La idea era tentadora.

—Jack, por el amor de Dios, dime cómo pensabas crear un ángel. —Thomas no salía de su asombro—. Intento ponerme en tu lugar, pero no soy capaz de imaginarlo siquiera.

—Claro que no. Para ti es imposible de concebir porque eres una persona decente. Pero yo... La idea es sencilla, en apariencia. Solo hacía falta implantar unas alas de telio en la espalda de algunos candidatos. Por desgracia los candidatos no sobrevivieron al experimento.

—¡Cielo santo! Dime que eran voluntarios.

Jack guardó silencio.

—¿Murieron?—preguntó Thomas, horrorizado—. ¿Cuántos?

—¿Importa el número? ¿Si te dijera que fueron dos sería menos cruel? Fueron demasiados.

Thomas miró primero a Lucy. Aunque comprendió que ella ya lo sabía, también detectó consternación en su rostro. Luego miró a Jimmy.

—Llévate al niño de aquí. No debería escuchar todo esto.

—El padre de Jimmy fue uno de los primeros candidatos —repuso Jack.

Thomas se llevó las manos a la cara. Lucy pasó una mano por su hombro.

—Supongo —dijo Thomas— que después conseguiste diseñar esas armaduras.

—En efecto. De los experimentos obtuvimos información que nos permitió continuar por otro camino.

—No conseguiste cerrar el Infierno, ¿verdad, Jack? Por eso abandonas. Te has dado cuenta de lo repugnante que eres y no puedes ni mirarte al espejo. Contéstame a una pregunta: ¿lo sientes? ¿Lamentas lo que hiciste?

—Es una pregunta complicada —admitió Jack—. Naturalmente sé que estuvo mal. Pero dime una cosa, Thomas. Si lo hubiese logrado, ¿serías tan duro juzgándome? Si estuviésemos a salvo y el Infierno sellado para siempre, ¿me detestarías tanto como ahora?

Thomas se tomó tiempo para reflexionar.

—Sí, Jack. Creo que sí. Entiendo que no estaríamos aquí de no ser por ti, pero tú no tenías ninguna garantía de conseguirlo. Decidiste experimentar con inocentes sin… Me cuesta aceptarlo, lo siento. Ni siquiera compartiste esa estrategia con nadie más, lo decidiste tú solo.

—Yo tendría un concepto de mí mismo muy diferente si hubiese encerrado a los demonios. Creería que había salvado al mundo. Por eso me doy tanto asco, porque para mí el fin siempre justifica los medios. Todavía hay más…

—¿Más aún? ¿No es suficiente con lo que has hecho?

—Nuestro plan, Gordon, ¿lo recuerdas?

—No me digas que también…

—Era un señuelo. La runa de Yala que Gordon iba a manipular no servía para quemar a los demonios. Os engañé con aquella maqueta.

—¿Y Gordon?

—No lo sabía.

—¿Por qué, Jack? ¿Por qué sacrificarlo? ¡Podrías haber enviado a otros! Dios, ahora estoy aceptando que enviáramos a la muerte a soldados… Esto es una locura.

—Tenía que ser Gordon porque era el mejor. Cualquier otro se habría acobardado ante los demonios. Los hombres de Gordon lo siguieron porque creían en él. Fíjate si era el apropiado para esa misión, que el propio Gordon lo descubrió todo cuando lo capturaron y, aun así, continuó distrayendo a los demonios. Superó su odio hacia mí y no se desvió del plan. Nos salvó a todos.

Thomas se levantó de repente y dio un par de pasos, visiblemente nervioso.

—¿De verdad tiene que escuchar un niño todo esto?

—¡Jimmy!

—La muerte de la unidad de Gordon fue un sacrificio táctico necesario. La distracción forma parte de la estrategia básica cuando se va a tomar una posición enemiga fuertemente custodiada y se está en inferioridad. El elemento sorpresa puede equilibrar…

—¡Basta! —ordenó Thomas.

—Jimmy lo sabe todo, Thomas. Te sorprendería lo clarificador que resulta hablar con él. Jimmy no es como los niños de nuestro mundo, ni como nosotros. Él se ha criado en la guerra, está acostumbrado a la muerte, y, lo más importante de todo, lleva desde los seis años entrenándose con ángeles. Para él, los ángeles son reales, ha peleado con ellos, los ha herido en los entrenamientos, le han curado… Nosotros, por mucho que los veamos y hablemos con ellos, nos hemos criado pensando que eran un mito, incluso los religiosos más creyentes nunca imaginaron que verían uno con vida. Nosotros tenemos una barrera psicológica que nos impide tratarlos con naturalidad. Pero estos niños…

—Son tu nuevo juguete —escupió Thomas—. Ya has sacrificado a Gordon, probablemente el mejor genio militar con que contábamos; ahora los niños inmunes al miedo son la nueva esperanza. Dime algo, Jack. Esa pena con la que hablas, sobre todo con lo de Gordon... Sientes su pérdida porque era valioso y no por otra razón, ¿me equivoco?

Jack dio una calada.

—Aprendes rápido, Thomas. Ya empiezas a ver lo peor de las personas. No lo hagas, tú eres mejor que yo.

—Cualquiera lo es, Jack. Puede que seas el más listo del mundo entero, pero no tienes corazón.

—¡Eso se terminó! —gritó, perdiendo la compostura por primera vez. Jimmy, que había dado un paso al frente, se detuvo ante la mano extendida de Jack—. No hay más tiempo que perder discutiendo sobre el pasado. No se puede cambiar lo que hice, y no te preocupes porque pagaré por mis errores.

—¿De qué hablas ahora? —intervino Lucy—. ¿Qué es eso de pagar?

—Eso ahora no importa.

Thomas se había quedado atónito, impresionado por cómo reaccionaba ante Jack.

—Ya... Ahora lo entiendo. Jimmy te idolatra, ¿a que sí? Jimmy, hijo, dinos qué serías capaz de hacer por Jack.

El chico se quitó el casco.

—Jack es nuestro salvador, la mente más brillante de todas. Me metería yo solo en el Infierno si fuera necesario.

—Tranquilo, Jimmy —dijo Jack poniendo una mano sobre su hombro—. Yo fracasé, Thomas, esa es la realidad. Tú puedes arreglarlo. No permitas que los niños crezcan teniéndome a mí como modelo.

—¿De verdad te retiras? —preguntó Thomas.

—¿Por qué has dicho eso? —estalló Jimmy—. ¿Es que he hecho algo mal? ¡Dímelo! No lo volveré a hacer.

Jack se arrodilló para ponerse a su altura.

—Tú no has hecho nada malo, Jimmy, ¿me oyes? He sido yo. Es una de esas cosas de adultos que me cuesta tanto explicarte. Tienes que confiar en mí. Thomas es ahora quien os guiará y he sido completamente sincero al decir que lo hará mucho mejor que yo. No, escúchame. Algún día serás mayor y lo entenderás, verás las cosas de otra manera. Tal vez... tal vez ese día puedas perdonarme.

El pequeño Jimmy se estremeció. Miró para otro lado, contuvo el aliento. Volvió a mirar apretando los puños. Jack se puso en pie y lo dejó con su duelo interno, sin una idea clara de cómo le afectarían aquellas palabras a largo plazo.

—No puedes dejarnos ahora —saltó Lucy—. Si te has equivocado, no importa, todos lo hacemos. Te necesitamos para enderezar la situación.

—No puedo devolverle la vida al padre de Jimmy.

—Ella tiene razón —insistió Thomas—. No me gusta lo que has hecho, Jack, pero no puedes marcharte sin más.

—Es la mejor ayuda que puedo ofreceros. Tenéis una responsabilidad con la gente que depende de vosotros. Cumplidla.

—¿Y tú ya no?

—¡Maldita sea! ¡No! —estalló Jack—. Si me quedo volveré a hacerlo. Os engañaré, tergiversaré los hechos para que se haga lo que yo quiera. Y ya hemos visto a dónde nos conduce eso. ¡Os venderé a todos! ¿Es que no lo entendéis? Es… Ya es tarde para mí.

Se hizo un silencio largo e incómodo. Jack, una vez más les dio tiempo para asimilarlo. Luego recapacitó y consideró que no quería darles la oportunidad de pensarlo y echarse atrás.

—Hay algunos detalles más que tenéis que saber —dijo recobrando su antiguo tono, seguro y autoritario—. Luego me iré, de modo que prestad atención, porque no es fácil de aceptar. La explosión que asoló Londres no la causaron los demonios para detenernos, como habíamos creído. Fue Raven. Todos habéis oído hablar de él, pero no importa para vuestros planes. También tenéis que saber que ahora el acceso al Cielo está abierto. La niebla ha desaparecido y en su lugar hay una tormenta que se puede atravesar. —Jack hablaba deprisa—. También tengo que contaros la causa de la Onda. Se trata de Dios. Ha muerto.

Jack consideró bastante comedida la reacción de Lucy y Thomas. Con Jimmy ya había hablado al respecto.

—¿Muerto? —se extrañó Thomas—. Pero si es…

—No todo podemos comprenderlo. Y aunque parezca raro, tampoco es importante para nuestros propósitos. Tú decidirás, Thomas, si el mundo debe o no estar al tanto. Yo creo que no, pero ya no sé qué es lo mejor. ¡Sí, murió! Acéptalo.

—Jack, es imposible que absorba tanta información en tan poco tiempo.

—Pues eso no es lo peor.

—No puede haber nada peor que eso.

—Eso pensaba yo. —A Jack se le dibujó una sonrisa involuntaria—. Pero lo he comprobado personalmente. Por eso he estado ausente.

—¿Qué has comprobado? —preguntó Lucy, con cierto temor.

—La niebla se mueve. Thomas lo sabe bien porque se ha tragado el Norte y, a estas alturas, probablemente Oxford. Tú la viste comerse Chicago.

—Eso no es una novedad —dijo ella.

—Ya no queda más espacio. —Jack se centró en Jimmy esta vez—. Es lo único que no te había contado a ti. Oídme bien los tres. El mundo va a desaparecer. La gente que está viniendo a Londres son los últimos miembros que quedan de la raza humana. Esa es la única prioridad. ¿Hace falta que lo repita?

Tuvo que hacerlo, varias veces. No era sencillo explicar que todo el planeta había desaparecido, que el fin del mundo era real y apenas quedaban, según sus cálculos, unos pocos meses para que todos desapareciesen, engullidos por la niebla.

Era la extinción de la humanidad. Era una noticia contra la que había que rebelarse por instinto.

Los tres acosaron a Jack, incluso Jimmy. Intentaron convencerse de que Jack estaba equivocado, de que había fallado en alguno de sus cálculos. Thomas lo acusó de estar loco y no superar sus errores del pasado.

Jack soportó con paciencia aquellos arrebatos, consciente de que no tendrían más remedio que creerle, porque en el fondo sabían que era cierto. Con anterioridad habían hablado de los desplazamientos de la niebla, así que era cuestión de tiempo que entendieran la nueva situación, que se trataba de un fenómeno a escala global y con un carácter alarmante y definitivo.

Tardaron más de lo que Jack había previsto, pero al final Thomas formuló la pregunta acertada, demostrando que asumía de verdad la magnitud del problema.

—Entonces... ¿Vamos a morir todos?

—Eso depende de ti. —Jack no pudo borrar la sonrisa de su cara—. El mundo se acaba. Vas a conducir a todos los supervivientes al Cielo, Thomas, o la raza humana desaparecerá de la existencia.

CAPÍTULO 5

La cascada, el que fuera origen de la niebla, se había desvanecido. En su lugar no quedaba nada. La cara de la montaña aparecía desnuda, sin huellas de la antigua corriente inextinguible que se derramaba por el precipicio.

Asler lanzó varios tajos al aire con su espada, renegando entre dientes. No le sirvió para aliviar la frustración de no hallar indicios que le indicara qué habría sucedido para que la niebla se hubiera transformado en una tormenta. Según el demente de Capa, él había sido el responsable, el que había disuelto la niebla para que todos pudiesen estar juntos y felices, en armonía. El Niño ya había demostrado varias veces capacidades sorprendentes, pero en aquella ocasión su locura debía de haberlo llevado a cometer algún estúpido error que había concluido en la tormenta.

—¿Y bien? ¿Alguien puede ofrecerme una explicación con algo de lógica?

Los demonios que lo acompañaban desviaron la mirada. No era por temor a él, o tal vez sí, Asler no podía asegurarlo; sencillamente no tenían la menor idea. No obstante, aquellas expresiones le hicieron recapacitar por unos instantes. ¿Y si de verdad lo temían?

Tenía claro que, antes de ocupar el mando, Asler no pertenecía a esa clase de demonio; ese era más el estilo de Tanon, siempre gruñendo, como si estuviese enfadado de manera permanente. Por el contrario, Asler había ido escalando posiciones en el clan de Urkast por medio de la razón, el trato amable y la diplomacia. Sabía escuchar a los demás y también lo que los demás querían escuchar. Simpatizaba con sus compañeros y cuando imponía su criterio, que por supuesto era el acertado, era por medio del diálogo y la lógica. No era culpa suya si su claridad de ideas era muy superior a la media.

Sin embargo ahora la situación era diferente. Desde que estaba al mando y todo era responsabilidad suya, ya no se sentía tan predispuesto al diálogo. No le gustaba que lo cuestionaran y, cuando pedía algo, lo quería al momento. Sus nuevas obligaciones no le permitían el lujo de perder el tiempo conversando, argumentando y esperando, de manera que Asler llegó a la conclusión de que aquellas tensiones debían de reflejarse en su rostro y, en consecuencia, despertar esas miradas en sus subordinados o la tendencia a evitarlo.

—Diría que el procedimiento fue el correcto —dijo un demonio que estaba arrodillado en el suelo.

Asler se acercó a él. Era un viajero, uno al que, de ser ciertas las palabras de Capa, ya no le serían de mucha utilidad los milenios que pasó adiestrándose para ser capaz de atravesar la niebla.

—¿Qué has averiguado?

—Creo que alguien bloqueó la niebla y luego la desbloqueó. La cosa fue mal porque emplearon a un menor.

Asler resopló de mal humor, pero luego se contuvo.

—¿Un menor en la primera esfera?

—Esta runa de aquí me despista —explicó el viajero. Indicó a Asler que mirara a sus pies, donde quedaban restos de lo que sin duda había sido una runa, aunque no parecía que hubiera sido creada con fuego—. Juraría que guarda alguna similitud con las de evocación.

—Capa… —murmuró Asler—. Va a ser cierto que él tuvo algo que ver… ¿Y el menor?

—Mira esto. —El demonio se desplazó hasta el borde del precipicio y señaló una roca que sobresalía. En la roca figuraba una inscripción—. Ninguno de nosotros utilizaría el idioma de los menores, menos aún arañaría la piedra de ese modo. Da la impresión de que pasó mucho tiempo rascando la roca para obtener ese resultado.

—Nunca te olvidaré, Nelson —leyó Asler—. Te quiere y te recuerda tu hermano Rylan.

Parecía evidente que sí había estado involucrado un menor. Su participación, las alteraciones estructurales provocadas por la Onda, o la suma de los dos factores habían desestabilizado el resultado final. Por no hablar de la intervención de Capa, que dificultaba enormemente la labor de clarificar lo sucedido.

—Deberíais ver esto —sugirió otro demonio.

Asler hizo un gesto afirmativo y lo siguieron. El demonio, que descendía por la montaña, parecía que los conducía de vuelta, hasta que se desvió y serpenteó entre las rocas y los árboles, dando saltos y apoyándose sobre las piedras que flotaban en el aire. Enseguida encontraron cascotes de tierra dispersos y vegetación arrancada por todas partes, en un paisaje que se tornaba más caótico cuanto más bajaban. Finalmente, llegaron a una zona devastada.

—Aquí ha tenido lugar una pelea —señaló Asler.

—Y una muerte —dijo el demonio—. Mira detrás de aquel montículo.

Dos pequeñas alas de fuego ardían en el aire. Entre ellas había una urna de piedra, construida con torpeza. Por lo general, los féretros de los ángeles eran de cristal, pero aquel parecía haber sido improvisado con la roca de la montaña.

Dar sepultura no era una práctica habitual entre ellos antes de la Primera Guerra, dado que las muertes entre los ángeles eran realmente escasas, ocasionadas por algún terrible accidente. Por su parte, los demonios no tenían tiempo para rituales funerarios en el Agujero, así que arrojaban los cuerpos al abismo cuando no servían para ningún propósito concreto.

Asler reconoció de inmediato al creador de aquellas alas de fuego. Sus llamas eran inconfundibles.

—Capa moldeó esa urna de piedra —dijo examinándola más de cerca—. ¿A quién mataría ese condenado niño? ¿Y por qué se molestó en darle sepultura?

—Por este lado de la urna hay una inscripción —advirtió el demonio.

Asler leyó las runas que Capa había grabado. El demonio, a su lado, notó en su superior un leve temblor en la mejilla y un sutil cambio en los ojos.

—No es ella, lo he comprobado...

Asler lo apartó con rudeza. Se quedó fijo ante el nombre y en un arrebato retiró la tapa, que se rompió al estrellarse contra el suelo, a varios metros de distancia. Se le descompuso el semblante al mirar en su interior. Fue un instante breve y de intenso dolor, que apenas soportó durante unos segundos. Se volvió de espaldas y se encaró al demonio.

—¡Sí que es ella! Capa grabó el nombre de Susan porque seguramente era el que utilizaba para mezclarse con los menores, ¡pero es ella!

—No pretendo ser irrespetuoso, pero tiene los ojos abiertos y, que yo recuerde, no eran de ese color.

Asler se sorprendió de haber pasado por alto un detalle como ese. Se forzó a mirar de nuevo entre los restos, los huesos y las plumas aplastadas, los pedazos de carne. El cadáver no sería reconocible de no ser porque Capa había colocado la cabeza separada del resto del cuerpo, con cierta delicadeza incluso. Era verdad: los ojos tenían un tono violeta que no concordaba. A lo mejor aquella Susan no era su... No, imposible, la inscripción de Capa no dejaba lugar a dudas y, además, Asler no necesitaba ninguna inscripción para reconocer al ángel al que había estado a punto de unirse para toda la existencia, antes de la Primera Guerra.

—Es ella —repitió apretando las mandíbulas—. Estoy completamente seguro.

El demonio asintió.

—Lo siento. Sé que vosotros…

—Ya no tiene importancia. —Asler hablaba sin mirar a nada ni a nadie, para desahogarse y calmar una vieja herida del pasado—. Ella me abandonó cuando nos rebelamos. Confieso que me sorprendí cuando supe que se había quedado junto a Sirian y que no apoyaba nuestra causa, la misma que había defendido siempre hasta que llegó la hora de la verdad.

—No era de las más activas en las reuniones clandestinas —dijo el demonio—. Nunca pareció realmente convencida.

—No lo estaba —confirmó Asler—. Solo quería que el Viejo nos permitiera tener descendencia de nuevo. Era su mayor deseo. Yo ni siquiera quería tener hijos, pero me irritaba no tener la opción de decidir, ni de discutirlo. Di mi primer paso por ella y luego me quedé solo.

—Yo tuve un hijo —dijo el demonio a su lado—. Fui de los escasos afortunados que lo hizo antes de que el Viejo lo prohibiera. Planeaba tener más, así que sé cómo te sientes, Asler. Sin embargo, tú no sabes cómo me sentí yo cuando los ángeles lo mataron a él y a mi esposa durante la guerra.

Asler lo miró y asintió, y se comprendieron al instante. Eran muy poco frecuentes las ocasiones en las que los demonios recordaban a los que habían desaparecido. En el Agujero no había tiempo para lamentaciones o terminaban muertos, así que cuando se dedicaban a la memoria de aquellos a quienes habían amado, cuando el dolor de la pérdida volvía a latir, no era extraño que otro también compartiera el duelo. Todos habían sufrido la muerte de alguien querido y especial, a veces a manos de alguien también querido y especial.

—Nadie volverá a prohibirnos nada —juró Asler—. ¡Nadie! Tendrán que matarnos antes que vernos sometidos a sus normas. Regresemos. Ya da igual lo que sucediera aquí, no nos ayuda con esa tormenta ni con la guerra.

Descendieron la montaña en silencio. Asler se olvidó rápidamente de todo, aunque no logró deshacerse de la amarga sensación de que habían perdido el tiempo al investigar en la antigua cascada. Lo poco que había sacado en claro era que Capa andaba enredando con sus chifladuras. Ese condenado crío había sembrado más desconcierto que la Onda.

Los demonios se desplazaban con agilidad entre los riscos y las fisuras de la montaña. En su corretear asimétrico daban la impresión de que avanzaban desorganizados, cuando era al contrario. Cada uno de ellos era consciente de la posición de sus compañeros, pero habían aprendido que mantener un orden, aunque resultara menos agotador, los hacía predecibles. En el Infierno nada era lo que parecía. Lo comprendieron tropezando y fallando, pero terminaron por adaptarse e hicieron de sus movimientos impredecibles un arma de defensa.

Aunque ahora no se sentían amenazados por un posible ataque de los ángeles, no podían soslayar sus rutinas ni aquella particular manera de desplazarse.

Cuando había que planear, Asler ralentizaba a sus compañeros, ya que, al no tener alas, se quedaba un poco rezagado, así que se esforzaba y corría más rápido para compensar. Cuando llegaron, no le fue sencillo ocultar sus jadeos.

El grueso de los demonios acampaba en torno a los orbes que conectaban con las demás esferas. Asler pidió que lo informaran del estado de Tanon, que por desgracia no había experimentado cambios. El Barón continuaba inconsciente, recobrándose. Un evocador que antiguamente había sido sanador le aseguró que su líder mejoraba lentamente, aunque no pudo precisar cuánto tiempo requeriría para recuperarse por completo, ni si volvería a ser el mismo de antes, con toda su fuerza. El demonio creía que sí, y se basaba en que ningún otro habría sobrevivido a semejantes heridas durante tanto tiempo, hasta la intervención de Capa.

Asler albergaba dudas respecto a la supuesta curación de aquel condenado crío, pero como las heridas de Tanon se habían cerrado ante la presencia de todos y él tampoco era un entendido de la sanación, se abstuvo de airear sus temores. Además, era mejor que los demonios pensaran que pronto volverían a contar con el más poderoso de todos ellos entre sus filas.

Lo sucedido con Tanon le recordó que tenía un asunto urgente del que ocuparse. Asler mandó llamar a un moldeador, un demonio de su antiguo clan al que había ascendido recientemente. También ordenó la presencia de un viajero, todo ello tras exigir que le notificaran cualquier cambio en el estado de Tanon.

—¿Has confirmado el punto de acceso? —le preguntó al viajero, sin rodeos.

—Coincide con el que utilizamos nosotros cuando Dast creó el portal de Londres. Esa conexión se ha mantenido. Ya no son necesarios viajeros ni cetros para cruzar la niebl… La tormenta —rectificó.

—Eso lo sé. Parece que Capa logró su propósito de que nada nos separe. Lo que quiero saber es si hay más formas de atravesar la tormenta. No puedo organizar la defensa de la primera esfera sin saberlo.

El viajero dudó un segundo antes de contestar.

—Esa es la única entrada —dijo más serio de lo normal.

—¿Estás seguro? —A Asler le dio la impresión de que la respuesta había sido un poco forzada—. ¿Te jugarías nuestra supervivencia? Si perdemos la primera esfera y nos expulsan de nuevo, lo perderemos todo.

El viajero sostuvo la mirada de Asler.

—Estoy seguro —afirmó, esta vez con mayor convicción—. Pero son muchos los cambios que han derivado de la Onda. Hasta ahora no habíamos visto una tormenta como esa. Si algo vuelve a cambiar, no me hago responsable de las consecuencias.

—Me sirve —dijo Asler, satisfecho—. Es la primera buena noticia que escucho. —Por fin recibía información sólida con la que poder tomar decisiones.

Asler se sintió mejor de repente—. Vamos a fortificar el área alrededor de la entrada.

Se trataba de una extensión ligeramente ondulada, cubierta en su mayor parte por doradas y esbeltas espigas de trigo, pero básicamente llana, sin ninguna formación flotante cerca. Era un terreno difícil de controlar, al no contar con accidentes geográficos que lo limitaran, ni puntos elevados desde los que dominarlo.

—¿Enviamos destacamentos a buscar a los nuestros? —preguntó el moldeador.

—Solo uno —contestó Asler—. No podemos arriesgarnos a reducir nuestro ejército o quedaríamos a merced de los ángeles. Además, hay algo que no me gusta. No sabemos por qué no han venido ellos hasta nosotros, así que ordenad al destacamento enviado que guarde la máxima precaución. Ante cualquier peligro desconocido, quiero que regresen de inmediato. —Asler notó enseguida la extrañeza en los demonios—. Casi mataron a Tanon. Es absurdo perder más compañeros sin saber a qué nos enfrentamos exactamente.

—Los evocadores ya pueden traer sombras y titanes de nuevo —apuntó el moldeador—. No corremos peligro...

—No sabemos por cuánto tiempo —repuso Asler—. Los evocadores se quedan. Y seguirán invocando hasta que sepamos que la conexión con el Agujero no volverá a cortarse.

—Pero...

—La prioridad es mantener la primera esfera —se encendió Asler—. Sin ella perderemos la guerra. El destacamento va a recabar información sobre los nuestros, no a combatir. Se infiltrarán entre los menores y pasarán desapercibidos, como siempre hemos hecho. Creo que este punto ha quedado suficientemente claro —añadió con tono desafiante.

El moldeador dio su conformidad con un gesto de la cabeza.

—Así se hará.

—Tú no irás con ellos —continuó Asler—. Quiero que formes una muralla en torno al área de entrada.

El demonio no disimuló su sorpresa.

—Hace milenios que no moldeamos como antes.

—Pues aprended de nuevo.

—No podemos plegar el terreno como si nada. Necesitaré a todos los moldeadores y tardaremos mucho tiempo.

Asler se mordió el labio inferior. Se apartó un poco mientras pensaba.

—Entonces hacedlo como solo nosotros sabemos —dijo volviéndose.

—¿A qué te refieres? —preguntó el viajero, extrañado.

—Si no podemos crear, destruiremos —explicó Asler. Extendió el brazo y señaló la montaña—. Arrancad pedazos de la montaña para formar la muralla.

¿Algún problema con eso?

—Ninguno —aseguró el moldeador—. Es más, considero que es una gran idea.

A Asler le encantó reconocer un destello de admiración en el demonio, un reconocimiento a su gestión y a las decisiones que tomaba. Ahora sí saboreaba las delicias del poder.

—Bien, ya tenéis vuestras órdenes. Poneos en movi…

—¡Asler!

Tres demonios se acercaban. Uno de ellos, el del medio, sangraba con abundancia y apenas podía mantener la cabeza alzada. Los otros dos lo llevaban en volandas, cada uno sujetándole por un brazo.

Asler lo reconoció en cuanto lo depositaron en el suelo. Era un corredor.

—¿Qué ha pasado?

—Es mejor que lo escuches —dijo uno de los porteadores.

El corredor malherido consiguió abrir el único ojo que le quedaba, una pequeña esfera ensangrentada que asomaba entre un rostro aún más ensangrentado.

—Nos atacaron… En la tercera esfera…

—¿Los ángeles? —se impacientó Asler.

Consideró un gesto afirmativo el débil movimiento de la cabeza del corredor.

—No ha querido curarse hasta que te informara —dijo el otro porteador.

—¿Qué les sucedió a los nuestros? —preguntó Asler—. Teníamos allí un pelotón entero.

—Muertos —susurró el corredor—. Solo yo escapé.

Asler no podía creerlo.

—¿Cuántos eran los ángeles?

—Todos… Tenían que ser todos ellos.

—¿Todos? ¿Y Yala? ¿Estaba Yala con ellos?

Asler repitió la pregunta varias veces, aunque no obtuvo ninguna respuesta. El corredor había muerto. Su cabeza caía inerte sobre el hombro. Los demonios presentes miraron a Asler.

—No es habitual que los ángeles sean tan agresivos —dijo el moldeador, haciéndose eco de los pensamientos de Asler.

—Su sacrificio —dijo Asler señalando al corredor— nos salvará. No contábamos con tal despliegue de los ángeles. Nos habrían cogido por sorpresa.

—¿Qué vamos a hacer?

—¡Vamos a luchar! Olvida el destacamento que íbamos a enviar a investigar el Agujero. ¡Nos vamos a la guerra! Enviad corredores. Quiero a todos los demonios agrupados en la segunda esfera. ¡He dicho a todos! ¡Despertad a los que estén curándose! ¡Los ángeles no pondrán una sola pluma en la primera esfera!

—¡Qué asco de sitio!

Llovía. El agua caía suavemente, de lado, arrastrada por una brisa que se sentía como una caricia. Las nubes formaban una masa gris y silenciosa, sin que ningún trueno ni relámpago estropease su aburrida uniformidad. Estaba muy oscuro, más que nunca.

Aquel tiempo nublado no le desagradaba a Vyns. Ocultaba las sombras y era casi como si todo volviese a la normalidad, cuando no se apreciaban aquellas asquerosas manchas que solo deberían existir en el mundo de los menores. Lo que a Vyns no le hacía ninguna gracia eran la lluvia y la negrura. En realidad, no estaba oscuro, no era de noche, como en el plano de los menores, donde había pasado tantos siglos como observador; más bien era un atardecer sombrío.

Vyns sacudió las alas, a sabiendas de que sus plumas no tardarían en estar empapadas de nuevo. Consideró replegarlas, pero no le apetecía. Estaba de mal humor.

—¿A dónde vamos? Al menos podrías decírmelo, ¿no? Llevamos caminando un millón de años y… ¡Joder! Estoy bien, ¿eh? Solo he resbalado. Nada, tú sigue a tu rollo y no te pares, claro que no.

Para su sorpresa, Asius se detuvo en ese preciso momento.

—Deberías regresar con los demás —dijo sin mirarlo, con la melena pelirroja cubriendo su rostro, oscurecida y dividida en mechones por la lluvia.

—¿Es que no me has oído? ¿En qué piensas? —gruñó Vyns—. Llevo horas hablando mientras caminas como un estúpido zombi, creí que me prestabas atención. ¡Ya no puedo volver! Solo me faltó hacerle un corte a mangas a Renuin delante de todos los ángeles, así que ahora soy un desterrado como tú. Pero no hace falta que me des las gracias por venir contigo, ¿eh?, no te vayas a cansar.

—Yo no te pedí que me acompañaras —dijo Asius con tono ausente, echando a andar de nuevo.

—Lo que me faltaba —bufó Vyns—. No entiendo de qué rollo vas… ¡Bah! No sé ni por qué me molesto.

Su instinto le pedía a gritos mandar a Asius a paseo y darse la vuelta, pero siguió caminando a su lado, en silencio. Algo le ocurría al pelirrojo. Tal vez le había afectado ser repudiado por Renuin, aunque si lo pensaba bien, ya mostraba un comportamiento extraño desde antes de la última batalla. Para empezar se había vuelto más violento. Vyns recordó cómo le ordenó arrancarle el ala a Asler. Luego Asius había ejecutado a Diacos a sangre fría y por último había estado a punto de matar a Stil, contraviniendo una orden directa de Renuin.

Vyns aprobaba todas aquellas decisiones. Estaban en guerra y muchos ángeles habían muerto por culpa de los demonios, como Lyam, su inseparable compañero. Vyns había llorado de rabia cuando Yala le contó que había sucumbido en el Infierno. También había muerto Diago, un gran amigo de Asius, a manos de Nilia durante la conquista de la Ciudadela.

Todos habían perdido a alguien. ¿Cómo no iba a afectarles? Aun así, le sorprendía el cambio de Asius, que siempre había conservado la calma y había sido capaz de mantener la compostura en las peores circunstancias. Para Vyns era obvio que seguían vivos gracias a él y a su estrategia, a su capacidad de analizar la situación por muy desesperada que pareciese. Por eso ahora se sentía muy intranquilo. Algo que se le escapaba era capaz de preocupar a Asius hasta el punto de transformarlo. No podía tratarse de nada bueno.

—¿Es por las sombras? —aventuró—. Por eso estás cabreado, ¿no? ¿O por el Viejo? Venga, este silencio me está matando. Yo... no siento la ausencia del Viejo. Lo sé, es terrible, pero es la verdad. Me duele mucho más la muerte de Lyam. ¡No puedo evitarlo! ¿Está mal? ¿Estoy loco?

—No —dijo con firmeza Asius—. No hay nada malo en eso.

Vyns sintió cierto alivio.

—Pero también me cabrea mucho Renuin, que ahora es nuestra mayor autoridad. Debería sentir algo diferente hacia ella, ¿no? Es confuso. No me gusta no poder admirarla. Creo que me voy a volver loco.

—Yo no lo creo. —Asius saltó para sortear un charco que se había formado entre las rocas. Llegaron a una zona donde la lluvia no los alcanzaba porque caminaban bajo una montaña que flotaba encima de ellos—. Vyns, tienes la cualidad de hacer siempre lo correcto, aun cuando tus sentimientos o tu instinto te indiquen lo contrario. Eso no es frecuente. La mayoría es arrastrada por sus emociones, les guste o no, pero tú eres diferente en ese sentido.

—¿Pero qué chorrada es esa? Soy el primero que pierde los papeles cuando me altero.

—Cierto, pero examina tus actos. Yo tampoco te caía bien, como Renuin, ¿recuerdas? Y cuando fuimos a rescatar a Diago no solo me acompañaste, sino que además acataste todas mis órdenes y fuiste de gran ayuda.

Ese no era un recuerdo muy agradable. Aquella misión de rescate se debió a que Vyns había introducido en el Cielo a un demonio que se había hecho pasar por Diago, el mismo que luego saboteó la Ciudadela, sumiéndola en la oscuridad, y posibilitando su conquista. En aquel entonces, Vyns había albergado muchas dudas respecto a la implicación de un consejero en una misión de campo en el plano de los menores, pero Asius confió en él y contó con su ayuda para maniobrar al margen del Consejo, que se oponía a sus ideas, principalmente por la incompetencia de Ergon.

—Lo recuerdo, pero te hice caso por tu rango, era mi obligación. O puede que fuese por puro azar. No te creas que pienso mucho las cosas.

—Es lo que más envidio de ti —asintió Asius—. ¿Y qué me dices de los menores?

—¿Qué pasa con ellos?

—¿Algún ángel siente menos aprecio por ellos? Siempre has dicho que son estúpidos, que solo saben matarse y cometer atrocidades entre ellos. Incluso llegaste a decir que nunca aprenderían.

—Es muy diferente leer informes y observar desde el Mirador. Si hubieras vivido entre ellos como yo...

—A eso me refiero, Vyns. No te gustan los menores y, a pesar de ello, has sido observador durante siglos. Protestas, te quejas, maldices, pero cumples con tu trabajo aunque no te agrade. ¡Pero si hasta hablas como ellos! Por eso te decía que tú siempre terminas haciendo lo correcto.

Vyns caviló en silencio durante un rato. Se concentró tanto que ni siquiera volvió a notar la lluvia contra su rostro cuando salieron de debajo de la montaña.

—No sé si me has echado un piropo o es que soy solo una especie de idiota con suerte.

—Yo tampoco lo sé, pero me alegro de que sigas a mi lado.

—Pues no se nota, macho —bufó Vyns—. Y espero que te equivoques, porque mi intuición no es muy buena respecto a Renuin.

Asius lo miró por primera vez y Vyns lo encontró muy serio, casi le dio un poco de miedo. Sus ojos estaban apagados. El agua resbalaba por su rostro hasta confluir en su perilla pelirroja, de donde se desprendían grandes gotas oscuras.

—¿No crees que Renuin pueda liderar la guerra?

—Es lista —concedió Vyns—. En otras circunstancias, no dudaría de ella.

—¿Pero?

—Creo que sigue enamorada de Stil.

—No lo dudes.

—¿Lo ves? Por eso te ha desterrado. La muy... Mejor controlo mi boca. Si no hubiésemos capturado a Stil, no...

—Ella continúa siendo inteligente —le cortó Asius—. Su liderazgo fue determinante para nuestra victoria durante la Primera Guerra. Es la única de los tres Justos que se preocupó por estudiar los problemas de armonía en las siete esferas. Y su valor es indiscutible. No se asustó cuando Tanon derribó la montaña y los demonios se nos echaban encima. Todo parecía perdido, pero ella no se acobardó.

—Porque estaba con su amorcito —escupió Vyns.

—No, no es eso. Renuin sabe lo que hace.

—Qué idiotez. ¿Hizo bien en echarte?

—Probablemente —asintió Asius.

—No quiero discutir, en serio. —Vyns colocó una de sus alas sobre la cabeza—. Y tampoco quiero mojarme más. Qué asco de lluvia. Asius, por favor, dime que vamos a vengar a Lyam. Quiero matar a Nilia, de verdad. Me apetece mucho, más incluso que… ¡Es lo que más me apetece, joder!

—Lo siento, no voy tras ella.

—Es que no me das un gusto —se lamentó Vyns—. Entonces, ¿a dónde vamos? No te va a pasar nada por decírmelo.

—Mira hacia adelante.

Vyns no había prestado atención mientras caminaban, absorto en sus maldiciones. El suelo estaba muy oscuro debido a una sombra inmensa que proyectaba una montaña. Su perfil alargado se veía algo confuso a través de la lluvia, pero era inconfundible: la montaña más elevada de las siete esferas. Se alzaba en medio de una llanura, lo que la hacía destacar aún más, y no era casualidad, ya que su grandiosidad y ubicación respondían a un fin: observar a los menores.

Aquella colina no era una estructura que respetara las leyes del plano de los menores. No flotaba, pero su base era tan reducida que cincuenta ángeles tocándose con las alas extendidas podrían llegar de un extremo a otro, una extensión insuficiente para la altura que alcanzaba.

—¿Vamos al Mirador? ¿Para qué? ¿Es que quieres leer un rato?

El interior de la montaña era hueco y, a lo largo de sus casi interminables paredes, los ángeles almacenaban los cristales, donde recopilaban todo su saber y su Historia. Vyns conocía muy bien el lugar, porque allí redactaba y entregaba sus informes como observador.

—Vamos a repasar las actas de las reuniones de los tres Justos —le explicó Asius.

—¿Qué? ¿Renuin te ha dado permiso? —se extrañó Vyns—. Pero qué tonterías digo, si te ha desterrado. Así que vas a robarlas, ¿eh?

—Solo a leerlas.

—Sí, sí, conmigo no tienes que fingir. Si te soy sincero, no es que me desagrade la idea de cotillear, pero habrá demasiados registros, nos vamos a tirar una eternidad ahí metidos y…

—Buscamos algo muy concreto. Revisaremos las reuniones que tuvieron lugar justo después de la Onda.

—Buf, qué coñazo. Todo eran cuestiones logísticas y estimación de daños.

—¿No quieres saber si podemos fiarnos de Renuin?

Vyns meneó la cabeza, aturdido.

—Hace un momento la defendías y ahora no te fías de ella… Me descolocas. ¿En qué quedamos? Y habla clarito, que yo soy bastante simple.

—Han sucedido demasiadas cosas. La cuarta esfera no se mueve, la aparición de las sombras, los demonios se escaparon… Pensé en cuál podría ser la más relevante. ¿Qué ordenaron los tres Justos después de la Onda?

—¿Me contestas con otra pregunta? En fin, deja que piense. Así de repente… Dijeron que había que atender a los heridos, que eran muchos porque todos nos desplazamos de lugar durante la Onda… ¡Ah, ya lo pillo! A los menores les pasó al revés. Ellos se paralizaron, pero conservaron la conciencia. Por ahí van los tiros. Soy bueno, ¿eh?

—No. ¿Qué te ordenaron a ti, a tu grupo?

Vyns maldijo entre dientes. Estaba seguro de que su respuesta sería correcta. Se esforzó en recordar.

—¡Nos ordenaron encontrar y capturar a Raven! —dijo con el mismo entusiasmo que si hubiera recobrado la capacidad de volar.

—Exacto —aplaudió Asius—. Y nosotros vamos a descubrir por qué.

Sirian tiritaba y con cada espasmo tintineaban los eslabones de la cadena que lo tenía apresado. A lo lejos escuchaba aullidos y siseos. Lo envolvía una oscuridad densa e impenetrable, que en ocasiones gemía y vomitaba sonidos incompresibles, horribles, que hacían que todo vibrara y se retorciera. Luego, el silencio, pero nunca era completo. Nunca.

El fuego flotaba cerca de él. Irradiaba de dos símbolos que no reconocía. Las llamas, descolocadas, distorsionaban los trazos y los orientaban en sentidos opuestos al mismo tiempo. Se preguntó por el propósito de aquellas runas, que desde luego no era iluminar el lugar donde se hallaba.

El tiempo no existía. Al menos, esa era la sensación que tenía Sirian. Los acontecimientos se sucedían a la vez, en intervalos eternos. Era obvio que su percepción se deterioraba.

A un tirón en la espalda, descendieron las runas de fuego. Y de pronto el mundo apareció de nuevo, la ciudad devastada de Londres, los demonios. Caía una vez más la nieve sobre su espalda.

—Entre tú y yo, Sirian, te confesaré algo —siseó Dast.

Giraron la cadena de la que colgaba y quedó justo delante del séptimo Barón, de sus rasgos poco agraciados en un semblante pálido, parcialmente cubierto de un cabello sucio, compuesto de bucles que parecían retorcerse continuamente.

—Y no es que yo sea dado a airear mis confidencias —continuó Dast—, pero esta en concreto quiero compartirla contigo. Si pudiese restaurar el Agujero como estaba antes de la Onda y encerrarme de nuevo en él, lo haría, incluso yo solo. Hasta saltaría dentro con una sonrisa. Lo que fuera antes que estar en tu situación. —Dast deformó su rostro con lo que pretendía ser una sonrisa—. Te preguntarás qué ha pasado por aquí y cuánto tiempo ha transcurrido. Yo lo haría. Eres inteligente, Sirian, ¿a que sí? Seguro que logras deducir algo de mis palabras. Duele, ¿verdad? Oh, pero esto no es nada, aún tenemos más para ti. Esto no es lo que le hicimos a tu amigo Zynn. ¿Recuerdas sus gritos? ¿Piensas en él, en tu amigo? ¿En cuánto nos odias? Bueno, que me distraigo. ¿Por dónde iba...? Ah, sí. Contigo aplicaremos un tratamiento distinto. Notarás que tu cabeza está intacta, salvo por lo que te hizo Tanon. Qué desastre. Eras un ángel atractivo, Sirian, lo recuerdo, no como yo. Pero ahora... Creo que te pondré de nuevo la máscara. No te importa, ¿no? Así... Ya está, mucho mejor. Como te decía, tengo mucho interés en que no sufras daños de cuello para arriba. No quiero que pierdas la razón, no, sería terrible que no saborearas esta experiencia hasta el último detalle. Por otra parte, tampoco me interesa que pierdas la facultad de hablar, para cuando decidas que ha llegado el momento. Lo sé, lo sé, aún te resistes. Eso es bueno, Sirian, sigue así. Si hablaras ahora cortaríamos la cadena y nuestra nueva relación terminaría. No queremos eso, no. Prefieres conservar la vida para seguir conmigo. Además... ¡podrían rescatarte! Eso te gustaría, ¿eh? La esperanza... Dicen que nunca se pierde. ¿Tú la has perdido? ¿No? Pues claro que no. Y yo me alegro mucho. ¿Sabes por qué? La esperanza en tu situación es la peor tortura. Si abandonaras, si te permitieras aceptar que todo ha terminado, no sufrirías más, porque no te quedarían ilusiones que yo pudiese destrozar. Y lo mejor de todo es que no puedes evitarlo. Conservas la esperanza porque eres así, no es una opción, es parte de tu forma de ser.

Dast se quedó observándolo durante un rato. Sirian, incapaz de pensar con claridad, echó un vistazo en derredor. Le extrañó no ver a otros demonios cerca. Se fijó en Dast. Sus ojos, más claros de lo habitual, eran la única nota de color que destacaba en su campo de visión, que se había deformado espantosamente. Todo lo que percibía su retina eran tonalidades de una especie de rosado y sin brillo.

Según acababa de escuchar, no lo habían ni rozado de cuello para arriba, pero le escocían los ojos como si tuviera fuego dentro.

—Me intriga mucho que no te cures —continuó Dast—. ¿Reservas tus fuerzas? Podría pensar que tratas de acelerar tu muerte, pero tú no eres así. Tú eres fuerte, Sirian. No te obligaré a curarte, no temas, ni siquiera sé si eso es posible. Te mereces ese dolor, sin duda, y por eso estoy aquí, hablando contigo. Verás, mis compañeros, a los otros que traicionaste, piensan que el dolor físico es suficiente, como ya has comprobado por el trato que estás recibiendo. Yo no, yo soy diferente. Yo opino que es mejor acompañarlo con algo más. Me di cuenta de que alguien como tú debe de temer algo mucho más que al dolor físico. A mí me pasa lo mismo y eso que soy el demonio que menos ha sufrido, te lo aseguro. Físicamente, se entiende, porque lo cierto es que estoy muy descontento conmigo mismo. Me considero responsable de esa bomba de la que no quieres hablarme. Cuando Tanon te atrapó, yo fui uno de los que le aconsejó que no te mataran, y fíjate lo que son las cosas, nos la has jugado bien, Sirian, cerraste el Cielo y nos separaste, y luego casi acabas con nosotros encerrándonos de nuevo ahí abajo. No, no puedo estar satisfecho con mi decisión. Y ahora veamos lo que tú has hecho. Nos abriste el portal por el que entramos en el Cielo, ¿recuerdas? ¿Cuántas muertes pesan sobre tu conciencia? Sí, sí, entiendo tus motivos, nobles, uno de ellos apartar a los menores de nuestra guerra. Muy astuto, en serio. Pero también cometiste un error, Sirian. Armaste a los menores, los enseñaste a usar esas armaduras. ¿A que ya ves por dónde voy? Ellos nunca habrían participado en la guerra sin tu colaboración, y sabes que nosotros no les habríamos hecho nada. Que sí, que tenemos opiniones diferentes sobre cómo manejarlos una vez terminara la guerra, pero no los habríamos matado. Sin embargo, ahora... Vas a ser el responsable del exterminio de la humanidad entera, Sirian. Siéntete orgulloso de tus maquinaciones... Tengo que reincidir sobre este punto, lo siento, es que me llama mucho la atención. Tú, el gran Sirian, el máximo responsable de los neutrales, el defensor de la paz, el cabecilla del único grupo que no tomó parte en la Primera Guerra... Y ahora, después de todo lo que ha pasado, ¿enseñas a los menores a luchar? ¿Los incitas a participar en una guerra que los supera, que no comprenden y que no pueden ganar? Cuesta creer que un ángel que fue castigado por no pelear enseñe a los menores a fabricar armas y los anime a participar activamente. Deja, deja, sigue callado, ya has demostrado con tus actos de lo que sirven tus palabras. Aunque no lo creas, desde la distancia de nuestras posturas, conservaba cierto respeto por ti, pero ahora... Qué decepción, parece que lo tuyo es traicionar. No te bastaba con nosotros, también tenías que traicionar tus propios principios a costa de los más débiles. Que así sea... Puedes curarte o no, pero no vas a morir todavía. Vas a reflexionar sobre las consecuencias de tus actos cada vez que te traiga un pedazo de un menor, una cabeza, un corazón... Aunque bien pensado, eso tampoco es suficiente, porque quizá se te ocurra que hemos cogido algún cadáver de los nuestros o que es un pedazo de un ángel. Y no queremos que tengas dudas, Sirian, de ningún modo. Por eso los traeremos vivos ante ti y los verás morir con esos ojos violetas tan delicados. Verás a dónde conducen tus traiciones. Puede que incluso reconozcas a algunos, que hayas hablado con ellos personalmente, y hasta que los aprecies. Si es así, te recomiendo que lo disimules o el menor morirá de un modo... Digamos que... No, no adelantemos acontecimientos, mejor dejemos esa parte para más tarde, para mantener el suspense. ¿A quién capturaremos primero, Sirian? ¿Qué te dolería más? ¿Una mujer? ¿Un niño? ¿Te gustaría escuchar sus gritos como pasó con tu amigo Zynn? Bah, qué importa eso, ¿verdad? Si vas a ver morir menores de todas las edades, sexos y razas. No, no. No hables, no digas nada. Aguanta, traidor, resiste, no sería justo terminar ahora con todo lo que tenemos planeado para ti. Además, quién sabe si los menores estarán dispuestos a hablar en tu lugar. ¿Qué crees que harán? ¿Callarán para protegerte después de que yo les explique que están en esta situación gracias a ti? ¡Te he dicho que no hables! Bueno, me voy, tengo muchas obligaciones que atender. ¿La cadena está bien? ¿Aprieta? No queremos que te caigas, Sirian, sería una pena. Todo está en orden, bien sujeto, así, colgando. No te balancees o las runas de fuego que son lo único que ves ahí abajo te soltarán una buena descarga. ¿Lo has entendido todo? Claro que sí, tú eres muy listo... ¡Bajadle otra vez! ¡Sirian todavía no se ha cansado de estar metido en el Agujero!

La primera vez, Arthur Piers sintió que su cabeza se movía hacia un lado; la segunda se dio cuenta de que alguien le daba pequeños golpes en la cara, molestos y sin visos de que fueran a detenerse. Abrió los ojos. Justo sobre él, el rostro delgado y muy sucio de un chico lo examinaba.

—Estoy despierto —murmuró de mal humor.

El chaval desapareció de inmediato. Huyó asustado y se metió detrás de un anciano andrajoso. Piers se incorporó hasta quedar sentado. Todo eran ruinas a su alrededor que no reconocía. Le dolían diversas partes del cuerpo.

—Has estado mucho tiempo inconsciente —dijo el anciano sin demasiado interés—. Íbamos a dejarte descansar más, pero creímos que te vendría bien comer algo, aunque no tenemos gran cosa.

El estómago de Piers contestó con un rugido bastante representativo ante la promesa de alimento.

—Gracias —dijo aturdido—. He comido de todo, créeme, así que me tragaré cualquier cosa. Aunque preferiría no saber qué es.

Su visión ganó nitidez. Allí había dos personas más: una mujer delgada, de aspecto frágil, y un hombre que tenía un brazo sujeto por un trozo de tela mugriento atado al cuello, a modo de cabestrillo. Los cuatro se sentaban alrededor de unas brasas que desprendían suficiente calor para que Piers lo percibiera. Sobre el fuego había una maceta. La mujer removía con un palo en el interior de la maceta, que Piers dedujo hacía las funciones de una olla. El aroma era estimulante.

—Sopa —dijo la mujer—. Hemos reunido lo que hemos podido y hemos hecho un buen caldo. Toma —dijo sirviéndole una ración en un casco abollado—. Tienes que reponerte.

Piers cogió el casco y se lo llevó a los labios sin rechistar. Se quemó, pero eso no le impidió engullir prácticamente la mitad en apenas unos segundos. Le pareció deliciosa.

Los demás también comieron. El chico todavía lo observaba con desconfianza. Puede que debiera disculparse y asegurarle que no tenía nada que temer.

—Te llamas jefe Piers, ¿verdad? —dijo la mujer sentándose a su lado—. Lo repetías en sueños.

—Hace mucho tiempo que no soy jefe de nada.

—¿Desde antes de la Onda? —preguntó ella. Se había acurrucado y su cuerpo temblaba levemente, como si tuviese frío—. Es muy común. A todos nos pasa.

—¿El qué? —preguntó Piers.

—Soñar con tiempos mejores. Y esos tiempos suelen ser anteriores a todo esto.

Piers asintió. Ella sonrió un poco, lo suficiente para que se notara el gesto, pero no tanto como para borrar su expresión triste.

—Me llamo Anne, por cierto.

—Deberías acercarte más al fuego —sugirió Piers.

—El calor no me librará de estos escalofríos. Estoy enferma y tengo fiebre.

Piers no preguntó qué mal la aquejaba. Podría ser cualquiera, dado el pozo de suciedad en que se había convertido Londres.

¡Londres! La cabeza de Piers terminó de despejarse al recordar el nombre de la ciudad.

—¡Raven! ¿Dónde está?

—¿Tu compañero?

—Mi amigo —corrigió Piers.

—Pues no parecía tu amigo cuando empezaste a insultarle de aquella manera. Aunque te entiendo. Nos abandonó sin pena ninguna.

Entonces recordó la caída. Él había sujetado a Anne por la mano mientras una roca enorme se abalanzaba sobre ellos. Piers suplicó ayuda a Raven, pero…

—Me abandonó… Es verdad. No… No lo entiendo. ¿Por qué?

—En cambio, tú te quedaste y trataste de salvarnos —le recordó Anne—. Ese tal Raven demostró que no era tu amigo.

Eso era cierto. Ni siquiera aunque les hubiera ayudado. Raven y él nunca habían sido amigos. Solo se conocían de antes de la Onda. Y si Raven conservara sus recuerdos, puede que en vez de marcharse le hubiese pisado las manos a Piers para que cayera antes en aquel agujero. Después de cómo lo había tratado cuando era un presidiario, no podía esperar menos de él.

—Incluso así, lo echo de menos —murmuró Piers.

—¿Por qué?

—Lo conocía de antes de la Onda. Es agradable estar con alguien de aquella época… Recuerdo una roca gigante a punto de aplastarme cuando trataba de sacarte. ¿Cómo sobrevivimos?

—Caímos al fondo y la roca, por pura suerte, se rompió en dos. Uno de los cascotes te golpeó en la cabeza. Atrás.

Piers encontró un chicón considerable al palparse la coronilla. También mucho pelo enmarañado y un poco pegajoso. Anne asintió antes de proseguir.

—Sangrabas mucho, así que te cosí la herida como pude. No temas. Aunque no sea una cirujana precisamente, utilicé hilo limpio y ya tengo cierta práctica. Nos costó sacarte de ahí abajo.

—Debimos de tener bastante suerte —murmuró, tratando de recordar la situación.

—Ahora que te has recuperado, tenemos que irnos. Han pasado cerca varias patrullas de demonios.

El chico se acercó a ellos.

—Está despejado, lo he comprobado. Es buen momento.

Y se marchó a ayudar al anciano a levantarse. El hombre del cabestrillo también se puso en pie, apagó el fuego y se cargó una mochila en el brazo sano.

—No es mi hijo —contestó Anne a la pregunta que brillaba en los ojos de Piers—. Ninguno somos familia, solo supervivientes.

Salieron de las ruinas tras asegurarse, una vez más, de que no había ningún demonio en los alrededores. Se deslizaron entre las sombras, atravesando edificios siempre que podían, con el fin de mantenerse ocultos. No era sencillo, ya que el anciano caminaba despacio y Anne cada vez temblaba más por la fiebre. El chaval era el único que parecía en plena forma. Casi nunca andaba al lado de ellos, sino que marchaba adelantado, explorando el terreno; de vez en cuando aparecía y con gesto urgente los mandaba callar y esconderse. Ellos obedecían hasta que el chaval les daba permiso de nuevo para continuar y volvía a desaparecer.

Piers ayudaba a Anne a caminar, sujetándola por un brazo. Cuando tenían que sortear algún obstáculo, como socavones y montones de chatarra y escombros, cargaba con ella, pero lo cierto es que él tampoco andaba sobrado de fuerzas.

—¿A dónde vamos? —preguntó.

—Hacia el norte —dijo ella—. Hay rumores de que los nuestros se han agrupado a las afueras de la ciudad. Incluso de que han formado un ejército capaz de enfrentarse a los demonios.

—¿Y de dónde salen esos rumores?

—De los demonios. Los hemos escuchado mientras estábamos escondidos. Por lo visto, alguien ha inventado unos trajes especiales que nos hacen más fuertes.

A Piers le costó mucho creerlo. En realidad le parecía una completa estupidez, aunque no dijo nada porque la idea de salir de aquella maldita ciudad le parecía excelente.

—Nunca debí abandonar Chicago —se lamentó Piers.

—Yo voy a unirme a ese ejército —dijo Anne—. Voy a luchar y a vengar a mi hijo.

—¿Lo mataron los demonios? —Piers tuvo que sostenerla mientras pasaban por una zona en la que se mezclaban la nieve y el barro hasta cubrirles los tobillos.

—Ellos provocaron la Onda, ¿no? —Se quedó mirando al frente—. Estaba embarazada cuando sucedió. Jamás he pasado tanto miedo como entonces. Recuerdo que tenía las manos sobre el vientre y el bebé me daba patadas. Entonces se quedó completamente quieto, ¿sabes? Como si... No puedes entenderlo, eres un hombre. Durante varios segundos creí que me moriría porque al bebé le pasaba algo malo. Luego me di cuenta de que yo tampoco podía moverme y entonces... empezaron las explosiones.

—¿El bebé murió en tu vientre por culpa de la Onda? —preguntó Piers, espantado.

—Después. No sobrevivió al parto. Nació deforme. Yo sé que fue por la Onda. Mi hijo estaba perfecto. Se veía bien en todas las ecografías anteriores. Fueron esos demonios y su repugnante Onda. Lo sé. Una madre siempre sabe esas cosas.

Piers no halló qué decir para que Anne se sintiera mejor. Había escuchado muchas historias horribles desde la Onda, pero las de las madres eran las que más le afectaban. Se alegró de que en ese momento regresara el chico a toda velocidad, con cara de buenas noticias.

—Creo que hemos llegado —anunció—. ¿Lo oís?

Se escuchaba un ruido lejano, como mecánico. El anciano y el hombre del cabestrillo asintieron.

—Me adelantaré para asegurarme de que no son demonios —dijo el chaval—. Seguid en aquella dirección.

Un par de manzanas más adelante, el chico regresó y confirmó que eran humanos. El resto del grupo no tardó en comprobar que era cierto, a menos que los demonios usaran autobuses y camiones para desplazarse. Conforme se aproximaban, el murmullo mecánico se transformó en el rugido de cientos de motores, tal vez miles.

La calle entera estaba invadida por todo tipo de vehículos. Los primeros iban equipados con palas excavadoras para retirar la nieve y los escombros, y allanar el camino de los que seguían detrás. Piers casi sintió que estaba ante un monumental atasco de tráfico, de los de antes de la Onda.

A continuación, marchaban camiones y autobuses en un número ingente e imposible de calcular, ambulancias, tractores, motos, incluso algún tanque. La variedad era asombrosa. Los vehículos presentaban diferentes estados de conservación, pero funcionaban, y se desplazaban con bastante orden, todos en la misma dirección. Si Piers no estaba equivocado, se encaminaban hacia la tormenta.

El grupo olvidó toda precaución y se acercó sin ocultarse, internándose por el centro de la calle. Piers vio muchas figuras plateadas moviéndose entre los vehículos, dirigiéndolos e impartiendo órdenes. Cinco de aquellas figuras fueron a su encuentro en cuanto advirtieron su presencia. Era evidente que los rumores que Anne había compartido con él eran ciertos. Se trataba de personas que vestían armaduras plateadas.

Cuando estuvieron a pocos metros de distancia, se detuvieron, sacaron cinco espadas grises y en un abrir y cerrar de ojos un símbolo extraño flotaba en el aire. Llameaba como un fuego de ceniza.

—¡Identificaos! —les gritó una voz amortiguada por el casco.

—Somos… —Piers vaciló—. ¡Identificaos vosotros, que sois los que tenéis esa pinta rara! ¡Tenéis que ser escoria si no veis que necesitamos ayuda!

El fuego gris desapareció. Las cinco figuras se quitaron el casco y se aproximaron, manteniendo una peculiar formación. Había una mujer, dos hombres… ¡y dos niñas! Tendrían unos diez años.

—¿Qué hacéis fuera de la zona de tránsito? —preguntó la mujer—. Deberíais estar en el Norte. Solo los civiles autorizados pueden entrar en Londres y aún no…

—¡Somos supervivientes, coño! —estalló Piers—. ¿Es que no lo veis? Limpiaos la mierda de los cascos y echad un vistazo. ¿Os parece que estamos dando una vuelta para estirar las piernas? Esta mujer tiene fiebre. A ese se le ha dislocado el brazo o algo. Llevo días sin comer… Y no te voy a decir qué cosas he tenido que llevarme a la boca para matar el hambre. ¿Vais a ayudarnos o a seguir preguntando gilipolleces?

—Disculpad —dijo la mujer en tono neutro—, pero la seguridad es prioritaria. Ya sabréis que hay demonios por ahí. Venid. Os daremos auxilio, por supuesto.

Volvieron a ponerse el casco y los rodearon para escoltarlos. Anne miraba fascinada las armaduras. Piers encontró molesto los murmullos metálicos que producían al moverse, pero tampoco pudo dejar de observarlos, asombrado. Las niñas, que avanzaban primero, no parecían tener problemas para caminar, por lo que Piers dedujo que aquellas corazas debían de estar fabricadas con algún material ligero.

La mujer se acercó a ellos.

—Os proporcionarán atención médica y alimentos —les informó—. ¿Tú puedes tener hijos? —le preguntó a Anne.

—Ummm, sí —contestó ella, un tanto extrañada.

—Entonces te unirás a nosotros. Necesitamos más mujeres para el ejército.

—Yo también me uno —dijo Piers sin pensarlo—. He sido agente de seguridad en la peor prisión del mundo. Estoy acostumbrado a mantener a raya a la escoria y a tener decenas de personas bajo mi mando.

—Bien —asintió la mujer—. Toda ayuda es bienvenida. Aquí aprenderás a cumplir las órdenes de una mujer sin rechistar.

Piers solía decirse que no era machista, para nada, pero ¿un ejército comandado por mujeres? ¿Lo había entendido bien? Desde el inicio de los tiempos, la guerra había sido cosa de hombres. Los grandes conquistadores y estrategas no eran precisamente mujeres. No era cuestión de machismo o feminismo, era el orden natural de las cosas. Con todo, se abstuvo de expresar su opinión al respecto mientras eran escoltados entre el torrente de vehículos. Más adelante, ya preguntaría a algún hombre.

No reconocía la calle por la que avanzaban, devastada por la explosión, pero era muy ancha. Los vehículos ocupaban los carriles exteriores, de modo que delimitaban un espacio por el que circulaba mucha gente, la mayoría soldados con armaduras, pero no todos. Algunos iban y venían, en bicicletas o andando, transportaban bultos, maletas, bolsas, baúles, cajas precintadas. Era una movilización colosal. Piers no sabía cómo podían organizarse tantas personas.

—¿Qué es todo esto? ¿Por qué no nos marchamos de la ciudad?

—¿No lo sabéis? —preguntó la mujer—. La niebla se acerca a Londres.

Anne se puso muy nerviosa ante la noticia y se unió a Piers en la tarea de sepultar a la mujer soldado bajo un montón de preguntas que no obtuvieron respuesta, como si rebotaran contra su armadura.

Ni la mujer ni sus cuatro compañeros hablaron más hasta llegar a un edificio que se conservaba en perfecto estado, justo en el borde de una línea hasta la que parecía haber alcanzado la onda expansiva. A partir de aquel punto, hacia el exterior, la ciudad volvía a tener un aspecto casi normal de no ser por la superpoblación de soldados plateados.

Al observar las marcas del suelo, Piers se percató de que se encontraban en el trazado de la antigua muralla de Londres. El panorama que se divisaba en adelante era desolador. Un río de personas fluía hacia la ciudad. Debían de venir de todas partes. Todos cargaban con sus pertenencias y sus familias, incluidos bebés y niños muy pequeños. Y la razón estaba allí, a lo lejos. Era una forma gris que ensuciaba el horizonte: la niebla.

Pasaron junto a una pequeña barricada en la que numerosos soldados organizaban a los recién llegados, que se amontonaban a la espera de un permiso.

—¿Usted puede tener hijos, señora? —oyó preguntar a uno de los soldados encargados de la organización—. Bien, entonces por allí, la nave industrial de la derecha. Presente este documento al oficial.

—¿Y mi hijo? —preguntó la señora—. ¿A dónde se lo han llevado? ¡Solo es un niño!

A Piers y a su grupo los obligaron a seguir caminando, con lo que no pudo escuchar el resto de la conversación, pero allí sucedía algo muy extraño. ¿Estaban tratando de repoblar Londres? ¿Por eso les preguntaban a todas las mujeres si eran fértiles?

El chico que los acompañaba había adoptado una expresión preocupada.

—A ti nadie te va a llevar a ninguna parte —le susurró Piers.

El muchacho permaneció a su lado, y Piers entendió que estaba asustado.

Los soldados que los escoltaban no se detuvieron hasta que llegaron a otro edificio que parecía un almacén. Piers reparó en que era la mujer la que departía con los oficiales, mientras que las dos niñas y los dos hombres se limitaban a seguirla. Realmente era ella la que estaba al mando. Se quitaron los cascos.

—Disolved la runa de enlace —ordenó la mujer.

Piers, Anne y los demás esperaron sin saber qué hacer en una estancia bastante amplia.

—¿Aquí podré alistarme? —preguntó Anne con mucho interés.

El hombre del brazo en cabestrillo se colocó a su lado y también prestó atención.

—Desde luego —dijo la mujer—. El chico también lo hará. Usted no puede —añadió dirigiéndose al anciano—. Enseguida le harán un chequeo médico.

—Un momento —gruñó Piers—. ¿Qué es todo esto? El chico no irá a ninguna parte sin que yo sepa…

Se produjo un alboroto algo más lejos, frente a una puerta muy gruesa, cerrada con cadenas del mismo tono plateado que las armaduras, donde dos tipos con el uniforme del ejército del Norte discutían con un hombre vestido de civil.

—Quedaos aquí —ordenó la mujer. Con paso resuelto se acercó a los que discutían—. ¿Qué es este alboroto?

Los dos uniformados se cuadraron ante la mujer.

—Este hombre insiste en visitar a la prisionera. Le hemos explicado que está tajantemente prohibido, pero no desiste.

El civil guardaba un semblante muy serio. Piers había tenido diferencias con toda clase de delincuentes peligrosos durante la etapa de carcelero anterior a la Onda, pero a juzgar por su mirada, no le hubiera gustado enfrentarse a aquel tipo. Además, tenía cierto aire ausente y miraba a todas partes, sin estarse quieto. Incluso arrojó una mirada casi violenta a Anne durante unos segundos. Parecía un poco loco, tal vez, desquiciado. Por su experiencia, Piers sabía que esos eran los peores.

—¿Es que sois estúpidos? —reprendió la mujer a los soldados—. ¿No sabéis quién es este hombre? Es Rick. Él nos salvó a todos allí arriba, así que más respeto.

Los soldados se quedaron estupefactos.

—¿Rick? ¿De verdad es él?

—No lo sabíamos.

El tal Rick no reaccionó a las muestras de admiración. Parecía meditabundo.

—Discúlpalos, Rick. Ellos no…

—¡No lo haré! —gritó de repente Rick. No se había dirigido a nadie en concreto, sino que miraba hacia una esquina en la que solo había polvo y telarañas—. Me golpeó en las cabezas cuando podía volar.

¿En las cabezas? ¿Volar? Piers no fue el único que se pasmó. La mujer, la que había asegurado la relevancia de aquel loco y el respeto que merecía, se quedó paralizada. El tipo se volvió de repente, dejó de hablar con la esquina o con el fantasma que solo su mente perturbada percibía, y se acercó a ellos. Mientras andaba, se desplazó bruscamente hacia la derecha, como si una mano invisible le hubiese dado un tirón. Piers sonrió al comprobar que no había perdido su instinto detector de lunáticos.

Rick se detuvo frente a Anne.

—Serás una excelente soldado —le dijo, esta vez hablando como una persona normal—. Te escuché decir que querías alistarte. ¿Te gustaría que te mostrara una armadura?

—Por supuesto —contestó Anne con una sonrisa.

—Un momento, pirado —dijo Piers.

Le puso a Rick la mano en el hombro para llamar su atención. Entonces creyó percibir un movimiento brusco, y después, sin saber cómo, estaba tumbado en el suelo y el hombro le dolía como si le hubieran golpeado con una viga de acero.

A continuación, Rick se abalanzó sobre Anne y le asestó un puñetazo brutal en el estómago. Ella se dobló, sorprendida y sin aliento, y Rick aprovechó para rodear su cuello con el brazo. Tiró y le arrancó la cabeza de cuajo.

El cadáver de Anne se desplomó en el suelo. Antes de que nadie pudiese reaccionar, Rick arrojó la cabeza inerte contra la del hombre que tenía el brazo en cabestrillo, que a juzgar por su expresión, no podía creer lo que acababa de presenciar.

—No fumes, por favor —ronroneó Lucy, todavía enroscada entre las mantas—. Todavía no.

Jack, sentado al borde de la cama, dejó el puro sobre la mesilla y suspiró. Se pasó la mano, ligeramente temblorosa, por la cabeza. Continuó de espaldas a ella.

—¿Por qué me quieres? —preguntó con un tono brusco que no era el más apropiado después de haber estado con una mujer—. No lo entiendo. ¿Por qué? Te doblo la edad.

—No exageres.

—Da lo mismo —repuso él, molesto—. Sabes lo que hice, te lo conté. No quiero mentirte, ni engañarte, a ti no. Lo sabes, así que dime, ¿por qué?

—Fue hace mucho tiempo, antes de la Onda.

—Es un reflejo de mi carácter y de lo que soy capaz de…

Jack agarró de nuevo el puro y lo encendió. Ella chasqueó la boca en señal de disgusto. Él liberó varias nubes de humo que se fundieron en una sola, más grande, y entonces se relajó.

—No deberías estar conmigo. Pensé que al contártelo lo entenderías.

—¿Qué hay que entender? ¿Desde cuándo se razonan los sentimientos? Anda, déjalo ya porque te pones en un plan que… Ven a la cama. Todavía tengo una hora antes de reunirme con Thomas. Tranquilo, solo quiero que nos tumbemos un rato y que me acaricies. Pero el puro se queda en la mesilla.

Sonaron voces al otro lado de la puerta, pasos de varias personas, alboroto. La nieve se estrellaba contra el cristal de la ventana. Jack dio otra calada.

—Acariciarte no negará la realidad. No cambiará el hecho de que estamos en un edificio en ruinas, abarrotado de gente asustada que se pregunta cuándo les darán la siguiente ración de alimentos. Somos de los pocos que tenemos una habitación solo para nosotros dos, por mis… privilegios. No importan las circunstancias, yo siempre vivo mejor que los demás. Quiero acariciarte, lo juro, más que cualquier otra cosa, pero no puedo. Lo siento… Me mirarás, me dirás que… Prefiero que te marches ya.

—¿Es un juego? ¿Tonteas? —Lucy se incorporó y lo abrazó por la espalda. Deslizó un mano por sus hombros y lo acarició; con la otra mano sujetaba la manta a su alrededor, que la protegía de la baja temperatura—. Te gusta hacerte el duro, pero hace un instante, en la cama, bien que…

—¡Basta! —Jack se levantó con brusquedad—. No voy a ir contigo. ¿Lo entiendes? Nunca he hablado tan en serio como ahora. ¡Quiero estar solo!

A Lucy le cambió la expresión de golpe. Entendió aquello que negaba, pero que ya sabía.

—Hay algo más —dijo mientras se vestía—. No me lo has contado todo.

Jack continuaba de espaldas. Fumaba muy deprisa.

—Os he contado todo lo que importa y todo lo que puedo contaros. Tenéis que salvar lo que queda de la humanidad. ¡Por Dios! ¿Crees que os ocultaría algo que pudiese ayudaros? Ni siquiera yo soy tan…

—¡Te guardas algo más! Quizá no nos ayude, pero eso que ocultas te está matando por dentro.

Jack se volvió y la miró a los ojos. Soltó una carcajada que a Lucy no le gustó en absoluto.

—Ya no me queda nada más que hacer. La situación es condenadamente simple. Hay que llevar a todo el mundo al Cielo antes de que la niebla se lo trague todo. Hay que organizar la logística y, si encontramos resistencia, ángeles o demonios que no nos quieran dejar pasar, habrá que luchar. Luchar o morir. Yo no sé casi nada de cuestiones militares o de intendencia, de eso se ocupaba Gordon. Thomas es la mejor opción. Aunque él no lo sepa, es el único con experiencia al mando de un ejército. Ya no me guardo ningún as en la manga, ningún truco que explotar. ¿Lo entiendes? Thomas es nuestra única esperanza. Y tú debes ayudarlo. Yo solo estorbaría... O algo peor.

—Todas las cosas que hiciste fueron para salvarnos, creías que era la única solución. ¡Qué importan los medios! Buscabas el bien de los demás.

—Poco me has escuchado. Ya era así antes de la Onda.

—Eras mucho peor. Has mejorado, has cambiado. Yo lo veo, noto tu preocupación. ¿Es que tienes miedo de fracasar? Si no lo intentas...

—Me muero, Lucy. ¿Es eso lo que querías saber? Estoy muy enfermo.

Se quedaron en silencio. Todavía se miraban, pero no se veían, tenían los ojos desenfocados. Lucy, anonadada, se estremeció con una violenta agitación en su interior. No se trataba únicamente de lo que sentía por él. Ella creía de verdad que Jack los salvaría, que se encontraba perdido momentáneamente pero que se reencontraría, y había confiado en ayudarlo en ese sentido. No podía creer que se estuviese muriendo.

Ahora, de repente, Thomas era de verdad la última esperanza de los hombres. Su opinión de él no era mala, pero estaba acostumbrada a que Jack lo dirigiera todo, razonando, discutiendo y convenciendo a cualquiera. Jack irradiaba una seguridad que nadie más podía igualar, ni siquiera Sirian, que era un ángel. Pero esa seguridad ya no regresaría, no se trataba de un bache temporal.

—¿Cómo de enfermo? ¿Te ha examinado un médico?

—El mejor de todos. Uno que aprendió del propio Dios, literalmente.

Era obvio a quién se refería.

—Sirian.

—El mismo —confirmó Jack—. No todas las dolencias pueden curarse. Ya ves que el propio Sirian es incapaz de sanar las quemaduras que deformaron su rostro.

Lucy trataba de mantenerse fuerte y que la noticia no le afectara, pero ya empezaba a aceptarla, sentía que era verdad. Y dolía.

—¿Cuánto tiempo?

—Seis meses como máximo. Probablemente tres.

—¿Qué... enfermedad?

—Antes, con Thomas, sí que mentí en un detalle insignificante. —Jack se sentó de nuevo al borde de la cama y cogió la mano de ella mientras hablaba—. El padre de Jimmy no fue el primer hombre con el que experimenté para ponerle unas alas de telio. ¿Recuerdas esa parte, la de los experimentos? Bien, pues el primero fui yo.

—Las cicatrices de tu espalda… ¿Cómo no me he dado cuenta? Antes, cuando tú y yo… Las toqué, me pregunté qué te habría pasado, pero no imaginé…

—Pensé que yo era especial. Una estupidez, lo sé, pero en cierto modo debo de serlo, porque no morí en dos días como los demás, tras sufrir una agonía que ni te imaginas. Por eso probé con otras personas, porque creí que la muerte del padre de Jimmy pudo haberse debido a algún imprevisto durante la operación. Resultó que el imprevisto era yo y no ellos, supongo que por lo que sucedió en Black Rock. El caso es que obtuvimos ciertos resultados y continué, a pesar de las vidas. Meses después me examinó un ángel y me lo dijo.

—Podían haberse dado cuenta antes. No es culpa tuya.

—Lo entendimos precisamente tras la muerte de uno de los… candidatos. Algo en su cadáver… No sé nada sobre el arte de la sanación, pero ese ángel vio algo que luego encontró dentro de mí.

Lucy apretó con fuerza la mano de Jack.

—Nos ocultaste tu enfermedad a todos. Querías que pensáramos que eres peor persona de lo que has demostrado al experimentar primero contigo que con ningún otro.

—Lucy, por favor…

—Sabes que sigues siendo el más inteligente y que de un modo u otro dependemos de ti. Por eso intentas que te veamos como una persona despreciable, para que aprendamos a valernos por nosotros mismos.

Jack la cogió por los hombros y la besó. Un beso largo y al mismo tiempo demasiado corto.

—Dices eso por lo que sientes por mí —repuso él apartando de nuevo la mirada—. Ese beso ha sido una despedida. No te he mentido en nada, no busques conclusiones rebuscadas, no hay dobles sentidos. Acepta como soy. Y ahora vete. Tenéis que ir al Cielo lo antes posible. No sabemos quién o qué ha despejado el acceso al Cielo, pero podría cerrarse de nuevo. Si eso sucede, será el fin.

Se encendió otro puro. Lucy advirtió que el anterior estaba medio consumido, pero no acabado.

—Ven conmigo —suplicó. Tenía que intentarlo una última vez—. Rick me pidió que te vigilara. Pasa tus últimos días a mi lado, luchando contra esa enfermedad, contra los demonios, contra lo que sea. ¿Por qué hemos estado juntos ahora, en esta cama? Sabíamos lo que nos esperaba cuando saliéramos por esa puerta, pero queríamos tener un momento de tranquilidad, recordar por qué luchamos y cuál es el sentido de todo. Sin un ser querido no…

—No puedo, Lucy. Tengo que irme, tengo una última cosa que hacer antes de que llegue mi final.

—¿Raven?

—No exactamente.

—Los dos que provocaron la Onda, los que entraron en Black Rock con Raven. Vas a buscarlos, ¿verdad? ¿Quiénes son?

—¡No hables de ellos! ¡Nunca! —Jack tenía los músculos de la cara en tensión—. No vas a acercarte a ellos jamás. ¿Me has entendido bien? No es asunto tuyo.

—No me grites, Jack. ¿Por qué te pones así conmigo? Nunca te había visto tan furioso con nadie.

—Perdón. —Jack se ablandó un poco, pero enseguida volvió a adoptar una actitud seria—. Pensé que habían muerto con la Onda, pero Rick me confirmó que el niño sigue vivo. Y por lo tanto el otro también, en alguna parte. No quiero que tengas ningún contacto con ellos, nadie debe tenerlo. Para mí ya es tarde, pero sé muy bien de lo que son capaces. Demasiado bien. Y sé por qué estalló la Onda.

Vyns sacudió las alas con mucha energía.

—Al menos aquí dentro no nos mojamos —dijo aliviado.

Él y Asius se encontraban en el interior del Mirador. La montaña se elevaba sobre ellos como un cono gigantesco. Por dentro, la roca era blanca, y su superficie, lisa y pulida.

—No veo un pijo —bufó Vyns.

—Desenvainemos las espadas —sugirió Asius.

A la luz que despedían las armas, la estancia apareció débilmente ante sus ojos. El interior siempre había estado iluminado, además de con la luz que todo lo inundaba, con un resplandor que reverberaba en las paredes y los cristales, apilados ordenadamente.

Ahora, sumido en las tinieblas, el aspecto del Mirador era más bien tétrico. Asius y Vyns dibujaron un par de runas cada uno en el aire antes de guardar sus espadas. El resultado no fue mucho mejor, ya que el fuego que brotaba de la runa de Vyns se mezclaba con el hielo de la runa de Asius, lo que producía una mezcla lechosa y tenue que se difuminaba rápidamente al llegar a las paredes.

Vyns sintió un leve escalofrío en la espalda.

—El conducto parece intacto —advirtió.

En el centro cuatro alas de piedra estaban dispuestas formando un cuadrado perfecto. Entre ellas se generaba una corriente de aire ascendente que los ángeles empleaban para elevarse hasta la cima o a la altura deseada. Era un conducto idéntico al que los moldeadores habían creado tras la Onda para poder volar entre los diferentes niveles de la Ciudadela.

Alrededor había muchos cristales, forrando las paredes y convirtiendo la estancia en un pequeño laberinto, y en la parte posterior, la más alejada de la entrada, estaban amontonados sin más, esperando a que alguien tuviera tiempo de ordenarlos.

Antes de la Onda, todos aquellos cristales flotaban a lo largo de la pared interior de la montaña, pero con la explosión, la inmensa mayoría cayeron, perdida la capacidad de flotar, como los ángeles, excepto unos pocos que aún permanecían en su ubicación. Los habían estudiado, pero nadie había descubierto aún por qué continuaban intactos.

—Espero que no tengamos que rebuscar entre todos esos. —Vyns señaló el montón de los que permanecían sin clasificar.

—No hará falta —aseguró Asius, paseando y buscando con la mirada—. Las actas del Consejo y de los tres Justos son fáciles de reconocer. Son los únicos cristales completamente redondos; los demás son poligonales.

Vyns asintió aburrido ante la idea de ponerse a leer informes.

—Oye, seguro que tú puedes encontrarlos solito, que eras un consejero. Yo voy a ver si veo a Raven, ¿vale?

Por si Asius se negaba, Vyns había activado el conducto mientras hablaba, y antes de pronunciar la última palabra, ya había saltado al interior del cuadrado. Desplegó las alas y el aire lo elevó. El tirón hacia arriba lo animó y deseó que el ascenso no terminara nunca. A Vyns le encantaba volar y sentirse ingrávido, nunca olvidaría ese placer y, aunque la corriente del conducto era un pobre sustituto, no pudo evitar que apareciera una sonrisa en su rostro mientras Asius se hacía más y más pequeño allá abajo.

Las paredes del Mirador se estrechaban conforme iba ganando altura, hasta culminar en un borde circular. Vyns salió con suavidad y contempló por un instante la quinta esfera, los bosques, los desiertos y las montañas, suspendidos unos sobre otros, los lagos que derramaban agua sobre las tierras que flotaban debajo. Y también las sombras que proyectaban, que ocultaban porciones enteras de terreno y daban un aspecto lúgubre al paisaje. Al menos, a esa altura no llovía, dado que la masa de nubes quedaba muy por debajo de su posición.

A Vyns se le encogió el corazón ante lo que debía ser la vista más hermosa de las siete esferas. Se le encogió todavía más cuando advirtió una nube completamente negra que se revolvía con violencia. Aquella nube era desagradablemente familiar, repugnante...

¡Era la niebla! ¿Cómo era posible? Vyns retrocedió asustado y a punto estuvo de caerse.

—¡Me cago en...

Recobró el equilibrio y se obligó a tranquilizarse. Nadie sobreviviría a una caída desde la montaña más alta de toda la Creación, ni siquiera planeando. Además, se había asustado como un estúpido menor. La niebla era solo una imagen, proyectada en un pequeño pantano que flotaba algo más abajo, en cuyas aguas cristalinas los ángeles observaban el mundo de los menores.

Vyns trazó unas runas para que el pantano mostrase distintos puntos del plano de los menores, pero solo aparecía la niebla. La invasión de las sombras en la quinta esfera debía de ser la explicación a ese mal funcionamiento. El observador maldijo. Así no daría con Raven, algo que por otro lado sabía que era prácticamente imposible, ya que podría estar oculto en cualquier parte y se sospechaba que era invisible al Mirador.

En realidad, Vyns había subido solo para escapar del aburrimiento, sin otra pretensión que dejar a Asius husmear entre tanto informe, seguro que luego le haría un resumen de lo que averiguara. No obstante, le molestó que no funcionara el Mirador y decidió bajar, por si pudiera arreglarlo. Desplegó las alas y, al instante, se detuvo.

—¡Piensa, Vyns! —se recriminó—. ¡Idiota! ¿Cómo piensas volver?

Planear hasta el pantano era sencillo, pero no podría regresar a la base de la montaña. Así que saltó al interior y descendió en busca de Asius. Seguro que él sabría qué estaba pasando.

Bajar era complicado y divertido al mismo tiempo. Vyns planeaba hasta que se embalaba; entonces se internaba en la ráfaga del conducto de aire, que lo frenaba, para después salir de la corriente y continuar cayendo.

Así aterrizó poco más tarde, con algo menos de elegancia de la que le habría gustado.

—Espero que Asius no me haya visto —murmuró frotándose la rodilla, que le dolía un poco del choque contra el suelo—. ¡Eh! ¡Asius! ¿Dónde estás? No te vas a creer lo que he… ¡Joder!

Una bestia enorme asomó entre los cristales apilados. Tenía el pelo negro y los colmillos afilados. Sus cuatro patas terminaban en garras envueltas en llamas. Era una maldita sombra de las que invocaban los demonios.

—Tranquilo, chucho —susurró Vyns.

La sombra lo observaba atentamente, pero no se movía. A Vyns se le ocurrió que era una buena idea imitar al bicho y permanecer quieto. Si sacaba su espada, podría enfadarle.

«¡Qué feo es el condenado!», pensó Vyns tras varios segundos examinándolo, inmóvil y en silencio. Como no sucedía nada, empezó a impacientarse.

Entonces se oyó un silbido. Un arco de hielo pasó frente a su rostro, tan cerca que le removió el pelo, y se estrelló a los pies de la sombra. El animal gruñó. Se le erizó el lomo y dejó a la vista sus enormes colmillos.

—¡Muévete, Vyns! —gritó Asius a su espalda.

Vyns se movió, pero no como él esperaba, porque resbaló, o tropezó, probablemente consigo mismo, y terminó en el suelo en una postura incómoda y poco adecuada para pelear. Asius corría hacia él con la espada de hielo sujeta con las dos manos.

—¡Aquí! —gritó alguien con tono autoritario—. ¿Dónde te habías metido?

¿No estarás mordisqueando algo, verdad?

La sombra agachó las orejas y escondió los colmillos. Se dio la vuelta y desapareció. Asius la siguió con cautela, sin relajar los músculos ni guardar la espada. Vyns se apresuró a colocarse detrás de él.

—Esa voz me sonaba —murmuró Vyns—. ¿A ti no?

Asius le mandó callar con un gesto de la mano. Caminaron entre las paredes repletas de cristales. Alcanzaron a ver la cola del animal en una esquina, pero Asius no apretó el paso, aunque Vyns se moría de ganas de echar a correr y atraparlo, convencido de que los conducía a una trampa.

Llegaron a un espacio abierto donde había muchos cristales tirados por el suelo. En un lado sobresalía un pequeño montículo de piedra que una figura oscura y pequeña utilizaba a modo de mesa. La sombra estaba sentada sobre las patas traseras, con la cabeza agachada, en gesto sumiso.

—Esto son reliquias, auténticas joyas del conocimiento y el saber. Ese es el motivo por el cual no puedes morderlas, ¿entiendes? Oh, no, no estoy enfadado. Solo te lo explico con el fin de que…

—¡Es Capa! —gritó Vyns—. ¡Es una trampa!

—¡Asius! —exclamó Capa, volviendo su capucha negra hacia ellos—. ¡Qué dicha la de verte de nuevo! ¿Os debo a vosotros las runas que me han proporcionado esta deliciosa luz para la lectura? —Capa golpeó con toques cariñosos la cabeza del animal y se adelantó un paso. Luego se inclinó en una reverencia extravagante y ridícula al mismo tiempo—. Un bello gesto el vuestro que debo agradeceros, sin duda, aunque del todo innecesario. Después de una larga temporada en el Agujero, mi visión en la oscuridad ha mejorado considerablemente. Sin embargo, queridos amigos, el detalle es lo que cuenta, ¿no es cierto? A propósito, ¿a qué se debe que llevéis las espadas prestas para la lucha? No será por mi pequeña, ¿verdad? —dijo acariciando a la sombra—. No peligra mi honor si os doy mi palabra de que es muy obediente y solo quería jugar un poco. Se aburre, la pobre, como no puede deleitarse con el placer de la lectura.

El monstruo al que Capa se había referido como «mi pequeña» estiró los labios en lo que tal vez se podía considerar una sonrisa y frotó su cabeza contra el hombro del Niño, que le quedaba a la misma altura.

—Nos está engañando con toda esa palabrería, Asius, haz algo —pidió Vyns, muy excitado—. Dale caña, ese niñato se sabe un montón de trucos raros.

Asius se limitó a bajar el arma, aunque no la envainó.

—¿Trucos? ¿Acaso ves algo en mí que te resulte amenazador? —se ofendió Capa—. Ah, entiendo, te refieres a mis nuevas alas. Un terrible y desafortunado accidente me privó de las originales. Os contaría los detalles, pero la narración de dramas no es mi cualidad más destacada —dijo llevándose la mano al pecho y soltando un largo suspiro—. Además, ya tenemos luctuosas noticias en demasía, no amarguemos un encuentro tan especial como este. Con todo lo que tengo que enseñaros… Sobre todo a ti, Vyns. A menos que mi intuición ya no sea más que una desdichada sombra de lo que era, me atrevería a aventurar que deseas más que nadie volver a surcar los cielos.

—¿Es posible? —Vyns dio un paso adelante involuntariamente, con la boca abierta—. ¿Me puedes enseñar a…?

—¡Vyns! —ordenó Asius.

—Eh… Sí, ya estoy —dijo Vyns regresando al lado de Asius—. No le he creído, te lo juro. No soy tan palurdo, aunque, claro, tenía que comprobarlo, solo por si…

Asius le dio un golpe con el ala para que se callase.

—¿Qué haces aquí, Capa? ¿Estás solo?

—Ciertamente —Capa asintió con un gesto exagerado—. Mis recientes e insalvables obligaciones me han conducido por un camino solitario. Mi presencia en este tan sublime lugar se debe a mi pasión por la lectura. Oh, sí, y a cierto altercado que sufrí en Oxford, algo totalmente contrario a mis deseos. El caso es que la mala fortuna quiso que destruyera por accidente un edificio en el que tuve el inmenso placer de encontrarme con unos menores de lo más brillante que, reunidos en otro incomparable lugar, no tan mágico como este, por supuesto, componían un ameno club de lectura y formulaban disquisiciones variadas sobre ciertas sagas de fantasía. Como seguro comprenderéis, la culpa me está devorando sin la menor piedad por mi inexcusable torpeza, y como mis queridos amigos perdieron sus libros, se me ocurrió acompañar mi disculpa con algunos ejemplares. ¿Y qué lugar mejor para encontrar una buena lectura que este? —preguntó encogiéndose de hombros.

—Ya basta, Capa —dijo Asius—. No sé a qué juegas, pero no te creo…

—Desde luego, vaya una chorrada esa de los libros —susurró Vyns.

—O me explicas qué haces aquí o tendré que tomar medidas.

Capa ladeó la cabeza con gesto reflexivo. Retiró la capucha y acarició su barbilla.

—El protocolo, sí, lo recuerdo. Un consejero como tú debe cumplirlo. No había tenido ocasión de felicitarte por tu ascenso. No obstante, un consejero no me infligiría daño alguno, ¿cierto? Me entregaría a los custodios, en todo caso.

—Para tu desgracia —Asius lo apuntó con la espada—, ya no soy consejero, ni tengo que seguir protocolo alguno porque me han desterrado. Así que habla y deja de inventar historias.

Capa cayó de rodillas y se puso a temblar. La sombra, a su lado, endureció la expresión y erizó el lomo. Clavó en los ángeles una mirada furiosa.

—¿Desterrado? ¿Cómo es posible? —se lamentó Capa—. ¡Craso error! ¡Es del todo inaceptable! Tendré que hablar con Renuin para subsanar este malentendido, pues no puede tratarse de otra cosa. Puedes contar conmigo, Asius —añadió volviendo a levantarse y recobrando la compostura.

—Así no llegaremos a ninguna parte —suspiró Asius—. Vyns, revisa los cristales que estaba leyendo.

—¿Yo? ¿Acercarme a ese chiflado?

—Oh, sí, adelante, adelante. —Capa señaló con los brazos abiertos la mesa, mientras retrocedía un par de pasos. El animal también se retiró, adosado a Capa en todo momento—. Comprueba tú mismo que la mentira y la falsedad no son cualidades que se puedan relacionar con mi buen nombre.

—Sujeta al chucho, ¿eh? Que no me fío ni un pelo —le advirtió Vyns—. Ummm… ¡Pues era verdad! El Niño estaba buscando novelas, el muy… —Vyns revisó varios cristales a toda prisa—. Aquí hay una recopilación de libros de misterio y… ¿Qué es esto? ¡Joder! ¡Este fuego es mío!

—¿A qué te refieres? —preguntó Asius.

Vyns agitó en el aire un cristal octogonal.

—Este es un informe que redacté yo mismo. Mira, son mis runas. —Asius se acercó a examinarlo. Efectivamente, los símbolos de fuego que ardían en el cristal eran de Vyns—. ¿Por qué cotilleas mis informes? —le preguntó a Capa, irritado.

—¿Qué dice el informe? —se interesó Asius.

—Y yo qué sé, he redactado millones. A ver, deja que mire… Mierda, una errata. Es porque tenía prisa cuando lo escribí, ¿eh?, que mi ortografía es excelente. Espera que lo corrijo y…

—Vyns.

—Vale, vale. Veamos… Es de antes de la Onda, claro… Sí, esto es en Chicago, a saber qué… ¡Espera! ¡Ya lo tengo! Son dos tipos muy raros que perseguí, sí. Los muy cerdos…

—¿Quiénes, Vyns? ¿Quiénes eran?

—¡No lo sé! ¡Esa maldita norma de no intervenir en los asuntos de los menores! Estuve a punto una vez, pero Lyam no me dejó pillarlos. Se traían algo entre manos, seguro, hacían cosas muy extrañas. Y también los vi en Londres. ¡Lo sabía! ¡Yo tenía razón!

—Una observación fascinante —comentó Capa—. Sin duda haces honor a tu cometido como observador. ¿Se me permite preguntar a qué actividades extrañas te refieres? No figuran en el informe.

—¡Ya he dicho que no pude intervenir! —se enfureció Vyns.

—Suficiente. —Asius se volvió hacia Capa—. Quiero que nos expliques quiénes son esos dos tipos y por qué estás interesado en ellos. —Su tono y su expresión traslucían una amenaza evidente.

La sombra rugió. Se levantó sobre las dos patas y lanzó un aullido.

—Nada me encantaría más que prolongar esta amistosa y cariñosa charla —repuso Capa con otra de sus reverencias—. Espero que podáis excusarme, pero tengo que darle un paseo para que haga sus necesidades. No encuentro apropiado que mi pequeña ensucie este templo a la cultura, que por supuesto considero sagrado.

Capa se escabulló entre las pilas de cristales entre ágiles saltitos, con el manto negro dando botes sobre su espalda. El animal lo siguió dócilmente.

Aunque tardó un poco en reaccionar, Asius salió en su persecución. Se detuvo nada más doblar la primera esquina.

—¿Dónde se ha metido? —preguntó Vyns a su lado.

No había el menor rastro de Capa ni de la sombra. Era como si nunca hubiesen estado allí. Tantearon a su alrededor, pero era obvio que habían desaparecido.

Regresaron a los cristales. Asius parecía enfadado mientras rebuscaba entre los que Capa había dejado sobre la mesa.

—Yo no le haría mucho caso —dijo Vyns—. Está claro que le falta un tornillo.

—Capa no está loco —aseguró Asius—. Buscaba algo, puede que ese informe tuyo o puede que se tratara de algo más. Mira esto.

Asius apartó los cristales y se quedó con unos pocos, que desplegó ante Vyns.

—¿Mapas? —preguntó el observador—. ¿Para qué los quiere?

—De antes y después de la Onda —confirmó Asius—. ¿Lo ves?

—¿Por qué le interesan los cambios ahora?

—No lo sé, pero ha marcado un punto concreto. ¿Reconoces esas llamas?

Había un pequeño círculo de fuego que sin duda era de Capa, pues contrastaba claramente con el fuego del moldeador que había registrado los mapas.

—Es una cordillera bastante grande de la segunda esfera —dijo Vyns.

—¿Y este otro lugar?

—¡Será posible! Es el callejón en el que apareció Raven tras la Onda.

—Exacto —confirmó Asius—. Raven tiene algo que ver con esos dos tipos que perseguías, y para establecer una conexión, Capa ha estado comparando los mapas. Los menores se quedaron paralizados y conscientes durante la Onda, al revés que nosotros, que perdimos el sentido y nos desplazamos.

—Dímelo a mí. Me empotré contra un árbol cuando recobré el sentido.

—Las esferas también se desplazaron, sufrieron cambios. De hecho, así fue como los neutrales lograron escapar de su reclusión. Esos dos individuos debieron pasar por un proceso parecido y creo que Capa intenta reconstruir el estado anterior a la Onda para saber dónde se encontraban y poder dar con ellos.

—¿Crees que también pueden ser como Raven? ¿Especiales?

—Espero que no —dijo Asius—. Ahora solo falta averiguar lo que Renuin sabía de todo esto. Busquemos las actas de los tres Justos.

CAPÍTULO 6

Rick estaba centrado en su enemigo, en abatirlo cuanto antes aprovechando el factor sorpresa. Le había golpeado, duro, con la cabeza que le había arrancado a la mujer. El golpe no había sido gran cosa en cuanto a fuerza, pero fue suficiente para distraerlo, por lo imprevisto y por su rapidez de movimientos. Muchos enemigos habían muerto en combate por una distracción o un descuido sin saber siquiera de dónde había provenido la bala que les había perforado la cabeza.

Ya solo restaba terminar con él antes de que se recuperara. Era el único pensamiento que ocupaba la mente de Rick. Por eso no lo vio venir.

—¡Detenedlo!

Lo derribaron desde atrás y por la derecha, y enseguida, sin apenas tiempo entre los golpes, también lo atacaron por la izquierda. Rick cayó bajo el peso y se dio con la cabeza contra el suelo, pero no notó dolor alguno. Estaba excitado por la adrenalina y el combate.

Se revolvió. Asestó un puñetazo y uno de los agresores salió volando. Había notado algo extraño al golpearlo, pero no podía detenerse a reflexionar sobre ello, quedaban muchos más, al menos tres, y los tenía justo encima. Casi se desgarró la garganta al proferir un grito de desesperación, pero el aullido lo ayudó a reunir sus fuerzas para levantarse y sacudirse a los que tenía encima.

Los numerosos golpes que recibió no lo detuvieron. Rick, sin embargo, logró agarrar a uno de ellos por el cuello, pero al instante se detuvo. Los pies de su agresor no llegaban al suelo. Rick, confuso, enfocó la vista que la rabia había nublado, y vio que sujetaba a un niño que vestía una armadura metálica.

—¿Por qué me atacáis? —preguntó soltándolo—. ¿Es que estáis locos?

Lo rodearon cinco personas, todas con armadura. Era un cuerpo, una unidad de combate. Ahora que pensaba con claridad, lo recordaba.

—¡Acabas de matar a esa mujer! —le dijo el corazón, la mujer que comandaba el cuerpo. Los demás se disponían en formación, preparados para saltar sobre él—. ¡Tienes que calmarte! Seguramente es estrés por la guerra. Le ha pasado a muchos. ¡Baja los puños!

No era estrés y, en tal caso, no sería por la guerra, claro que para que aquella mujer lo entendiera tendría que haber estado en el Infierno.

—¡Apartaos de mi camino, idiotas! —rugió Rick—. ¡No era una mujer!

La advertencia llegó tarde. Un titán se materializó justo detrás de los dos soldados que Rick tenía delante. Su puño de roca y fuego se estrelló contra el suelo. Habría aplastado a uno de los soldados, de no ser por una patada de Rick en el último segundo, que lo apartó de la trayectoria del golpe.

Pero la maniobra le hizo perder el equilibrio y el segundo puño no lo pudo esquivar. Lo alcanzó de refilón, suficiente para que Rick cayera a varios metros de distancia.

—¡El del brazo en cabestrillo es un evocador y ha traído al titán! —gritó, incorporándose—. ¡Son demonios infiltrándose entre nosotros!

El brazo ya no estaba en cabestrillo y de su espalda nacían dos alas repletas de plumas negras. En su mano ardía una espada; en el suelo, a sus pies, flotaba una runa de fuego verde. Rick maldijo. Al demonio le había dado tiempo a invocar al titán por culpa de los soldados que se le habían echado encima. Era difícil adivinar si el evocador podría traer más titanes, pero, por si acaso, impedirlo era prioritario.

El titán alzó el puño para golpear a las niñas. Falló, solo porque las superaba en tamaño y su acometida había destrozado el techo, lo que le frenó un par de segundos. Eso, añadido al hecho de que el monstruo no era muy rápido, bastó para que se apartaran.

—¿Podéis contener al titán? —preguntó Rick.

—¡No estamos enlazados! —contestó la mujer esquivando escombros que caían desde arriba—. Necesitamos un minuto.

Esquivando al titán, Rick se dirigió hacia el demonio que había fingido ser un hombre con el brazo herido. Tenía que eliminarlo para que perdiese el control sobre el titán, incluso aunque eso significara abandonar a los cinco soldados.

El demonio debió juzgar que podía acabar con él sin apenas esfuerzo, porque no ordenó al titán que lo detuviera, sino que lo lanzó contra los cinco soldados. Una sonrisa asomó a su rostro mientras Rick corría hacia él.

Iba desarmado, pero Rick contaba con que el demonio lo subestimara y dibujara cierta runa de ataque. No se equivocó. Además sabía que ese símbolo necesitaba tres trazos para estar completo y que, antes de que lo acabara, él ya estaría sobre el demonio, que no imaginaba la fuerza que tenía Rick, muy superior a la de un menor. El demonio lo descubrió cuando su cabeza se volvió bruscamente hacia atrás después de recibir un puñetazo. Rick, veloz, le desarmó con una patada en la muñeca. Recogió la espada del suelo.

—Siempre recurres a la misma runa —le dijo—. Y siempre tardas demasiado en el segundo trazo. Nunca aprenderás. Tuviste suerte en la Primera Guerra.

El demonio lo miró con los ojos desencajados.

—¿Quién eres? ¿Cómo sabes eso?

—¡Aaaaaaaaaaaaaaah! —El hombre que acompañaba a ese grupo de infiltrados, se acercó por detrás del demonio, gritando enloquecido—. ¡Toma esta, escoria de mierda! ¡Así las gasta el jefe Piers! —Le asestó un golpe en la cabeza con algo que parecía ser un palo de madera. El palo, como cabía esperar, se partió por la mitad ante el asombro de aquel pobre tipo, que se quedó atónito y con expresión acongojada, como si en vez de perder un palo cualquiera, hubiese destrozado su propio brazo—. ¡Carlota! ¡Dios, qué he hecho!

Rick aprovechó el desconcierto del demonio y enterró la espada en su pecho, justo antes de que agarrara al tal Piers, que claramente estaba desquiciado, y lo despedazara.

—No sé si eres valiente o estás loco —le dijo Rick al hombre—, pero no vuelvas a atacar a un demonio con un palo.

—Carlota… —sollozó Piers. De repente echó a andar hacia un anciano que se había acurrucado en una esquina—. Me engañasteis, pichones, Anne me dijo que estuvo embarazada y todo. Pero tú no vas a reírte de mí.

—¡No! —Rick lo sujetó por el brazo—. El viejo no es un demonio.

—¿Cómo lo sabes?

Rick no tenía tiempo de explicárselo. Un estruendo terrible le recordó que aún quedaba un problema que resolver. El titán, descontrolado tras la muerte de su amo, había decidido salir al exterior derribando una pared entera. Rick también fue tras el monstruo de piedra.

A un lado de la calle ardía un coche, completamente aplastado. Desde el edificio, las huellas apisonadoras del titán habían planchado todo lo que había encontrado a su paso; ni el asfalto se había librado de su peso compresor. La gente huía despavorida, pero eran demasiados los que se apelotonaban allí, se tropezaban entre ellos y entorpecían a las unidades de soldados con armaduras que trataban de aproximarse al titán. El gigante de piedra, en su huida alocada, arrasaba con todo.

Una onda de fuego plateado se estrelló contra el monstruo sin más efecto que ralentizarlo un poco y, durante unos segundos, cambiar el color de sus llamas en el pecho, donde había impactado la descarga. Rick buscó con la mirada y arriba, asomados desde una azotea, vio a cinco hombres. No tenía tiempo de explicarles que las runas que empleaban no surtirían efecto contra ese enemigo.

Rick lanzó un arco de llamas justo en la pierna que logró desestabilizarlo un poco, lo suficiente para que el gigante reparara en él. Al instante, rasgó el aire con una estela de fuego, comenzando el primer trazo de una runa defensiva. Al querer dibujar el segundo, su brazo no obedeció la orden de su cerebro. Quería cortar con la espada, conocía el punto exacto en el que debía cruzar para que la runa funcionara, pero se quedó paralizado.

El titán aprovechó la situación. Descargó su enorme puño sobre la espalda y lo aplastó contra el suelo. Dolió. Rick rodó a un lado por puro instinto y acertó, porque el puño de roca se estrelló a un palmo escaso de distancia, abriendo un nuevo agujero en el asfalto.

Rick estaba aturdido. Por suerte, el gigante recibió nuevos impactos de fuego plateado y se olvidó de él, al menos por un momento. La cabeza de piedra se alzó un tanto, brillaron las pequeñas llamas rojas que le servían de ojos. A Rick le dio la impresión de que había localizado a sus atacantes en la azotea de la casa. Supuso que el titán iría hacia allí, encolerizado, con lo que ganaría algo de tiempo para recobrar el aliento.

Sin embargo, el titán tenía otros planes. Agarró un camión y lo levantó, despacio, aunque sin esfuerzo. Rick no podía creerlo. No sabía si podría arrojarlo tan lejos, pero si lo intentaba, acertara o no, ese camión terminaría aplastando a muchos.

Corrió hacia el monstruo tan rápido como pudo, resuelto a atizarle en la espalda con todas sus fuerzas. No vio más llamas plateadas contra el titán, lo que le pareció un terrible error. Había que destrozar el camión antes de que...

Oyó un grito, alzó la vista y vio al conductor que estaba atrapado en la cabina, luchando por abrir la puerta. Seguramente los soldados también lo habían visto y por eso habían detenido los disparos. El titán continuó alzando el camión por encima de su cabeza.

En último instante, Rick cambió de idea y saltó, para aterrizar sobre los hombros del gigante, pisando las llamas que lo rodeaban. Le asestó una patada en la cabeza, con la esperanza de aturdirlo o distraerlo, y se impulsó para saltar de nuevo. Calculó bien, porque acabó justo en la puerta de la cabina del camión.

—¡No se abre! —se desesperó el conductor.

Rick rompió el cristal con el puño desnudo y luego arrancó la puerta de cuajo.

—Rueda al llegar al suelo —le advirtió.

Agarró al conductor por un brazo y tiró. El tipo cayó con estrépito a varios metros de distancia; romperse algún hueso era mejor que acabar convertido en papilla.

Ahora tenía que evitar que el titán arrojara el camión contra el edificio desde el que le disparaban los soldados. Rick saltó de nuevo sobre el titán. Colocó la espada con la punta hacia abajo. No pensaba, solo actuaba por instinto. Tal vez lo que había aprendido en el Infierno había marcado su forma de reaccionar al peligro. Enterró la espada en la cabeza del monstruo.

El titán vibró un poco. Uno de los brazos cayó, dejando que la parte de atrás del camión se estrellara contra el suelo. Sin embargo no murió. Agitó el brazo como en convulsiones, que destrozaron farolas y la fachada de un edificio, y en su agonía continuó arrastrando el camión.

Rick tuvo que agarrarse al pomo de la espada para no perder el equilibrio. Luego rodeó el cuello con las piernas y descargó puñetazos contra la cabeza. Golpeó una y otra vez. Lo envolvieron las llamas, los nudillos le sangraban, pero Rick no se detuvo. Esperaba que el crujido que había empezado a oír proviniera de la roca y no de los huesos de su mano.

Asestó otro puñetazo. El fuego rodeó su rostro y se le llenaron los ojos de lágrimas. No veía nada, pero no cejaba en el empeño. Descargaba toda su fuerza sobre la cabeza del titán, o eso creía, porque ya no sentía los brazos.

—¡Para! ¡Detente! ¡Lo has conseguido! ¡Le has hecho pedazos!

Había más voces a su alrededor que le gritaban. Rick se frotó los ojos y vio que estaba en el asfalto, en medio de un montón de rocas dispersas a su alrededor. Los restos del camión echaban humo a pocos metros de distancia. Le sangraban las manos y jadeaba. Y ahora que se iba calmando, también era consciente del dolor que recorría su cuerpo. Sus ropas estaban abrasadas por las llamas del titán.

Mucha gente se había acercado. Cientos de rostros lo miraban, resguardados del frío entre gruesos abrigos. Medio desnudo y sangrando, Rick no debía de ofrecer una imagen agradable.

—¡Es un ángel! —gritó alguien.

—¡Nos ha salvado!

—¡Acabó con el demonio él solo!

Más reconocimientos se unieron a aquellos. Lo vitoreaban, lo miraban con alegría y esperanza. Y Rick, sin saber por qué, no se sintió bien por ello.

—¡Escuchadme! ¡No soy un…!

Una mano metálica lo agarró por el hombro y tiró de él.

—Ahora sí eres un ángel —le dijo una voz desde el fondo del casco.

Rick sabía que era una mujer, que junto a los cuatro que estaban a su lado formaban un cuerpo. Vio a más soldados que se interponían entre él y los civiles.

—¿Qué está pasando?

La visera del casco se deslizó a un lado.

—¿Qué importa si eres o no un ángel? —dijo la mujer—. Para ellos lo eres.

Eres mucho más, eres esperanza. No mates esa ilusión. Necesitan creer en algo. Y es la segunda vez que nos salvas. Sí, yo estuve en el Cielo y te vi enfrentarte a Tanon. Toma, ponte este abrigo. Parece que siempre terminas desnudo.

Rick obedeció y se vistió. Dudaba sobre la conveniencia de dejar que la gente basara su esperanza en que él tuviera un origen divino. Ni siquiera sabía en qué consistía su enlace con Yala, podría dejar de funcionar en cualquier momento.

Seguían aclamándolo mientras se retiraba, escoltado por los soldados.

—Un momento. —Rick se detuvo en seco—. El conductor del camión...

—Está bien —aseguró la mujer—. Solo tiene magulladuras y contusiones sin importancia.

Regresaron al almacén donde Rick había desenmascarado a los demonios. Piers continuaba allí, consolando a un chico que parecía muy impresionado por todo lo sucedido.

—Necesitas atención médica —le dijo a Rick la mujer soldado apuntando a sus manos.

—Me curaré, créeme. No malgastéis recursos conmigo. —Rick no había dejado de andar. Se detuvo frente a la puerta de acero cerrada, la que no habían querido abrirle justo antes de descubrir a los demonios encubiertos—. Tengo que...

—Lo sé. Toma. —dijo la mujer, tendiéndole un paquete—. Nadie te molestará.

Rick cogió el bulto y entró en la estancia. Estaba oscuro, así que sacó su espada y dibujó una sencilla runa. Antes de que la luz se expandiera, le saludó una voz conocida.

—Ya era hora, Rick —dijo Nilia.

Dos cadenas la mantenían de cara a la pared. La celda estaba muy sucia y olía mal, como a vómito.

—¿Cómo has adivinado que era yo?

—Te sangran las manos —contestó ella sin volver la cabeza.

A saber de qué sentido se había servido Nilia para reconocerlo. Nunca entendería del todo a los ángeles y a los demonios, a pesar de la información que absorbía gracias a la unión con Yala, pero tampoco le preocupaba; no podía pretender comprenderlo todo de unos seres inmortales en apenas unas semanas.

De todos modos, había algo que le impresionaba mucho más que la capacidad de Nilia para advertir su presencia.

—¿Sabías que vendría?

—¿Quién más podría haber ordenado que no me dejaran dormir para que no me restablezca? ¿Me has echado de menos o solo has venido a matarme?

—¿Cómo es posible que te capturaran? Yo te he visto luchar. ¿Te hirió la explosión? ¿Por eso pudieron contigo?

—¿Te preocupas por mí, Rick? Yo intenté abandonarte en el Infierno, ¿recuerdas? Te incité a que tú mismo nos dejaras porque eras un lastre.

—Lo recuerdo.

—De haber estado tú y yo solos, te habría matado.

—Lo sé. Y habría preferido morir por tus puñales, rápido, que de cualquier otra manera en aquel agujero podrido, pero no has contestado a mi pregunta.

—¿Qué te hace pensar que han podido conmigo?

Aunque a otro pudiera parecerle que Nilia trataba de tomarle el pelo, Rick estaba convencido de que no bromeaba. No era su estilo. Se manejaba con frialdad y pragmatismo, apenas recurría a los rodeos y callaba si no tenía nada que decir. Así que si Nilia afirmaba que no habían podido con ella, significaba que era cierto, a pesar de las evidencias indiscutibles que tenía ante sus ojos.

La había visto enfrentarse a ángeles y a las criaturas del Infierno. Unas simples cadenas, aunque fuesen de telio o de cualquier otro material no la retendrían. Sin embargo, su aspecto no resultaba tan temible como antes.

—Parece que te han dado una paliza. ¿Es cierto?

—Fue sencillo provocarlos. Menores… —soltó sin esconder su desprecio.

—¿Querías que te golpearan? No lo entiendo.

—Como tantas cosas, soldado. Tu misión no es entender, sino obedecer las órdenes, ¿no es eso?

—Aun así, me gustaría saber por qué los provocaste.

—¿Se te ocurre un modo mejor de evaluar lo que pueden hacer esas armaduras que han inventado? Me gustaría conocer al cerebro responsable. ¿Me lo presentarás?

Rick se estremeció ante la idea de Nilia y Jack juntos, maquinando, suponiendo que ella lo quisiera con vida y que Jack recobrara su antiguo espíritu.

—No te caería bien, Nilia, solo es un menor.

—Como tú. ¿O ya te consideras superior? Bueno, así que no quieres que lo conozca. Interesante… Pero más interesante todavía es el hecho de que creas que puedes impedírmelo.

A Rick no le gustaba el curso que estaba tomando la conversación, así que decidió cambiar.

—Creo que estás malherida, Nilia, algo te pasa y quieres ocultarlo. Por eso se han infiltrado esos demonios para rescatarte.

Nilia agachó un poco la cabeza y la sacudió. Suspiró con lástima.

—Si mis queridos compañeros supieran que estoy aquí, habrían enviado a más y no estaríais con vida. Te sorprenderías de cuánto me quieren a su lado.

En realidad no le sorprendía en absoluto. Cualquiera que estuviese en guerra querría tener a Nilia en su bando y sería capaz de mucho con tal de liberarla. Los demonios, en particular, los matarían a todos con tal de que ella regresara a sus filas.

—Nos pones a todos en peligro, Nilia —dijo empuñando la espada—. Y no puedo consentirlo.

Se acercó, dio varios pasos hasta colocarse detrás de ella.

—Interesante. —susurró ella sin moverse ni un milímetro.

Rick alzó la espada. El golpe fue certero y preciso, justo donde quería. La cadena que aprisionaba la mano derecha de Nilia se partió como si fuera de mantequilla.

Ella le miró entonces, con sus ojos negros y su rostro hermoso y perfecto.

—No te molestes con la otra cadena. —Nilia agitó un poco la muñeca y el grillete cedió con un chasquido.

—¿Cómo…?

—Con una runa. Una muy sencilla que hasta un bebé podría pintar. Algún día te la enseñaré.

—¿Qué era esto? ¿Una prueba? —Rick le dio el paquete que había recibido antes de entrar—. Tus armas, seguro que las echabas de menos.

Nilia las cogió. Los puñales brillaron con un aura rojiza que iluminó una sonrisa en su rostro. Los estudió un instante y luego los guardó en las fundas de sus muslos.

—¿Y qué vas a hacer conmigo ahora?

—Lo primero de todo, darte las gracias. Me salvaste en el Agujero. —Rick se llevó la mano al corazón al recordar la operación que lo unió a Yala—. Me importan muy poco tus motivos. Lo hiciste. Y yo sobreviví a la peor pesadilla de mi vida. Nunca lo olvidaré.

Nilia parecía aburrida, examinaba su indumentaria de cuero negro como si se sintiera incómoda.

—No te sientas culpable.

—Pues claro que no —dijo Rick—. Te estoy agradecido.

—Me refiero a tu odio hacia mí. Veo la mueca de tu cara y cómo me miras. No eres tú, es el odio de Yala el que sientes en tu interior. ¿Estás confuso?

—Un poco —admitió Rick—. Bueno, bastante, si te soy sincero. No sé muy bien cómo funciona esto. A veces, lo siento a él en mi cabeza…

—Por eso supiste que eran demonios. Yala los conoce bien.

—Claro… Pero en otras ocasiones es como si hubiese desaparecido. La primera vez pensé que había muerto, pero no. Y antes, cuando peleaba, iba a pintar una runa, pero el segundo trazo no pude dibujarlo.

—Porque esperabas a que lo hiciera el otro gemelo. Tú no tienes gemelos, Rick. Si actúas por instinto, como suele suceder en combate, Yala tomará el control y hará las cosas como él sabe hacerlas. Se ha entrenado durante milenios para que esos movimientos sean automáticos, ¿lo entiendes? Están pensados para que dos gemelos los ejecuten.

—Entonces, ¿qué? ¿No le hago caso?

—Tienes dos opciones. Ya has descubierto que sabes sobre runas, pero no puedes dibujarlas. Tienes que protegerte, como haces ahora al no permitir que los deseos de Yala te dominen y quieras acabar conmigo. No es fácil, lo sé, y menos para un menor. Es mejor la segunda opción: no trates de pintar runas.

—¡A lo mejor podría aprender!

—Seguro. ¿Tienes un par de milenios por delante para practicar? El conocimiento y la experiencia son cosas muy distintas. Se acabó la lección. Antes dijiste que lo primero era disculparte. Ya lo has hecho. ¿Lo segundo?

Rick hubiera preferido continuar hablando de runas y su enlace con Yala. Intentar comprender lo que estaba pasando lograba que se olvidara de todo. Y, aún más, la idea de no usar runas le resultó incómoda. ¿Cómo iba a deshacerse de un recurso tan valioso? Aunque no podía echar de menos un conocimiento que nunca había tenido, le recorrió una extraña sensación de vacío.

De todos modos, no insistió sobre el asunto. Sabía interpretar el gesto de Nilia cuando decía que una conversación se había terminado.

—Lo segundo es que voy a escoltarte fuera de la zona de los menores, si no te importa —dijo con cierta timidez—. Yo no te deseo ningún daño, después de lo que hiciste por mí, Nilia, lo sabes, pero tu presencia nos pone en peligro a todos. Vuelve con los tuyos. Vuestra guerra no nos incumbe.

—Eres bastante estúpido si de verdad crees eso, soldado, pero me parece bien eso de que me escoltes. —Nilia palpó los cuchillos que guardaba en las fundas de los muslos—. No causaré problemas, tranquilo.

Convencerla había resultado demasiado fácil. Rick sabía, por experiencia, que nadie podía obligarla a hacer nada que ella no quisiera. El hecho de que aceptara con tanta docilidad le puso intranquilo.

Al salir de la celda, atraparon todas las miradas. Había tres unidades de cinco soldados con armaduras y algunas personas más. Nilia se colocó delante de los dos hombres que formaban la unidad que estaba más cerca y sonrió. Rick se puso más tenso todavía.

—Me marcho —dijo ella—. Si alguno me pone la mano encima… No, voy a ser más precisa: si alguno de vosotros, menores, intenta siquiera rozarme, lo despedazaré. Morirá antes de que llegue a extender el brazo, rápido y sin saber qué le ha pasado. Pero los demás sí lo sabrán y correrán la misma suerte unos segundos después. ¿Alguien quiere comprobar si exagero?

Los dos hombres se apartaron. A Rick le dio la impresión de que buscaban su aprobación con la mirada, aunque no podía estar seguro porque no veía sus ojos a través de las viseras de sus cascos.

Ansioso por que se marcharan antes de que surgiese algún problema, se cruzaron con Piers. Se hallaba junto a la salida, sentado, tratando de juntar dos pedazos de madera y de atarlos con una cuerda.

—Carlota… —murmuraba—. Yo te arreglaré, te lo juro. Fue la cabeza de ese demonio de mierda. Yo no quería.

Nilia se detuvo de inmediato y cuando Rick se dio cuenta de que ella se había movido, ya era tarde.

—Tú, ¿qué acabas de decir?

Piers continuó concentrado en los trozos de madera, como si nada más existiera en el mundo.

—Nilia, déjalo tranquilo —pidió Rick—. Se llama Piers y es inofensivo.

Pero ella hizo justo lo contrario. Lo agarró por las axilas y lo levantó.

—Pero qué coño…

—Eh, Piers, te llamas así, ¿no? ¿Estabas con los demonios infiltrados?

Piers levantó la vista y vio a Nilia ante él, muy cerca, su cara a menos de un palmo de distancia. Se quedó sin respiración.

—Joder, tú sí que eres una preciosidad.

Nilia lo zarandeó un poco y lo soltó. A Piers se le cayeron los trozos de madera al suelo sin que se diera cuenta. Tampoco advirtió que tenía la boca abierta y la saliva se acumulaba sobre su labio inferior, a punto de derramarse.

—¿Conociste a los demonios encubiertos? —repitió Nilia.

—Eh, sí, sí, claro —balbuceó Piers—. Me la colaron bien. La tía incluso fingió haber estado embarazada antes de la Onda y todo, y decía que tenía fiebre, la muy asquerosa. Tenían la tapadera bien preparada. ¡No me miréis así! —gritó a su alrededor—. ¡Vosotros también os lo habríais creído! ¡Si queréis echarme la culpa…!

—Nadie te ha acusado de nada —dijo Nilia interrumpiendo su pequeño ataque de paranoia—. ¿Qué más te contaron los demonios?

—¿Eh? Ah, sí… Y yo qué sé. Asco de demonios, ¿verdad? Le di fuerte en la cabeza a esa escoria. ¡Los llevaría a todos de vuelta al Infierno! Si tuviese uno delante, te juro que se iba a acordar de quién es el jefe Piers.

Rick se atragantó al ver a Piers golpeando su mano con el puño para reforzar la repugnancia que sentía hacia los demonios. Estuvo tentado de intervenir, pero no se le ocurrió cómo. Si Nilia hubiese querido darle un escarmiento, habría reaccionado antes de que él pudiera impedirlo, y decirle a Piers a quién tenía delante, tampoco le pareció una buena idea.

—¿Vas a seguir diciendo estupideces? —se irritó Nilia.

—¡Vaya genio! —se indignó Piers—. Tranquila, monada, te lo contaré, pero solo por ser tú, ¿eh? El caso es que los demonios esos no hablaban de gran cosa, excepto para soltar mentiras, claro. Incluso decían que venían a unirse al ejército. ¿Qué te parece? ¡Eh! ¿A dónde vas, nena?

Nilia lo había dejado con la palabra en la boca y ya salía por la puerta.

—Déjala, Piers —le dijo Rick, deteniéndolo para que no fuese tras ella—. Bastante suerte has tenido, créeme.

Piers lo miró fijamente.

—¿No me dirás que es tu chica? ¡Qué cabronazo! Perdón, no quería decir... Yo, esto...

—Adiós, Piers.

Rick dio alcance a Nilia, que avanzaba tranquilamente por la calle, como si paseara para relajarse. Varios soldados volvieron sus cascos hacia ella, pero no hicieron nada en cuanto vieron a Rick situarse a su lado.

—¿A qué ha venido lo de Piers? —preguntó Rick, con peor tono del que pretendía—. Solo es un pobre chiflado.

—¿No te interesa saber qué buscaban esos demonios?

—¿Ya lo sabes?

Rick advirtió que muchas personas les prestaban atención, algunos incluso los seguían a cierta distancia.

—Es por vuestras armaduras —aseguró Nilia—. Los que estén al mando se habrán preguntado por vuestros recursos y vuestras armas. Buscaban información y son muy buenos en operaciones de infiltración. Mucho mejores que tú.

—Yo les descubrí —recalcó Rick.

—Suerte. No podían prever tu relación con Yala. ¿Recuerdas la batalla de la Ciudadela? Hicimos pasar a un demonio por un ángel para abrir las puertas. ¿Imaginas lo difícil que es? Le deformamos el rostro a golpes para que pareciese real y le arrancamos todas las plumas para que no se distinguiera el color, salvo algunas que teñimos un poco y dejamos ensangrentadas. Lo que haga falta. Si quieren hacerse pasar por menores lo harán. Lo han hecho durante estos diez años. Sí, estáis en peligro, sobre todo después de que hayáis detonado una bomba en el Infierno y matado a muchos.

—No, nosotros no...

Rick entendió enseguida a qué se refería. Los demonios aún no sabían que Raven había sido el causante de la explosión. La conclusión lógica, tras encontrarse con menores que vestían armaduras y usaban runas de fuego gris, era que la bomba la habían fabricado ellos. Así que habían decidido espiar hasta qué punto podrían constituir una amenaza.

—Sí, Rick, estáis en grave peligro.

—¿Por qué hablas como si tú no formaras parte de ellos?

—Yo también era como tú, salvando las distancias, claro. Obedecía órdenes, me asignaban objetivos peligrosos que otros no se atrevían a cumplir... igual que tú. Era un instrumento valioso para otros, para los que de verdad deciden el destino de todos. Te suena, ¿verdad?

—Hay un diferencia importante. A mí no me gusta matar, Nilia.

—Y sin embargo es tu profesión.

—Muchos tenemos trabajos que nos disgustan.

—Una cosa es que tu trabajo no te guste y otra que vaya contra tus principios, como matar. No te hagas el bueno conmigo, soldado. Te he dicho que yo era como tú, es decir, igual de estúpida. Creía que luchaba por una causa. Dime, ¿sigues creyendo en los que te dan órdenes? Apuesto a que hay alguno en especial que te alaba con inteligencia. Te convence de lo valioso que eres y logra que te sientas importante, pero te envía a ejecutar sus planes y tú lo ayudas a conseguir sus intereses. Ya veo que sí. Te felicito, yo tardé milenios en darme cuenta. Fui mucho más idiota que tú.

Un escalofrío incómodo lo recorrió cuando Rick se dio cuenta de cómo encajaban los supuestos de Nilia. Se sintió cerca de ella, casi como si fuese una compañera. Ni siquiera percibía ya el odio de Yala en su interior.

—Sigues siendo una asesina. ¿Vas a negar que te gusta?

—Aunque no lo creas, me aburre la mayoría de las veces, pero hay ocasiones…, encuentros especiales en los que debo emplearme a fondo, cuando me enfrento a adversarios dignos de matar. Esos momentos sí son deliciosos, disfruto con ellos.

—Pero ya no luchas por la causa de los demonios. ¿Es eso lo que tratas de decirme?

—Lucho por lo que me interesa a mí y a nadie más. No sigo ninguna orden a menos que coincida con lo que yo deseo. Los demonios están más cerca de mis intereses, pero también he matado a demonios, Rick, y seguro que volveré a hacerlo cuando alguno se interponga en mi camino.

—¿Y la guerra?

—Esta guerra tampoco es mía, no me interesa tanto como imaginas. ¿Sabías que pudimos ganarla la primera vez, cuando nos rebelamos? Sí, pudimos hacerlo, pero todo era una mentira. En realidad, la guerra se planeó para infiltrar a un demonio entre los ángeles. Se había decidido que debíamos perder. Ese era el plan, salvo que los peones no estábamos al tanto. Nos hicieron creer que iríamos hasta el final. ¿Imaginas cómo me sentí cuando me enteré? Nadie volverá a decirme por qué debo o no luchar.

Rick no entendió eso de que podrían haber ganado la primera guerra, pero lo que desde luego le quedó claro era que Nilia se sentía engañada y traicionada, y que esa decepción la había convertido en alguien que difícilmente volvería a confiar en nadie más.

La nube de personas que los observaba con descaro cada vez era más densa. Se escuchaban sus murmullos, sus comentarios. Rick veía que, de vez en cuando, los señalaban.

—Giremos por aquí —dijo, indicando una calle perpendicular.

—¿No te gusta ser popular? Ahora eres como un Dios para ellos.

—No tengo claro que fuera a mí al que miraban tanto, sobre todo los hombres. —Nilia hizo un leve gesto con la cabeza—. ¿No te gusta ser una belleza?

—Me gusta mi cuerpo porque es rápido, ágil y está en perfecta forma. Ser bonita no me ayuda en mis propósitos. Nada que de verdad importe se consigue con la belleza.

—Da la impresión de que odias ser guapa.

—¿En serio? ¿Es que ser fea me ayudaría a conseguir mis objetivos?

El mensaje quedaba claro. A Nilia, su aspecto le resultaba indiferente; no le molestaba ser una belleza casi irreal, pero se cambiaría por la criatura más horripilante si de ese modo alcanzara sus fines.

Rick pensó por primera vez cuáles podrían ser esos objetivos que tanto le interesaban. Aunque Nilia luchaba con los demonios, y sin duda quería su victoria, sus propósitos no guardaban una relación directa con la guerra, de eso estaba convencido. Otra posibilidad es que quizá no tuviera otra opción. Ningún demonio podía aceptar la derrota porque supondría la vuelta al Infierno, y quién sabe si lograrían salir una segunda vez.

Con todo, había algo más que guiaba los actos de Nilia, puede que de carácter personal. Nilia no había entregado a Lyam y a Yala cuando estuvieron en el primer círculo del Infierno, rodeados de cientos de demonios. Los había protegido, a pesar, incluso, de que luego mató a Lyam por otra razón. Tampoco entregó a Raven ni a aquel misterioso niño que encontraron. Del mismo modo, no parecía interesada en perjudicar a los humanos. Tampoco perseguía el poder entre los suyos, y a Rick no le cabía duda de que ella ya podría ser uno de los barones si quisiera.

—De acuerdo —dijo Rick intentado que no se notara demasiado su falta de tacto al tratar de sonsacarle—, la belleza física no te sirve para lo que sea que buscas, que es...

—¿Qué va a ser? —bufó Nilia—. Lo único que de verdad importa.

Rick no se atrevió a preguntar más. La contestación de Nilia sonaba sincera, directa y evidente, como si él fuera un estúpido por no darse cuenta. Por desgracia, seguía sin descifrar la respuesta. ¿Qué podía ser lo más importante para Nilia? Rick habría dicho que ser la más fuerte. ¿Y lo más importante para un demonio, aparte de la libertad? No lo sabía. Volvió a sentir que nunca comprendería del todo a los ángeles y a los demonios.

Llegaron a una calle prácticamente desierta, considerando las multitudes que invadían aquella zona de Londres. El ruido de los motores quedaba algo lejos, aunque aún se percibía con claridad.

—Bueno, Nilia, aquí nos separamos. No sé si volveré a verte, pero espero que...

—Deja de decir tonterías, soldado —cortó ella—. ¿Aún no te has enterado de que vienes conmigo?

Rick se quedó paralizado donde estaba. Ella siguió caminando como si nada.

—¿Quieres que luche contigo? —preguntó él, espantado.

—¿Te da miedo? Acabas de matar a un par de demonios, ¿no? Los ángeles no son tan diferentes. Vamos, ven y deja de poner esa cara de idiota. —Nilia le hablaba sin volverse, mientras caminaba—. Te advierto que no pienso esperarte, soldado, así que muévete de una vez. Voy a buscar al narizotas. ¿Te apuntas o no?

—Dejadnos —ordenó Renuin.

Su voz era suave y reposada, pero su mirada era tajante. Los custodios asintieron y se replegaron. Tintinearon sus alas acorazadas mientras se retiraban.

—Te echaba de menos. —Stil agitó la melena blanca, que caía sobre sus hombros tensos, alzados al máximo por las cadenas que apenas dejaban libertad de movimientos para sus brazos y sus alas—. ¿Has estado ocupada? He oído mucha agitación ahí fuera. ¿Una asamblea? ¿Habéis decidido ya cómo sobrevivir a esta guerra? Deberías haberme invitado a participar, podría haberos ayudado. No es inteligente ignorar al enemigo cuando está dispuesto a colaborar.

—¿Qué nos habrías aconsejado?

—Que me liberarais. Es la única forma en que tal vez salvéis la vida.

Ella se acercó y lo besó.

—Antes no eras tan arrogante. No tanto como para intentar amenazarme siendo un prisionero.

—Imagino que en algo tenía que cambiarme el Agujero. De todos modos, no es arrogancia. Tú no entiendes esta guerra como yo.

—Antes tampoco me considerabas estúpida.

—Siempre he asumido que eres más inteligente que yo, y es una de las razones por las que te quiero. Me expresé mal si entendiste lo contrario. Se trata de conocimiento. Ni tú ni ningún ángel podéis entender a vuestro enemigo. Conocéis el motivo que originó la guerra, pero no lo que sucedió en el Agujero y cómo nos ha afectado.

—Pues explícamelo. No lo harás, ¿verdad? Claro que no. Dame algo mejor, Stil, no me digas que esa es tu única baza. Insinuar una razón oculta, un secreto, y no dar ninguna prueba de que es real, parece una táctica desesperada. Si no te conociera... Yo también puedo jugar a eso. Mira, es mejor que os rindáis y salvaréis la vida; de lo contrario, usaremos contra vosotros una runa secreta que os matará. La hemos reservado durante todo este tiempo porque el Viejo siempre quiso respetar vuestras vidas. No voy a mostrarte esa runa, pero te aseguro que existe. ¿Qué? ¿Os rendís?

—Acepto tu reprimenda. Sin embargo, yo no mentiría a la desesperada. A ti no puedo engañarte. Sabes que he dicho la verdad.

—Lo que sé es que tú crees que estamos perdidos, que no es lo mismo. No voy a recordarte vuestras derrotas Stil, ni a discutir contigo sobre el curso de la guerra porque ya no participarás en ella. He venido a advertirte. Y sé que no te tomarás a la ligera mi advertencia.

—Te escucho.

—No vuelvas a intentar escapar. Una más y te ejecutarán. Ni siquiera yo podría evitarlo.

—Te creo. Pero nadie me matará. ¿Crees que no he tenido visitas de tus queridos ángeles? ¿Que no me han torturado? Oh, sí, mira mis ojos. Yo veo dolor en los tuyos, y no es por mí. Desprecias que me torturen. Semejante conducta no tiene cabida entre los ángeles, pero ha sucedido, y te cuesta aceptar que los tuyos se comporten de ese modo, que olviden quiénes son o quiénes creían ser. No pasarán de la tortura, no temas por mi vida.

—No puedo evitarlo. Sigues siendo mío.

—Y siempre lo seré. Pero estoy a salvo. Soy la personificación de lo débil que es vuestra unión. Hay muchos ángeles que desean mi muerte y otros que no. Si yo fuera ejecutado, os dividiríais: los que estuvieran en contra castigarían a los que lo hicieron y dieron su aprobación, pero estos no rectificarían. Sería el inicio de una serie de disputas que irían creciendo hasta acabar en un abismo que os mostraría que no estáis tan unidos como pensáis. No puedes consentir eso, sería vuestro fin.

—Cómo te gusta el drama y la exageración, divagar y formular supuestos para convencer a otros, amenazar con unas terribles consecuencias que solo son producto de tu imaginación. Es tu estilo. Recuerdo que también me hablabas de ese modo antes de vuestra rebelión.

—Debes reconocer que no eran divagaciones.

—La guerra no, es cierto, pero el desenlace fue muy diferente del que tú preveías. Y no me digas que era para no darme información.

—Te aseguro que esta vez…

—Da lo mismo. Si tratas de escapar de nuevo, morirás. Incluso aunque llevaras razón, que no es el caso, la situación es tan grave que ya no hay margen para andarse con miramientos.

—En eso estamos de acuerdo.

—Hay cosas peores que vosotros, Stil. ¿Ves estas sombras? ¿Sabes lo que sucede en la cuarta esfera? Toda la existencia está amenazada. ¿Crees que habríais llegado tan lejos si no fuera porque tenemos más problemas que combatiros a vosotros?

—Vuestro principal problema es Tanon. Os aplastará a todos mucho antes que cualquier otro problema, a menos que me dejes libre y hable con él. Si yo muero, Renuin, nada ni nadie será capaz de detenerlo hasta que haya acabado con todos los ángeles. Créeme. Mantenerme a mí con vida es salvar la vuestra.

—Tanon… Nunca entendí tu amistad con ese…

—No es como tú crees.

—Es un niño con la fuerza de cien ángeles.

—Más todavía.

—Es posible, pero sigue siendo un niño, estúpido e inmaduro. La combinación perfecta para moldearlo y lanzarlo a una guerra. Aprovecharse de él, de su pobre capacidad para ver la realidad, de sus miedos y su ignorancia… Entiendo que Satán lo quisiera de su parte, pero tú, Stil… Aún no comprendo cómo pudiste unirte a ellos. ¡Me dejaste! Por ellos, por Tanon… ¡Me hiciste un daño irreparable! ¿Lo sabías? Estuve siglos sin hablar con nadie, tratando de entender por qué te habías separado de mí. Te odié como nunca antes había creído posible, me enseñaste que soy capaz de odiar incluso a quien más quiero. Aquello me destrozó por dentro, pero tuvo algo bueno: descubrirme de nuevo a mí misma. Después, pensé que tal vez yo era culpable de tu traición, que había cometido algún error que te había empujado a la locura. ¿Fue así? No, no contestes. No creería tu respuesta y la verdad es que ya no me importa. He tardado mucho en aceptar que nunca lo sabré. Hablas sobre lo que habéis pasado en el Agujero y cómo os ha cambiado, pero tú y yo somos iguales. El color blanco que todavía conservas en las alas… Mantengo el mismo aspecto, pero por dentro también he cambiado.

—Nunca podré perdonarme lo que te hice, pero ahora estoy aquí, contigo. He regresado cuando no parecía posible. He sobrevivido a todo para estar de nuevo a tu lado. Ven conmigo y nunca volveremos a separarnos.

Renuin le dio una bofetada con los dientes apretados, luego un beso, luego lo abrazó y se colgó en silencio de su cuello, con los ojos cerrados. Dejó reposar la cabeza contra su pecho para palpar las pulsaciones bajo aquella piel que tanto había añorado. Stil, que continuaba inmovilizado, presionó con su mejilla la cabeza de ella y se dejó llevar por su balanceo.

También él cerró los ojos. Al cabo, sus respiraciones estaban acompasadas, igual que sus latidos. A ambos se les erizaron las plumas.

Entonces, Renuin separó la cabeza y lo miró a los ojos, muy cerca, en una mezcla de emociones contrapuestas.

—Ahora te odio por pedirme lo que no puedo darte y mostrarme al mismo tiempo lo que más deseo. Te odio porque ya no hay solución para nosotros. Te odio porque te quiero.

—No digas eso. He estado milenios en el Agujero escuchando que no hay solución, que no es posible. Mi presencia aquí demuestra que todo era mentira. Solo hay que luchar por lo que se quiere.

—Entonces eres más fuerte que yo.

—No…

—¡Ya no importa! —Renuin se separó del todo de Stil, a un paso de distancia—. Ni siquiera vosotros sois el verdadero problema. La existencia se desvanece. Mira la cuarta esfera.

—La Onda la fundió con el Agujero, pero se puede…

—Es más que eso. Las sombras que han aparecido en las sietes esferas no son consecuencia de ese problema. Yo lo sé muy bien. Estudié a fondo la cuarta esfera. Hay algo más, Stil, algo peor.

—No me digas que vas a rendirte sin más porque no te creo.

—Por supuesto que no, pero no nos habéis dejado alternativa. Los ángeles marchan ya contra los tuyos, puede que ya estén luchando. Y yo tengo el deber de reunirme con ellos. Ahora que el Viejo no está, yo soy la máxima responsable. No importa demasiado lo que yo quiera, vuestra rebelión solo nos ha dejado una opción: primero acabaremos con vosotros y luego resolveremos los problemas de toda la Creación. Asius ya intentó negociar una tregua con Tanon, pero tu amigo se negó. Es absolutamente imposible llegar a un mínimo acuerdo con vosotros.

—No culpes a Tanon de todo, no cometas ese error. Él no es como tú crees, ha sufrido mucho.

—Sé que le aprecias, me lo contó cuando me arrancó el ala. Y sé que no es más que un ingenuo, enfadado porque el Viejo nunca le hizo caso.

—Eso es una simplificación. Tanon no solo fue repudiado por el Viejo, también por su propio padre. Yo he pasado incontables horas junto a él en el Agujero y sé que le dolió mucho más el rechazo de Onos que el del Viejo. Tú y yo no lo podemos comprender del todo porque no tenemos padres, fuimos creados al inicio de los tiempos.

—¿Lo estás excusando?

—Intento explicarte cuanto puedo. No podrás detenerle, nadie podrá. No has visto de lo que es capaz, yo sí. Lo que presenciaste en la Primera Guerra es solo una pequeña muestra de la fuerza que desató en el Agujero. Te aseguro que nadie tiene la menor posibilidad de derrotarlo. Además, si todo fuese culpa de Tanon, sería relativamente sencillo encontrar alguna alternativa, pero los demonios le siguen de buena gana. A menos que creas que son todos unos estúpidos sin voluntad ni opinión propia, debes entender que hay una razón mucho más poderosa que Tanon.

—Ese gran secreto que no puedes revelarme.

—No tardarás en averiguarlo. Uno de vosotros lo va a descubrir dentro de muy poco. Por favor, no vayas a esa guerra. No conseguirás nada, salvo tal vez morir. En cambio, desde aquí puedes dirigir a los ángeles.

—No temas, Stil. Los demonios van a perder, todos, y yo regresaré a tu lado. Después, cuando ya no quede ni rastro de su amenaza, tal vez podamos estar juntos.

—Eso es imposible, no puedes liberarme.

—Me encerraré contigo.

—¡No! ¡No sabes lo que significa eso! ¡No lo permitiré!

—No está en tu mano. Ahora soy yo quien toma las decisiones. Y esta la respetarás, porque me debes mucho más que eso.

—Lo haré si no vas a la guerra en persona.

—Es mi deber. Como tú sientes que fue el tuyo rebelarte contra tus propios hermanos y atacarlos por la espalda. Adiós, tengo que acabar con esta guerra de una vez por todas.

—Ni aunque consiguieses ganar, lo lograrías. Ya hemos demostrado que no hay prisión que nos detenga indefinidamente. Si nos arrojáis de nuevo al Agujero...

—¿Piensas que os encerraría en un lugar del que ya habéis escapado?

—Conozco vuestro código y vuestras normas. Si planeas construir otra prisión, con el problema de la cuarta esfera...

—No lo entiendes. Ese código al que te refieres lo estableció el Viejo. Pero el Viejo ya no está. Ahora estoy yo.

—¿Qué quieres decir?

—Que en esta ocasión, Stil, no tengo intención de tomar prisioneros.

La tormenta de Londres, la que antes era una extensión de niebla petrificada, el único acceso que quedaba para ir al Cielo, rugía y se agitaba sobre los restos de lo que una vez fue Trafalgar Square. A Thomas le costaba creer que atravesar aquel montón de nubes negras salpicadas de rayos fuese la única esperanza de la humanidad.

El viento lo revolvía todo a su alrededor. Papeles, cristales, cascotes y basura volaban en remolinos descontrolados, chocando entre sí. Los cables sueltos daban latigazos contra el suelo y los muros derruidos, soltaban chispas entre la lluvia y la nieve. Acercarse más era lo último que deseaba hacer.

—¡Jimmy! ¿En qué estado se encuentra el interior?

El pequeño levantó la visera de su casco.

—Peor —aseguró—. El viento es más fuerte y hay poca luz.

Thomas se volvió y el vendaval arremetió contra su espalda. Ante él, esperando su orden, aguardaba una caravana con todos los vehículos que habían conseguido hacer funcionar. Los soldados estaban en sus puestos, mientras los civiles, asustados, los observaban desde una manzana de distancia.

Thomas ya lo había dispuesto todo para el viaje que debía llevar al Cielo a los últimos supervivientes antes de que la niebla se los tragara a todos. Había sido un trabajo agotador organizar la logística, y aún quedaban miles de detalles por revisar o mejorar, pero a la vez era consciente de que nunca estaría preparado del todo para semejante tarea. Jamás habría creído que lideraría una travesía como esa, ni mucho menos que la entrada al Cielo tendría un aspecto tan amenazador.

A su lado, Lucy aguardaba en silencio. Thomas diría que ella tampoco estaba convencida. Una sombra oscurecía su rostro hasta el punto de que apenas se distinguían sus pecas. Ella advirtió su mirada y asintió con una leve sonrisa.

—Volverá —aseguró Thomas.

—No lo creo. No lo conozco desde hace mucho, pero sé cuándo Jack habla en serio. Nos ha dejado.

No tenía sentido seguir con aquella conversación, pero Thomas prefería que no acabara, porque no quería irse todavía. No quería decir adiós a la Tierra, el plano de los menores, como lo denominaban los ángeles y los demonios. Se había criado pensando que, si alguna vez iba al Cielo, sería después de haber muerto, no antes.

—Hacemos lo correcto, ¿verdad?

Lucy asintió.

—Desde un punto de vista estratégico —intervino Jimmy—, es la única opción viable. Por lo tanto, sí, es lo correcto.

Thomas lo envidió. Jimmy, el pequeño matademonios, no mostraba ningún temor. El camino que debían seguir era tremendamente lógico para él, y eso le bastaba.

—Ha llegado la hora —anunció Thomas—. Nos vamos. Todos. Yo iré el primero con dos unidades de escolta.

La armadura de Jimmy chirrió un poco. Lucy se volvió hacia Thomas con el ceño fruncido.

—Dos unidades no son nada —protestó Lucy.

—¿Todos? —repitió Jimmy—. No es una buena idea.

—Tú eres el que ha cruzado la tormenta, Jimmy. Dime, ¿sobrevivirán los civiles sin la ayuda del ejército?

Jimmy bajó la vista con gesto reflexivo.

—Los niños pequeños, los ancianos, los que estén heridos, las mujeres embarazadas, los discapacitados… será muy difícil que lo logren. Ni siquiera llegarán al otro lado todos los que estén sanos y en perfecta forma.

—Por eso necesitan al ejército casi al completo. Yo me apañaré con dos unidades.

—Es una decisión táctica muy… ¡Es una mierda! —bufó Jimmy—. En la tormenta seremos vulnerables. Si nos atacan, tendremos a los soldados desperdigados y nos destrozarán.

—Lo sé, pero no tenemos otra opción —insistió Thomas—. Jack era muy bueno para ciertas cosas, pero movilizar a casi cuatro millones de personas no se le dio bien. Tardaremos muchísimo en resolver eso. Y no voy a dejar a nadie atrás.

—¿Y si al otro lado nos esperan los demonios? —dijo Lucy—. Si no aseguramos la zona, será un suicidio.

—Quedarse también. ¿Queréis decidir quién va al Cielo y quién no? ¿Preferís que solo vaya el ejército? Yo, no. Morir o sobrevivir, no queda otra, pero juntos. ¿Estáis conmigo?

Lo estaban. Thomas lo leyó en sus expresiones, en la mano que Lucy posó en su hombro, en el modo en que Jimmy asentía. Estaban juntos y unidos, y esa idea lo reconfortaba. Las débiles protestas que habían manifestado solo eran miedo ante la incertidumbre, la última resistencia frente a una misión que nadie quería afrontar, porque sería la última.

—Yo iré contigo —dijo Jimmy—. Mi unidad será una de las que te escolte. Conozco el camino, me necesitas. ¡Y yo mato demonios!

No había una razón lógica para negarse y Thomas se había acostumbrado a la compañía del pequeño. Tal y como Jack le había advertido, Jimmy había resultado muy útil. Su memoria era prodigiosa, igual que su resistencia. Jimmy nunca se cansaba, nunca se negaba a encargarse de ninguna tarea. Su entrega era absoluta. Había ayudado a Thomas con los preparativos, inventariándolo todo mejor que un ordenador. También había entrenado a nuevos reclutas, como él los denominaba, niños que habían practicado las runas básicas y se habían incorporado al ejército para completar nuevos cuerpos de cinco miembros. Jimmy había tenido cuidado de que ninguno de ellos sirviera junto a sus padres.

Sin embargo, no era toda esa ayuda lo que Thomas más valoraba. Lo cierto era que todos, en general, habían colaborado en la medida de sus posibilidades. Los últimos supervivientes de la Tierra por fin habían olvidado sus diferencias para cooperar, y hasta las cuestiones religiosas habían quedado relegadas a un segundo plano, desplazadas por la oscura nube de niebla que se cernía sobre ellos y amenazaba con extinguir la raza humana.

En definitiva, todos aportaban algo, como Jimmy, pero lo que aquel crío tenía de especial, lo que lo diferenciaba de cualquier otro, era su punto de vista único, práctico, analítico, casi frío, a la vez que irrefutable y casi hasta divertido. Jimmy conseguía a veces que Thomas se olvidara por un instante del horror al que se enfrentaban y todo pareciese un juego.

—En marcha, entonces —ordenó.

Thomas se subió a un viejo camión del ejército que había traído desde la antigua Zona Segura del Norte. Lo conducía él solo, flanqueado por las dos unidades que lo acompañaban. Jimmy formaba parte de la que marchaba a su derecha. Thomas avanzaba despacio a pesar de que sabía que las armaduras permitían a los soldados correr deprisa sin apenas cansarse. Una vez más, no tenía prisa por abandonar su mundo.

El rugido de la tormenta cobró más fuerza conforme se aproximaban. Thomas notaba la resistencia del aire porque tenía que pisar el acelerador. Los soldados, en cambio, no daban muestras de que los molestara el viento y la lluvia. Desde su asiento, protegido por la carrocería y las ventanillas, Thomas no pudo más que admirarlos.

Se detuvo a pocos metros de la tormenta. Los relámpagos parpadeaban sobre sus cabezas sin cesar. El limpiaparabrisas cruzaba el cristal a toda velocidad y, aun así, Thomas apenas veía nada. Se empapó el brazo al sacarlo por la ventanilla y dar la señal.

Los cinco soldados a su izquierda sacaron las espadas, se colocaron en formación en menos de un segundo y trazaron una runa. Un símbolo gris ascendió en el aire. A la altura de lo que sería un décimo piso, estalló y se esparció, como si se tratara de fuegos artificiales. Era la señal para que el resto de los vehículos emprendiera la marcha del último viaje.

Después, con decisión, apretando el volante tan fuerte que los nudillos se volvieron blancos, Thomas pisó el acelerador y entró directamente en la tormenta que se revolvía delante de él.

El rascacielos era muy alto, de los escasos edificios de tanta altura que se mantenía en pie. Desde la azotea, sacudido por el viento y la nieve, Raven disponía de una visión muy amplia de la devastación que había provocado.

Al norte, los coches se arrastraban en una oruga de luz hacia el centro de la ciudad, donde aullaba la tormenta. El gigantesco cauce del Támesis, parcialmente sepultado por la nieve, cortaba Londres por la mitad. Siguiendo su curso, hacia el este, había una parte del antiguo río que estaba prácticamente rodeada por un muro de llamas, allí donde se abría la puerta al Infierno. Algo más lejos, se alzaba un muro de niebla negra que se aproximaba cada vez más a la ciudad. Delante de la inmensa nube avanzaban numerosas personas tan rápido como podían, huyendo, ayudándose unos a otros, y desapareciendo cuando eran engullidos por ella.

No obstante, Raven prefería concentrarse en sus pensamientos. Sentado al borde del edificio, las piernas le colgaban sobre el vacío. Sus ojos desenfocados contemplaban unas imágenes terribles, de cadáveres todas ellas, de las que no podía escapar, que siempre regresaban y lo atormentaban.

Una de ellas era escurridiza, difusa, imposible de asumir, aunque sabía con certeza que correspondía al cadáver de Dios. Otra, la más dolorosa, era de cenizas que se escurrían entre sus dedos, los restos convertidos en polvo gris de una niña pequeña e inocente.

—Maya… —sollozó Raven.

Jamás olvidaría ese nombre, ninguna amnesia podría arrancarlo de su memoria. Maya, la pobre niña que él mismo había quemado al tratar de salvarla. Extinguida como la ciudad que ahora se desplegaba bajo sus pies. ¿Cuántos más tendrían que morir por su culpa?

Raven estaba muy cansado, de todo, de la culpa y las muertes que arrastraba, de la soledad, de la terrible sensación de impotencia que padecía al no comprender su propia naturaleza ni cómo dominarla para no causar daño a los demás. Se le habían terminado las razones para continuar.

Se levantó, adelantó el pie derecho sobre el vacío, y acto seguido, el izquierdo. Cayó, cada vez más deprisa. El viento lo azotaba, sacudía su frágil cuerpo y lo zarandeaba de un lado a otro. Unos pocos segundos más y todo habría terminado.

Se precipitaba de espaldas, mirando al cielo. Por eso solo vio de refilón una sombra que se le acercó por la derecha. Un golpe violento lo desplazó hacia la izquierda. Algo le había envuelto el cuerpo y no podía moverse. Oyó un batir de alas y su cabeza chocó contra un material resistente, quizá piedra o ladrillo. Cuando los brazos que lo sostenían cedieron, rodó por el suelo y se golpeó en mil sitios a la vez. No paraba de dar vueltas mientras llovían cristales y otros objetos sobre él. Al final, se detuvo bruscamente al estrellarse contra una pared.

Un dolor lacerante lo atravesó, pero desapareció de inmediato, y en su lugar lo llenó una sensación de sumo placer, como un calor muy agradable que lo abrazara. Entonces vio sus manos brillar con un aura dorada.

—¡No! —gritó.

Volvía a suceder. Algún mecanismo automático e involuntario había disparado su capacidad de curación y no lograba detenerla. Recordó todo lo que Lyam le había enseñado sobre la sanación, pero nada funcionaba. Percibía la energía acumulándose en su interior.

Alguien lo cogió por los hombros y lo sacudió con fuerza.

—¡Raven! ¡Soy yo, Rick! ¿No me reconoces?

—¡Márchate! —gritó Raven, descontrolado—. ¡Voy a estallar! ¡Te mataré!

Rick advirtió el brillo en sus manos y dudó, solo un segundo. Después lo agarró de nuevo y lo zarandeó más fuerte todavía.

—¡Contrólate! —Rick le atizó un puñetazo que Raven no dio muestras de haber notado—. ¡Contrólate! ¡Maldita sea! ¡Tú puedes hacerlo! ¡Lo sé! ¡Eres más fuerte de lo que crees!

Raven comenzó a temblar y vibrar. El resplandor dorado lo envolvió por completo. Rick dio un paso atrás.

—No lo domino, Rick… Lo siento… Debiste dejarme morir.

—Yo no fui quien te salvó —repuso el soldado—. Yala, si puedes oírme, es mejor que me digas cómo ayudar a Raven o no sobreviviremos.

Raven lo miró confundido.

—¿Quién me cogió cuando caía, si no fuiste tú?

—Yo. —Nilia emergió de entre una montaña de escombros. Se sacudió las alas y se acercó despacio.

—Nilia… Vete, llévate a Rick.

—No.

—¿Por qué me salvaste?

Nilia le cogió las manos. Raven advirtió una mueca de dolor en su rostro cuando el brillo dorado la atrapó, pero aguantó. Envuelta en aquel resplandor, resultaba todavía más hermosa, si es que eso era posible. Ella lo miraba directamente a los ojos.

—No te voy a soltar. ¿Quieres matarme, Raven?

No quería. La idea de acabar con ella era del todo inconcebible para él.

El truco de Nilia funcionó. Sin entender cómo, Raven se fue calmando poco a poco, su respiración se normalizó, remitió el resplandor hasta desvanecerse por completo.

Al terminar, se encontraba bien. Nilia, entonces, se llevó la mano al vientre y se dobló hasta caer al suelo. Tuvo que apoyar la otra mano y una rodilla para no desplomarse. Abrió mucho la boca y vomitó.

—¿Te he hecho daño? —se alarmó Raven—. No me lo perdonaré si…

—Estoy bien —dijo ella con la voz débil—. Aléjate, soldado. He dicho que estoy bien.

Rick, que se había acercado a su espalda con intención de ayudarla, se detuvo y miró a Raven.

—¿Por qué saltaste? —le recriminó—. Llevamos días buscándote.

—Quería estar solo.

—¿Querías morir? —Rick se enfadó bastante. Sus ojos relampaguearon—. Te vimos tirarte desde la azotea. ¡Después de todo lo que hemos pasado juntos! ¿No sabías que vendría a por ti? ¡Mírame, coño! ¿Qué te dije en el Infierno? ¿Se te ha olvidado ya?

—Tú no lo entiendes.

—Pero yo sí —intervino Nilia, que ya parecía repuesta—. Te has rendido, has perdido cualquier razón para seguir adelante. Nada tiene sentido y solo queda el dolor y el sufrimiento. Es mejor que nunca llegues a saber de lo que hablo, soldado, o creer que lo sabes pero en cualquier caso no haberlo sentido en carne propia. Yo estuve milenios en el Infierno y vi a muchos arrojarse al Agujero. Lo recordáis, ¿verdad? Un pozo frío y oscuro del que nadie regresa.

—¡Tienes razón, no lo entiendo! —se encolerizó Rick—. ¿Qué haces? ¿Justificarle? ¡Todo eso son mierdas! Raven, yo estoy contigo. Si tienes un problema, lo resolveremos. Se trata de eso, de contar con alguien a tu lado. Te sientes solo, pero no lo estás.

—Buen intento, soldado, pero no entiendes su problema. Mejor cierra la boca y no molestes con palabrería barata. No eres precisamente un poeta como para que tu lamentable filosofía de la vida pueda siquiera rozarle. Esto es entre él y yo, ¿a que sí, Raven?

Nilia se sentó frente a él, entre las ruinas y la destrucción. Raven la miró a los ojos.

—Me humillaste —dijo, recordando su última conversación en el Infierno, cuando ella lo había rechazado de aquella manera tan poco delicada—. Vi tu desprecio. Yo te… Ya lo sabes, no lo repetiré. Podrías habérmelo dicho de otro modo.

—No, no podía. Tenía que decirlo como lo dije. Tenía que humillarte —repuso ella con frialdad.

—¿Por qué?

—Para que estallaras —dijo Rick, claramente asombrado de su propia deducción. Se dirigió a Nilia—: Querías que perdiese el control, ¿verdad?

—No había otra manera de salir de allí —confirmó ella, encogiéndose de hombros.

Raven abrió los ojos al límite.

—Pero… maté a muchos…

—Es una guerra. ¿Hubieras preferido morir tú? Todos te buscan, Raven.

—De todos modos, sonaste muy sincera. —Raven no pudo evitar ruborizarse—. No sientes por mí lo mismo que yo.

—Eso es cierto, pero no es culpa tuya. Alguien se encargó hace mucho tiempo de incapacitarme para esa clase de sentimientos. Podría mentirte, Raven, me resultaría muy sencillo seducirte y entregarte a alguno de los bandos que se muere de ganas por tenerte. De hecho, te he protegido desde que nos conocimos. ¿Sabes que los ángeles te buscan desde la Onda? Te aseguro que no es para nada bueno.

—Ellos no me matarían.

—En eso estamos de acuerdo, su estilo es diferente. Ya sabes qué nos hicieron a nosotros y a los neutrales tras la Primera Guerra. ¿Qué crees que le harían al que mató a Dios?

—Te encerrarían —intervino Rick.

—De por vida —añadió Nilia—. Podría significar la eternidad para ti si también has adquirido nuestra longevidad. Y no, Raven, no te absolverían más adelante ni cambiarían de opinión. Cuando esos toman una decisión, es definitiva. Por decirlo de algún modo, el diálogo no es lo suyo. Ellos nunca se equivocan, nunca cometen un error. Como el Viejo y sus repugnantes decisiones unilaterales… Por eso me dan tanto asco. Así que te pasarías la eternidad solo y encerrado. Si lo piensas un segundo, seguro que prefieres matarte.

Raven meneó la cabeza, aturdido por todo lo que estaba escuchando.

—Mataste a Lyam... —dijo en un susurro.

—Era un enemigo y, encima, demasiado curioso —repuso Nilia—. Pero dejé vivir a Yala. Ninguno habríais salido del Infierno si yo no hubiese querido.

Raven la había visto acabar con muchos ángeles y, por ello, era uno de los miembros más relevantes del bando de los demonios. Pero todos, ángeles y demonios, participaban en una guerra y se mataban entre sí para ganarla. Sería ingenuo esperar que los que habían sido hermanos en el Cielo fuesen a reconciliarse y a ser felices por la eternidad. Se sintió estúpido por recriminarle a Nilia que eliminara a sus enemigos.

—Entiendo... Es solo que me caía bien. Creo que Lyam sí me apreciaba, o puede que... Bueno, no lo sé. No sé nada de nada. De todos modos, ya has dejado claro que no significo nada para ti. ¿Qué te importa si me quito la vida?

—Cuando te pones así, me dan ganas de darte una bofetada. ¿Qué piensas que hace aquí Rick? ¿De verdad crees que es tu amigo del alma? —El soldado hizo ademán de intervenir, pero Nilia lo silenció con una mirada—. Escucha con mucha atención, porque no lo repetiré. La Onda nos afectó a todos, pero de un modo diferente. A los menores os paralizó mientras seguíais conscientes, viendo lo que pasaba a vuestro alrededor. Con nosotros fue al revés. Perdimos el sentido de repente. Cuando recobramos la conciencia, nos habíamos desplazado. Ninguno estábamos en el mismo lugar que antes del suceso.

—¿Qué relación tiene eso con...?

—Antes os dije que nadie podía sobrevivir a una caída en el Agujero. Es mentira. Yo caí dentro. Batí las alas con todas mis fuerzas, pero no sirvió de nada, como ya sabía. Entonces, me sumergí en una oscuridad impenetrable y un frío imposible de describir. Mis alas se congelaron. No sé durante cuánto tiempo estuve cayendo.

—Te suicidaste, ¿verdad? —la acusó Rick—. Por eso entiendes tan bien a Raven.

—¿De verdad? —preguntó Raven, escandalizado—. ¿Por qué? ¿Cómo sobreviviste?

—Gracias a ti, Raven —contestó Nilia—. En ese momento se produjo la Onda. Perdí la conciencia y cuando desperté estaba dentro de una gruta con las alas descongeladas. Me salvó el desplazamiento de la Onda, es decir, tú. Si no hubieses matado a Dios, yo estaría muerta.

Se miraron en silencio durante un tiempo largo. O eso supuso Raven, porque él rehuyó las miradas de Nilia y Rick.

—Tienes que ir al Cielo, Raven —dijo al fin Nilia—. Y descubrir la verdad de una vez por todas. ¿Qué me dices? ¿Vendrás conmigo o sigues empeñado en suicidarte?

—Yo...

—Recuerda que Lyam te pidió que fueses al Cielo para encontrar la tercera persona que estuvo contigo y el niño ese durante la Onda. No solo te lo pido yo, un demonio, también te lo ha pedido un ángel.

—Es verdad. —El rostro de Raven se iluminó—. Sí, iré contigo al Cielo.

Había dejado de llover, algo que Vyns agradeció inmensamente, sintiendo aún alguna de sus plumas húmeda. Las nubes se habían dispersado y solo quedaban algunas manchas blancas cada vez más finas.

—¿Tanto tiempo hemos pasado leyendo esos malditos informes? —preguntó.

Asius, que salía en ese momento del Mirador, desenfundó la espada y barrió la llanura que se extendía ante ellos. Vyns se puso tenso.

—He oído algo —dijo Asius—. Prepárate.

Tenía que tratarse de los demonios. Seguramente Capa los había advertido de que estaban solos y Asius era una presa que no podían dejar escapar, no solo por su antigua posición en el Consejo —que hubiese sido destituido no suponía diferencia para ellos—, sino por ser el responsable de descubrir al traidor infiltrado y evitar que los demonios recuperaran a Stil. Vyns podía imaginar la rabia que sentirían hacia él.

—Tienes un oído muy fino, Asius —preguntó una voz femenina—. Dime, ¿has encontrado ya lo que buscabas?

Renuin apareció desde un lateral. Rodeaba el Mirador y caminaba con elegancia y tranquilidad hacia ellos.

Los dos ángeles guardaron las armas.

—¿Estás sola? —preguntó Asius—. ¿No llevas escolta?

—Ninguna. ¿Intuyes el motivo?

Vyns trató con todas sus fuerzas de adivinar cuál podría ser.

—No quieres que nadie sepa lo que vienes a decirme —aventuró Asius sin el menor asomo de duda—. Sabías que vendría al Mirador.

—¡Lo tenía en la punta de la lengua! —Vyns agarró con fuerza el hombro de Asius—. Si me hubieras dado unos segundos más…

Renuin asintió. Una sombra de tristeza oscureció su rostro.

—Por eso te desterré, Asius. No es la mejor forma de proceder, pero no tengo demasiadas opciones. Ningún ángel supondrá siquiera que estoy aquí, contigo.

—Y de paso refuerzas tu autoridad al recalcar delante de todos que estás por encima de mí y de cualquiera que ose desobedecerte, ¿verdad? Así muestras con un ejemplo las consecuencias de la insubordinación.

—¿Crees que soy una tirana? ¿Te das cuenta de a dónde conducen esos pensamientos, Asius? Los demonios, incluido mi esposo, pensaron así una vez. Todo comienza por una idea. Ya has llegado al punto de matar a un ser indefenso, como Diacos, o como querías hacer con Stil. ¿Cuál es el siguiente paso? Dime, ¿qué te ha traído a espiar nuestros documentos secretos? ¿El deseo de ayudarnos o la desconfianza que me profesas?

Asius no contestó. Hizo un esfuerzo razonable para sostener la mirada de Renuin. Ella no empleaba un tono severo, ni su expresión era dura, pero sus palabras le causaban dolor. Vyns lo percibía en la respiración de su amigo, en el leve temblor de sus ojos.

—¿Todo se resume en un problema de lealtad? —dijo Asius, poco convencido.

—Ojalá fuera tan simple —se lamentó Renuin—. ¿Y si yo determino que nadie debe leer esos cristales? Nuestra fuerza ha sido siempre la lealtad, esa capacidad de confiar en el otro sin necesidad de justificaciones. Lo contrario es estar solo, como tú te sientes ahora, como te sentías al no poder confiar en tus compañeros para decirles que Diacos era un traidor. ¿Qué te ha pasado, Asius? ¿Por qué ya no eres capaz de aceptar mi posición sin espiarme? ¿Y tú, Vyns? ¿Puedes afirmar que confías en mí?

—Bueno, yo… —Vyns se sonrojó—. Tienes que admitir que después de la traición de Diacos, es un poco sospechoso que eches a Asius y te quedes con Stil. Es lo que pienso, lo siento. Pero también entiendo lo que has dicho. Joder, sí que he perdido esa lealtad o lo que sea. ¡Y no me gusta! ¿Por qué tengo dudas?

—No has perdido nada, Vyns —aseguró Renuin—. Conservas esa cualidad intacta. Por eso sigues a Asius, a pesar de que ni siquiera sabes a dónde va.

—Pero yo no la conservo —dijo Asius—. Es cierto cuanto has dicho, Renuin. Me cuesta confiar. Y a mí tampoco me gusta sentirme así. Si te soy sincero, no sé qué me ha pasado para llegar al punto de ver a mis propios hermanos como a unos extraños. Sin embargo, puedes estar segura de que no me pasaré al otro bando, si es lo que temes. Lo que no comprendo es por qué nos ocultasteis información sobre Raven, ni por qué ahora actúas a espalda de los demás.

—¿No actuaste tú a nuestra espalda cuando fuiste a Londres a rescatar a Diago, en contra de la decisión del Consejo? ¿No ocultaste quién era Diacos hasta el último momento? ¿No maniobrasteis Vyns y tú a espaldas del Consejo para proteger la primera esfera de la invasión de los demonios?

—Ahí nos ha pillado —murmuró Vyns.

—¿Por eso me desterraste?

—Ha comenzado la guerra, Asius, no puedo consentir divisiones internas. Estamos atacando a los demonios, ahora mismo. En este instante nuestros hermanos están matando y muriendo, y yo estoy aquí, hablando contigo. ¿Ni siquiera eso despeja tus dudas sobre mí?

—A mí me parece bastante convincente —apuntó Vyns con sinceridad.

—No le contaremos a nadie el contenido de esos informes, si es lo que te preocupa. Además, nadie me creería. —Asius endureció levemente el tono de voz—. Ya que has venido a vernos, podrías explicarnos por qué nos mentisteis al decirnos que solo Raven había estado en la séptima esfera durante la Onda.

—Nosotros no mentimos, Asius. Nunca dijimos que estuviese solo, aunque es evidente que no queríamos que lo supieseis. ¿De verdad te extraña? No creo que ya se te hayan olvidado todos los problemas que tuvimos después de la Onda, como buscar al Viejo o crear los conductos para poder acceder a zonas elevadas. Hay una razón para que exista una cadena de mando, en la que por cierto tú ocupabas uno de los puestos más altos como consejero. Es imposible organizarse si todos los ángeles tuviesen que estar al corriente de cuanto sucede y participar en todas las decisiones. Nos pasaríamos el día en asambleas en vez de actuar.

—Me suena a evasiva —insistió Asius—. Es obvio que no se puede compartir toda la información, que hay que priorizar, pero no estamos discutiendo sobre el color de las runas. Había dos personas más con Raven. Teníamos derecho a saberlo. A todos nos preocupaba la ausencia del Viejo.

—Es fácil criticar después de que todo haya pasado. Me imagino que has leído que a los otros dos los dimos por muertos, ya que no hallamos rastro de ninguno de ellos. Además, teníamos otras prioridades que atender, así que enviamos al grupo de Diago a capturar a Raven, del que tú y Lyam formabais parte, Vyns. Pero no lo lograsteis y no es un reproche, entiendo lo que pasó.

—Pues os equivocasteis, Renuin. Vyns los conocía, los había visto antes de la Onda mientras ejercía de observador. Podría haber sido de ayuda contar con su opinión si hubiésemos sabido que había dos personas más que figuraban en los informes de uno de los nuestros.

—Lo sé. Nos equivocamos en muchas cosas —Renuin endureció la expresión—, como al creer a Diacos uno de los nuestros y no darnos cuenta de su traición. Pero ya te he dicho que es fácil escarbar en el pasado y juzgar. Hazlo si quieres cuando me marche, pero ahora hay asuntos más importantes. Cometimos otro error. Esos dos no murieron. Yala me lo contó. Encontraron al niño en el Agujero, lo que explica por qué no dábamos con él. Del otro aún no hay noticia alguna.

Asius intercambió una mirada con Vyns.

—Creo que Yala me habló del niño ese —dijo Vyns encogiéndose de hombros—, pero no presté atención. Solo me interesé por Lyam, lo siento.

—No pasa nada —repuso Asius y luego miró a Renuin—. Quieres que encuentre a ese que falta, ¿no es cierto?

—Me gustaría mucho pedirte eso —asintió Renuin—, pero me veo obligada a tomar decisiones complicadas.

—¿A qué te refieres?

—Yala me contó mucho más de su viaje al Infierno. Hubo una explosión que provocó el propio Raven, igual a la que causó durante la batalla de la Ciudadela y separó a los gemelos.

—No es la primera vez —confirmó Vyns—. Quemó a una niña a la entrada de Londres en cierta ocasión. Fue así como lo encontramos, y sabemos que también lo ha hecho antes.

—Correcto —dijo Renuin—. Nada nuevo en ese sentido. Lo preocupante es que sus detonaciones cada vez son más fuertes. La última arrasó Londres y causó graves daños en el Agujero.

—Su fuerza aumenta —dijo Asius.

—O será que la práctica le hace más fuerte —siguió Renuin—. Según Yala, Raven no sabe controlar esa fuerza. Parece que si se desestabiliza emocionalmente, pierde el dominio de sí mismo. Y por lo visto está enamorado de Nilia.

—¡Lo que faltaba! —soltó Vyns—. ¿Por qué no me sorprende? Un menor medio idiota, encandilado con Nilia. ¿Podría resistirse alguno de ellos?

—Nadie puede resistirla con facilidad —repuso Renuin—. Ni siquiera Lyam pudo. Sí, Vyns. Yala me contó que Lyam sentía algo por ella.

—¡Eso es una puta mentira! —se encendió Vyns—. ¡Lyam era un ángel cojonudo! ¡Y nunca se habría pasado al enemigo! ¡No me lo trago! ¡Ni de coña!

—Vyns, calma. —Asius tuvo que sujetarlo—. Así no llegaremos a ninguna parte. Lyam podía sentir algo por ella y seguir siendo fiel a nuestra causa, no son posturas incompatibles. Relájate.

Poco a poco, Vyns dejó de forcejear y su respiración se normalizó. Asius lo soltó.

—Está bien, vale —dijo Vyns—. Me contendré. ¡Pero que nadie hable mal de Lyam delante de mí! ¡Estuve siglos con ese enano en el plano de los menores y nadie lo conoce como yo! Vale, vale, ya me callo.

Agarró una piedra y la arrojó tan lejos como pudo. Resoplaba. Era evidente que aún estaba alterado.

—¿Qué importan los sentimientos de Lyam? —preguntó Asius dirigiéndose a Renuin.

—Nada. Son solo una muestra de la fuerza de Nilia. No delató a los nuestros allí abajo, y parece que tuvo la ocasión. Por eso se salvó Yala. Debe de tener algún plan personal y está manipulando a Raven, aprovechando lo que siente por ella, para lograr sus objetivos. Lo va a traer hasta aquí. El propio Lyam le pidió a Raven que viniese al Cielo a buscar a ese que nos falta. Ayudó a Nilia sin saberlo.

—No, Renuin, no puedes pedirme eso.

—¿El qué? —bufó Vyns, que regresaba junto a ellos—. No he entendido un pijo. ¿De qué va todo este rollo? ¿Que Nilia viene a por nosotros? ¡Vaya novedad!

Asius mantenía una tensa y silenciosa mirada con Renuin.

—Ahora veo claro por qué me expulsaste. Querías pedirme algo que nadie quiere hacer y sin que los demás se enteren. Así me culparán a mí y no a ti cuando se sepa. Sin embargo, al echarme, perdiste el derecho a darme órdenes.

—Y no lo he hecho. ¿Has oído alguna orden por mi parte? Tampoco busco evadir mi responsabilidad. Llegado el momento, no tendré inconveniente en admitir mi implicación.

—Das por sentado que lo haré —dijo Asius con irritación.

—¿Qué? ¿Qué harás? —se excitó Vyns—. Que no me entero de nada, joder.

—Yo solo he venido a informarte, Asius. No necesito ordenarte nada porque sé que harás lo correcto. Adiós. Espero que volvamos a vernos pronto.

Vyns logró dominarse durante un tiempo razonable mientras Renuin se marchaba. Al final se colocó delante de Asius con los puños apretados y los músculos tensos, y un brillo en la mirada idéntico al que mostraba antes de entrar en combate.

—Me lo vas a explicar, ¿no? Porque puede que sea un poco corto, pero tengo derecho a…

—Renuin quiere que detenga el plan de Nilia —dijo Asius con la mirada perdida en la distancia.

—Ah, bueno. Pues nos la cargamos y punto.

—No es tan sencillo. Raven la acompaña y Nilia planea provocarle para que explote de nuevo. Al ritmo que aumentan sus detonaciones, es más que probable que nos mate a todos, sin excepción. Ese es el verdadero plan de Nilia. —Asius parpadeó y centró la mirada en Vyns, que se había quedado con la boca abierta—. Renuin me ha pedido que mate a Raven. Y que el Viejo me perdone, porque si no lo consigo, acabará con todos nosotros.

CAPÍTULO 7

Al principio Thomas no vio absolutamente nada que no fuera una nube gris. Los rayos habían perdido intensidad y, a lo lejos, parecían parpadeos de luz en las profundidades de la tormenta. Los truenos se superponían y se fundían en un estruendo permanente al que Thomas se acostumbró pasados unos minutos, como un murmullo de fondo al que dejó de prestar atención. Su preocupación seguía siendo conseguir ver algo.

El camión se mecía de un lado a otro, vapuleado por el viento y la lluvia; tanto se inclinaba que Thomas temió que volcara. Los faros iluminaban apenas un par de metros y no demasiado bien. El terreno era irregular; había baches, charcos y puede que algo de vegetación, porque escuchaba crujidos bajo las ruedas. Aminoró la velocidad, para dejar de dar botes sobre el asiento y porque lo último que le apetecía era tener que bajarse a cambiar una rueda.

Al frente, a una distancia imposible de precisar, se distinguía una claridad, un leve resplandor que asomaba tímidamente entre la oscuridad. Hacia ese punto se dirigía Thomas con la esperanza de que fuera la salida que le había indicado Jimmy.

—Hay una luz al final —le había asegurado el pequeño soldado—. No tiene pérdida. Y antes de que me lo preguntes, no, no es un túnel.

Hizo que sonara muy sencillo, como siempre, como todo lo que Jimmy decía. A Thomas no se lo parecía en absoluto y eso que no iba a pie. Se acordó de que pronto entrarían en la tormenta los demás vehículos y, con ellos, miles y miles de personas, caminando, luchando contra el viento, la lluvia, el frío y la oscuridad.

Los niños lo pasarían realmente mal. ¿Cómo les afectaría aquella experiencia en adelante? Semejante viaje podría marcar de por vida a la próxima generación de mujeres y hombres, si es que había un futuro para ellos.

Lo que Thomas no dudaba era que más de uno vería morir a familiares y amigos. Vivir una catástrofe de esas dimensiones, el fin del mundo conocido, constituía un punto de partida traumático para empezar de nuevo. ¿Qué imágenes, sonidos se les quedarían grabados? Thomas no podía imaginarlo siquiera. Sería una nueva civilización, distinta de las precedentes. No se podía sobrevivir a todo aquello sin que algo cambiara para siempre.

Dos nuevos resplandores, uno a cada lado, espantaron sus miedos y lo trajeron de vuelta a la realidad. Eran las runas, muy grandes, ardiendo a pesar del viento y la tormenta. Thomas se sintió aliviado. Aquel fuego gris, más claro que el entorno, iluminaba y hacía visibles a las dos unidades que lo escoltaban. Iban trazando las runas según avanzaban, a intervalos de unos diez metros, con el fin de delimitar el camino que los demás tendrían que seguir. Además de crear las runas, los soldados tenían la misión de repasarlas y que no se extinguieran hasta que todos alcanzasen el otro lado.

—¿Cuánto durarán? —le había preguntado Thomas a Jimmy.

—Es difícil precisarlo —contestó algo molesto. A Jimmy no le gustaban la ambigüedad ni la abstracción, que no encajaban en su mente de niño. Se sentía más cómodo con las medidas precisas—. Los nuevos están un poco verdes. Dudo que creen runas que aguanten más de media hora. Las de los veteranos como yo arderán durante horas.

Thomas giró bruscamente el volante al reconocer la unidad de Jimmy. Estaba más cerca de ellos que de los otros cinco soldados, en el extremo opuesto, y él debía mantenerse en el centro.

Dos estelas plateadas surgieron de cada lado, se alzaron describiendo un arco, atravesaron las nubes negras. Se encontraron en el medio exacto. Y se fundieron, para formar un arco de llamas plateadas que derramó luz sobre el camino.

Los soldados procedían de aquella manera cada treinta metros aproximadamente. Como resultado, se iba abriendo un túnel techado por una arcada de fuego plateado y runas a los lados; al final, el punto de luz que conducía al Cielo. Más de una persona sacaría la conclusión equivocada.

Thomas trató de distinguir qué había más allá de las runas, pero solo vio nubes oscuras. Sin embargo, debía de haber algo más. ¿Cómo sería aquel terreno si no? Se obligó a dejar de pensar en eso. No le incumbía. Se trataba de un viaje solo de ida, y lo único importante era que todos alcanzaran el destino.

Varios destellos relampaguearon en los espejos retrovisores del camión. Eran los vehículos que los seguían. Aquella misión ya era real. Miles de personas estaban penetrando en la tormenta. Los vehículos irían a los lados, rozando las runas que Jimmy y los demás soldados habían dibujado para ellos; el resto, la inmensa mayoría, estaría caminando en medio, pasando miedo y frío, con una visibilidad reducida y una tormenta vomitando truenos sobre sus cabezas.

Thomas reprimió el impulso de pisar el acelerador y acortar el trayecto. De esa manera, solo conseguiría llegar antes él y suponiendo que no destrozara el camión. Jimmy y los demás debían grabar las runas, y los que marchaban a pie no podrían correr aunque quisieran. Cada uno de ellos, cada ser humano que quedaba con vida, tendría que superar aquel viaje por sus propios medios y a la velocidad que pudiera permitirse.

Transcurrió un lapso de tiempo interminable y monótono, hasta que al fin, tras lo que parecieron horas, Thomas vio la salida muy cerca. La tormenta se difuminaba delante de él. Era obvio que una luz del otro lado penetraba entre sus nubes. Al aproximarse un poco más, creyó distinguir unas formas más allá, incluso cierto tono dorado, aunque podría equivocarse porque era muy complicado diferenciar algo todavía. No podía creer que estuviese a punto de entrar en el Cielo con un camión militar.

Los soldados trazaron el último arco y se aproximaron al vehículo. Thomas echó un vistazo al cuentakilómetros. Habían recorrido dos kilómetros y medio en el interior de la tormenta.

La salida fue muy sencilla, suave. De repente dejó de llover y el camión por fin empezó a circular sin dar botes, lo que indicaba un terreno llano. Al instante los bañó un torrente de luz. A Thomas le dolieron los ojos durante un rato; luego, cuando se adaptó, descubrió que en realidad la luz no era muy intensa, sino como la de un atardecer, y que la molestia en los ojos había sido más por el contraste con la oscuridad de la que provenían, que por la fuerza del resplandor.

Le habían hablado del Cielo, por supuesto. Jimmy y Jack le habían obsequiado con unas pinceladas de cómo era. Sus descripciones habían evocado en la mente de Thomas un lugar prodigioso donde no había sombras, hermoso, con el terreno dividido en diferentes alturas. Le habían contado que era un lugar en el que no se sentía frío ni calor, que siempre estaba bendecido por la temperatura adecuada, y varios detalles más.

Sin embargo, Thomas no apreció nada de eso, excepto por algunas piedras y árboles que levitaban aquí y allá. Le recorrió una sensación de rechazo instintivo: aquel lugar no podía ser el Cielo.

El color dorado que había divisado desde el interior de la tormenta era el de millones de espigas. Ante ellos se extendía una llanura ligeramente ondulada, erizada por aquellas agujas amarillas, que se mecían suavemente cuando una brisa las acariciaba. Eran doradas, sí, pero de un tono apagado, sin brillo y ajado, como el del oro viejo.

No todo eran espigas. El terreno estaba deteriorado por socavones y agujeros, grietas que serpenteaban y lo resquebrajaban. En el aire ardían algunos látigos de fuego. Algo más adelante les bloqueaba el paso una formación montañosa de aspecto horrible y nada natural. Rocas gigantescas e irregulares se apilaban de manera desordenada, sin que encajaran entre ellas ni concordaran con el entorno. Alguien debía de haberlas transportado hasta allí. Daba la impresión de ser una muralla improvisada, incluso quedaban algunos huecos por los que se alcanzaba a ver algo del otro lado. Su aspecto era lamentable.

A sus espaldas, la tormenta tronaba. Se izaba y se abría a ambos lados, formando una pared inmensa, de una extensión inabarcable. No era un lugar precisamente agradable.

Thomas se bajó del vehículo con la sensación de que el Cielo no se parecía en nada a lo que había imaginado. Reparó en su sombra. Desde la primera vez que oyó hablar del Cielo, había tratado de imaginar cómo sería un sitio en el que la luz estaba en todas partes. Era evidente que ya no lo sabría.

—¡Es una orden, Jimmy!

Thomas se volvió y vio que Jimmy y el resto de su unidad se acercaban a él. La mujer —el corazón y la responsable a la que nadie debía desobedecer— se mostraba un tanto disgustada.

—¡Thomas! —gritó Jimmy llegando hasta él.

Thomas se puso nervioso y miró alrededor.

—¿Qué sucede, Jimmy? ¿Algún peligro?

El chico estaba muy nervioso.

—Eso no debería estar ahí —dijo, extendiendo el brazo.

—¿Esa especie de muralla de rocas?

—Sí, eso. Ya estuve en el Cielo, ¿recuerdas? Y eso no debería estar ahí. —Jimmy hablaba muy deprisa—. Las sombras son... normales, mientras que la otra vez eran medio transparentes. Y hay menos luz.

—Jimmy, cálmate. ¿Qué intentas decirme?

Thomas pensó en las miles de personas que estaban atravesando la tormenta para reunirse con ellos, y rezó para que Jimmy no pronunciara las palabras que sabía iba a decir a continuación.

—Algo ha salido mal. O hemos entrado por otra parte... o no estamos en el Cielo.

—¿Alguno de vosotros estuvo en el Cielo y puede confirmar si es este lugar? —preguntó Thomas al resto de los soldados, tratando de dominarse.

Un hombre levantó la visera de su casco.

—Yo estuve en el Cielo, pero me sucede como al chico. No estoy seguro. El salvador, Rick, nos obligó a retirarnos muy deprisa después de pelear con el demonio de las alas de fuego.

Bajó la visera y regresó a su formación.

Thomas ardía de rabia por dentro. En aquel momento, con los supervivientes a punto de salir de la tormenta, Rick no le parecía el salvador que todos consideraban. De serlo, estaría ahora allí, ayudando a los suyos, y no se habría marchado con un demonio, como le habían informado. Thomas tenía que tomar una decisión y no contaba con datos precisos. Debía verificar a toda costa si efectivamente algo había ido mal y, como resultado, habían conducido a la humanidad al lugar equivocado.

—¿Cuánto tardarán en llegar los primeros civiles? —preguntó, luchando por esconder su turbación.

—Varias horas, si todo va bien —contestó una mujer—. No es posible determinar cuánto les costará superar la tormenta. Ni cómo reaccionarán cuando tengan que dejar a los muertos por el camino.

—No podemos pedir a millones de personas que se den la vuelta —dijo Thomas, pensando en voz alta—. Ya no. Tenemos que comprobar si hay algún peligro antes de que lleguen. Inspeccionaremos esa especie de cordillera, muralla o lo que sea, y veremos qué hay al otro lado.

Thomas se puso al volante del camión y a sendos lados marcharon los soldados. Llegaron a la formación rocosa enseguida, dado que no debía de estar a más de doscientos metros del lugar por el que habían accedido.

No había modo alguno de cruzar la muralla de rocas.

—Es muy alta —dijo Thomas al bajarse del camión.

Los cascotes gigantes dotaban a aquel cerco de un borde irregular. Era una creación realmente extraña, pero su propósito resultaba obvio.

—Es una barrera, un puesto defensivo —explicó Thomas señalando su perímetro.

La muralla describía un semicírculo, cercando el área en el que se encontraban y por el que forzosamente debería pasar quien quiera que atravesara la tormenta.

—Alguien ha rodeado la entrada al Cielo o a lo que sea este lugar —concluyó Thomas—. Desenvainad las espadas y estad alerta.

Las dos mujeres repitieron la orden y los soldados obedecieron.

—Pero un puesto defensivo se defiende —dijo Jimmy—. Y yo no veo a nadie que se encargue de eso.

La mujer de su unidad le mandó guardar silencio. Jimmy obedeció, pero su observación caló en el grupo. Un puesto defensivo sin defensores era inquietante. Thomas sentía que aquella tranquilidad, que la ausencia de una alarma visible, era un mal presagio de lo que estaba por venir.

—Tenemos que asegurarnos de que no haya demonios y encontrar un hueco para cruzar esa barrera.

Resonó un crujido que recordaba a un corrimiento de tierras. El primer impulso de Thomas fue bajar la vista para comprobar si el suelo temblaba a causa de un terremoto. Después, al volver a alzar la mirada, dio con el origen de aquel estruendo.

Las rocas de la muralla se encendieron en llamas. Delgadas líneas de fuego se propagaron haciendo temblar los bloques de piedra. El aire vibraba.

—¿Son runas? —gritó Thomas para hacerse oír.

—¡No! —contestó una mujer—. Al menos ninguna que nosotros hayamos visto antes.

Algunas rocas cayeron desde lo más alto. Daba la impresión de que la muralla iba a desmoronarse por completo. El fuego seguía serpenteando entre las piedras, envolvía algunas rocas y luego seguía avanzando. Una sección entera se derrumbó. De los escombros se alzaron llamas con un ligero tono azulado. Rodeada por aquel fuego había una silueta de piedra, moldeada de una forma semejante a la humana, pero mucho más grande.

—¡Un titán! —exclamó Thomas.

Iba a ordenar inmediatamente que acabaran con él, pero se quedó con la boca abierta al ver que el resto de la muralla se venía abajo. Se levantaron decenas de titanes. La muralla solo era un camuflaje. Después de todo, sí había defensores.

Thomas y los diez soldados comenzaron a retroceder mientras los gigantes de piedra se acercaban a ellos y los cercaban. Como poco, habría cien de aquellos monstruos. Cualquier militar con un mínimo sentido de la estrategia ordenaría una retirada. El problema de Thomas era que no tenía a dónde retirarse.

—Espero que hayáis terminado ya —dijo Rick un tanto nervioso—, porque creo que viene una patrulla de demonios.

Raven no se inmutó. Nilia, a su lado, sentada entre los escombros, se levantó y asintió.

—¿Estás seguro? No tiene ningún sentido que los demonios vengan aquí a menos que te hayan visto. ¿Tan complicado era esperar quieto? Has metido la pata, soldado.

Rick se encogió de hombros.

—No entiendo cómo han podido verme. Pero será mejor que hagamos algo y luego, si quieres, me echas la bronca. Puede que solo sea una coincidencia y pasen de largo.

—Raven, en marcha —ordenó Nilia.

—¿A dónde? —preguntó Raven.

—Primero a evitar los demonios, luego a buscar al niño y por último al Cielo. Ya lo hemos hablado.

—El niño ha muerto —dijo Raven, evitando cruzar la mirada con ellos—.

Creo que yo lo maté al explotar. No noto su presencia. En el Infierno, desde que lo encontramos, siempre… lo percibía o algo así, podía sentirlo. Pero desde que salimos, nada. Ha desaparecido.

—Ese niño no está muerto —aseguró Nilia—. Si nosotros sobrevivimos a tu explosión, él también.

—Me parece estupendo todo eso, de verdad —interrumpió Rick—, ¿pero por qué no lo discutimos después? Vámonos, Raven. Encontraremos a ese niño y resolveremos todo este lío.

—Yo no creo que sea una buena idea —dijo alguien.

Rick estudió los alrededores en busca de quien había hablado. Había más de un millón de escondites posibles entre las ruinas en las que se habían ocultado. Grietas, socavones, agujeros sumidos en la oscuridad. Podría estar en cualquier parte. Los puñales de Nilia brillaban en sus manos. Raven por fin se levantó y también barrió la estancia con la mirada y gesto preocupado.

—Te voy a encontrar en menos de cinco segundos —dijo Nilia, dirigiéndose a los escombros—. Y cuando lo haga, no te dará tiempo a abrir la boca siquiera antes de que la atraviese con este cuchillo. Si quieres tener la oportunidad de explicarte, mejor que te muestres ahora mismo.

Sonó un ruido por la derecha. Una figura entró a través de una grieta en la pared este. Más que entrar cayó al suelo con bastante torpeza. Se levantó con cierta dificultad y caminó hacia ellos. Se detuvo a pocos metros de distancia, al amparo de las sombras, aunque no parecía que tuviese intención alguna de ocultarse. Una llama surgió de repente frente a su rostro, que permanecía parcialmente cubierto por una de sus manos.

Nilia flexionó las rodillas, cargó el peso en la pierna izquierda y apretó los puñales con fuerza.

—Eso no será necesario —advirtió el recién llegado—. Nilia, ¿verdad? No es complicado reconocer a alguien a quien suelen describir como la criatura más hermosa de toda la Creación.

La llama desapareció. En su lugar resplandeció un punto, una brasa roja de intensidad intermitente y pequeñas nubes de humo a su alrededor.

—Baja las armas, Nilia —pidió Rick—. Lo conozco.

Jack Kolby dio un paso al frente. Dio varias caladas más hasta que el puro terminó de encenderse. La última, la más larga, terminó con una mueca de satisfacción mientras el humo ascendía en un remolino.

—Solo soy un menor de nada, inofensivo. —Jack invitó a Nilia a bajar los cuchillos con un gesto de las manos, pero ella no se inmutó, presta para el ataque—. Ni siquiera podría matar a una mosca. Además, ¿qué posibilidades tendría contra ti?

—¿Qué haces aquí, Jack? —preguntó Rick—. No es un buen momento. Me siguen unos demonios.

—Me seguían a mí, no a ti. Pero tranquilo, ya los he despistado.

—¡Tú eres el que nos envió al Cielo! —dijo Raven, como si se acordara de pronto—. Eres el dueño de aquel portal por el que cruzamos.

Nilia relajó la postura y guardó los puñales.

—Y el dueño de todo esto también. —Jack separó los brazos abarcando todo el lugar—. O lo habría sido de no ser por tu amigo —dijo señalando a Nilia—. El encapuchado parlanchín, Capa. Este edificio asqueroso es uno de los cinco que construisteis para crear aquel portal gigantesco por el que accedisteis al Cielo, cuando la niebla todavía era niebla. Yo intenté comprar este local a mi ex amigo Robbie Fenton, pero se negó a vender a pesar de mi generosa oferta. ¿Lo recuerdas, Rick? Te envié a ti a negociar con él. En su momento no comprendí su negativa, pero ahora sé que Capa lo embaucó. Ese niño-demonio es mejor que yo para manipular a los demás.

—Así que tú eres el que mueve los hilos de los menores —murmuró Nilia—. Interesante. ¿Y conoces a Robbie Fenton?

—Era un auténtico cerdo —asintió Jack—. Un traficante de influencias y otras cosas poco agradables de comentar. Un tipo que sabía aprovecharse de los demás.

—Quién fue a hablar —susurró Rick.

—Pero luego su mujer se quedó embarazada y cambió completamente —continuó Jack—. Nunca habría pensado que los críos pudiesen ejercer tanto efecto en los padres, sobre todo después de conocer a verdadera gentuza con familias numerosas, algunos incluso más de una. Pero Robbie cambió y se volcó en los suyos. Tengo entendido que fue él quien te encontró en la nieve.

Nilia enmudeció y se quedó impasible. Rick había observado que Nilia hablaba si estaba a solas con alguien, pero que cuando había más de uno, especialmente discutiendo asuntos importantes, prefería reservarse y escuchar. Era una estrategia muy inteligente, y fácil de emplear con personas como Jack, para las que hablar parecía tan esencial en sus vidas como respirar.

—¿A qué has venido, Jack? —insistió Rick—. Deberías estar con los demás. Ayudándoles a… ya sabes.

Todavía no se sentía cómodo hablando de los planes de salvación de los humanos delante de Nilia.

—Curioso —sonrió Jack—. Yo venía a preguntarte lo mismo. ¿Qué sé yo de gestionar movilizaciones masivas y dirigir un ejército? Tú eres el que aclama todo el mundo, el gran matademonios, o algo por el estilo. Creo que Jimmy siente envidia de ti. Con tus nuevas… facultades eres el líder ideal, el que todo el mundo seguiría. Deberías estar al lado de los tuyos y no de paseo con tu amiga de los cuchillos.

—Yo no soy un líder, Jack. Ese es tu papel, ¿recuerdas? Yo solo soy un soldado.

—De mí no quieren ni oír el nombre, cosa que entiendo. Thomas se encargará de todo, es un gran tipo, con valores, no como los que nos encontramos aquí.

—Vuestras disputas de menores no me interesan —bufó Nilia—. Rick te ha hecho una pregunta. Contesta o te tragarás el puro.

Jack dio una calada larga. Se tomó su tiempo antes de responder.

—He venido para que no cometáis una estupidez, tú incluida. —Señaló a Nilia con el puro—. Ese crío al que buscáis, el que encontrasteis en el Infierno… es mejor que lo dejéis tranquilo.

—¿Qué sabes de él?

—Bastante. Y muy poco. Dudo que nadie sepa mucho de él, si te soy sincero.

—¿Y tú eres un gran político con esa forma de hablar?

—Es un niño de unos diez años, pelo moreno y ojos violetas. Apuesto a que no os ha dirigido una sola palabra, que ni siquiera os ha mirado directamente a ninguno. ¿Me equivoco?

Nilia, Raven y Rick intercambiaron una mirada rápida.

—Has acertado en todo, excepto en los ojos —dijo Raven—. Parecían completamente blancos.

—¿En serio? —se sorprendió Jack—. Antes de la Onda eran violetas. No estoy seguro de qué significará el cambio, pero no tiene mala pinta.

—¿Sabes quién es? —insistió Raven, excitado.

—No, y créeme que nada me gustaría más que saber precisamente eso, quién es. Pero lo conocí antes de la Onda. A él y al otro. El pequeño se llama Todd y el otro es un anciano llamado Tedd. Unos nombres sonoros, ¿verdad?

—¡Tedd! —gritó Raven—. Sí, ese nombre me dice algo… ¿Dónde está? ¡Tengo que encontrarlo!

—Mal, mal, mal. —Jack hizo un gesto negativo con el puro—. No me escuchas. Conviene no mezclarse con esos dos. ¿No es obvio viendo lo que ha sucedido? Son peligrosos. Mucho más que tú y tus puñales, Nilia.

—¿Qué sabrás tú? —se enfadó Raven—. Nos enviaste al Cielo sin avisarnos. Rick dice que eres un traficante y un mafioso.

Rick se sobresaltó. Iba a decir algo cuando Jack lo interrumpió:

—No importa, Rick, no tienes que excusarte.

—¿Por qué íbamos a creerte? —añadió Raven, aún rabioso.

—¿Y si te contara que fueron Tedd y Todd los que te encerraron en una prisión llamada Black Rock?

—¡Te lo estás inventando!

—¿En serio? Pues sí que tengo imaginación. De acuerdo, veamos. Nilia, los demonios intentasteis escapar del Infierno antes de la Onda, ¿me equivoco?

—¿Has deducido tú solo que intentamos escapar de una cárcel con la forma de un agujero en el que no hay luz? ¿Seguro que no te ha ayudado nadie a llegar a esa conclusión?

—Me refiero a esa vez que casi lo conseguisteis —apuntó Jack—. Sabes de cuál hablo, ¿a que sí? Construisteis un portal en el Infierno. Cinco pilares enormes, más grandes que este edificio en el que estamos ahora. Pero algo salió mal.

—¿Cómo sabes todo eso? —Nilia no ocultó su desconcierto, quizá por primera vez en su vida—. Sirian no te lo ha podido contar porque tampoco lo sabe. Solo alguien que haya estado en el Infierno puede saberlo. ¿Quién te lo ha dicho?

Jack hizo una nueva pausa. Tuvo suerte de que fuese breve, a juzgar por la expresión de Nilia.

—Simple deducción. —Jack se tocó la frente con el dedo índice—. Verás, no lo entendí hasta que vi vuestro portal, el de los cinco edificios que escondisteis en Londres. Ese crío y el anciano construyeron cinco prisiones sobre los pilares que ibais a usar para salir del Infierno. Es decir, que vuestro truco habría funcionado de no haber intervenido esos dos.

—¿Son solo conjeturas? —preguntó Nilia.

—Pero encajan. Y cuando las cosas encajan suelen ser ciertas. No creo en las coincidencias, al menos no en las relativas a asuntos tan transcendentales.

—Es cierto que no supimos por qué falló el intento de fuga —admitió Nilia—. Dast, el demonio que lo ideó, no se lo creía.

—Yo no entiendo los detalles —reconoció Jack—. Solo la idea global y los conceptos que implica. Ese tal Dast, el séptimo Barón, si no estoy mal informado, es el mejor viajero que existe, por eso encontró el modo de cruzar entre planos. Tedd y Todd se enteraron y decidieron servirse de ello para crear su propio invento que los llevara al Cielo, hasta el mismísimo Dios. Ellos provocaron la Onda, aprovechándose de vosotros y de vuestro esfuerzo. No se me ocurren unos trabajadores más motivados para construir el portal que unos demonios que llevaban milenios encerrados y creían que en realidad sudaban para ganar su libertad.

—¿Y qué pinto yo en todo esto? —preguntó Raven.

—Tú eres un accidente. No creo que estuvieses en los planes de nadie. Estoy haciendo conjeturas de nuevo, es verdad, pero ninguna otra cosa tiene sentido.

—¿Cuál es tu teoría sobre la Onda? —preguntó Rick.

—Hubo algún conflicto brutal, probablemente a un nivel que nunca podamos comprender. Satán también estuvo allí. Y murieron todos excepto Raven.

—El niño sigue vivo —señaló Rick con la irritación de quien repite algo ya sabido.

—Es cierto —convino Jack—. Pero está malherido. Admito que acabo de deducirlo por lo que me habéis dicho del color de sus ojos. Por lo que yo sé, nadie ha conseguido ni despeinarlos. Lo único que puede matar a Tedd y Todd es separarlos. Pero son muy inteligentes y planifican todo con un cuidado exquisito. Seguro que previeron esa posibilidad e idearon un plan para volver a juntarse. ¿Lo entendéis? Es justo lo que os empeñáis en hacer vosotros. Por eso os advierto de que no permitáis que Tedd y Todd vuelvan a estar juntos.

—¿Quieres que dejemos que el niño se muera solo? —preguntó Raven, con evidente rechazo.

Jack se limitó a observarlo con fijeza.

—Tus teorías tienen algunas bases reales —dijo Nilia—, pero también lagunas. Supongamos que estás en lo cierto. ¿Qué buscaban Tedd y Todd en el Cielo?

—Dos cosas, creo. La primera me la reservo porque no estoy seguro, es demasiado increíble, incluso para tratarse de ellos. Respecto a la segunda... ¿No lo sabes, Nilia? ¿Seguro? Está bien, lo diré. Buscaban un libro.

Rick lo atravesó con una mirada severa.

—¿Un libro? ¿Te importa ser más específico?

—Un libro muy importante que encierra un gran secreto —dijo Jack—. Hasta yo me siento como un idiota al decirlo. Pero ese libro existe y lo tenía el Viejo. Muy pocos lo han visto. En realidad, ningún ángel lo ha visto en su totalidad. El Viejo apenas les permitía hojear algunas páginas, y solo a unos pocos elegidos. —Nilia hizo ademán de intervenir, pero Jack le pidió que esperara con un gesto de la mano—. Me lo contó Sirian, a quien el propio Viejo enseñó el arte de la sanación.

—Entonces, es el libro de Dios, ¿no? —comentó Rick, y también se sintió un poco estúpido al expresar ese pensamiento en voz alta.

—El libro existe —confirmó Nilia.

—Pero no tengo tan claro que sea de Dios, al menos no creo que Tedd y Todd lo consideren de ese modo. Ellos lo llaman *La Biblia de los Caídos*.

—¿A quién le importa el título? —se impacientó Rick—. ¿Qué contiene?

—Las runas —contestó Jack—. Todas y cada una de ellas, incluso algunas que nadie conoce todavía. Y quizá algo más, pero es pura elucubración, ya que nadie ha tenido ocasión de leerlo entero.

Rick interrogó a Nilia con la mirada. Ella asintió.

—Algunos ángeles piensan que más adelante nos habría enseñado más runas. Al fin y al cabo, teníamos toda la eternidad para aprender.

—Esa historia no cambia nada —intervino Raven—. El niño, Todd, si es que de verdad se llama así, estuvo conmigo durante la Onda. Y también el otro. Los voy a encontrar y averiguaré la verdad. Si eso es malo, que así sea, pero estoy harto de vivir en una incertidumbre constante. Prefiero averiguar la verdad a tus especulaciones, Jack. Lo siento.

—No creo que lo sientas —repuso Jack, y estudió con atención a Raven.

Rick sabía que Jack estaba midiendo a Raven por su lenguaje corporal, su tono de voz, sus gestos. Y no se le pasaría por alto el modo en que Raven deslizaba frecuentes miradas furtivas a Nilia.

Cuando terminó con Raven, Jack se volvió hacia Rick.

—¿Qué? —dijo el soldado—. Esta vez no, Jack, no cuentes conmigo. Voy a ayudar a Raven. Además, dices que Tedd y Todd bloquearon el Infierno e impidieron que los demonios escaparan antes de la Onda. Eso puede significar que no son tan malos como aseguras. A fin de cuentas mantuvieron encerrados a los demonios. Perdón, Nilia, no quería decir...

—Demonios o ángeles. Eso es solo una cuestión semántica —dijo Jack—. Todos fueron ángeles y en el fondo lo siguen siendo. Su disputa es una guerra civil, nada más, como las miles que hemos tenido nosotros a lo largo de nuestra Historia.

Nilia sonrió de medio lado.

—Estoy de buen humor, Jack, pero no vuelvas a compararnos con los menores. Nuestras motivaciones y las vuestras no se parecen en nada. Nosotros no matamos por dinero ni religión ni imponer nuestra supremacía. Me sorprende que teniendo una visión tan amplia de todo lo que sucede no seas capaz de entender eso.

—Tal vez algún día podamos discutirlo —sugirió Jack—. En fin, veo que no he logrado convenceros a ninguno.

—Ya hemos perdido bastante tiempo —dijo Nilia.

—Pero hay algo más. Hay un demonio que sabe lo que pasa, y apuesto a que forma parte del plan de Tedd y Todd.

—¿Es que te gusta inventar intrigas? —bufó Nilia—. ¿Tienes alguna prueba o vuelve a ser una de tus teorías desesperadas para disuadirnos de que continuemos adelante?

—Justo después de la Onda, cuando pudisteis salir del Infierno, elegisteis Londres. Sin embargo, podíais haber aparecido en cualquier otra ubicación. ¿Por qué aquí? Porque quien abrió las puertas sabía que la prisión de Black Rock está cerca, que ese era el lugar por el que Tedd, Todd y Raven accedieron al Cielo.

—¿Es cierto eso? —preguntó Raven—. ¿Quién abrió las puertas?

—Fue Dast —respondió Nilia, pensativa.

—Exacto —confirmó Jack—. Ese demonio es peligroso, sabe más de lo que cuenta. ¿No era el amiguito de Satán, el artífice del portal que Tedd y Todd bloquearon?

—Dast es inteligente y un gran conspirador, como tú —dijo Nilia a Jack—. Pero lo conozco y en eso te equivocas. Digamos que ahora me llevo bien con él. Estuve a punto de matarlo cuando, como tú, tuve mis sospechas.

—¿Estás segura?

—Completamente. ¿Te queda alguna teoría más que compartir?

—Lo cierto es que no, pero...

—Pero nada —le interrumpió Nilia—. Vas regresar con los menores, que es tu lugar, y cuidarás de ellos, ¿entendido? En especial de Robbie Fenton y su familia.

—¿Robbie? —se extrañó Jack—. ¿Qué interés tienes en él o en nosotros? ¿Es porque te encontró en la nieve?

—Es porque lo digo yo. Y porque tengo dos dagas que llevan mucho tiempo sin clavarse en quien se mete en mis asuntos.

Jack midió a Nilia con la mirada. Rick creyó ver cómo sus labios se curvaban ligeramente en una sonrisa. Luego se apartó y los miró a él y a Raven.

—Vaya, sigo sin convenceros. Definitivamente, ya no soy el que era. —Suspiró y dio una última calada antes de apagar el puro en el suelo. Mientras dejaba salir el humo, se dirigió a Nilia—. Esto me pasa por decir la verdad. Así no se puede competir contra tu belleza. En fin, yo he intentado hacer algo bueno por una vez en mi vida. Supongo que merezco que nadie confíe en mí. Al menos tened cuidado con Todd. Y también con Dast.

Jack hizo un gesto vago con la mano a modo de despedida y se volvió hacia la grieta por la que había aparecido. Antes de que diera un paso, una línea de fuego atravesó una de las paredes y describió una curva hacia la derecha. Le siguió otra, que se cruzó con la primera justo cuando la pared se derrumbó. La nube de humo que se levantó se mezcló con el fuego que ardía en lo alto. El aire se llenó de una bruma anaranjada.

Entró un demonio, uno grande, con sus amplias alas negras desplegadas y una espada de fuego firmemente sujeta con las dos manos. Con un tercer trazo, el demonio completó la runa.

Jack retrocedió un paso, tosiendo por el polvo. Otro símbolo idéntico surgió en el extremo opuesto; y después otro más. Quedaron completamente rodeados por signos de llamas que flotaban en el aire, con un demonio detrás de cada uno de ellos. A través del polvo, un paso por detrás de los demonios que habían dibujado las runas, se distinguían todavía más alas negras.

—No te vayas tan deprisa, Jack Kolby. Si lo haces, será en pedazos —dijo alguien.

Fue escuchar esas palabras y Rick recibió un fogonazo en su mente con la figura de un demonio de aspecto desagradable. Al instante comprendió que aquella impresión seguramente se correspondía con la realidad. Yala debía de conocerlo.

—No eres tan bueno como crees despistando a tus perseguidores.

El demonio por fin quedó a la vista cuando se disipó el polvo. Era exactamente como lo había imaginado, aunque había una ligera variación en el color de sus enormes y desproporcionados ojos.

—Tenía muchas ganas de conocerte en persona, Jack.

—¡Dast! —exclamó Jack, apartando el polvo de su cara a manotazos.

—El mismo. Ahora comprobarás lo peligroso que soy en realidad.

Asius trataba de ordenar sus ideas. Apenas reparaba en el paisaje a su alrededor mientras caminaba. No prestaba la menor atención a los ríos que cruzaba ni a los bosques, ni siquiera era consciente de extender las alas cuando saltaba de una roca a otra. Atravesó la quinta esfera con la mirada desenfocada.

Y aun así no lograba concentrarse. Vyns correteaba a su alrededor, brincaba de un lado a otro sin cesar, soltando maldiciones, quejándose de la luz y de las sombras, culpando a los demonios y a los menores por igual, la mayoría de las veces sin el menor sentido.

—¿No puedes estarte quieto un rato? —murmuró Asius.

—¡Al fin abres la boca! —dijo Vyns, muy aliviado.

—Intento pensar, pero no paras de moverte. —Asius se fijó en los saltos de su compañero—. ¿Pero qué intentas? ¿No pisar ninguna sombra?

Caminaban por una colina suave hacia un orbe situado algo más adelante desde el que se podía viajar a otra esfera.

—Son de verdad, en serio —dijo Vyns—. Soy un observador, ¿sabes? He visto muchas sombras en el plano de los menores y estas son iguales, bueno, casi… Se hacen más oscuras según pasa el tiempo. Seguro que tú no te enteras de nada porque no prestas atención, parece que estás atontado. Pero yo… joder, yo no sé hacer otra cosa que observar y te digo que estas asquerosas sombras se están haciendo cada vez más…

—¡Vyns! ¡Trato de reflexionar sobre todo lo que pasa! —repitió Asius.

—Y yo trato de que no pienses tanto. —Vyns se colocó delante de Asius, impidiéndole el paso—. No sirve de nada darle vueltas. Sabes perfectamente lo que tienes que hacer.

Asius suspiró. Sonrió con desgana sin ser consciente de ello.

—¿Ese es tu secreto? ¿No pensar?

—Solo cuando la situación es insostenible. Funciona, créeme. Y no me gustaría estar en tu pellejo. Dime, ¿vas a matarlo?

—No lo sé, amigo mío. ¿Cómo es que no te escandaliza que lo esté considerando?

—Porque yo no cargo con esa responsabilidad. Siempre es más fácil opinar desde fuera. Veamos, deja que piense yo porque tú llevas una eternidad rumiando en silencio y aún no lo tienes claro. Ese cerdo de Raven se ha cargado ya a unos cuantos. La amenaza es evidente, y yo me creo lo que dijo Renuin. Como llegue hasta nosotros y nos estalle en la boca, no va a quedar ni una sola pluma para identificarnos.

—¿Es todo?

—Por otra parte… Él no es… solo un menor. Está claro que debe ser algo más, pero no es responsable de sus reacciones. Además, no parece un mal tipo. No sé tú, pero después de lo que nos contó Yala, para mí que simplemente es medio idiota. El pobre desgraciado se ha enamorado de Nilia. Y los menores son completamente tontos en ese estado. Es más, los hombres ni siquiera necesitan estar enamorados para obedecer a un ejemplar como Nilia. Raven hará todo lo que ella quiera. ¡Buf! Vas a tener que cepillártelo, no veo otra solución.

—No lo dices convencido.

—Yo quise matarlo hace tiempo. Cuando estuvimos a punto de atraparlo a las afueras de Londres, Raven mató a Edmon. Cómo lo odié… No está bien decirlo y eso, pero es la verdad. ¡Por eso no sé qué me pasa ahora! —Vyns contrajo el rostro con mucho esfuerzo—. ¡Bah! No sé por qué, pero no me parece bien matar a un tonto de baba como él. No lo entiendo. Solo de imaginarlo se me revuelven las tripas. Creo que será mejor que sigas pensando, porque yo no soy de mucha ayuda.

—Me has ayudado más de lo que crees.

Asius le dio una palmada en el hombro y echaron a andar de nuevo.

—¿Entonces lo matarás?

—Encontraré otro modo de evitar que suceda. Le demostraré quién es realmente Nilia.

—Suerte con eso —repuso Vyns con tono sarcástico.

Asius le entendió. No sería fácil convencer a Raven de que Nilia lo estaba utilizando. Su plan podía ser inútil contra un hombre enamorado, pero debía intentarlo, porque la alternativa era inaceptable, como lo era permitir que Raven llegara al Cielo y exterminara a los ángeles. Lo cierto era que no le gustaba ninguna de las opciones que manejaba.

Al llegar al orbe, vieron dos figuras sentadas con las alas extendidas.

—¡Mierda! —exclamó Vyns. Había desenfundado la espada, pero ya la estaba guardando de nuevo—. No logró acostumbrarme a que tengas las alas negras.

Yala se levantó. Sus melenas rubias ondearon.

—Iré contigo, Asius —dijo uno de los gemelos.

—Creí que estarías luchando. ¿Lo sabe Renuin? —preguntó Asius al gemelo de las alas blancas, mientras el de las alas negras saludaba a Vyns.

El observador le dio un fuerte abrazo. Yala recuperó enseguida la simetría.

—No me importa lo que piense Renuin. Sin mí no encontrarás a Raven y tampoco podrás detenerlo.

Asius notó algo extraño en Yala. En apariencia volvía a ser el de siempre. Los gemelos mantenían la misma postura hasta el mínimo detalle, respiraban a la vez y hasta cada uno de sus cabellos dorados se mecía del mismo modo con el viento. Solo el color de sus alas los distinguía.

Sin embargo, Yala hablaba de diferente manera. Cada gemelo pronunciaba frases completas, sin que el otro las completara, como acostumbraban antes de su separación. Además, su aparente serenidad no concordaba con la gravedad de la situación a la que se enfrentaban, y Asius estaba al tanto de que Yala se sentía responsable por la muerte de Lyam.

Había otros detalles, como que no le importara la opinión de Renuin, que ahora era la máxima autoridad. Y por último había dicho que había que *detener* a Raven, cuando era obvio que estaba al corriente de que la orden de Renuin era matarlo.

—Yala, creo que los nuestros te necesitarán en la batalla.

—Ya te digo —intervino Vyns—. Eres el único que puede derrotar al bastardo de Tanon. Vamos, pareja, sabes que lo tuyo es repartir espadazos.

—Tanon no es tan peligroso como Nilia —dijo Yala.

—Permíteme dudarlo —bufó Vyns.

—¿Sigues pensando que Tanon está muerto o gravemente herido? —preguntó Asius.

—He luchado junto a Nilia en el Agujero y he visto de lo que es capaz. Tanon se enfurece en combate y comete errores. Nilia no, nada la altera. Es fría como el Agujero.

—Ahí le has dado, pareja. —Vyns se colocó entre los dos gemelos. Pasó sus alas sobre las espaldas de Yala y lanzó un par de puñetazos al aire—. ¡Además mató a Lyam! ¡Vamos a por ella!

—Yo tengo que ocuparme de Raven, no de... —dijo Asius.

—Está con ella —le interrumpió Yala.

—¿Cómo lo sabes?

—Porque están los dos con Rick.

Vyns replegó las alas y se separó de los gemelos, extrañado. Asius entendió sin problemas que Yala extraía información de su unión con el menor. A eso se había referido al decirle que no encontraría a Raven sin su ayuda. Mientras Raven estuviera con Rick, Yala podría localizarlo.

—¿Estás completamente seguro?

Yala afirmó con un gesto de las cabezas.

—Lo suficiente —dijo uno de los gemelos.

—A veces pierdo su rastro, pero cuanto más nos acerquemos... —dijo el otro.

—Bueno, ¿y todo eso qué más da? —bufó Vyns—. Yo estoy contigo, rubiales. Por muy dura que sea Nilia, tú eres mejor que ella. No seas modesto, que no te pega. Hablas poco, vas de duro, pero eres el mejor. Además, Asius y yo no estamos aquí solo porque seamos guapos, por si no te habías dado cuenta. No podrá contra los tres, o cuatro, según se mire. Estoy deseando clavarle a esa psicópata su propio puñal en…

Los gemelos se separaron un paso. Uno se colocó delante de Vyns, el otro, muy cerca de Asius. Los dos ángeles tuvieron que alzar la cabeza para mirar a Yala a los ojos.

—Nilia es mía —dijo el de las alas blancas, frente a Asius—. Nadie más se enfrentará a ella.

El gemelo de las alas negras agarró a Vyns por los hombros y lo sacudió.

—¿Me has entendido, Vyns? No te acercarás a ella.

—Tú tampoco, Asius.

—¡Eh! ¡Suelta! —protestó Vyns. Se revolvió, pero no pudo librarse del gemelo—. ¿Pero qué te pasa? ¿Se te ha dividido en dos el cerebro?

—No quiere ser responsable de tu muerte —dijo Asius—. Ni de la mía.

El miedo no era un rasgo de la personalidad de Vyns. Asius recordó cómo en la última batalla, cuando todo parecía perdido, el observador había permanecido a su lado para enfrentarse a Tanon, justo antes de que el demonio se retirara a la primera esfera. Asius no tenía claro si se trataba de valor o falta de sentido común, pero Vyns no se asustaba nunca. Y era muy testarudo, especialmente cuando se disparaban sus emociones. Por todo ello, no le extrañó nada que la advertencia de Yala sobre el peligro que Nilia suponía no hiciera mella en su insensato compañero, que siguió forcejeando y lanzando maldiciones.

—Suéltale, Yala —le dijo Asius al gemelo que tenía ante él—. Así no nos calmaremos. —El gemelo asintió y el otro, el de las alas negras, separó los brazos. Vyns cayó al suelo y profirió un nuevo juramento—. No interferiremos, si es lo que quieres. Nuestra prioridad es Raven. ¿Verdad, Vyns?

—Joder, sí, vale —dijo Vyns, molesto—. Pero quiero verla morir. ¿Me lo prometes, rubio?

—No te preocupes, lo verás —se adelantó a responder Asius. Con un gesto, pidió a Vyns que dejara el asunto. Luego encaró al gemelo—: Yo confío en ti, Yala. Nadie más que tú tiene una oportunidad contra Nilia, pero ella no estará sola.

—Tú te encargarás de mantener a Raven al margen.

—¿Y Rick?

—Ahora Rick soy yo —contestó el gemelo.

No había vacilación en la respuesta. Asius no se libraba de su inquietud porque no lograba dar con el motivo de la preocupación de Yala. Contempló la posibilidad de que tal vez lo hubiese juzgado mal. Puede que su estancia en el Agujero y la unión con el menor lo hubieran afectado más de lo que Asius creía.

—¿Hay algo más, Yala?

—No —dijeron los dos gemelos.

—Ella te salvó la vida. Pudo acabar con vosotros cuando estabais en el primer círculo con todos aquellos demonios, pero no os delató. ¿Por qué?

—A Lyam no lo salvó.

—Pero tú me dijiste que todos colaborasteis para salir del Agujero, que os ayudó, incluso que Nilia se llevaba bien con Lyam.

—Me equivoqué —dijo el de las alas blancas.

El otro gemelo se colocó frente al primero y recuperó la simetría.

—Lyam murió por mi culpa.

—No lo creo —dijo Asius—. Ella os tenía a su merced. No necesitaba fingir delante de ti para matar a Lyam, si es lo que realmente planeaba. Es más, quizá habría disfrutado enseñándote cómo lo hacía. —Los gemelos se miraron entre ellos—. No, ella os iba a sacar de allí y luego sucedió algo que le hizo cambiar de idea.

—¿El qué? —preguntó Yala.

—No lo sé. Pero lo importante es por qué te permitió vivir. Con o sin Lyam, tiene que haber una razón. Tú mismo me has recalcado que es fría y calculadora. —Asius esperó, pero Yala permanecía impasible—. No quieres decírmelo, ¿verdad?

—Tengo una cuenta pendiente con ella.

—No es suficiente —insistió Asius—. Nos jugamos mucho, todo. ¿Qué hay entre vosotros, Yala? Tengo que saberlo.

—Acabaré con ella —dijo el de las alas blancas—. A mi manera.

—Es cuanto necesitas saber —dijo el de las alas negras.

Asius se convenció de que Yala no iba a desvelar lo que sucedió en el Agujero y, al mismo tiempo, se sorprendió de no necesitar saberlo. Lo que hubiera sucedido en el Infierno era asunto de Yala y, si no lo contaba, sus razones tendría. Intuía que las preocupaciones de los gemelos iban más allá de la muerte de Lyam, probablemente Yala buscaba la redención a su manera. Y le comprendía. Puede que él mismo quisiera encontrar a Raven por el mismo motivo.

Confiaba en Yala y eso era una novedad. Los últimos sucesos, en especial el descubrimiento de que Diacos era un traidor, lo habían vuelto receloso. La evidencia de que había un infiltrado entre ellos, cuando aún no se conocía su identidad, le había obligado a planificarlo todo en solitario, a ocultar sus planes a los ángeles por miedo a que el traidor se enterara. En aquel momento, Vyns había sido su único apoyo, más como un desahogo que como una auténtica ayuda a la hora de compartir responsabilidades. Precisamente Vyns le había recordado que no podía hacerlo todo él solo. Pues bien, ahora tenía en quien delegar: que Yala se encargara de Nilia. Bastante complicado iba a resultarle a él detener a Raven.

Se dio cuenta en ese momento de que Vyns había desaparecido. Iba a decir algo cuando el suelo retumbó y sonó un fuerte golpe. Vyns apareció volando, literalmente, y se empotró contra una roca justo a su lado. Saltaron piedras en todas direcciones.

—¡Vyns!

Asius se agachó a su lado y trató de incorporarlo. El observador no se movía, una mancha roja ensuciaba su cabello rubio. De repente apareció una silueta negra que saltó sobre Asius, quien no tuvo tiempo de echar mano a la espada.

Cayó una llamarada desde arriba y partió por la mitad aquella forma oscura que recordaba a un lobo o un perro gigante.

—En pie —dijo un gemelo—. Son sombras. Vienen muchas más.

—Un titán… —murmuró Vyns.

Asius reaccionó al comprobar que Vyns continuaba con vida. Se levantó, aferró su espada y vio que una maraña de bestias se aproximaba. Envió un arco de hielo que derribó a varias de ellas, pero eran muchas. La que Yala había partido en dos era solo la que avanzaba en la vanguardia.

—Nos defenderemos aquí hasta que Vyns se recupere —gritó Asius.

Comenzó a soltar espadazos y matar sombras. Enseguida la cantidad de bestias fue ingente, lo que lo obligó a adoptar una posición defensiva. Después sufrió el primer mordisco en una pierna.

Por la parte de atrás, la que protegía Yala, había muchas más de aquellas criaturas. Saltaban sobre uno de los gemelos sin cesar, que las contenía y rechazaba solo con los puños. El otro gemelo, un paso atrás, trazaba runas con las dos espadas. Yala creó una barrera bastante amplia y luego atacó, esta vez con los dos gemelos. Asius sangraba, pero aún mantenía la posición, sin saber cuánto tiempo podría aguantar si no dejaban de aparecer sombras.

Una roca ardiente se asomó por encima de las sombras. Era el titán que Vyns había mencionado y que, con probabilidad, le había golpeado en la cabeza.

—Yala, voy a necesitar tu ayuda.

Los gemelos no respondieron. Asius no podía volverse, pero escuchaba las espadas detrás de él, por lo que dedujo que Yala seguía vivo y que, si no podía contestarle, era porque tenía sus propios problemas.

Asius aprovechó un tajo de su espada, que acabó con dos sombras a la vez, para desplazarse a un lado y trazar una runa de hielo. El titán la destrozó sin apenas esfuerzo, con un puño de piedra envuelto en llamas. En el mismo movimiento, golpeó a Asius en el pecho, quien había contado con que la runa lo detuviera o al menos lo desviara. Ya se había enfrentado antes a los titanes y conocía su fuerza. Su error había sido no conocer la suya propia. La runa que había creado era muy débil porque las sombras le habían debilitado.

Más bestias fueron cayendo sobre él. Le mordieron, le dieron zarpazos.

—¡Qué asco de bichos! —oyó que gritaba Vyns.

Cargó contra el titán, enloquecido, escupiendo toda clase de insultos.

—¡Vyns, no!

Pero el observador no hizo caso de su advertencia. Llegó hasta el titán y esquivó un puñetazo, para terminar quedando justo delante de su pecho. Vyns alzó la espada sobre su cabeza, sujeta con las dos manos con la hoja hacia abajo, y la enterró en las tripas de aquel gigante de piedra mientras soltaba un alarido desgarrador.

El fuego de la espada rebotó contra la piedra y reventó, esparciendo llamas por todas partes. Vyns se tambaleó, con el cuerpo vibrando descontrolado. El otro puño del titán descendió sobre su hombro y su ala derecha. Se escuchó un crujido.

—¡Noooooooooooooooooo! —chilló Asius.

Fue hacia allí hecho una furia, despedazando a las sombras que se interponían en su camino casi sin darse cuenta. Sus ojos temblaban de rabia y no se despegaban del cuerpo de su amigo, que yacía inmóvil bajo el puño del titán.

El monstruo de piedra recogió a Vyns y se lo cargó al hombro. Asius vio al observador colgando completamente inerte, con un ala rota y ensangrentada. Ni siquiera contemplaba la posibilidad de terminar como Vyns mientras corría hacia el titán. Iba a destrozarlo de un solo golpe con las fuerzas que le quedaban.

El titán se volvió hacia Asius por primera vez. El ángel habría jurado que las dos llamas que ardían en la roca que tenía por cabeza le apuntaban a él. El gigante dobló una rodilla y extendió los brazos, inclinó la cabeza levemente y adoptó una postura grotesca que recordaba a una torpe reverencia.

Y desapareció.

Los arcos de fuego no funcionaban contra los titanes. Se convertían en un montón de chispas grises al estrellarse contra sus cuerpos de piedra. A veces los desestabilizaban un poco, incluso retrasaban su avance unos segundos, pero eso era todo. Los gigantes proseguían acercándose, cercándolos, ajenos a los esforzados ataques de los soldados.

Y eran muchos, alrededor de un centenar, mientras que Thomas solo contaba con diez combatientes, divididos en dos unidades. Los monstruos de piedra se acercaban desde todas partes excepto una: la retaguardia. Allí, a su espalda, se agitaba la tormenta por la que dentro de poco vendrían miles de civiles.

—¡A la cabeza! —aulló Thomas—. ¡Apuntad a la cabeza!

Él también disparó su arma. Vació el cargador de su pistola en el gigante que estaba más cerca. Era un blanco imposible de fallar: aquellos cuerpos eran grandes y sus movimientos, lentos.

Las balas no dieron el menor resultado. Thomas ni siquiera supo si rebotaban o quedaban incrustadas en la roca. Tampoco esperaba lo contrario. Había disparado a la desesperada.

Thomas observó con admiración cómo los soldados ejecutaban sus maniobras con una sincronía perfecta. No sucumbieron al pánico, ni siquiera los niños. Alineados, lanzaron un arco a la vez; cada uno de ellos rasgó el aire en horizontal, en el espacio que tenía delante. Las cinco líneas se fundieron en una sola, perfecta, sin la menor muestra de haber sido creada a partir de cinco fuegos diferentes. El enorme arco salió disparado hacia adelante, contra la cabeza del titán. Parecía imposible que no destrozara aquel montón de rocas humeantes. Sin embargo, el monstruo alzó los puños para escudarse del impacto y el fuego plateado solo logró que se tambaleara.

Fue cuando Thomas reparó en que los titanes daban la impresión de ser inteligentes, no como el que Rick había destrozado en Londres. Quizá estaban entrenados por la guerra contra los ángeles.

—¡Defensa! —ordenó Thomas.

Los soldados crearon varias runas para formar una pantalla protectora.

Los titanes que iban en vanguardia se les echaron encima. Descargaron sus puños sobre los signos de fuego, con furia, mientras que los monstruos que se amontonaban detrás se estorbaban unos a otros. Las llamas grises temblaban, los soldados trataban de repasar y reforzar los trazos, pero era obvio que no resistirían ni un minuto más.

Thomas, en el centro, observaba impotente. Todo retumbaba a su alrededor: las pisadas de los titanes, sus puñetazos, incluso el aire vibraba. A sus espaldas rugía la tormenta y alrededor flotaba una lluvia de fuegos grises que no podía contra la embestida de los monstruos de piedra.

Thomas disparó su última bala. Luego arrojó la pistola contra ellos, luego una piedra que recogió del suelo. Gritaba, los insultaba, profería las maldiciones más horribles, barbaridades que ni siquiera recordaba haber pronunciado nunca en su vida. Estaba rabioso y descontrolado, porque sabía que iba a morir aplastado y que el resto de la humanidad no tardaría demasiado en correr el mismo destino.

Cayó de rodillas tras lanzar una piedra con todas sus fuerzas y perder el equilibrio.

—Lo siento, Jack… —susurró—. Lo intenté.

Sintió un golpe en el hombro.

—¿Estás herido?

Thomas vio al pequeño Jimmy a su lado. Su casco quedaba solo un poco más alto que su propia cabeza, a pesar de que él estaba arrodillado. Negó con la cabeza.

—Entonces en pie —dijo Jimmy—. ¡Nunca he matado a uno de estos! ¡Y no pienso morir sin hacerlo!

Thomas se levantó con una extraña determinación. Asintió con energía a aquel chico que no se rendía y al que nada le asustaba. Tal vez muriesen, era lo más probable, pero de repente no le importaba. Ya no pensaba en salvar a la humanidad ni en llegar al Cielo. De pronto solo tenía un objetivo, el que Jimmy había dicho. Lo único que quería era acabar con un titán antes de morir, uno solo. Así se sentiría satisfecho.

Tener un objetivo simple lo convertía en posible. Nada comparado con la presión de salvar a los supervivientes de un mundo en ruinas. Corría hacia el camión mientras pensaba en destrozar a un solo titán. Después, si sobrevivía, mataría otro. Sí, ese era el camino. Borró de su mente a los civiles, la tormenta y todo lo demás. Se metió en el vehículo y pisó el acelerador hasta el fondo. El motor respondió con un rugido. Thomas también gritó mientras enfilaba hacia una de esas bestias de piedra. Su ímpetu era tal, que se había abalanzado sobre el volante y ya ni siquiera estaba sentado. Los soldados se apartaron de su camino.

El impacto fue brutal. Rocas volando por todas partes y una presión terrible en la cabeza y el hombro. Thomas había atravesado el cristal delantero, lanzado por la inercia como un proyectil. Todo a su alrededor se volvió confuso, pero llegó a ver que había destrozado la pierna del monstruo, que lo había derribado y que en su caída había arrastrado a otros dos al suelo.

No debía de tener ningún hueso roto, porque podía andar sin problemas, incluso correr. El traje de telio que llevaba bajo su uniforme lo había salvado. Era uno ligero, como el de Jack, no una armadura como la de los soldados, pero bastaba.

Algo aturdido, regresó con los demás al centro, donde resistían a los titanes. Jimmy movió el casco arriba y abajo en lo que Thomas supo que era un ademán de aprobación. También un chico de la otra unidad le mostró el dedo pulgar como apoyo. Aquellos dos simples gestos le hicieron sentirse realmente bien y notó que la esperanza resucitaba en su interior. Si habían derribado a unos pocos, podrían acabar con los…

El chico que le había enseñado el pulgar desapareció de repente. En menos de un segundo, un puño de piedra descendió sobre él hasta chocar contra el suelo. Lo aplastó como si fuese de papel. Thomas apartó la mirada cuando el titán alzó de nuevo el puño. No podía enfrentarse a lo que había quedado debajo.

La runa defensiva se había roto. Otro titán se colocó al lado del que había matado al chico, resuelto a atacar a los cuatro soldados que quedaban vivos. Mientras, la unidad de Jimmy tenía sus propios problemas conteniendo a los gigantes en el lado opuesto. Nadie podía hacer nada por ellos.

El cuerpo de cuatro combatientes logró esquivar el primer puñetazo, aunque acertó de refilón a uno de los hombres y lo envió a unos diez metros de distancia. La mujer, el niño y el hombre que quedaban enterraron sus espadas en la pierna del titán. Le hicieron caer, pero quedaron expuestos a la embestida de otro monstruo, que ya cargaba contra ellos. Esta vez Thomas no pudo retirar la vista. Iba a ver morir a otras tres personas que no se habían rendido en ningún momento contra las peores aberraciones que habían salido del Infierno.

El titán se cernía sobre ellos, con los dos puños en alto. Los bajó sobre los tres soldados, pero antes de alcanzarlos su inmensa cabeza reventó en pedazos. Los soldados sobrevivieron a la lluvia de rocas. Varios arcos de fuego también estaban destrozando al titán de al lado. Se volvió hacia la unidad de Jimmy, preguntándose cómo habían podido disparar tantos arcos y mantener la posición, y encontró una respuesta que le arrancó la sonrisa más sincera que había esbozado en su vida.

Al menos diez unidades de soldados corrían hacia ellos desde el camino que salía de la tormenta, quizá más. Escupían fuego sin parar, a veces acertaban, otras no, pero derribaron a unos cuantos titanes y causaron desorientación entre sus filas. El curso de la batalla cambió, las fuerzas se igualaron. Los nuevos soldados lograron reparar las runas defensivas y eliminar a algunos titanes.

—¡Vosotros, atrás! —ordenó una de las mujeres recién llegadas a los cuatro soldados que habían estado a punto de morir—. Os ocuparéis de reforzar las defensas y formaréis un nuevo cuerpo cuando alguien más salga herido.

Thomas la conocía. Era Stacy, la mujer con la que se había encontrado al llegar a Londres y no le permitía entrar en la ciudad. En aquella ocasión el pequeño Jimmy era parte de su unidad.

—¿Podemos contar con más refuerzos? —preguntó Thomas, situándose a su lado.

—No vendrá nadie más —contestó Stacy—. Están con los civiles y avanzan muy despacio. Tardarán varias horas, como poco. Agradéceselo a Jimmy.

—¿El qué?

—Que me pidiera que desobedeciera tus instrucciones de permanecer junto a los civiles y que unos pocos, bajo mi mando, os siguiéramos a distancia por si había problemas.

Thomas elevó una plegaria en su interior por aquel condenado crío y su buen juicio, que les había salvado la vida. Si no estuviesen rodeados por un montón de rocas furiosas que intentaban aplastarlos, lo habría levantado y lo habría abrazado hasta hacer crujir su armadura.

—No importa que no venga nadie más —le dijo a Stacy—. No vamos a morir aquí. ¡No es nuestro destino morir aquí! Se lo debemos a los que nos siguen y dependen de nosotros. ¡A la derecha! ¡Reforzad aquella runa!

Thomas empezó a dirigir el combate. Los soldados acataban sus órdenes con una precisión milimétrica. Y funcionó. Mantuvieron el semicírculo defensivo sin que los gigantes lograran abrir brecha. No solo eso, de vez en cuando conseguían derribar a alguno.

Resultó obvio que la cabeza era el punto más vulnerable de aquellas criaturas y centraron sus ataques en esa localización. Aprendieron también que si las llamas que rodeaban sus cuerpos de piedra no se extinguían, el titán no estaba muerto. Los soldados se habían entrenado con los ángeles neutrales, pero no contra titanes, ya que solo podían ser invocados por los demonios.

Thomas, por su parte, aprendió que no se le daba mal dirigir el combate desde el campo de batalla. Dada su alta graduación en el ejército, su labor siempre había estado relacionada con la estrategia general, muy lejos del cuerpo a cuerpo.

Sin embargo, ahora se enfrentaba a criaturas del Infierno con un destacamento formado por soldados que usaban un fuego plateado como arma. Y lo hacía mejor de lo que había previsto. No había sucumbido al miedo, era capaz de estar pendiente de varias cosas al mismo tiempo y su mente reaccionaba rápido, analizaba la situación y tomaba las decisiones correctas.

Con todo, no conseguían mejorar mucho su posición. No ganaban terreno y tampoco abatían a suficientes enemigos, que seguían superándolos en número ampliamente. Solo se mantenían y los soldados empezaban a acusar cansancio. Ya no cubrían una posición en cuanto Thomas lo ordenaba. Llegaban con uno o dos segundos de retraso, lo que le hizo darse cuenta a Thomas de que no conocía sus límites. Sabía que las runas de las armaduras potenciaban las capacidades físicas, pero no hasta qué punto. Y tenía la impresión de que ese límite no estaba lejos.

Varios soldados salieron volando por los aires. Thomas, que no los vigilaba porque los creía seguros, se volvió. El monstruo que los había embestido era algo más grande que los demás y su piel brillaba de un modo similar a las armaduras. Varios chirridos se escaparon de aquel cuerpo, a la vez que reducía a un montón de chispas la runa defensiva que le impedía avanzar.

Era un titán de metal.

—¡Retroceded! —ordenó Thomas—. ¡Apoyad ese flanco! ¡No permitáis que nos dividan!

Se mezclaron las llamas, grises y anaranjadas, y la piedra y el metal en un violento choque. La lucha se volvió brutal. Entonces un estruendo resonó junto a Thomas, muy cerca, donde se había levantado una nube de polvo. De aquella nube surgió un puño de piedra que estuvo a punto de destrozarlo.

Un titán se había colado allí, en el interior de su formación defensiva. Thomas se alejó rodando por el suelo, mientras trataba de localizar el punto de entrada. Sin embargo, no detectó ninguna brecha en su defensa.

Lo comprendió de repente. El titán había sido invocado para aparecer en aquella ubicación. Ahora debía contemplar en su estrategia que el enemigo podía surgir de cualquier parte, en cualquier momento. ¿Cómo podría anticiparse a un adversario de ese modo?

El titán que se les había colado dentro reventó en pedazos. Una nueva unidad se había formado con los soldados que habían sobrevivido al titán metálico y los que perdieron al chico justo antes de que llegaran los refuerzos.

—¡Jimmy! ¡Es una orden! ¡Maldita sea!

La que gritaba era la mujer de la unidad de Jimmy. Los cinco soldados se abalanzaban contra los titanes en lo que parecía un suicidio. Jimmy iba el primero, corriendo, separado de la formación. Thomas también corrió hacia ellos.

Los cuatro miembros que iban algo rezagados derribaron a un titán, que a su vez arrastró a más en su caída. Aquella maniobra, más afortunada que producto de la planificación, les dio algo de tiempo, aunque Thomas advirtió que ninguno de los titanes caídos había perdido las llamas, así que no tardarían en levantarse de nuevo.

—¿Qué está pasando aquí? —preguntó Thomas al llegar junto a ellos.

—¡Jimmy se ha vuelto loco y no me obedece! —explicó ella.

Thomas miró hacia adelante y vio a Jimmy lanzarse contra dos titanes particularmente grandes que ya izaban sus puños, dispuestos a machacar al pequeño rival. Thomas reprimió el impulso de cerrar los ojos.

Volvió a respirar cuando los puños de los titanes chocaron en el aire antes de llegar al suelo y Jimmy se deslizaba justo por debajo y seguía corriendo. Lo perdieron de vista.

—¿Dónde vais? —preguntó Thomas.

—Tenemos que avanzar —explicó la mujer—. Si Jimmy se aleja más morirá.

Thomas recordó que los miembros de un cuerpo no podían separarse demasiado. La distancia dependía de la fortaleza de la mujer, el corazón de la formación.

—¿Cuánto puede alejarse?

—Tal vez doscientos metros…, si no estuviese agotada. No puedo concretar la distancia, pero no creo que pueda mantener la conexión mucho más lejos.

Thomas pidió apoyo. Dispuso que se concentraran en avanzar en aquella dirección, pero casi al instante tuvo la certeza de que esa orden había sido un error. No podía sacrificar la posición de todos ellos por culpa de un solo chico. Por fortuna, nadie había iniciado un paso. No era insubordinación, las demás unidades no podían comprometer su posición cediendo terreno al enemigo y debían mantenerse a toda costa. Los que trataban de contener al titán metálico no lo consiguieron y se vieron obligados a retroceder.

Otra de las runas defensivas cedió y aparecieron otros dos titanes de la nada, justo en el centro. Thomas y los cuatro soldados de la unidad de Jimmy quedaron aislados del resto.

Hicieron cuanto pudieron por resistir, pero estaban completamente rodeados de piedra y fuego. Si los demás no se abrían paso hasta ellos, morirían en cuestión de segundos. Uno de los hombres cayó en manos de dos titanes que le partieron por la mitad, tirando cada uno de un extremo de su cuerpo.

—Es el fin —dijo la mujer.

—¡No! —se resistió Thomas.

—Jimmy se ha separado. En menos de un minuto morirá.

—Entonces quitaos las armaduras. ¡Desconectaos de él! ¡Ahora!

Thomas era consciente de que su petición era absurda, pero no se le ocurría nada más, ni se sentía capaz de razonar, porque la mujer tenía razón: era el fin.

Una roca lo atizó y cayó al suelo, boca arriba, mareado. Un pie de piedra gigantesco se elevó por encima de su cabeza. Thomas sabía que debía rodar a un lado, pero su cuerpo ya no le respondía. Se consoló pensando que sería rápido.

El pie descendió sobre él, pero en el último instante se desplazó bruscamente. Otro titán le había asestado un puñetazo terrible a su compañero y lo había derribado, y ese, a su vez, recibió un ataque de otro titán. A su alrededor, los titanes comenzaron a pelear entre ellos. Sus golpes resonaban como si estuvieran en el centro de un terremoto. Las rocas saltaban y las llamas destellaban, palpitaba el suelo bajo las manos de Thomas.

Thomas miró a la mujer, que encogió ligeramente los hombros dando a entender que no sabía qué estaba sucediendo.

Los titanes seguían combatiendo entre ellos. Al de metal lo despedazaron entre cuatro monstruos de piedra, y luego se atacaron usando como arma los restos del que había caído.

—¿Y Jimmy? —le preguntó a la mujer mientras se arrastraba hacia ella.

—¡Estoy aquí!

El chico estaba de pie sobre un montón de rocas destrozadas, a pocos metros de distancia. La sangre resbalaba por el pecho de su armadura, aunque parecía que él se encontraba bien. Se levantó la visera del casco.

—¡Apuntadme uno más! —gritó, sonriendo—. ¡Ya llevo ocho!

Jimmy levantó la mano y dejó a la vista una cabeza que chorreaba sangre por el cuello, que parecía limpiamente cortado.

—Es el evocador —explicó la mujer a Thomas—. Jimmy ha matado al demonio que controlaba a los titanes, por eso se han vuelto locos.

—Ese chico nos ha salvado —exclamó Thomas.

Se le escapó una carcajada grotesca, histérica, de esas que no se pueden controlar. Hacía un instante estaba convencido de que todos iban a morir y ahora la imagen de un niño ensangrentado, sujetando una cabeza cortada en medio del Cielo, era lo más cerca de la felicidad que se había sentido nunca.

La carcajada se le atragantó cuando una figura se asomó detrás de Jimmy. Era la silueta de un hombre corpulento, no demasiado alto, pero de una envergadura considerable.

—¡Cuidado, Jimmy! —gritó Thomas.

Pero el pequeño soldado no escuchó su advertencia. Había arrojado la cabeza hacia atrás y se había puesto a bailar. Jimmy se movía con bastante torpeza, al son de una música que solo él escuchaba. Dio una vuelta sobre los talones, pero no completó el giro. Se quedó mirando la figura que se acercaba hacia él.

—¿Tú quién eres? —gritó Jimmy—. ¡Vamos! Te daré lo mismo que a tu amigo. Así ya serán nueve.

—¡Jimmy! —gritó Thomas.

Pero tampoco esta vez logró su atención. Jimmy bajó la visera de su casco y aferró con fuerza la espada. El desconocido avanzó, haciendo patente su enorme tamaño. Una larga trenza se balanceaba en la espalda del demonio. Thomas supo quién era antes de que dos gigantescas alas de fuego asomaran sobre sus hombros, derramando su luz sobre la diminuta figura de Jimmy.

CAPÍTULO 8

Algo húmedo recorría su rostro, desde abajo y hacia arriba, una y otra vez. Y apestaba un poco, la verdad. Vyns abrió los ojos.

Lo primero que vio fueron varios colmillos afilados a menos de un palmo de su cara. Después una lengua áspera y repugnante lamió su mejilla derecha. Vyns se retorció asqueado, y fue cuando notó un fuerte dolor que le atravesaba el ala derecha. Se acordó de la pelea con el titán y las sombras.

—¡Largo de aquí, chucho! ¡Aaah!

El ala, la espalda y la cabeza le enviaron aguijonazos mientras rodaba a un lado. Se incorporó a medias con una sensación de peligro latiendo en su interior. Estaba sentado en una pradera verde preciosa, salpicada de árboles que proyectaban largas sombras. La bestia se había sentado sobre las patas traseras y lo observaba con la lengua fuera, jadeando ruidosamente. Vyns creyó advertir cierto grado de estupidez en su expresión.

Por suerte no había más animales. En ese instante cayó en la cuenta de que no tenía su espada; no, peor que eso, la había perdido cuando la clavó en el cuerpo del titán. Tendría que luchar con las manos desnudas.

—Yo no me movería tanto —dijo alguien entre los árboles.

—Muéstrate, cobarde —repuso Vyns, desafiante, tratando de ocultar sus nervios.

—Enseguida, enseguida, pero no me gustaría que te cayeras por un simple malentendido. ¿Sería mucho pedir que giraras la cabeza un momento?

Vyns temió encontrarse con más sombras detrás, amenazándolo con sus zarpas de fuego y sus colmillos. Lo que vio le sorprendió mucho más.

—¡La hostia!

Gateó hacia atrás a toda prisa. Estaba justo al borde de aquella pradera. Apenas a un paso de distancia, la tierra se cortaba de repente. Vyns divisó una montaña a lo lejos, rodeada de nubes, y abajo, a una distancia insalvable, un pequeño desierto de arena dorada.

Mucho más abajo comenzaba la extensión más grande de la tercera esfera, compuesta en su mayor parte por agua. Se encontraba en un nivel muy elevado, de los que habían quedado inaccesibles después de la Onda. Los moldeadores habían explicado que no podían crear un conducto de aire para ascender tan alto, que sería demasiado costoso, por lo que recomendaban centrarse en localizaciones más cercanas a la extensión principal. Todo ello fue aprobado por el Consejo.

—¿No echabas de menos una vista como esta?

Vyns volvió la cabeza y ahí estaba, junto a la sombra, pasando su mano enguantada por el pelo negro. El animal, casi de su misma estatura, frotaba su cabeza contra la capa negra y ronroneaba de placer. La imagen era desagradable.

—Tenías que ser tú, Niño —dijo Vyns, asqueado—. Atrévete a enfrentarte a mí sin ese chucho asqueroso. Vamos, a ver si tienes lo que hay que tener. Venga, payaso con capa. ¡Atrévete! ¡Te vas a tragar esa capucha negra y luego te voy a…! ¡Aaau!

—Sería un acierto por tu parte descartar la ejecución de movimientos bruscos con el ala malherida —dijo Capa—. Ya puestos, sería toda una muestra de inteligencia, a la par que de sentido común, mantenerte quieto y sereno mientras continúes al borde del precipicio.

—¿Me amenazas? Si vas a empujarme, te advierto…

—Confieso que siempre hallo desconcertante el hecho de que mi presencia se juzgue como amenazadora. Y en cuanto a mi mascota… ¿No estaba la tierna criatura lamiéndote el rostro hace apenas un instante? Lejos de ser un experto, considero que semejante gesto es representativo de una ostensible muestra de afecto. Así lo interpretan los menores, por cierto, con quienes tantas semejanzas guardas en común. Oh, ya veo, aún te encuentras desorientado por tus terribles heridas. Sin duda el padecimiento deforma tu juicio. Quizá debería haberte permitido descansar más, pero tenemos muchas tareas que emprender en compañía y…

—¿Tú y yo? —Un aguijonazo de dolor impidió a Vyns levantarse—. Nunca has estado bien de la cabeza, Niño. No sé si es por esa capucha o simplemente tu cerebro es así, pero me da igual. Yo no tengo nada que ver contigo. ¿Y qué tontería es esa de que yo tengo algo en común con los menores? ¡Y habla claro! ¡Y sin reverencias!

Vyns trataba de ganar tiempo. En honor a la verdad, la sonrisa que asomaba bajo la capucha parecía sincera y amable, sin atisbo de agresividad ni amenaza. No se sentía en peligro y eso, paradójicamente, lo incomodaba.

Al mismo tiempo, no se desasía de la sensación de que Capa lo estaba manipulando. Era un demonio capaz de hazañas inconcebibles, como moldear el suelo con un simple gesto. Lo había demostrado cuando se presentó ante Renuin y los demás para anunciar que él mismo era el Viejo.

Aquello le había puesto las plumas de punta. No le gustaban los locos. Las mentes perturbadas eran impredecibles. Y la de Capa era una de las más desequilibradas que había conocido.

—Interesante. —Capa ensanchó su sonrisa al tiempo que retiraba la capucha. Le dio unas palmadas a la bestia, en la cabeza, y la acarició por debajo del hocico—. Ese genio tuyo es el único inconveniente que tienes, mi querido Vyns, pero yo acepto a todos tal y como son. No obstante, me invade una profunda confusión cuando expresas con tanto celo tu rechazo por los menores. Yo sé que tus más íntimas emociones no se corresponden con esa grave aversión que te empeñas en exhibir. Son adorables y tú piensas de idéntica manera. No hay razón para que no me descubras las profundidades de tu corazón. Vamos, libérate.

—A ver cómo te lo explico, enano. ¿Has pasado siglos entre ellos, observándolos? Yo sí. No me des lecciones sobre los menores porque prácticamente toda mi existencia se ha basado en estudiarlos y elaborar informes sobre ellos. ¡Y aparta a ese chucho! ¡Me está poniendo nervioso!

—Faltaría más.

Capa cogió un palo de madera y lo arrojó hacia atrás, sobre su cabeza, con un movimiento despreocupado. La sombra se levantó y corrió tras el improvisado juguete. Dio dos zancadas y eso fue todo, porque el palo de madera voló más allá del borde de la pradera y cayó al vacío. La sombra no titubeó ni abandonó la persecución. Vyns escuchó con los ojos abiertos los ladridos que se perdían en la distancia.

—¡Estás completamente loco! ¿Qué has hecho?

—¿Cómo dices? —Se extrañó Capa—. ¿No era tu deseo que se marchara? Te estaba poniendo nervioso, según tus propias palabras. Ahora soy yo quien no acierta a entender cuál es el problema.

—No me extraña que no veas el problema.

Vyns no veía cómo hablar o razonar con Capa. Ese demonio lo aturdía más de lo que imaginaba.

—Mucho mejor así, mi estimado amigo. Te noto más calmado. Ahora que hemos dejado atrás los elementos que te perturban y que ya hemos establecido que no puede haber amenaza alguna por mi parte, dado mi enérgico rechazo por toda clase de violencia, podemos proseguir con esta encantadora charla. Tenemos mucho que aclarar.

—¿Sobre los menores?

Vyns, a su pesar, se sentía algo mejor. Le había dado tiempo a reflexionar que si Capa quisiera matarlo podría haberlo hecho mientras dormía. Una orden suya habría bastado para que la sombra lo hubiese masticado en lugar de pringarle la mejilla de babas.

—Sobre los menores, sí, y también sobre otros asuntos más estimulantes. Pero comencemos por esa aversión tan patente en tus gestos y declaraciones. Cuando departimos en el Mirador, en compañía de mi admirado Asius, tuve el privilegio de revisar uno de tus informes. Si puedo ser honesto contigo, y creo que tu inteligencia y cortesía me lo permitirá, la redacción no es de las más brillantes que he tenido el placer de disfrutar. Demasiado... prosaico, que dirían nuestros queridos menores. Se notaba que estabas impelido por cierto apresuramiento, como si tu deseo fuera acabar cuanto antes, lo que también explica varias faltas de ortografía un tanto embarazosas. Oh, descuida, las corregí, por supuesto. Esa negligencia al escribir no es propia de quien saborea su trabajo a cada instante.

—De verdad, Capa, que no sé qué me marea más, si el dolor de mi espalda o tu palabrería.

—¿No lo sabes? Es el dolor, sin duda. En fin, como iba diciendo, en aquel informe pude advertir una cierta omisión de hechos por tu parte y me preguntaba si estos habían sido intencionados o fruto de un simple descuido, propio de un observador que se ha rendido al hastío en su cometido.

—Eh, eh, cuidadito, Niño. Yo soy un observador cojonudo. Y ya te has delatado. ¡Te he visto venir!

Vyns lo señaló con un dedo acusador.

—De nuevo mi confusión es mayúscula.

—¡Y una mierda! Sabes muy bien de qué te hablo. Todo ese rollo de los menores es para sonsacarme. Asius tenía razón. Estabas indagando sobre esos dos tipos que perseguía en Chicago. ¿Quiénes son? Tú lo sabes, ¿verdad? No te hagas el tonto conmigo o...

—Ah, ah, ah, nada de violencia, apreciado Vyns. Convendrás conmigo en que ese no es el modo de iniciar una larga y profunda amistad. Esos dos caballeros, si me permites referirme a ellos con la categoría que merecen, no son la cuestión. Tu informe era absolutamente correcto respecto a ellos. Yo aludía a la parte incorrecta.

—Esto es el colmo —bufó Vyns—. ¡Que yo hago unos informes perfectos, coño!

—Entiendo. Eso despeja la equis de la incógnita —murmuró Capa, pensativo—. ¡Por supuesto! ¡Cómo no me di cuenta! Mentiste en el informe por el Viejo. Sí, puede ser muy severo, que me lo digan a mí. Pero, Vyns, amigo mío, sin duda estás al corriente de la terrible pérdida que todos hemos sufrido. El

Viejo ya no puede tomar represalias por tus pequeñas… indiscreciones. Ahora no hay razón para mentir. La verdad es liberadora.

Capa lo sabía. Vyns se dio cuenta y reconsideró rápidamente que Capa estuviese loco.

—¿Cómo es posible que lo sepas?

—¿No es obvio? En el corazón de alguien tan apasionado y noble como tú, Vyns, no puede caber el ignominioso sentimiento de odio, y menos aún tratándose de nuestros amados y entrañables menores. Ni siquiera eres capaz de aborrecer a las sombras. No escapó a mi aguda percepción el modo en que te encogiste cuando mi pequeña saltó al vacío hace un momento. Mi querido Vyns, en este tiempo he elaborado una curiosa hipótesis que me gustaría compartir contigo y se trata de que has llegado a creerte tus propias palabras sobre los menores de tanto repetirlas, pero lo cierto es que empezaste a emplearlas para que ningún ángel notara cuánto te importaban. Y, sí, también para que no sospecharan de tus… actividades extraoficiales, esas que omitías en los informes.

—¡Yo no hice nada malo! Cumplí todas las instrucciones.

—Mi querido Vyns, ¿te he dado la impresión de estar juzgándote? Yo te comprendo. Tanto tiempo con ellos… Es más, me asombra que no sucediera con más frecuencia, claro que no todos los ángeles poseen tanto esplendor de sentimientos en su interior. Otra cuestión completamente diferente es si esa forma de proceder está bien o mal. Al margen de mi humilde opinión, el Viejo era muy explícito cuando exigía no interferir en los asuntos de los menores, y aun a riesgo de sonar vulgar, interferir define perfectamente lo que tú hiciste, y varias veces, por cierto. Solo así puede explicarse que hayas sido padre.

—¿Qué has dicho?

La noticia golpeó a Vyns con más fuerza que el puño del titán que lo había dejado inconsciente. ¿Padre? ¿Había tenido un hijo? No podía ser verdad, era imposible. Bueno, imposible del todo desde luego que no, pero no podía creer que… Y sin embargo le bastaba con una simple mirada a los dos ojos azules y resplandecientes de Capa para saber que aquel chiflado no mentía. Tal vez Capa nunca hubiese mentido sobre nada.

—¿No lo sabías? Mis más sinceras disculpas. —Capa se dobló en una reverencia—. ¿Cómo iba yo a estar al tanto de tu desconocimiento en un asunto tan trascendental? Mi particular lógica de entender este mundo de locos sugería que tú fingías no estar al corriente para que el Viejo no se enterara, pero ahora me doy cuenta de que ella no te informó de la buena nueva. Me resulta del todo imposible expresar cuánto lamento que haya sido mi torpeza el pobre y escasamente sublime medio de transmisión de una noticia de tal envergadura. Yo solo deseaba compartir la inmensa dicha de la paternidad con alguien que también pudiese conocer lo complicado que resulta no poder acompañar a su hijo en el duro trance de sus primeros pasos en la vida, por haber sido concebido por una menor.

Vyns, que había entrado en conmoción, regresó a la realidad con las últimas palabras de Capa.

—¿Tú también? ¿Cómo?

—En mi caso sucedió después de la Onda.

—No, no me lo trago. Te lo estás inventando. Y yo no tengo un hijo.

—Absolutamente cierto. Debí precisar que el fruto de tu amor fue una niña.

Vyns aún se resistía a aceptarlo, a pesar de que una pequeña voz interior le decía que era cierto.

—Demuéstralo.

—¿Yo? —Capa miró alrededor como si hubiera alguien más con ellos—. ¿Debo entender que mi palabra no es suficiente?

Vyns gruñó.

—Tomaré esa respuesta como un no. Si me permites, procedamos a analizar tu inexplicable reacción. ¿Puedes ofrecerme un objetivo para el que yo me molestara en inventarme una historia como esta, que sorprendentemente coincide con tus actividades extraoficiales?

Vyns gruñó más fuerte.

—De acuerdo. ¿Y si te desvelo el nombre que esa menor eligió para el fruto de tu simiente?

—Quiero verla.

Capa extendió los brazos con una sonrisa deslumbrante.

—¡Celebro que por fin lo hayas asumido! No te creas que no te comprendo, querido amigo. Entiendo que una noticia de este calibre, por dichosa que sea, te conmociona, te eleva a un estado en que gracia, miedo y confusión se mezclan para turbar tu espíritu. Por supuesto que la veremos. Privar a un padre de conocer a su hija se me antoja una tortura insufrible y de lo más injusta. Uno enseguida se siente aguijoneado por el instinto de abrazar a su prole bajo sus amorosas alas, ¿cierto? Si yo te contara lo que he hecho para proteger al mío…

—Ahora, Capa. Quiero verla ahora. Si no me ayudas iré junto a su madre.

—Mucho me temo que eso es del todo imposible.

—¿La Onda?

—Antes, en realidad. Pero no podemos dejar que dolorosas tragedias del pasado nos afecten más de lo razonable o no podremos avanzar y cumplir nuestro destino. Vyns, ahora se extiende ante ti una misión de la máxima trascendencia.

—¿Qué misión? ¿De qué hablas?

—Te convertirás en mi discípulo, Vyns. Vamos a detener la guerra.

Vyns recordó una vez más que Capa había anunciado que él era el Viejo. Estaba convencido de que ese demonio creía serlo de verdad.

—Capa, has conseguido caerme casi bien y todo, pero no sé cuál es tu problema. Necesitas ayuda urgente.

—Desde luego. Sí, eso es —dijo el Niño, muy excitado—. Sabía que tú sí que me comprenderías. Oh, Vyns, confieso que mis temores me habían inducido a pensar que sería más complicado que advirtieses la verdad. Y ahora que tengo claro que tú eres la ayuda que preciso, debo instruirte adecuadamente.

—No te enteras de nada. No voy a ir contigo a ninguna parte. Eres un demonio, nos enviaste a ese titán y a las sombras para que nos mataran.

—No, no, Vyns. De nuevo, cierta falta de perspectiva te lleva irremediablemente a conclusiones poco atinadas. Aquello fue solo una infantil distracción para poder traerte a mi lado, donde debes estar. ¿Crees que Yala y Asius corrían peligro seriamente? El formidable Yala se ha enfrentado con notable éxito a amenazas muy superiores, y estando dividido, nada menos. No temas, puedo garantizarte que tus amigos se encuentran perfectamente.

—¿De verdad?

Vyns ya no sabía qué creer. Desde luego había visto a Capa realizar toda clase de proezas asombrosas, por no hablar de esas dos alas metálicas tan extrañas con las que, como poco, se había elevado en el aire varios metros.

—Te mostraré la verdad, Vyns. Ven conmigo —dijo extendiendo ante él su guante de cuero negro con la mano abierta—. ¿Por qué motivo crees que abrí de nuevo la niebla? Debemos estar todos juntos, en armonía. Tú y yo les mostraremos el camino. Lo hacemos por nuestros hijos, Vyns. Nadie más puede comprender nuestras más íntimas inclinaciones.

Vyns aún se resistía a hacer un trato con un demonio, mucho menos con uno que ni siquiera estaba seguro de entender. Las palabras de Capa arrastraban cierta tentación, le sonaban sinceras y parecían coherentes con sus actos. La promesa de conocer la verdad y a su hija era muy tentadora.

Hasta el momento, había considerado a Capa como un enemigo y no iba a cambiar de opinión tan deprisa, aunque por mucho que lo intentaba, no lograba rebatir sus argumentos. Sencillamente, parecía tener razón.

—¡No! —gritó con los últimos restos de su voluntad.

—Oh, cierto, lo olvidaba. —Capa se acercó a él dando saltitos—. Un descuido imperdonable por mi parte. La emoción de nuestro encuentro y la afinidad recién descubierta me han distraído. Ahora mismo lo soluciono. No te muevas.

Capa colocó las manos sobre las alas de Vyns y una luz blanca las envolvió. El ángel sintió un calor reconfortante a la derecha de su espalda. El calor se extendió por todo su cuerpo, expulsando el dolor, reparando heridas y lesiones, sanando.

—No puedo creerlo —dijo Vyns con admiración. Flexionó varias veces el ala derecha. Estaba en perfectas condiciones—. Entonces… ¡es verdad! ¿Eres el Viejo?

Capa separó los brazos y se dobló lentamente en una reverencia hasta que su capucha rozó el suelo.

Richard Northon no necesitaba recurrir a su amplia experiencia militar juzgando situaciones de combate para saber que la suya era desesperada. Tampoco precisaba de los conocimientos de Yala acerca de los demonios que los rodeaban, ni sobre las runas de fuego que ardían a su alrededor para convencerse de lo peor. Estaban perdidos.

El tal Dast daba la impresión de ser tan peligroso como desagradable. Sus ojos saltones estaban crispados de rabia y aunque era el único que iba desarmado y su aspecto era el de un tipo corriente y debilucho, ese demonio era el mayor problema al que se enfrentaban en ese momento.

Se le cruzaron varias ideas desordenadas y vagas. Supo que Dast ocupaba alguna posición elevada entre los demonios, pero no acertó a discernir cuál. La información de Yala era confusa; le daba la impresión de que no era exactamente un Barón, pero a la vez le quedaba claro que su rango debía ser relevante y eso era patente para todos. Los demonios estaban pendientes de él, mantenían las posiciones con una disciplina que no recordaba haber visto en el Agujero.

No obstante, aún le quedaba por despejar la mayor incógnita sobre Dast —que se había concentrado en Jack, a quien observaba con todo el odio que parecía caber dentro de sí—, y era aguardar con esperanza la postura que Nilia fuera a tomar. Si se ponía de parte de los demonios, no saldrían vivos de allí.

—Mantened la boca cerrada o no lo contaréis —les advirtió Nilia entre susurros—. Recordad: encontrad al niño y nos veremos en el Cielo.

—¿Nos vas a abandonar? —preguntó Raven.

—Solo así puedo salvaros. Nos veremos de nuevo. Haced lo que os he dicho.

—¡Nilia! —la llamó Dast—. ¿Cuándo has venido? ¿Y qué haces con los menores?

—Luego te pongo al corriente. —Nilia se quedó a unos pasos de distancia de Dast y Jack—. Ahora tenemos otros asuntos que tratar.

A su espalda quedaba una pared relativamente intacta. El resto eran escombros y llamas, y demonios que los rodeaban. Con disimulo, Rick agarró a Raven de la mano y tiró con suavidad. Retrocedieron un poco hacia la pared. Aún no sabía muy bien por qué, pero quería poner la mayor distancia posible.

Rick buscó a Jack con la mirada para pedirle que se reuniera con ellos, pero no lo consiguió. Se había quedado en el centro cuando Nilia, al pasar a su lado, lo había apartado de un empujón. Jack miraba a Dast con suma atención, ajeno al peligro. Debía de tener algún as en la manga porque provocar a ese grupo de demonios era una forma bastante estúpida de suicidarse.

—Raven —murmuró Rick—. ¿Puedes derribar esta pared de atrás?

Su escuálido compañero tembló solo de pensarlo. En semejante estado de tensión, Raven podría volver a explotar, así que Rick tenía que buscar otra forma de escapar.

—Me alegro mucho de verte, Nilia —dijo Dast. Y parecía sincero a pesar de que nada similar a una sonrisa asomó a su rostro—. Nos ocuparemos de los menores.

—Deja que se marchen.

—Me temo que no. —El semblante de Dast se deformó de un modo extraño—. Han pasado muchas cosas aquí. Hemos sufrido bajas terribles por una explosión de la que Jack Kolby es responsable. Ahora yo estoy al mando y tengo la responsabilidad de salvar a los nuestros. Este —dijo señalando a Jack— es mío y le aguarda un final muy doloroso delante de un gran amigo suyo.

—El fumador no me importa, pero esos dos de allí me caen bien y van a irse tranquilamente. No deseo cuestionar tu rango, Dast. En realidad, considero que eres de los mejores para dirigir, pero han pasado muchas cosas en muchos sitios, no solo aquí, y yo aún tengo asuntos pendientes. ¿Recuerdas nuestro acuerdo, antes de que atacáramos la primera esfera?

—Lo recuerdo. Capa ya me contó que te ocupaste de Urkast.

—¿Capa?

—Supongo que ninguno de vosotros tiene un puro, ¿verdad? —dijo Jack acercándose a ellos—. ¿Un cigarrillo, tal vez…? Lástima, pienso mejor cuando echo humo por la boca.

Dast lo midió con dos ojos inmensos.

—Por tu boca va a salir todo lo que sabes, te lo aseguro, pero no ahora. No molestes, menor, o tu sufrimiento empezará antes de tiempo.

—Lo dudo mucho, ojos de sapo —repuso Jack—. No me harás nada porque temes matarme sin que te cuente antes lo que sé. Verás, no hay nada con lo que puedas amenazar. Yo soy un hombre de negocios o antes lo era al menos. Podríamos llegar a un acuerdo, pero acabo de recordar que tú mataste a Gordon. ¿Disfrutaste cuando le hicisteis tragar fuego? Se convirtió en un montón de cenizas ante mis ojos. Y quería decirte, de su parte, que fue él, Gordon, el que os engañó en el último momento y os desvió de la puerta del Agujero. Quién sabe si habrías podido descubrir antes a los neutrales o evitar la explosión, pero Gordon os lo impidió. Solo quería que lo supieras, Dast, séptimo Barón. —Jack se volvió hacia los demás demonios—. A vuestro gran líder le tomó el pelo un menor. Y ahora otro menor, yo, se burla de él. No habéis escogido muy bien. —Se giró de nuevo hacia Dast y Nilia—. Bien, ya puedes matarme del modo que prefieras.

Rick se prometió a sí mismo reconsiderar la opinión que tenía de Jack si de verdad lograba salir de esta con vida.

—Cada vez me gustan más los menores —siseó Dast sin la menor muestra de que las palabras de Jack lo hubiesen ofendido—. Quizá eres tan duro como tu amigo Gordon.

—No tengo ni la décima parte de su valor —aseguró Jack muy tranquilo.

—No importa. Mantienes la serenidad y demuestras inteligencia. La serenidad te dará mayor resistencia en el sufrimiento y la inteligencia hará evidentes las razones del tormento. Por eso odio a los estúpidos, porque no comprenden lo que les sucede más que de un modo superficial, pero tú vas a entender hasta las últimas consecuencias de tus actos. Por cierto, fue tu amigo Gordon quien nos atacó, no nosotros a él. Lo sé, fue un plan tuyo y de Sirian. Vosotros tres sois los responsables de lo que les va a suceder a todos los menores. Y puesto que tú pareces más listo que Gordon, apuesto a que esa responsabilidad es la gran culpa que no puedes soportar y que hace que hasta desees el castigo de morir.

—No vas mal encaminado —concedió Jack—. Pero esperaba más, la verdad.

—Es solo el principio. Pronto sabrás cuánto te mereces ese castigo. Sabrás también que no cambiará el destino para tu especie. Gordon ya está muerto. Ahora te toca a ti, pero no estarás solo. Tu amigo Sirian te hará compañía para que podáis discutir todo lo que queráis sobre lo que salió mal.

—¿Sirian sigue vivo? —preguntó Jack, visiblemente alterado.

—Más o menos. ¿Has parpadeado? Cuidado, Jack, no vaya a ser que todavía haya algo que te importe.

—¿Tienes a Sirian? —intervino Nilia.

—Desde luego. Podrás divertirte con él, no te preocupes. Te dejaré que hundas tus puñales en el traidor que nos hizo perder la Primera Guerra.

—Es curioso que hables de traición —dijo Jack—. Dios, lo que daría por un puro… Como te decía, antes de que llegaras hablaba con Nilia sobre cómo ocultaste tus motivos para abrir la puerta del Agujero en Londres.

Rick, como Raven, estaba tan concentrado en la conversación que casi se había olvidado de dónde se encontraban y del peligro que corrían. Tal vez se había contagiado de la despreocupación de Jack, que, por más que Dast lo amenazara, no parecía dispuesto a echarse atrás. Y Rick apostaría a que las amenazas de ese demonio no eran para pasarlas por alto.

—¿De qué hablas, menor? —preguntó Dast, elevando sensiblemente el tono voz—. Las puertas del Agujero no son de tu incumbencia.

—Pero de la mía, sí —dijo Nilia—. El menor tiene una teoría curiosa. Si no ocultas nada, no veo razón para que eso te ponga nervioso, Dast. Dime que miente. Demuéstrame que son solo los desvaríos de un pobre menor que no se entera de nada. Odiaría cambiar mi opinión respecto a ti, pero si él está en lo cierto, significa que me mentiste. Ya sabes lo mal que me tomo esas cosas, me da por pensar que detrás de las mentiras se esconde el propósito de engañarme o utilizarme. Y en tal caso… Bueno, no tengo que explicarte cómo resuelvo ese tipo de malentendidos. La última vez que mantuve una discusión de esa clase fue con Urkast.

—¿Crees a un menor antes que a mí? —Dast parecía indignado—. Yo no te he ocultado nada desde nuestro pacto. ¿Por qué te engañaría? ¿Qué razón podría tener para traicionarte a ti? Además, no necesito fingir para defenderme de un menor. Es absurdo y me sorprende que lo hayas considerado siquiera.

Nilia asintió y clavó en Jack una mirada severa, de esas que Rick ya conocía bien y que no auguraban nada bueno.

—Tu posición empeora, menor —dijo sacando uno de sus puñales y mostrándolo en el aire—. Lo ves bien, ¿verdad? Pues terminará contigo en cuanto te lo clave. A mí no me importa que sufras o no, en realidad tú no me importas en absoluto, pero me estoy cansando de tu palabrería y de que me hagas perder el tiempo. Dast no miente. Lo sé. Si insistes en eso, la conversación terminará antes de que parpadees. Así que explícate y procura ser muy claro con tus palabras.

Era el fin de Jack. Nadie en el mundo podría convencer a Rick de que Nilia no había sido absolutamente sincera y de que estaba resuelta a eliminar a Jack si sospechaba siquiera que este trataba de engañarla. Nilia ni siquiera se detendría a meditar sobre los motivos de Jack. Zanjaría la cuestión y seguiría con sus planes, cualesquiera que estos fuesen.

Jack observó a Nilia y a Dast alternativamente. Sonrió.

—Uno de nosotros miente y yo sé que no soy yo. Me molesta no saber quién, la verdad, por simple orgullo y también porque en este caso ni siquiera acierto a adivinar cuál puede ser la razón. Pero sigo vivo, así que veamos… Tienes que ser tú, ojos de sapo. Tú abriste las puertas del Agujero y eres el mejor viajero que existe. ¿De verdad me dices que elegiste precisamente Londres, de entre todos los lugares de este planeta, por casualidad? ¿No andas buscando cierta prisión que está por aquí cerca?

El puñal de Nilia no se movió, pero sus ojos se desviaron lo suficiente para mirar a Dast de refilón.

—Yo abrí las puertas, es cierto, pero no escogí el lugar —repuso dirigiéndose a Nilia—. No sé qué conspiraciones absurdas piensa el menor que me traigo entre manos.

—¿Quién lo decidió? —preguntó Nilia—. No me digas que fue Urkast o alguien que haya muerto, Dast. Resultaría sospechoso y, de continuar por ahí, al final os mataré a los dos.

—No está muerto, o no lo estaba hasta hacía muy poco. Te repito que no tengo nada que ocultar. ¿Es que ya no recuerdas quién me ayudó a abrir las puertas? Él insistió en que fuese justo aquí, en Londres.

—¿Quién? ¿Quién fue? —preguntó Jack, nervioso.

—Capa —murmuró Nilia—. Ese maldito niño…

—Bueno por fin hemos terminado de discutir bobadas.

Dast agarró a Jack por el hombro, pero este ni se dio cuenta. Estaba conmocionado por la noticia, que no era capaz de aceptar. Era la primera vez que Rick lo veía sin pleno dominio de sí mismo.

—Ahora, menor, vas a cerrar la boca de una vez —escupió Dast—. ¿Algún problema, Nilia?

—Mátalo de una vez —dijo ella.

Los labios de Dast se retorcieron de una manera espantosa, en lo que podría ser la sonrisa de una satisfacción largamente esperada. Confiaba en que Nilia los sacara a él y a Raven de allí, como había prometido, pero no le parecía bien dejar a Jack en manos de los demonios, aunque tampoco veía el modo de salvarlo.

La tensión le impedía extraer conclusiones sobre el hecho de que Capa hubiera decidido que Londres era el lugar idóneo para que los demonios entraran en este plano. Sí recordó que en el Infierno, siguiendo al niño que encontraron y que según Raven había estado con él durante la Onda, habían dado con una especie de caverna en la que Capa había desarrollado la habilidad para invocar titanes y sombras, y puede que también a personas, y que ni siquiera Nilia estaba al corriente de eso. La forma de hablar de Capa no era lo único que había de misterioso en él.

Rick, confuso, le dio un codazo a Raven, guiado por una intuición que, esta vez, sabía no provenía de Yala.

—Raven, amigo —susurró—. Hemos pasado mucho juntos y no te lo pediría de no ser necesario, pero creo que voy a cometer una estupidez y me vendría bien tu ayuda, si es posible. —Dio un paso al frente, y encaró a Nilia y a Dast—. ¡No vais a tocar a Jack! Si lo queréis, tendréis que acabar conmigo primero.

Apretó los puños y se puso en tensión. Los demonios lo miraron, todos, inexpresivos. Rick suplicó a Yala, en su interior, que lo ayudara si existía alguna posibilidad a través de su unión, aunque no sabía si el ángel atendería su plegaria o si podría hacerlo.

Era la primera vez que rezaba en toda su vida.

Y no obtuvo respuesta.

Tanon despertó con un alarido. Le ardía la espalda, mucho, tanto que no podía estarse quieto. Se retorcía, pataleaba, agitaba los puños. Para empeorar su situación, no tenía idea de dónde se encontraba. Su visión se había deteriorado.

A su alrededor había sombras y luces que tomaban formas confusas. Parpadeó varias veces, pero no sirvió de nada. Tuvo la impresión de que una de aquellas sombras moldeaba el contorno de una persona, probablemente el enemigo que le había infligido la herida de la espalda. Ni siquiera pensó en la posibilidad de que se tratara de un demonio cuando descargó el puñetazo.

Resultó que no se trataba de una amenaza. Una lluvia de escombros sobre su cabeza le confirmó que era algo de piedra lo que acababa de destrozar. A menos que su sentido del tacto también estuviese severamente perjudicado, debía de haber golpeado una pared.

Tanon salió al exterior dejándose guiar por la claridad, tambaleándose hacia donde percibía más luz. Tenía que despejarse lo antes posible o su adversario podría atacar desde cualquier posición, a placer. Trató de sacar las alas de fuego, solo así podría desplegar toda su fuerza, pero le atravesó un pinchazo terrible en la espalda, justo en el centro, entre las alas, el punto más vulnerable y, sin duda, en el que le habían alcanzado para dejarlo en aquel estado.

Caminar lo ayudó a sentirse algo mejor, aunque no sabía hacia dónde se dirigía. Lo último que recordaba, antes de que hubiera perdido el sentido, era que se encontraba en la primera esfera. Se había enfrentado con unos menores que vestían armaduras y un tipo desnudo le había acertado en la espalda cuando retrocedía. Debía de haber tenido una suerte excepcional para darle justo entre las alas. Ese daño, sumado al agotamiento que arrastraba después de que Asius le hiciera caer desde lo alto cuando le tendió aquella trampa, junto al esfuerzo de derribar la montaña para poder asaltar el puesto fortificado de los ángeles, lo habían debilitado. Solo así se podía explicar que un menor lo hubiera abatido.

Fuera comprobó que su oído tampoco recogía los sonidos con normalidad. Era como si tuviera un murmullo constante dentro de la cabeza. Consciente de que el peligro podría estar acechando, continuó avanzando en tensión. No ofrecería un blanco fácil a los menores.

Comenzó a perfilar algunas formas con mayor claridad. Una, en particular, le recordó a una colina que flotaba relativamente cerca del lugar en el que se ubicaba la Ciudadela, lo que reforzó su creencia de que estaba en la primera esfera. Sin embargo, a pesar de que aquella colina era fácil de distinguir, le dio la impresión de que era muy oscura, lo que no concordaba. La estudió unos segundos y se convenció de que ese era el lugar que pensaba. La insólita oscuridad se debía, sin duda, a su problema de visión.

Los orbes y los restos de la Ciudadela quedaban a su espalda, no muy lejos. Frente a él debía de estar la niebla. Tanon se dispuso a dar la vuelta cuando le llegó un estruendo que reconoció de inmediato. Era el sonido de la guerra.

Sí, en la dirección de la niebla se estaba librando una batalla. Oía las espadas rasgando el aire, dejando estelas de llamas, los golpes, los jadeos. No se podía confundir un estruendo como ese, ni siquiera con los oídos taponados, y aquel ruido tiraba de él con una fuerza desmesurada.

La excitación ante el combate crecía en el interior del Barón de las Alas de Fuego mientras corría hacia allí. Su larga trenza rebotaba en la espalda y hasta parecía que remitía el dolor que recorría su cuerpo.

Su visión mejoró lo suficiente para que se extrañara al toparse con un montón de rocas y piedras desperdigadas sobre lo que recordaba como una llanura erizada por espigas de trigo. Al frente, a lo lejos, la niebla ya no era niebla. Su ubicación era la de siempre, pero su aspecto era el de una tormenta furiosa, manchada de rayos que resplandecían sin cesar. Se detuvo y frotó sus ojos con fuerza porque, de nuevo, no estaba seguro de si se trataba de un problema suyo.

Algo más lejos vio a dos titanes despedazándose el uno al otro. Tanon bajó la vista y comprendió qué formaba el montículo de rocas al que había subido. Unos pasos más lo llevaron al punto más alto, desde el que dominó el área comprendida entre su posición y la tormenta que había reemplazado a la niebla. Había más titanes atacándose mutuamente. En el centro de aquella destrucción brillaron varias figuras. Eran los menores y sus malditas armaduras, de modo que allí, en alguna parte, estaba su adversario, entre aquellas líneas de llamas plateadas que ardían por todas partes.

Sumido en la rabia, no se percató de que un objeto volaba en su dirección. Rebotó contra su pecho y cayó. Tanon lo recogió del suelo. Era la cabeza de un demonio, un evocador si no se equivocaba, aunque no recordaba su nombre. Su muerte explicaba en parte el descontrol de los titanes.

Un poco más allá, había un menor pequeño que estaba solo, lo que le extrañó. Por lo poco que recordaba, los menores de las armaduras iban siempre en formaciones de cinco. Además de no contar con ningún compañero cerca, se retorcía de un modo extraño, daba pequeños saltos repitiendo ciertos movimientos. Puede que estuviese bailando.

Tanon escuchó gritos que no distinguió porque la furia explotó en su interior y el calor de la batalla se propagó por todo su cuerpo. El dolor se desvaneció, y recuperó su visión y su oído.

El pequeño bailarín giró y en ese instante reparó en él.

—¿Tú quién eres? —gritó—. ¡Vamos! Te daré lo mismo que a tu amigo. Así ya serán nueve.

Tanon ni siquiera intentó descifrar sus palabras. Le bastó con su actitud desafiante. Si un menor, o mil menores, o mil millones de menores pensaban que podían burlarse de él porque habían derrotado a un destacamento de titanes, iban a descubrir muy pronto lo equivocados que estaban respecto al lugar que ocupaban en la existencia.

—¡Jimmy! —gritó alguien.

Tanon dio un paso más y descubrió que no tenía su espada. El pequeño menor sí iba armado, con una espada corta de fuego plateado. Tanon se abalanzó sobre él. No fue consciente de haber desplegado las alas hasta que la luz de sus llamas convirtieron al menor en una figura resplandeciente.

Alzó un brazo para asestarle un puñetazo con la suficiente energía como para que el menor no pudiera defenderse con la pequeña espada que esgrimía. En el último instante notó un golpe en la cadera que desvió un poco el peso de su cuerpo a un lado. Su puño golpeó el metal de la armadura y la piedra del suelo, y el menor salió volando por los aires. Después el Barón se giró y despedazó al titán que lo había atacado por la espalda. Luego fue hacia el grupo de menores que había invadido el Cielo.

Mientras corría y resoplaba, atravesó una lluvia de fuego gris. Los menores le arrojaban llamas desde todas partes. Algunos impactos dolían, pero no lo detenían. Surgieron tres runas defensivas delante de los menores, bastante rudimentarias, pero dibujadas a una velocidad que Tanon nunca había visto, ni siquiera en Yala. Además, las runas aparecieron completas, y no trazo a trazo, lo que en teoría resultaba imposible.

Tanon bajó la mano con intención de agarrar una piedra grande que usar como arma. Sin darse cuenta, levantó parte de los restos de un camión completamente aplastado. Lo colocó delante de él y apretó el paso, ordenando a sus piernas que se esforzaran al máximo. Percibió las vibraciones del camión cuando recibió varios impactos. El Barón continuó corriendo. Dejó escapar un grito desgarrador y corrió más. Los menores no hicieron ademán de retroceder o apartarse, al contrario, reforzaron las runas.

Los tres símbolos de fuego saltaron en pedazos cuando el demonio se estrelló contra ellos. Tanon se sintió mareado durante un par de segundos, pero las runas de los menores no habían podido resistir su embestida. En sus manos solo quedaba un amasijo de hierros retorcidos.

A su alrededor, el Barón percibió a muchas figuras plateadas moviéndose. Aplastó a tres de aquellas armaduras con los restos del camión y luego, sin dejar de gritar, dio una patada a una enorme roca. El improvisado proyectil cayó sobre el grueso de los menores, derribó a varios y dispersó a la mayoría.

Le llamó la atención que uno de ellos no llevara armadura. Gritaba y jaleaba a los demás, seguramente impartiendo órdenes. Tanon saltó y lo agarró por el cuello, pero no lo mató. Tuvo cuidado de no apretar demasiado.

—¿Eres el líder de los menores? —rugió.

Su presa tenía los ojos muy abiertos y serios problemas para respirar. Tanon desplegó las alas de fuego a su alrededor.

—¡Deteneos! —gritó uno—. ¡Ha cogido a Thomas!

—¿Tú eres Thomas? —preguntó Tanon.

El menor asintió como pudo.

—Ordena que bajen las espadas y se quiten las armaduras.

—N... No... —logró decir.

Tanon advirtió un brillo retador en aquellos ojos que no le sorprendió en absoluto. Un menor, un líder capaz de subir a la primera esfera a enfrentarse a los demonios no podía ser un cobarde.

—Hay uno de vosotros que anda por ahí desnudo. ¿Quién es? —gruñó Tanon—. Tengo una cuenta pendiente con él. Dime dónde está y dejaré que algunos os marchéis con vida.

—No está aquí...

Tanon dejó que los pies de Thomas se posaran en el suelo y relajó la presión sobre su cuello.

—No ha venido con nosotros —añadió con la voz algo más clara.

—Mientes, menor. Me hirió hace un instante, así que anda por aquí. Tal vez venga cuando vea lo que hago contigo.

Se volvió hacia el resto de los menores, que se habían agrupado a cierta distancia y observaban con atención, pendientes de la vida de su líder. Tanon cogió a Thomas por la pierna derecha y lo alzó sobre su cabeza, resuelto a estamparlo contra el suelo antes de acabar con los demás.

—¡Tanon!

El Barón se detuvo al reconocer a un demonio que llegaba corriendo, saltando entre las rocas destrozadas. Dejó caer a Thomas, quien soltó un gemido.

—No abras la boca, menor, parece que vivirás unos segundos más.

—¡Tanon! ¿Qué haces aquí? —El demonio se detuvo ante él, visiblemente nervioso—. Tenemos que irnos.

—¿Irnos? ¡Habéis dejado la entrada desprotegida! ¿Por qué había un solo evocador controlando a los titanes? ¡Habla!

—Tuvimos que marcharnos todos a luchar contra los ángeles, Tanon.

Tanon levantó a Thomas por los hombros como si fuese un muñeco y lo situó justo delante del demonio.

—¡Míralo bien! Es un menor y por vuestra culpa ha causado este destrozo. Dejé a Asler con la quinta esfera controlada, pero por lo visto alguien se llevó a todos los demonios allí. Quiero el nombre de quien ha dado esa orden. ¡Habla!

El demonio apartó a Thomas de un manotazo. Su semblante reflejaba una intensa preocupación.

—Tanon, ¿te encuentras bien? La batalla de la quinta esfera la perdimos.

Aquello no podía ser verdad. Tanon recordaba la imagen de los ángeles derrotados, acorralados entre las montañas, retrocediendo como los cobardes que eran. Precisamente porque ya no tenían escapatoria posible, había regresado hacía un instante a terminar con algunos que supuestamente causaban problemas en la primera esfera. Resultó que eran menores, pero eso no cambiaba el hecho de que la guerra en la quinta esfera la habían ganado.

—Pero... ¡no puede ser! —Se sintió confuso y mareado—. Si hace nada que…

—Espera —dijo el demonio—. Creo que sé lo que te pasa… Te hirieron, Tanon, casi te matan. Has estado mucho tiempo inconsciente y han ocurrido muchas cosas. Por eso crees que la batalla de la quinta esfera ha terminado hace un momento.

—¿Y qué ha pasado?

—Yala cambió el curso de la batalla.

Las alas de Tanon ardieron hasta volverse casi de color blanco. Las chispas saltaban furiosas a su alrededor.

Thomas se encogió con una mueca. Los menores retrocedieron un paso.

—Yo… —vaciló Tanon—. ¿He estado inconsciente? ¿Cuánto tiempo?

—Mucho. Mira el suelo y la luz. ¿No ves cómo ha cambiado todo?

Tanon bajó la cabeza y vio cómo a sus pies se extendía su propia sombra. No se había dado cuenta por la desorientación y el dolor que había experimentado desde que despertó. Ahora sabía que no era un problema de su visión. Es decir, que todo era cierto.

—Herido… ¿Casi me matan, has dicho?

—Te curó Capa. Y también fue él quien desbloqueó la niebla y la convirtió en esa tormenta por la que han llegado los menores. Tengo que ponerte al día de muchas cosas. Venga, tenemos que marcharnos.

—No vamos a dejar desprotegida la entrada. Asler debería haber…

—Asler no tuvo elección, Tanon. Dejó a los titanes camuflados porque tenía que enfrentarse a los ángeles. Nos cogieron por sorpresa en la tercera esfera y nos obligaron a retroceder. Ahora estamos en la segunda, pero vamos perdiendo. No serviría de nada proteger la primera esfera y dejar que los ángeles llegaran hasta aquí. Por favor, Tanon, te necesitamos.

—¿Cuántos ángeles nos atacan en la segunda esfera?

—Todos. Renuin ha ordenado un despliegue masivo. Se lo juega todo a una.

—¿Estás seguro?

—Si no son todos, si todavía quedan más, entonces estamos perdidos incluso con tu ayuda. Un pequeño destacamento logró infiltrarse en la primera esfera y nos sorprendieron. Pero eso tuvimos que dejarte solo y entonces debió de ser cuando despertaste. La situación es tan crítica que solo me han enviado a mí a buscarte. Necesitan a todos los demonios para contener a los ángeles.

Muchas más preguntas bullían en la mente de Tanon, como por ejemplo, ¿dónde estaban los demonios del Agujero? Si los menores podían atravesar la tormenta, ellos también, y sin embargo no habían acudido.

El Barón sacudió la cabeza y trató de contener su furia para poder reflexionar. No contaba con todos los detalles, pero sí con los suficientes para comprender la situación, que resultaba extraordinariamente simple. Estaban a un paso de perder y volver a ser encerrados en el Agujero. Y esta vez sería para siempre, porque los ángeles no cometerían el error de consentir que se escaparan de nuevo.

Tanon contempló por primera vez la posibilidad de sufrir una derrota, una real y no aquella pantomima que representaron en la Primera Guerra, cuyo único fin era introducir a Diacos entre los ángeles.

Desde que habían salido del Agujero todo había marchado razonablemente bien. El único contratiempo había sido el bloqueo de la niebla, pero siempre hay que contar con algún imprevisto y tampoco es que ese fuese un inconveniente que trastocase en exceso sus planes. Era una mera molestia, un retraso.

Así había sido hasta que Asius descubrió la traición de Diacos y lo mató. Tanon contempló impotente cómo Asius acababa con la vida de su amigo. Para empeorarlo todavía más, el Pelirrojo recuperó a Renuin y conservó a Stil en su poder.

Después de eso un menor había estado a punto de matarlo a él y ahora, tras permanecer convaleciente, se enteraba de que también habían perdido una batalla a causa de la inesperada intervención de Yala. A pesar de sus esfuerzos, una idea que antes no habría aceptado de ningún modo, ahora cobraba fuerza en su mente. La posibilidad de la derrota era real.

Tanon prefería morir antes que regresar al Agujero, como cualquier demonio. Pasar la eternidad en aquel lugar… Tanon saltaría al abismo, lo sabía. Y muchos demonios lo seguirían, puede que todos. Sumergirse de nuevo en aquel pozo de oscuridad volvería loco de desesperación a cualquiera.

—Entonces moriremos en la batalla —dijo sin darse cuenta de que pensaba en voz alta.

—¿Cómo dices? —preguntó el demonio.

El Barón agitó las alas de fuego.

—Quiero que te adelantes y regreses a la segunda esfera. Ordena una retirada sin que se den cuenta los ángeles, sacrifica algún demonio si es preciso. Pero retiraos del frente y ganad tiempo suficiente para crear una barrera de fuego. Que todos los demonios creen runas y las enlacen. No luchéis, solo mantenedlos a raya hasta que yo llegue.

—Tanon, debes venir ahora o puede que ya no importe cuándo llegues.

—¡Pues consígueme tiempo! No os estoy pidiendo mucho. Resistid o todos acabaremos en el Agujero. No voy a dejar que los menores tomen la primera esfera o también estaremos perdidos.

—Pero…

—¿Has entendido mis órdenes?

—Ganar tiempo y crear una barrera de fuego —repitió el demonio.

—¡Entonces muévete! ¡Ahora!

El demonio se alejó corriendo a toda velocidad. Tanon miró de reojo a los menores que se habían agrupado y que parecían a punto de atacar. Sonrió.

Luego miró a Thomas y la sonrisa desapareció.

—Vamos a ver, menor —dijo agarrándolo por el pecho y colocándolo justo delante de él—. Has permanecido en silencio como te ordené y eso me satisface. Ahora dime, ¿qué has entendido de nuestra conversación?

Thomas tragó saliva antes de hablar.

—Estás preocupado porque no puedes mantener dos frentes al mismo tiempo, los ángeles por un lado y nosotros por el otro.

—No está mal —dijo Tanon, sorprendido de las deducciones del menor y también de su coraje para mantener la compostura. Habría sido un suplicio si enfrente hubiera tenido a un idiota que se hubiese puesto a llorar y a rogar por su vida—. No tengo tiempo, así que vais a largaros ahora. De ese modo, conservaréis la vida.

—Te entiendo mejor de lo que crees. No quieres que vuelvan a encerraros, pero tampoco tenéis nada que perder, igual que nosotros, por eso…

Tanon apretó las mandíbulas y se marcó su mentón cuadrado.

—No vuelvas a compararte con nosotros, ¿me has entendido? Tus problemas no significan nada para mí ni se pueden comparar con el Infierno.

—No quería decir eso —insistió Thomas—. No hemos venido para interferir en vuestra guerra.

—¡Pero habéis venido! Además, no sé por qué crees que puedes negociar conmigo. Vas a ordenar la retirada. ¡Ya!

Thomas guardó silencio un instante. Luego miró a Tanon a los ojos.

—No puedo dar esa orden. Lo siento.

Tanon estuvo a punto de darle un puñetazo en ese instante. Se controló porque no quería matarlo, y en su estado no estaba seguro de poder dominarse para solo hacerle daño. Lo agarró por el cuello y alzó el brazo para que Thomas, que era de su misma estatura, quedara suspendido en el aire.

Se volvió y dio un par de pasos hacia el resto de los menores.

—Para los que no me conozcáis, os diré que soy el mayor peligro de toda la Creación. Nadie puede derrotarme. ¡Nadie! —Tanon dejó a Thomas en el suelo, frente a él, y le ordenó guardar silencio con un gesto—. Vuestro cabecilla, aquí presente, no tiene el cerebro necesario para entender vuestras opciones. Yo os las explicaré, pero solo una vez, así que prestad atención. Ando muy mal de tiempo y tengo que ir a otra parte, a una guerra, una de verdad, contra enemigos de verdad, no como vosotros, menores. Vuestras patéticas existencias no me importan. Solo por esa razón, por la escasez de tiempo, os voy a dar la oportunidad de largaros a vuestro asqueroso plano y conservar vuestra insignificante vida. Ahora. Si no aprovecháis la oportunidad, las mujeres, los niños y los mayores sufrirán las consecuencias, todos sin excepción. Y como no me fío de vuestras seseras, me voy a asegurar de que esta amenaza sí la comprendáis.

Tanon desplegó las alas al máximo y las juntó delante de él, justo donde estaba Thomas, que en un segundo se convirtió en un montón de fuego que se agitaba descontrolado. Se escucharon alaridos espantosos e inhumanos mientras las llamas que envolvían su cuerpo lo devoraban.

Unos terribles y eternos segundos más tarde, Tanon separó las alas. Un montón de ceniza se había acumulado en el suelo.

—Si cuando regrese encuentro a uno solo de vosotros por aquí, lo mataré sin contemplaciones. ¿Me he expresado con suficiente claridad?

Tanon permaneció todavía unos segundos más allí, plantado con los brazos cruzados sobre el pecho y una mirada asesina. Los menores no tardaron en retroceder hacia la tormenta.

CAPÍTULO 9

Un vistazo al desolador paisaje que ofrecía la Ciudadela tras la batalla basta-ba para advertir que los demonios se habían desquitado. El duro trabajo de los moldeadores que la habían erigido había quedado sepultado por un mar de cascotes. Costaba creer que aquella fealdad informe fuese lo único que quedaba de una arquitectura que había brillado con gran esplendor.

Los edificios eran tan solo un recuerdo de lo que fueron. Sus restos, desper-digados y amontonados, ocupaban una extensión muy superior a la de la anti-gua ciudad flotante. Al caer los cinco niveles de altura, sus pedazos se habían dispersado hasta las montañas.

Había escombros medio derretidos o abrasados, otros tan destrozados que habían sido reducidos a polvo y arena. El suelo estaba magullado, con las heri-das visibles de socavones ennegrecidos.

Paseando entre las ruinas, Asius imaginó con una mueca de asco el fervor descontrolado de sus enemigos tras lograr su primera gran victoria. Debieron de sentirse reafirmados y seguros de que ganarían la guerra.

El ángel pelirrojo se dio cuenta de que Yala caminaba con cierta indiferen-cia, tal vez porque ya había contemplado la devastación. Uno de los gemelos andaba de espaldas, sin perder de vista la zona, relativamente despejada, en la que descansaban los orbes. Le había dicho a Asius que los demonios estaban luchando en la segunda esfera, pero no debía de estar seguro o quizá pecaba de precavido.

—¿Te importa sacar las alas negras? —le pidió Asius—. Si nos ven de lejos y tenemos suerte, nos tomarán por demonios. O al menos dudarán.

El gemelo obedeció. Las alas se fundieron con el crepúsculo, que cada vez era más oscuro a medida que la luz iba perdiendo intensidad. Sombras y una luz cada vez más débil componían un escenario que favorecía claramente a los demonios, pero Asius no los consideraba capaces de alterar la realidad hasta ese punto. Y eso lo inquietaba. Si no habían sido ellos, ¿quién podría haber obrado semejante locura? ¿Sería un efecto de la Onda que había tardado en manifestarse? En cualquier caso, si los demonios no eran responsables de la anomalía, tampoco podrían solucionarla.

Lo que más le preocupaba a Asius era ignorar hasta dónde llegaría la degradación de la luz. La idea de las siete esferas sumidas en la oscuridad le resultaba inconcebible, jamás lo habría creído posible de no estar presenciándolo con sus propios ojos.

Ahora debían concentrarse en abandonar los restos de la Ciudadela cuanto antes, alejarse de los orbes para no tropezar con algún enemigo. Si el gemelo seguía caminando de espaldas, sería imposible que no lo reconocieran en el acto. Asius consideró pedirle que se girara, pero sabía que a Yala le molestaba ese tipo de peticiones. Por el contrario, colocarse espalda contra espalda era algo natural para él, sobre todo en combate, dado que ampliaba su campo de visión a trescientos sesenta grados.

—Salgamos de aquí —sugirió—. Nos ocultaremos en las montañas. No quiero luchar contra un destacamento aislado de demonios.

—¿Por qué no? —preguntó Yala.

—Porque los demás encontrarían los cadáveres o notarían su ausencia. Prefiero que no sepan que hay ángeles en la primera esfera, y menos aún que deduzcan a dónde nos dirigimos.

Yala no hizo más comentarios. Los gemelos se mantuvieron en silencio, como casi todo el tiempo, mientras serpenteaban entre las rocas, cruzando las sombras para ocultar su presencia, saltando y corriendo, a un ritmo rápido pero que les permitía controlar sus movimientos y hacer muy poco ruido.

Al final de la cordillera les aguardaba una llanura sombreada por las formaciones rocosas que flotaban encima. Cruzar aquella extensión sin ser vistos sería prácticamente imposible, así que decidieron caminar en vez de correr para levantar las menos sospechas posibles si eran avistados desde la distancia.

—Aún lamento no haber ido en busca de Vyns —dijo Asius—. Espero que esté bien. —Sabía que Yala no diría nada. Asius solo pensaba en voz alta—. No se me ocurre para qué podrá haberlo capturado Capa.

Recordó la absurda reverencia del titán antes de desaparecer y, una vez más, se convenció de que detrás del rapto estaba el Niño.

—No puedes salvar a todo el mundo —dijo un gemelo.

—Lo sé —repuso Asius, sorprendido de que Yala charlara con él—. Me he tenido que repetir varias veces que detener a Raven es más importante, pero eso no me impide echarlo de menos. Y Vyns conoce el plano de los menores mejor que nosotros.

—Ya no.

—¿A qué te refieres?

—Vyns no reconocería lo que ha quedado de la antigua ciudad de Londres.

—¿Raven sigue allí?

—Sí. Rick está con él. O lo ha estado. Y también Nilia.

—Eso confirma la teoría de Renuin —suspiró Asius—. Lo está manipulando. ¿Qué intenciones tiene Rick?

—El menor se siente desconcertado. Solo quiere ayudar a Raven, pero no comprende muy bien lo que sucede.

—Entonces su intención es buena, pero su aportación, nula —reflexionó Asius—. No podemos culparlo. Rick no es quien debería estar discutiendo con Nilia sobre lo mejor para Raven. Nilia es demasiado para cualquier menor.

—También está Dast.

—¿Dast? ¿Estás seguro?

—Antes me asaltó una imagen desagradable que puso nervioso a Rick. Era Dast.

Asius todavía se extrañaba de aquel nexo con Rick. Le habría gustado precisar hasta qué punto era fiable la información que Yala obtenía de un menor por ese extraño método, aunque no se atrevió a preguntarle al respecto.

—Dast no estaba con los demonios que atacaron la Ciudadela. No es de los que actúan sin pensar primero. De hecho, fue uno de los principales responsables de la estrategia para infiltrar a Diacos y colocarlo como uno de los tres Justos. Maquinó perder una guerra para poder ganarla después. Mal asunto que alguien capaz de planificar con tanta antelación esté influenciando a Raven.

—Los muertos no hacen planes ni influencian a nadie.

Llegaron a la tormenta, el antiguo muro de niebla. Por suerte no se divisaba a ningún demonio en los alrededores. Tal y como había dicho Yala, estaban todos luchando. Asius se esforzó en no pensar cómo le iría a Renuin combatiéndolos, tenía que concentrarse en su propia misión.

Encontraron un escenario de devastación ligeramente parecido al de la Ciudadela. Dos brazos de tierra medio derruidos delimitaban un semicírculo con una abertura por la que ellos entraron. Esas piedras, esa tosca muralla que parecía improvisada, era obra de los demonios. En el espacio entre el arco de rocas y la tormenta, las piedras estaban desperdigadas, incrustadas en el suelo. Habían abierto surcos y destrozado el campo de espigas que ocupaba aquella extensión.

—¿Titanes?

Los gemelos asintieron como respuesta. Asius desenterró lo que tardó en reconocer como los restos de un camión militar. La conclusión era obvia. Los menores habían entrado en la primera esfera y un comité de bienvenida compuesto por titanes, hábilmente camuflados como si fueran parte del paisaje, los habían... ¿matado? Tal vez hubiesen logrado huir. No era la primera vez que experimentaban un recibimiento como ese.

Asius recordó una pequeña expedición de menores que se introdujo a través de un portal en que la Onda había dejado la luz estancada. Dos ángeles los encontraron y los tomaron por demonios. Como resultado, solo dos menores consiguieron regresar con vida.

Aquella confusión, trágica, era comprensible, dado que ningún menor había pisado jamás la primera esfera. Era algo impensable ya que la luz debería haberlos dejado ciegos, eso como poco, pero la Onda lo había trastocado todo. Además, estaba el detalle de que sin viajeros no se podía cruzar la niebla.

—Nos mezclaremos con los menores —dijo Asius a un paso de la tormenta. Su melena pelirroja azotaba su espalda debido al viento—. Ya han sufrido bastante por nuestra culpa. Además, ahí abajo hay demonios y no quiero que nos descubran. Guardaremos las alas. Otra cosa... Yala no te lo pediría si no fuera necesario, pero tus movimientos son demasiado perfectos. ¿Podrías...?

Uno de los gemelos lo miró y asintió. El otro permaneció inmóvil. Era un comienzo para romper la simetría. No habría estado mal que alguno de ellos sonriera, pero Asius tampoco quería pedir demasiado; ya tendrían tiempo de practicar mientras cruzaban la tormenta.

Apenas dieron unos pasos en su interior, mientras las nubes los envolvían y revolvían sus cabellos, cuando varios focos de luz los apuntaron. Estaban rodeándolos. Asius escuchó unos extraños murmullos metálicos a su alrededor. Los rayos tejían telarañas de luz sobre sus cabezas, el viento aullaba revuelto y los truenos retumbaban en la distancia.

Frente a ellos se perfilaron cinco siluetas ataviadas de forma extraña. Asius imaginó eran las armaduras que Yala había mencionado.

—¡Vosotros tres! ¡Moveos! ¡Nadie tiene autorización para estar aquí!

La voz sonaba ahogada por el casco, lejana, pero se intuía cierta inquietud, puede que irritación. A Asius no le gustó aquella indumentaria que escondía por completo a su interlocutor. No podía estudiar su semblante ni sus ojos. Solo le llegaba una voz amortiguada y unos movimientos corporales limitados o amplificados por las armaduras. Nada útil para deducir sus intenciones.

El ángel advirtió que en las manos de cuatro de ellos, los que no hablaban, ardían espadas de fuego plateado.

—¡He dicho que os mováis! —La figura los apuntó con el dedo.

Cerca de ellos, de repente, ardió una runa. Apenas un instante antes, no había nada y ahora flotaba una runa completa. Sus llamas resistían el empuje del aire y mantenían la posición. Aquellas llamas eran del mismo color que el filo de las espadas.

—Tranquilos —repuso Asius alzando las manos—. No os habíamos oído con tanto ruido.

Los gemelos se separaron, pero su idea de romper la simetría, por lo visto, implicaba que cada uno de ellos hiciera el movimiento opuesto al otro, lo que no contribuía en absoluto al propósito de no llamar la atención. Por fortuna, la tensión y la oscuridad contribuirían a que los menores no repararan en ese detalle.

El soldado que había hablado se adelantó un par de pasos hasta alcanzarlos.

—¡Nadie puede estar aquí!

De cerca, Asius captó suficientes matices en su voz para saber que se trataba de una mujer.

—Solo inspeccionábamos la entrada —explicó—. Ha sido un momento.

—¡Idiotas! ¿Cómo os habéis saltado el control? ¡No podemos proteger a los civiles si seguís…! —La mujer logró contenerse a duras penas—. ¿Ha salido alguien más?

—No —contestó Asius.

—¡Idiotas! ¡Hay un demonio de fuego que ha matado a Thomas! ¡Si os ve… ¡Si lo atraéis hasta aquí…!

No pudo acabar la frase. Temblaba de rabia. Asius previó el empujón que la mujer iba a asestarle, y pudo esquivarlo, pero prefirió recibirlo en el pecho y fingir que le desestabilizaba. Se dejó caer de espaldas al suelo para añadir credibilidad a su identidad como menor. Aun así, apreció más fuerza de la que cabía esperar en una menor. Aquellas armaduras debían de incrementar la potencia muscular, aunque no bastarían en un enfrentamiento con Tanon, a quien sin duda se había referido al mencionar un demonio de fuego.

—¡Stacy! —gritó un soldado. Era de muy corta estatura y se había acercado a la mujer—. ¡Tienes que controlarte!

Stacy sacudió la cabeza y le tendió una mano a Asius. El ángel la tomó y dejó que ella lo levantara del suelo.

—Lo siento, Jimmy, pero las vidas de cientos de miles de personas dependen ahora de nosotros. ¡Regresa a la formación!

El soldado regresó a su puesto, junto a los otros tres menores con armadura, que no se habían movido. Resultaba obvio que la tal Stacy estaba al mando.

—¡Nadie puede pasar el control y salir de la tormenta! —vociferó la mujer.

—Nos lo pidió Rick —dijo Yala.

Un gemelo se había colocado junto a Asius.

—¿Quién? —preguntó Stacy.

—Richard Northon —contestó el gemelo.

—¿El salvador? —preguntó ella con un cambio en la voz—. ¿El que mató al titán?

—El mismo. Nos envió para evaluar la situación.

—¿Por qué no nos informó de vuestra llegada? ¿Y por qué no vais con armadura? ¿No os acompaña ninguna mujer? ¿Y los niños?

Yala, que lo había hecho bastante bien, en opinión de Asius, dudó ante la avalancha de preguntas. La conexión con Rick no debía de funcionar a la perfección, o al menos, no le brindaba toda la información necesaria.

—Tenemos que regresar para informar a Rick.

—¿Cómo te llamas? —preguntó Stacy.

—Yala.

—¿Y tu hermano? —dijo señalando al otro gemelo.

Yala dudó de nuevo.

—No llevamos armaduras para pasar inadvertidos —intervino Asius—. Si quieres discutir las órdenes, hazlo con Rick cuando venga. Nosotros nos vamos inmediatamente a informarle.

No tuvieron más problemas con los menores. Asius anotó mentalmente que Rick gozaba ahora de una gran reputación, sin duda por esa hazaña de acabar con un titán, y se preguntó si aquella historia sería cierta. Estaba impaciente por interrogar a Yala sobre el asunto, pero los soldados los escoltaron hasta lo que habían denominado «el control», que supuestamente se habían saltado.

Consistía en una hilera de camiones con los focos encendidos. Sobre ellos flotaba un arco inmenso de fuego plateado, más de cien metros de anchura, que derramaba cierta cantidad de luz. Al otro lado de los camiones, se agazapaban miles y miles de rostros asustados.

Los menores estaban todos apiñados, revueltos, soportando el frío y la tormenta como podían. Había niños llorando, heridos, gente que buscaba desesperada a un familiar o un amigo entre la muchedumbre, a lo largo de un sendero delimitado por dos hileras de vehículos y runas grises. En el medio, desperdigadas, ardían hogueras, alrededor de las cuales se arremolinaban los menores tratando de combatir el frío. Asius y Yala caminaron entre ellos asombrados, escuchando sus lamentos, sus protestas, su impotencia ante la falta de explicaciones y la obligación de estar detenidos. En el suelo los enfermos intentaban soportar sus dolencias, mezclados con los cadáveres.

Algunos menores sin armaduras ayudaban a los demás y colaboraban con los cuidados sanitarios y el racionamiento. Era evidente que había una organización, impuesta por los soldados, para suministrar alimentos, medicinas y el combustible con que las hogueras se mantenían encendidas.

Los ángeles recorrieron cientos de metros entre los menores. Yala, indiferente; Asius, intentando no dejar que le afectara el horror que tenía ante sus ojos. Ambos notaron que cuanto más avanzaban, más se reducía la presencia militar y más aumentaba el caos. Se oían teorías disparatadas y se palpaba la desesperación.

La tormenta vomitó una especie de tornado que se revolvía con violencia. La fuerza del torbellino desplazó un autobús repleto de menores hacia el centro, arrastrando las ruedas lentamente sobre la tierra. Los menores retrocedieron asustados, pero no a todos les dio tiempo.

El vehículo derribó a un hombre y le aplastó la pierna. Los que estaban en el interior comenzaron a saltar por las ventanillas; dos se detuvieron a ayudar al herido, estirando sus brazos al máximo, pero la pierna se había quedado aprisionada bajo la rueda. El viento empujaba al autobús en un avance lento pero imparable, mientras los dos voluntarios continuaban tirando del hombre, que lanzaba alaridos de agonía.

Los menores continuaban retirándose hacia el interior, chocando contra los que ya estaban ahí, pisándose unos a otros. Cinco soldados lograron abrirse paso hasta el autobús. Las armaduras produjeron un chasquido metálico cuando los cinco pares de guantes se posaron sobre el chasis. El autobús se detuvo, pero no retrocedió. El hombre seguía gritando bajo la rueda, perdiendo sangre.

—No lo conseguirán —dijo un gemelo.

—¡Yala! —Asius lo agarró por el brazo—. No podemos.

El tornado retumbó y escupió rayos. Cuando una violenta ráfaga de aire barrió la zona del accidente, los menores salieron despedidos hacia atrás. Solo Asius y Yala permanecieron de pie.

Una mujer cayó en una de las hogueras. Su cuerpo ardió de inmediato. Agitaba los brazos y las piernas, aullaba. La ventisca, además de avivar las llamas, la empujó de nuevo hasta el otro extremo del camino, donde se estrelló contra un camión. La parte de atrás estaba cubierta por una lona que no tardó en arder.

—De acuerdo —suspiró Asius, soltando a Yala—. Nos veremos en Londres. ¡Ve!

Vio a los gemelos correr hacia el autobús. Él se giró y fue en la dirección contraria, hacia el camión, saltando entre los menores, que se sujetaban entre ellos para resistir la presión del viento.

El cuerpo en llamas de la mujer se había desplomado en el suelo y no se movía. El fuego que había prendido en el camión se había propagado muy rápido y ya había alcanzado la cabina, donde el conductor luchaba desesperado por abrir la puerta, que debía de haberse atascado. El peligro de explosión era inminente, y mucho peor era la amenaza de que una reacción en cadena reventara todos los vehículos que estaban alineados en fila.

Asius sacó su espada confiando en la posibilidad de que aquel torbellino de confusión lo ayudara a camuflarse. El filo de hielo atravesó la puerta del camión y, en cuanto Asius giró el pomo de la espada, una fina capa de escarcha se extendió por todo el vehículo y las llamas se extinguieron bajo el manto gélido.

Luego el ángel arrancó la puerta y sacó al conductor, que tosía mucho y lloraba en abundancia mientras se frotaba los ojos. Asius tuvo que sostenerlo.

Lo rodearon miles de manos y rostros casi al instante.

—¡Nos has salvado!

—¿Quién eres?

—¿Alguien ha visto esa espada tan rara?

Asius guardó su arma. ¿Cómo iba a mantener a raya a tantos curiosos? Eran muchos, cada vez más, atraídos por el tumulto, y parecían desesperados por acercarse al héroe y agradecerle su intervención.

Pero los problemas continuaban. La ventisca no había amainado y aún quedaban muchos tirados en el suelo, agarrándose unos a otros para evitar salir volando, vapuleados por aquel viento enloquecido.

—¡Atrás! ¡Dejadme! —rugió Asius.

A pesar de la urgencia, no logró quitarse de encima a sus admiradores, pero tampoco quería emplear la fuerza. Consiguió ver dos melenas rubias iguales al otro extremo del camino, que se acercaban al autobús a punto de volcar. Los gemelos se separaron al mismo tiempo, como acostumbraban, con movimientos idénticos pero opuestos. Cada uno se dirigía a un extremo del autobús.

Daba la impresión de que los niños ya habían salido del vehículo. O tal vez no, Asius distinguió una pierna muy pequeña que se agitaba a través de una de las ventanillas. Yala apoyó las manos en el chasis para frenar el derrumbe, pero solo uno de los gemelos lo había logrado. El otro debió de alcanzar el vehículo un segundo más tarde. Asius nunca había visto a Yala cometer un error de sincronización como ese. Aquel segundo de diferencia fue suficiente para que el otro gemelo no pudiera detener la caída y el niño se precipitó desde la ventanilla.

Un instante después, el autobús se dobló por la mitad y lo aplastó.

—¡No! —chilló Asius.

Los menores seguían a su alrededor, acosándolo a preguntas y alabanzas. Asius, que ya había perdido la paciencia, estaba decidido a sacudírselos de encima como fuera para acudir junto a Yala y ayudar a salvar al pequeño, aunque sabía que era imposible sobrevivir al peso de un autobús, incluso para un adulto.

Las manos de los menores le recorrían el pecho, ansiosas por palpar su objeto de adoración. Notó que dos de ellas lo empujaron hacia atrás.

—¡Apartaos de un vez!

Avanzó, resuelto a empujarles si era preciso, pero un golpe en el estómago casi lo dejó sin aliento. Ningún menor podía ser tan fuerte como para causarle daño. Estudió los rostros que tenía ante él. Uno de ellos le guiñó un ojo.

—No tan deprisa, Asius.

Quienquiera que fuese lo conocía. Y eso solo podía significar una cosa, que se confirmó cuando el demonio le sonrió y enseñó la punta de una de sus alas negras. Asius llevó la mano a la empuñadura de su espada.

—No tan deprisa, pelirrojo —susurró alguien a su espalda. Una mano se posó sobre su hombro—. A menos, claro, que quieras ver morir a todos estos menores.

Eran muchos los sucesos extraordinarios por los que Jack Kolby había pasado en su vida, algunos de ellos increíbles incluso para él, que los había experimentado. Su orgullo lo había forzado a hacer uso de sus conocimientos para salvar el mundo, y por supuesto en beneficio propio. Ese mismo orgullo le había hecho creer, hasta hacía poco, que había obrado bien, que otro en su lugar se habría enfrentado a los acontecimientos de una manera desastrosa.

Así había pensado y actuado hasta que su plan fracasó y comprendió que había puesto en peligro a toda la humanidad. Si la niebla no se los tragaba a todos, los demonios los borrarían de la existencia por haber interferido en su guerra.

El único consuelo que le quedaba era que moriría pronto por la enfermedad que había contraído al ensayar con su propio cuerpo. Él mismo se lo había buscado y le parecía justo después de la cantidad de seres humanos que habían perecido en aquellos mismos experimentos. Pronto tendría el castigo que se merecía.

Sin embargo, aún estaba vivo, y su curiosidad por saber en qué se había equivocado lo empujaba a seguir adelante y descubrir la verdad. Aquella búsqueda lo había conducido hasta Dast, convencido de que era el demonio que trataba de encontrar la antigua prisión de Black Rock. De nuevo se había equivocado —nunca habría imaginado que fuera Capa el que manejara los hilos sin que nadie más se diera cuenta—, pero encima sus suposiciones habían encolerizado aún más a los demonios.

—Mátalo de una vez —dijo Nilia.

Jack paseó su mirada por Nilia, Dast y todos los demonios que los rodeaban. Cómo le apetecía dar una última calada a uno de sus puros.

—¡No vais a tocar a Jack! Si lo queréis, tendréis que acabar conmigo primero.

Aquella salida lo dejó atónito, puede que por el hecho de que alguien estuviese dispuesto a arriesgar su vida para salvarlo. La idea le conmovió una pizca y a la vez le produjo una repulsión casi incontenible.

—Rick, ¿se puede saber qué haces? —Jack reprimió una sonrisa ante la postura de combate del militar, con los músculos tensos y la mirada amenazadora—. ¿Has contado a los de las alas negras? Porque son unos cuantos. Eso sin mencionar que estás desarmado. ¿Eres idiota o te ha dado por hacerte el héroe en el peor momento?

—Ya está. Me he cansado de los menores —escupió Dast a su espalda.

Jack oyó un silbido. Vio a Rick correr hacia él a una velocidad increíble y saltar una distancia todavía más difícil de creer. Rick voló delante de él, justo cuando se escuchó un silbido y un destelló llenó la estancia. Jack vio a Rick convertirse en un montón de llamas.

—¡Raven! ¡Ahora! —gritó el soldado mientras rodaba por el suelo. Jack supuso que para sofocar el fuego que le envolvía. Entonces vio las espadas de los demonios y entendió que Rick le había escudado con su cuerpo de uno de esos arcos que arrojaban con sus armas.

Raven, encogido junto a la pared, temblando, se agarraba las manos.

—Lo siento, Rick —sollozó—. No puedo.

Jack vio a los demonios alzar de nuevo las espadas.

—Buena jugada, soldado —le dijo a Rick—. Pero no creo que puedas volver a parar todas las llamas que van a lanzarnos ahora.

Creyó ver un destello de odio en los ojos de Rick mientras este extinguía las últimas llamas de su cuerpo. Seguramente no compartía su sentido del humor.

Las espadas descendieron y silbaron al rasgar el aire. Tres arcos de fuego se abalanzaron sobre ellos. Sonó una detonación terrible y, a continuación, se produjo un fuerte destello que obligó a Jack a cerrar los ojos.

Al abrirlos una runa flotaba ante sus narices. El símbolo era de fuego plateado.

—¡Por aquí! ¡Deprisa!

Dos niños vestidos con armaduras lanzaron fuego a los demonios. Rick se levantó y se acercó a Jack con cara de pocos amigos.

—Ni siquiera sé por qué me he arriesgado por ti.

Y le dio un puñetazo en la cara que lo dejó sin sentido.

Jack recobró el conocimiento tumbado entre escombros, con una mano pequeña que le impedía abrir la boca. Una niña lo miraba con la visera del casco levantado y el dedo índice cruzado sobre los labios, indicándole que guardara silencio.

Jack se palpó el ojo derecho y lo encontró abultado. Quizá ya estuviera morado, dependiendo de cuánto llevara inconsciente. Raven, con gesto ausente, estaba sentado contra los restos de una pared. El otro niño se agazapaba tras un coche oxidado con la espada en la mano. No veía a los demás miembros del cuerpo, la mujer y los dos hombres, pero no podían andar muy lejos.

Rick llegó en ese momento sin molestarse en no hacer ruido. Le pidió a la niña que retirara la mano de la boca de Jack.

—Por fin los hemos despistado —dijo algo molesto.

—¿Habéis despistado a los demonios? —preguntó Jack—. ¿En serio? Me sorprendes, Rick. Buen puñetazo, por cierto —añadió masajeando su ojo derecho.

Los tres soldados que faltaban aparecieron en ese instante. Los niños se colocaron junto a los hombres y la mujer se acercó a Jack.

—No lo hemos logrado precisamente gracias a tu ayuda —le recriminó.

El tono de enfado se notaba incluso amortiguado por el casco.

—Yo no os pedí que me salvarais —se defendió Jack—. Seguro que tenéis cosas más importantes que hacer, como proteger a los supervivientes. ¿No es esa vuestra tarea?

—¡Es la tuya!

—¿Perdón? —Jack estaba realmente confuso—. A lo mejor no te has enterado, pero es Thomas quien está al mando. ¿Te ha ordenado él que me rescataras?

La visera del casco se levantó con un murmullo metálico.

—Thomas está muerto —dijo Lucy—. Y tú solo eres un cobarde.

La noticia de la muerte de Thomas le golpeó más fuerte que el puño de Rick, eclipsó la sorpresa de ver a Lucy ante él, a quien había abandonado y a quien no contaba con volver a ver.

—¿Cómo? ¿Qué ha pasado?

—Tanon lo mató en el Cielo —explicó Lucy—. No, Tanon no está muerto como creíais. —le dijo a Rick, que asintió con aire avergonzado—. Los demás sobrevivieron de milagro, pero nos impidieron acceder al Cielo.

—¿Y Jimmy?

—Está vivo. Ese crío tiene mucha suerte, por lo que me han contado. Antes de cruzar la tormenta y liderar la marcha, Thomas me aseguró que volverías, que no nos abandonarías. Y yo le creí.

—Thomas era idiota, entonces —repuso Jack—. Y tú también. Ya sabes que no...

—Aún no estás muerto —intervino Rick.

—¿Te lo ha contado? —le preguntó señalando a Lucy—. ¿Y tú? ¿Le has contado a ella para lo que sirvo? Ya nadie confía en mí, ni siquiera vosotros. Tú y Raven preferisteis creer a Nilia antes que a mí.

El rostro de Lucy tembló de rabia. Las pecas vibraron en sus pálidas mejillas.

—Thomas creía en ti —dijo con la voz desgarrada.

—El tiempo se acaba, Jack. —Rick lo agarró por los hombros y lo obligó a levantarse—. Hemos tardado un día entero en llegar hasta aquí huyendo de los demonios. Lucy ha venido a buscarte porque eres la única oportunidad que nos queda. ¡Cierra la boca y escucha! La niebla ya se ve desde la parte norte de Londres. En poco tiempo sepultará la ciudad. La gente está asustada y a los soldados les cuesta muchísimo mantener la situación bajo control. Todos quieren cruzar la tormenta para escapar de la niebla, quieren salvar a sus familias.

¿Lo entiendes, Jack?

—Pero arriba nos espera Tanon —murmuró.

—El problema es movilizar a varios millones de personas. No pueden retroceder ni avanzar y calculamos que hay medio millón atrapado dentro de la tormenta. Están muriendo. Y nosotros vamos a salvarlos.

Jack asintió y pensó en ello mientras se ponían en marcha. No imaginaba que las cosas pudieran estar saliendo tan mal.

El cuerpo de cinco soldados avanzaba en la vanguardia, en perfecta formación. Como ellos, pero un paso por detrás, Rick caminaba con paso seguro y decidido. Raven, en cambio, parecía un vagabundo a punto de desplomarse. Sus largas extremidades se arrastraban desganadas. No hablaba, apenas despegaba los ojos del suelo.

Lucy se mantenía distante y ni siquiera le arrojaba una mirada furtiva. Jack consideró acercarse a ella, hablarle, decirle que su intención nunca había sido causarle daño alguno. Luego se convenció de que no era necesario ni conveniente, no solo por el momento tan inoportuno, mientras atravesaban las ruinas de Londres, atentos a un posible ataque de los demonios, también porque ella ya lo sabía.

Era una mujer fuerte, siempre lo había sido, como cuando la conoció. Venía de Chicago con los últimos supervivientes y ella estaba a cargo de ellos. Ahora volvía a asumir ese papel, la responsabilidad de tomar decisiones para proteger a otros. No quedaba lugar para lo que hubiese entre ellos. El mundo era la prioridad, y al parecer siempre exigía dedicación completa.

Cabía la posibilidad de que Lucy lo odiara por su rendición, pero eso también era bueno. Así se olvidaría de él con más facilidad y le dolería menos enterarse de su muerte cuando eso sucediera. Así soportaría mejor lo que se avecinaba, porque antes de que todo acabara, habría muchas otras muertes que lamentar.

Para consolarse o convencerse, Jack se recordó que Lucy era fuerte o no habría sobrevivido. Todos lo eran en realidad. Los escasos millones de personas que se agolpaban frente a la tormenta habían sobrevivido a la peor crisis que la humanidad hubiera imaginado nunca y seguían luchando. Y seguirían hasta el final. Eran más que fuertes. Ese pensamiento lo reconfortó.

Enseguida escucharon el rugido de la tormenta, de los motores de los vehículos y de miles de personas atemorizadas. Los soldados controlaban el perímetro, impartían órdenes, sofocaban disturbios y revueltas. Habían improvisado barricadas que bloqueaban el acceso a la tormenta. A escasos metros de distancia, tras varias runas de fuego plateado que ardían en el aire, un tumulto especialmente violento les gritaba que se apartaran.

Jack logró distinguir a una mujer furiosa que exigía pasar porque su marido y su hijo estaban en el interior de la tormenta. Había muchas más quejas como aquella, espoleadas por el miedo de tener a la niebla cada vez más cerca. Se escuchaban insultos y amenazas. Saltaba a la vista que aquella situación no era sostenible.

—Tienes que intervenir, Rick —aseguró Jack. Su mente se había puesto a trabajar de repente para hacerse cargo de la situación, como en los viejos tiempos—. Habla con ellos y tranquilízalos.

—¿Yo? ¿Para qué crees que te hemos traído? Tú eres el del pico de oro. Yo soy solo un soldado, maldita sea. Puedo reaccionar en medio segundo ante el peligro, pero no sirvo para dar discursos.

—Todos somos más de lo que creemos cuando las circunstancias lo exigen.

—Bonita frase, pero a mí no tienes que convencerme. ¡A ellos! —dijo Rick señalando a la multitud—. ¡Antes de que sucumban al pánico y no escuchen a nadie!

—¡El niño! —gritó Raven.

Se había enderezado de repente. Hasta su alargada silueta brillaba ligeramente. Lucy y los soldados de su unidad lo rodearon.

—¡Dejadlo en paz! —gritó Rick, corriendo hacia él—. Raven, ¿qué pasa, amigo?

—Es el niño, vuelvo a sentirlo.

—¿El que encontramos en el Infierno? ¿Estás seguro?

—Tengo que dar con él —balbuceó Raven.

Se tambaleó hacia adelante, en la misma dirección por la que habían venido, alejándose de ellos.

—¡Espera! —dijo Rick.

Jack se interpuso en su camino.

—Esta te la debía. —Le dio un puñetazo en la cara, pero el soldado apenas se movió. A él, en cambio, le ardían los nudillos—. ¡Aaah! ¡Joder cómo duele!

—Aparta —gruñó Rick.

—No. —Jack se mantuvo firme—. Tienes que hablar con ellos.

—Pero tú…

—Yo soy un mafioso corrupto, ¿recuerdas? Eso es lo que verán en mí. No es lo que necesitan. Necesitan a un héroe. Tú derrotaste a un titán delante de un montón de testigos y salvaste a los soldados en el Cielo. Todos hablan de ti, Rick. Eres la esperanza que necesitan.

—Nunca darás la cara tú mismo, ¿verdad? ¿Por qué siempre tienes que recurrir a otro? Te he dicho que yo no sé hablar ante multitudes. No soy un maldito político.

—¿Vas a dejarlos morir porque tienes miedo escénico? No importa lo que digas, es tu presencia lo que les inspirará. Diles que todo va a ir bien. ¡Miente, maldita sea! ¡Salva sus vidas!

—Enhorabuena, Jack. Vuelves a ser el de antes. Después de que me manipularas para ir al Cielo, juré que nunca te permitiría que me lo hicieras otra vez. Acabo de recordar por qué te odio tanto.

Rick echó a correr hacia la barrera de soldados, que le dejó paso al reconocerlo. Jack y Lucy iban a la zaga. Se acercaron a la tormenta, hasta una pequeña plataforma que habían levantado con andamios, pensada para facilitar a los soldados el control de los civiles. Al llegar al centro le entregaron a Rick un megáfono.

—Dame tu espada —le pidió a Lucy—. Gracias. Jack, quédate cerca por si me bloqueo y necesito que me ayudes con las palabras.

Rick trazó varias líneas de fuego onduladas y las dejó allí flotando. El espectáculo de luces fue atrayendo la inmensa mayoría de las miradas. Sus llamas anaranjadas contrastaban con las grises. Entonces disparó un arco y las disolvió con una lluvia de fuego que se desvaneció antes de llegar al suelo.

Había acaparado la atención general.

—Algunos de vosotros me conocéis —dijo a través del megáfono—. Puede que hayáis luchado a mi lado o contra mí cuando aún estábamos divididos por las Zonas Seguras. Soy el capitán Richard Northon. Para la mayoría soy un desconocido, pero algunos habláis de mí y extendéis rumores poco acertados. Voy a contaros qué me ha pasado y por qué estamos todos aquí. Yo he viajado a través de esa tormenta. He estado en el Cielo y también en el Infierno. Lo he visto todo y ahora estoy aquí con vosotros. No soy un ángel como algunos creéis.

—Es bueno —le susurró Jack a Lucy.

—Solo soy un hombre, como vosotros. He sobrevivido a todo lo imaginable, incluyendo una guerra entre ángeles y demonios, y sé que podemos sobrevivir a esto también.

Un murmullo se propagó rápidamente. Rick se quedó con la boca abierta, sin saber qué más podría decir.

—No es suficiente —le susurró Jack—. Dales algo de esperanza y emplea palabras claras y sencillas.

—Si nos ayudamos unos a otros no tenemos nada que temer —continuó Rick—. Seguid las indicaciones de los soldados y cruzaremos la tormenta sin percances. No abandonéis los límites de…

—Eso parecen las instrucciones para ir de acampada —apuntó Jack—. ¿Vas a decirles que no hagan fuego en el bosque? No quieren datos, quieren esperanza. Dales algo que solo pueda ofrecer una persona que ha estado en el Cielo.

Un destello de rabia se asomó en la mirada de reojo que le lanzó Rick.

—Pero no será sencillo alcanzar la salvación. Allí arriba nos espera Dios. —Rick señaló la tormenta que tronaba a su espalda—. Él quiere que vayamos a su lado. Lo sé porque he estado en su presencia.

—Mucho mejor —murmuró Jack.

Un silencio sepulcral se extendió entre los presentes. La voz de Rick se alzó sobre la tormenta, segura, imponente.

—Tuve una revelación en presencia de Dios. La salvación está en nuestro interior… Y en uno de nosotros. Hay alguien especial que nos guiará, que nos indicará el camino. Esa persona no ha comprendido su importancia hasta que yo se lo he hecho ver. Pero ya está preparada. Y está aquí, con nosotros. ¡Este hombre va a conducirnos al Cielo!

Jack adivinó tarde las intenciones de Rick. Se sorprendió cuando lo agarró por la muñeca y lo colocó a su lado, delante de los últimos supervivientes de la raza humana. Rick le tendió el megáfono y alzó su brazo.

Un rugido explotó entre la multitud. Lo aclamaron. Jack saludó con la mano, representando el papel que le había tocado, dándoles a los supervivientes lo que esperaban. El clamor creció, corearon su nombre.

—¿Te has vuelto loco? —dijo a Rick sin dejar de sonreír al frente.

—Esta es tu oportunidad.

—Deberías ser tú quien…

—Aquí tienes tu redención, Jack, tu penitencia por todas las atrocidades que has cometido. No tendrás una oportunidad mejor antes de que esa enfermedad acabe contigo. Salva a la humanidad.

—Eres un mentiroso.

—Lo he hecho por el bien de todos.

—No me refería a eso —sonrió Jack, esta vez de un modo sincero—. Eres un gran político.

—Somos más de lo que creemos, ¿no? Lo harás bien, Jack, estoy seguro.

—Espera, ¿a dónde vas?

—Con Raven.

—¿Me vas a dejar solo? Tú ya te has enfrentado a Tanon. Puedes contactar con Yala desde el Cielo y pedir ayuda a los ángeles. Tienes que acompañarme.

—Te juro que nada me duele más que dejaros ahora y espero regresar a tiempo. Pero tengo que ayudar a Raven. Esta es la decisión más dura que he tomado en mi vida.

Se miraron de reojo, manteniendo la postura ante los desterrados. Jack supo que no podría convencerlo.

—Espero que no te equivoques —dijo molesto.

—Adiós, Jack.

El soldado se alejó unos pasos.

—¡Rick!

—¿Qué?

Se miraron de nuevo. Había mucha comprensión en aquel diálogo silencioso, más de la que podrían haber expresado con palabras.

—Suerte.

Rick retrocedió y le estrechó la mano.

—Igualmente. Nos veremos en el Cielo.

Dast era un demonio sin ninguna aptitud física destacable. Cuanto había logrado era gracias a razonar, no a soltar espadazos. Por eso, a pesar de estar inmerso en la guerra, su inclinación a resolver conflictos mediante la violencia física no era tan pronunciada como en los demás. Dast había mantenido su estatus como séptimo Barón gracias a su capacidad para analizar personas y situaciones, y extraer conclusiones lógicas. Escuchar a su adversario era parte de su estrategia, pero solo hasta cierto punto.

—Mátalo de una vez —dijo Nilia.

Esa simple orden terminó con la poca paciencia que le quedaba. Ya había soportado la insolencia de Jack más de lo que debería. No le habían molestado sus insultos ni su actitud, pero había perdido el tiempo con su charla, al creer que le sonsacaría algo interesante, y no meras teorías absurdas. Para averiguar lo que necesitaba, le bastaba con Sirian.

Se volvió hacia los demonios para ordenar que acabaran con el menor.

—¡No vais a tocar a Jack! Si lo queréis, tendréis que acabar conmigo primero.

Aquello era increíble. El otro menor estaba ahí plantado, con gesto amenazador, desafiándolos a todos. Jack replicó algo; por lo visto no le agradó que el tal Rick acudiera en su ayuda. El séptimo Barón ni se molestó en intentar comprenderlos.

—Me he cansado de los menores —dijo Dast.

Con un gesto mandó a los demonios que se libraran de Jack. Tenía asuntos muy importantes que tratar con Nilia.

Sin embargo, nada ocurrió como había previsto. Rick logró escudar a Jack del primer disparo con su propio cuerpo y a una velocidad sorprendente. Absorbió las llamas y cayó al suelo. No murió.

—¡Raven! ¡Ahora! —gritó Rick.

¡Raven! Así que el menor que estaba acurrucado al fondo contra la pared era Raven, el mismo que los ángeles buscaban con tanto ahínco. Dast maldijo no haberse dado cuenta antes. La palabrería de Jack y la presencia de Nilia habían acaparado toda su atención. Habría ordenado un alto el fuego pero ya era demasiado tarde.

Los demonios descargaron una andanada de llamas sobre Jack. Rick no podría resistirlas todas. En esfondo reventó en pedazos.

Cinco menores irrumpiteadas. Dos de ellos eran muy bajos. Se desplazaronn una runa de fuego gris en menos tiempo del que era concebible. El símbolo apareció allí, de repente; no fue dibujado trazo a trazo, sino que surgió como un bloque, como si hubiesen trazado cada línea al mismo tiempo. Algo imposible.

La runa soportó las descargas de los demonios. Se produjo una explosión y un fogonazo, y el lugar quedó invadido por llamas de extraños colores y polvo. Al disiparse el humo, Dast descubrió que los menores huían por la pared derruida.

—¡Atrapadlos! —vociferó.

Los demonios estaban desconcertados, probablemente tan sorprendidos como él por la repentina intervención de los menores. Solo Nilia y otro demonio se mantenían alertas. Ambos desenvainaron sus armas.

Los dos arcos que trazaron volaron hacia los menores, pero se cruzaron y estallaron en el aire antes de alcanzarlos. Nilia corrió y se plantó ante el demonio.

—¿Qué has hecho, inútil? —le gritó—. Has interferido en mi disparo.

—¿Yo? Tú estabas detrás de mí. Ni siquiera te había visto.

Llena de furia, Nilia le dio una bofetada. El demonio se tambaleó hacia atrás y cayó sobre dos compañeros que corrían hacia los menores y que quedaron debajo de él.

—¿Crees que puedes hablarme así? ¿A mí? —se encolerizó Nilia—. ¡A mí! Se han escapado por tu culpa.

—¡Eh! —gritó Dast—. Pelearnos entre nosotros no arreglará nada.

Nilia bufó.

—Tienes razón, lo siento —repuso mientras guardaba los puñales.

—¡Venga! ¡Id tras ellos! —chilló Dast a los demonios, que se levantaban del suelo.

Obedecieron y, pronto, Dast y Nilia se quedaron a solas.

—¿Por qué los has protegido? —preguntó el demonio.

A Dast no le había pasado inadvertido que Nilia había interceptado el disparo del demonio a propósito y que luego había fingido enfadarse para derribarlo y entorpecer a sus compañeros.

—Te pedí que los dejaras marchar, pero no me hiciste caso. Encima no te quejes, porque no he menoscabado tu autoridad. Escucha, Dast, no me sobra el tiempo, así que espero que sigas siendo un tipo despierto para que puedas entender nuestra situación.

—Imagino que es por Raven. No quieres que caiga en nuestras manos, ¿por qué?

—Porque lo mataríais. ¿Recuerdas las instrucciones de los Barones? Yo lo encontré y, en vez de acabar con él, lo salvé de los ángeles que lo perseguían.

—Pero yo…

—Tú harás lo que diga Tanon, Dast, lo sabes muy bien. Y Tanon lo quiere muerto. Ese estúpido ni siquiera se detendrá a reflexionar por qué lo buscan los ángeles o lo que puede hacer Raven. Solo lo matará porque los ángeles lo quieren capturar. Raven es asunto mío. Yo lo controlaré. Espero que confíes en mí.

Dast no tenía razones para dudar de Nilia. Sin embargo, algo había cambiado en ella desde la última vez que se vieron, aunque no podía precisar de qué se trataba. Le extrañaba que no hubiera recurrido a la amenaza para no revelar que Raven seguía vivo, ni que lo hubiera chantajeado con contar a Tanon su confabulación para matar a Urkast.

Los planes de Nilia nunca estaban exentos de peligro y no era habitual que dejara cabos sueltos basados en la confianza, por lo que o Nilia quería algo de él o escondía detalles que Dast no conseguía adivinar. De esconder algo, su intuición le indicaba que guardaría relación con los menores.

—De todos modos los atraparán —repuso para probar el interés de Nilia por ellos.

—Lo dudo —repuso ella—. Enviaste demonios a infiltrarse entre los menores, ¿verdad? ¿Han regresado ya para informar?

—No. ¿Cómo lo sabías?

—Rick los mató. Esos menores escaparán de tus demonios, solo necesitaban algo de ventaja.

—¿Rick? ¿Un menor? Para empezar, ¿cómo supo que esos cuatro demonios no eran de los suyos?

—¿Enviaste a cuatro? Entonces puede que dos todavía estén con vida… Dejemos a los menores y hablemos de asuntos más importantes.

—No, Nilia, los menores son peligrosos, y nosotros, muy pocos, no llegamos a doscientos. Nos superan en una proporción incalculable y desde que tienen esas armaduras… Lo cierto es que estamos en peligro. Además, hace poco detonaron alguna clase de bomba que nos ha diezmado.

—No fueron ellos, Dast. Fue Raven. Se descontroló y reventó. No es la primera vez. Los menores están asustados, solo quieren escapar al Cielo antes de que la niebla se los coma vivos. ¿De verdad quieres exterminarlos? Antes no te importaban, incluso los considerabas útiles para que construyeran nuestro portal sin que nosotros tuviéramos que mostrarnos. ¿Qué te ha pasado?

—Tampoco a ti te importaban. ¿Qué más te da si se salvan o no? Yo nunca subestimo a un adversario, Nilia, ni aunque sea un menor. Estuvieron a punto de sellar el Agujero y encerrarnos de nuevo.

—Sabes que eso no lo podrían haber hecho sin la ayuda de los neutrales —ironizó Nilia—. Fueron manipulados. Deja de torturar a Sirian. Sácale lo que sepa y mátalo de una vez. Ya ha causado bastantes problemas. O mejor aún, mátalo sin preguntar, ya no nos sirve de nada.

—Cuenta con ello, pero los menores siguen estorbando. Nos impiden acceder al Cielo.

—Eso déjalo de mi cuenta.

—Aunque lo haga, dará igual. Tanon los matará en cuanto los vea y lo sabes.

—De Tanon me ocupo yo.

—Tú no puedes decidir.

—¡Sí puedo! —se enfureció Nilia—. Ahora eres un Barón de verdad, Dast, lo que siempre has querido. Todos te siguen. Y mantendrás ese puesto porque yo maté a Urkast por ti, como me pediste, ¿recuerdas?

—Tú también...

—Yo lo maté por cómo nos utilizasteis en la Primera Guerra. Nos engañasteis, Dast, planeasteis nuestra derrota para infiltrar a Diacos. Fue un error, porque podríamos haber ganado, pero ni siquiera nos disteis una oportunidad real. No es un tema que te convenga sacar de nuevo porque me ha costado mucho perdonarte. Te lo recuerdo para que sepas lo cerca que estás de acabar igual que Urkast.

—No lo creo. Me necesitas. Algo quieres de mí ¿verdad?

—Te prefiero a ti antes que a Asler. Seguro que ya está tratando de ocupar el puesto de Urkast, y con razón. Era uno de los más influyentes de su clan y tiene cerebro. Pero mis preferencias pueden cambiar si dejas de servirme.

—Tú también podrías ocupar ese puesto.

—¿Cuántas veces quieres que te repita que me dan asco vuestras maquinaciones? Yo no voy a formar parte de eso, ni me interesa el poder como a ti. El poder que yo busco es muy diferente. Y ahora dime, ¿puedo contar contigo?

—¿Para qué? Aún no me has dicho qué planeas.

—Voy a ganar la guerra.

—¿Tú sola? Dejémoslo. ¿Has considerado que quizás la guerra ya ha terminado?

—Entonces los ángeles habrían venido a encerrarnos y restablecer su asqueroso orden. O bien Tanon habría bajado y los habría metido a ellos en el Agujero. Pero no veo a nadie. La guerra continúa, Dast, y apuesto a que vamos perdiendo.

—¿Cómo puedes saber eso desde aquí?

—Porque los nuestros llevan mucho tiempo aislados, sin refuerzos, sin titanes ni sombras. Yo maté a Urkast y Stil fue capturado. Dudo mucho que les vaya bien. Si me equivoco y van ganando, no tenemos de qué preocuparnos, pero si estoy en lo cierto, van a perder a menos que hagamos algo.

—De acuerdo, supongamos que es así.

—Tenéis que quedaros aquí todo el tiempo posible y mantener el Agujero abierto para que los nuestros puedan seguir invocando sombras y titanes. Por eso quiero que dejes en paz a los menores. Solo tienes que mantener la conexión con el Agujero.

—¿Quieres que muramos cuando la niebla llegue hasta aquí?

—No. Yo os sacaré de aquí. Hay más de una forma de ir al Cielo, confía en mí. Llegué al Agujero con dos ángeles. ¿Recuerdas a Lyam?

—Un sanador, ¿no? Del grupo que perseguía a Raven. Pero… ¿dices que llegaste al Agujero con ellos? ¿Cómo?

—Es largo de contar.

—Pues explícamelo. He notado algo raro… Esa tormenta no es el acceso, ¿verdad? O no es el único.

—¿De qué hablas?

—Mi sentido de la orientación ya no me guía hacia la tormenta.

—¿No será debido a la explosión, Dast? A lo mejor ha afectado a tu capacidad como viajero. No quería decírtelo, pero tienes un aspecto lamentable. ¿Qué te pasa en los ojos? Parecen más claros, como si perdieran color.

—Estoy bien.

Otros demonios le habían hecho el mismo comentario, pero Dast no quería hablar de ello porque si de verdad algo le sucedía, no sabía de qué se trataba.

—Como quieras.

—¿Qué era eso de que los ángeles han estado en el Agujero? ¿Se han enterado?

—Lyam descubrió nuestro secreto, pero me ocupé de él. El problema es el otro, Yala. Aún no lo sabe, pero no tardará en darse cuenta. ¿Lo entiendes ahora, Dast? O termino con esta guerra de una vez o perderemos. Y para eso necesito que tú dejes de distraerte con los menores y sigas enviando titanes. Así Tanon podrá luchar y entretener a los ángeles.

—¿Y qué harás tú?

—Yo voy a rescatar a Stil.

—Entiendo… Muy arriesgado. Sé que eres buena infiltrándote en solitario, pero también eres muy valiosa en combate y no creo que podamos asumir tu pérdida, tal y como están las cosas. Stil no es nuestra única opción.

—No me vengas con teorías. También ibas a abrir las puertas del Agujero y no pudiste hasta que se produjo la Onda. ¿De verdad quieres que nuestro destino dependa de teorías sin verificar? Stil es nuestra única esperanza. Lo sabes tan bien como yo.

—Te seré sincero, Nilia. No voy a quedarme aquí. Cuando la niebla se acerque nos iremos. Y si los menores se cruzan en nuestro camino, nos abriremos paso.

—Antes de eso os habré sacado de aquí.

Dast reflexionó unos segundos.

—Espero no equivocarme al confiar en ti.

—No te equivocas —Nilia lo miró con fijeza—, porque yo no soy como tú y sabes que cuando digo que voy a hacer algo, cumplo con mi palabra. Pero te entiendo. Si yo hubiese mentido a todos los demonios sobre las posibilidades de la Primera Guerra, también me costaría confiar en los demás. Ahora me largo, a recuperar a Stil y a ganar la guerra. Usa tu maldito cerebro para reflexionar sobre si lo que te he contado tiene sentido, y si tienes un plan mejor, adelante con él. Pero asegúrate de que funcione, porque si me traicionas en esta ocasión, la próxima vez que nos veamos ni siquiera tendrás la oportunidad de darme explicaciones. En realidad, tú a mí ni siquiera llegarás a verme.

Dast sonrió. Esa sí era la Nilia de siempre.

—¡Más alto, Capa! ¡Que nos la vamos a pegar! ¡Arriba!

—Esos alaridos, mi querido Vyns, pueden incidir de forma tremendamente negativa cuando se trata de estabilizar el vuelo. ¿Tu memoria ha descartado ya los viejos tiempos? Aaah… Mis recuerdos, en cambio, se hallan muy vivos y aún palpitan con fuerza cuando me retraigo a aquella época y hasta creo sentir a mis adoradas plumas flotando en el aire y…

—Céntrate que nos la damos. ¡Derecha! ¡Y más alto! No quiero que esa cosa me toque o me salpique.

—Tus incesables sacudidas no son precisamente lo que yo denominaría una gran ayuda.

—Tampoco tu cuerpo. Eres muy pequeñajo, Capa, apenas tengo sitio en tu espalda para sujetarme. Y no estoy acostumbrado a volar sobre nadie.

—Tampoco yo estoy habituado a estas alas. De ahí que requiera un poco de tu preciada paciencia para adaptarme. ¿Te importa ponerme la capucha y cubrirme los ojos?

—¿Qué? —chilló Vyns.

—Este aire se me antoja preñado de alfileres que se me clavan en los ojos.

—¡Pues te aguantas! Vuelas como un pajarraco borracho. Capa, no pienso taparte los ojos. ¡Y sube más, te digo! Oye… ¿puedo tocarte las alas?

—Por supuesto.

—Vaya, parecen de metal… ¡Eh! ¿Qué haces? Estate quieto. La madre que te… ¡Para de una vez!

—Mis disculpas. Tu peculiar forma de inspeccionar las alas me ha provocado cosquillas, pero mi autocontrol ha evitado que nos caigamos. Vamos, Vyns, vuelve a encaramarte sobre mi espalda. Vas a arrancar mi pobre brazo si sigues tirando de él.

—Ya… ¿Sientes cosquillas en esas alas de metal?

—Solo si me acaricias.

—Te juro que no volveré a hacerlo. Oye, ¿puedes conseguirme unas alas como estas? Yo también quiero volar de nuevo.

—¿Renunciarías a tus alas de sedosas y livianas plumas para sustituirlas por unas prótesis de telio? No puedo consentir un horror semejante. Tú eres hermoso, Vyns. Yo, a causa de un terrible y desafortunado accidente, padecí la inmensa desgracia de perder las mías. Un sufrimiento atroz, como ya te relaté. Recurrí a estas alas por una suerte de lo más inesperada. Un menor había hecho experimentos para implantar alas a los suyos, en un desesperado pero imaginativo intento de dotar de más capacidad a los menores que iban a medirse con nosotros. Huelga decir que el experimento desembocó en un desastre de proporciones mayúsculas. El caso es que nuestro buen amigo Sirian, con sus deliciosos ojos violetas, tuvo conocimiento de dicho experimento, y encontró el modo de restituirme estas dos maravillas plateadas con las que ahora surcamos de nuevo las alturas, disfrutando de este aire que nos abraza en su inmensidad. ¿No es maravilloso?

—Pues no. Estamos rodeados de un asqueroso montón de gas negro. Capa, te lo suplico, vámonos de aquí. Eso de ahí abajo, ¿qué es? ¿Por qué me has traído a ver esa especie de mierda gigantesca con burbujas? ¡Que subas más, joder! ¡Que nos vamos a hundir en eso!

—Comparto tu rechazo por esa inmundicia, pero no podemos marcharnos, mi querido Vyns. Hemos de salvar la existencia, ¿recuerdas? Por nuestros hijos.

—¿Y eso qué tiene que ver con lo de ahí abajo? Es enorme. ¿No se acaba nunca?

—Hace tiempo que abarca toda la cuarta esfera. Se ha extendido hasta el último recoveco, consumiéndolo todo, y no se va a detener. La infección llegará a las demás esferas.

—¿Esa mierda lo inundará todo?

—Mi estimado amigo, no es que tu virtud sea escoger los términos más científicos para definir esa sustancia, pero en esencia, sí, eso es lo que pasará. Salvo porque tú y yo estamos aquí, Vyns, y vamos a evitarlo.

—Cuidado con esa montaña, Capa. ¡Aaajjj…! También es un montón de mierda flotante. Por debajo, no, que chorrea. Por arriba. ¡Pasa por arriba!

—Perdón.

—Lo sabía… Solo una gota y cómo apesta. ¿Dices que no es mierda? Pues no he olido nada peor que esto. Es más negra, eso sí es cierto.

—¡Vyns! ¡No oses limpiarte con mi capa! ¡Vyns!

—Te advertí de que pasaras por encima. No te preocupes, como es del mismo color no se notará. Creo que me limpiaré con la capucha. ¡Eh! Vale, vale, pero no te muevas más. ¡Estabiliza el vuelo!

—Ahora me temo que debo aproximarme.

—¿Tanto?

—Controlaré nuestro descenso. Esa sustancia, mi querido Vyns, es la que estudiaba Renuin. Desconozco si llegó a denominarlo de algún modo, pero parece que se produce por la incómoda situación de la cuarta esfera.

—Eso ya nos lo contó. La cuarta esfera se detuvo con la Onda y alteró la armonía. Ahora sabemos que la atravesó una punta del Agujero, por eso no se mueve. De ahí viene toda esa porquería, ¿no?

—No es exacta tu deducción. Esa sustancia es el resultado de la destrucción de la realidad. Es el desgaste de la armonía de las siete esferas la que lo causa.

—Esto es genial, en serio. ¿Y cómo vamos a evitarlo? Capa, si Renuin no pudo, nosotros tampoco.

—Desde luego, nuestra misión es más complicada de abordar con una actitud como la que exhibes. No obstante, una de las obligaciones que con mayor placer desempeño es la de instruirte en los conocimientos necesarios. Observa, Vyns.

—Lo veo perfectamente, joder. ¿No puedes subir?

—Debemos repasar esas llamas de ahí para activar una runa que llevo tiempo creando. Un trabajo agotador que me ha tenido sumamente ocupado.

—¿Qué llamas? ¿Esas? Pero… Son inmensas. ¿Todo eso es una runa? ¿Hasta dónde llega?

—Rodea la cuarta esfera al completo.

—¡Imposible!

—No, mi querido amigo, lo comprobarás enseguida. Extiende el brazo y el dedo. Un poco más. No te caerás, Vyns, yo te sujeto.

—Ya está.

—Un poco más.

—Ya. De aquí no paso.

—Excelente. Ahora comienza nuestra misión. Repasa la runa mientras yo acelero un poco nuestro vuelo. ¿Listo?

—¡Eeeh! ¡Joder! Si preguntas si estoy listo, espera a que te responda antes de acelerar… Frena un poco, que se me va a dislocar el brazo. Mierda… Debí imaginar que acelerarías más todavía… Capa, te lo pido, no me dejes caer en esa cosa. Y esquiva los rayos y los tornados.

—No te has salido ni una vez. Estoy asombrado, Vyns.

—Tú céntrate en lo tuyo y yo repaso las llamas. ¡Y mira hacia adelante!

—Tu labor está casi completada.

—¿Ya? ¿Por qué me dejas en el orbe?

—Porque debes marcharte, Vyns. El peligro es extremo como para poner en riesgo tu vida y no podría seguir adelante sabiendo que te he perdido.

—¿Qué vas a hacer?

—Oh, ¿aún no te lo he explicado? Una torpeza por mi parte. La solución es tan sencilla como elegante. Voy a destruir la cuarta esfera, naturalmente.

—¿Qué? ¿Ese es el plan? ¿Cómo se va a restaurar la armonía de las siete esferas si vas y te cargas una? ¡Dijiste que veníamos a ayudar, Capa! Las reverencias te han afectado al cerebro, no queda otra…

—No, no, qué va. Nunca he tenido la sensación de gozar de unas faculta-des mentales tan lúcidas como en este preciso instante. Mi perspectiva es tan amplia que me asombro a mí mismo. Me temo, Vyns, que recuperar la armonía de las esferas está incluso fuera de mis posibilidades. Destruir la cuarta esfera, solo evitará que empeore. Digamos, en términos simples, que es mejor que falte una de las esferas a que esté mal ubicada, por no mencionar que así evitamos la fricción con el Infierno y, por tanto, la causa de esa marea negra que lo devora todo. Ah, y otro detalle que, erróneamente, podría parecer menos importante: así el paisaje no se estropea tanto. ¿Mis explicaciones han ilustrado debidamen-te el alcance del plan?

—No sé si lo he entendido todo. Cuando hablas tanto me mareo. Lo que me ha quedado claro, es que algo hay que hacer para que la mierda no llegue a todas partes. Bien, Capa, pues estoy contigo. ¡Joder, vamos a darle caña a la runa! Que no se diga que somos unos cobardes. ¡Dale!

—Aprecio tu apoyo en su justa medida, con un orgullo que no me siento capaz de expresar. Pero se te olvida el detalle de que no puedo comprometer tu seguridad. Debo insistir en que te marches.

—Pero… ¿Por qué? ¿Ya no te fías de mí? ¿Qué he hecho mal, Capa? A veces se me va la boca, pero yo no quería…

—No, Vyns, no. Esa boca tuya es un reflejo de tu espontaneidad natural, una cualidad que admiro mucho en ti, que incluso aporta un toque de distinción a tu personalidad. Sugiero que nunca cambies o me sumiré en la tristeza sin remedio.

—Entonces… Capa, prométeme que tendrás cuidado con esa mierda negra. Prométeme que no te acercarás, ¿eh? Venga, promételo.

—Oh, me siento abrumado por tu sincera preocupación. Tranquilo, amigo, mis cuidados serán extremos. Aún tenemos una larga y ardua tarea por delante, mi estimado Vyns.

—Te lo estoy pidiendo en serio… No hagas reverencias ni payasadas mien-tras activas la runa. Yo… No quiero perderte, Capa… ¡Mierda! ¿Lo ves? Me he puesto sentimental.

—Conmovedor…

—Bueno, ¡ya está bien! Capa, no la cagues, ¿vale?

Jack Kolby supo, nada más poner un pie en el interior de la tormenta, que no iba a poder fumar durante bastante tiempo. Encender un mechero en medio de aquel vendaval sería más complicado que si estuviese debajo del agua.

Su cuerpo estaba protegido del frío gracias al delgado traje de telio que vestía bajo la ropa. Un gorro de lana le cubría la calva, donde nunca le volvería a crecer el pelo después de que un demonio se lo quemara en Oxford. Tampoco es que fuese a vivir lo suficiente como para dejarse melena, pero aún no se había acostumbrado a no tener que peinarse. Le sorprendía que un detalle tan carente de importancia como ese le siguiera irritando.

No le resultó sencillo atravesar la multitud. Recibió empujones, lo pisaron, le pidieron comida, medicinas, gasolina para avivar las hogueras, le suplicaron toda clase de ayuda. Jack se revistió de una coraza de indiferencia mientras cruzaba entre la gente, las familias destrozadas, los soldados que repasaban las runas y luchaban por evitar que la locura se propagara. Pisó cadáveres y cuerpos mutilados, se tropezó con disputas y reconciliaciones, y se conmovió con los cuidados que algunos ofrecían a los heridos.

Jack vio todo eso y mucho más, como si estuviera sentado en el cine, ante una película apocalíptica. Prefería pensar que, como en toda película, los horrores que presenciaba eran falsos, una historia que terminaría enseguida. Lo malo era que aquella historia contaba con unos efectos especiales insuperables, y que su duración se prolongó más allá de las dos horas habituales. Lo peor era que el final tendría que escribirlo él mismo o supondría la extinción de la raza humana.

Lucy, que se había quedado a cargo de los que aún aguardaban en la ciudad, no lo tendría fácil para contener a la gente. Por suerte ella tenía experiencia. Había lidiado con una crisis parecida en Chicago, cuando la niebla sepultó la ciudad y los supervivientes tuvieron que huir a través de la antigua prisión de Black Rock. Hubo muertos, muchos, y volvería a haberlos si Jack no se daba prisa. Llegaría un momento, cuando las nubes negras se cernieran sobre ellos, en que nadie podría contener a la muchedumbre. Todos irrumpirían en la tormenta buscando la salvación, con o sin permiso de los soldados. Si para entonces no encontraban un camino despejado, morirían aplastándose unos a otros.

Jack tardó horas, no sabía cuántas, en recorrer lo que consideraba la mayor parte del camino. Quería preguntar cuánto faltaba para el final, el acceso al Cielo, pero no se topó con nadie dispuesto a contestarle y los militares estaban demasiado ocupados.

La tormenta amenazaba con desbaratar las filas de vehículos, que temblaban y se levantaban ante las salvajes embestidas del aire. Jack temió que algún camión saliera volando y cayera sobre la multitud.

Empezaba a estar cansado, pero no quería detenerse. Llegó a una zona mucho más castigada de lo que se podía considerar normal. Varios vehículos habían volcado. Al otro lado del camino le llamó la atención una camioneta cubierta de escarcha por completo, con algunos carámbanos de hielo colgando, a diferencia de los vehículos que estaban delante y detrás, que no presentaban signos de congelación.

—¡Mi hijo! ¡Ayudad a mi hijo!

No era el primer grito de auxilio desesperado que escuchaba. Sin embargo, ese en concreto se abrió paso entre el estruendo general hasta llegar a sus oídos y lo atrapó. Reconoció un matiz familiar en aquella voz.

Jack caminó en la dirección de la que provenía la súplica. No vio a nadie conocido al llegar al borde del camino, donde se encontró con un escenario desolador. Unos pocos soldados trataban de sofocar un incendio en un todoterreno y evitar el avance de varios vehículos que el viento arrastraba con su fuerza demoledora.

En el centro había un autobús volcado. Al menos diez personas trataban de levantar la parte de atrás con palos y barras de hierro que usaban a modo de palanca. Jack se aproximó a tiempo de coger a un hombre que se desmayaba por el esfuerzo.

—¡Que alguien se lo lleve de aquí!

Lo sustituyó, tomó la palanca que había dejado y empujó con todas sus fuerzas, junto a los demás, luchando por rescatar a quien quiera que estuviese ahí debajo. Se sintió parte de un equipo que se mantenía unido a pesar de la adversidad, que desafiaba la tormenta con tal de ayudar a los demás y sobrevivir. En aquel terrible momento se acordó de por qué merecía la pena luchar hasta el último aliento, y se sintió mal por haber permitido que su enfermedad hubiese envenenado su estado de ánimo en las últimas semanas.

El autobús no se movió.

—¡Parad! —ordenó Jack, y todos le hicieron caso. Los rostros sudorosos y agotados se volvieron hacia él—. ¡Todos al mismo tiempo o no servirá de nada! ¡Tú, apártate y deja que empuje el grandote! Tú no, el otro. Bien, ahora todos a la de tres. ¡Una! ¡Dos! ¡Tres! ¡Más fuerte! ¡Venga, otra vez!

El autobús chirriaba. Lograron subirlo varios centímetros, pero no pasaban de ahí. Jack sabía que si no lo conseguían pronto, tendría que abandonarlos. Si se detenía con cada emergencia, nunca saldría de la tormenta ni se ocuparía del verdadero problema: los demonios.

Hizo un último esfuerzo, apoyó el hombro y empujó hasta que las piernas parecían a punto de reventar. Y de pronto la resistencia desapareció. Jack dio dos pasos hacia adelante y cayó al suelo, junto al resto de personas que empujaban con él. Alzó la vista y vio la parte del autobús que empujaban suspendida en el aire, por encima de sus cabezas. Jack no entendía cómo había ascendido y mucho menos cómo se mantenía así, inclinado.

—¡Coged al niño! ¡Deprisa! —gritó una mujer.

Había un niño, en efecto, de unos dos años de edad. A su lado yacía el cadáver de un hombre que tenía una pierna aplastada debajo de la rueda del autobús. Sobre la cabeza del chico, Jack vio que el lateral de autobús estaba roto y doblado hacia el interior. Era como si... No, no podía ser que se hubiese roto justo para no aplastar al chaval, o que esa abolladura estuviese justo ahí cuando el vehículo cayó sobre él, coincidiendo en tamaño con el cuerpo del niño para no aplastarlo.

El crío volvió la cabeza con una sonrisa pura e inocente, de esas que solo pueden mostrar los niños y tienen la propiedad de contagiar a todo aquel que las contempla. El chico dio un salto increíble, pasó por encima de Jack y otro hombre, y terminó en los brazos de una mujer.

—¡Nilia! —se asombró Jack—. ¿Lo has levantado tú?

El autobús se sostenía ahora porque habían colocado varias cuñas y entre muchas más personas que se unieron consiguieron colocarlo en su posición normal.

El niño se subió a los hombros de Nilia y empezó a jugar con su pelo negro, sonriendo como si estuviera en una fiesta o en el parque. Y ella, para asombro de Jack, se dejaba hacer.

—Ya estamos en paz, pequeñajo —dijo Nilia. Ladeó la cabeza cuando el pequeño le dio un tirón a su melena—. Aunque ya me estoy arrepintiendo.

—¡Hijo! ¡Gracias a Dios!

Al fin, Jack reconoció la voz que lo había atraído hasta el accidente. Era su antiguo amigo Robbie Fenton, que se acercaba a recoger a su hijo. Nilia se lo quitó de los hombros con una mano y lo dejó en brazos de Robbie.

—Cuida de él.

—Lo haré, lo juro —aseguró Robbie, cubriendo de besos a su hijo.

Nilia se acercó a Jack, lo agarró por el brazo y lo obligó a darse la vuelta.

—Vamos, camina —gruñó—. ¿Así quieres salvar a los tuyos? ¿Rescatando a niños? Me decepcionas, Jack. En Londres me hiciste creer que tenías algo de cerebro.

—Y tú me dijiste que cuidara de Robbie y de su hijo. ¿Por qué? ¿Qué quieres de ellos? ¿Por qué eres… tan amable con el niño?

—Le debía una, eso es todo. No te pares, que no quiero tener que arrastrarte. Vamos.

Nilia andaba deprisa. Se sacudía de encima y sin contemplaciones a quienes no se apartaban de su camino.

—Un momento —protestó Jack—. ¿Has abandonado a Raven y a Rick? No pienso acompañarte si no me dices qué planeas. Puedo avisar a los soldados y entre todos acabarán contigo.

—¿Es eso lo que quieres? Muy bien, avísalos. —Nilia se detuvo y lo miró con desdén—. ¿Esa es la fantástica solución que se te ocurre después de verme levantar un autobús? Adelante, veamos qué pasa. Vamos, estoy esperando. ¿No? Pues, venga, camina que tengo prisa. Y a ver si prestas atención, que se supone que eres la última esperanza de la humanidad.

—Entonces… —murmuró Jack mientras se esforzaba por seguir su paso—, quieres algo de mí. Tú no haces nada si no es por interés.

—Igual que tú, ¿verdad? Por eso piensas lo mismo de los demás. He venido a ayudarte, estúpido, pero creo que no servirá de nada. Rick me habló de ti en el Infierno. No eres como él te describía. Pensaba que eras decidido e inteligente, pero pareces un menor cualquiera, muy asustado. O puede que hayas cambiado, no sé. Nunca he conocido a un líder tan inseguro. Si te enfrentas a Tanon en esas condiciones, os matará a todos.

—No creo que mi actitud sea relevante.

—La actitud es muy importante frente a Tanon. Si te diriges a él como lo hiciste con Dast, insultándolo, no durarás mucho. No es porque vaya a sentirse ofendido o molesto, sino porque Tanon no encontrará ninguna razón para perder el tiempo hablando contigo. Por tanto, vete pensando en algo interesante para vuestra conversación.

—¿Por qué crees que voy a negociar con él?

—¿Es que piensas atacar? —se burló ella.

—Todavía no sé si fiarme de ti.

—No tienes otra alternativa.

—Cuando alguien no me explica sus motivos no es por nada bueno.

—Me aburre hablar para nada. Sobrevive, Jack, salva a tu gente. Demuéstrame que mereces la pena y volveremos a vernos. Te haré una propuesta que no podrás rechazar, pero Tanon te va a aplastar en menos de un segundo porque no abandonas esa actitud derrotista. ¿Para qué ofrecerte nada si estás a punto de morir?

—Tiene sentido —admitió Jack de mala gana.

—Líbrate de la culpa.

—¿De qué culpa hablas?

—De la que te carcome por dentro. Todos los que jugáis con las vidas de los que os siguen sois iguales. Tenéis una capacidad insuperable para sacrificar lo que sea a cambio del poder. Recupera esa mentalidad porque la vas a necesitar.

—¿Eso hicieron vuestros barones?

—Nuestros barones son asquerosos, excepto uno. A ti te caerían bien. Por desgracia, la gente como vosotros es necesaria, no es una coincidencia que ocupéis siempre altos cargos en las jerarquías.

—No creo que sepas tanto de mí como crees. No se trata de culpa.

—Quieres morir, por eso te pusiste tan temerario con Dast. He visto tu mirada y tu expresión en muchos demonios, con la diferencia de que ellos sí tenían motivos para desear la muerte. Si tuviese tiempo te llevaría al Infierno para que aprendieras. ¿No es culpa, dices? Entonces, ¿qué? ¡Cierra la boca! No me importa lo que te pase. Arréglalo. Aclárate. Si de verdad quieres morir, vas al sitio indicado a encontrarte con el demonio indicado.

—Muy bien, pues ayúdame de verdad, y no con palabras. Cuando veamos a Tanon dile…

—Yo no estaré contigo.

—¿Qué? ¿Por qué no?

—Tengo otro asunto del que ocuparme.

—Entonces los menores no te importamos.

—Hay cosas más importantes que vuestra supervivencia. Pero deberías entender que te estoy ayudando mucho, y por extensión os estoy ayudando a todos.

—Ya veo. No sé qué habría hecho sin los valiosos conocimientos que me has transmitido.

—Ironizas… No es mala señal. Escúchame bien, Jack. Vas a enfrentarte al demonio más fuerte que existe, un demonio que lleva milenios luchando en el Infierno, que se ha enfrentado a Dios y al que nada le asusta. ¿Lo comprendes? Interiorízalo bien, porque debes encontrar la manera de entenderte con él o toda tu gente morirá. Puedes sentir odio por él, asco, indiferencia, lo que sea que te estimule. Imagínate que serás el más poderoso del mundo si lo consigues. Piensa cualquier cosa para sobreponerte y poder mirarlo a los ojos con una idea clara en la cabeza y sin el menor asomo de miedo. Y piensa en un buen plan.

—¿Es todo? Y yo que pensaba que sería complicado.

Nilia sonrió.

—Es todo. Ahora saldremos de la tormenta y conseguiré que Tanon se digne hablar contigo. En eso consiste mi ayuda en realidad, porque si no te habría mandado matar sin echarte un vistazo siquiera. El resultado de la conversación con Tanon depende de ti, y de ese resultado depende la humanidad. Así que ya sabes, demuestra por qué eres tú lo mejor que tienen los menores o muérete de una vez.

El cauce seco del Támesis era un vertedero de barro, residuos, basura y nieve, zarandeados por los golpes del viento que cambiaba constantemente de dirección. Los rizos de Dast se alborotaban mientras el demonio descendía a la zona que controlaban, alrededor de la puerta del Agujero.

El séptimo Barón estaba de muy mal humor. La conversación con Nilia no había sido tan provechosa como él esperaba. Convenía en su estrategia para ganar la guerra: proteger la conexión con el Agujero para que los demonios del Cielo mantuviesen la presión contra los ángeles, al menos el tiempo suficiente para que Nilia pudiera rescatar a Stil. El plan para su evacuación y los demonios que permanecían en el plano de los menores antes de que la niebla los sepultara era tan ingenioso como sorprendente. En general todo tenía bastante sentido, pero ahí debía estar la trampa, lo intuía.

Dast había aprendido que cuando alguien justifica sus actos en exceso es porque oculta algo. Nilia tenía algo más en mente que no le había contado, algo que sospechaba podría estar relacionado con los menores. Tampoco había tenido tiempo de interrogar a Nilia sobre Capa y el motivo de establecer el acceso al plano de los menores justo en Londres. Aquello había descolocado a Jack Kolby, mientras que Nilia había preferido no hablar de ello y había apresurado su marcha de forma deliberada.

Ahora tendría que buscar más información por su cuenta.

—¡Subidlo! —bufó Dast, asomado al cráter humeante en que se había convertido la puerta del Agujero.

La cadena ascendió perezosamente. Uno a uno, los eslabones emergían de la oscuridad que se removía allí abajo, entre largos aullidos y gemidos. Sirian apareció colgando del extremo. Su ala, la única que le quedaba, pendía flácida.

Dast tiró hasta colocarlo frente a él, pero no dejó que sus pies tocaran el suelo.

—¿Disfrutas de tu estancia? —siseó—. Tus plumas empiezan a adquirir cierto tono que me resulta familiar. Aún no están negras del todo, solo un poco grisáceas, pero es un comienzo.

Sirian estiró los labios y su semblante desfigurado se deformó aún más. Parpadeó varias veces, pero no encontró calma para sus ojos violetas.

—Te esperaba, Dast —repuso con voz débil, aunque se adivinaba una nota de alivio en su tono—. Ya has comprendido la verdad, ¿no es así?

—Te traigo buenas noticias. Vas a morir, Sirian, aquí y ahora. Si me dices todo lo que sabes de los menores, cortaré la cadena y caerás al Agujero. Será una muerte rápida, mucho más que la alternativa. Tú decides y hazlo ya. No tengo tiempo para juegos.

Sirian se movió un poco. A Dast le dio la impresión de que se habría encogido de hombros de no estar encadenado.

—No me gusta ninguna de las dos opciones —murmuró el ángel.

Dast abrió mucho sus desproporcionados ojos.

—Ya veo que no te has curado. Eso solo significa que quieres morir como el cobarde que eres y que siempre has sido. Voy a complacerte.

—Entonces no sabrás quién está jugando contigo.

Dast intentó que no se le notara demasiado lo mucho que le habían sorprendido esas palabras. La incertidumbre respecto a los planes de Nilia le causaba la incómoda sensación de estar siendo manipulado, pero no veía cómo Sirian podía estar al corriente de ese detalle.

—Tu truco no te servirá para ganar tiempo —dijo, con la esperanza de provocar a su prisionero—. Solo tratas de salvar tu vida.

Pretendía indiferencia, pero se deshacía por averiguar lo que Sirian sabía.

—¿De veras? Entonces mátame. ¿A qué esperas? No te atreves porque sabes que alguien te está utilizando. Y lo sabes desde que ya no puedes percibir la séptima esfera.

Dast tuvo que esforzarse para no dejar traslucir su asombro. ¿Cómo podía Sirian saber que había perdido la facultad más importante para un viajero? Él no lo había comentado con nadie, sino todo lo contrario, escondía su preocupación para no debilitar su autoridad ahora que estaba al mando.

—Absurdo.

—Disimulas muy mal. —Sirian estiró de nuevo los labios en lo que podría ser una sonrisa—. ¿Quieres que tarde un poco más en contarte lo que quieres saber? De acuerdo, me lo he inventado todo. Como estaba desesperado, he dicho lo primero que se me ha ocurrido para salvar mi vida y he acertado al señalar tu dolencia. Qué suerte la mía.

—Has mencionado esa cualidad porque sabes que soy un viajero. Sí, ha sido suerte.

No lo creía, pero quería que Sirian continuara hablando.

—Sé mucho más, como que eres el único viajero al que le ha sucedido. ¿Vas a seguir negándolo? ¿Hay algo más fácil de comprobar que preguntar a otro demonio si le pasa lo mismo que a ti? No lo has hecho, ¿verdad? Porque temes airear tu debilidad.

—De acuerdo —se resignó, Dast—. Es cierto. ¿Cómo lo has sabido?

—Por tus ojos.

—Explícate.

—Están cambiando de color. Se están clareando y están adquiriendo otro tono. Lo sé porque a mí me sucede lo mismo.

—Tus ojos están igual que siempre, Sirian.

—Porque ya eran violetas antes.

—¿Insinúas que mis ojos se van a volver como los tuyos?

—Exacto. No te falta mucho, unos días, a juzgar por cómo me ha ido a mí. Mátame y dentro de poco, cuando te mires en un espejo, lamentarás no haberme escuchado.

—No te voy a soltar, Sirian. No me importa lo que sepas o dejes de saber, tenlo bien presente. Así que habla o morirás, porque nada de lo que digas te dará la libertad.

—No quiero que me sueltes. De hecho, te necesito para arreglar lo que nos han hecho. Pensabas que no me curaba por voluntad propia, pero la verdad es que ya no puedo.

—¿Has perdido la capacidad de curar?

—Perdido, no, Dast. Me la han robado, igual que a ti.

Una rabia inmensa creció en el interior de Dast.

—¿Quién fue?

—Tengo que comprobar si mi teoría es cierta. Mi pérdida fue gradual, no repentina. ¿La tuya también? —Dast asintió—. En mi caso, empezó con un pinchazo en la espalda. ¿Te ocurrió lo mismo?

Dast estaba demasiado excitado para razonar. Recordaba haber sufrido dolores en todo el cuerpo después de la explosión.

—Habla claro. —Dast lo agarró por el cuello y tiró hasta que sus rostros quedaron a un palmo de distancia—. Déjate de rodeos y dilo de una vez.

—Creo que fue Capa. Montó una comedia delante de mí, ya sabes cómo es, y me dio un abrazo. Sentí un pinchazo entre las alas. Poco después mis curas fueron perdiendo efectividad hasta que ya no… Veo que a ti te sucedió lo mismo.

Como en un fogonazo, Dast recordó la visita de Capa. El Niño también le había dado un abrazo después de una de sus teatrales actuaciones. No podía precisar si fue justo después cuando su orientación había comenzado a fallar, pero estaba seguro de que antes no.

Todo encajaba demasiado bien para que se tratara de una coincidencia.

—¿Por qué lo hace?

—No lo sé —admitió Sirian—. Apuesto a que también hay un moldeador en alguna parte con los ojos violetas.

—Hay algo que me chirría en todo esto —reflexionó Dast.

—Él no suele hacer daño a nadie, así que imagino que no sabe cómo nos afecta que nos robe nuestras habilidades. Tampoco tengo ni idea de cómo ha aprendido a hacerlo, pero ocurre igual con las runas de la evocación.

—No, no lo sabe nadie —murmuró Dast.

—Tenemos que encontrarlo. Tal vez así nos devuelva lo que nos quitó.

—Tengo que pensarlo. —Dast le dedicó un ademán despectivo—. ¡Bajadlo!

Al instante, el séptimo Barón se sumergió en sus propias cavilaciones. Ni siquiera escuchó la cadena descendiendo una vez más a las profundidades, apenas advirtió las protestas de Sirian mientras se sumía en la oscuridad.

Se frotó los ojos al tiempo que se alegraba de no tener un espejo cerca. No quería ver cómo cambiaban, y sin embargo quería comprobar que Sirian no le había mentido. Se resistía a creerle.

Llamó a un demonio. Era un viajero, como él.

—¿Cuál es el camino más rápido para acceder a la séptima esfera?

—La tormenta —contestó el demonio sin vacilar.

Dast no disimuló demasiado bien una mueca de extrañeza. El mejor viajero de todos no debería preguntar por la localización de la séptima esfera, dado que era la cualidad que distinguía a los de su clase, la que él estaba perdiendo. No, perdiendo no, la que le habían robado.

Despidió al demonio con un ademán desdeñoso de la mano. Todo era cierto.

Capa lo había traicionado y no sabía por qué. Entre ellos nunca habían existido grandes diferencias. Colaboraron juntos para escapar del Agujero y Dast sentía cierto respeto por él desde que desarrolló la evocación. Lo consideraba un demonio muy útil, hasta había aconsejado a Tanon muchas veces que cuidara de él, pues no gozaba de gran estima entre muchos de ellos, en gran parte debido a sus excentricidades.

Esas maneras tan peculiares que nadie comprendía le habían servido para crear una barrera frente a los demás. Capa nunca hablaba claro; daba la impresión de que contestaba a las preguntas, incluso de que se esforzaba por satisfacer a quien le interrogara, pero no respondía con sinceridad. Despistaba y creaba confusión hasta el punto de desesperar a quien tratara de sonsacarle algo. Al final todos pensaban que estaba loco y que el Agujero y la pérdida de sus alas habían perjudicado su juicio. Desde ese punto de vista, Capa le pareció sumamente astuto.

Un pequeño escándalo interrumpió el hilo de sus pensamientos. Dast echó un vistazo al Agujero, que vomitaba gritos y lamentos agudos. No veía más que unos pocos eslabones de la cadena perdiéndose en la oscuridad. De repente, aquellos chillidos deformados se apagaron.

—¡Subidlo!

La cadena ascendió de nuevo, muy despacio en opinión de Dast, que se moría de impaciencia. Finalmente Sirian emergió y quedó colgando de espaldas a él.

—Tú ganas, Sirian. No voy a matarte…, al menos por ahora. ¿Quieres mirarme?

Dast alargó la mano y tiró de su hombro para girarlo. El ángel tenía el ala desplegada y cruzada delante de él. Las plumas se removían.

—No vas a creer lo que he encontrado —dijo Sirian.

—Dudo que ya nada pueda sorprenderme. Pero te advierto de que si es un truco…

Sirian retiró el ala. En sus brazos sostenía a un niño, cuya boca tapaba con la mano. No paraba de moverse y patalear. El niño era pequeño, de unos diez años, y era imposible que hubiese sobrevivido solo en el Agujero.

CAPÍTULO 10

Encaramada a una roca, en cuclillas, Nilia afilaba sus puñales mientras las sombras teñían de negro los restos de la Ciudadela. Encontraba muy oportuno que el crepúsculo fuera cada vez más oscuro, como su melena, como su ropa de cuero ceñido, como el aire que había respirado durante milenios. La oscuridad facilitaría su tarea de infiltrarse entre los ángeles.

A pocos metros se extendía un charco negro y viscoso que despedía un hedor insoportable. Su superficie se retorcía en gorgoteos y espuma sucia, y escupía pompas que producían un sonido extraño al reventar.

—¿Vas a seguir fingiendo que afilas tus armas y no me has visto? —dijo una voz detrás de ella.

Nilia se volvió despacio. Disimuló el hecho de que, en efecto, creía que su atacante no se había dado cuenta de que había advertido su presencia.

—Esperaba a ver si te decidías a atacarme por la espalda, pero siempre supe que eras un cobarde, Vyns.

Saltó de la roca y se colocó a pocos pasos del ángel, que no se puso a la defensiva ni desenfundó su espada. Nilia cargó el peso en la pierna izquierda.

—Guárdalos —dijo Vyns señalando sus puñales—. No los necesitas. Y deja de mirar alrededor, maldita psicópata. Estoy solo.

Vyns era uno de los ángeles más estúpidos, aunque no tanto como para enfrentarse a ella sin ayuda. Con todo, Nilia no advertía ninguna otra presencia, ni siquiera demonios, lo que le llevó a preguntarse qué hacía un ángel solo en la primera esfera.

El historial de enfrentamientos entre Nilia y Vyns no favorecía al ángel. Ya en la Primera Guerra, el observador tuvo que escapar para que ella no lo matara, pero su orgullo le llevó a decir, en su segundo encuentro, que había sido para defender otra posición, no porque le tuviese miedo.

Ese segundo encuentro se produjo después de la Onda, en el metro de Londres, cuando Nilia lo engañó para que metiera en la Ciudadela a un demonio que se hacía pasar por su compañero herido. Una humillación para Vyns, con toda seguridad.

—De acuerdo. —Nilia enfundó los cuchillos—. Así será un combate más justo. ¿Quieres que me ate una mano a la espalda? ¿La derecha?

—Preferiría que te la cortaras y te la metieras en la boca, pero eso es mucho pedir, ¿verdad, psicópata? Estoy desarmado, he delatado mi presencia, pero tú eres incapaz de pensar en nada más que matar.

Nilia no se fiaba, así que siguió estudiando los alrededores con disimulo. No se creía que Vyns tuviese tan poco cerebro como para presentarse solo ante ella.

—Llevas razón, Vyns. Me disculpo por pensar solo en matar. Es un defecto que no puedo evitar. Siempre que veo a un idiota me dan ganas de acuchillarlo. Me sorprende que tú no pienses en lo mismo. ¿Es que ahora te caigo bien? ¿Vienes a darme un abrazo y a que charlemos sobre los buenos tiempos?

—¿Un abrazo? ¿A ti? Antes preferiría cortarme mi propia mano y metérmela en la boca. No, no, nada de eso. ¿Es que tengo cara de estar contento de verte? En fin, es mejor acabar rápido con esto, no me gusta tratar con perturbados. Lo entiendes, ¿verdad? Bueno, al grano, he venido a hacer algo que me da mucho asco, muchísimo. He venido a ayudarte.

Nilia se giró y oteó los alrededores con descaro. Vyns sonrió. Ella se mantuvo seria.

—No te fías de mí, ¿eh? —se burló el ángel—. Vamos, da otra vuelta. No contengas tu paranoia. ¡No pensaba que esto fuera a divertirme! ¡Cuidado! ¡Ja! Qué fácil. Guarda los puñales, anda, no te pongas más en ridículo, superguerrera asesina.

—Muy bien. —Nilia enfundó los cuchillos de nuevo—. Admito que me has desconcertado. Y en vez de matarte y arrojar tus pedazos a ese charco de ahí, voy a escuchar lo que tengas que decir. A menos que pienses seguir divirtiéndote, en cuyo caso no respondo de mí.

—Sé muy bien cómo eres. —Vyns se acercó caminando con tranquilidad. Se detuvo a unos metros—. Eh, quieta, voy a ayudarte a mi pesar, como te he dicho, pero nada de familiaridades ni toqueteos, que me entran arcadas. Ahí, un paso más lejos, si no te importa. Empezaré por ilustrarte un poco. Ese charco al que querías arrojar mis pedazos es un orbe, o lo era, mejor dicho. El orbe que conducía a la cuarta esfera, desde la que tú regresaste al Agujero. Y donde deberías haberte quedado, por cierto.

—Estás bien informado.

—Gracias.

—Imagino que Yala te ha puesto al corriente de nuestra aventura. Por tanto, sabes muy bien que maté a tu amigo Lyam, y aun así, dices que quieres ayudarme. ¿Para que mate a más amigos tuyos? Muy bien. Tienes toda mi atención.

—¡Tenías que mencionar a Lyam! No sé cómo me contengo… Mira que he intentado prepararme para que no me afectara, porque sabía que eres una pirada y que me lo recordarías. Está bien, respira, Vyns, respira hondo… Un poco más. Eso es, Vyns, no pienses en la psicópata… Mejor. ¡Estoy sorprendido de mi autocontrol! Volviendo a Lyam, sé por qué lo mataste. ¡Oh, sí! Lo sé perfectamente. ¿No me crees? ¿Piensas que es un farol? Te felicito. Ni siquiera has pestañeado. Mantienes muy bien la pose de dura. Ojalá supiera hacerlo yo.

Sin embargo, Nilia estaba convencida de que Vyns decía la verdad, que lo sabía todo. Seguramente esa era la base de su aplomo. Dudó si lo habría contado a todos los ángeles; en ese caso, matarlo no evitaría que el secreto de los demonios saliera a la luz.

—¿Te lo ha dicho Yala?

—¿La pareja? Qué va. Él no lo sabe… todavía. Antes o después se dará cuenta.

—Entonces mientes. Nadie más te lo ha podido contar.

—Ya me gustaría, pero no me deja mentirte.

—¿Quién?

—El mismo que me contó tu secreto y me envió a ayudarte. El mismo que derritió la cuarta esfera enterita para salvarnos a todos. Te daré una pista. —Vyns estiró el brazo derecho y dobló el espinazo hasta dejar la cara a un palmo del suelo. Perdió el equilibrio, se tambaleó y tuvo que sacar las alas para conservar el equilibrio—. ¡Mierda! Detesto estas reverencias.

—¿Capa?

—El mismo. Te juro que no sé cómo no se deja los morros en el suelo cada vez que se retuerce con estas posturas.

Había cierta lógica absurda en aquella situación. Capa, desde luego, era mucho más de lo que siempre había aparentado, y Nilia ya descubrió en su último viaje por el Agujero que el Niño se había reservado importantes habilidades respecto de la evocación, como por ejemplo la capacidad para invocar algo más que titanes y sombras.

La intuición le decía que Vyns no mentía. Capa los había delatado. Y en cierto sentido encajaba que Capa quisiera ayudarla. Lo que no terminaba de convencerla era la colaboración de Vyns. Capa, con sus extrañas artes, podría llegar a embaucar a un idiota como ese, pero no en guerra, no después de la muerte de tantos ángeles, incluido Lyam.

—De modo que ahora eres amigo de Capa. No me lo trago.

—Claro que sí —aseguró Vyns—. Si continúas negando lo evidente, no avanzaremos y Capa se enfadará conmigo. Acéptalo. Todo será más sencillo. No te creas, yo estoy en un proceso parecido... Me esfuerzo por contener el asco que me produces para poder hablar contigo. Me digo que en el fondo no eres tan dura como demuestras, que algo sientes ahí debajo. ¿A que sí?

—No te gustaría saber lo que siento por ti.

—Qué miedo. Pero de nuevo actúas y te muestras fría para mantener las distancias. ¿También te muestras tan asquerosa por esa razón? Da lo mismo. Yala me contó lo sucedido durante vuestra aventura, como la has llamado. Me contó lo que pasó entre Lyam y tú. Te caía bien, ¿verdad? No te gustó matarlo. Bah, sé que no lo admitirás, pero también sé que querías sacarlo de allí, como a Yala y a los demás, y aunque me cueste un esfuerzo titánico reconocerlo, entiendo tus motivos. Ese secreto... Mal asunto... Si los ángeles se enteran podrían ganar la guerra. ¡Sigues sin pestañear! Eres muy buena fingiendo que no te sorprendes. Eso te delata, psicópata. Si quieres fingir de verdad, pon cara de asombro cuando un ángel te revela que tiene una información capaz de acabar con todos los demonios. Es cuestión de ser un poco natural, ¿me entiendes?

—Entonces, según tu historia, Capa nos ha traicionado. No me lo creo.

—¿De verdad? Me asombra tu confianza en él. Seguramente por eso me obliga a ayudarte. El pobre Capa está fascinado contigo. Yo le pedí que te quitara los cuchillos y te los clavara, uno en cada ojo, para ser exactos, pero él insistió en ayudarte. Es demasiado bueno. Y, por cierto, ¿no has escuchado lo que te he dicho de la cuarta esfera? Capa no os ha traicionado. Os ha salvado. Deberías tenerle más respeto, pero ya le dije que tú no lo entenderías.

—No sé si me impresiona más que estés al corriente de todo, Vyns, o que seas amigo de Capa, de un demonio, precisamente tú.

—Bueno, al menos ya no escondes tu sorpresa. Es un paso. Yo no soy amigo de Capa, no estoy a su altura para que tengamos una relación de amistad. Y Capa no es un demonio.

—Ya veo —dijo con desdén Nilia.

—No, no lo ves. Si hubieses visto de lo que es capaz, las cosas que puede hacer Capa, no serías tan escéptica.

—Entonces, ¿qué? ¿Lo admiras? Ahora soy yo la que se divierte.

—No lo entenderías ni falta que hace. El caso es que por fin estás más receptiva y ya puedo cumplir mi misión.

—Ah, sí, se me olvidaba que venías a ayudarme.

—No sonrías tanto, pirada. Escucha, vengo a ayudarte a rescatar a Stil... ¡Sigues sin pestañear! Eres increíble. —Esta vez Nilia se había quedado estupefacta. ¿Hasta qué punto estaba Vyns, un ángel, al corriente de sus planes?—. Capa quiere que te enseñe una runa —continuó Vyns—. ¿Qué tal si te retiras un poco? Y no me mires así. Atiende, anda, que tengo ganas de largarme y no me apetece repetirla.

Vyns se agachó y extendió el dedo índice. Brotó una pequeña llama. Dibujó en el suelo los trazos despacio, como si quisiera que Nilia no perdiera ningún detalle.

—Es una localización —dijo ella.

—Muy aguda.

—También es una trampa. ¿Piensas que voy a meterme en un sitio al que me ha guiado un ángel, el que más me odia de todos?

—Yo no estaría seguro de ser el que más te odia. Con tu encanto personal te has ganado muchos admiradores. Pero entiendo tu comentario. Capa me advirtió de que no te fiarías de mí.

—Si de verdad quisiera ayudarme, habría venido él mismo, o al menos no habría enviado a un ángel.

—Está muy ocupado. Para empezar se está reponiendo. ¿Crees que es fácil destruir una esfera llena de mierda? Capa está destinado a los fines más elevados, tiene cosas más importantes que hacer que ocuparse de ti. Lo intentaré una vez más. ¿Te dice algo el color de las llamas?

—Son verdes, como las de los evocadores. Eso me dice que probablemente Capa te haya enseñado porque desde luego tú no tienes cerebro para aprender solo. En cualquier caso, eso no cambia el hecho de que Capa te podría haber enviado con una runa y tú, que tanto me quieres, podrías enseñarme otra, una ligera variación aquí o allí, para enviarme directa a una trampa.

—Pues sí que eres cabezona —sonrió Vyns—. Esto me encanta, de verdad. ¿Prefieres buscar tú sola a Stil? Adelante, infíltrate entre el ejército de los ángeles.

—¿Ya no te preocupa cumplir las órdenes de Capa?

—Las he cumplido al pie de la letra. Si aceptas mi ayuda, perfecto, Capa estará complacido; si no, mejor, muchas más posibilidades habrá de que te despedacen de una maldita vez. Como verás yo no tengo ningún problema. Entrego el mensaje. El resto es cosa tuya. Hala, vete a dar cuchilladas o haz lo que te dé la gana. Así Capa verá el error que ha cometido al creer que no eres una perturbada. ¿Qué pasa? ¿Ahora tienes dudas, lunática? Déjame adivinar, te gustaría matarme, ¿a que sí? Te relames solo de pensar en acabar conmigo. Vamos, saca tus cuchillos. ¡Mátame! Soy un ángel. ¿O es que me tienes miedo? Tiene gracia, nunca te había visto tan indefensa. ¿Dónde están tus amenazas y tus réplicas de tía dura? ¡Bu! ¿Te he asustado?

Nilia desenfundó un puñal y se lo arrojó a la cabeza, tan rápido como para no poder esquivarlo. El ángel, con una amplia sonrisa de burla, desapareció un instante antes de ser alcanzado.

El cuchillo vibraba, clavado en una roca a varios metros de distancia.

La segunda esfera retumbaba con el estruendo de la guerra. De nuevo, después de tantos milenios, se repetía un escenario de muerte y destrucción, de un enfrentamiento brutal entre quienes una vez fueron hermanos. Ambos bandos habían echado el resto de sus fuerzas y el vencedor estaba a punto de decantarse.

Renuin avanzaba indiferente. Hacía rato que ya se había distanciado del frente y que no había ángeles ni demonios a su alrededor, excepto por los cuerpos despedazados que alfombraban el suelo. Atravesaba un terreno devastado con la mirada desenfocada, ajena a los alaridos de la batalla que se libraba a sus espaldas. Retrocedía a través del terreno que habían conquistado, que le habían arrebatado a los demonios hasta casi expulsarlos también de aquella esfera.

Los cadáveres se hundían bajo sus botas. Algunos yacían sobre charcos oscuros, mezcla de sangre y tierra; otros, demasiados, conservaban en su mirada inerte el horror de la guerra o una expresión de odio atroz. También estaban los que habían caído en posturas grotescas, con los miembros retorcidos de un modo antinatural, dejando a la vista huesos y órganos internos, goteando sangre y otros fluidos.

Peor era cuando los cuerpos se mantenían erguidos porque alguna parte se apoyaba sobre una línea de llamas que aún ardía en el aire. Si tenían los ojos abiertos, casi daban la impresión de continuar vivos y pedir ayuda, o de estar a punto de incorporarse y echar a andar.

Después de la Primera Guerra, Renuin recogió muchos cadáveres parecidos, cuando tocó arreglar los desperfectos y construyeron, por primera vez desde su creación, un cementerio. Tuvo que enfrentarse a aquellas expresiones que se habían quedado congeladas justo en el preciso instante de conocer la muerte, algo impensable para un inmortal.

En esa ocasión, descubrió que había algo en aquellos ojos, tal vez un atisbo de comprensión que solo se puede alcanzar justo antes de perder la vida. Con posterioridad reflexionó mucho sobre esas miradas y el significado de la trascendencia que se apreciaba en ellas.

Sus botas iban pisando cada vez más suelo firme, hasta que Renuin ya no sintió más cuerpos bajo ella. Había llegado a la montaña en la que habían establecido el puesto de mando para retomar la segunda esfera. En la base de la colina, justo delante de una grieta que habían creado los moldeadores y que daba paso a su interior, se arremolinaba una veintena de ángeles.

—¡Volved al frente! ¡Ahora! —gritó Renuin mientras caminaba hacia ellos.

—¡No!

Los ángeles se separaron y dejaron a la vista al que había hablado. Renuin lo conocía. Era un viajero, el mismo que se había enfrentado a ella en la última asamblea. Aún portaba su cetro, a pesar de que ya no era necesario, en un gesto que expresaba su desagrado por lo sucedido y su frustración por no sentirse útil, por haber perdido el sentido de su existencia, para el que tanto tiempo se había preparado desde su creación.

—¿Te niegas a obedecer mi orden?

—Exacto.

—¿Vosotros también?

Nadie respondió. Casi todos apartaron la vista. Entre los que sostuvieron su mirada, solo dos lo hicieron con aire desafiante.

El viajero golpeó el suelo con el cetro.

—Ya no eres la indicada para guiarnos, Renuin. Sé que me estoy saltando nuestras leyes y te pido disculpas por eso, pero nuestros hermanos están muriendo y…

—Y como el Viejo ya no está con nosotros, has olvidado tus obligaciones.

—No lo mezcles a él, por favor. Además, tengo muy presentes mis obligaciones. No me resulta agradable decírtelo de este modo, pero no soy el único que piensa así. Ya no tienes nuestra confianza.

—¿La tuya o la de todos? ¿Por qué estás en disposición de hablar por los demás?

—Retírate, Renuin, no te deseamos ningún mal. Sabemos que tu intención es buena y creemos que deberías seguir siendo una de los tres Justos, pero hacen falta dos más.

—Entiendo. Y tú quieres ser uno de ellos.

—Si los demás así lo deciden, desde luego.

—Muy noble. No es complicado adivinar que a alguien con tus aspiraciones no le habrá gustado mi decisión de no designar a más Justos hasta después de la guerra. Cuando llegue el momento y presentes tu candidatura, asegúrate de explicar por qué elegiste este momento, en plena batalla, para confabular a mis espaldas. Pero antes tendremos que ganar la guerra. Y hasta ese momento yo sigo siendo la máxima autoridad. ¡Ahora mismo vais a ir todos al frente a ayudar a nuestros hermanos!

Los ángeles se revolvieron. Varios echaron a andar.

—¡Deteneos! —ordenó el viajero. Y lo hicieron, a pesar de la duda que se apreciaba en sus rostros—. No quería llegar a esto, Renuin, pero tus errores nos han conducido a esta situación.

—¿Te refieres a que hemos expulsado a los demonios de la tercera esfera y que casi hemos tomado la segunda?

—No lograremos conquistar la segunda esfera al completo. Tanon nos está conteniendo a todos. ¡Él solo! Nos ha cogido por sorpresa porque tú dijiste que estaba muerto o gravemente herido. Es imposible que alguien gravemente herido pueda estar frenando a todo nuestro ejército.

—¿Insinúas que mentí?

—Digo que te equivocaste. A estas alturas es evidente que alguien lo curó. Y aunque la información errónea viniera de alguien tan fiable como Yala, tú eres nuestra líder. Deberías haber tenido más visión que nosotros, ¿o no es esa la razón de tu puesto? Tampoco has averiguado aún por qué la luz es cada vez más débil, ni encontraste la explicación a lo que sucede en la cuarta esfera a pesar de todo el tiempo que invertiste en estudiarla.

—Pero tú sabes cómo enmendar mis errores, ¿no es eso? Cosa que harás para garantizar tu nombramiento como Justo. No solo te importa que ganemos, te importa que ganemos a tu manera para que puedas aprovecharlo en el futuro.

—Lamento mucho que lo veas así.

—Yo lo lamento más. Y también tus mentiras y tu miedo a Tanon.

El viajero tembló ligeramente de rabia ante la acusación.

—Eres demasiado soberbia. Ya lo demostraste al decidir que tú sola te bastabas para liderarnos. Ni siquiera te dignas escuchar mi propuesta.

—No me hace falta. ¿Crees que no sé lo que planeas? No es una coincidencia que estés justo aquí, ahora, en el preciso momento en que hay menos custodios vigilando a Stil. Has venido a matarlo. O tal vez quieras amenazar a Tanon con hacerlo si no se detiene.

—Pero tú no me lo permitirás. Estás enamorada de él y no te importa que nuestros hermanos mueran. ¿Por qué lo proteges tanto? ¡Es un demonio!

—Nunca he ocultado mi amor por él y tampoco voy a hacerlo ahora, pero tu plan es absurdo. ¿Piensas que Tanon se detendrá por Stil?

—Sabemos que le importa mucho. Asius dijo…

—Asius vio cómo Tanon dejó morir a Diacos sin dar su brazo a torcer. Solo hay una manera de tratar con él. Tu idea solo conseguirá acercar a Stil y Tanon y aumentar las posibilidades de que lo rescaten. Y si Stil es tan importante para ellos, habrás cometido un error imperdonable.

—Es sorprendente lo bien que sabes argumentar cuando se trata de defender a un demonio. Pero tus palabras no te servirán de nada. Son muchos los que quieren verlo muerto, y serán más cuando termine esta batalla y contemos cuántos de los nuestros han caído. No te desobedeceré ahora porque eres mi superior y porque no lo necesito. Más adelante presentaré una moción de censura y comprobarás los apoyos que tienes en realidad. Estás acabada, Renuin, y te lo has buscado tú solita.

—No harás nada de eso.

Sonó un fuerte chispazo, vibró el aire, un destello verde los envolvió a todos durante un segundo. Después, justo detrás del viajero, apareció una mole inmensa rodeada de llamas.

El titán juntó los puños y el viajero desapareció por un momento, para reaparecer después convertido en una masa de carne aplastada y sanguinolenta, tan delgada como una de sus alas. Sus restos cayeron al suelo, tintineó el cetro al rebotar contra las piedras.

Empezaron a llegar demonios a través del orbe. Eran pocos. Se desplegaban en torno a las ruinas de la Ciudadela y trazaban runas en los puntos más elevados para tejer una red de fuego verde.

Nilia se acercó ocultando el rostro con la melena negra. Agarró a un demonio por el cuello y le cubrió la boca. Lo tenía cogido desde atrás. Colocó uno de sus puñales muy cerca de su ojo y desplegó una de sus alas hacia adelante, para que viera las plumas negras. El demonio dejó de forcejear y volvió la cabeza, extrañado.

—Ni una palabra —advirtió Nilia—. Sígueme.

Se lo llevó detrás de un montículo donde nadie pudiera verlos.

—¡Nilia! ¿Dónde te habías metido? ¿A qué viene esto?

—¿Qué estáis haciendo con esas runas?

—Estamos preparando la defensa para una posible retirada.

—¿Hemos perdido?

—No, pero la cosa no va bien.

—¿Y Tanon?

—Nos mandó retroceder a unos pocos y…

—¿Está luchando?

—Creo que sí. Si te soy sincero, oí que se había vuelto loco y había decidido atacar él solo a los ángeles. Empujaba un muro de fuego y…

—Cierra la boca. Quiero que invoques a un titán. ¿Puedes hacerlo?

—¿Aquí? ¿Ahora? —Nilia torció el gesto—. Está bien —aceptó el demonio—. Retírate y dame unos segundos.

Nilia lo observó mientras dibujaba la runa. Poco después había un titán plantado delante de ellos.

—Que se esté quitecito. Ahora fíjate bien. ¿Entiendes esta runa?

El demonio estudió con sumo interés un símbolo que ardía en el suelo.

—Hay algo extraño. Las llamas son verdes, de un evocador sin duda, pero no reconozco de quién. Y eso es raro porque la mayoría…

—Eso me da igual. ¿Puedes interpretar su significado?

—Son unas coordenadas… En la segunda esfera, sí, estoy seguro.

—Quiero que envíes al titán a esa localización.

—¿Cómo?

—¿Algún problema?

—Pues sí. Si no conozco el lugar podría materializarse bajo tierra por ejemplo.

—Por eso no te preocupes.

—¿Quién grabó esa runa?

—Por eso tampoco.

—Bueno, tú verás, pero a Tanon no le gusta que desperdiciemos ni un solo titán. Debería llamar a alguien más para que me ayude. Ya es complicado enviar a un titán a mucha distancia, pero entre esferas…

—Pero lo has traído desde el Agujero.

—Traerlos no es lo mismo que enviarlos.

—Tiene que ser ahora, mientras Tanon esté luchando y manteniendo ocupados a los ángeles. ¿Puedes hacerlo o no?

—Me agotaré por completo. Y no puedo garantizar que no haya una ligera desviación.

—Me arriesgaré. ¡Vamos!

Nilia se acercó un poco al titán. El demonio le suplicó una vez más con la mirada que lo reconsiderara, pero ella fue inflexible. Esperó mientras el evocador memorizaba la runa, cada línea, la longitud de cada llama, su brillo… Hasta el último detalle. Finalmente rodeó al titán y dibujó un símbolo en su espalda.

—Si repaso la runa y la activo —dijo jadeando—, en menos de cinco segundos, el titán desaparecerá. ¿Estás segura de que no prefieres esperar?

Nilia contestó con un gruñido. El evocador, que por fin entendió que su determinación era inquebrantable, asintió. Extendió el dedo y repasó la runa con infinito cuidado. Al terminar cayó al suelo, extenuado. Nilia pasó a su lado como una exhalación y saltó a la espalda del titán.

—Tranquilo. Es un truco nuevo que he aprendido —le dijo al evocador.

Lo último que Nilia vio fue su cara de espanto. Después, la realidad se distorsionó hasta convertirse en un destello cegador, de un verde intenso que la obligó a cerrar los ojos. La recorrió una violenta sacudida que se originó en la espalda de piedra del titán. No pudo evitar soltarse y acabó en el suelo, sin aliento. Una fuerte desorientación, que nacía en su vientre, se extendió por su interior y revolvió todo su ser.

Al abrir los ojos, doblada por la mitad y luchando contra el mareo y las náuseas, reparó en que ya no se encontraba en la primera esfera. La fortuna había querido que cayera al amparo de las sombras que proyectaba una pequeña cornisa de piedra, junto a una grieta en la montaña que daba paso a una galería. Alcanzó a ver un montón de alas blancas a menos distancia de la que le gustaría. El titán, a pocos metros delante de ella, juntó sus puños de roca. Saltaron tripas y sangre por todas partes, y varias plumas blancas se alejaron arrastradas por el viento. Una masa deforme que hasta ese momento había sido un ángel se desparramó a los pies del titán.

Nilia no se quedó a ver qué sucedía con los demás ángeles, a quienes escuchaba vociferando órdenes, muy nerviosos. Si no se encontrara tan mal, le habría gustado ver qué cara ponían al ver al gigante materializarse de repente y aplastar a uno de ellos entre sus puños.

Se arrastraba apoyándose en la pared, sin saber hacia dónde se dirigía. Su única intención era esconderse y esperar a que pasara la desorientación. Seguro que Vyns estaba al corriente de lo que se sentía al viajar mediante la invocación y no lo había mencionado a propósito. Como bien había advertido el ángel, se había limitado a transmitirle la información que Capa le había ordenado, sin añadir nada más.

Al menos la runa no había sido una trampa. Nilia se alegró de haber confiado en Capa y su nuevo acólito. Ahora solo tenía que encontrar a Stil y, probablemente, matar a unos cuantos ángeles durante el camino. Debía de estar encerrado en alguna cueva de aquellas galerías. Impresas en los muros, resplandecían runas espaciadas que arrojaban luz suficiente para que los ángeles se desplazaran con comodidad. Para ella, que había estado completamente a oscuras en el Agujero, era casi como estar bajo la luz del día en el plano de los menores.

Tuvo que detenerse. Se deslizó entre un pliegue de la pared y llegó a un rincón rugoso, apartado y oscuro. No pudo contenerse más. Se retorció y vomitó en el suelo. Las náuseas remitieron, pero aún estaba lejos de sentirse bien. Decidió descansar en aquel rincón hasta recobrarse. Tenía que estar en plenas facultades para rescatar a Stil.

Una necesidad imperiosa de cerrar los ojos se apoderó de ella. Era un cosquilleo dulce que le imploraba que se abandonara al sueño reparador, que la tentaba con su cálida caricia recorriendo sus extremidades. Nilia no tenía tanto tiempo, así que apoyó la cabeza y entornó los ojos, buscando ese estado en que no llegaba a estar dormida del todo pero mantenía sus sentidos alerta.

No recordaba aquel lugar, por lo que debía de ser obra de La Onda, o bien una improvisación de los moldeadores, bastante chapucera, para crear algún tipo de centro de mando desde el cual dirigir la batalla.

Un temblor interrumpió sus cavilaciones. Se propagó rápidamente por el suelo y las paredes, cayeron rocas del techo y el estruendo de la piedra resquebrajándose lo inundó todo. Nilia se separó de la pared, escudriñó los alrededores en busca de la causa de lo que parecía ser un terremoto. Un pedrusco estuvo a punto de aplastarla, pero rodó a un lado a tiempo de esquivarlo.

Entonces la tenue luz del exterior invadió la gruta en la que se hallaba. Nilia contempló boquiabierta cómo la montaña ascendía lentamente y se alejaba. Incontables toneladas de piedra, tierra y vegetación se alzaban sin esfuerzo. Los moldeadores debían de estar trabajando todos en equipo, y haberse preparado durante largo tiempo, para lograr algo semejante. A Nilia le costaba creer lo que sucedía mientras trepaba los tres metros escasos que la separaban de la cima, dado que lo que antes era el techo ahora seguía elevándose por encima de su cabeza, cada vez más alto, más lejos.

Los ángeles apostados a la entrada de la cueva, los que se encontraban en el punto donde apareció junto con el titán, dirigían sus miradas hacia la montaña que ahora flotaba por encima de ellos. Parecían tan sorprendidos como Nilia, lo que le extrañó.

Abajo, había varias rocas desperdigadas y dos cadáveres. El titán no se lo había puesto fácil a sus adversarios antes de que finalmente lo abatieran. Desde su elevada posición, Nilia localizó a un pequeño grupo de ángeles recorriendo las galerías, que ahora, sin techo, se veían como un laberinto que se retorcía entre las tripas de la montaña.

Nilia apuntó y descargó un arco de fuego. El impacto prendió en el ala de un ángel, que se tiró al suelo y empezó a revolcarse para sofocar las llamas. Sus compañeros también trataron de apagar el fuego antes de que continuara extendiéndose. Idiotas. Sería demasiado fácil abalanzarse sobre ellos y acuchillarlos a todos mientras estaban distraídos.

Saltó entre los riscos y las piedras, veloz, ágil, concentrada en salvar la distancia que la separaba de los ángeles. No podrían igualar su velocidad. Sus extraordinarios reflejos le permitieron acortar el último salto y desplegar las alas para frenar en seco.

Fue a parar frente a una pequeña explosión de fuego. Una línea de llamas había crecido desde su derecha, y otra idéntica desde la izquierda, hasta encontrarse justo delante de ella y estallar. Eso era lo que parecía, pero en realidad aquel trazo era único. Nadie que no conociera a su creador sospecharía siquiera que no había sido obra de un solo ángel.

Sin embargo, Nilia conocía demasiado bien las llamas que ardían ante ella.

—¿Me has echado de menos? —preguntó con la vista al frente.

Los gemelos se acercaban, cada uno con su espada en la mano, manteniendo la misma postura y velocidad.

—No cruzarás esa línea —dijo Yala.

—Me encanta cuando te pones tan serio. —Nilia hizo girar los cuchillos y luego chasqueó los nudillos—. Hace mucho que no me enfrento a una buena pelea. Yo sí te he echado de menos, por cierto.

Yala no respondió ni varió su velocidad. Los gemelos continuaron avanzando desde extremos opuestos. Alzaron ligeramente la espada al mismo tiempo.

—Yo también, Nilia —dijo uno de ellos.

—Te he echado mucho de menos —añadió el otro.

Stil, cautivo en su prisión improvisada, escrutó la oscuridad a su alrededor. Las runas flotantes refulgían levemente, apartando las tinieblas y creando una atmósfera semitransparente, como una sucesión de grises.

—Casi me siento como en casa —dijo a media voz, atento a las sombras—. Entendiendo por casa el pozo oscuro en el que nos encerrasteis, ya sabes. No deja de sorprenderme que un fenómeno como este se dé en la segunda esfera. Todo cambia, ¿no crees? Nosotros, que una vez creímos que las siete esferas habían sido creadas para perdurar durante toda la eternidad, ahora presenciamos alteraciones que nunca imaginamos. ¿Será algo malo? ¿Podemos asegurar que esto no es una mejoría? —Suspiró—. ¡Cuántas dudas y cuánto miedo!, ¿verdad? ¿Sabes una cosa? Empiezo a preguntarme si realmente estábamos prisioneros ahí abajo, si no éramos en realidad testigos privilegiados de algo más grande y, por qué no, más hermoso. Claro que se requiere de una mente abierta para arriesgarse a considerar una opción como esa. ¿Qué opinas tú?

Stil estiró el ala derecha con cuidado, entre las líneas de fuego que delimitaban su celda. Movió la punta, rápido y fuerte, y golpeó al ángel que estaba sentado a su lado, en la celda contigua.

—No quiero hablar contigo.

—¿Qué otra cosa podemos hacer, amigo mío?

—No somos amigos.

—Cuestión de tiempo, Zaedon. Nada más. Espera a pudrirte aquí una temporada y verás cómo tienes más en común conmigo que con ellos. Te habla la experiencia de quien sabe lo que es el cautiverio.

Zaedon se sacudió el ala de Stil con un manotazo.

—Esa experiencia es la que te ha llevado a considerar la oscuridad como algo hermoso y el Agujero como un destino mejor. Es curioso, sobre todo viniendo del demonio que ha permanecido intacto.

—No todos los cambios se reflejan en el exterior. Y solo divagaba, no te alteres tanto. Ya lo entenderás. Ya me echarás de menos y aprenderás a hablar solo en la oscuridad.

Zaedon no contestó. Dejó caer un poco la cabeza.

—¿Abatido? —preguntó Stil—. Después llegará la rabia contra los que te encerraron.

—Eso no pasará.

—Yo creo que sí. Y será una rabia mayor que la de cualquier demonio. ¿Sabes por qué? Porque tú no deberías ser un prisionero. Nosotros, al menos, nos rebelamos y luchamos, pero tú… Amigo mío, vas a sufrir mucho. Ya verás, es solo cuestión de tiempo que el ácido de la ira empiece a devorar tu interior. Tal vez pases primero por una fase distinta. Les suplicarás que te liberen. Entonces tu esperanza morirá y comenzará el tormento. Algunos llegan a lesionarse, ¿lo sabías? No, claro que no. ¿Y por qué lo hacen? Para sentir dolor. El dolor es mejor que la ira, el dolor duele menos que el odio y la furia, a menos que esa ira encuentre una válvula de escape.

—¿El último estado después de todo ese proceso es el cinismo?

—¿Lo dices por mí? Es posible. El último estado es impredecible. Algunos encuentran cierta claridad de ideas o perspectiva. Los hay que siguen adelante sin volver a ser nunca los mismos. Otros se suicidan. No me atrevería a pronosticar cuál será tu caso, pero te aseguro que sufrirás.

Zaedon acomodó la espalda contra la pared de la cueva.

—Es triste ver en lo que te has convertido, Stil. Eras un ángel hermoso y lleno de luz, un ejemplo para muchos, una inspiración diría yo. Si algo me da miedo es acabar pensando como tú.

—Tú lo que de verdad temes es que alguna de mis palabras sea cierta. Prefieres creer que soy un mentiroso y que no ocurrirá nada de lo que te acabo de decir. Te aferras a la esperanza de que los ángeles se darán cuenta de que tu encarcelamiento es injusto, y al mismo tiempo no puedes evitar sentirte mal porque el único que cree en tu inocencia soy yo, un demonio. Irónico, ¿verdad?

—No tergiverses la verdad. Tú no crees en mi inocencia, tú sabes que soy inocente, que es muy distinto. Ellos tienen dudas y no pueden arriesgarse.

—¿Los disculpas?

—Desde luego —repuso Zaedon, molesto—. Yo era el asistente personal de Diacos, el mayor traidor que jamás ha existido. Un demonio infiltrado que incluso mató a los suyos para mantener su tapadera y que nos asestó el peor de los golpes al facilitaros los planos de la Ciudadela y el acceso al interior. ¿Cómo no van a tener dudas sobre mi participación?

—¿Ni siquiera Asius te defendió?

—No te burles, Stil. No deben confiar en mí. Mientras dure la guerra, no se arriesgarán a que yo también resulte ser un traidor y cambie el curso de la batalla. Yo haría exactamente lo mismo. ¿Tú no?

—No puedo contestarte a eso —repuso Stil con franqueza—. No hay traidores entre los demonios ni los habrá. Pero supongamos que ganáis la guerra. Llegará el momento de analizar y entender qué pasó y por qué, tomar medidas para que no vuelva a suceder. Se hará un censo con los que cayeron y se buscarán culpables. Con Diacos muerto, solo quedarás tú para aliviar su dolor. Lo notarás en sus ojos, ese relampagueo acusador que te señalará como el responsable de la derrota que a los demonios nos permitió conquistar la primera esfera.

—Es posible —concedió Zaedon—. Pero eso también pasará. Es cuestión de tiempo, como tú dices. Soy paciente. Aguardaré cuanto sea preciso. A fin de cuentas, soy culpable de no haber descubierto a Diacos, con todo el tiempo que permanecí a su lado.

—Lo cierto es que hay determinación en tu voz y tu mirada. Sí… Tal vez podrías resistir y esperar a que te perdonen. Y, quién sabe, ahora que el Viejo ha muerto, tal vez los tuyos maduren y olviden esa manía de tomar decisiones inflexibles. Con mucho esfuerzo, hasta puedo imaginar un desenlace de cuento para ti. Asius, por ejemplo, ya ha cambiado más de lo que él mismo cree, así que ¿por qué no lo harían otros también? Me has convencido, amigo mío, y aplaudo tu valor y tu sentido de la responsabilidad. —Exhaló aire con fuerza—. Por eso, tendré que intervenir… Veamos, creo que con un poco de imaginación y tiempo, cosa que nos sobra, por cierto, puedo inventar algunos detalles que te inculpen.

—No te servirá de nada.

—¿No? Para empezar no tengo que demostrar que colaboraste con Diacos, solo tengo que sembrar la duda. Mencionar alguna ausencia tuya… Ah, ya sé. ¿No estabas con Asius fuera de la Ciudadela cuando iniciamos el ataque?

—¿Y eso qué tiene que ver?

—Nada. Pero Asius fue quien restauró la luz y evitó que os masacráramos en aquella primera batalla. ¿Pero y si tu papel hubiera sido tratar de mantenerlo lejos de la lucha?

—Asius corroborará que es una estupidez.

—Cierto. Solo ha sido una idea, deprisa y sin pensar. Imagina lo que puedo hacer con tiempo. Sí, tiempo, eso es lo único que hace falta. Luego sembraré esa duda en Renuin, la máxima autoridad de los ángeles…, mi esposa. Pero puede que lleves razón y tu conducta sea tan intachable que nadie dude jamás sobre tu involucración, ni siquiera cuando estén creando el segundo cementerio y dando sepultura a los restos de los que murieron en esta Segunda Guerra.

—¿Por qué lo haces?

—Me siento dolido.

—¿Por la guerra? ¿Tanta ira arrastras que tienes que hacer daño a todos los ángeles?

—Nada de eso. Es solo porque no te consideras mi amigo.

—Qué estupidez —gruñó Zaedon.

—Y no quieres reconocer que nuestra situación es la misma, que podríamos colaborar.

—¿Colaborar? ¿Quieres mi ayuda? ¿De eso se trata todo, de una especie de chantaje? Estamos encerrados en un laberinto de cuevas. ¿Qué esperas de mí? Aunque quisiera, estoy tan preso como tú.

—¿Pero quieres? Esa es la cuestión.

—Para llegar a esa determinación necesitaré mucho más tiempo del que tanto hablas. Pero no te preocupes, tu vasta experiencia en cautiverio seguro que…

Zaedon empezó a temblar, igual que Stil, igual que las llamas y las runas. Incluso la oscuridad vibraba. Un crujido resonó por todas partes y al instante cayeron piedras, polvo y rocas, y se abrieron grietas a su alrededor.

Stil se acurrucó y cruzó las alas sobre su cabeza. Notó varios impactos contra las plumas. El crujido se convirtió en un estruendo ensordecedor. Entonces vio su sombra en el suelo, señal de que había luz, y sintió cómo las plumas variaron su orientación, arrastradas por una brisa fresca y suave que desordenó su melena blanca cuando separó las alas y alzó la cabeza.

No pudo evitar abrir la boca cuando contempló que la montaña ascendía lentamente, pero con firmeza.

—¿Cómo es posible? —preguntó Zaedon, que tampoco podía creer lo que veía.

—No tengo la menor idea, pero parece que no vas a tener el tiempo del que hablamos. Decide ahora si vienes conmigo o dejas que vuelvan a encerrarte.

Apenas se había incorporado cuando cuatro ángeles irrumpieron en la cámara. El techo de la cueva había volado con la montaña, y estaba demasiado alto como para alcanzarlo de un salto, ni siquiera estando en perfectas condiciones, que no era el caso de Stil, tras un cautiverio tan largo.

Desarmado, sus posibilidades eran escasas, y eso siendo optimistas, pero el aire en la cara había despertado sus ansias de libertad y no iba a renunciar a ella sin intentarlo. Su única posibilidad era aprovechar el desconcierto en el que los ángeles parecían atrapados. Stil desplegó las alas hasta que formaron una línea recta y cargó contra ellos.

Lanzó su cabeza contra el primero, que cayó sin sentido, al tiempo que las alas arremetían contra otros dos. Embistió con tanta fuerza que logró empotrarlos contra la piedra. Cuando se disponía a pisar la cabeza de un ángel antes de que se levantara, un arco de fuego lo obligó a agacharse para esquivarlo. Dos ángeles aprovecharon para echarse encima de él. Stil recibió puñetazos y patadas a discreción.

El cuerpo a cuerpo, sin armas, igualaba las opciones, y en mejores circunstancias Stil estaba seguro de que habría acabado con ellos deprisa. Agarró a uno por el cuello y le hizo chocar contra su compañero, que se desplomó al acto. Estaba a punto de rematar al que tenía en sus manos, pero el ángel que le había disparado antes volvió a hacerlo, y está vez no falló. El arco de fuego le acertó en el hombro. Stil voló hacia atrás un par de metros antes de estrellarse contra el suelo.

El ángel se colocó ante él, con la espada preparada para el golpe definitivo. Una de sus alas estaba completamente chamuscada, como si hubiera ardido hacía muy poco. Brillaba en sus ojos una rabia contenida que le indicó a Stil que se trataba de uno de los que siempre habían querido ejecutarlo. Fingió estar al borde del desmayo para que su adversario se fiara y relajara la precisión del estoque, y así tener la oportunidad de poder esquivar la espada en el último segundo.

Sin embargo, no le hizo falta. Los ojos del ángel se abrieron mucho y se volvieron completamente negros. Después se desplomó hacia la derecha sin rozarlo siquiera. Zaedon estaba de pie, detrás del ángel, y sostenía una roca en alto con una mancha roja.

—Que el Viejo me perdone —tartamudeó el ángel—. Yo no quería…

—Claro que sí. —Stil se levantó—. La idea de volver a ser encerrado despierta emociones insospechadas, ¿verdad?

Zaedon dejó caer la piedra. Le temblaban las manos.

—Vámonos ya —susurró.

—No, amigo mío. —Stil recogió una espada del suelo y dirigió la punta hacia el ángel—. Lo siento mucho.

—Pero… ¡Te he salvado!

—Y te lo agradezco. Por eso, voy a devolverte el favor.

Stil le dio un puñetazo en la cara. Zaedon terminó en el suelo, tratando de contener con las manos la sangre que fluía por su nariz rota. Luego Stil atravesó al ángel que Zaedon había matado con la piedra.

—Así pensarán que he sido yo y tú podrás cumplir tu condena, que es lo que quieres, en realidad. No puedo llevarte conmigo. Quien ha cambiado de bando una vez, volverá a hacerlo. —Stil le asestó una patada en la cabeza y lo dejó inconsciente—. Y además no me gustan los traidores.

—Una vez más, una vez más… ¡Llevo horas practicando!

—No puede ser de otra manera. Yo tuve que invertir siglos, tal vez milenios, acechado por la oscuridad y los peligros del Agujero, para ejercitar y perfeccionar mi nuevo arte.

—Que sí, que sí, no te enrolles, Niño. Has dicho que me enseñarías, pero creo que te cachondeas de mí. Veo tu sonrisa bajo la capucha.

—Oh, apenas un inocente destello de felicidad y orgullo que confundes con la burla. Debería haberme acercado antes a ti, querido Vyns. Me ha supuesto impensables esfuerzos y tiempo encontrar un alma que al fin me comprendiera. Si supieras las incontables muestras de desprecio que he coleccionado a lo largo de…

—Yo insisto en que mi runa es exactamente igual a la tuya. ¡Mira las llamas! ¡Si son verdes y todo! Déjame que pruebe una vez, Capa. Por favor.

—Demasiado pronto. En el mejor de los casos no funcionaría; en el peor, dejarías aquí la mitad de tu cuerpo y yo me vería privado del incomparable placer de tu compañía.

—Bueno, pues hazlo tú. Quiero verlo.

—Desde luego, mi querido discípulo. Toma mi mano.

—¿Y bien?

—Cabe señalar que no es preciso apretar con tanta fuerza, Vyns. El guante de cuero puede estropearse... Gracias infinitas, mucho mejor así. Después ensayaremos las reverencias, naturalmente, pero ahora procederé a complacer tu deseo con la mayor de las satisfacciones. Presta atención a cómo activo la runa. El orden en que se repasan los trazos, el tiempo invertido en cada uno de ellos, la mano y el dedo empleados... Todos ellos son detalles esenciales. ¿Listo? ¡Allá vamos!

—¡La hostia!

—También estimo conveniente, a la par que urgente, encauzar esas expresiones malsonantes tan poco apropiadas y que deslucen tu habla, amigo.

—¡La hostia puta! ¿Pero dónde estamos? ¡Lo has conseguido! ¡Es increíble!

—Enseguida recuperarás la orientación. Los que no son viajeros tienden a marearse al cambiar de ubicación. No me avergüenza reconocer que al principio yo mismo incluso vaciaba el estómago cada vez que saltaba.

—¿Saltabas? ¿Así es como lo llamas?

—¿Prefieres otro término? ¿Evocación, tal vez?

—¡Estamos en la segunda esfera!

—¿Satisface esta prueba tu curiosidad?

—¡Joder! Ya lo creo. Yo pensé que íbamos a telepor... a saltar a otro sitio más cerca. No sabía que también podías ir de una esfera a otra. ¿También puedes saltar entre planos? ¡Capa, esto es una pasada!

—Me conmueve tu entusiasmo.

—Te lo demostraré. ¿Qué tal?

—Ummm... La mano derecha, más alta. Oh, por favor, me honras, pero no hagas eso. No es conveniente inclinar tanto la espalda sin la debida experiencia. Mejorarás. No todos pueden dominar el arte de las reverencias a la primera. No obstante, valoro tu esfuerzo con la mayor de las alegrías.

—¡Tienes que enseñarme, Capa! ¡Por favor!

—Acabo de darte un par de consejos fundamentales que forman parte de la base para cualquier reverencia.

—No, las reverencias no. ¡A saltar! ¡Quiero aprender a saltar! ¡Así podré servirte mucho mejor! Seguro que hay un montón de cosas que hacer por todas partes y hay que ir y venir de un lado a otro, no solo cuando tú me llevaras. Podría cumplir tus encargos a toda hosti... digo, mucho más rápido, ¿no crees?

—Aprecio una lógica bien razonada en tus palabras.

—Entonces… ¡Eh! ¿Qué es ese ruido?

—Estás superando la desorientación. Si has recobrado el sentido del equilibrio, encontrarás la respuesta asomándote al borde. O mejor desde ese árbol de ahí.

—¿Tan alto estamos? No veo bien… Capa, ¿puedes apartar esa condenada nube? De verdad que no veo nada… ¿Qué es eso que hace tanto ruido? ¿Son gritos?

—¿No era una excelente visión el atributo indispensable para ejercer como observador? Respecto a la nube… Ya se va ella sola.

—¡La guerra! ¡Capa, me has traído a la guerra!

—En cierto sentido. Aquí no pueden alcanzarnos, lo que nos permitirá disfrutar de estas inefables vistas. Contemplar el desarrollo de los acontecimientos desde esta privilegiada posición ¿no te parece sublime?

—¡Se están matando!

—Es uno de los muchos inconvenientes de las guerras, estoy de acuerdo.

—¡Tengo que bajar! ¡No puedo dejar a los míos! ¡Asquerosos demonios! ¡Os voy a freír a todos, cabrones!

—Mal, mal, mal, Vyns. Ya no son los tuyos. ¿Recuerdas mis enseñanzas? Somos todos iguales, incluidos los menores. Todos vamos a vivir en armonía.

—¿Armonía? Mira eso, Capa. Ahí, y ahí también, joder. ¡La mitad de la esfera ha quedado devastada! Desde el orbe hasta el frente donde luchan no queda ni una puta piedra en su sitio. Hay llamas ardiendo por todas partes, cuerpos, cenizas… Espera un momento. La parte arrasada está detrás de los ángeles. ¡Son ellos los que van conquistando terreno! ¡Están ganando los ángeles!

—Un análisis interesante. Confío en tu visión y tu capacidad para juzgar las situaciones militares.

—¿Por qué no lo miras tú mismo? ¿Te parece un buen momento para tumbarte sobre la hierba?

—Mi capacidad para reflexionar se incrementa cuando estoy relajado.

—Tú verás. Yo voy a… ¡Mierda! Esos titanes son duros. ¡Buf! Eso tiene que doler. Es lo único que salva a tus amigos…, digo a los demonios. Apenas pueden contener el avance de los ángeles. ¿Cuántos de esos monstruos tienen?

—Una pregunta que también rondó mi cabeza durante una terrible época. Se me ocurrió efectuar un recuento de ellos durante nuestra estancia en el Agujero, con el fin de someterlos a un estudio exhaustivo. Es tan reducido nuestro conocimiento sobre ellos… Claro que por aquel entonces nuestras obligaciones eran otras, como podrás colegir. Hay criaturas mucho peores en las profundidades, ¿lo sabías? Nuestra existencia distaba mucho de ser agradable. No culpo a Tanon por prohibirme crear un censo de los titanes.

—¡Tanon! Me había olvidado de él. ¿Cómo es que no está combatiendo? No veo sus alas de fuego por ninguna parte. ¿Lo habrán matado? Si esa bestia estuviese ahí, estoy seguro de que lo vería en el centro de la batalla.

—Espero que mi buen Tanon se haya restablecido de sus heridas. Le apliqué una sanación rápida.

—¿Curaste a Tanon?

—Por supuesto. Vyns, ahora que eres más que un simple ángel, debes ampliar la perspectiva para alcanzar una mayor compresión. Tanon solo está liberando la rabia contenida por el rechazo que el Viejo le dispensó, sin mucho acierto, debo matizar. El único deseo de Tanon era complacerle y recibir un simple gesto de agradecimiento como correspondencia. Se le pasará. Necesita algo de tiempo para liberar toda esa frustración con la que ha cargado durante milenios, pero entrará en razón.

—¡Capa! Se dedica a matar ángeles. ¿Te parece eso una terapia adecuada contra la agresividad y la frustración?

—He meditado con suma atención sobre el caso de Tanon. A decir verdad, me ha servido de inspiración. ¿No es sorprendente cómo la falta de afecto puede perturbar a un ser tan especial como él? Ojalá hubieses gozado del privilegio de presenciar su valor, su fuerza. Pero yo no cometeré el mismo error que el Viejo. Yo amaré a todos, sin excepción. Bajo mi capa de afecto todos conoceremos una nueva era de armonía.

—Seguro que sí, sobre todo si alguno queda vivo. Tenemos que intervenir, Capa. Eso de ahí es una carnicería en toda regla. Renuin ha cumplido su palabra y están todos los ángeles. Ni siquiera puedo ver el suelo. Solo alas blancas, espadas y llamas. Los demonios parecen menos numerosos, si no contamos a los pedruscos y los chuchos, claro. Y… ¡Está todo lleno de cadáveres!

—Percibo cierta sobreexcitación por tu parte, Vyns. No es el estado idóneo para alcanzar conclusiones razonadas.

—¡Están muriendo como moscas! ¡Joder, claro que estoy excitado!

—Sin embargo, ya no clamas solo por los ángeles, sino por detener la guerra. Una mejoría notable en tu actitud. Contemplar las cosas desde arriba confiere una nueva perspectiva, ¿no es cierto?

—¿Qué hacen los demonios? ¿Huyen? Parece que retroceden. No me extraña, no les va bien. Han lanzado un ataque desesperado intentado alcanzar a los sanadores y han sufrido muchas bajas. Creo que se retiran. Están haciendo runas defensivas como locos. Y ese de ahí… ¡Ja! ¡Qué idiota! Ha disparado un arco de fuego y se ha dado a sí mismo. Seguro que es el atontado de Asler.

—Otra posibilidad, se me ocurre, es que algún ángel haya interpuesto una runa elástica y le haya devuelto su propio disparo.

—¿Eh? Ah, sí, eso tiene más sentido. ¿Y tú cómo lo sabes si no estás mirando? Definitivamente retroceden, los cobardes, como siempre poniendo a los titanes por delante para que los cubran. ¡Ah! Allí está Renuin, en la retaguardia. Como siga moviendo así los brazos se le van a desencajar. ¿No le basta con gritar las órdenes? Si casi nadie la mira. ¡Coño! Por la derecha, detrás del río quedaban un montón de demonios y... ¡A la derecha, imbéciles! ¿Es que no los veis? ¡Ah! ¡Cabrones! Se han cargado una línea entera de custodios. Esto no va a parar. Capa, maldita sea, haz algo.

—Estoy en ello. Más pronto que tarde los convenceré de lo equivocado de sus posturas y del tremendo e irreparable error que significa recurrir a la violencia.

—Es imposible que hablando los convenzas de nada. Son ángeles y demonios.

—¿No éramos exactamente eso tú y yo hasta hace bien poco?

—Esto es genial. ¿Piensas hablar con ellos uno a uno? Para empezar tardarías milenios con todo el rollo que sueltas cada vez que abres la boca. Y por lo visto se te ha olvidado lo que sucedió cuando lo intentaste con Renuin y los ángeles. Capa, tú te fuiste, pero yo me quedé y escuché las carcajadas. Tienes que aceptar el hecho de que eres demasiado raro. Nadie te entiende y nadie toma en serio a quien no entiende.

—Una vez más, tu perspicacia me asombra. Pero, aun a riesgo de parecer arrogante, ya había considerado esas eventualidades que con tanto acierto has señalado. Estoy trabajando en mi imagen, por supuesto, no puedo inspirar a los demás sin desprender cierto respeto. De igual modo coincido contigo en que hablar con los ángeles y los demonios uno a uno no es el mejor modo de abordar el conflicto. Creo que lo intentaré de nuevo con Renuin, cuando esté más relajada, naturalmente; ahora mismo no creo que se aviniera a charlar conmigo. Oh, sí, he pensado mucho, mi estimado amigo. Como ella es ahora la máxima autoridad, se me ha ocurrido que podría llamarla «la Vieja», para suavizar la tensión. ¿Piensas que le agradaría ese apelativo?

—Pienso que si ese es tu plan, estamos perdidos. No puedo creer que te haya tomado en serio si eso es todo lo que se te ocurre, Capa. ¡Espera! ¡Mira! ¡Los demonios huyen! ¡Esta vez de verdad! Aunque han levantado un muro de runas de fuego bastante respetable, eso hay que reconocérselo. Ahora lo entiendo: querían alzar esa barrera para escapar. No creía que fuesen tan cobardes... Ummm... Los ángeles tardarán en derribarla. Un momento, hay otra runa de fuego que se mueve. Es bastante grande, aunque no me suena de nada. Mírala, Niño, a ver si tú sabes cuál es. Va contra el muro de fuego y... ¡Es Tanon! ¡Veo su trenza! Está loco. ¡Va él solo contra las llamas, corriendo! ¿Lo has notado? Ha temblado toda la esfera. Es una bestia sin cerebro, pero ese golpe... ¡No lo puedo creer! ¡Capa! ¡Mira! Está... está... ¡Está empujando el muro de fuego! ¡Sí, se mueve! Pero... ¡Los ángeles se han quedado pasmados! ¡Despertad, idiotas! Ah, por fin... Ya empujan del otro lado. Es increíble... ¡Y sigue avanzando! Capa, te juro que Tanon está empujando él solo a todos los ángeles.

—Te creo. Hasta donde yo sé, la exageración no se cuenta entre tus cualidades.

—¡Ven y míralo!

—Encuentro mucho más estimulante tu narración. Le imprimes mucha emoción, aunque te advierto de que corres el grave riesgo de quedarte sin voz si sigues gritando de esa manera.

—¿Cómo puede ser que no sean capaces de detenerlo? ¡Nadie puede ser tan fuerte! Y sigue... La barrera de fuego ha chocado con una montaña, pero Tanon no deja de empujar. Pero qué idiotas, los ángeles se estorban entre ellos para no quedar aplastados contra la montaña, y claro, ahora son menos empujando. Tanon incluso va más deprisa... Menos mal que están todos ahí abajo, porque nadie me creería si se lo contara. Creo que ya se ven grietas entre las runas, esa barrera no resistirá mucho más. ¡Maldita sea, Capa! ¡Van a seguir descuartizándose! Deja ese rollo de hablar y haz algo.

—Un conflicto tan arraigado no puede resolverse en solo un...

—¡Que hagas algo y cierres la boca! ¿Eres el Viejo o no? Si no puedes detenerlos, solo eres un bufón con capucha.

—Aunque entiendo el noble objetivo de tus palabras, no has escogido una comparación acertada. El Viejo, mi querido amigo, no intervino en la Primera Guerra.

—¡Al cuerno con él! ¡Y contigo! ¡Y con todas las putas esferas! No puedes hacer nada, solo dices estupideces. ¡Yo creía que eras especial! ¡Al cuerno conmigo también por ser tan imbécil!

—Me has conmovido, Vyns. Algo se ha removido en mi interior, tal vez el orgullo al comprobar que no confías en mí después de todo lo que te he mostrado. Sin embargo, créeme si te confieso que prefiero creer que se trata de algo más. Tu inasequible desaliento ha rozado una fibra sensible de mi ser. No voy a decepcionarte. Lo haré por ti, a pesar de tener otras obligaciones. Veamos... Déjame pensar... Ah, sí, es complicado, pero tal vez funcione.

—¿En serio? Gracias, Capa, de verdad. Pero... No, otra reverencia no, por favor. ¿Por qué pones los brazos así, con los codos hacia fuera? Pareces un payaso. ¡Capa! ¿Qué te pasa? Te estás poniendo rojo. ¡Abre los ojos! ¡No tiembles!

—Ya... está.

—¿El qué? ¿Qué está? Ahí abajo sigue todo igual. La barrera de fuego no ha cubierto ese lago y van a empezar a matarse de nuevo.

—Arrancarla... era... lo... más... complicado.

—Si aprietas tanto la boca no puedes hablar. Estás sudando. No te entiendo, Capa. Si doblaras un poco más las rodillas, juraría que tienes diarrea y estas a punto de...

—Ya... viene...

—No me digas que... ¡Joder! ¿Eso es lo que creo? ¿Eres tú? ¡Capa! ¿Eres tú el que ha arrancado esa montaña del suelo?

—Pesa... un... poco...

—¿Un poco? La madre que te... ¡Viene hacia nosotros! ¡Capa, muévela! ¡Es gigantesca! ¡Es una montaña entera! ¡Gírala, Capa! ¡Tiene veinte veces el tamaño de esta plataforma donde estamos! ¡Nos destrozará!

—Es... la... primera... vez... que... lo... hago... Aún... no... lo... domino...

—Bien, mejor así. Déjala quieta, ¿eh? ¿Y ahora qué?

—No... la... podré... sostener... mucho... más...

—No me extraña. Entonces... ¡No!

—Indícame...

—¡No lo hagas!

—Tu... visión... de... observador... Indícame...

—Vale, vale. ¡Aguanta! Voy a echar un vistazo. Menudo marrón me has encasquetado. A la derecha. Un poco más. ¡Casi ni se ha movido! ¡No, no tanto! ¡Izquierda! ¡Izquierda! ¡La estás poniendo al revés! ¡Capa, dale la vuelta! ¡Pero no la muevas! ¡Derecha! ¡Derecha, maldita sea!

—Decídete... rápido...

—¡Y yo qué sé! Apenas veo ahí abajo. ¡Putas nubes! ¡Un poco más, Capa! Espero no haberme equivocado. ¿Por qué tenía que depender esto precisamente de mí?

—¿Ya...? Vyns... ¿Ya?

—Ya.

CAPÍTULO 11

Solo una pregunta antes de que te mate. —Nilia encaró a uno de los gemelos, el que se acercaba por su derecha, y dejó al otro a su espalda—. ¿Cómo me has encontrado? Suponía que un gran guerrero como tú, tan honorable, estaría luchando en la guerra. ¿Tienes miedo de Tanon?

Yala mantuvo su gesto inexpresivo. Nilia ya contaba con que no podría leer sus emociones en sus caras, pero de todos modos no tenía duda de que el ángel no se sentía atemorizado por ella, y eso era una pena, porque el miedo favorece que se cometan más errores.

—Te seguí —dijo el gemelo que tenía enfrente de ella—. Te vi en la tormenta, con Jack, pero no pude atraparte allí.

—Entonces has tenido que correr mucho, rubito.

—Usé el mismo método que tú, pero yo me aseguré de matar al evocador después de obligarlo a que me enviara detrás de ti.

A Nilia no le sorprendió la revelación de Yala. Después de todo, juntos descubrieron que Capa había ocultado la posibilidad de enviar algo más que titanes y sombras por medio de la evocación. Lo que hizo que Nilia agudizara todos los sentidos era que solo hablaba el mismo gemelo, lo que le resultaba muy extraño.

Se arrojó a un lado, entre dos rocas, para esquivar un arco de fuego que había amenazado su espalda.

—Un poco traicionero tu ataque, rubito.

Nilia corrió hacia el gemelo con el que había estado hablando, que ahora mostraba sus alas blancas. Quería evitar que ambos la alcanzaran al mismo tiempo y así lograr romper su simetría. El gemelo dejó un par de trazos de fuego en el aire, pero Nilia se le echó encima antes de que pudiera completar la runa. Lanzó una cuchillada, que Yala esquivó, como ella había previsto, y aprovechó para clavarle el codo en la espalda. En lugar de golpearlo de nuevo, rodó a un lado para sortear un nuevo disparo del otro gemelo, que corría hacia ella.

Nilia no tenía mucho tiempo antes de que se juntaran. Por suerte era muy rápida. Asestó una fuerte patada al gemelo y logró hacerle un corte en un ala. El de las alas negras ya debía estar con su gemelo, pero no lo vio, moviéndose como estaba alrededor de Yala. Por fin apareció, a tiempo de sujetar al otro gemelo, que había esquivado el puñal de Nilia a costa de perder su apoyo. Habría caído en una zanja de no ser por su gemelo. Una maniobra brillante que ningún otro ángel o demonio se podía permitir. Con todo, su situación no les permitía atacar y Nilia aprovechó antes de que recuperaran el equilibrio.

Yala retrocedió. El gemelo de las alas negras arrojó al otro hacia atrás y luego también se echó a un lado. Nilia se decidió por el que tenía más cerca, pero recibió un fuerte impacto en su hombro y salió despedida. Destrozó el peñasco contra el que se empotró. Al enfocar la mirada, reparó en que ese ataque lo había causado una runa, la misma que ella creía haber interrumpido. El retraso del gemelo de las alas negras se debía a que se había entretenido en completarla.

Nilia se puso furiosa por no haber contado con esa posibilidad. Ahora estaban cara a cara. Yala se situó de modo que la runa de fuego quedara entre los gemelos. Ella los miró a ambos con la cabeza ligeramente inclinada.

—No me gusta que nadie me toque. —Se sacudió el hombro.

Yala no hizo el menor gesto para detener la hemorragia del brazo del gemelo herido. Ella reanudó su baile de saltos y fintas entre los gemelos, a su alrededor, por todas partes. De vez en cuando los golpeaba o les hacía un corte, aunque nada grave. Era muy cuidadosa en sus movimientos, para que no la tocaran, y a la vez sabía que no podría vencer a Yala con facilidad ni rapidez. Su plan era vencer por desgaste, seguir causando pequeñas heridas mientras ella se mantenía indemne. Pero los gemelos, que sangraban ya por varias partes, no daban muestras de agotamiento.

La estrategia de Yala parecía centrarse en reducir el espacio para que Nilia no pudiera realizar sus piruetas. Los gemelos dejaban líneas de fuego alrededor, afinaban cada vez más los espadazos. Ella retrocedía progresivamente a un nuevo espacio abierto. Y los gemelos le iban a la zaga. Atacarla de lejos no serviría de nada porque Nilia podría esquivar sus disparos con facilidad, o incluso huir, si llegaban refuerzos.

Así, sin conseguir grandes avances, danzaron uno alrededor del otro. Brincaban entre las rocas, se agachaban, hacían fintas y piruetas. Ninguno cometía errores. Los gemelos hacían gala de su compenetración. Si uno de ellos arriesgaba con un golpe que lo dejaba expuesto, el otro lo cubría. Nilia se servía de su rapidez y agilidad.

El combate parecía igualado y eso era malo para Nilia, dado que en cualquier momento podría aparecer un sanador y desequilibrar la balanza a favor de Yala. Por eso vigilaba constantemente los alrededores, hasta que vio una oportunidad de vencer mucho más rápido de lo que había pensado.

Aquella oportunidad surgió de un modo inesperado. Nilia no confiaba en la suerte, pero no podía desaprovechar un regalo como ese. Le dio una patada a un gemelo, solo con la intención de tomar impulso para alejarse de él.

—Adiós, rubito —le dijo mientras se alejaba a toda velocidad—. He encontrado un objetivo más fácil de matar que tú.

Se dejó caer por una grieta sobre dos ángeles que no habían advertido la presencia de Nilia. Uno de ellos pagó con su vida no haber estado alerta; el otro pronto sabría lo que se siente al estar en manos del demonio más letal que había salido del Infierno.

La cortina de fuego se retorcía y se ondulaba, se mecían sus llamas por las caricias del viento. Miles de runas idénticas se superponían para formar una red, un muro prácticamente impenetrable cuya resistencia había sido probada numerosas veces en el Agujero. Cada runa ardía con un fuego diferente, que correspondía al demonio que la había dibujado.

El muro ascendía más de treinta metros de altura y estaba coronado por un filo que nadie podría rebasar, pues despedían unos finos arcos de fuego, capaces de cortar a quien los tocara.

Al otro lado de la red, algunos ángeles maldecían y lanzaban espadazos, pero eran pocos. La mayoría se había retirado cuando la montaña cayó desde el cielo y había hecho temblar la segunda esfera al completo. Los pocos que quedaban solo estaban vigilando.

Tanon les dio la espalda, indiferente, y también comenzó a retirarse. Estaba agotado. Una vez más, había forzado su cuerpo al límite para empujar el muro de fuego y detener a los ángeles. Caminó como un autómata, sin pensar cuál era su rumbo, mientras a su espalda todavía escuchaba increpaciones de algunos ángeles exaltados. En su avance recorría las cicatrices de la batalla y sorteaba las llamas que aún ardían en el aire. Reconoció algunas de ellas y se preguntó si sus dueños seguirían vivos.

Un rato después, varias figuras se le acercaron, con espadas de fuego y alas negras. Eran demonios que lo vitoreaban, alababan su fuerza y agradecían que hubiera salvado la batalla, en un diluvio de cumplidos al que apenas prestó atención.

—¿Dónde está Asler? —preguntó en tono cortante, aunque no había pretendido sonar tan severo.

Dado que habían estado a punto de perder la guerra, habría resultado más apropiada una arenga de exaltación o un discurso en el que les asegurara que iban a vencer, ahora que había regresado el Barón de las Alas de Fuego, el más fuerte de todos los seres de la Creación. Nadie podría detenerlos. Sin embargo, estaba demasiado exhausto para derrochar energía en sermones.

Le informaron de que Asler se había retirado a la primera esfera con los heridos.

—Vigilad el muro —ordenó—. Si los ángeles atacan, reforzadlo. Que los evocadores manden titanes al otro lado para entorpecer sus maniobras. Regresad antes de que lo derriben y avisadnos con tiempo. Que nadie entre en combate.

Los demonios se retiraron. Tanon, que no había reducido el ritmo de su marcha, continuó hasta el orbe y llegó a la primera esfera.

Encontró una especie de charco negro que apestaba y burbujeaba, en el lugar donde debía estar uno de los orbes, aunque no recordaba cuál. Algo más adelante, entre las ruinas de la Ciudadela, los demonios dormían para reponerse de sus heridas.

Asler acudió a su encuentro enseguida.

—Es el orbe de la cuarta esfera —dijo señalando el nauseabundo charco—. O lo era. No sabemos qué ha sucedido. He ordenado que duerman por turnos, manteniendo siempre un mínimo de demonios cerca para despertarlos si es necesario. Tanon, te debo una disculpa. No he estado a la altura de las circunstancias. Me dejaste a cargo de una batalla que ya habíamos vencido, pero la perdí por culpa de Yala. Luego, mientras te curabas... He estado a punto de perder otra vez en la segunda esfera. No soy digno del puesto de Barón que yo mismo quería. De no ser por ti...

—Lo hiciste bien, Asler. —Tanon se sentó en una roca.

—No es cierto —insistió el demonio—. Perdí.

—Luchaste. No todos somos igual de fuertes. Lo importante es que luchaste.

—Cierto. Tú eres el más...

—Lo decía por Yala. Ese condenado ángel sabe pelear, y cuando juzgamos que la victoria sería fácil, él no estaba presente. No podemos preverlo todo. No lograste revertir la situación, Asler, pero tampoco cometiste errores. Condujiste la batalla como habría hecho yo.

—Tú habrías acabado con Yala.

—Es posible, pero no estaba allí, ¿verdad? Me retiré a la primera esfera y casi me matan. Soy yo el que se equivocó.

—No hables así, Tanon. Sin ti a saber dónde estaríamos.

—Es hora de aceptar que ni tú ni yo somos unos genios de la estrategia. Necesitamos a Stil o a Dast. Sin ellos solo mantendremos posiciones, por mucha fuerza que yo tenga. Antes o después los ángeles encontrarán un modo de acabar conmigo. Necesitamos a los más inteligentes, Asler, y los necesitamos ya. Desde que estoy yo solo al mando, lo único que he hecho es atacar a lo bruto. Y no nos ha ido bien.

Asler miró alrededor con gesto preocupado.

—Tanon, no me gusta aceptar que tienes algo de razón en esto, pero no puedes hablar así. Mejor dicho, no puedes pensar así. Si los demás te escuchan, destrozarás sus esperanzas.

Tanon guardó silencio durante un tiempo.

—¿Qué sabemos de la luz? —preguntó al fin—. ¿No está más oscuro?

—Sí, pero no sabemos la causa. Sabemos que la cuarta esfera era inestable y que algo ha pasado allí, no hay más que ver el orbe, pero ahora no podemos preocuparnos de nada más que la guerra. ¿Qué vamos a hacer?

—Espero que tú lo sepas, Asler.

—¿Yo?

—No se me ocurre nada que no hayas organizado tú ya. Tenemos que resistir hasta que los nuestros se recuperen. No creo que los ángeles nos den mucho tiempo. Ellos se reagruparán pronto y estarán listos en cuanto sus sanadores recobren las fuerzas. Ahora estás al mando conmigo. Eres un Barón. Aplícate lo que me has dicho a mí y da ejemplo. Llevo mucho tiempo sin poder hablar con nadie por mantener las apariencias ante los demás. Ahora te tengo a ti, Asler. ¿Qué me dices? ¿Puedo contar contigo?

—Puedes —dijo Asler, sin poder contener la emoción—. Acabaremos con ellos. No te arrepentirás.

—Lo sé. Si te soy sincero, dudaba que el muro de fuego estuviera levantado para cuando yo llegara, pero cumpliste, y no era fácil en estas circunstancias.

—¡Tanon! —Un corredor se plantó delante de ellos—. Lamento interrumpir. Te andaba buscando, hay un menor en la primera esfera que…

—¿Solo uno? —preguntó Tanon.

—Dos, en realidad.

—Matadlos. Y no molestéis con estupideces.

—Íbamos a hacerlo, pero quiere hablar contigo.

Tanon se levantó.

—¿Qué tontería es esa? Explícame por qué sigue vivo, dado que los muertos no pueden hablar con nadie.

—¡Nilia! —se apresuró a decir el demonio—. Nilia estaba con él. Nos advirtió de que nadie tocara a los menores hasta que hablaran contigo.

Tanon le preguntó al corredor dónde estaban los menores y lo apartó a un lado.

—Asler, acompáñame.

Atravesaron los restos de la Ciudadela deprisa. Tanon ya no se sentía cansado.

—Es una gran noticia —dijo Asler—. Nilia es el mejor refuerzo que podríamos tener, sobre todo ahora que los ángeles han conseguido lanzarnos montañas.

—No fueron ellos —gruñó Tanon.

—¿Quién si no? Debieron de reunir a todos los moldeadores para lograrlo, pero nadie más pudo hacerlo. ¿Por qué dices que no fueron ellos?

—Porque la montaña no me cayó encima, ni siquiera cerca. No sé quién fue, pero no trataba de detenerme. Tal vez Nilia lo sepa.

No dijeron más hasta llegar a la antigua muralla de titanes, al manto de rocas dispersas que rodeaban el acceso a la primera esfera desde la tormenta, el lugar donde Tanon mató a Thomas y expulsó a los menores.

Había un coro de demonios que rodeaban a los dos intrusos. Uno era un tipo calvo que contemplaba la tormenta sentado sobre un peñasco. A su lado había un menor de baja estatura vestido con una de aquellas armaduras plateadas. El casco descansaba sobre la piedra, a su lado.

—Largaos —gruñó Tanon a los demonios, que se retiraron de inmediato.

Él y Asler se acercaron a los visitantes.

—Me aburro —dijo el pequeñajo.

—Y yo —contestó el calvo—. Pero te confieso que nunca pensé que me fumaría un puro en el Cielo. Claro que tampoco pensé que sería así. Lo encuentro decepcionante. ¿Qué te parece a ti, Jimmy? ¿Qué opina sobre esto alguien que ha crecido después de la Onda?

—Es un sitio complicado. Demasiadas estructuras voladoras que controlar para organizar una defensa. Resultaría difícil trazar un mapa de este lugar.

Tanon y Asler se detuvieron a pocos pasos de ellos.

—¿Dónde está Nilia, menores?

Se volvieron. No parecían sorprendidos ni asustados.

—Se marchó —dijo el calvo, mientras se incorporaba. Expulsaba pequeñas nubes de humo por la boca—. Imagino que tú eres Tanon, por la trenza más que nada, ya que no puedo verte las alas. A ti no te conozco —añadió señalando a Asler—. Mi nombre es Jack, por cierto.

—Tu nombre no nos importa —dijo Tanon—. ¿A dónde ha ido Nilia?

—A rescatar a Stil. Yo he venido a…

—A callarte —le cortó Asler—. ¿Lo mato ya, Tanon? Deberíamos buscar a Nilia antes de que la perdamos por actuar en solitario. ¿Por qué siempre es tan temeraria?

El chico pequeño sacó una espada de fuego gris, apenas un cuchillo en opinión de Tanon, pero adecuada para su tamaño. Apuntó a Asler con una cara feroz que resultaba un tanto ridícula en alguien tan pequeñajo.

—¿A quién mandas callar, paliducho? —gritó a Asler, quien ni siquiera se volvió a mirarlo—. ¡A que te pincho la tripa, desgraciado!

Jack tranquilizó a Jimmy posando la mano sobre su hombro. El chico se cuadró al instante en una posición militar y asintió. Tanon habría encontrado divertida la escena si tuviese tiempo de distraerse con los menores.

—Llévate al soldado en miniatura y no volváis a molestar o no conservaréis la vida —advirtió a Jack—. Largaos. Asler, vámonos.

—Eso no es posible —dijo Jack—. Antes de que me interrumpiera el paliducho, como le ha llamado mi amigo Jimmy, iba a decirte que he venido a mataros. —Jack aspiró lentamente su puro. Dos centímetros de ceniza cayeron al suelo—. ¡Ah, delicioso…! Perdón, no me he expresado bien. En realidad he venido a hacer que os maten, a que perdáis la guerra, vamos. A que esos ángeles a quienes traicionasteis hace tanto tiempo os corten las alas y os metan a todos de nuevo en el Infierno hasta que os pudráis.

Tanon midió al menor con una mirada larga. Se alegró de no haberlo matado nada más decir aquellas palabras. Jack no mostraba miedo y si Nilia lo acompañaba y había intercedido para que hablara con él, sería por alguna razón.

—Yo me ocupo de ellos —dijo Asler, impaciente.

—Espera. —Tanon detuvo a su compañero, que no había interpretado las palabras de Jack como él—. El menor quiere llamar nuestra atención, ¿verdad? —Miró a Jack con intensidad—. Me imagino que estarás al tanto de cómo terminó tu compañero cuando vino con todos esos soldados enlatados. Habla o acabarás como él. Y date prisa, porque no sé si el interés de Nilia en ti podrá contenerme mucho tiempo.

Jack exhaló una pequeña nube de humo.

—Sé que no hablas por hablar, pero no me asustas, Tanon, ni a este chiquillo de aquí. ¿Lo entiendes? Si quieres sacar algo en claro de esta conversación, imagina que hablas con un igual. Si no puedes y crees que no tengo nada interesante que decir, o que soy un loco, adelante, mátame. Después de todo, yo tampoco tengo tiempo que perder y no me gusta hablar con idiotas que no saben cuándo hay algo importante en juego.

—¡Bien dicho! —le apoyó el pequeño Jimmy.

Tanon y Asler se miraron. El Barón de las Alas de Fuego estaba ciertamente sorprendido.

—Tu muerte no te importa —dijo Asler—. Por eso te han enviado a ti.

—Aunque no lo parezca, soy el que ahora está al mando. Considérame el Tanon de los menores. Mi muerte no es relevante, en serio. ¿Has pensado por qué no tengo miedo a Tanon? ¿Quién no lo tendría en su sano juicio? ¿Cómo es posible que este chico de aquí le plante cara a la mayor bestia que se ha conocido nunca?

—¡Yo mato demonios! —dijo Jimmy.

—No se puede temer lo que no se conoce de verdad —apuntó Asler—. No es lo mismo que Nilia te haya hablado de Tanon que verlo en acción.

—Jimmy lo ha visto.

—Es habitual entre vosotros negar la realidad para no volveros locos.

Jack pareció reflexionar sobre ese punto.

—No es del todo falso, pero no es el caso. La explicación es mucho más sencilla, sobre todo para vosotros. No tenemos nada que perder. ¿Os suena de algo?

—Bastante —admitió Tanon, que ya había descartado que Jack estuviera loco.

Asler se sorprendió de la franqueza de Tanon.

—Estamos desesperados, pero todavía usamos el cerebro —dijo Jack.

—Nos culpáis de vuestros males por esas estúpidas creencias religiosas que os inventasteis y estáis dispuestos a morir en una lucha contra los perversos demonios del Infierno, los malos que son responsables de todo —dijo Tanon.

—Ahora nos vamos entendiendo. —Jack chupó su puro con avidez—. En realidad, buscamos vivir, para qué engañarnos, pero el escenario que has descrito es el que se producirá si no nos dejas otra alternativa. La religión no tiene nada que ver. Las cosas están tan mal que se trata de sobrevivir. Os vamos a atacar, sí, con nuestras armaduras, pero no solo con eso. Vamos a venir todos, con armas, piedras, palos, escupiéndoos si es preciso. Y puede que muramos, quién sabe, lo que es seguro es que vosotros perderéis.

—¿Cómo es eso? —Asler no pudo evitar una falsa sonrisa.

—¡Jimmy! —dijo Jack.

—Por los ángeles. Ellos os despedazarán —aseguró el pequeño—. Todo estratega que se precie conoce los riesgos de mantener dos frentes abiertos y opuestos al mismo tiempo. Los ángeles no os dejarán recuperaros y cuando vengan os encontrarán luchando contra nosotros. En el mejor de los casos, nos habréis derrotado, pero vuestras bajas serán tan severas y estaréis tan agotados, que os barrerán sin apenas esfuerzo. Para repelernos ahora, justo después de esta charla, tendríais que despertar a los demonios, y eso sería demasiado pronto para ellos, que probablemente no estén restablecidos del todo. Y si los ángeles llegan antes de que acabéis con nosotros, no dudarán en curarnos con sus sanadores, aunque solo sea para mantener los dos frentes y que tengáis que repartir las fuerzas.

—Gracias, Jimmy —dijo Jack—. En definitiva y sin términos militares: estáis bien jodidos.

Tanon se adelantó a Asler para intervenir.

—Ha sido una evaluación aceptable para un menor, pero no me impresionas. Ni siquiera voy a molestarme en argumentar con un ser inferior como tú, porque me importa muy poco lo que pienses. Y bien, ¿cuál es la alternativa? Habla de una vez. Mi paciencia se acaba.

—Me habían explicado cómo eres, en efecto —dijo Jack—. La alternativa es que nos dejéis pasar. No nos interesa vuestra guerra. Permitidnos entrar.

—No —atajó Tanon.

—¿Puedo preguntar por qué?

—Porque no voy a tolerar que otro ejército interfiera. Bastante habéis molestado ya. Los ángeles viven porque me distrajisteis. Si os dejara pasar, a saber qué haríais. Quedaos en vuestro plano y resolved vuestros asuntos sin incordiar.

—Ya no es posible. La niebla…

—Todos tenemos problemas —replicó Tanon.

—Entonces mataré a Dast —dijo Jack.

—Ahora se empieza a notar tu desesperación, menor —se burló Asler—. ¿Insinúas que lo tienes cautivo? En ese caso lo habrías traído para que lo viéramos y supiéramos que no mientes.

—¿Y dejar que lo liberarais? Es nuestro seguro, y muy valioso, según Nilia. Dejadnos pasar y vuestros compañeros se unirán a vosotros. ¿No os preguntáis por qué no han llegado aún?

Asler estaba dudando, Tanon lo vio, pero él ni siquiera consideró la opción de ceder.

—Tráelo y dejaré que pasen los civiles —dijo Tanon.

—¿Me tomas por estúpido? Pasaremos todos y luego te entregaré a los tuyos —dijo Jack—. Solo así puedo garantizar la supervivencia de mi gente.

—No puedes garantizar nada —aseguró Tanon—. Si los nuestros no pueden venceros y llegar hasta aquí, será que quedan muy pocos o que están gravemente heridos. Además, no nos servirían contra los ángeles si han caído ante unos menores. No me has convencido, así que se acabó la charla. Lo único que has conseguido, menor, es enfadarme. Ahora mismo voy a cruzar esa tormenta y yo solo acabaré con vosotros. Verás lo fuertes que sois con esas armaduras.

—Si no recuerdo mal, uno de los nuestros estuvo a punto de matarte.

—Entonces no tienes nada que temer. —Tanon desplegó las alas de fuego.

—Tanon, espera. —Asler se interpuso en su camino—. No puedes…

—Puedo.

—Morirán miles de personas —repuso Jack muy tranquilo—, pero te matarán, Tanon.

—Haberlo pensado antes de venir a contaminar mi mundo con tus puros. —Tanon apartó a Asler y dio un paso hacia Jack. El pequeño Jimmy se colocó delante de él con gesto protector—. Te dejaré vivo para que veas a los tuyos morir y aprendas cuál es tu lugar. Después puedes quedarte allí con los que sobrevivan o venir a pedirme más.

Jack empujó a Jimmy a un lado con algo de brusquedad, porque el pequeño se resistía a moverse. Dio una calada muy larga y soltó el humo justo cuando Tanon estaba a un paso, directamente en su rostro, mientras sus alas ardían a ambos lados de Jack.

—Si continúas, no tendrás lo que más quieres, la causa de que perdieras la Primera Guerra y os encerraran en el Infierno.

—Qué pena —dijo Tanon.

—No te daré a Sirian.

Tanon se detuvo en seco. La mención del traidor que los abandonó en la Primera Guerra encendió una rabia descomunal en su interior. No existía un ángel al que odiara más que a Sirian, a ese cobarde, que se le había escapado de las manos durante la batalla de la Ciudadela. Por su traición tuvieron que recurrir al plan de perder la Primera Guerra e infiltrar a Diacos entre los ángeles.

—¡Sirian! —rugió. Sus alas se incendiaron más, saltaron chispas. Jack tuvo que cubrirse el rostro y retroceder dos pasos—. Demuestra que lo tienes.

—Lo mismo que con Dast. No puedo hacerlo hasta que estemos a salvo.

—Miente, Tanon —dijo Asler—. Está desesperado y se arriesga con cualquier cosa.

Pero Tanon apenas escuchaba su voz. Solo estaba pendiente del menor que aseguraba que podía entregarle a Sirian.

—Trae a Sirian y os dejaré pasar —dijo con las mandíbulas y los puños apretados—. Conserva a Dast como seguro. Ese es el trato. Y ahora, largo. —Tanon pisó el suelo y batió las alas. Jack y el pequeño Jimmy salieron despedidos varios metros hacia atrás—. Si vuelvo a ver a uno de vosotros por aquí sin que venga acompañado de Sirian lo mataré sin hacer preguntas.

Los menores, algo aturdidos, se levantaron y se encaminaron hacia la tormenta. Tanon miraba en su dirección, pero no los veía, ni a ellos ni nada de lo que tenía ante él. Solo veía a Sirian en sus manos.

—Tanon, ¿estás seguro de que eso es lo mejor?

—Por supuesto.

—Yo también odio a Sirian —dijo Asler—. Pero dejarlos entrar… Es cierto que ya no son como antes y pueden causarnos mucho daño.

—¿Quién ha hablado de que vayan a entrar? —Tanon parpadeó y atravesó a Asler con la mirada—. Si nos dan a Sirian, matarás solo a los soldados y dejarás que el resto regrese a su maldito plano. Si no entregan a Sirian, los matarás a todos.

La melodía se repetía en su cabeza una y otra vez. Era repetitiva, machacona, aunque no como esas que se enquistan y no hay modo de olvidarlas. Esta era diferente porque la habían puesto allí, en su mente. A veces paraba por completo, lo que suponía un alivio y un tormento, porque si no volvía a sonar tal vez significara que el niño había muerto.

A Raven le asustaba esa posibilidad. Por eso, cuando no escuchaba la melodía se quedaba quieto y aguardaba, sin importarle dónde se encontrara. Por suerte no había nadie en aquella parte de Londres. Raven esperó mientras el miedo a no encontrar al niño crecía en su interior. Al rato aquella voz infantil regresó. Era la misma melodía.

Así, dando tumbos, al son de una música que solo él escuchaba, Raven recorrió las deterioradas calles de Londres, apenas consciente de cuanto sucedía a su alrededor. No se daba cuenta de que la mayor parte del tiempo tarareaba y balanceaba la cabeza, en un intento infructuoso de seguir el ritmo.

Su nariz tropezó con algo sólido, y después el resto de su cuerpo rebotó y dio un paso atrás. Raven parpadeó.

—¡Rick! El niño está vivo. ¡Lo sé!

—¡Cierra la boca!

Su amigo estaba muy serio. Su voz había sonado dura y seca.

—¿Qué te pasa? —preguntó Raven—. ¿Te has enfadado porque me marché? Lo siento… Yo… Creí que te quedabas con Jack y… La verdad es que no quiero causarte más problemas. Bastante me has ayudado ya.

—Nunca he conocido a nadie tan egoísta ni tan peligroso —dijo Rick—. Ya es hora de acabar contigo.

Raven apenas atisbó un movimiento fugaz, pero sintió el puñetazo en la cara. Giró sobre sí mismo antes de acabar de bruces sobre la nieve. Antes de poder asimilar lo ocurrido, notó que le daban la vuelta y acto seguido tenía a Rick sobre él. Sus fuertes manos de soldado aprisionaron su cuello y apretaron. Raven pasó apuros para respirar.

Rick lo estrangulaba sin reflejar emoción alguna en el rostro, ni odio, ni ira, en todo caso indiferencia y una serenidad que no concordaba con la situación. Raven no quería hacerle daño y se había jurado no volver a recurrir a ninguna de sus extraordinarias facultades por miedo a matar a nadie, pero sabía que sin ellas no había modo alguno de librarse de un militar curtido como Rick en una confrontación física. Comenzaba a marearse y a perder el dominio de sí mismo.

—Rick… Por favor… —logró susurrar—. No me obligues…

Rick apretó todavía más. Raven escuchó el crujido de sus propias vértebras, sintió el calor que se acumulaba dentro de él. Aquella energía pronto sería excesiva para contenerla y saldría al exterior.

El miedo apareció de pronto en el semblante de Rick.

—¿Raven? ¡Dios! ¡Tienes que irte!

El militar dio una voltereta a un lado sobre la nieve y destrozó la tapa de una alcantarilla de un puñetazo.

—¿Por qué me has atacado? —preguntó Raven, tosiendo y masajeando su cuello.

—¡Vete! ¡Aléjate de mí! Tienes que… —El rostro de Rick recuperó su tono neutro e inexpresivo. Desenfundó la espada y la sostuvo con las dos manos—. Solo me importa matarte.

—¿Qué? —Raven se alejó gateando—. ¿Qué te pasa?

Rick se acercó a él de un salto y clavó la espada en el asfalto, a unos dos metros de distancia de Raven. Ni siquiera había estado cerca de rozarlo.

—Tu rapidez no te salvará indefinidamente —dijo Rick, todavía mirando al suelo—. Te clavaré tus propios puñales en el corazón.

¡Nilia! ¡Rick hablaba con Nilia! No, claro, era Yala. Rick solo se hacía eco a través de su conexión. Y desde luego hablar no era precisamente lo que hacían.

—¿Rick? ¿Me oyes?

—Sí… —contestó el soldado con mucho esfuerzo—. Pero no puedo controlarme. Vete o…

Rick empezó a saltar y esquivar ataques invisibles, lanzaba mandobles al aire y su respiración era puro esfuerzo. Raven no sabía cómo podía ayudarle, o si debía hacerlo. A veces, los ojos de Rick recobraban el brillo, en un instante fugaz en el que miraban a Raven y reflejaban una gran tensión. Entonces era Rick quien lo miraba, pero enseguida el militar tornaba a aquella lucha invisible.

Raven seguía con atención los movimientos de Rick para adivinar el desenlace. Se vio presa de una ansiedad espantosa. No quería que ninguno de los dos muriera. La idea de no volver a ver a Nilia era del todo inaceptable. Yala, por otra parte, representaba lo que Raven siempre había imaginado que sería un ángel. Lo recordaba en el Infierno, luchando contra los titanes y las sombras con el fin de protegerlos, avanzando el primero, exponiéndose, soportando lo más duro, sin protestar por nada. Era el ser más valiente y honorable que había conocido. Su excitación por saber quién vencería creció.

Era una suerte que en ese momento se hallasen en una zona desierta de Londres, porque Rick estaba causando bastantes destrozos a su alrededor. De pronto, echó a correr. Raven fue detrás, pero le costaba mantener su ritmo. Rick atravesó una pared y derribó varias farolas en su carrera. Entonces, sin previo aviso, se detuvo y se quedó completamente quieto. Raven llegó a su lado jadeando, y lo observó con atención, aunque a un par de metros de distancia, por si volvía a descargar espadazos a su alrededor.

—¿Me oyes, Rick?

Ni siquiera pestañeaba. De no ser por el sudor que empapaba su rostro, podría haber pasado por una estatua. Permaneció así varios minutos. Raven se desesperó.

—¿Quién ha ganado? Rick, dime algo. ¿Estás bien?

Raven consideró que quizá Yala había muerto y Rick, en consecuencia, se quedaría en ese estado catatónico para siempre.

—Ninguno… —murmuró Rick—. Nilia ha cogido a Renuin… Y la va a matar.

Los gemelos miraban fijamente a Nilia, inmóviles. Estudiaban la situación y sopesaban opciones. Nilia sostenía a Renuin desde atrás, con un puñal sobre el cuello.

—Si se te ocurre pedir ayuda, acabarás como tu escolta. —Nilia le dio una patada al ángel que había matado al caer sobre él—. Y tú, rubio, creo que te haces una idea aproximada de lo rápida que puedo ser. Si estás considerando la posibilidad de que puedas dar un paso antes de que le corte la garganta a tu líder, yo me lo pensaría dos veces. Veo que lo has entendido. Quietecito.

—No vas a salirte con la tuya, Nilia —dijo Renuin.

—Lo que tú digas.

—Has venido sola, ¿verdad? No has cambiado. El Agujero no ha conseguido que desarrolles el sentido común.

—En eso estamos de acuerdo —concedió ella—. Aunque no entiendo por qué crees que eso es bueno para ti.

—Porque sigo viva. Si me quisieras muerta, una asesina como tú ya me habría degollado.

—¿Asesina? En esta guerra aún no he visto a nadie repartiendo besos y abrazos. Creía que tú eras más inteligente, Renuin… Y sí te quiero muerta, pero eres la única a la que no puedo matar yo.

—Por Stil.

—Cierto, aunque no como imaginas. Enseguida llegaremos a eso. Antes dile a la pareja que se largue. Esto es una conversación de mujeres y he pasado el tiempo suficiente a su lado para saber que ese necio solo entiende de dar espadazos.

—Yala, déjanos —ordenó Renuin.

—No —dijeron los gemelos al mismo tiempo.

—Estaré bien —insistió Renuin—. Es una orden.

—No —repitieron los gemelos.

—Olvídalo —dijo Nilia—. Es tan simple como testarudo. Quédate, anda, pero no molestes. —Nilia retiró el cuchillo y se colocó delante de Renuin, de espaldas a Yala—. No podemos mantener esta conversación sin que te vea los ojos. ¡Ni se te ocurra, rubiales! —Nilia alzó el puñal más rápido que un parpadeo—. No olvides mi advertencia sobre la velocidad. Así está mejor. Estás muy mono cuando te quedas quieto.

Rick dio un paso al frente y volvió a quedarse quieto.

—¿Nilia puede ver por la espalda? —preguntó.

Raven frunció el ceño.

—¿Qué?

—Me ha visto cuando iba a…, quiero decir, cuando Yala iba a… Bah, olvídalo.

—¿Sigues sin poder moverte?

—Yala está muy concentrado. Tiene todo el cuerpo en tensión y creo que eso me afecta a mí. No creo que se dé cuenta porque está pendiente de Nilia. Al menos, mientras no luche puedo hablar.

—¿Qué hacen? —se impacientó Raven—. ¿Nilia ha matado a Renuin?

—No.

—Si ya no pelean… ¿se han hecho amigos?

—Están hablando.

—¿Y qué dicen?

—Shhhhh… Que no oigo.

—Admito que no se me ocurre de qué puedes querer hablar conmigo —dijo Renuin—. O con cualquier otro.

—Reservo mis conversaciones para la gente interesante —explicó Nilia—. Tú eres ahora el ángel con el rango más alto posible. ¿Cómo no querría hablar contigo? Dime, ¿qué se siente? Es imposible que alguna vez creyeras que algo así ocurriría. ¿Te das cuenta de que tu nueva posición es gracias a nosotros? Deberías darme las gracias.

—Lo que siento es una responsabilidad inmensa pero dudo que tú puedas entenderlo.

—Puedo.

—Y dudo que te interese.

—Umm… Antes no me interesaba, cierto, pero ahora que he comprobado lo que un inepto con poder puede causar, mi interés se ha despertado.

—Hasta tú deberías hablar con más respeto del Viejo.

—¿Quién habla de él? A mí no me importan los muertos.

—En eso te creo.

—No deja de sorprenderme cómo esa responsabilidad tan grande de la que alardeáis los líderes, que tan pesada os resulta, os sirve de excusa para poder utilizar a los demás para vuestros fines y justificar errores. Por eso yo actúo en solitario. Y por eso me dan asco los puestos de poder. Y fíjate que tú ocupas ahora el más elevado de esos puestos. Por tanto, si has seguido mi argumento, una simple deducción te revelará cuánto asco me das.

—Me hago una idea aproximada.

—Lo dudo.

—¿Todavía nada, Rick? Dime algo, por Dios. No me tengas así.

—Shhhh.

—Entonces, ¿quieres hablar de política y de cuánto te repugnan los altos mandos? —preguntó Renuin—. ¿Es eso? Estás ganando tiempo para que Stil se fugue. No finjas que te importa nada más.

Nilia se acercó más a Renuin, a su rostro, a sus ojos.

—Nadie sabe lo que de verdad me importa, pero a ti te lo voy a explicar.

—¿Por qué?

—Intenta abrir tu mente y aceptar que no te voy a mentir, aunque solo sea por un minuto. La guerra es necesaria e inevitable, hasta tú estarás de acuerdo, al menos en lo de inevitable. Imagina que estás encerrada en el peor lugar de toda la Creación y de repente puedes escapar. Podrías liarte a matar sin otra motivación que no volver a ser encerrada. Es suficiente para la mayoría y yo lo comprendo. Pero, dime, con sinceridad, ¿así es como me ves tú a mí?

Renuin meditó antes de responder.

—No del todo, pero no niegues que te gusta matar. Tal vez estés interesada en algo más allá del hecho de la guerra. Tienes esa suerte, puedes dedicarte a tus objetivos egoístas en lugar de preocuparte por la supervivencia de los tuyos.

—Me preocupo por la supervivencia de quien más me importa en este mundo. Lo daría todo por él, todo. Incluida mi vida.

—¿Por qué Stil es tan importante?

—No hablo de él.

—Entonces, ¿quién? Si ayudas a alguien es por un beneficio propio.

Nilia suspiró.

—Eres estúpida.

—¿Quieres hacerme creer que hay alguien especial en tu vida? Muy bien. Dime de quién se trata. ¿Cuál es el misterio?

—Te lo diré, pero no debería ser tan complicado de comprender para ti. Para el rubiales de ahí atrás, sí, incluso imposible, pero tú... ¿Qué puede ser lo más importante para mí? Lo mismo a lo que tú renunciaste voluntariamente y que fue una de las causas de esta guerra.

—Rick, no te calles ahora. Dime, ¿qué es? ¿Lo ha dicho ya? ¿Por qué no hablas? ¡Rick!

—No.

—¿Se están peleando de nuevo? No, claro que no, sigues paralizado.

—No puedo decírtelo.

—¿Cómo? ¿Por qué no?

—Te hará daño, Raven. Sufrirás. Es mejor que no lo sepas.

—No me hagas esto, por favor. Después de lo que hemos pasado juntos.

—¡Dios!

—¿Qué?

—Nilia se lo acaba de repetir. Y creo que Renuin no... Nilia sabe cómo causar dolor sin necesidad de sus cuchillos. ¡Espera! Puedo moverme. Creo que Yala se ha sorprendido tanto que ha relajado la tensión. Qué alivio... Oh, Dios. ¡Otra vez no!

—Cuéntamelo, Rick. ¿Me oyes? Estoy harto de no saber nada, ni siquiera quién soy en realidad, solo una estúpida historia que me contó un antiguo carcelero. Ese sí es un dolor que no se puede describir. Por favor, Rick. Dijiste que eras mi amigo...

—De acuerdo, pero tienes que prometerme que te controlarás o volaremos por los aires. Tú eres inmune a ti mismo, pero yo no.

—Te lo prometo.

—Mejor aléjate unos pasos, por si acaso. Un poco más. Ahí está bien. ¿Recuerdas cuando Nilia y yo te encontramos y estuviste a punto de perder el control?

—Ella me tranquilizó, cogió mis manos y...

—Terminó vomitando en el suelo.

—Debió de ser...

—Tú no le causaste ningún daño.

—No lo entiendo, Rick. ¿Qué tiene eso que ver con la persona que tanto le importa?

—Enseguida lo sabrás. ¡No te acerques! Bien, aquella no era la primera vez que yo la veía vomitar. También le sucedió cuando la tenían prisionera los hombres de Jack. Y estoy seguro de que tampoco fue la primera vez.

—¿Está enferma?

—No, exactamente.

—Puedo curarla.

—Esta vez no. ¿Se te ocurre una causa habitual por la que vomiten las mujeres sin estar enfermas? Lo siento, amigo mío. Sé lo que sientes por ella, pero… Nilia está embarazada.

—¿Sorprendido, rubito? No pongas esa cara.

—No te creo. —Renuin agarró a Nilia por el cuello y la atravesó con la mirada. Ella no se resistió—. ¡Mientes!

—Sí me crees, aunque no quieras. ¿Te importa? —Nilia apartó las manos de Renuin con un manotazo—. Solo me alejaré un paso para que puedas bajar la vista. Conservo bien la línea, ¿verdad?

—No me refería a eso. Sé que estás embarazada. Pero el padre…

—Por eso quería verte los ojos… Delicioso. ¿Eres consciente del temblor de tus pupilas? Duele, oh, sí, más que cualquier herida, pero no es nada comparado con lo que te espera.

—¿Cómo es posible? Tienes que haber escuchado mal, Rick. Esa unión tuya… ¡No funciona bien! Nilia no tiene tripa.

—Los embarazos de ángeles y demonios duran décadas. No me preguntes cómo lo sé, pero es así. Nilia… Debe de ser como si estuviera de un par de meses.

—¡No!

—Lo siento.

—¿Quién es el padre?

—Eso no importa, Raven. Tienes que asumir que ella no…

—¡Quiero saberlo!

—Sucedió en el Infierno, antes de la Onda.

—¿Quién?

—Stil. Por eso se lo ha dicho a Renuin. Stil es el padre del hijo que se desarrolla en el vientre de Nilia.

—No te lo contó, ¿verdad? Te dijo que te quería mucho, pero no te habló de mí. Eso duele todavía más.

—Él me quiere.

—¿Crees que no lo sé? Es la razón de que sigas con vida. Si te matara, Stil jamás volvería a dirigirme la palabra.

—Entonces tú... Todavía...

—Eso debería ser evidente. Sí, me rechazó en cuanto se abrieron las puertas del Agujero y vio la posibilidad de recuperarte. No dudó ni un instante. Ni siquiera me dedicó una mirada. Fue como si ya no existiese.

Renuin asintió.

—Por eso odias a todo el mundo y a mí en especial. El rechazo puede suponer...

—No finjas que lo entiendes porque a ti nunca te han rechazado, ni Stil ni nadie. No conoces ese dolor. No puedes siquiera imaginar cómo me sentí cuando ya no... Cuando pronunció tu nombre. Fue la primera palabra que salió de su boca nada más salir del Agujero. No pensaba en los suyos, con los que había sobrevivido, no pensaba en mí. Todo era insignificante comparado contigo.

—Yo... A pesar de todo, me cuesta creer que Stil te despreciara en tu estado.

—Él no lo sabe.

—¿Qué?

—Consideré decírselo para retenerlo a mi lado, pero no soy tan patética. Por mucho que sufra, tiene que ser mío porque él lo desee. Así que soporté sola todos los preparativos de la guerra, incluyendo la orden explícita de Stil de que nadie debía tocarte.

—¿Por qué hiciste eso? Debió de ser...

—Peor de lo que puedas imaginar. Eso me endureció, me hizo inmune a cualquier sufrimiento emocional porque en cierto modo ya estoy muerta. Y teniendo en cuenta que hay una guerra ahí fuera, no está tan mal.

—No lo entiendo. Vas a tener el niño para castigarme y se lo ocultarás.

—No. Tú se lo dirás. No podrás resistirlo y querrás saber por qué te traicionó.

—Él pensaba que no volvería a verme.

—Muy cierto. Pero eso a ti no te sirve de consuelo. La lógica no funciona en estas situaciones. Tus intentos por esconder la rabia son penosos. Lo veo. Quieres gritar. Quieres matarme y evitar que el hijo de Stil nazca. Pero por encima de todo, lo que más deseas es que todo esto sea una mentira que una asesina psicópata se ha inventado. Deseas más que nada que nunca hubiese sucedido algo entre Stil y yo, pero ahora aprenderás lo poco que importan los deseos personales. Apuesto a que hace ya un buen rato que no piensas en la guerra ni en los tuyos, ni en tu gran responsabilidad. Ahora solo hay sitio en tu cabeza para Stil y para mí.

—¡Calla!

—¿Prefieres el silencio? Eso tampoco ayuda, te lo digo yo. No podrás silenciar tus pensamientos.

—Eres cruel.

—Espera un tiempo. Quiero que vivas, Renuin, para que veas a Stil pasar la eternidad conmigo y con nuestro hijo. Porque él vendrá a mí.

—¡Estás loca!

—Eso dicen, pero yo lo he liberado mientras que tú lo tenías preso. Yo lucho a su lado mientras que tú luchas contra él. Yo le voy a dar un hijo. Tú te negaste por acatar las órdenes del Viejo, ¿recuerdas? Yo lo apoyé en el Agujero, en el peor momento de su vida, le di lo que más necesitaba. Y tú, quieras o no, lo rechazarás la próxima vez que lo veas, le echarás en cara lo que pasó conmigo, no podrás evitarlo. Todo eso deja unas heridas que no se pueden borrar.

—¡No! ¡Eso no pasará! ¡No lo consentiré!

—Si fueras inteligente renunciarías a él, pero no lo harás, lucharás. Y con el tiempo, después de que nuestro hijo haya nacido, se abrirán las heridas, mientras vuestras diferencias por la guerra siguen creciendo y separándoos.

—Rectifico lo dicho. No estás loca, ¡estás enferma! En algún lugar de tu mente retorcida, sabes que yo no tengo la culpa de lo que te ha pasado, pero me odias porque eres así. No culpes a Stil por quererme, tampoco él tenía intención de hacerte daño, cosa que también sabes. Cúlpate solo a ti por no tener el coraje de superarlo y ser tan débil. Eso te corroe por dentro y te convierte en una desgraciada. La ira te desborda y tienes que dañar a alguien para aliviarte. No conoces otro modo de sentirte mejor que causando sufrimiento a los demás.

—En realidad, no conozco ningún modo de sentirme mejor.

—Te sientes traicionada, por Stil y los demás cuando planearon la Primera Guerra. Demasiado dolor para ti. Ya no puedes confiar en nadie, por eso estás sola, no por lo que dijiste sobre tu aversión a los altos mandos. Eso no es más que una justificación que te das a ti misma. No lo puedes evitar, ¿a que no? La lógica tampoco te sirve a ti. Sabes la clase de monstruo que eres y que no puedes hacer nada al respecto. Saliste del Agujero, pero estás en una prisión de la que nunca podrás escapar: tú misma.

—Ya somos dos. No te mereces a Stil. Renunciaste al mayor de los dones: crear vida, porque no tienes su valor para luchar por lo que quieres. Eres una pobre sumisa pendiente de los deseos del Viejo, incluso ahora que no está. Nunca serás capaz de arriesgarte ni de evolucionar. En cambio, sabes que Stil no es como tú. Y te duele todavía más saber que solo eres un lastre, un freno para lo que él podría llegar a ser. Stil se dará cuenta de lo que supone estar a tu lado, bajo la eterna sombra del Viejo, o con su familia, cuando nuestro hijo haya nacido, libre. Le has oído usar esa palabra, ¿verdad? Pues imagina cuando sepa que está esperando un hijo. ¿Crees que querrá educarlo según tus principios de obediencia ciega después de haber liderado una rebelión contra el Viejo? No respondas, Renuin. Creo que ya nos hemos entendido y me aburre discutir contigo. No me interesa tu opinión, solo quería que supieras por mí la situación y me regalaras esa mirada de odio. El resto vendrá por sí mismo.

—Apártate, Raven.
   —¿Por qué?
   —¡Ahora! ¡Deprisa!
   —¿Qué pasa? ¿Qué?
   —Yala está a punto de atacar.

—No quiero matarte, pero puedo pincharte un poco. —Nilia enterró los dos puñales en el vientre de Renuin—. Te curarán a tiempo, tranquila, y si el sanador es bueno, a lo mejor incluso consigue evitar que te quedes estéril. —Renuin se llevó la mano al vientre y se tambaleó. Nilia la sostuvo—. Aunque eso no te importa, ¿no? El Viejo dijo que nada de tener descendencia, así que en cierto modo, te estoy ayudando a cumplir sus deseos. —Extrajo los puñales y dejó que Renuin se desplomara en el suelo. Miró a Yala—: Hora de terminar nuestra cita, rubio.

El banco de cemento, situado entre una papelera y un cartel publicitario, reventó en pedazos cuando Rick lo golpeó con el puño. Lo siguiente en reventar fue el escaparate de una tienda; después la tapa de una alcantarilla.

   Sin detenerse en ningún momento, giró y saltó, lanzó un codazo al aire, derribó una farola de una patada.

   —¡Tienes que pararlos, Rick! —chilló Raven—. Dile a Yala que hable con ella.

Rick siguió replicando los movimientos de los gemelos, peleando contra un enemigo invisible. Raven guardaba las distancias. Los destrozos prosiguieron bajo su ímpetu descontrolado y sin medida. A veces, Rick entraba en algunos edificios y volvía a salir, nunca por la puerta, echaba a correr y embestía todo lo que encontraba a su paso. Tenía muchas heridas, pero no parecía que eso supusiera un problema para él.

Tras un buen rato, Raven empezó a preocuparse de verdad y a considerar que Rick tal vez no sobreviviría a semejante experiencia. Quizás no le quedara más remedio que curarlo, aunque la idea le causaba auténtico pavor. Si lo hacía, si recurría una vez más a sus facultades y perdía el control… No. Se había prometido no hacerlo y mantendría su palabra. No necesitaba más muertes sobre su conciencia.

Rick todavía continuó reproduciendo los movimientos de Yala un buen rato más. Por fin se detuvo y se quedó inmóvil, con el brazo derecho extendido, ligeramente hacia arriba, y con la mano arqueada, como si agarrara algo.

Raven se acercó despacio.

—¿Ya terminó todo? ¿Te encuentras bien?

—Sí… —murmuró Rick con mucha dificultad.

—¿Qué ha pasado?

—Nilia… Ha perdido…

—¡No! ¿Está muerta?

—No.

—Entonces detén a Yala.

—No puedo… No me escucha…

Los pies de Nilia no tocaban el suelo. Los gemelos, uno por delante y otro por detrás, la sostenían en el aire, cogida por el cuello. Notaba esas manos atenazándola. Se encontraba indefensa por completo.

—Muy bien, rubio —susurró—. Ya me tienes. Ahora haz lo que tienes que hacer. Si te atreves, claro, si tienes lo que hay que tener. ¡Hazlo!

Raven golpeó a Rick. No lo pensó, fue un impulso, una reacción instintiva ante la idea de que Nilia iba a morir. Como de costumbre, no calculó su fuerza y Rick retrocedió varios pasos hasta estamparse contra un coche. Le costó un gran esfuerzo desembarazarse del amasijo de hierros en el que había quedado atrapado.

—¡Cielo santo, Rick! ¡Perdóname!

El soldado sangraba por muchos lugares. Apenas se tenía en pie.

—Podrías haberlo hecho antes.

—¿Qué?

—Vuelvo a ser dueño de mi cuerpo. No sé cómo, pero es así —dijo mirando y moviendo sus propias manos.

—¿Y Nilia? ¿Puedes verla?

—Ya no, pero estaba en manos de Yala. No pudo con él, a pesar de su rapidez y todos sus trucos.

—Dios, no —sollozó Raven—. Entonces va a morir.

—No. Yala no puede matarla.

—Lo dices para que no pierda el control.

—Te aseguro —dijo Rick, aún con problemas para recobrar el aliento— que no sería capaz de inventarme algo así. Yala tiene una deuda con Nilia.

—¿En serio? —preguntó Raven, esperanzado.

—Muy en serio. Sellaron una especie de trato a través de mí.

—¿Cuándo?

—En el Infierno. ¿Recuerdas cuando llegamos al círculo? Estaba lleno de demonios. Nilia podía haber entregado a Yala en cualquier momento. Me agarró a mí por el cuello y me advirtió de que tomara buena nota de ello. Yo no lo entendí, pero mi cabeza subió y bajó. ¿Lo comprendes?

—No muy bien, la verdad.

—Estaba hablando con Yala, no conmigo. A mí me usaba de intermediario, supongo, para que Lyam no se enterara de nada.

—¿Entonces…?

—Yala le dio su palabra. Y es consciente de que pudo regresar al Cielo y salvar a los ángeles porque Nilia le permitió vivir.

Una sonrisa estiró los labios de Raven.

—¡Eso es! ¿Y cumplirá su palabra?

—Lo hará. He sentido una especie de… como un gran sentido del deber o del honor. Ahora he perdido la conexión, pero estoy seguro de que no la va a matar. Confía en mí.

—Gracias —dijo Raven, aliviado—. ¿Y por qué peleaba con ella? No tiene sentido.

—Ya lo creo que sí. Tiene todo el sentido del mundo.

El gemelo que sostenía por el cuello a Nilia desde atrás aflojó un poco la presión. El otro retrocedió un paso y desplegó las alas. Tomó impulso. Descargó el puño con una fuerza y velocidad demoledoras.

Nilia recibió el impacto en el rostro y salió volando, girando sobre sí misma mientras describía un arco ascendente. Al estrellarse contra el suelo, no sabía qué era arriba ni qué era abajo, solo sentía dolor en todas las partes del cuerpo. Al levantarse le temblaban las piernas. Escupió sangre. Tenía el labio partido y un ojo hinchado, además de múltiples heridas y cortes repartidos por todo el cuerpo.

—Estamos en paz —dijo el gemelo que le había dado el puñetazo.

—La próxima vez te mataré —añadió el otro.

A Nilia le dolía demasiado la cara para sonreír, de modo que se limitó a asentir.

—La próxima vez —murmuró.

CAPÍTULO 12

Yo diría que presenta alguna disfunción cerebral. —Dast entornó los ojos—. ¿Has visto cómo se mueve? Y también parece ciego… No sé… ¡A lo mejor podría concentrarme si dejara de tararear!

Sirian, a su lado, negó con la cabeza.

—Lo encontré en el Infierno. Ningún menor puede sobrevivir ahí dentro.

—¿Crees que no lo sé? —se enfadó Dast—. Si no te hubiese visto sacarle, jamás te habría creído. Pero eso no cambia el hecho de que no parece estar en sus cabales. Haber sobrevivido quizá le ha costado la cordura. ¡Bah! No tiene sentido, pero es que estoy desconcertado.

Sirian también lo estaba, aunque disentía respecto del niño. A él no le daba la impresión de que padeciera ninguna enfermedad mental, más bien parecía ausente, como si estuviese drogado o fuera ajeno a la realidad. Sin embargo, lo había encontrado en el Infierno y no podía ser una casualidad.

El niño era pequeño, de unos diez años, puede que menos. Tenía el pelo moreno y alborotado, y deambulaba de un lado a otro sin rumbo aparente, en un espacio de unos cinco metros cuadrados en el que él y Dast lo habían confinado para estudiarlo. Habían creado una línea de fuego con forma rectangular alrededor del chiquillo, quien por suerte no se acercaba a las llamas a pesar de no estarse quieto ni un segundo.

—¿De verdad no lo habías visto nunca?

Dast sacudió la cabeza. Sus rizos se alborotaron.

—Ni yo ni nadie —bufó el demonio—. Si no, lo sabría.

—A menos que quien lo viese no dijera nada.

—Piensas en Capa, ¿no?

—¿Quién más ha estado ocultando información? —Sirian cambió de postura y resonaron los grilletes que aprisionaban sus manos y sus pies—. Si alguien sabe algo de este niño tiene que ser él.

—¿Estás seguro?

—Es una corazonada. ¿No es extraño que nos haya robado nuestras habilidades y nuestros ojos se vuelvan violetas? Los tuyos, al menos; los míos ya lo eran. ¿Qué otras opciones hay? No es un ángel y tampoco un demonio, a menos que...

—¿Qué?

—Podría ser un hijo que hayáis tenido en el Agujero.

—No es eso —se apresuró a negar Dast.

—¿No me dirás que en todo este tiempo nadie ha...?

—Ese tema no es asunto tuyo, Sirian. Hay cosas que no te puedo contar aunque ahora seamos... Lo que quiera que seamos.

—¿Amigos?

—Yo no diría tanto. Todavía llevas los grilletes, ¿no?

—No me has matado, después de todo lo que me odias, y me has traído aquí, con el niño, a este lugar apartado, para mantener a los demonios al margen. Te fías más de mí que de ellos, reconócelo.

—De ahí a la amistad hay un trecho. De momento, compartimos un interés relacionado con Capa, y yo no soy tan estúpido como para permitir que mis sentimientos no me dejen ver lo que me conviene. Pero nos desviamos del tema. Ese niño no es hijo de ningún demonio. Tendrás que fiarte de mi palabra, así que sigue pensando. Prueba que no me he equivocado al confiar en ti.

Sirian tomó nota mental de lo incómodo que Dast se había mostrado al descartar toda posibilidad de que hubiesen tenido descendencia en el Agujero, que a fin de cuentas era el motivo principal que desencadenó la Primera Guerra. No había sido el único, ni siquiera el más importante, pero sí la última gota que llenó el vaso, el ejemplo que habían esgrimido los demonios durante su rebelión para resaltar la falta de libertad a la que el Viejo los había condenado. Por tanto, no era descabellado aventurar que los demonios hubieran tenido hijos, pero Dast se negaba a abordar el asunto. Era obvio que el motivo debía de ser muy importante.

—De acuerdo, no es un ángel ni un demonio. —Sirian no quería tentar la relación que había logrado con Dast. Un demonio que siempre había considerado inteligente, con el que se podía razonar, y que ahora, además, ocupaba un cargo muy alto—. Entonces solo se me ocurre que sea como Raven.

—Raven tiene nuestras habilidades. Y no parece desequilibrado.

—Tiene amnesia. Esa es una afección mental. Este niño podría tener las mismas habilidades solo que no le hemos visto emplearlas.

—Eso es fácil de comprobar.

Dast desenfundó su espada de fuego.

—¿Qué haces? —se escandalizó Sirian.

—Solo voy a cortarle en un brazo. Si es como Raven podrá curarse, ¿no? Es tu teoría, no la mía.

—¡Es una locura!

—Mirándolo no sacaremos nada. Necesitamos respuestas y llevamos días perdiendo el tiempo. Si lo tocamos se pone a chillar y me destroza los oídos. Hemos dibujado todo tipo de runas, pero no da muestras de reconocer ninguna. Si le hablamos, no contesta. Tú incluso tarareaste esa estúpida melodía que no para de repetir, pero tampoco reaccionó. No hay manera de establecer contacto con ese niño. ¡Yo ya no sé qué hacer!

—No vas a matarlo, Dast.

—Pues claro que no. Solo voy a…

—Tedd —susurró el niño.

—¿Lo has oído? —preguntó Dast.

Sirian asintió. Era la primera palabra que escuchaban pronunciar al chiquillo, que se había quedado completamente quieto, excepto por la cabeza, que movía de vez en cuando, con brusquedad.

—¿A dónde mira? —preguntó Sirian—. Ahí no hay nada.

—¿Quién es Tedd, niño? —preguntó Dast con el intento, vano, de endulzar su voz.

El chico no contestó. Siguió tan quieto que parecía petrificado.

—Ya voy, Tedd —dijo al fin.

Echó a andar hacia la línea de fuego, a una velocidad nada despreciable para sus cortas piernas. Atravesó las llamas que flotaban en horizontal como si no estuvieran allí y continuó avanzando. Dast y Sirian no lo detuvieron. Se miraron y comprendieron que era mejor seguir sus pasos.

El niño ascendió por la parte sur de la cuenca del Támesis, dejaba huellas diminutas en la nieve y en el barro, pasaba entre la basura y las rocas carbonizadas.

—Voy a pararlo —siseó Dast—. No pienso dejar que se escape.

—Es la primera vez que dice algo con significado. Espera un poco. Veamos a dónde va.

Salió de la cuenca del Támesis, donde permaneció inmóvil una vez más. Dast y Sirian se situaron a su lado con cuidado de no rozarlo, por si efectuaba algún movimiento inesperado o se decidía a andar de nuevo.

—No te veo, Todd.

Era una voz débil y temblorosa. El ángel y el demonio, que estaban pendientes del crío, volvieron la cabeza hacia la calle, al otro lado, donde descubrieron una silueta entre los restos de dos coches. Parecía alguien de baja estatura, de perfil encorvado, que se apoyaba en un bastón y tenía el pelo largo y blanco, que el viento removía. El niño echó a andar en su dirección con paso resuelto.

—Estoy aquí, Tedd —dijo.

Los últimos metros los recorrió corriendo. El chiquillo llegó hasta el tal Tedd, que parecía incapaz de desprenderse de su bastón sin desplomarse en el suelo, y saltó sobre su cuello. Repetía su nombre y se le veía muy contento. Dast y Sirian observaban la escena boquiabiertos, se preguntaban quién era ese anciano y qué relación guardaría con el chico, que por lo visto se llamaba Todd.

—Cuidado —murmuró Sirian.

Señaló al suelo, donde la melena blanca del anciano había caído. El niño retrocedió asustado y empezó a berrear y a correr en círculos. En un instante, el falso anciano se quitó una careta y sacó una espada de fuego, corta y plateada. Era un niño. Entre las sombras se vislumbraban varios compañeros. El niño disfrazado, algo mayor que Todd, dio dos zancadas muy rápidas y cortó a Dast en la pierna. Desde el suelo, el demonio contempló, incrédulo, la sangre que se derramaba sobre la nieve.

Sirian estaba desarmado y los grilletes le impedían escapar, pero al observar la escena con detenimiento, comprendió que no tenía razones para huir. Cuando el niño se desembarazó del disfraz y dejó a la vista su armadura plateada, el ángel lo reconoció, así como a la formación militar que los cuatro recién llegados, también con armaduras, adoptaron en torno al chico.

Por si fuera poco, también conocía al último que se acercó a ellos. Caminaba con parsimonia, con la cabeza calva donde hasta no hacía mucho había pelo, dejando pequeñas nubes de humo a su paso.

—Debiste matarme cuando tuviste la ocasión, ojos de sapo —dijo Jack inclinándose ligeramente sobre Dast. Chupó su puro y dejó caer la ceniza sobre el demonio—. Yo no cometeré el mismo error contigo.

—¡Raven!

Rick saltó a través de la ventana, giró en el aire y cayó sobre los pies en perfecto equilibrio. Mientras corría calle abajo, por una ruinosa masa de asfalto derretido y agrietado, se dio cuenta de que acaba de lanzarse al vacío desde un tercer piso. Seguía sorprendiéndose de las capacidades físicas que había heredado de Yala.

No reconocía esa calle. Seguramente había estado allí en más de una ocasión, cuando aquellas moles sombrías estaban derechas y completas, y revestidas de cristales, las farolas proyectaban luz, y los vehículos circulaban por las carreteras, incluido alguno de los característicos autobuses rojos de dos plantas que había sobrevivido a la Onda. Ahora todos los rincones de Londres le parecían iguales.

A unos cincuenta metros de distancia, tambaleándose y tropezando sin cesar, Raven deambulaba como un fantasma borracho, una figura espigada que parecía a punto de quebrarse en cualquier momento.

—¡Para de una vez! —gritó Rick a punto de alcanzarlo.

Como Raven continuaba sumido en su errático caminar, el soldado tuvo que rebasarlo y detenerlo apoyando una mano contra su pecho.

—¿Pero qué diablos te pasa? —le increpó—. Cada vez que me doy la vuelta, coges y te vas sin avisar. Esto se tiene que acabar, ¿me oyes?

—Rick, ¿eres tú? —parpadeó Raven—. ¡Cielo santo! ¡Cuánto me alegro de verte!

Lo rodeó con los brazos. Lo estrechó con una fuerza desmedida, casi dolorosa, difícil de creer en un cuerpo tan esmirriado. Rick, confuso, le dio unas palmadas en la espalda.

—¿Quién iba a ser si no? ¿Te encuentras bien? ¿Estás llorando?

Raven ladeó la cabeza y se sorbió los mocos.

—Creí… creí que estaba solo…

La amnesia empeoraba. Era la segunda vez, desde que ambos vagaban por Londres en busca del niño y habían sido testigos indirectos de la pelea entre Yala y Nilia, que Raven no recordaba algo muy reciente. Lo que preocupaba a Rick en esta ocasión era que su amigo no se acordara de él.

Raven había estado dando vueltas, pasando varias veces por el mismo lugar, supuestamente guiado por las sensaciones que captaba del niño que habían encontrado en el Infierno.

Rick no sabía cómo ayudarlo. Probablemente no había nadie capaz de hacerlo, ni siquiera un ángel o un demonio. Le puso las manos sobre los hombros. El contacto le confirmaría que no estaba solo, lo que parecía ser el mayor temor de Raven.

Mientras pensaba en qué decirle, advirtió un resplandor al final de la calle, como un muro de fuego. Rick se dio cuenta de que estaban cerca de la cuenca de lo que un día había sido el Támesis.

—¡Por todos los…! —exclamó—. Ven, vamos a ocultarnos.

Arrastró a Raven al interior de un edificio que parecía en buen estado, si se comparaba con los alrededores.

—¿Qué pasa, Rick?

—El fuego. Allí están los demonios y la puerta del Infierno. Tenemos que irnos antes de que nos vean.

—Sí, es verdad —repuso Raven con los ojos abiertos—. Vamos, deprisa.

—¡Por ahí no! —Rick tuvo que agarrarlo—. ¿No me has escuchado? Por el otro lado, hacia el norte.

—Pero allí está el niño, Rick. Puedo sentirlo.

—¡Que no! Raven, escúchame. Llevamos días buscándolo. A lo mejor es hora de aceptar que no lo encontraremos o que está…

—¡No!

—Raven, piensa en lo que nos contó Jack. Nos advirtió de que no era buena idea buscar a ese niño.

—¿Jack? ¿El de los puros? ¿El que nos envió al Cielo?

Rick suspiró. Por lo visto tampoco se acordaba de la última conversación que tuvieron con él.

—Aunque el niño esté allí, donde dices, los demonios nos descubrirán y nos matarán. No puedo dejarte ir, lo siento.

—¡Tengo que encontrarlo!

Raven temblaba tanto que casi parecía estar sufriendo un ataque epiléptico. Rick se puso nervioso y recordó lo que pasaba cuando su amigo perdía el control.

—Raven, espera, por favor. Tú y yo fuimos al Cielo y atravesamos aquella guerra en la ciudad de los edificios flotantes. ¿Lo recuerdas? —La inmensa nariz de Raven subió y bajó varias veces—. Luego atravesamos el Infierno. Hemos pasado mucho juntos. Tú me salvaste allí abajo, me grabaste esa runa en el corazón. ¿Recuerdas eso? Te debo mucho y si te dejara ir hacia allá, no cumpliría mi palabra de ayudarte. Confía en mí.

—No puedo… —balbuceó Raven—. Mi cabeza… Tengo visiones horribles… ¡No puedo sacármelas! —Se golpeó varias veces en la frente, hasta que Rick lo sujetó—. Te acuerdas de Maya, ¿verdad? La quemé… Pobrecilla. Y quemé a mucha más gente… ¡Incluso maté a Dios!

—Eso no lo sabemos.

—¡Yo sí! Lo veo… Lo veo en mi cabeza…

—¡Para! Deja de darte golpes.

—Tengo que saberlo… ¿Lo entiendes?

—¿El qué?

—Si soy un asesino. Ese niño estuvo conmigo. Tengo que encontrarlo como sea y que me cuente qué pasó.

—Eso es imposible. Tú ya no te acuerdas, pero ese niño no habla. Nada. Es que ni siquiera nos mira. Si sigues empeñado con ese chaval, lo único que vas a conseguir es que te maten. Además, Jack no es idiota; si nos avisó será por algo. Raven, ahora vas a venir conmigo aunque tenga que llevarte a la fuerza.

—Tú no me crees… ¿Qué sabrás tú, maldito soldado? Tú has matado a mucha gente, seguro. ¡Pero no mataste a Dios!

Dejó de temblar y enrojeció de rabia. Sus manos empezaron a brillar.

—Raven, no, cálmate o volverás a hacerlo.

Rick tenía que conseguir que su amigo se dominara o esta vez Londres se convertiría en un cráter gigante. Sin embargo, Raven no le escuchaba; arrugaba la nariz y apretaba las mandíbulas. Nunca le había visto tan enfadado.

De pronto tuvo una idea.

—Escúchame. ¡Mis palabras! ¡Mi voz! Céntrate en ellas. Raven, no quieres hacerme daño. ¡Nilia! Nilia nos pidió que nos reuniéramos con ella en el Cielo. ¿No quieres volver a verla?

—Nilia…

La paz fue invadiéndolo y poco después Raven volvió a ser el despojo humano que siempre parecía a punto de quebrarse. Rick aspiró una honda bocanada de aire. Sabía que había estado a punto de… No quería ni pensarlo. Por suerte la mención de Nilia había traído a Raven de vuelta a la realidad, o tan cerca como él fuera capaz de estar. Era sorprendente la influencia que ese demonio ejercía sobre él.

—Sí, Nilia. Debemos ir con ella, ¿no crees? —prosiguió Rick—. Eh, por ese lado, no.

—Pero Nilia nos pidió que buscáramos al niño.

A Rick se le escapó una maldición. Ya no tenía la menor duda de que nada en este mundo sería capaz de hacerle cambiar de opinión. En aquella cabeza testaruda había arraigado la idea de que el niñato autista resolvería todas sus dudas. Extirpar aquel pensamiento, que ya adquiría tintes de obsesión, sería imposible, sobre todo después de que Nilia hubiera dado su conformidad.

—De acuerdo, amigo. Oye, dime una cosa. ¿Estás completamente seguro de que el niño está ahí? —Rick señaló el muro de fuego que delimitaba la zona que ocupaban los demonios.

—Completamente. Gracias, Rick. Es cierto que siempre me apoyas. No sabes lo que se siente. Creo que me estoy volviendo loco con esas visiones. A veces…, a veces creo que este no soy yo, que este no es mi cuerpo. Me entran náuseas y… Gracias. De verdad.

—No me las des.

—¿Por qué no?

—Por esto.

Rick le dio un puñetazo en la cara con todas sus fuerzas. Raven salió despedido a través de la pared. Rick fue tras él y lo encontró empotrado contra el edificio de enfrente, al otro lado de la calle. Por fortuna, estaba inconsciente. No se preocupó por su estado. Raven sobrevivía a sus propias explosiones, se curaba y era capaz de mil cosas más. Estaría perfectamente. Y seguro que le vendría bien perder el sentido un rato y desconectar del mundo, de una existencia que no le causaba más que sufrimiento.

Rick miró al norte, a donde debería dirigirse.

—Maldito seas, Raven —dijo cargándoselo al hombro—. No sé por qué hago esto, pero espero que de verdad tengas razón.

Echó a andar hacia el fuego. De camino, sin detenerse, arrancó un hierro retorcido y oxidado que sobresalía de los restos de un coche. Se lo clavó en la mejilla y luego se rasgó la frente. La sangre caliente resbaló por su piel. Rick se detuvo frente a un cristal roto para observar el resultado. Suspiró.

—Esto va a doler.

Volvió la cabeza porque no quería verlo, caminó, y sin dejar de moverse en ningún momento, se clavó el hierro en el ojo izquierdo. La sangre chorreaba. Luego tiró el hierro al suelo. Al llegar a las llamas, tampoco redujo el paso. Sabía que ahora era tan resistente al fuego como los ángeles. Mientras las llamas lo rodeaban, Rick maldijo su conexión con Yala.

Encontró a dos demonios al otro lado.

—¡Eh! ¡Vosotros! ¿Vais a ayudarme o preferís seguir rascándoos las alas?

Ambos se acercaron a él.

—¿Qué traes ahí?

—No te reconozco —dijo el otro—. Muestra las alas.

—Encantado. Están ahí mismo. —Rick señaló un montón de basura y desperdicios—. Creo que es donde las tiré después de que la explosión me las arrancara. O a lo mejor cayeron al Agujero. ¿Por qué no vas a buscarlas?

—Vamos a calmarnos —dijo el primero—. ¿Qué te ha pasado en la cara?

—Que no he tenido tiempo de dormir para reponerme —gruñó Rick—. Vosotros sí, por lo que veo. Y ahora me hacéis perder el tiempo. Buscaba a los menores que nos hicieron eso, pero mirad lo que he encontrado.

Rick dejó caer a Raven al suelo, sin miramientos.

—¿Quién es?

—¿No reconocéis esa nariz? Es el menor que perseguían los ángeles.

—¿Raven?

—El mismo —Rick sonrió con desprecio—. Creo que Dast le andaba buscando, y si dejáis de molestarme podré ir a entregarlo.

—Dast no está —dijo el demonio—. Se ha ido con Sirian. Suponemos que a descuartizarlo de una vez.

—Entiendo —asintió Rick—. Cuidad bien del narizotas. No hace falta que os recuerde lo importante que es. Yo voy a ver a Dast.

El Mirador, la montaña más alta de las siete esferas y de toda la existencia, se alzaba sobre una extensa llanura. Tanon veía una espada gigantesca de piedra siempre que la contemplaba, no el centro de toda la sabiduría y la Historia que los ángeles habían alojado en su interior hueco. Aquellos conocimientos ardían en forma de runas, contenidas en infinidad de cristales cuidadosamente ordenados.

Uno de aquellos cristales había sido escrito por el propio Ergon, el más influyente de los tres Justos, y transcribía la prohibición del Viejo sobre la descendencia. La decisión no había sentado nada bien a muchos ángeles, incluida Renuin.

La ausencia de una explicación por parte del Viejo no les había extrañado, dado que era su proceder habitual, pero en aquella ocasión se desataron toda clase de rumores. Los ángeles especularon sobre los motivos. Al final, entre la mayoría se impuso la hipótesis de que el Viejo iba a ceder el don de crear vida a los menores, quienes pronto poblarían un nuevo plano concebido para ellos.

En esos tiempos, pocos ángeles tenían un conocimiento suficiente de cómo serían los menores, excepto por un detalle esencial: serían mortales, lo que justificaba que fuesen ellos los más necesitados de propagar la vida.

Los ángeles lo comprendieron en su mayoría porque casi todos eran puros. Tanon no. Tanon tenía un padre y una madre, y una vocecilla interna le decía que aquella prohibición del Viejo tenía su fundamento en él.

Tanon era consciente de su fuerza, superior a la de cualquier ángel, salvo el Favorito. Del mismo modo era consciente de su incapacidad para contentar al Viejo, por más que se esforzara en cumplir todos sus deseos. Nunca se sintió querido y estaba seguro de que la verdadera motivación del Viejo para prohibir más descendencia era negarse a sufrir más decepciones como él.

Jamás lo expresó en voz alta, ni siquiera con sus padres, pero todos estaban al corriente de ese sentir, que además se hacía extensivo a sus progenitores. Su madre tal vez pensara diferente. Como poco, se esforzaba en demostrarle lo contrario. No obstante, Tanon nunca tuvo claro si le ocultaba su decepción o si de verdad aquel amor era incondicional.

Con su padre, en cambio, no había lugar para la duda. Onos nunca intentó disimular su desilusión. Acataba con fervor todas y cada una de las decisiones del Viejo, incluyendo las que menospreciaban a su propio hijo.

Hubo una época en que creyó advertir cierta culpabilidad en su padre. Debía de sentirse responsable por haber tenido un hijo que había conducido al Viejo a tomar aquella decisión, y ese pesar era muy parecido al que asfixiaba a Tanon. Compartían, por tanto, un sentimiento que superar, acaso juntos, y la experiencia podría tenderles el puente necesario para la reconciliación. Al menos, Tanon así lo creyó durante mucho tiempo. Estaba equivocado.

Cuando estalló la guerra, Onos no dudó en ocupar el puesto que le correspondía en el bando contrario a su hijo. Ni siquiera quiso escucharlo o darle una oportunidad para explicar sus motivos. Entonces la rabia del ángel dotado con alas de fuego se multiplicó.

Regresar al Mirador evocaba esos recuerdos en Tanon. Habría preferido ir a cualquier otro lugar.

Delante de la entrada, tirada en el suelo boca abajo, yacía Nilia, con su oscura melena cubriendo toda su espalda. Tanon estudió los alrededores con rapidez, en busca de enemigos, antes de agacharse.

—Estamos solos —dijo Nilia.

Se giró y se puso de pie con un salto ágil y veloz. Tenía un ojo amoratado y una cicatriz superficial en el labio.

—¿Dónde está Stil? —preguntó Tanon.

—No fue todo tan fácil como pensaba. —Nilia se palpó el rostro—. El rubio tiene un buen derechazo.

—¿Yala te ha dejado así?

—Peor. No he tenido tiempo de dormir lo suficiente. ¡Eh! ¡Cuánto tiempo! ¿Cómo te ha ido? Esperaba algo así. ¿No me has echado de menos, Tanon?

—Siempre. Eres uno de los demonios más valiosos, pero sé que no habrás estado atusándote las alas mientras nosotros luchábamos. ¿Me equivoco?

—No. Y me agrada tu confianza en mí.

—¿Qué líos te traes con los menores?

Nilia se interesó de pronto.

—Veo que has conocido a Jack. Interesante, ¿no crees?

—Venía con tu recomendación. ¿Me lo explicas?

—Lo están pasando mal —sonrió Nilia—. Pobrecillos... Por suerte para ellos, Jack los salvará. Apuesto a que no lo mataste... Lo sabía. Ese menor es sorprendente. Bien mirado no es tan extraño que pudiese contigo. Tu inteligencia es mediocre.

Tanon contó interiormente para no alterarse con los modales de Nilia. Todavía quería saber en qué había estado metida durante tanto tiempo.

—No sé a qué te refieres y no tengo ganas de discutir estupideces contigo. Nos encontramos en una situación muy delicada.

—Por tu culpa, Tanon. Por tu ignorancia, que te impide ver más allá de una pelea. No sirves para nada más. Desde que te has quedado solo, tu liderazgo ha sido lamentable y un simple menor ha conseguido burlarte y salir con vida. Solo das problemas.

—¿Problemas? —se encendió Tanon—. ¡Yo he salvado esta guerra! ¡Os mantuve a todos con vida en el Agujero! De no ser por mí habríamos muerto hace tiempo. No me importa que no se me reconozca, pero no toleraré que se me menosprecie.

Nilia suspiró.

—¿Vas a pegarme por decir la verdad? Adelante. Esa es tu solución para todo.

—Has fracasado al rescatar a Stil, ¿verdad? Por eso me has llamado, para que me ocupe de todo. Tu condenada manía de actuar en solitario te llevará a la muerte. Ahora yo tendré que arreglarlo. Y lo haré, despedazaré a Yala para conseguir lo que tú no has podido. Pero hazme un favor y mantén esa boca tuya cerrada.

—Stil escapó gracias a mí. Yala le habría atrapado de no ser porque yo le entretuve.

—¿Qué? Entonces, ¿para qué me has hecho venir?

—Para que dejes de perjudicarnos. Has entretenido a los ángeles, pero ya no nos sirves de nada. Casi perdemos porque no tienes ni idea de conducir una guerra. No eres un general, te quedas solo en soldado, un soldado raso y estúpido.

—Yala ha debido de golpearte en la cabeza más fuerte de lo que creía. Por suerte Stil te controlará, como siempre. Yo desisto contigo, voy a…

Nilia se movió tan deprisa que se convirtió en un borrón. Tanon no se esperaba el golpe que recibió en el pecho y se encontró tirado en el suelo de espaldas.

—No vas a hacer nada más. —Nilia extendió sus alas negras. Los puñales relucieron en sus manos—. Estoy harta de ti, Tanon, y voy a acabar contigo.

Dast observaba con sus ojos saltones a los menores que lo rodeaban, incapaz de creer lo que estaba sucediendo. Arrojó una mirada furiosa a Sirian, quien se encogió de hombros, dando a entender que él no sabía nada y que no se trataba de una trampa, al menos por su parte. La herida del demonio no era profunda, pero el muslo estaba empapado de sangre y un fino hilo rojo se deslizaba por la nieve.

El niño se había quedado sentado y tarareaba de nuevo, ausente.

—Bueno, ¿entonces qué? —preguntó Jimmy enarbolando su espada de fuego ante Dast—. ¿Le pincho ya o no?

—Enseguida aumentarás tu cuenta —respondió Jack.

—¡Jimmy! —dijo Sirian.

—¡Sirian!

Jack se interpuso entre ellos.

—De nada —le dijo al ángel—. Por el rescate.

—¿Tú lo organizaste? ¿Cómo? ¿Cómo pudiste atraer al niño hasta aquí? Todd, ¿verdad? Así se llama.

—Lo conozco desde hace mucho tiempo. —Jack dio una calada y echó el humo a propósito sobre Dast—. Estábamos considerando atacar para salvarte, pero vi que tú y el séptimo Barón —recalcó el título de Dast con desdén— estabais con Todd y se me ocurrió esta idea. Jimmy es un gran actor.

A un gesto de Jack se acercó un soldado y cortó las cadenas de Sirian con su espada.

—Ese niño, Todd, es muy…

—Luego te pondré al día —le cortó Jack—. Tenemos bastante prisa, aunque no tanta como para no perder un minuto con mi amigo. —Se puso en cuclillas frente a Dast—. ¿Recuerdas nuestro último encuentro, ojos de sapo? Creo que ibas a torturarme y a hacerme un montón de cosas horribles. Y no es que me hubiese importado mucho, te lo aseguro. Sirian te puede confirmar que ya estoy prácticamente muerto. De todos modos, antes de morir acabaré contigo y me darás el gusto de ver cómo te defiendes, demonio. ¿Quieres decirme algo? ¿Una súplica? ¿Una amenaza? Lo que sea.

Dast tembló ligeramente de rabia.

—Habrá consecuencias, menor. Lo pagarás.

—Conozco ese cuento. Dime, séptimo Barón, ¿fue así como acabaste con Gordon cuando le hiciste tragar fuego? ¿También él estaba indefenso ante ti? Apuesto a que Gordon no te suplicó, y eso que tú eres un ser superior y él un simple menor. Aprende de su coraje porque te va a hacer falta. Tienes suerte de que no tenga tiempo de torturarte como hiciste con él.

—Jack, no. —Sirian lo cogió por el brazo—. ¿Qué estás haciendo?

—¿Y tú por qué lo defiendes? Sé que te ha torturado y ha matado a neutrales, Sirian, a tu gente. ¿A qué viene esto?

—Es complicado. Él no es del todo… Esto es una guerra y os consideran una amenaza por haber intervenido. Fue culpa mía al convencerte de que me ayudaras.

—Ya, tú y ese estúpido plan que fracasó. Lo sé. Yo cargo con esa culpa tanto o más que tú, Sirian, pero eso no cambia nada respecto a él.

—No te conviene hacerlo. Los demonios se vengarán.

Jack sonrió mientras daba una calada.

—Llevas mucho tiempo en sus manos, amigo, y como he dicho, tengo que ponerte al día. Ya estamos en guerra y están muriendo menores, como nos llamáis. Aunque es cierto que busco una venganza personal, no tengo elección.

—Siempre hay elección.

—Palabras vacías. ¡Jimmy!

El pequeño Jimmy se cuadró, alzó la barbilla y miró a Sirian.

—Eliminar a un líder del bando enemigo es una estrategia elemental —comenzó a recitar el pequeño—. Cabe la posibilidad de que se rompa la cadena de mando y eso siembre el desconcierto, más aún cuando el enemigo conoce nuestra posición e intenciones. —Cogió aire y un brillo se asomó a sus ojos—. ¿Le pincho ya?

—Sí —dijo Jack.

—¡No! —Sirian se colocó entre Dast y Jimmy—. ¿Vas a dejar que un niño mate a un prisionero indefenso? ¡Eso es una ejecución!

—Al chico le gusta llevar la cuenta —contestó Jack—. Apártate, Sirian. Te juro que me estoy conteniendo para no dejar a un lado el hecho de que te hice caso y nos llevaste a la ruina. Tus planes son una mierda y ahora tengo alrededor de medio millón de personas muriendo dentro de esa tormenta, y hay muchos más que esperan su turno en Londres. Así que hazte un favor y no me vuelvas a contradecir o correrás la misma suerte que él.

La mujer de la formación se adelantó y levantó la visera de su casco.

—Cálmate, Jack. Sirian no te está amenazando. Solo intenta ayudarte.

—¡No quiero su ayuda! ¡Ni la tuya tampoco, Lucy! ¿Queríais que yo estuviese al mando, ¿no? Pues todo o nada. No eres tú quien ha subido a enfrentarse a Tanon, ¿verdad? Es muy cómodo dejar que yo asuma el peligro y la responsabilidad y luego cuestionarme. ¿Prefieres ocupar mi lugar? ¿Quieres soportar la carga de tener el destino de la humanidad en tus manos? Decídete ya. Asume el mando y yo acataré tus órdenes encantado, pero no vuelvas a pedirme ayuda; si no, vuelve atrás y cierra la boca. ¡Y asegúrate de obedecerme! ¿Qué? ¿Has tomado una decisión ya o esperamos mientras muere más gente?

Lucy retrocedió y apartó la mirada. Sirian estaba al tanto de que había algo entre ellos, al menos así era la última vez que les vio, pero ahora Jack parecía furioso. El Jack que siempre mantenía la calma y podía convencer a cualquiera con sus palabras no era el hombre a punto de perder los nervios que tenía delante. Incluso Jimmy, que lo veneraba, parecía un poco asustado. Jack había cambiado y Sirian no estaba seguro de que hubiera sido para mejor.

—Tú no eres así —le imploró Sirian—. ¿Por qué crees que confié en ti? Tienes un don, la gente te sigue, te escucha, eres capaz de manejar situaciones que a otros les harían vomitar solo con considerar las posibles consecuencias. Nunca creí que quisieras el mundo para ti, como decías al principio. Conozco los experimentos que realizaste y que ahora tanto te atormentan. Te atormentan porque hubo personas que murieron y eso significa que te importan. Tienes razón, no sé qué ha pasado últimamente, tal vez algo tan terrible que incluso te supera a ti, Jack. Pero yo sé que eres fuerte, mucho más que yo. La responsabilidad a la que te enfrentas es enorme y eso puede destrozar a cualquiera, pero estamos aquí para ayudarte, no te conviertas en esa persona.

—Poco importa ya en lo que me convierta después de lo que he hecho en mi vida. Es demasiado tarde para mí. Tal vez eso sea complicado de entender para un inmortal.

—Por favor, no vayas por ese camino de odio. No acabarás bien, te lo aseguro.

Jack aspiró una honda bocanada de humo.

—Eres idiota, Sirian. Nunca me comprendiste. Ni tú ni nadie, en realidad. Puedo entenderlo de mi gente, pero tú eres un maldito ángel y esperaba que vieses más allá. Te lo advertí. ¡Os lo advertí a vosotros también! Soy el peor de todos, ¡con mucha diferencia! Y no me refiero solo a los que estamos aquí, me refiero a todos los de este maldito plano o cualquier otro. No me conocíais antes de la Onda y no sabéis lo que hice. Ya me he cansado de repetirlo y de que me tratéis como a una especie de idiota que en realidad no se conoce a sí mismo. Sé perfectamente quién soy, Sirian, así que no me des lecciones. —Jack recogió la espada de Dast del suelo—. Deberíais haberme tomado en serio cuando os dije que no era el adecuado para estar al mando. Ahora es demasiado tarde y este demonio va a morir porque pienso que sobrevivirán más humanos si él deja de respirar. —Se volvió hacia Dast—. Esto es por Gordon, ojos de sapo.

No se oyó ni un murmullo mientras alzaba la espada.

—Yo sí te creo, menor —siseó Dast, con los ojos clavados en la espada—. Y celebro lo que os harán los demonios después de que me ejecutes. Adelante, ya nadie puede detenerte.

Jack dio un paso adelante en el momento preciso en que una onda de fuego se estrelló cerca, sin causar daños pero esparciendo llamas.

—¡Eso era una advertencia, menor!

Un contingente de demonios se acercaba desde la cuenca del Támesis, un par de docenas, calculó Sirian. El que iba en primera posición apuntaba a Jack con la espada.

—¡Suéltale y vivirás!

—Te lo advertí —susurró Dast—. Mátame, pero no cambiarás nada.

—No estés tan seguro —repuso Jack.

Lucy dio una orden. Jimmy, que había ocupado su lugar en la formación, deslizó su espada en el aire, coordinado con los demás. Una runa de fuego plateado apareció ante ellos. Cada uno de los cinco miembros del equipo había dibujado una línea. El resultado, un símbolo creado más rápido de lo que podría lograr cualquier ángel o demonio, dejó a Dast anonadado.

Con un gesto, Jack ordenó a Sirian que cogiera a Dast y lo llevara detrás de la runa, mientras que él se colocó delante y levantó el puño derecho. Cayeron varios arcos plateados a escasos metros de los demonios que se aproximaban.

—¡Eso también ha sido una advertencia! —gritó Jack—. ¿Veis esos edificios que hay detrás de nosotros? Adivinad en cuáles están apostados mis hombres.

Los demonios vacilaron.

—¡Dast! —gritó el cabecilla—. ¡Mataría a estos menores ahora mismo, pero hay algo que debes saber! ¡Ha regresado la patrulla infiltrada con una sorpresa!

—Van a atacar —dijo Sirian—. No los intimidéis. Ellos nunca aceptarán tus órdenes, Jack. Dast, detenlos.

—Cállate, Sirian —bufó Jack.

—¿Por qué debería hacerlo? —preguntó Dast—. Yo ya estoy muerto, ¿no es así? ¿Qué me importa a mí lo que os pase?

—¿Jimmy? —murmuró Jack, cerca del chico.

—Complicado —contestó el pequeño Jimmy—. Contamos con el factor sorpresa porque no conocen nuestro modo de combate, y además nos subestiman. Pero habrá bajas, Jack. No podré pincharles a todos. Sugiero que me envíes el primero y ensartaré a ese con cara de tener diarrea, el que parece el jefe. ¿Me das permiso, Jack? ¡Yo mato demonios!

—Todavía no, Jimmy. Haz caso a Lucy y no vayas por libre, que te conozco.

—¡Sí, señor! —se cuadró Jimmy.

—No tengo claro quién está al mando —se burló Dast—. ¿Tú o el crío?

—Jack, escúchame —suplicó Sirian—. Dast infiltró a demonios entre los vuestros. Esa sorpresa que ha mencionado podrían ser rehenes.

—Es un truco —dijo Jack—. Ya matamos a los infiltrados, incluso a un titán que invocaron.

—¿A todos? ¿Cómo sabes cuántos había? —El demonio sonrió—. ¿Crees que anticipé que me apresarías y les dije a mis demonios que acudieran a salvarme con una mentira?

Sirian advirtió la duda en el rostro de Jack y por un momento pensó que no daría su brazo a torcer.

—Pregúntales por esa sorpresa. —Jack levantó a Dast por el brazo—. Y no te hagas muchas ilusiones.

—Desde luego —siseó Dast, fingiendo humildad—. ¡Dadme dos minutos antes de exterminar a los menores! —gritó hacia los suyos—. ¡Y no dejéis a ninguno con vida! ¡Pero antes decidme qué ha descubierto la patrulla!

—¡Mejor que lo veas o no lo creerías! —repuso el cabecilla.

Se adelantaron dos demonios que arrastraban un cuerpo, cada uno por un brazo. Lo arrojaron al suelo de mala manera. Luego uno de ellos tiró de su cabello para mostrar su rostro.

—¡Asius! —exclamó Sirian—. ¿Cómo es posible?

—¿Estás seguro? —preguntó Jack.

Los demonios se acercaron un poco más y levantaron a Asius. Le limpiaron la cara, que estaba cubierta de sangre y barro, y Sirian no tuvo la menor duda de que se trataba de él. Su pelo estaba muy sucio, pero se apreciaban mechones rojos. Asius llevaba unos grilletes y una mordaza.

—Esto se pone interesante —sonrió Dast—. ¿Un intercambio?

—No puedes dejar que muera —dijo Sirian.

Jack se centró en el rehén.

—¿Tú eres Asius, el consejero?

Todos guardaron silencio con los ojos fijos en el ángel. Asius asintió.

—Me habría gustado conocerte en otras circunstancias. Tengo una pregunta para ti. Hace tiempo envié a cien menores a la primera esfera, un tremendo error por mi parte. Dos ángeles los masacraron y solo regresaron dos. ¿Eras tú uno de esos ángeles?

Asius negó con la cabeza. Sirian advirtió una expresión triste en su semblante. Ojalá que Jack, que presumía de conocer a la gente, se hubiera percatado también.

—Te creo. Tienes buena reputación. No pueden haberte capturado en el Cielo, así que has debido de venir tú solo. Supongo que habrás cruzado la tormenta y que te haces cargo de mi situación después de lo que habrás visto. Dime, Asius, ¿debo cambiarte por este demonio? ¿Vale la vida de un ángel más que la de mi gente? —Asius no se movió. Jack escupió el resto del puro—. Como te decía, ojalá fueran diferentes las circunstancias. —Jack se giró, y con un movimiento digno de un ángel cortó limpiamente la cabeza de Dast, que rebotó en el suelo hasta quedar boca arriba con los ojos abiertos—. Yo no soy responsable de que hayas sido tan estúpido como para dejar que te apresaran.

Los demonios desenfundaron sus armas y descargaron una lluvia de fuego sobre los menores.

—¡Levántate!

Aún tirado en el suelo, Tanon dudaba. ¿De verdad Nilia había dicho que iba a matarlo? Su posición era de combate y le arrojaba una mirada afilada.

—¿Te has vuelto loca?

—No busques a tu alrededor. Estamos solos. —Nilia giró los puñales—. No estás acostumbrado a que alguien se enfrente a ti sin ayuda, en una pelea justa, pero no deberías sorprenderte. Tú mismo dijiste que yo siempre actúo sola. ¿Vas a defenderte o prefieres que te mate ya?

Tanon se levantó despacio, sin prepararse para pelear porque todavía no se lo creía.

—Esto no tiene sentido. ¿Te has pasado al otro bando? ¿Lo haces por los menores? ¿Qué clase de paranoia se te ha metido en la cabeza?

—No seas más necio de lo habitual. ¿Yo con los ángeles o con los menores? ¿De verdad esa es tu conclusión?

Saltó sobre él. Tanon se protegió con los brazos. Ella atacó, grabó runas. Él descargó varios puñetazos que ni siquiera la rozaron.

—Entonces no te entiendo —dijo Tanon, bajo una lluvia de golpes—. Podemos ganar, Nilia, sobre todo con tu ayuda.

—Qué tierno… —dijo ella girando a su alrededor—. ¿Por eso no me atacas?

Le dio un rodillazo en el estómago, se encogió y saltó sobre él antes de que pudiera cogerla.

—No me obligues a matarte —bufó Tanon. Su cólera crecía con cada golpe que recibía, con cada puñetazo que no acertaba en el blanco—. Tú y yo podemos ser imbatibles juntos. ¿Has olvidado por qué luchamos?

—Nunca lo he tenido más presente. —Nilia se separó y cortó el aire a una velocidad impresionante. Una sucesión rápida de pequeños arcos de fuego se estrelló contra el antebrazo de Tanon—. Vamos a ganar, no temas, pero primero tengo que librar a los nuestros de tu estúpido liderazgo.

Tanon rugió. Le ardía el brazo aunque no le dolía mucho.

—Me estás cabreando.

—Ya era hora.

Nilia arremetió de nuevo. Trazaba piruetas, brincaba, se encogía y se estiraba. Tanon solo quería agarrarla y sacudirla un poco, tal vez darle un buen puñetazo en la sien, para que entrara en razón, pero ella era demasiado veloz y le esquivaba.

—Para, detente, me vas a forzar a…

Nilia saltó y le dio una patada en la cabeza. Tanon acabó en el suelo por segunda vez. Tampoco en esta ocasión ella aprovechó esa ventaja, sino que lo invitó a levantarse de nuevo.

—Vamos, arriba. No eres nada, Tanon.

—¿Por qué lo haces? Yo…

—¡Yo te admiraba! Me uní a la rebelión por ti. ¿Sabes cuántos más hicieron lo mismo? Sin tu participación, muy pocos se habrían atrevido a pensar siquiera en iniciar una guerra.

Tanon se incorporó hasta quedar sentado.

—Entonces…

—¡Calla! Te admiraba de verdad. Luego, en el Agujero, al ver tu fuerza y todo lo que hiciste por nosotros… Creí de verdad que eras digno de ser reverenciado. Qué ingenua era. ¡Qué imbécil!

—No puedes…

—¡Que te calles! Descubrí vuestro plan. Nos condujisteis a la derrota para infiltrar a Diacos. Nos negasteis la oportunidad de vencer. ¡Cobardes!

—Fue la única solución cuando Sirian y los suyos se negaron a apoyarnos.

—¡Cobardes! —repitió—. Podríamos haber ganado la primera vez incluso sin los neutrales. Teníamos un proyecto común, una razón de ser. Si al menos hubieseis sido sinceros y nos lo hubierais contado… Pero no, tomasteis aquella resolución unilateralmente.

—¿Qué querías que hiciéramos? No podíamos montar una asamblea en medio de la guerra.

—¿Qué tal luchar? Esa opción la descartasteis muy rápido. ¿Imaginas cómo me sentí al descubrir que tú eras parte de esa conspiración? No se lo conté a nadie porque, si todos hubieran experimentado lo mismo que yo, nos habríamos extinguido en el Agujero. Y ahora, como les ocurre a los ángeles, ya sé lo que significa que te traicionen. No es agradable, te lo aseguro.

—¿Me has odiado todo este tiempo?

—Más que a ninguno. Con mucha fuerza de voluntad logré perdonar a Dast. El Favorito ya no es un problema y de Urkast me ocupé durante la batalla de la Ciudadela. Solo me faltas tú.

—¿Mataste a Urkast? ¿Fuiste tú? —preguntó Tanon, incrédulo.

—Fue un placer.

Por primera vez el Barón no pudo controlar su furia. Se levantó y arremetió contra Nilia, quien lo esquivó casi sin esfuerzo. Tanon pasó de largo hasta que su cabeza chocó contra el Mirador. Una pequeña grieta se abrió en la montaña.

Nilia grabó dos runas en el aire y se separó con pasos laterales, acariciando el suelo con sus ágiles botas de cuero. Se desplazaba despacio, pero nunca permanecía quieta. Estaba preparaba para atacar.

—Puedo entender tus motivos e incluso pasarlos por alto —dijo Tanon—. Eres valiosa, pero no te das cuenta de que estás ayudando a los ángeles.

Nilia le lanzó dos arcos de fuego con sendos puñales. Uno voló directo y le cayó en el pecho; el otro rebotó en la runa que había dibujado y alcanzó a Tanon en la espalda. Ambos impactaron al mismo tiempo.

El Barón hizo un mueca, pero apenas se tambaleó.

—Cuando te elimine, Stil liderará a los demonios y ganaremos —dijo Nilia—. Dejarte a ti con vida sería ayudar a los ángeles.

Con un pisotón brutal, Tanon resquebrajó el suelo. Nilia saltó a un lado, lo que Tanon aprovechó para despedazar una de las runas que ella había dejado ardiendo en el aire.

—Lo que dices es absurdo y lo sabes. Yo soy el más…

—¿En serio? —le interrumpió Nilia abalanzándose sobre él. Comenzaron de nuevo a buscarse, a retorcerse el uno alrededor del otro tratando de asestar un golpe—. ¿Qué has conseguido con tu plan? Descubrieron a Diacos y no fuiste capaz de evitar que lo mataran. Dime, ¿de qué ha servido? Ni siquiera tienes inteligencia para entender cuánto os equivocasteis.

—Diacos nos abrió las puertas. Gracias a eso conquistamos la Ciudadela —resopló Tanon, después de fallar una patada.

—O al demonio que yo infiltré. Bah, no tiene sentido discutir contigo. ¿Sabes por qué? Ni siquiera ideaste el plan. Solo te utilizaron para que matases a uno de los tres Justos. Los demás supieron aprovecharse del chiquillo estúpido que eres, que solo busca llamar la atención de los demás, que haría cualquier cosa por un poco de reconocimiento después de ser rechazado por el Viejo y por tu propio padre. El Favorito supo adularte y darte un poco de autoestima. Yo he hecho lo mismo. Te he dejado el último para que mantuvieses ocupados a los ángeles. Solo eres un instrumento sin voluntad, un conjunto de músculos sin cerebro y un cobarde que no sabe sobreponerse al rechazo de los demás.

Tanon falló otra vez al intentar agarrarla.

—Soy el ser más poderoso de toda la Creación y has agotado mi paciencia. Esta es tu última oportunidad de cambiar de opinión. Piensa que esta es tu causa, que sigue siendo tu guerra.

—¡Mientes! —Nilia se escurrió entre sus piernas y lo golpeó con los codos en la parte posterior de las rodillas—. ¡Ya no es mi guerra! —gritó encolerizada—. ¡Me la arrebatasteis con vuestra traición! —Se separó un par de pasos—. Creí que luchaba por una causa, pero era un espejismo. Nadie volverá a jugar conmigo. A partir de ahora lucharé por mis intereses y nada más. Y lo último que haré por los demonios, por todos esos idiotas que como yo fueron engañados, será matarte y dejar a Stil al mando. Así recuperarán su causa, porque Stil nunca los utilizaría de ese modo. Él es el único que merece la pena de todos nosotros.

Tanon ladeó la cabeza.

—Eres demasiado terca. Tú te lo has buscado. —Las alas de fuego se extendieron sobre sus hombros. Tanon sacó la espada y la amenazó—. He estado conteniéndome, pero ya está bien. Te partiré en dos.

Ella sonrió. Cogió los puñales con el filo hacia abajo mientras corría. Tanon colocó la espada recta para obligarla a elegir un lado por el que atacar. Nilia amagó a la derecha y saltó por la izquierda. Recogió los brazos y giró en el aire, escondiendo los cuchillos, maniobra que Tanon no se esperaba. Aterrizó con los dos pies sobre su pecho. Su velocidad imprimió una fuerza demoledora al golpe.

Tanon retrocedió varios pasos y una de sus alas de fuego chocó contra la runa de Nilia. El Barón lanzó un aullido. Se separó con un fuerte tirón y la cara completamente roja de rabia. El ala caía lánguida; parecía una cortina de fuego que arrastraba por el suelo.

—Me basta con alcanzarte una sola vez —rugió.

Nilia lo esquivó y le dio en un costado. Tanon, en un acto reflejo, trató de conservar el equilibrio con la ayuda de las alas, pero una de ellas no respondía, por lo que se desestabilizó hacia ese lado. Sin querer se tambaleó hasta entrar en el Mirador. Nilia no tardó en penetrar en el interior de la montaña y continuar su incansable danza, repartiendo golpes sin cesar.

Tanon resistía sin demasiadas complicaciones. Había soportado castigos mucho más severos. En ocasiones dejaba que Nilia lo alcanzara para tratar de atraparla. Una sola vez, un buen golpe era cuanto precisaba para acabar con ella. Y lo conseguiría antes o después, mucho antes de agotarse. Además, entrar en el Mirador había sido una suerte. Allí, confinados entre los muros de la montaña, el espacio para las piruetas y las fintas de Nilia era mucho más reducido.

Destrozaron todo en su duelo. Los cristales, con toda la información que almacenaban, saltaban en pedazos. Tanon y Nilia se convirtieron en un remolino de destrucción que lo devastaba todo a su paso.

Empezaron a perseguirse alrededor del conducto central que los ángeles habían instalado para poder ascender a la cima. Nilia realizó una maniobra especialmente veloz y logró enterrar uno de sus cuchillos en el muslo de Tanon. El Barón bramó de dolor y, con la fuerza de la rabia que burbujeaba en sus tripas, descargó un puñetazo. Nilia se dobló hacia atrás, apoyando las manos en el suelo, y se alejó sin ser alcanzada.

—¿Duele?

Tanon soltó la espada. Agarró una vitrina enorme y la arrancó del suelo, haciendo caso omiso de la sangre que resbalaba por su pierna.

—Esquiva esto si puedes.

No pudo. La vitrina abarcaba demasiado espacio como para que ella pudiera apartarse. Le dio de lleno y la arrastró. Nilia se empotró contra la pared del fondo. Tardó casi dos segundos en levantarse, lo que era una eternidad para ella. Tenía fragmentos de cristales clavados por todo su cuerpo. Sangraba por muchas partes.

Casi no pudo evitar a Tanon cuando se le echó encima. Retrocedía sin hacer fintas ante los embates de su rival. Al final se dio la vuelta y saltó al conducto. Tanon la siguió.

Nilia ascendía más deprisa porque Tanon tenía un ala herida. Desde su posición más elevada, disparaba arcos de fuego que Tanon pasaba apuros para esquivar, pero resistía los impactos. En realidad, le hacían más fuerte porque aumentaban su furia.

—¡Ahí arriba no escaparás!

No había otra salida del Mirador más que volver a descender por el conducto, algo que Tanon no le permitiría a Nilia. Pronto la tendría a su merced.

Nada más llegar a la cima, asentó bien los pies y separó las piernas. El viento sacudió su trenza. Nilia estaba a pocos pasos de distancia, en una postura relajada.

—¿Nervioso?

—Aquí no te servirán tus acrobacias y tampoco puedes escapar a ninguna parte porque nadie sobreviviría a una caída desde esta altura.

Nilia guardó los puñales.

—Cuento con ello.

Tanon no se lo esperaba. Ni siquiera se le pasó por la cabeza que Nilia planeara suicidarse con tal de acabar con él. Era la única explicación posible para que ella lo embistiera y los dos cayeran al vacío.

En su descenso, el aire comenzó a zarandearlos con violencia. La trenza de Tanon era como un látigo en su espalda.

—¡Estás locaaa!

Asius, amordazado, contempló asombrado cómo Jack Kolby decapitaba a Dast. La presión sobre sus hombros, que ejercían los demonios que lo custodiaban, se había relajado, probablemente por la sorpresa. Él tampoco se había esperado que el menor acabara con el séptimo Barón y menos aún de esa manera.

Comprendió que su vida estaba a punto de terminar, como represalia de los demonios. Se preparó para escuchar el silbido de una hoja de fuego desde atrás y se preguntó si su propia cabeza correría la misma suerte que la del demonio.

Sin embargo lo que escuchó fue un rugido desgarrador. Los demonios alzaron sus espadas y vomitaron su ira, pero él no era el objetivo, sino los menores. Con toda seguridad, consideraban una ofensa que un ser inferior como Jack hubiese matado a uno de sus líderes, nada menos. No importaba que Dast fuese considerado débil y fácil de abatir en combate. Era su rango y su posición lo que debería haber asegurado su supervivencia. Asius, desde luego, no habría ejecutado a un Barón sin más, como había hecho Jack.

A pesar de que nunca se habían visto, aquel menor lo conocía —había mencionado su antiguo puesto de consejero— y Asius lo conocía a él, gracias a Yala, quien había aprendido mucho sobre los menores tras su aventura en el Agujero con Rick. Jack, sin duda, debía de haber obtenido la información de Sirian.

Durante su breve conversación, además de su rango, Jack le había recordado el error que cometieron los ángeles cuando aniquilaron la expedición que los menores enviaron a la primera esfera. Después de todo lo ocurrido, no creía que tuviera importancia, salvo la de enviarle un mensaje: te conozco, sé lo que estoy haciendo y no voy a cambiar tu vida por la de Dast.

Asius había detectado la determinación en los ojos de Jack, su confianza y seguridad en su decisión, su frialdad. No se había dejado impresionar por las amenazas de los demonios, había valorado el intercambio y no lo había encontrado beneficioso para sus intereses. Asius admiró su coraje al no dejarse amedrentar. Los menores contaban con un buen líder. Por eso decidió tratar de ayudarlo en los últimos segundos que le quedaban de vida.

Los menores habían creado una runa defensiva de fuego plateado que resistió la primera descarga de los demonios, pero saltó en pedazos y sus llamas se dispersaron. Asius aprovechó que los demonios estaban centrados en los menores para derribar de un empujón al que estaba a su lado y saltar sobre otro. Extendió las alas y consiguió hacer caer a varios de ellos, con lo que desvió sus disparos e interrumpió alguno. Esperaba haber otorgado unos segundos a los menores.

No se detuvo ahí. Asius continuó repartiendo patadas y cabezazos, estorbando y entreteniendo a los demonios tanto como pudo. Recibió algún golpe que le derribó.

Se incorporó y descubrió con sorpresa que había dejado inconscientes a dos demonios. Hubo algunas detonaciones cerca, de fuego gris. Los menores atacaban desde los edificios. No eran letales a esa distancia, aunque sí molestos. Sus grandes arcos de llamas lograban desestabilizar a los demonios.

Jack arrastraba a Sirian con cinco menores que les protegían. Pasaban serias dificultades para desviar las llamas y mantener alejados, o incluso repeler, a sus perseguidores. Un demonio corpulento, que no se molestaba en cubrirse de los disparos enemigos, se disponía a abatir a Jack. Su espada rasgó el aire sin prisas, midiendo la distancia, calculando la trayectoria. Asius corrió y saltó, y consiguió detener la descarga.

El precio fue un dolor terrible que sacudió todo su cuerpo. Se sobrepuso como pudo, justo a tiempo de girar y evitar ser cortado por la mitad. La hoja de fuego se clavó en el suelo a menos de un palmo de su cabeza. Por puro instinto barrió al demonio con una patada y le dio un puñetazo con todas sus fuerzas. Miró sus manos, sorprendido de poder moverlas. El impacto de la onda de fuego debía de haber destrozado los grilletes.

Tenía libertad de movimientos, pero seguía desarmado. Cuando trató de coger el arma del enemigo que acababa de abatir, un golpe en la espalda lo lanzó hacia adelante. Asius se levantó con rapidez para encarar a su nuevo adversario.

El demonio, muy serio, había dibujado un símbolo de fuego a su izquierda. Lo miraba con fijeza, con las rodillas algo flexionadas y las piernas separadas. La espada brillaba delante de él, impidiendo que Asius se acercara. El ángel sabía reconocer a un oponente duro y era evidente que aquel demonio sabía desenvolverse en una pelea. Era de esos que no perdían la calma. A menos que cometiera un error, Asius no podría con él sin su espada. El demonio reducía la distancia muy despacio, sin confiarse a pesar de su ventaja. No tenía prisa porque antes o después vendría algún compañero a ayudarlo.

Asius buscó una salida, un modo de escapar o derribarlo, pero no encontró nada. Tendría que conseguir llegar al cuerpo a cuerpo o morir en el intento. Sus esperanzas se desvanecieron al ver llegar a otro demonio, el mismo que había insistido en entregarlo a Dast lo antes posible. Lo reconoció por una capucha que cubría su cabeza.

El nuevo demonio se situó a la izquierda del que lo acechaba. Con un movimiento rápido, le arrojó algo a Asius. El ángel casi no lo pudo creer cuando vio la hoja de hielo de su espada aparecer ante él.

—Para que sea una pelea más justa, ¿no crees? —dijo el de la capucha a su compañero, que lo miró extrañado.

Iba a decir algo, pero recibió un codazo en la boca y el encapuchado aprovechó el desconcierto para enterrarle la espada en las tripas.

Asius no sabía qué decir, ni cómo reaccionar. El demonio retiró su capucha, dejó a la vista un rostro desfigurado, con una herida horrible donde debería haber un ojo.

—He sido más guapo, te lo aseguro —le dijo—. ¿Qué tal si nos largamos de aquí?

—No eres un demonio —dijo Asius.

—Soy un amigo tuyo o al menos eso es lo que siento. Raro, ¿verdad? Ah, por cierto, recuerdos de Yala.

—¿Rick?

—El mismo.

—Estás completamente loco, Jack —dijo Sirian, agitando las manos entre el polvo.

—¿De veras? —Jack tosía y se frotaba los ojos—. Lo aprendí de Gordon. Me pareció un buen truco. Ya sabes, como no tenemos moldeadores… ¡Camina! ¡Deprisa!

A sus espaldas, más cerca de lo que la prudencia aconsejaba, tres edificios acababan de ser demolidos. Los escombros y cascotes formaban un muro de ruinas que cortaba el paso a los demonios. Como resultado de la voladura, se había levantado una nube de polvo tan densa que casi daba la impresión de que estaban atravesando la niebla.

Lucy, Jimmy y los tres soldados no tenían problemas para respirar, escudados tras las viseras de sus casos, y Sirian, a pesar de manifestar molestias, no tosía ni le lloraban los ojos. Jack era el único que lo pasaba verdaderamente mal y se tambaleaba de vez en cuando.

—No lo decía por las detonaciones —insistió Sirian—. Matar a Dast ha sido una estupidez.

Jack tardó en responder.

—Y yo que pensé… —tosió— que agradecerías… —volvió a toser— el rescate. —Las palabras parecían lijas en la garganta seca—. No temas… Los demonios están bajo control.

—¿Bajo control? —se espantó Sirian—. Dast era el único Barón vivo que quedaba en este plano.

—Lo sabemos —intervino el pequeño Jimmy—. Por eso era importante eliminarlo. ¿Qué te ha pasado, Sirian? Antes nos entrenabas para luchar contra ellos.

—Para defenderos —corrigió el ángel—, no para participar activamente en la guerra. Puede que podáis con los pocos que quedan aquí, pero cuando los demás se enteren...

—Tengo intención de ir a contárselo yo mismo —aseguró Jack. El polvo por fin se disipó lo suficiente para ver con claridad—. Ah, qué alivio. No te preocupes por ellos, Sirian. Se quedarán en las puertas de Infierno para que los evocadores puedan seguir sacando titanes y sombras. Sin esos monstruos no compensarán la falta de sanadores y perderán.

—¿Cómo estás tan seguro?

—¿Te suena una preciosidad con melena negra y dos cuchillos? Hace poco estuve con ella.

—¿Nilia te ha ayudado? ¿Para que luches contra los demonios? No te creo.

—Muy poca gente lo hace últimamente. He perdido mi don de palabra y es irritante. ¡Jimmy!

—Nilia nos acompañó al Cielo —repuso el chico con diligencia—. Nos detalló la situación y yo tomé nota de todo. Tengo muy buena memoria, Sirian. Puedo recordar cualquier cosa.

—Os está utilizando.

—Igual que hiciste tú —bufó Jack—. ¿No es eso para lo que os servimos los menores? ¿Para cumplir vuestros planes?

—No me compares con ella.

—¿Por qué no? ¿Porque tú no te atreves a matar como ella y te mantienes neutral? No me hagas reír. Los demonios tenían que crear un portal a partir de cinco edificios y nos utilizaron para que sus operaciones pasaran inadvertidas a los ángeles. Tú maquinabas a escondidas cómo encerrarlos a todos en el Cielo y en el Infierno. Que no te atrevas a empuñar un arma en combate no supone ninguna diferencia. Sois todos iguales y ya me he hartado.

—Antes estábamos de acuerdo. Tú más que nadie en el mundo podías haberte negado a colaborar conmigo, pero decidiste involucrarte a pesar de que te oculté algunos detalles al principio. Si quieres culparme de todo lo que ha salido mal, no olvides ser igual de severo al juzgarte a ti mismo.

—Eso hago. Realmente me asombras, Sirian. Puedes maquinar planes que afectan a los tres planos y el curso de una guerra, pero si ves a alguien matando se te revuelven las tripas. ¿Dast era amigo tuyo? ¿Qué pasó entre vosotros?

—Es complicado... Tiene que ver con Capa y algo que nos hizo.

—Capa me trae sin cuidado.

—Pues eso no es inteligente. Capa es mucho más de lo que parece. Él es quien busca Black Rock, no Dast, como pensábamos. Por eso te dije que no debías matarlo.

—Tranquilo, que ya me enteré de esa parte. Y Capa no busca Black Rock; en realidad se trata de algo mucho más sencillo: un bastón.

—¿Un bastón? Venga, Jack, no cometas el mismo error que todos de pensar que está loco. ¿Para qué iba a buscar un bastón?

—Es complicado de explicar. De momento, deja de preocuparte por él. Capa va a morir pronto por los líos en los que se ha metido. Lo tengo controlado.

—Tu arrogancia es increíble. ¿Puedo preguntarte cómo lo tienes controlado?

—Tengo a su hijo. ¿Sorprendido? Pues sí, Capa ha tenido un hijo con una menor. Ese niño-demonio es mucho más de lo que parece, es más de lo que puedas entender, Sirian, así que olvídate del asunto. Y ahora camina, que tenemos prisa. Jimmy, vigílalo, pero intenta no pincharle.

El chico le sonrió.

—No te preocupes, Sirian. Yo solo mato demonios.

Jack se adelantó un poco y encendió un puro. Unos pasos por detrás marchaba Lucy, que no perdía de vista a su líder. El neutral se preguntó si Jack se habría separado para zanjar la conversación o para alejarse de ella.

Habían seguido el cauce del río, alejándose de las puertas del Infierno, y ahora lo cruzaban hacia el norte. De vez en cuando encontraban runas plateadas. Sirian imaginó que Jack había ordenado dejar aquellos símbolos para notar su ausencia en caso de que los demonios las borraran.

Al otro lado se encontraron con una patrulla de diez soldados con armaduras. Jack habló brevemente con ellos y se marcharon. Luego varió su rumbo hacia el oeste, serpenteando entre las ruinas desiertas de Londres. Lucy le preguntó por qué se desviaba de la ruta. Jack ni siquiera se volvió para contestar.

Unas cuantas manzanas más allá, después de caminar entre bloques de hormigón negros, cadáveres de lo que una vez fueron edificios, Jack se detuvo. Y todos comprendieron por qué había dado ese rodeo. Permanecieron en silencio durante varios minutos.

Nadie, ni siquiera Jimmy, detuvo a Sirian cuando se separó de ellos para acercarse a Jack.

—No sabía que era tan grave.

—Nadie lo sabía. Ninguno fuimos capaces de prever esto.

—Siempre se puede hacer algo, Jack. No desesperes. El niño del Infierno puede que sea parte de la solución. Tiene algo especial y creo que Capa…

—Ese niño no nos salvará.

—Cuéntame lo que sabes de él. ¿Cómo pudiste manipularlo para tenderle la trampa a Dast?

—Lo conocí antes de la Onda.

—No debiste dejarlo en manos de los demonios.

—Es el mejor sitio para él. Ese niño es peligroso y ninguno me creéis. Mejor que esté con los demonios que con nosotros. Te aseguro que no nos ayudaría con esto. —Jack extendió el brazo y señaló hacia adelante—. Nadie puede ayudarnos.

Ante ellos, sepultando media ciudad entre una oscuridad esponjosa, se arremolinaba la niebla, amenazadora, siniestra, más negra que nunca. Era una nube oscura que lo devoraba todo a su paso, contra la que no se podían usar armas de ninguna clase.

—¿Qué piensas hacer? —preguntó Sirian.

—No sirve de nada pensar, solo podemos huir. Y no queda más que un lugar en el que refugiarnos.

—Comprendo. Tanon es el último problema al que debes enfrentarte, pero supongo que también has pensado en eso, ¿no? Yo soy el precio para que él os deje pasar. Por eso viniste a rescatarme.

—Me has ahorrado tener que decírtelo. —Jack se volvió y escudriñó sus ojos violetas—. Yo no debería estar al mando porque parece que siempre resuelvo los problemas de la misma forma.

—No te culpo. No te sientas peor por hacer lo que debes.

—Voy a sacrificarte, Sirian, como sacrifiqué a Gordon y a tantos otros. Créeme, es imposible que me sienta peor. Ni tu perdón ni tu odio pueden cambiar eso. El único consuelo que me queda es que esta condenada enfermedad acabe conmigo de una vez.

Tanon giraba sobre sí mismo mientras caía. Daba bandazos entre las violentas sacudidas del viento. Su única ala era insuficiente para frenar un descenso que parecía eterno, desde la montaña más elevada de toda la existencia.

Quizá fuera imposible sobrevivir a esa caída, aun con las dos alas en perfecto estado, pero no iba a rendirse. Agitó las manos con la esperanza de aferrarse a algo; tal vez estuviera lo suficientemente cerca de la montaña como para alcanzar un saliente, un risco, lo que fuera, pero todo daba vueltas tan deprisa que era incapaz de conocer su posición respecto del Mirador.

Las nubes y el suelo se fundían en un borrón gris. Se encontraba mareado, el viento quemaba su rostro, sus ojos, una estela de humo se alargaba desde la punta de su trenza. Tanon luchó desesperadamente por separar las manos y las piernas para estabilizar su cuerpo y dejar de girar. Durante unos segundos logró orientarse lo suficiente para reconocer el suelo acercándose a una velocidad de vértigo. Su último pensamiento fue que, al menos, Nilia correría la misma suerte que él.

El impacto fue el más doloroso que hubiese recibido jamás, sobre todo porque su rabia, de algún modo, le permitió conservar la conciencia. La quinta esfera había temblado con su caída, o eso fue lo que sintió.

Yacía boca arriba, incapaz de moverse, con un dolor atroz que recorría todo su ser. Aquel dolor era bueno, significaba que continuaba vivo. Era consciente de que no debía quedarle una sola fibra intacta, pero seguía vivo. Si no lo encontraba ningún ángel durante el tiempo suficiente, incluso podría reponerse para incorporarse y regresar junto a los suyos. Pero antes, encontraría los restos de Nilia y los trituraría hasta convertirlos en polvo.

Su única esperanza era dormir.

—Nada de cerrar los ojos. No tengas prisa, enseguida dormirás para siempre.

Tanon no podía creer lo que veía.

—Nilia… —susurró.

Una pompa roja reventó en su boca y dejó un reguero de sangre resbalando por la barbilla.

—No es una alucinación, si es lo que piensas. Soy yo.

—Puedes… volar…

—Puedo. —Nilia se posó en el suelo con delicadeza. Se acercó a Tanon y batió las alas—. Siempre he podido.

—¿Cómo…?

—Si te soy sincera, no lo sé. ¿Supimos por qué las alas de Stil nunca se oscurecieron? No, ni él mismo puede explicarlo. Al despertarme después de la Onda me sorprendí de que todos os quejarais de que ya no podíais volar. Recuerdo vuestro temor a que se tratara de un nuevo castigo del Viejo. Yo estaba tranquila al respecto, claro, porque no notaba ningún cambio en mis alas.

—Pero…

—No hables, no te esfuerces. Tienes que durar un poco más. No te preocupes, te lo voy a contar. Sí, ya sé lo que piensas. No dije nada a nadie porque no podía desperdiciar una ventaja como esta solo para alardear, tenía que reservarla para una ocasión especial. Supe inmediatamente que esa ocasión era la de matarte.

—Cobarde…

—Más bien inteligente. Sí, eres más fuerte que yo, pero ya te advertí que andas escaso de cerebro, lo que resulta mucho más valioso, aunque no pretendo que lo entiendas. Para que te hagas una idea de cuánto he esperado este momento, te diré que no hace mucho estuve en el Agujero a punto de caer al abismo con un sanador, Lyam, y me aguanté las ganas de volar. Al final supongo que lo habría hecho de no tener más remedio, pero guardar esta sorpresa para ti era mi máxima prioridad. No te imaginas la de veces que he tenido que controlar la tentación.

—Estás…

—Loca, sí, ya te escuché. —Nilia sacó su puñal y lo colocó en el cuello de Tanon—. Ahora sí puedes hablar. ¿Deseas pronunciar unas últimas palabras?

—¿Por... qué?

—¿No te bastó la explicación que te di? No me apetece recordarte...

—Puedo... luchar... Soy... útil...

—Ah, eso. De acuerdo, mírame a los ojos. No mientas o lo sabré y perderás la única oportunidad que te voy a conceder de salvar la vida. Olvida la fuerza, que ya sabemos que te sobra. Quiero comprobar tu liderazgo, tu entrega a nuestra causa, esas grandes palabras que tanto empleas cuando te conviene. Supongamos que estamos todavía en la Primera Guerra y que estamos ganando. Tenemos al Viejo a nuestra merced, indefenso. Dime, Tanon, ¿lo matarías?

—Yo...

—La verdad o esta conversación terminará ahora mismo.

Tanon parpadeó, intentó tragar saliva, pero solo consiguió más sangre derramándose por su boca.

—Quería que él... me...

—Querías su reconocimiento, ¿verdad? En el fondo, lo único que buscabas era que te aceptara y te quisiera como a los demás. ¿Lo entiendes ahora? Tú no nos representas. No eres digno de guiar a quienes lo han dado todo para ganar su libertad.

—Puedo... cambiar...

—¿Puedes? ¿De verdad?

—Sí...

—No. Aun sin el Viejo, tú ansías la aprobación de los demás. Eres un segundón que siempre buscará alguien en quien refugiarse y ocultar sus inseguridades. Nunca debiste estar al mando.

—Dejaré... de ser... Barón... Te doy... mi palabra...

—Eso sería un primer paso. —Nilia retiró el cuchillo y meditó unos segundos—. Pero insuficiente. No basta para compensar que engañaras a quienes te admirábamos.

—Pero...

—Pero nada. —Nilia le cubrió la boca con la mano—. La guerra se acabó para ti. Adiós, Tanon.

Tanon sintió el cuchillo de Nilia cercenando su cuello. Lo último que vio fue su rostro encima de él, inexpresivo. Ni siquiera advirtió un destello de satisfacción mientras cumplía su ansiada venganza. Nada en absoluto.

CAPÍTULO 13

No hiciste un corte muy limpio, Capa.

Vyns paseaba entre miles de púas de piedra. De haber tenido las puntas redondeadas, aquellos salientes no serían más que las irregularidades de un relieve agreste; en cambio, al estar tan afiladas, daba la impresión de que el terreno estaba atravesado por miles de espadas gigantes hechas de piedra.

—A decir verdad, no fue un corte. —Capa flotaba cerca de él, levitando gracias a sus alas de telio. Su voz sonaba un poco apagada—. Más bien tuve que arrancar la montaña. De otro modo, este resultado tan inverosímil sería del todo inaceptable.

—¿No puedes llevarme? —Vyns saltaba entre los riscos. Tenía la sensación de hacer equilibrios entre puñales, como si caminara sobre el lecho de un faquir.

—Con gran pesar debo admitir que mis fuerzas han quedado mermadas —jadeó Capa.

Vyns prefirió no insistir. Continuaba asombrado de que Capa hubiera podido levantar una montaña entera y soltarla en medio de la batalla para detenerla.

—¿Me vas a contar qué hacemos aquí?

—Cumplir nuestro cometido, mi querido Vyns. Ahí, ¿lo ves?

Capa flotó hasta una roca grande y negra que resaltaba sobre las demás, no solo por su color, mucho más oscuro que el resto de la montaña. Sus bordes no estaban afilados y su textura parecía esponjosa y liviana, como la de una nube.

—¿Esta cosa tan fea estaba en medio de la montaña? —Vyns se posó sobre ella tras planear un largo trecho.

—Absolutamente correcto. —Capa descendió y se tumbó boca arriba, con las manos detrás de la capucha—. Solo pude dar con la ubicación exacta cuando consulté los cristales en el Mirador. Tarea que dificultaba enormemente la guerra por razones obvias. ¿Sería una petición exagerada por mi parte solicitarte que excaves hasta su interior?

—De acuerdo. —Vyns sacó la espada y la dejó caer sobre la roca—. ¡Su puta madre! ¿De qué está hecha? Apenas la he arañado. Espera, que le voy a soltar otro espadazo que te cagas. ¡Toma! Pero... ¡Solo he arrancado una piedrecita!

—Las empresas verdaderamente importantes suelen requerir de un gran esfuerzo, mi querido Vyns. Al finalizar te llenará la satisfacción del trabajo bien hecho.

—¿A mí? Ya... Y tú ahí, tumbado, mientras yo me las veo con este peñasco monstruoso.

—De nuevo no yerras, mi estimado amigo. Debo reponerme para poder proseguir con nuestra labor.

—¡Voy a tardar milenios! Asco de roca.

Después de varios golpes, Vyns jadeaba y solo había logrado mellar la superficie de la piedra.

—Al menos cuéntame ese fin tan elevado que perseguimos, Capa. Y, por cierto, me dijiste que podría ver a mi hija.

—¿Y no es cierto cuanto te he revelado hasta el momento?

Capa se acurrucó con las rodillas pegadas al pecho, acomodó la cabeza sobre una piedra y cerró los ojos. Una expresión plácida iluminó su rostro.

—¡Eh! ¿No irás a dormirte?

—¿Acaso precisas de mi intervención?

—No.

Vyns continuó. Había cogido un ritmo que le permitía ser constante sin agotarse. A cada golpe de su espada, saltaban pequeñas piedras.

—Tú descansa, Capa, que vamos a necesitar tus grandes dones. Pero es que si te duermes me aburro. Cuéntame más, anda. Te he demostrado mi fidelidad, ¿no? Incluso he practicado una de esas reverencias.

—Con unos resultados poco halagüeños, por cierto, pero todavía tengo plena confianza en que la práctica mejore la elegancia de tus maneras. No obstante, esas palabras que has pronunciado son poseedoras de una verdad incuestionable. Me has ofrecido tu apoyo en todo momento, Vyns. Ni en mis mejores sueños imaginaba una ayuda y una amistad tan valiosas como las que has tenido la generosidad de brindarme.

—¡Ay! Me ha dado en un ojo. —Vyns se enfureció con la piedra—. Toma esto, asquerosa. Y esto. Bueno, Capa, entonces dime que vamos a detener la guerra, como prometiste, y a ir con nuestros hijos. Yo sé que solo tú puedes conseguirlo.

—Me honra tu confianza. Y sí, desde luego ese es el plan.

—¿Y para eso hay que rebuscar en esta piedra?

—Se podría decir que es uno de los pasos esenciales para su ejecución.

—Entonces, ¿no arrancaste la montaña para detener la batalla? ¿Era para encontrar esta cosa?

—Percibo cierta decepción en tus palabras.

—Creía que querías detener la…

—La dejé caer donde tú me dijiste, Vyns. Fuiste tú quien evitó que se despedazaran unos a otros. Con el enfoque adecuado, no es complicado ver que tú salvaste a nuestros queridos amigos de un desastroso final.

—¿En serio? —Vyns se hinchó de orgullo al saber que Capa lo tenía en esa consideración. Redobló sus esfuerzos con la espada—. La verdad es que soy un gran tío, ¿eh? Nadie lo reconoce, pero soy la caña.

—¿Cómo que nadie te lo reconoce? Eso es absolutamente falso. Yo he alabado tus numerosas cualidades en más de una ocasión.

El ángel se ruborizó un poco.

—Bueno… ¿y qué hay dentro de este pedrusco?

—La mitad —contestó Capa.

—¿La mitad de qué?

—Nuestra labor es compleja, Vyns. Me atrevería a señalar que su dificultad está a la altura de su enorme relevancia. —Capa se incorporó—. Eso me recuerda que no es de justicia que tú cargues solo con el trabajo. Al fin y al cabo, es mi responsabilidad.

—¿Vas a ayudarme?

—Por supuesto.

—No, Capa, yo puedo hacerlo solo, en serio. Resérvate para lo importante. Déjame a mí esta basura de piedra, no te decepcionaré.

—Insisto, a la par que agradezco tu preocupación.

—Bueno, vale, pues yo me voy a este lado. Tú arréale por allí y ten cuidado de no darme.

—Nada más lejos de mi intención que menospreciar tu excelente sugerencia, pero, aun a riesgo de perder esa humildad que me caracteriza, creo estar en posesión de una idea más adecuada para coordinar nuestros esfuerzos.

—¿Qué? No me marees, Capa.

—Es del todo elemental. Mientras tú buscas aquí la mitad, yo iré en busca de la otra parte. Ah, siempre me asombra la sencillez de una idea brillante. Sí, eso haremos, mi querido Vyns.

Capa hizo una de sus reverencias.

—¡No! ¡Espera! Yo también quiero ir contigo a… —Vyns no terminó la frase porque Capa ya había desaparecido—. A la mierda es donde tendría que ir yo.

Él se va por ahí y yo me quedo solo picando esta roca.

—¡Han matado a Dast! ¡Han venido unos menores y han rescatado al cerdo de Sirian! ¿Es que no me oís? ¡Moveos!

Los demonios que patrullaban las inmediaciones del Agujero se agruparon de inmediato al escuchar las noticias.

—¿Cuándo? ¿Dónde? —preguntó uno de ellos.

Rick señaló a su espalda.

—Ahora mismo. Por allí. ¡Deprisa!

Salieron disparados con las espadas llameando en las manos. Rick observó con cierta envidia lo rápido que se ponían en movimiento. Solo necesitaban saber la dirección y se lanzaban al combate. Sin vacilar, sin preguntar cuántos enemigos esperaban. Sabían que había una amenaza y actuaban. Probablemente así había sido toda su vida en el Infierno; necesitaban confiar en la información de otro demonio sin hacer preguntas, porque dudar era perder tiempo y eso significaba la muerte. Durante su estancia en el Agujero, los demonios se habían entrenado, sin pretenderlo, en las disciplinas de un ejército.

Con todo, Rick no pudo evitar pensar que había sido demasiado fácil y que los demonios eran idiotas. Al menos, hasta que notó un par de golpes sobre su hombro derecho.

—¿Tú no vienes? —le preguntó un demonio al volverse.

—¿Es que no ves mi cara? —Rick señaló la herida de la cuenca de su ojo, la que él mismo se había infligido—. Me han mandado a buscar refuerzos. ¿Qué haces aquí?

—No hay nadie más en esta zona. Ven, conmigo.

—Entonces yo patrullaré…

—¿Por qué ocultas las alas?

Rick resopló, molesto. Por lo visto había topado con un demonio suspicaz.

—Porque me sale de los cojones —respondió—. Y porque no tengo alas.

El demonio sacó su espada de fuego. Rick negó con la cabeza. Una hoz de hielo alcanzó al demonio por la derecha. Le cortó el brazo con el que sostenía la espada y a punto estuvo de partirlo por la mitad. El arco se le quedó incrustado en el cuerpo, a la altura del pecho. Se hizo añicos cuando el demonio cayó muerto al suelo.

Asius salió de detrás de un montículo y se acercó a Rick.

—Debemos irnos.

—Tengo que encontrar al niño —repuso el soldado—. Lo he visto por aquí. Creo que es medio idiota y quiere volver al Infierno.

—Yala me habló de ese niño —dijo Asius—. Si los demonios regresan…

—No puedo irme sin él.

El ángel estudió los alrededores.

—De todos modos vamos en la dirección correcta —dijo tras evaluar el terreno—. No nos buscarán en las puertas del Agujero. Lo rodearemos y luego iremos hacia el norte. Espero que encontremos a ese niño de camino.

—Yo también —asintió Rick—. Escúchame. Quiero pedirte perdón.

Asius lo miró extrañado.

—¿Perdón?

—Por no salvarte cuando tuve la oportunidad.

—Claro que me salvaste. Soy yo el que está en deuda contigo.

—Vi cómo te apresaban los demonios y te dejé solo. Espero que puedas perdonarme…

—¿Yala?

Rick sacudió la cabeza.

—Sí… Disculpa, aún no sé cómo controlarlo… Yala te dejó en esa tormenta cuando te capturaron porque vio a Nilia.

—¡Nilia!

—Sí. Estaba con… —Rick abrió mucho los ojos—. ¡Con Jack! La madre que… Ese hombre nunca dejará de sorprenderme.

—¿Qué hizo Yala? ¿La atacó?

—Sí, pero no en ese momento. La siguió y, bueno, tuvieron una buena pelea. Percibo cierto… ¿dolor? No lo sé exactamente, pero quiero… ¡Mierda! Yala quiere que sepas que no le gustó abandonarte.

—Lo entiendo —dijo Asius—. ¿Y te envió a rescatarme?

—Reconozco que tuve un poco de suerte. Me dijo, si es que «decir» es la palabra correcta, lo que había sucedido y me transmitió algo así como una petición de ayuda. Si estabas vivo era evidente a dónde te llevarían los demonios y yo venía a por el niño, así que mataba dos pájaros de un tiro. Fingí ser uno de ellos con los conocimientos de Yala y… Bueno, el resto ya lo sabes. No me costó convencer a los demonios que yo te llevaría ante Dast.

—¿Te hiciste tú mismo esas heridas?

—Dast me conoce. Era por si me cruzaba con él.

—Por eso no me intercambió Jack. Te reconoció y dedujo que me ayudarías.

Rick arrugó la nariz.

—Ni me vio. Estábamos alejados y yo ocultaba mi rostro cuanto podía para evitar a Dast. Lo cierto es que no intervine antes porque estaba convencido de que Jack aceptaría el intercambio. No hace mucho estuvimos en una situación límite, también con Dast, y te juro que todavía me asombra cómo Jack se enfrentó a él. Parece que siempre tiene un as en la manga y que le gusta hacer cosas imprevisibles.

—Necesitaréis una persona así para lo que se avecina —dijo Asius con aprobación.

—En eso estamos de acuerdo. Yo lo odiaba hasta hace muy poco, como casi todo el mundo, porque lo cierto es que Jack no es precisamente un angelito, si me permites la expresión. Pero sabe lo que…

Asius siguió la mirada de Rick, que se había quedado congelado a mitad de la frase.

—¿Demonios?

—Shhh… El niño —susurró Rick.

El soldado dio un par de zancadas y saltó a una zanja de medio metro de profundidad, seguido de Asius. El niño estaba sentado al amparo de una sombra, removiendo la tierra con aire distraído.

—Por fin te encuentro —dijo Rick—. Vamos, ven conmigo. ¿Es que no me recuerdas? —Suspiró ante la nula reacción del chico—. Los niños no son lo mío.

—Debemos apresurarnos.

Rick no podía estar más de acuerdo. Se inclinó sobre el chaval, que como de costumbre parecía ignorarlos, y lo cogió en brazos. Un chillido espantoso atravesó su oído al tiempo que una lluvia de puñetazos le cayó sobre el pecho, la espalda y los hombros. Sentía patadas en las piernas y la tripa. Rick maldijo no haberse acordado de que al niño no le gustaba que lo tocaran.

—¡Estate quieto!

Trataba de taparle la boca con la mano, pero era imposible contener aquel torbellino en miniatura. Sus alaridos debían de oírse hasta en el Cielo.

—¡Ayúdame! Sujétale los pies. ¡Maldita sea! Cógelo.

Asius se echó a un lado. Medio segundo después un arco de fuego se estrelló en el lugar que había ocupado. Otra llamarada idéntica volaba hacia Rick. Estalló a un metro escaso de su cara, en chispas rojas y azules. Una línea de hielo se extendía en horizontal hasta el lugar del impacto, donde se cortaba de repente.

—Gracias —dijo Rick.

—Lárgate. Salva al niño.

Asius salió de la zanja. Separó un poco las piernas, sacudió su melena pelirroja y cogió la espada con las dos manos. Había tres demonios frente a él.

—No vais a pasar de aquí. Os cortaré en pedazos. A todos.

Otros tres llegaron cuando Rick salía de la cuneta, a su espalda, con el niño todavía pataleando, aunque chillaba algo menos.

—No podrás con todos ellos tú solo.

—He dicho que te largues —escupió Asius, ladeando la cabeza y mirándolo de reojo—. ¡Ahora!

—Nunca he dejado atrás a un compañero en una misión.

—Esto no es una misión y no soy tu compañero. Aprende de Jack y márchate. No te lo repetiré.

No era solo por su disciplina militar. A Rick no le parecía bien dejar a un ángel solo frente a seis demonios, a los que se unían unos cuantos más que se acercaban, al menos cinco. Ni siquiera si se trataba de un ángel tan imponente como Asius. Aun estando sucio, magullado y lleno de barro, su estampa era soberbia. Las alas, completamente blancas, resplandecían ligeramente arqueadas, con las puntas orientadas hacia adelante. Entre aquellas preciosas plumas blancas caía su melena rojiza. Por encima de aquella melena, asomaba la punta escarchada de su espada.

Probablemente moriría si permanecía a su lado. El niño sería apresado por los demonios y Raven, cuando despertara, también sería capturado. La lógica le decía que aceptara el sacrificio de Asius y huyera, y además no se le ocurrían alternativas.

Retrocedió, despacio todavía, buscando desesperadamente un modo de ayudar al ángel y luchando contra sus emociones, que no aceptaban aquella resolución y exigían que se quedara.

Asius tomó la espada y la deslizó a izquierda y derecha, con suavidad, como si dirigiera una orquesta con una batuta de hielo. En el aire dejó varias líneas de hielo enroscadas.

—Esas runas no te salvarán —observó un demonio.

Asius lo apuntó con la espada.

—Luché contra ti en la Primera Guerra. Y contra ti, también —añadió señalando a otro—. A los demás no os conozco o no os recuerdo. —Se dirigió de nuevo al que había hablado—. Recuerdo un combate entre nosotros en la sexta esfera. Volabas bien, rápido y un poco temerario, hasta que te corté un ala. Veo que sobreviviste a la caída.

—Por aquel entonces contábamos con sanadores. Tú ya no usas las corazas que solías llevar en las alas. Por tu nuevo puesto de consejero, imagino.

—Antiguo, en realidad —dijo Asius—. He renunciado. Y no las necesito para acabar con vosotros, con todos a la vez, sí. Ninguno se ha atrevido a atacarme hasta que os habéis reunido… ¿cuántos? ¿Más de diez? Sois todos basura con alas negras. ¿Empezamos ya o vais a esperar a que vengan más refuerzos?

Un semicírculo de alas negras con espadas de fuego corrió hacia Asius. Rick contempló espantado como el ángel permanecía impasible mientras se le avecinaba la avalancha.

En el último momento, cuando estaban a pocos metros de su posición, Asius reaccionó.

—¡Agáchate!

El ángel giró la espada en al aire y la estrelló contra las espirales de hielo. Reventaron y miles de esquirlas salieron disparadas en todas direcciones menos en la de Asius. Rick se tiró al suelo a tiempo de esquivar aquella lluvia de hielo que se clavaba como cuchillos en los demonios. Desgarraron cuerpos, atravesaron alas, ensartaron manos y pies.

Acto seguido la melena pelirroja y las alas blancas bailaban entre los demonios. Asius remataba a los heridos que se ponían en pie y dejaba estelas azules cubiertas de escarcha por todas partes, para preparar el ataque de más demonios que acaban de llegar y se abalanzaban sobre él.

Rick se levantó y fue en busca de Raven. Tuvo que repetirse a sí mismo varias veces que no estaba abandonando a un ángel frente a un enemigo que lo superaba diez veces en número.

Al salir de la tormenta, envuelto por el ronroneo de los vehículos de los menores, Sirian se detuvo, incapaz de dar un paso más. La ventisca todavía removía sus ropas. El ángel frunció su rostro desfigurado, arrugó la nariz y olfateó. Se frotó los ojos violetas y barrió el paisaje que tenía enfrente.

—No te pares —apremió Jack.

—¿Qué ha pasado? —preguntó Sirian—. La luz… Hay más luz en Londres que aquí. ¿Cómo es posible?

Jack lo empujó.

—Ese ya no es tu problema.

Sirian echó a andar sin entender cómo la primera esfera estaba sumida en la oscuridad. No faltaba mucho para que se convirtiera en una noche cerrada, un fenómeno que no tenía cabida en aquel lugar.

Las sombras campaban por todas partes, muy alargadas por el efecto de los faros de los vehículos. Sirian alzó las manos y contempló la sombra de las cadenas que lo aprisionaban.

—¿Sucede lo mismo en las demás esferas? —preguntó.

—No tengo ni idea —gruñó Jack.

—Pero esto es importante.

—Para mí no. ¿Ves a toda esa gente? ¿Recuerdas cuántos cadáveres hemos apartado mientras cruzábamos la tormenta? ¿Sabes cuál era la población mundial antes de que tuviéramos la suerte de que aparecieseis vosotros con vuestra guerra, vuestras alas y vuestras malditas espadas de fuego? A lo mejor tengo que repetirte que esos que ves ahí son los últimos supervivientes de la humanidad. Eso es lo que importa.

Jack y Sirian estaban entre unos pocos cientos de personas que ya habían llegado a la primera esfera. Cientos de miles de menores no tardarían en salir de la tormenta para culminar el viaje que los salvaría de la extinción. Y muchos más, hasta alcanzar dos o tres millones, todavía aguardaban en Londres su turno de iniciar la travesía. Eso era todo, unos escasos millones, una minúscula fracción de lo que había sido la raza humana antes de la Onda. Jack no había podido realizar un nuevo censo y Sirian sospechaba que no deseaba hacerlo porque el resultado, en cualquier caso, sería una decepción.

Los menores se desviaban hacia la derecha guiados por el ejército, como una monstruosa serpiente que se extendía por el borde, aumentando progresivamente su distancia de la tormenta, pero con precaución, dando un rodeo para evitar a los demonios. Su avance era lento y pesado, dado que la inmensa mayoría iba a pie, extenuada por el esfuerzo y la falta de alimento, y tiritando de frío por las ropas mojadas.

No podían disimular el miedo que los atenazaba. Deslizaban miradas furtivas a la extensión que les aguardaba, un terreno desconocido del que solo habían tenido referencias a través de sus religiones. Sirian podía imaginar el rechazo instintivo que sentirían al encontrarse con que aquel lugar oscuro e inhóspito era el Cielo. De no ser por las formaciones que flotaban en el aire, tal vez no lo habrían creído. De cualquier modo, lo único que podían hacer era continuar avanzando, resignados, dejando paso a los que todavía estaban por venir.

Jack y Sirian, escoltados por cinco soldados, entre ellos Jimmy, caminaron en línea recta, alejándose de los demás. Pasaron entre un pequeño mar de rocas dispersas entre los que yacían los restos de un camión aplastado. Ese no era el paisaje que Sirian recordaba.

Cuando pasaban debajo de algún terreno suspendido sobre ellos, la sombra que proyectaba prácticamente los sumía en la oscuridad.

—Los cascos tienen visión infrarroja —dijo Jack a su lado.

—Esto no va a terminar bien.

—Para ti no, desde luego.

—No me refiero a eso. La degradación de la luz… tiene que significar algo, Jack. Y no va a ser algo bueno. Tú también lo crees, lo sé.

—Y tú puedes solucionarlo, ¿es eso lo que pretendes decirme? No te molestes. No voy a escuchar ninguno de tus planes. Dentro de muy poco, tendrás mayores preocupaciones que la luz.

—Las tendrás tú, Jack, no yo. Tanon me matará cuando me entregues. Este es el final para mí, pero tú aún tienes un largo camino y una gran responsabilidad.

—Esa es la historia de mi vida…

Sirian advirtió indiferencia en su voz. Entendía por qué Jack iba a sacrificarlo, pero pensaba que no le gustaba la idea. Eran muchas las razones para que Jack no sintiera afecto por él, a pesar de su estrecha colaboración en el pasado. Habían fracasado en sus planes y a Jack eso no le agradaba en absoluto. Su frustración probablemente había derivado en odio, y necesitaba alguien a quien cargar la responsabilidad de lo sucedido o el sentimiento de culpabilidad lo aplastaría. También estaba el hecho de que pronto moriría. Sirian no lograba aventurar cómo le estaría afectando acercarse al final de su vida. Jack, a todas luces, ocultaba sus sentimientos tras una rabia que el ángel sabía era exagerada.

—Demonios —advirtió el pequeño Jimmy.

—¿Cuántos? —preguntó Jack.

—Tres. No está Tanon. ¿Les pinchamos?

—No es la mejor manera de iniciar las negociaciones, Jimmy. Reserva tus energías por si te necesito. Recuerda que toda esa gente depende de ti, ¿vale?

Jimmy volvió la cabeza hacia la hilera humana que se arrastraba paralela a la tormenta.

—¡No te defraudaré!

—Buen chico.

Los demonios se aproximaron de frente, sin ocultarse. Dos de ellos desenfundaron sus espadas. El que estaba en el centro fue el que habló.

—Deteneos.

Sirian reconoció la tez blanquecina y la silueta alargada de Asler. Le pareció que trataba de imprimir una autoridad excesiva a su voz. Jack levantó el brazo y todos se detuvieron.

—¿Dónde está Tanon?

—Ocupado —gruñó Asler—. ¿Qué hacen todos esos menores irrumpiendo aquí? Ese no era el trato. Lo estáis contaminando todo con vuestros cacharros.

Jack dio un tirón de las cadenas de Sirian y obligó al ángel a colocarse de rodillas. Después dio un paso al frente. Se encendió un puro, aspiró rápido varias veces.

—La contaminación… —Suspiró mientras pequeñas nubes de humo salían de su boca—. Verás, paliducho, los tratos se cambian. Por eso quiero ver a Tanon o a alguien con autoridad, no a un simple esbirro.

Cierto tono rosado asomó a los pómulos de Asler, aunque por lo demás mantuvo la compostura ante el descaro de Jack.

—Yo soy un Barón, menor, y harías bien en cuidar tus modales. Vas a ordenar a tu gente que retroceda ahora mismo.

—Esta conversación va a ser muy larga si exiges estupideces.

—O muy corta.

El Barón ladeó la cabeza. Cuatro demonios más se unieron a él.

—No, será muy larga —repuso Jack—. Puedes traer a todos los que quieras. Adelante, llama a tu ejército si lo prefieres… No lo harás, ¿verdad? Por si los ángeles os atacan. Tus amenazas no me impresionan, así que será mejor que entiendas que no tenemos otra opción. Ningún menor va a regresar y acostúmbrate a vernos por aquí, aún quedan muchos por venir. ¿Sabes reconocer a alguien que no tiene nada que perder? Bien, si eso no te gusta a ti, a Tanon o a cualquier otro bicho con las alas negras, podemos empezar a matarnos ahora mismo.

—¿Piensas que sobreviviríais?

—Lo que yo piense, no importa. Te repito que no tenemos alternativa. En cambio lo que piense Tanon… Sufrirás bajas, paliducho, muchas más de las que crees. Después tendrás que explicar a Tanon por qué han muerto demonios sin ni siquiera escuchar mis condiciones, sobre todo teniendo en cuenta que he traído a Sirian y he cumplido mi parte del trato. ¿Sigues pensando en amenazarme o podemos ir al grano?

Asler se separó de los demonios y caminó rápido hacia ellos. Rebasó a Jack, casi sin mirarlo, y se paró ante Sirian.

—Sirian… —Asler lo sujetó por la mandíbula—. Realmente eres tú, el ángel de las palabras, el que no quería luchar. Te hemos estado esperando. Lo primero que haremos será arrancarte la lengua, para que no vuelvas a engañar a nadie con tus falsas promesas.

—¡No lo toques!

Jimmy dio un paso al frente y amenazó a Asler con su espada. El demonio lo observó con aire divertido.

—Veo que no te separas de este pequeñajo —le dijo a Jack—. El gran mata-demonios, ¿no es eso? A ver si me acuerdo. Ah, sí. «¡Yo mato demonios!» —dijo Asler forzando una voz aguda que pretendía parodiar la del chico.

—¡Pues sí! —se enfadó Jimmy—. ¡A nueve ya! ¡Y si tocas a Sirian te pincho la tripa!

—No hará falta, Jimmy —dijo Sirian.

—Qué noble —escupió Asler—. El ángel preocupándose por los que van a vender su pellejo.

Jack retrocedió hasta ellos.

—¿Qué te había dicho, Jimmy?

El chico agachó la cabeza y murmuró una disculpa.

—Pobrecillo —se burló Asler—. No lo detengas, Jack. Deja al hombrecito valiente que actúe en vez de hablar tanto.

—Lo único que he hecho ha sido protegerte. ¡Jimmy! ¿Cuánto tiempo necesitas para ensartar al paliducho?

—Desde esta posición, menos de un segundo.

—Excelente. Si algo sale mal, quiero que mates a este demonio el primero de todos, ¿me has entendido? No importa lo que suceda. Que este gran Barón muera. Esa esa es tu nueva prioridad.

—¡Será el número diez!

—¿Ahora eres tú el que juega a las amenazas? —Asler negó con la cabeza—. ¿Pretendes asustarme con un chiquillo?

—Al contrario que tú, yo no amenazo a la ligera. ¿Quieres comprobarlo?

—¡Basta! —Sirian se levantó—. Nadie más morirá por mi culpa. Ya me tienes, Asler. Soy lo que querías. Deja que los menores…

—¡Calla! —Asler le cruzó la cara con un revés de la mano.

—No te entregaré a Sirian —intervino Jack—. No hasta que mi gente esté a salvo.

Asler se colocó frente a Jack. Lo estudió a fondo con una mirada cargada de descaro.

—Tu historia de la desesperación no da para tantas exigencias.

—Es un trato justo. Cruzaremos a otra esfera y, cuando estemos a salvo, tendrás a Sirian. No subestimes la desesperación y el instinto de supervivencia. Son unos estimulantes muy eficaces. Y por si tienes dudas, mira esto. —Jack abrió una mochila que cargaba a la espalda y dejó caer algo en suelo—. También era un Barón, si no me equivoco.

Asler observó atónito la cabeza de Dast con sus ojos saltones todavía abiertos. Su respiración se aceleró al instante. Luego la apartó de una patada.

—De modo que era cierto que tenías a Dast.

—Yo no miento nunca.

A Sirian le impresionó la facilidad con la que Jack mantenía la compostura.

—Esto es lo que haremos. —Asler repasó a los soldados con la mirada—. Ya que eres tan sincero, acepto el trato, pero yo también voy a establecer una condición. Las armaduras van fuera, no quiero sorpresas desagradables. Cuando Sirian esté en mis manos, podréis recogerlas y os marcharéis.

—¡No! —chilló Sirian—. No lo hagáis u os quedaréis indefensos. ¡No te fíes de él, Jack!

Otro revés de Asler le hizo girar y terminar boca abajo en el suelo.

—De acuerdo —accedió Jack—. Creo que entendemos perfectamente nuestras respectivas posturas, ¿no, Asler? Matarnos a los que estamos aquí no cambiaría nada.

—Mientras nos des a Sirian no tienes nada que temer.

—Mientras esperes a que atravesemos el orbe y lleguemos a otra esfera, tú tampoco.

Jack se giró hacia los soldados y asintió. Todos se desprendieron de las armaduras entre un coro de murmullos metálicos.

—Un placer negociar contigo. —Asler ofreció su mano derecha.

—Lo mismo digo. —Jack se la estrechó—. Jimmy te entregará a Sirian en cuanto yo le envíe una señal, una runa que solo él y yo conocemos.

Asler se encogió de hombros.

Jack se agachó cerca de Sirian.

—Aquí nos despedimos, amigo mío.

—¿Vas a dejar a un niño desarmado frente a Asler?

—No es un niño cualquiera —dijo Jack—. Y no me fío de nadie más. Adiós,

Sirian.

—¡Despierta! ¡Narizotas! ¡Despierta de una vez!

Algo le dijo a Raven que la bofetada que lo despertó no era la primera que recibía. Le escocía la mejilla. Enderezó el cuello y atisbó una cara hostil y dos alas negras a cada lado.

El demonio lo agarró por el hombro y lo sacudió con una expresión feroz. Gruñó algo que Raven no entendió pero que parecía importante o urgente. Su rostro contraído por la rabia era desagradable, hasta babeaba. Entonces la saliva que colgaba de sus labios torcidos se volvió roja. Después se desplomó hacia un lado.

Raven, que seguía tumbado boca arriba, vio un nuevo rostro asomarse, mucho más feo, deformado por unas heridas espantosas.

—¡Arriba! ¡Vamos, deprisa!

Raven se asustó y dio manotazos.

—¡No me toques! ¿Qué queréis de mí?

—Soy yo, Rick. ¿Otra vez tu amnesia?

La voz le resultaba familiar. Estudió mejor aquella cara horrible que le hablaba.

—¡Cielo santo! ¡Rick! ¿Qué te ha pasado?

—¿Qué?

—Tu cara —dijo Raven, incorporándose.

—Ah, ya ni me acordaba. Considéralo un disfraz. Venga, vámonos antes de que…

—¡Ahora me acuerdo! —Raven retrocedió un paso—. Me pegaste un puñetazo. ¿Por qué? Tú eras mi amigo. No querías buscar al niño donde los demonios y me…

—Lo hice para que no metieras la… Olvídalo. Mira, Raven, lo encontré. Está ahí.

Rick señaló una pequeña figura sentada delante de un muro de fuego. Inclinaba la cabeza adelante y atrás con cierta cadencia. Raven parpadeó varias veces. ¡Era el niño!

—¡Lo encontraste! ¡Gracias!

—Ahora tenemos que largarnos —le apremió Rick—. Antes de que los demonios regresen.

—¿Cómo lo conseguiste, Rick?

—Es largo de contar. Me ayudó un ángel que espero que siga vivo. Vámonos de una vez, por favor. No quiero noquearte de nuevo.

Raven corrió hacia el chiquillo entre constantes tropiezos.

—¡Niño! —dijo tomándolo por los hombros—. No sabes cuánto me alegro de...

El niño empezó a chillar, poseído por la histeria. Raven lo soltó, recordó que no le gustaba que lo tocaran. El chiquillo se llevó las manos a la cabeza y echó a correr descontrolado.

—¡Espera!

La advertencia de Raven no impidió que el niño se metiera directamente en las llamas.

—No le pasará nada —aseguró Rick—. Estuvo en el Infierno, ¿recuerdas? Vamos tras él, pero no vuelvas a tocarlo.

Raven no prestaba atención. Todo su afán era seguir al crío a través del fuego. Rick y él lo cruzaron sin complicaciones, y tal y como había dicho el soldado, allí estaba el chiquillo, parado, con el extraño balanceo de su cabeza.

—Ni se te ocurra —advirtió Rick.

—Solo voy a hablar con él.

—Luego. Ahora tenemos que escapar. Yo me encargo de él, que ya nos conocemos un poco. —Rick se colocó delante del chico—. Eh, tú, mocoso, o echas a andar ahora mismo o te llevo a rastras como antes. Te cogeré y te tocaré todo el cuerpo, ¿me has oído?

El niño no lo miró, pero caminó en dirección a la calle más cercana.

—¿Te entiende? —preguntó Raven, colocándose al lado de Rick.

Caminaban siguiendo al niño de cerca.

—Lo he llevado en brazos un buen trecho, así que sabe que volveré a hacerlo, pero nunca me ha contestado a nada ni me ha mirado. En eso no ha cambiado. A lo mejor tengo que tocarle la espalda para que ande un poco más deprisa.

—No, no. Déjalo, pobrecillo. —Raven alzó la mano hacia la cara de Rick—. ¿Quieres que lo intente?

—No —contestó Rick muy deprisa—. No me duele, de verdad, y has estado varias veces a punto de estallar, cosa que no me haría gracia. No me cures, Raven, en serio. Te agradezco el gesto.

—Soy yo el que tiene que darte las gracias. Yo no lo habría encontrado o habría cometido alguna estupidez.

—No digas eso, ¿me oyes? No hay nadie más importante que tú.

Raven no discutió, aunque distaba mucho de estar de acuerdo con Rick. Cada vez odiaba más ser especial. Comprendía que Rick subrayara esa supremacía, dada la cantidad de hazañas extraordinarias que era capaz de realizar, como curar. Por desgracia también podía matar cuando se descontrolaba, y de un modo mucho más eficaz. Ese era uno de sus mayores temores, no dominarse y, en consecuencia, provocar daños incalculables, como la devastación de una ciudad entera. A su paso por aquella calle desierta y marchita, Raven no podía desprenderse de la idea de que él había convertido Londres en una gigantesca tumba de hormigón chamuscado.

Como entre sus cualidades no se encontraba el talento de la resurrección, Raven consideraba que curar una herida, por grave que fuera, resultaba insuficiente en comparación con el daño que causaba. La pobre Maya no volvería a respirar por su culpa y harían falta millones de horas de trabajo para reconstruir lo que él había asolado en unos segundos. En definitiva, la sanación era una insignificancia, una maldición si venía acompañada de capacidades tan destructivas.

A veces, Raven pensaba que otra persona sí podría hacer un uso correcto de esas facultades sin dañar a nadie, lo que no hacía sino empeorar la opinión que tenía de sí mismo. Miraba a Rick con envidia cuando lo veía controlar su miedo y reaccionar con aplomo ante el peligro. Nunca se desmoronó, ni en la guerra del Cielo ni en el Infierno, no se acobardó, sino que permaneció a su lado incluso entre ángeles y demonios, seres que lo superaban ampliamente. La última prueba de su valentía había sido rescatar al niño de lo que podía denominarse el cuartel general de los demonios. Él sí era merecedor de habilidades como las suyas, de tener un destino relevante, decisivo.

Se acordó de Lyam, de la ocasión en que, al igual que Rick, le había asegurado que había una finalidad para su existencia. Lo dijo después de examinar la runa de su espalda, que según el ángel estaba incompleta. Sus palabras desprendían una convicción absoluta, lo que asustó a Raven todavía más, aun sabiendo que la intención era la de infundirle confianza. Si su destino era tan importante como todos pensaban, más valía que fuese otra persona y no él quien afrontara esa responsabilidad. De pocas cosas estaba tan seguro como de que él no era el indicado. Desde que tenía memoria, lo único que había hecho era huir y esconderse.

—Eh, niño, por ahí no —gritó Rick.

Raven despertó de sus turbios pensamientos.

—¿Qué pasa?

—Nos conduce hacia el oeste, fuera de la ciudad.

—¿Y qué?

—Debemos ir al norte para atravesar la tormenta con los demás y ayudarlos. Tenemos que ir al Cielo.

—¡No toques al pobre niño!

—No te preocupes, conozco un truco mejor. Mira esto. ¡Eh! ¡Todd! ¡Todd, gira a la izquierda!

El niño se detuvo, movió la cabeza a un lado y a otro, como si oliera algo y no supiera dónde.

—¿Qué te parece? Oí a Jack utilizar el nombre del chico —explicó Rick—. Diría que está acostumbrado a que se dirijan a él siempre por su nombre.

Todd continuó andando, pero no en la dirección que Rick le había indicado, sino en la misma de antes, hacia el oeste.

—Rick, déjalo.

—Pero si nos aleja de los demás.

—No, exactamente. Hay algo en esa dirección. Yo también lo siento. Como un tirón… aquí abajo. —Raven palpó su vientre—. ¿Tú no lo notas? Es… extraño, se parece a lo que siempre he sentido cerca de la niebla.

—¿Estás seguro?

Raven asintió. A Rick no le hizo gracia, pero cedió, así que cambiaron de rumbo. Pasaron sobre las planchas de la antigua muralla y caminaron entre edificios a los que no había alcanzado la onda expansiva de Raven a juzgar por su color.

No encontraron a una sola persona en su camino. Todo estaba abandonado. La nieve pintaba el paisaje de un blanco monótono. Por suerte los tres soportaban muy bien el frío y el cansancio. Su ritmo no descendía, no se detenían a comer ni dormir, y pronto Londres desapareció a sus espaldas.

—Eh, mira —dijo Rick de repente—. Puedo ver de nuevo por este ojo.

Raven observó, atónito, cómo se cerraban las heridas del rostro de Rick y el ojo quedaba reconstruido. En pocos segundos, cualquier rastro de lesiones se había desvanecido.

—¿He sido yo? —preguntó, asombrado.

—Creo que alguien ha curado a Yala. —Rick se tocaba la cara y sonreía—. Un buen trabajo —añadió satisfecho.

El chiquillo caminaba en línea absolutamente recta, hasta el punto de que Rick tuvo que derribar una pared en una ocasión porque Todd se negaba a ir en otra dirección. A pesar de que no le gustaba ser guiado por un niño, Rick accedió al deseo de Raven de no importunarlo y dejarle la mayor libertad posible, así que se desfogaba gruñendo con frecuencia.

Raven supuso que la larga y austera vida militar de Rick, en la que no debía de haber espacio para la familia, mucho menos para los hijos, hacía que no se sintiera cómodo en compañía de los niños.

—Vamos a tener que pedir al niñato que cambie de rumbo —dijo Rick.

—Va bien. Yo también siento lo mismo que él. Va por buen camino.

—Pues los dos os equivocáis.

Rick señaló hacia el sur. Allí, destacando contra la nieve, estaba la niebla, una gigantesca masa negra sin límites, ni principio ni final. La sola idea de intentar comprender qué había sucedido, qué podía pasar más allá de la niebla, sobrecogió a Raven.

Aquello debía de ser el fin del mundo. No se le ocurría otra explicación. Se enfrentaban a un fenómeno contra el que ni las armas más potentes tenían la menor oportunidad. Solo se podía sentir impotencia. Solo cabía la posibilidad de huir porque no había modo concebible de detener el imparable avance de la niebla.

Con todo, la dirección en la que caminaban era la correcta. Debían proseguir hacia el oeste.

—Ya estamos cerca —explicó—. El tirón es más fuerte.

—Es una locura que nos acerquemos más. La niebla se mueve y se lo traga todo.

—Tal vez no haya cubierto el lugar al que nos dirigimos. Subamos a esa colina y veamos dónde está el límite.

Rick negó con la cabeza mientras echaba a andar. Estaba molesto, pero permanecía a su lado. Raven envidió una vez más su entrega. Arriesgaba su vida por una causa que no era la suya. ¿Cuántas personas habrían dado la vuelta después de contemplar la amenaza de la niebla?

¿Y él? Raven se preguntó qué habría hecho en su lugar. Antes de escuchar su propia respuesta se juró que imitaría su ejemplo, y si alguna vez creía en algo o en alguien, no dejaría que ninguna emoción lo desviara de su camino.

—¡El niño! —gritó Rick—. ¡Ha desaparecido!

Sus huellas ascendían la pequeña colina que antes había indicado Raven. Rick y él corrieron tan rápido como pudieron, hundiendo las piernas en la nieve al menos un palmo. Al llegar arriba miraron alrededor asustados.

—¿Dónde está? —preguntó Raven, alarmado—. Llámalo por su nombre.

Rick permanecía inmóvil, con la mirada fija, sin pestañear. Raven miró en la dirección que apuntaban los ojos de su amigo y advirtió una extraña forma completamente negra. No era una porción de niebla, como había temido. La forma parecía sólida y era pequeña.

—¿Qué es eso? —preguntó a Rick.

—No tengo ni idea, pero no me gusta.

Desenfundó su espada. En ese instante, la figura negra se deformó, ganó altura y se expandió por los costados. Dos líneas negras crecieron a la vez que mantenían una línea horizontal perfecta.

—Mis más afectuosos respetos.

La figura negra recuperó su forma anterior, pero algo cambió en la parte superior. Se plegó un poco y Raven distinguió lo que parecían cabellos negros algo alborotados.

—¡Es una persona! —dijo Raven.

Dos ojos azules relucientes aparecieron en el rostro de un adolescente. Una capa lo cubría por completo. Les dedicó una sonrisa y luego una reverencia.

—No es una persona —dijo Rick aferrando con más fuerza la espada—. Es un demonio. Y yo lo conozco.

CAPÍTULO 14

Jack tropezó con una piedra y se tambaleó hasta casi terminar en el suelo. Las exageradas posturas que adoptó para conservar el equilibrio provocaron que se le cayeran dos puros y el mechero. Maldijo, se agachó y tanteó entre las largas espigas del terreno en busca de su preciado vicio.

Un niño lo recogió todo del suelo con el característico ruido de la armadura y se lo devolvió a Jack.

—Necesito una linterna o unas malditas gafas como las de vuestros cascos —gruñó.

Stacy y Lucy retiraron las viseras de sus cascos. A ellas sí las vio gracias a unas pequeñas luces con que los yelmos estaban dotados. Las mujeres ordenaron a los miembros de sus unidades que mantuvieran la posición y se aproximaron a él.

—¿Lo conseguiste? —preguntó Stacy.

—Vais demasiado despacio —repuso Jack de mal humor—. Deberíais haber rebasado la mitad de la distancia hasta los orbes.

—Los civiles están agotados —se defendió Lucy—. Son muy pocos los que pueden caminar a buen ritmo.

—No me importa.

Stacy y Lucy intercambiaron una mirada intranquila.

—¿Qué insinúas? —preguntó Lucy.

—Que no cumplís con vuestro trabajo.

Stacy levantó las manos en gesto tranquilizador.

—Jack, hemos hecho cuanto hemos podido, pero todavía no han salido todos de la tormenta. Hay heridos, enfermos, ancianos… Si no lo has conseguido, dínoslo y organizamos la defensa aquí y ahora. No tiene sentido continuar. Sé que no eres experto en cuestiones militares, pero es mejor que nos fortifiquemos mientras podamos, en vez de derrochar las fuerzas que nos quedan en avanzar unos pocos kilómetros que no supondrán ninguna diferencia.

—Me importan muy poco las tácticas militares. Si hay guerra, probablemente nos aniquilarán, a menos que los ángeles también ataquen. Hasta ahí llego, así que vamos a intentar alcanzar los orbes, que es nuestra única esperanza.

—Creo que sería bueno que nos contaras qué ha sucedido —pidió Stacy con mucho tacto.

Jack se mordió los labios antes de contestar.

—Tanon no apareció —repuso de mala gana—. En su lugar enviaron a un demonio llamado Asler.

—¿Y eso es peor?

—Aún no lo sé. ¡Maldita sea, ese es el problema! Con Tanon es sencillo saber si respetará o no nuestro acuerdo. Su orgullo y su estupidez lo hacen inmune al miedo y no ve razón para esconder lo que piensa. Asler no es tan idiota como para dejar claras sus intenciones. He ganado tiempo, pero no sé si Asler esperará hasta el final.

—Porque no lo tienes claro —señaló Lucy—. Te jactas de saber interpretar las reacciones, pero con ese Asler no has podido y estamos a ciegas.

—Exacto. Sinceramente, creo que habrá guerra, y por eso tendríamos que alcanzar los orbes. Puede que algunos logren llegar a otra esfera después de todo y esconderse hasta que los ángeles y los demonios se maten entre ellos. Seguiremos bordeando la niebla hasta un claro que deberíamos encontrar a unos cinco kilómetros. Desde allí avanzaremos recto hacia los orbes.

—¿Estás seguro de esa ruta? No se ve nada con tan poca luz.

—Sirian hizo un plano de la primera esfera hace tiempo y lo memoricé con Jimmy.

—Si no nos separamos de la niebla daremos un rodeo y alargaremos innecesariamente el recorrido —intervino Lucy.

—Pero tendremos garantizado que no podrán atacarnos por la espalda.

—No lo entiendo, Jack. Tardaremos más y, si te he entendido bien, el tiempo es un problema.

—Tardaremos mucho menos.

—¿Cómo? —preguntó Stacy.

Jack guardó silencio y las miró con impaciencia. No tardaron en deducir qué se proponía.

—¡Eso es inaceptable! —estalló Lucy.

—Yo soy el que da las órdenes —repuso él muy tranquilo.

Stacy no habló, pero el temblor de sus ojos indicaba que tampoco estaba de acuerdo.

—Yo no lo haré —dijo Lucy—. Me niego.

—Ahora no podemos hacer elecciones para debatirlo, ¿no te parece? No me mires así. ¿Cuál es tu alternativa? ¿Sentarnos aquí a esperar a que vengan?

—No lo hagas, Jack, por favor. No importa lo que pasara entre nosotros. Te lo ruego. No sacrifiques a los más débiles.

—Todo el que no sea capaz de correr, o al menos trotar, tendrá que quedarse —sentenció—. Si lo logramos, regresaremos por ellos, pero debemos asegurar la supervivencia de la humanidad.

—¿Abandonando a los más necesitados? ¿Qué clase de humanos seremos? Atrás quedarán niños, enfermos, mujeres embarazadas, ancianos… Algún día los supervivientes pensarán en ello y se odiarán a sí mismos.

—No, me odiarán a mí.

—Pero…

—Pero se terminó la discusión. Los que no puedan correr se quedan aquí, así de simple. Los demás nos vamos ahora mismo.

—La amenaza de esa espada de fuego y la innegable postura de combate me confunden terriblemente —dijo Capa nada más acabar la reverencia—. Se diría que un peligro inminente, de graves consecuencias, nos acecha. Sin embargo, y aun a riesgo de cometer una fatal imprudencia, me atrevería a asegurar que estamos completamente solos. No veo justificación para empuñar arma alguna.

Rick no guardó la espada.

—Tú eres la amenaza.

—¿Yo? —Capa se llevó las manos al pecho—. Puedo asegurar que nada debéis recelar de mí, al contrario. ¿No se considera una cualidad esencial en un soldado juzgar debidamente las situaciones potencialmente peligrosas? Te invito a reflexionar sobre ello. Y no temas, llegado el caso de surgir un peligro imprevisto, incluso por mí, no se me ocurriría dejaros sin protección.

—¿Lo conoces? —susurró Raven a su lado.

—Se llama Capa —contestó Rick en voz alta.

Capa ladeó la cabeza al escuchar su nombre, como si acabara de ser presentado en sociedad.

—Y tú eres Raven. Admito que las descripciones que me habían hecho llegar sobre tu persona eran acertadas como pocas veces sucede. Naturalmente, considero una insolencia intolerable el que se recurriera a cierto prominente atributo de tu semblante para sostener dichas descripciones.

Raven sacudió la cabeza, confuso.

—¿Qué ha dicho?

—Que todos te llaman narizón —aclaró Rick.

—Contundente —sonrió Capa—. Carente de tacto, pero mucho más conciso a la hora de explicar lo mismo. Posees una de las escasas cualidades por las que siento una profunda admiración.

—¿Cuál? —preguntó Rick.

—La de expresar una idea con brevedad y efectividad, empleando la menor cantidad de palabras posible.

—Te creo.

—A mí me parece un chaval muy simpático —opinó Raven.

—Es un embustero —dijo Rick—. Lo conocí en Londres y me embaucó haciéndose pasar por el conserje de un edificio, si no recuerdo mal. No podemos fiarnos de él.

—Oh, sí, cierto. Mis disculpas por aquel desafortunado malentendido —dijo Capa con humildad—. No creí conveniente revelarte mi auténtica naturaleza, lo que por otra parte habría ocasionado que nuestro primer y encantador encuentro hubiese tomado otro curso… digamos que menos agradable.

—Baja la espada, Rick. No parece que sea…

—¿Eso crees? ¿Entonces por qué no le preguntas qué ha hecho con el niño?

—¡El niño! —Raven se golpeó la cabeza—. ¡Es verdad! ¿Dónde lo has metido?

Capa se encogió, asustado.

—No es necesaria tanta agresividad, menos todavía cuando se basa en acusaciones infundadas. Por fortuna, no hay cabida para el rencor en mi corazón cuando mis intenciones son malinterpretadas, situación que tiende a presentarse con mayor frecuencia de lo que se podría considerar casual, debo reconocer. El niño está aquí mismo.

Capa dio un par de saltitos a un lado y, justo detrás, estaba el niño, sentado sobre la nieve e inusualmente tranquilo.

Raven se alegró casi tanto como si hubiese visto a Nilia.

—Es un truco.

Capa miró rápidamente al niño y luego a Rick.

—¿Truco? Semejante desconfianza no puede deberse solo a nuestro primer encuentro en Londres. Me atrevo a aventurar, con gran pesar y desolación, que tus pasos han debido de guiarte por caminos tortuosos y que tus ojos han sido testigos de acontecimientos aciagos, si encuentras una dificultad tan grande a la hora de confiar en los demás. ¡Ah…! Entiendo mucho sobre eso, puedes creerme, pero puedo demostrar que solo una noble motivación sustenta mis actos. A ti, Raven, por ejemplo, te puedo prevenir contra este caballero en miniatura a quien tanto pareces apreciar.

—¿Prevenir?

—Exactamente —dijo Capa—. No me hallo al corriente de las razones por las cuales no eres de su agrado, cierto, pero supondría un alivio indescriptible para mi curiosidad que me ilustraras al respecto.

—¿El niño me odia?

—No dejes que te líe —aconsejó Rick.

—El odio es un sentimiento espantoso, devastador —dramatizó Capa—. Yo no diría tanto como odiar, pero algo sucedió entre vosotros. ¿No es esa la razón de que te metiera en prisión?

—¿Fue él? —preguntó Raven con la boca abierta.

—¿Estuviste en la cárcel y no me lo has contado? —se molestó Rick.

—Es que no lo recuerdo y solo lo sé porque hace poco me encontré con un antiguo carcelero de Black Rock y él me lo contó, pero no me dijo quién me metió allí, ni por qué.

—Black Rock… —Rick se esforzó en recordar todo lo que había oído sobre esa penitenciaría—. Jack la mencionó en relación con el asunto de abrir las puertas del Infierno en Londres. Pensaba que había sido cosa de Dast, pero luego resultó que era Capa el responsable.

—Culpable —concedió Capa—. Aunque yo sugerí a mi estimado amigo de los grandes ojos que Londres era la ubicación perfecta, debo subrayar que no era mi intención buscar la citada prisión.

—¿Por qué me encerró allí? —insistió Raven.

—Confieso que guardaba la esperanza de que tú me revelaras lo sucedido, esperanza que ha muerto irremediablemente al contemplar el asombro en tu rostro y comprobar que dices la verdad. Un mal terrible, ese de la amnesia. No obstante, os halláis muy cerca de Black Rock, por lo que concluí, erróneamente por mi parte, que estabais al corriente de todo. ¿Acaso no es ese vuestro destino? Encuentro poco interesante pasear tan cerca de la niebla de ser otras vuestras intenciones.

—Esto es absurdo —dijo Rick—. ¿Cómo te iba a encerrar un niño de diez años en una cárcel? Qué estupidez.

—Un nuevo e imperdonable error que cometo. Espero que sepáis disculpar que se me olvidara mencionar que este niño siempre iba acompañado de un caballero entrado en años, pero despierto y adorable como pocos.

—El tercero… —murmuró Raven—. El otro que estuvo conmigo en la Onda… ¿Lo conoces?

—¿A Tedd? Desde luego. Un anciano con un gran corazón y, francamente, amigos, una pizca de mal genio. De cualquier modo, mi elevada admiración por esa pareja singular no conoce límites.

Rick tiró del brazo de Raven y lo obligó a acercarse.

—No me fío de él —le susurró—. No sabemos qué hace aquí, si nos ha seguido.

Capa se aclaró la garganta.

—Si se me permite, me gustaría matizar un detalle. No os he seguido… Oh, vaya, no quisiera dar la impresión de que curioseaba mientras cuchicheabas al oído de Raven. Una costumbre un tanto fea, por cierto, pero no seré yo quien se moleste por eso. Ocurre que mi oído es excelente, sobre todo cuando mi cabeza no está cubierta por la capucha.

El rechazo de Rick por Capa se reafirmaba a cada momento.

—Entonces, dinos, ¿qué haces aquí? ¿Paseabas por la nieve y has venido a saludar por casualidad?

—Son bien escasas las situaciones en las que la casualidad desempeña un papel tan decisivo, aunque hay que conceder que tales coincidencias se dan de vez en cuando, sin duda. En realidad iba tras el niño. El pobrecillo no lo está pasando muy bien, lejos de su inseparable compañero. ¿No apreciáis en su rostro y su postura lo embargado que se encuentra por la nostalgia? No habla ni juega. Es una tragedia verlo en ese estado. Por suerte creo que puedo levantarle el ánimo.

Capa sacó un palo negro de los pliegues de su capa y comenzó a darle vueltas con la mano derecha. En cuanto el niño lo vio, clavó los ojos en él y, como hipnotizado, su cabeza se movía en círculos, siguiendo la trayectoria del palo.

—¿Qué haces? —preguntó Raven.

—Lo entretengo —explicó Capa—. Adoro a los niños.

Rick ya estaba impresionado solo con ver que el niño fijaba la vista en un punto concreto, pero la sonrisa que asomó a sus labios terminó de descolocarlo. Nunca lo había visto interactuar con nada ni nadie de un modo tan directo y expresivo.

El niño se levantó y corrió hacia Capa con las manos extendidas. Con un rápido movimiento, el objeto desapareció. Todd rompió a llorar. Raven iba a intervenir, pero Capa chasqueó los dedos de la mano izquierda y el palo negro apareció en su mano. El niño soltó una carcajada.

—A los niños les encantan los trucos de magia, ¿no lo sabíais? —Capa se cambió el palo de mano, más deprisa que un parpadeo—. Oh, y no solo a los niños, por lo que veo. Consideraré vuestras bocas abiertas como una muestra de admiración y reconocimiento por vuestra parte. Y ahora el truco final. Debería ser algo especial, asombroso de verdad.

Capa separó una mano. La capa negra quedó extendida. Cuando Capa la cerró, el niño había desaparecido en su interior.

—¡Se va a ahogar! —se alarmó Raven.

La tela negra se removía. Podía apreciarse un bulto que se desplazaba de un lado a otro. Capa sonreía.

—Me hace cosquillas…

—¡Sácalo de ahí!

—Por supuesto —asintió Capa. Abrió su capa negra. No había nada. El niño se había esfumado—. ¡Tachán!

Capa se dobló en una reverencia.

—¿Qué has hecho con él? —preguntó Raven.

—Lo he sacado, como me pediste. Oh… ¿el truco no ha sido de vuestro completo agrado?

La respiración de Raven se aceleraba. Una gota de sudor resbaló por su frente y Rick supo que, si su amigo no se calmaba, perdería una vez más el control de sí mismo. Y no sería agradable.

—¡Trae al niño de vuelta, demonio! —Rick lo amenazó con la espada—. Si no te das prisa, te trocearé.

Capa se cubrió con los brazos.

—¡Cuánta hostilidad! —replicó, molesto—. Mi único propósito es ayudar y brindar información, pero nadie reconoce mi magnánima voluntad. Creo que mi arte merece un público más sensible. Un placer, caballeros.

Hizo otra reverencia y desapareció.

—¡No! ¡El niño! —chilló Raven.

Rick no podía creerlo. Examinó las huellas que había dejado Capa en la nieve. Entonces recordó lo que descubrieron en el Infierno, cuando estuvieron en lo que parecía ser una cueva de Capa. Allí comprobaron que el demonio no solo era capaz de enviar a sombras y titanes de un lado a otro, también a personas, y por lo visto también a sí mismo.

—Raven, yo…

Rick se quedó mudo al ver cómo Raven brillaba. Una aureola dorada se expandía a su alrededor.

—El niño era mi única esperanza de averiguar la verdad…

—¡Domínate! ¡Por favor!

—Tú amenazaste a Capa y se lo ha llevado… ¡Todo es por tu culpa!

Rick tuvo que cubrirse los ojos porque ya no podía soportar aquel destello dorado. Giró sobre sus talones y corrió al límite de sus fuerzas, forzando sus músculos hasta el punto de sentir dolor en las piernas.

La detonación fue tan fuerte que lo dejó sordo. Un calor abrasador lo envolvió cuando se vio dentro de una gigantesca burbuja de luz. El dolor resultó insoportable. Lo último en lo que Rick reparó fue en que sus pies perdían apoyo y el suelo cada vez estaba más lejos. Después perdió el conocimiento.

—En otras circunstancias… —Asler dudó un momento antes de continuar—.

Sí, creo que me caerías bien, chiquitín. Hasta podrías ser mi mascota.

—¡Si tocas a Sirian te pincho! —ladró Jimmy.

El demonio observó su diminuta espada con aire divertido. Desprovisto de su armadura, el chico era todavía más pequeñajo, más que Capa, que era uno de los demonios más insignificantes en cuanto a tamaño. Por lo demás, Jimmy era muy diferente.

Su aspecto era feroz, o más bien pretendía serlo. Era complicado advertir una amenaza en un menor de tan poca envergadura, especialmente ahora que se habían quitado las armaduras, que era lo único que les permitía equipararse a los ángeles y los demonios. Con todo, el chaval no se amedrentaba.

Sus cuatro compañeros aguardaban un par de pasos por detrás, indefensos pero sin desmoronarse por el miedo, como Asler siempre había pensado que se comportarían los menores en una situación como aquella.

El traidor de Sirian permanecía de rodillas al lado de Jimmy. Sangraba por el labio que Asler le había roto al golpearlo. No parecía muy predispuesto a decir nada, cosa que no era de extrañar considerando el destino que le aguardaba. Su rostro desfigurado era la parte de su cuerpo que en mejor estado iba a quedar cuando terminaran con él.

—Vendido por un menor... ¿No te da un poco de vergüenza, Sirian? Tú le ayudaste a crear esas armaduras, ¿no? —Asler dio una patada a las piezas amontonadas en el suelo—. ¿Qué se siente al ser traicionado? No es agradable, ¿a que no?

—Jack ha hecho cosas peores que entregarme para salvar a los menores —contestó Sirian sin alzar la cabeza—. No me ha traicionado porque no es su guerra y no le habéis dejado muchas alternativas.

—De modo que lo perdonas...

—Algo de lo que vosotros sois incapaces.

—Pero tú no. Tú eres mejor que nosotros y que los ángeles, ¿verdad, Sirian? Entonces, espero que nos perdones cuando acabemos contigo. —Asler le dio un puñetazo—. Quieto ahí, enano, o te tragarás tu espada —advirtió a Jimmy.

El chico apretó la mandíbula y dio un paso hacia el demonio.

—¡Asler!

Llegó un pequeño destacamento compuesto por diez demonios, todos con las alas desplegadas. Sus plumas negras se fundían con la penumbra, cada vez más acusada.

—¿Y Tanon? —preguntó Asler.

—Ni rastro de él —informó el demonio—. Al parecer un corredor le entregó un mensaje de Nilia y se ha marchado a la quinta esfera.

—¿Solo?

—Sí. El corredor dice que Nilia reclamó su ayuda para rescatar a Stil.

—Entiendo... —Asler asintió, pensativo. Aquello significaba que Tanon tardaría en regresar, dado que salvar a Stil era prioritario para los demonios. Por tanto, él era el único Barón al mando si atacaban los ángeles—. Bien, creo que ya hemos perdido bastante tiempo con los menores. Enviad corredores a espiar las inmediaciones de los orbes en las demás esferas. Si los ángeles se acercan quiero saberlo. Vosotros, organizad las defensas. Quiero a todos los demonios preparados para entrar en combate. Y vosotros dos, coged a Sirian.

—Todavía no, paliducho —gruñó Jimmy—. Hasta que no reciba la señal de Jack, nadie se lo llevará.

A Asler ya no le hacía tanta gracia el pequeño entrometido.

—Escucha, enano, tengo que ocuparme de asuntos importantes. Largaos si queréis vivir un poco más o morid con el neutral si os apetece. A mí me importa bien poco…

—¡Aaah!

Jimmy saltó como un rayo, se plantó ante Asler y enterró su espada en el vientre del demonio. Se aferró a la empuñadura con las dos manos y la giró.

—¡Jack me dijo que te pinchara a ti el primero! —gritó Jimmy. Asler se atragantó con su propia sangre y se desplomó en el suelo—. ¡También tengo para vosotros, demonios de mierda! ¡Venid a por mí!

—¿Es que no he hablado claro? —gruñó Jack—. ¿Por qué seguís aquí las dos?

Lucy y Stacy apenas habían intercambiado una mirada rápida, suficiente para que ambas supieran que compartían sus dudas respecto a la orden de Jack.

—Antes de abandonar a los más débiles para que mueran, como nos pides… —dijo Lucy.

—Como os ordeno —subrayó Jack.

—Te pedimos que lo reconsideres una vez más. Sabes que no es la decisión correcta, Jack. Puedo incluso hacer el esfuerzo de aceptar que es la decisión conveniente, pero eso no basta. Yo también he cometido errores y he matado para salvar a otros, lo sabes, pero esto… Esto no está bien.

—La ética y la moral pierden todo su valor cuando la supervivencia está amenazada. Podemos morir todos juntos para que tú te sientas bien, Lucy, o podemos hacer que la especie humana perdure y sobreviva a las peores adversidades que se han conocido jamás.

—¿Así es como piensas redimirte? Solo sabes resolver los problemas sacrificando a alguien, nunca a ti mismo.

—¡No es culpa mía que nadie más sepa usar el cerebro! —estalló Jack—. ¿Se te ha olvidado lo que le sucedió a Thomas? Deberías preguntarte por qué los bonachones como tú nunca aportáis una solución, solo protestáis. Y mientras tanto, la escoria como yo tiene que apechugar con el problema. ¡Os dejé ir por vuestra cuenta y regresasteis a buscarme! ¿Quieres culparme a mí de todo? Perfecto. Haz como los demás, si eso tranquiliza tu conciencia. Pero piensa esto detenidamente: si tú o Thomas, o cualquier otro, hubiera logrado resolver nuestros problemas, yo no estaría aquí ahora ordenando dejar morir a la mayoría de los supervivientes. ¡Malditos seáis! ¡Todos! ¿Piensas que estoy contento de condenar a toda esa gente? Nada me haría más feliz que poder desaparecer y dejarlo todo en vuestras manos, pero no sobreviviríais ni diez minutos.

—Jack... —Trató de calmarlo Stacy.

—¡Jack, nada! ¡Mirad a todas esas personas! Son los últimos supervivientes de los seres humanos. Hasta que yo no intervine, ninguno de ellos había puesto un pie en el Cielo para escapar de la destrucción más absoluta. Odiadme, no me importa, pero la niebla os estaría devorando a todos ahí abajo de no ser por mí. Esas personas, esos moribundos que siguen caminando y forzando sus límites ya son unos héroes. Si mueren todos, ¿de qué habrá servido llegar hasta aquí? Los que todavía respiramos tenemos la responsabilidad de que nuestra especie perdure. Y para hacerlo, tendremos que dejar morir a más gente. Tal vez mueran también algunos de nuestros valores, pero los que sobrevivan los recuperarán con el tiempo. ¡Porque estarán vivos! ¡Que me juzguen! ¡Que me desprecien por toda la eternidad en las lecciones de Historia! Si alguien recuerda mi nombre, aunque solo sea para mearse encima de él, será porque habrá seres humanos con vida.

Jack jadeaba como si hubiese corrido cien kilómetros. Su respiración agitada fue lo único que se escuchó durante un largo rato. Lucy y Stacy permanecieron completamente quietas, ni un solo chirrido metálico salió de sus armaduras.

—No podemos enfrentarnos entre nosotros ahora —dijo al fin Lucy—. Yo iré al frente y abriré la marcha.

—De eso se encargará Stacy. Antes o después tratarán de detenernos y tú tienes poca experiencia con las armaduras. Stacy es la mejor.

Stacy asintió.

—Ordenaré al ejército que se sitúe a la izquierda, dejando a los civiles entre los soldados y la niebla, y cubriendo el único flanco por el que nos pueden atacar.

—Acelera la marcha —le recordó Jack.

Stacy asintió de nuevo y se alejó trotando, seguida de los cuatro miembros de su unidad.

—Lo siento mucho, Jack —dijo Lucy en cuanto se quedaron solos—. Entiendo la presión de las decisiones a las que te enfrentas. Yo... ahora veo por qué no tienes tiempo para mí.

—Mereces a alguien mejor, alguien capaz de rebatirme y lograr lo mismo que yo con otros métodos. No, no quiero que me discutas esto. Que yo sea la mejor opción que tenemos es una desgracia que ya no puedo remediar. No quiero que me perdones, ni que me comprendas. Sobrevive a todo esto, Lucy, y no olvides nada. Aprende, encuentra el modo de que en el futuro no sea un tipo como yo la mejor esperanza de la humanidad. Esa será tu misión, una que yo sería incapaz de realizar, y no te envidio, porque es infinitamente más complicada que la mía.

—Tal vez no pueda…

—Cada uno somos fuertes a nuestro modo. Tú vas a mejorar el mundo. Yo solo voy a salvarlo.

El aullido le traspasó los oídos. Hasta ese momento, Rick había estado disfrutando de un sueño placentero y relajado, pero el rugido del viento se había vuelto insoportable.

Abrió los ojos y descubrió que le dolían todas las partes del cuerpo. Una especie de cadena alrededor de su cintura lo mantenía preso. Alzó la cabeza, pero sus ojos solo captaron sombras difusas y formas desdibujadas.

Se removió, tratando de incorporarse. Un crujido y de repente cayó. En el descenso chocó contra algo que lo desvió a un lado. Aterrizó con brusquedad, pero por fortuna un grueso manto de nieve amortiguó el golpe. A su lado cayeron varios objetos extraños. Al tocarlos tuvo la sensación de que era madera, aunque muy fría. Rick forzó la vista. Poco a poco su visión mejoró y reconoció que, en efecto, lo que sostenía en sus manos parecía una rama seca. La sombra que se retorcía a su derecha, muy alta, debía de ser el árbol al que había pertenecido.

No eran cadenas lo que había notado al principio. La explosión de Raven lo había lanzado en volandas hasta acabar inconsciente en la copa de aquel árbol. Era un árbol tétrico, sin una sola hoja, de color negro y con aspecto de estar reseco por dentro, a pesar de la abundancia de agua que debía fluir en el subsuelo con tanta nieve alrededor. A Rick le dio la impresión de que ese árbol estaba muerto.

Encontró más árboles como aquel mientras buscaba a Raven. La mayoría, por no decir todos, quebrados y prácticamente sepultados por la nieve. A veces asomaban ramas de madera negra, astilladas y ensortijadas, enroscadas entre ellas. No podía tratarse de un lugar normal y corriente.

Subió una pendiente desde la que tendría una visión mejor para situarse. El paisaje fue sobrecogedor, a punto estuvieron de fallarle las rodillas.

Pocos metros más allá de su ubicación, el blanco desaparecía por completo, ni un solo copo de nieve brillaba. En su lugar había un cráter que desprendía humo. Su tamaño era colosal: tan profundo que Rick no alcanzaba a ver el fondo, y tan ancho, que no distinguía el otro extremo, aunque aquello tal vez se debiera a que aún no había recuperado completamente la visión. Eso esperaba. De lo contrario, la extensión que Raven había arrasado era incalculable.

Si su amigo estaba en alguna parte de aquel descomunal agujero no lo encontraría. Decidió regresar, pero se detuvo a los pocos pasos. Desde lo alto de aquella colina divisó dos tipos de niebla: uno era el muro que se estaba tragando el mundo y se acercaba por el sur; el otro era una hilera estancada, con un principio y un fin claramente delimitados, una línea de niebla que no se desplazaba, tal y como había sido la de antes, la de siempre, la que se cruzaba para ir al Cielo. Con todo, presentaba una diferencia. Los bancos de niebla antiguos, por denominarlos de alguna manera, eran como las nubes, esponjosas y con formas poco definidas. La niebla que ahora contemplaba formaba una línea perfecta, demasiado recta, lo que no podía ser resultado de ningún fenómeno natural. Alguien había creado esa niebla y la había dispuesto de aquel modo.

No demasiado lejos escuchó un golpe, como algo que chocaba contra el suelo. Rick regresó por donde había venido, sorteando las ramas de aquellos árboles muertos. Encontró una estructura medio derruida que se alzaba varios metros. A los pies de aquello que recordaba vagamente a una torre había una zona despejada de nieve. Justo allí, rodeado de sangre, se encontraba Raven. Rick alzó la vista y concluyó que debía de haber caído desde la torre. Probablemente había escalado para tener una vista mejor desde arriba, y considerando los torpes movimientos de Raven...

—Vete.

El rostro de Raven estaba manchado de rojo, aunque no parecía herido. Su voz había sonado tan firme y rebosante de seguridad que le pareció extraño.

—¡Raven! ¿Te encuentras bien?

—Perfectamente. Ahora márchate. Estamos en Black Rock. Aquí fue donde empezó todo. Este no es lugar para ti.

Raven se levantó y fue hasta la base de la torre.

—¿Por qué quieres que me vaya? No te voy a abandonar.

—¡Lárgate! Quiero estar solo.

Rick no supo cómo reaccionar. Raven había cambiado, no tartamudeaba, sus ojos no temblaban. Era un hombre nuevo.

—Encontraremos a Capa y recuperaremos al niño.

—Ya no me importa —dijo Raven—. No quiero volver a ver a ninguno de los dos. No quiero ver a nadie más.

Rick se odió a sí mismo por ser tan estúpido.

—No te has caído, ¿verdad? Te has tirado. ¡Has vuelto a intentar suicidarte!

—Márchate, Rick, por favor. No puedes comprenderlo.

—Claro que puedo. Eres un cobarde. Me has hecho pasar por todo esto para nada.

—¡Tengo que morir! Ese es mi destino. Lo siento dentro de mí. Estoy hecho para… liberar una especie de energía que lo consumirá todo. He tardado mucho en comprenderlo. ¿Cómo explicar lo que se siente al llevar la destrucción por dentro, la nada? ¿Cómo te hago entender lo que significa la muerte? No hay palabras adecuadas para expresar todo eso porque no es un conocimiento que debiéramos tener, pero yo lo tengo. Sé que la muerte es la finalidad de mi existencia.

—Raven, tú eres muy importante. Eso también lo sé yo, lo percibo. Nadie así puede quitarse la vida.

—Es bueno que pienses de ese modo. Es necesario para los tuyos que no entendáis ciertas cosas que están por encima de vuestra compresión.

—¿Pero qué dices? ¡Ya basta de gilipolleces! No eres precisamente el tipo más lúcido con el que me he topado.

Se miraron. Durante un tiempo ninguno habló ni se movió. Rick no lograba descifrar la expresión de Raven y no sabía si sus palabras le habrían hecho recapacitar.

—Si te quedas, también morirás —le advirtió Raven—. Yo seguiré intentándolo hasta que logre dar con la muerte que ha sido escrita para mí. Adiós.

Rick se resignó. Su amigo nunca le haría caso, así que decidió detenerlo de la única manera que había sido efectiva hasta el momento. Buscó una rama bien grande para rompérsela en la cabeza. Ya que no podía morir, a pesar de ser su deseo, al menos lo dejaría sin sentido.

Al dar un paso atrás, tropezó con algo grande. Rick giró sobre sus talones y se dio de bruces con un ángel de alas blancas y melena pelirroja.

—¡Asius! Lo lograste, escapaste de los demonios.

—No fue sencillo.

Las alas estaban manchadas de rojo y les faltaban algunas plumas. No obstante, Asius mantenía su postura recta y elegante, aunque se apreciaba cierto esfuerzo, como si estuviese agotado.

—Luego me lo cuentas. Necesitamos tu ayuda.

—A eso he venido.

—Genial, porque yo ya no sé qué decirle a este.

—No he venido a ayudarte a ti, sino a él. —Asius miraba a Raven fijamente—. Yo sí sé cómo acabar con tu sufrimiento. He venido a matarte, Raven.

CAPÍTULO 15

La sangre de Asler resbalaba por la rodilla de Sirian. Continuaba brotando de su boca y su vientre, a pesar de que el demonio ya estaba muerto. El ángel se sobresaltó cuando el cadáver se desplomó a su lado y escuchó al pequeño Jimmy retando al resto de los demonios a que lo atraparan.

Daba la impresión de que Jimmy había perdido la razón, porque nadie con su memoria y su desarrollado talento para la estrategia militar se plantearía retar a más de una decena de demonios sin vestir siquiera la armadura. Puede que Jimmy ya diese su situación por perdida y hubiera preferido atacar primero. La sorpresa era una de las tácticas que más le gustaban, si no recordaba mal.

Los demonios, tras varios segundos que necesitaron para procesar lo que acaban de presenciar, echaron a correr hacia el pequeño insolente. Jimmy, en vez de amedrentarse, los insultó.

Tres arcos de fuego derribaron a varios demonios. Lo más increíble era que el fuego de aquellos arcos era anaranjado, no gris.

—¡No te muevas! —gritó Jimmy.

Sirian oyó un chasquido metálico. Las cadenas que aprisionaban sus manos cayeron al suelo.

—¿Cómo? ¿Qué?

Jimmy recogió una espada y se la puso a Sirian en las manos.

—Espero que sepas usarla. ¡Vamos! ¡Levanta! Luego te lo explico, pero ahora tenemos que escapar.

El pequeño Jimmy señaló hacia adelante. Sirian vio a tres ángeles que luchaban contra los demonios. Sus alas blancas y sus espadas de fuego causaban estragos entre los demonios, que al igual que él, no podían imaginar de dónde habían salido.

Sirian logró ver el rostro de uno de los ángeles y lo reconoció. Entonces, lo entendió todo.

—Eres un maldito genio, Jack —murmuró mientras se dirigía hacia la lucha.

—Gracias —dijo Raven.

—¿Gracias? —repitió Rick, asqueado. Luego miró a Asius—. ¿Cómo puedes venir a matarlo? Eres un ángel.

—Cuanto te ha contado es verdad —dijo Asius—. Raven es la destrucción. Su existencia es una amenaza para toda la Creación.

—Y la solución es matarlo.

—Él mismo te ha revelado que ese es su destino.

—Rick, tienes que entenderlo —intervino Raven—. Si hubiéramos ido al norte con los demás... Has visto el cráter. Habría matado a los últimos supervivientes.

—Aprenderás a controlarlo.

—No puede —objetó Asius—. Nadie puede controlar una fuerza como esa. ¿Cuántos más deben morir para que lo entiendas? ¿Quieres ser responsable de la aniquilación de toda tu especie? Nilia quiere llevaros al Cielo para que Raven acabe con todos nosotros.

—¡Mentira! —Rick estaba furioso. No podía creer que un ángel no lo apoyara en esto—. Te lo estás inventando. Lo que tú quieres es vengarte porque crees que Raven mató a Dios.

—Lo hice, Rick —repuso Raven—. No es una creencia, es una certeza. ¿Pero sabes qué? Tengo recuerdos mucho más vivos de cuando quemé a Maya con mis propias manos. Nadie estará a salvo mientras yo viva.

—La ira no te deja razonar —continuó Asius—. Tú lo has visto con Nilia. ¿De verdad no piensas que puede manipularlo?

Aquel punto no tenía discusión. Aun así, en su interior, de un modo irracional, no era capaz de aceptarlo.

—Entonces, ¿por qué no nos llevó con ella al Cielo?

—Primero quería rescatar a un demonio llamado Stil.

Rick recordó la pelea de la que fue testigo a través de Yala y la conversación que mantuvo con Renuin. Stil era el padre del hijo que Nilia llevaba en su vientre.

—No quería arriesgarse a que Raven estallara y matara a Stil... —dijo pensando en voz alta—. Cosa que habría hecho al enterarse de…

—Exacto —dijo Asius.

—¡No! —Rick aún se resistía—. Puedo aceptar que Nilia planeara utilizar a Raven, pero eso no cambia nada. Tiene que haber otra solución. Mataremos a Nilia. Yala y yo acabaremos con ella.

Asius lo miró con lástima.

—La última explosión de Raven, la de hace unas horas, no ha tenido nada que ver con ella. Si no es por Nilia, será por otra causa. Es solo cuestión de tiempo.

—Soy inestable, Rick, y siempre lo seré. Aunque pasen meses o años, nadie podrá nunca estar seguro cerca de mí.

—Hay algo más —dijo Asius—. La potencia de tus explosiones aumenta de manera exponencial. La siguiente…

—Podría destruir una extensión equivalente a un continente entero —terminó Raven—. Ni siquiera hará falta que alguien esté cerca de mí para que muera. Al final me quedaré solo en un mundo de cenizas.

Rick se quedaba sin argumentos. La lógica lo estaba convenciendo incluso a él. ¿Cómo rebatir a un ángel que había sido miembro de la estructura más alta de su jerarquía, un ser que había estado en presencia de Dios? ¿Por qué no era capaz de aceptar que podría estar equivocado?

—Yala no te ayudará en esto —dijo Asius. Rick abrió los ojos y dejó de concentrarse—. Está al corriente de mi misión y me apoya.

—Lo sé. Percibo su respeto hacia a ti. Es solo que…

—No puedes aceptarlo. Es normal. La muerte es parte de la vida, incluso de la nuestra, que somos inmortales. He meditado mucho sobre qué haría cuando encontrara a Raven. Yo también tengo mis dudas y no lo sé todo. No me esperaba que él mismo hubiese llegado a la conclusión de que su existencia debía terminar para que todos vivamos. Su muerte tendrá sentido, solo que tú no puedes comprenderlo.

—¿Y tú sí?

—Con gran esfuerzo —admitió Asius—. No es la solución que desearía, pero muchas cosas no son como yo deseo, simplemente son. Si intentas comprenderlo todo, te volverás loco. Regresa con los tuyos. Ellos te necesitan. Ese es tu destino y el lugar en el que puedes hacer mayor bien.

—Tal vez no lo comprenda —dijo Rick—. En realidad, estoy seguro de no entender nada de toda esta mierda. Si me retiro ahora es porque Raven me lo ha pedido, no tú, que quede bien claro. Es muy fácil dar con la solución cuando es otro al que hay que sacrificar.

—No lo es —repuso Asius—. Nada fácil. De todos modos, en este caso, yo también me sacrificaré.

—¡No! —dijo Raven—. Si yo muero es para que nadie más lo haga por mí culpa.

—Es inevitable. Solo hay una herida que garantiza la muerte de cualquiera, incluso la tuya. Voy a tener que cortarte la cabeza. Cuando lo haga, liberarás toda esa energía o fuerza que contienes en tu interior y me consumiré. El final de nuestra vida asegurará la de los demás.

—Entonces... —dijo Rick—, ¿debo irme y dejaros morir?

Raven puso las manos sobre los hombros de Rick.

—Has cumplido tu palabra. Me has acompañado hasta el final y he comprendido mi destino. Estoy bien, Rick, de verdad. Sé que tú no lo entiendes, pero yo te agradezco que hayas permanecido a mi lado y hayas creído en mí, incluso para tomar esta resolución.

—De lo último no estoy tan convencido. Yo creo que...

—Adiós, amigo mío. Ha sido un honor conocerte.

Rick notó que sus ojos se humedecían.

—El honor ha sido mío.

Se dio la vuelta y se alejó por la nieve sin echar la vista atrás.

—Al menos lo hemos intentado —dijo Jimmy con la barbilla bien alta.

Sirian, a su lado, colocó la mano sobre su cabeza y revolvió su pelo.

—Será un honor morir a tu lado.

Habían matado a ocho demonios en total, y solo uno de los ángeles neutrales estaba herido, pero habían llegado muchos más enemigos, docenas. Estaban rodeados. Sirian cruzó una mirada de comprensión con sus tres compañeros, quienes se habían hecho pasar por menores. Ocultos dentro de las armaduras, nadie podría haber sospechado que en realidad se trataba de ángeles y, al despojarlos de las protecciones de telio, los demonios asumieron que estaban indefensos.

Sirian no necesitaba preguntarles para saber que aquella idea había sido de Jack. Como parte de su estrategia, el hombre había fingido un odio desmedido hacia Sirian, para que el ángel actuara con naturalidad, porque una sola mirada entre él y sus compañeros habría bastado para que Asler los hubiera descubierto.

Con ese plan Jack demostraba que nunca se había fiado de los demonios y que, además de aprovechar la oportunidad de salvar a su gente, también había pretendido salvar a Sirian.

—¡Maldición! —escupió Jimmy.

Los demonios se acercaban despacio pero sin pausa, seguros de su victoria. Atravesaban a Sirian con la mirada.

—Tranquilo, Jimmy —murmuró Sirian—. No es un mal modo de terminar. Resistiremos cuanto podamos para que Jack disponga de más tiempo y pueda llegar hasta el orbe. Vas a salvar muchas vidas, chaval.

—No es eso —dijo Jimmy, molesto—. He perdido la cuenta. ¿Eran doce o trece?

Incluso en esas circunstancias, ante una muerte segura, Jimmy consiguió arrancarle una sonrisa.

—Trece —aseguró Sirian, sin tener la menor idea.

—¿Seguro?

—Seguro.

—Pues que sean catorce.

Jimmy resopló y agarró con fuerza su espada. Sirian se fijó el mismo propósito que el chico: antes de morir mataría a un demonio por lo menos. Sus compañeros se prepararon. Dibujaron varias runas entrelazadas con las que pretendían evitar ser atacados por un flanco.

—¡Alto!

Los demonios se detuvieron. Uno a uno fueron volviéndose y una expresión de asombro y alivio se propagó entre sus rostros, como en un efecto dominó. Los que ocupaban la zona del centro se retiraron un paso, dejando un pasillo de alas negras por el que se acercaba un demonio de andares ágiles y distinguidos.

—¿Y ese quién es? —preguntó Jimmy.

—Un demonio muy importante —contestó Sirian.

—¿Le pincho?

—Contra ese no podrás —le aseguró el ángel—. Si quieres llegar a catorce, mejor ve a por cualquier otro.

Raven estaba postrado en el suelo, apoyado sobre las rodillas y las manos. A su lado, con la espada en alto, sujeta con las dos manos, Asius miraba fijamente su cuello.

—Hazlo ya —pidió Raven.

—Antes quiero pedirte perdón.

—¿Por qué?

—Por no haber encontrado una alternativa.

—No la hay —dijo Raven—. Sé que debo morir. Que no flaquee tu confianza en mí ahora.

—No lo hará. ¿Listo?

—Listo.

La espada inició su descenso.

—¡Vamos, pichones! ¡Moveos! ¡Nadie va a rendirse! ¿Me oís? Al que se detenga le voy a moler la espalda a palos. ¡Lo juro por Dios! Tú, niño, ayuda al abuelo, coño. ¿No ves que casi no puede moverse? Y vosotros, dejad esas mochilas. ¡Hay que caminar! Lo demás no importa. ¡Venga! ¡No me obliguéis a sacudiros porque lo haré! ¡Y no habléis! ¡Reservad las fuerzas para mover las piernas!

Jack observó al tipo delgaducho que instaba a la gente a caminar y a seguir adelante. Su delgada silueta se recortaba en la penumbra. Sus gestos y su voz transmitían una energía que muy pocos tenían ya. La mayoría avanzaba cabizbaja y taciturna, con un ojo puesto en la niebla y otro en la dirección opuesta, esperando que los demonios se les echaran encima en cualquier momento, pero aquel tipo, desprovisto de armadura, ponía mucho empeño en mantenerlos a todos en marcha. Sus palabras no eran las más amables, sino que profería amenazas e insultos, pero funcionaban, transmitían un empuje que era necesario en aquellos momentos. A Jack le dio por pensar en la vasta variedad de maneras con las que cada uno podía afrontar su destino.

De vez en cuando caía alguien muerto y había que abandonarlo: proseguir era vital. Ese hombre hacía una labor excepcional al no permitir que nadie se parara o derramara una lágrima.

A Jack se le partió el corazón cuando se acercó a él para pedirle que ordenara un alto.

—Hay que detenerse —le dijo posando un brazo sobre su hombro.

El tipo lo miró de reojo.

—No molestes y camina —gruñó—. ¡Niño! ¿Qué te he dicho? ¡Que ayudes al abuelo! ¡Deja que se apoye en ti! Como me hagáis ir allí os vais a enterar, la madre que os parió. Y tú, amigo, si no quieres verme cabreado, sigue andando antes de que te… ¡Jack! ¡Jack Kolby! Cielos, eres tú.

Jack se extrañó. Casi todo el mundo lo conocía a estas alturas. Se había acostumbrado a soportar miradas de desprecio y odio por igual, también algunas de curiosidad y esperanza. Aquel hombre, sin embargo, lo observaba con asombro y un brillo de reconocimiento especial en los ojos.

—Sí, soy yo. Tenemos que…

—Soy yo. Piers, Arthur Piers. ¿No me reconoces?

—¿Piers? —Jack no podía creerlo. Había olvidado que Arthur andaba por Londres. Se había topado con su inseparable porra *Carlota* cuando encontró a Gordon moribundo—. ¿El jefe Piers?

—¿Cómo es posible que no me reconozcas? Antes de la Onda, en Black

Rock, tú y yo...

—Yo era ciego, ¿recuerdas? Es la primera vez en mi vida que te veo.

—Por todos los... ¡Es verdad!

—Aun así, no sé por qué te imaginaba más... de más envergadura.

—Sí, antes estaba más fuerte. No puedo creer que esté contigo ahora, Jack. Te he buscado durante mucho tiempo. Te lo has montado bien después de la Onda... ¡Chaval, eres tonto o qué te pasa! ¡Sujeta al viejo por la cintura! Perdona, Jack, pero tengo mucho trabajo. Por cierto, ¿qué gilipollez es esa de detenernos? Si nos paramos nadie volverá a ponerse en marcha. Algunos se dormirán.

Jack tomó aire antes de hablar.

—No lo conseguirán todos, Piers. Hay que dejar a los que...

De pronto no podía decirlo. Con Stacy y Lucy, incluso con Sirian, no había tenido problemas en mantenerse firme. Estar permanentemente enfadado los mantenía a raya y lo ayudaba a centrarse en lo único que importaba: sobrevivir. Pero aquello no funcionaba con Piers.

Se le agolparon los recuerdos de la época anterior a la Onda y su fuerza se resquebrajó. Una grieta se abrió en su determinación, sin poder evitarlo y a sabiendas de que no se lo podía permitir. Llevaba mucho tiempo soportando la presión de su conciencia y ahora sentía que el dique estaba a punto de romperse. Iba a desmoronarse.

—¿A los débiles? ¿Tenemos que abandonar a los débiles? —Piers miraba con aire pensativo al anciano y al niño—. Qué putada. ¿Ya vienen los demonios?

Jack se sorprendió de lo rápido que Piers había comprendido y asumido la situación.

—No lo sé, pero vendrán antes o después.

—Sálvalos, Jack. Salva a todos los que puedas.

Piers tenía los ojos húmedos, se atragantaba al hablar. Jack deseó poder ceder también y llorar, desahogarse largo y tendido.

—Selecciona a los que estén en buena forma y avanzad hacia el frente —dijo sin mirarlo.

—Yo me quedo —anunció Piers. Se miraron en silencio un rato—. No he sido una persona ejemplar que digamos, tú lo sabes. He tratado de hacer las cosas bien en mi vida, pero nunca lo he logrado. Ahora no voy a abandonar a unos pobres moribundos. Entretendré a los demonios. Te juro que se lo haré pasar tan mal como pueda a esos cabrones. Tú debes salvar a la humanidad, Jack. Vete.

—Piers...

—¡Vete! —Piers le dio un empujón con todas sus fuerzas. Jack casi cayó de espaldas al suelo—. No hay nada que decir en esta situación.

Jack caminó hacia atrás despacio. Vio a Piers acercarse al anciano y al niño a los que había gritado. Tiró del brazo del chico y los separó.

—¡Eres un inútil! Yo llevaré al abuelo. Mira, así es cómo se sujeta a un hombre por la cintura, ¿lo pillas? Ahora lárgate y no entorpezcas más. Escucha, ¿ves al calvo ese de ahí? Se llama Jack. Ve con él y haz todo lo que te diga.

El chaval se acercó a Jack con paso vacilante.

—¿Qué fue de Carlota? —exclamó Jack.

—Esa Onda de mierda acabó con ella. Asistía al funeral de un amigo suyo cuando un avión le cayó encima. Acababa de llamarla por teléfono, pero solo lo cogió un segundo. Me dijo que un idiota ya había interrumpido el funeral con la música de su teléfono. Esas fueron sus últimas palabras. No quería interrumpir ella también así que prometió llamarme después, pero no pudo.

—Lo siento mucho, Piers. —Jack le vio cargar con el anciano, centrado en su tarea—. Adiós, amigo mío.

—¡Lárgate de una puta vez! Vamos, abuelo. Esto está chupado. Ojalá tenga yo su fuerza cuando llegue a su edad.

No era el Arthur Piers que había conocido hacía tanto tiempo. Era una persona mejor. Jack se preguntó, mientras le lanzaba una última mirada antes de marcharse, si él también habría cambiado para mejorar. No tenía clara la respuesta.

—¡Jack! —gritó Stacy.

La vio acercarse corriendo, acompañada por Lucy.

—¿Qué pasa?

—¡Un ángel! —explicó Stacy—. Un ángel se interpone en nuestro camino. Pregunta por ti.

Rick tropezó con una rama y cayó de bruces en la nieve. Se quedó unos segundos allí tirado. Jamás se había sentido tan mal y tan impotente. No debería ser así. Él era un soldado, siempre había recibido órdenes de algún superior. Alguien con mayor graduación le señalaba los objetivos y él los cumplía. Así eran sus misiones y su vida: guiadas por las decisiones de otras personas.

No debería ser tan complicado ahora que incluso un ángel había sido quien había tomado la decisión. Sin embargo lo era y mucho. No conseguía aceptar la muerte de Raven ni olvidarse de ella para centrarse en ayudar a los supervivientes. Aquel no podía ser el final de un viaje tan largo. ¿Por qué no era capaz de asumirlo? ¿Qué parte de él se resistía?

Lo entendió de repente. Se levantó y corrió de vuelta. El capitán Richard Northon nunca había abandonado a un compañero en toda su vida. Puede que su obligación consistiera en aceptar las órdenes que otros le daban, pero su equipo y sus compañeros eran lo primero, más importantes incluso que el objetivo de cualquier misión. Esa era el principio vital que siempre había regido su carrera militar, así que en cierto modo era todo su ser el que había estado resistiéndose. Le resultaba imposible anteponer ningún beneficio a la vida de Raven. Corrió más deprisa.

Ahora ya ni siquiera recordaba las justificaciones de Asius. Era el instinto el que lo empujaba a impedir la ejecución de Raven. Su vida, todo lo que había aprendido, todas las misiones cumplidas y las experiencias vividas le decían que la lógica no importaba.

Llegó a la base de la torre dando zancadas largas sobre la nieve, veloces. Vio a Raven a cuatro patas, esperando el golpe que segaría su vida. Vio también la espada de Asius cayendo sobre su cuello. La hoja de hielo descendía imparable.

—¡Nooo!

Rick apuró hasta los últimos restos de energía que le quedaban para dar un último salto. Voló con todos los músculos en tensión. El impacto contra la espalda de Asius fue brutal y el ángel salió despedido. Le faltaba experiencia en controlar su nueva fuerza.

Rick se revolvió en la nieve, aturdido por el golpe, mareado.

—¿Raven? ¡Dime algo!

No sabía si había logrado evitar que finalmente le hubiese cortado la cabeza.

—Lucy, Stacy, quiero que regreséis ahora mismo y ordenéis a los soldados que se preparen para entrar en combate —dijo Jack.

Encendió un puro con la única intención de ganar tiempo, más que de saborearlo. El humo arañó su garganta, que se había resecado al descubrir quién había preguntado por él.

—¿Quieres que ataquemos a un ángel? —preguntó Lucy, un paso detrás de él.

—No lo descarto. —Jack dio una calada—. Pero no te preocupes por eso, ahora.

—¿Por qué no?

—Porque ese tipo que está ahí plantado no es un ángel.

—¿Entonces…?

—Haced lo que os he dicho —se enfadó Jack—. Retirad a los civiles y montad una defensa de runas. ¡Ya!

Se marchó sin mirar atrás, aunque escuchó el sonido de las armaduras al alejarse. Rebasó el camión que abría la marcha y que ahora permanecía parado. Caminó por la luz de los faros, que lo ayudaba a distinguir el camino en la penumbra.

—Stil —dijo cuando llegó frente al demonio.

—Jack.

—Has cometido un error al declararnos la guerra.

—¿Eso he hecho? —Stil replegó las alas y se pasó la mano por su larga melena blanca—. Detesto cometer errores. En esta ocasión, sin embargo, depende de ti que me haya equivocado.

Sonreía. Jack apreció la ironía.

—Solo puede haber una razón para que estés aquí, pero vais a perder. Los demonios nos subestimáis.

—¿Te refieres a esas armaduras? La guerra es mucho más que eso. Deberías saberlo.

—No soy experto en cuestiones militares.

—Lo sé. Tu talento consiste en conocer a las personas por sus gestos y reacciones, ¿verdad?

Ese era un comentario peligroso, tanto que Jack sintió cierta inquietud y tuvo que recordarse que la humanidad dependía de él. Stil acababa de dejar dos cosas muy claras: una, que le habían informado bien; y dos, que Sirian y Jimmy estaban muertos y que probablemente habían sido torturados. No veía de qué otro modo Stil podía saber tanto sobre él. Con seguridad, también debía conocer detalles sobre los menores, su ejército y su modo de combate.

En definitiva, aquel comentario le parecía cargado de intención. Quería que Jack dedujese todo ello.

—No necesitáis descansar ni comer ni dormir —dijo Jack—. Podríais agotarnos o dejar que nos quedáramos sin alimentos. Además, no tenemos experiencia luchando con runas.

—No está mal para alguien que dice no entender de cuestiones militares.

—Pero nuestra situación es tan catastrófica que ya no puede empeorar —añadió Jack—. El valor y el espíritu cuentan. Un pueblo que solo aspira a su supervivencia, que solo tiene su vida que defender, luchará como si fuera cien veces más fuerte. Y tú lo sabes, demonio. Por eso estás aquí. Vienes a asustarnos, pero no te servirá de nada.

—¿Eso ves en mis ojos? ¿Que vengo a contarte un cuento para meterte miedo? Sería absurdo tratar de asustar a un menor con una esperanza de vida tan corta como la tuya. Aunque no me creas, sé mucho más que tú de eso.

—¿De qué?

—De la desesperación y de la muerte.

—¿Qué quieres, Stil? —se impacientó Jack—. ¿Has venido a hablar de filosofía conmigo? Vamos, expón tus condiciones. Sabía que los demonios no respetaríais un acuerdo.

—No fui yo quien hizo el trato contigo. En cualquier caso, no he venido a pelear. Me hago cargo de la responsabilidad que soportas y de tu situación, y me imagino que no vas a fiarte de mi palabra. Espero que esto te demuestre que hablo en serio.

—¡Jack!

Jimmy apareció corriendo sin su armadura y se abalanzó sobre su admirado líder, quien casi se cayó de la sorpresa y el brío del chico.

—¡Jimmy! Gracias a Dios… ¿Qué ha pasado?

—Trece —dijo el chico con una sonrisa—. Llevo trece.

Jack no le entendió. Iba a pedirle que se explicara cuando vio a Sirian caminando hacia él, junto con el otro chico y los tres ángeles neutrales. Todos estaban a salvo, a pesar del hecho evidente de que habían sido descubiertos y capturados.

Sirian se detuvo frente a él, y asintió con gesto comprensivo y un brillo de gratitud en la mirada. El ángel tiró de Jimmy con suavidad.

—Ve con él, Jimmy. No tardaré.

El chico refunfuñó, pero al final se retiró con los demás. Jack empezó a considerar a Stil de un modo diferente.

—Ha sido un gran gesto por tu parte.

—Pero aún temes que sea un ardid —repuso el demonio—, una trampa como las tuyas, para que confíes en mí y bajes la guardia.

—Parece que tú conoces a la gente mejor que yo —admitió Jack.

—No creas. Acabo de ver un lazo muy fuerte entre ese chico y tú. No concuerda con el hombre que tengo entendido que eres.

—Es una deuda que tengo pendiente desde hace mucho. Su padre, una vez… —Jack se dio cuenta de que estaba hablando de más. Stil se estaba ganando su confianza, de un modo sutil y progresivo, y eso no podía permitirlo—. No es asunto tuyo. Debería agradecerte que me los hayas entregado, pero no puedo permitirme ese lujo.

—No, desde luego —convino Stil—. Pero sí me agradecerás esto.

Stil agitó las alas. A unos veinte metros detrás de él, emergieron dos líneas de fuego paralelas que se extendían hacia el interior de la primera esfera.

—¿Qué es eso? —preguntó Jack.

—El camino más recto y seguro hacia los orbes —respondió Stil—. El fuego os guiará. Ganaréis mucho tiempo.

Jack meditó brevemente si aquello era una trampa. El camino de fuego facilitaría a los demonios localizarlos y atacarlos en dos frentes. Sin embargo, le parecía un plan demasiado evidente y no creía que Stil lo considerara un necio.

—¿Cuál es el precio?

—Aquí está el hombre de negocios —sonrió Stil—. Me gusta tratar con personas que entienden la situación. Pasaréis a la sexta esfera y tendrás tiempo de poner a salvo a los tuyos.

—¿Y luego?

—Regresarás con tu ejército y te unirás a mí.

—¿Bajo tus órdenes?

—Solo hasta que ganemos a los ángeles.

—No es nuestra guerra.

—Ahora sí.

Jack reflexionó en silencio unos segundos. No dudaba de que la oferta fuese legítima. Resultaba extraordinariamente sencillo entender que a los demonios les convenía esa alianza. Les daba la oportunidad de derrotar a los ángeles y lograr su libertad. Después, la única fuerza que se les podría oponer en el futuro serían los menores. El cambio de enemigo era de lo más ventajoso para ellos.

Tanon ni siquiera había considerado esa posibilidad, incapaz de ver en ellos algo más que seres inferiores que ni siquiera merecían su atención. Stil era distinto, mucho más inteligente y por tanto más peligroso.

Las soluciones más sencillas eran siempre las más complicadas de descubrir, solía pensar Jack. La gente como Stil, que lograba dar con ellas, no debía ser tomada a la ligera. Además, Jack estaba convencido de que el demonio ni siquiera había tardado un segundo en llegar a la conclusión de que los menores, en el peor de los casos, no empeorarían su posición en la guerra.

—Es una propuesta razonable.

—Pero...

—Tiene sus inconvenientes.

Stil no disimuló su incredulidad.

—¿Cuáles?

—El principal inconveniente es que tengo la impresión de que algo se me escapa. Me has entregado a Sirian y a Jimmy, pero cuatro ángeles y dos chicos no suponen ninguna diferencia cuando hablamos de un ejército. Es decir, has tenido un supuesto gesto de buena voluntad entregándome algo que no tiene ninguna relevancia. Ya puestos podías haberme dado un tirachinas.

—Cierto. Aunque olvidas las ganas que los demonios tienen de matar a Sirian. Créeme, es un gesto por nuestra parte que ahora esté con vosotros.

—El caso es que ahora sé dónde estoy y cómo. Controlo hasta cierto punto nuestro destino. Si me uno a ti, podrás traicionarme en cualquier momento. Integrados en vuestro ejército, estaremos indefensos.

—Bien, llegados a este punto, tú decides. Puedes llevar a los tuyos a la sexta esfera y poner a salvo a los civiles a cambio de luchar en nuestro bando, o puedes empezar la guerra aquí y ahora contra nosotros. Creo que explicarme más sería insultar tu inteligencia. Dime, Jack, ¿te queda algún as en la manga? ¿Tienes algún otro truco que quieras poner en práctica a costa de arriesgar a los últimos menores que quedan? Adelante, tendrás tu oportunidad de comprobar lo bueno que eres.

Jack no tenía ningún plan alternativo, salvo luchar hasta la muerte, pero eso era pura desesperación porque su ingenio había llegado al límite.

—¿Aún no te decides? —continuó Stil—. Tal vez te juzgué mal y el problema no sean las cuestiones militares o de supervivencia. ¿Eres uno de esos menores religiosos que nos consideran los malos?

—No tuve una educación religiosa, no muy ortodoxa al menos, aunque a mi padre le habría gustado. Pero te puedo asegurar que estoy por encima de cualquier creencia de ese tipo. Sé que todos sois ángeles en el fondo, solo que vosotros os rebelasteis contra el orden establecido. Los seres humanos nos hemos matado a lo largo de todos los tiempos, a veces en guerras fratricidas… Te aseguro que el bien y el mal me importan bien poco, sobre todo en términos absolutos, porque no existen, son un mito estúpido que funciona bien en las historias infantiles.

—Entonces no entiendo tus reticencias. La lógica está de mi parte y lo sabes. Tiene que ser una razón emocional. ¿Tan fuerte es tu desconfianza? ¿Miedo, tal vez? Si no me ayudas, no puedo adivinarlo.

Jack apuró una última calada y luego se encogió de hombros.

—Yo tampoco puedo —dijo al fin—. Así que supongo que acepto el trato.

—Un progreso admirable —se maravilló Capa.

Había fragmentos de roca negra esparcidos por todas partes. En medio de las piedras, Vyns se retorcía. Un anciano le daba manotazos y berreaba, tiraba del pelo de Vyns, soltaba patadas y mordiscos. El ángel rodaba por el suelo intentando librarse de él.

—¡Estate quieto, viejo del demonio! ¡Au! Para ya, joder. No quiero hacerte daño. ¡No! De las orejas, no. ¡Suéltame!

—Tu entrega ha sido envidiable, Vyns —le alabó Capa—. No pensé que fueras a invertir tan poco tiempo en la ardua tarea de excavar la roca.

—¡Capa! Ayúdame con este chiflado.

—Enseguida. No obstante, antes debo advertirte de que no es prudente juzgar el estado mental de este noble anciano cuando has sido tú quien ha cometido un serio error.

—¿Qué?

—Como te dije, y supongo que no recuerdas, no le gusta que nadie lo toque.

—¿Qué? ¡Ay! No me dijiste nada de eso. Ni siquiera me contaste que había un abuelo dentro de la roca.

—¿De veras? Sin duda debí de haberme distraído con algún pensamiento inoportuno. Confío en que este desliz no merme la amistad que tan bien florece entre nosotros.

—¡Quítamelo de encima!

—Oh, por supuesto. Eso es extraordinariamente sencillo, mi estimado amigo. Quédate quieto y aleja tus manos de él.

Vyns obedeció. Se quedó tumbado boca abajo sin mover un solo músculo. Enseguida notó cómo el peso del anciano se retiraba de su espalda. Cuando por fin levantó la cabeza, el vejestorio se tambaleaba tembloroso hacia una roca. Capa desplegaba una sonrisa inmensa.

—¿Y ya está? ¿Se ha puesto así por tocarlo? Maldito seas, Capa. ¿Cómo no me advertiste? Pensaba que era una estatua, lo toco y se pone a chillar. Me extraña que no hayan venido todos los ángeles. ¡No sabes el susto que me he llevado! Intenté que se callara tapándole la boca, pero me mordió. Sí, no te rías. Mira, justo aquí, en el dedo gordo.

—Una herida muy seria —observó Capa—. ¿Debo recurrir a mis artes curativas o estimas que tu vida no corre peligro?

—Así que cachondeo, ¿eh? ¿Qué hace ahora el viejo? Joder, si apenas se tiene en pie y hace un segundo me estaba dando una paliza.

—Padece un fuerte dolor en las rodillas —explicó Capa—. Toma, dale esto.

—¿Un palo? Bueno, da lo mismo. Yo no me acerco a ese vejestorio ni loco.

—Te lo agradecerá inmensamente, Vyns. Sería todo un detalle por tu parte que sin duda conduciría a una reconciliación.

—Trae acá, anda. —Vyns arrancó el palo negro de los guantes de Capa, se acercó al anciano y lo extendió, procurando mantenerse a la mayor distancia posible—. Abuelo, ¡eh! Mira lo que te he traído… Ni siquiera me ve. ¿Tampoco me oye? ¿Y cómo es que no es un cadáver después de estar petrificado? Es algo muy… ¡Ah!

El viejo había cogido el palo mientras Vyns refunfuñaba. Al darse cuenta, el ángel retrocedió de un salto. El viejo dirigió la punta del palo hacia abajo y lo colocó de modo que el extremo que era algo más ancho quedara hacia arriba. Cargó el peso de su pequeño cuerpo en el palo y sus arrugados labios dibujaron una sonrisa.

—¿No es adorable? —suspiró Capa—. Me costó mucho encontrar su bastón.

—Pues anda que no hay bastones en el mundo de los menores…

—Pero no podía ser uno cualquiera, sino ese en concreto, el suyo. Lo tiene en gran estima porque lo extravió durante La Onda. Antes era más fácil de reconocer porque terminaba con forma de bola, pero se ve que resultó dañado. No podía permitirme encontrarme con él sin traerle de vuelta su preciado bastón. ¡Ah! Soy un sentimental sin remedio. Reconozco que fue de una complejidad extraordinaria dar con él, pero lo logré. Estaba en Oxford, en la punta de la torre de Tom Tower. La desgracia quiso que el edificio se viniera abajo cuando recuperé el bastón, con lo que privé a un simpático grupo de menores de su lugar preferido para las amenas reuniones de su club de lectura.

Vyns, centrado en el anciano, había perdido el hilo del discurso de Capa a la mitad de su historia. Por mucho que lo intentaba, le costaba seguirle cuando hablaba tanto.

El viejo se sacudía de encima el polvo y los trozos de piedra. Su perfil, de baja estatura, se encorvaba y daba la impresión de tener mil años, aunque una respetable melena blanca fluía desde su cabeza hasta casi la cintura.

—El caso es que esta ruina humana me suena de algo —murmuró Vyns—. Por cierto, Capa, dijiste que era la mitad de no sé qué y tú ibas a buscar la otra mitad.

—Es del todo correcta esa afirmación. —Capa agarró el extremo de su capa negra y la extendió. Al retirarla hacia atrás, dejó a la vista a un niño pequeño, de unos diez años—. Va a ser un reencuentro memorable. Observa, Vyns, vamos a gozar del privilegio de ser testigos de un hecho prodigioso.

Vyns se frotó los ojos. El chico comenzó a deambular con aire ausente entre las rocas con pinta de no saber dónde se encontraba. Capa lo estudiaba con una mirada dulce, completamente absorbido por la escena, que para Vyns no tenía el menor sentido.

—Oye, Capa, ¿no me dirás que ese es tu hijo, verdad?

—No, no, de ningún modo.

—Menos mal porque…

Capa le mandó callar con un gesto. El chiquillo se detuvo a pocos metros del anciano, quien a su vez dejó de atusar sus cabellos. Durante unos segundos permanecieron ahí como estatuas. Entonces, comenzaron a girar las cabezas, lentamente, hasta que sus ojos se encontraron.

Vyns no fue consciente de tener la boca abierta. Simplemente observó cómo los ojos del viejo y del niño, que hasta ese instante parecían cubiertos por un velo blanquecino, fueron cambiando progresivamente de color. Poco a poco se volvieron más oscuros y terminaron en un tono violeta reluciente que le recordó al de Sirian. Los ojos de ambos fueron ajustándose hasta que al final quedaron idénticos.

Después de que el anciano recogiera su melena en una coleta, el ángel comprendió que no era la primera vez que se topaba con aquellos dos pares de ojos violetas.

—¡Tedd! —dijo el niño.

—¡Todd! —dijo el anciano.

El niño, Todd, corrió hacia el viejo y se fundió en un abrazo con él.

—¿Tedd y Todd? —preguntó Vyns—. ¿De verdad se llaman así? ¿No es una broma?

Capa estaba como hipnotizado.

—¿No sabías sus nombres, Vyns? Habría jurado que sí después de haberlos acosado antes de la Onda.

—Solo escuché sus nombres una vez, pero creía que se los habían inventado para tomarme el pelo. ¡Y no los acosaba! Hacían cosas muy extrañas y quería investigarlos. Ya viste los informes. El Viejo no me dejaba intervenir, solo podía observar. ¡Menudo trabajo el mío!

—Me permito señalar que eso no te impidió intervenir con una menor y concebir una hija como resultado de dicha intervención.

—Muy gracioso, Capa, de verdad. Ahora qué tal si me cuentas qué tienes que ver con esta pareja, y ya que estamos ¡por qué no se muere ese viejo metido dentro de un bloque de piedra con una montaña encima!

—Tu bastón aún resiste, ¿verdad, Tedd? —preguntó Todd al anciano con preocupación—. No debes hacer demasiados esfuerzos después de tanto tiempo. ¿Cuánto ha pasado? ¿Diez años? ¿Once?

—Me encuentro perfectamente, Todd —dijo Tedd haciendo girar el bastón con la mano en un alarde de control—. Pero es agradable comprobar que aún te preocupas por mí.

—Es por tu mal genio, Tedd. Cuando te duelen las rodillas te vuelves un poco irritante.

—Eso es porque siempre me tengo que ocupar yo de todo, Todd. Como cuando evitaba que ese ángel tan molesto interfiriera en nuestros asuntos.

—¿Se refiere a mí? —preguntó Vyns.

—Todavía lo duda, Todd —resopló Tedd. El niño colocó el brazo de modo que el viejo pudiera usarlo de apoyo—. Te advertí de que por mucho tiempo que vivan, los ángeles no desarrollan necesariamente sus facultades intelectuales.

Tedd y Todd se acercaron caminando despacio, al ritmo del anciano, con tanta precaución como si pisaran bloques de hielo.

—No tenía mala intención, Tedd —dijo Todd—. Solo es un pobre observador que no comprendía nuestras actividades. No creo que se tratara de nada personal.

Vyns sacudió la cabeza con desdén.

—¿Pobre observador? ¿No desarrollo mis facultades intelectuales? Sí, Capa, tenías mucha razón. Este dúo cómico es adorable. Me parto de risa con ellos. ¿Podemos irnos ya?

—No me agradan los modales de este ángel presuntuoso, Todd. —Tedd se detuvo y alzó el bastón—. Dile que se modere o se arrepentirá de que al final decidiéramos pasar por alto sus intromisiones.

El chico miró muy sorprendido al anciano.

—Sin alterarte, Tedd —le reprendió con cariño Todd—. Aunque en este caso creo que puedes tener razón. Le avisaré una última vez y así puede que comprenda la suerte que tuvo de que encontráramos a un candidato mejor que él para ayudarnos.

—¿Pero de qué hablan este par de tarugos? —se encendió Vyns—. ¿Me has amenazado, abuelo? ¿Me considerabas un candidato a qué? Al menos dirígete a mí, si eres hombre, y deja de hablar con ese mocoso todo el rato. Y eso que te devolví el bastón… Anda, mejor cierra el pico y baja el palo, no vaya a ser que te lo rompa en esa cabeza arrugada que tienes.

Capa saltó y agitó las alas, que produjo un susurro metálico. Aterrizó justo entre Vyns y la pareja. Realizó la reverencia más exagerada, rebuscada y ridícula que el ángel jamás hubiera visto.

—Os ruego que disculpéis a Vyns, mis distinguidos y admirados caballeros. Permitidme que os presente a mi inestimable colaborador y aprendiz, en quien tengo depositadas muchas esperanzas. Este lamentable malentendido, que ruego olvidéis en honor a la devoción que siento por vosotros, es culpa mía. Debí haber procedido con las presentaciones pertinentes, pero mi apretadísima agenda y la falta de tiempo me han negado tal oportunidad. Vyns padece un temperamento excesivamente fuerte, incluso para él mismo, que solo es comparable en tamaño a su gran corazón. No obstante, yo respondo por él sin la menor vacilación, si me está permitido, por supuesto.

Tedd apoyó de nuevo el bastón y sonrió complacido.

—Este sí es un chico agradable, Todd —se entusiasmó el anciano—. Deberías aprender. Elegante, respetuoso… Da gusto tratar con él. ¿Cómo no perdonar cualquier posible error por su parte?

—Capa, pero ¿qué dices? —susurró Vyns—. Tú eres mucho más importante que esos dos payasos a los que reverencias. Deberían ser ellos los que…

Una de las alas metálicas de Capa golpeó a Vyns. El ángel farfulló, pero entendió el mensaje y guardó silencio.

—¿Y no fui yo quien te lo dio a conocer, Tedd? —repuso Todd—. Yo me encontré con este chico en el Infierno y te dije que debíamos ayudarlo. Por supuesto que es un placer tratar con él.

—No me gusta corregirte en público, Todd —se lamentó Tedd. De nuevo giraba el bastón en su mano con aire distraído—. Tú lo encontraste, cierto, pero fui yo quien le enseñó esas runas, ¿o ya se te ha olvidado?

—¿Y quién le curó, Tedd? —se defendió Todd.

Vyns asistía a aquella especie de discusión entre bufones un tanto impresionado. A veces se perdía, pero lo cierto era que podía reconstruir una historia a partir de sus extraños intercambios verbales. Ni una sola vez se dirigían directamente a nadie más que ellos mismos. Tedd y Todd, a pesar de hablar con Capa, actuaban como si estuvieran solos.

—Eso no lo mencionas, ¿verdad? —seguía alegando Todd—. Nuestro amigo Capa estaba medio muerto, quemado y sin alas. Yo le sané lo mejor que pude.

—Y dejaste muy claras tus limitaciones, Todd. El pobrecillo se quedó sin alas, aunque me alegra comprobar que ha obtenido unas prótesis muy respetables. Me encantaría saber si son funcionales y no un mero adorno caprichoso.

Capa desplegó las alas y se elevó un metro sobre el suelo.

—Desde luego que son funcionales, Tedd. Deberías confiar y no exigirle una prueba.

Si Vyns lo había entendido todo correctamente, y había una posibilidad más que razonable de que ese no fuera el caso dado el modo de hablar que empleaban esos dos tipos estrafalarios, Tedd y Todd habían encontrado a Capa en el Infierno cuando agonizaba y lo habían salvado.

La avalancha de preguntas que le sobrevino era demoledora. Capa le había relatado vagamente sus desgracias en el Agujero. Aquel episodio en concreto, el de su salvación, sucedió mucho antes de la Onda, en un periodo en el que nadie podía salir ni entrar en el Agujero, o eso había creído hasta el momento; si él mismo había visto a Tedd y Todd en el mundo de los menores, solo cabía la explicación de que la pareja conocía runas capaces de saltar de un lugar a otro, incluso entre diferentes planos. El vejestorio debió de haber transmitido a Capa ese conocimiento, con el que el demonio desarrolló posteriormente la habilidad que bautizó como evocación.

Solo faltaba creer, y eso resultaba complicado, que aquel dúo cómico, esas dos birrias que parecían sacadas de una mala comedia, tuvieran conocimiento de unas runas vedadas al resto de los ángeles. Pero si daba por hecho ese detalle, la hipótesis encajaba.

Mientras elaboraba sus teorías, Vyns pensó en la alternativa de mandar a paseo a esos dos idiotas y sus desvaríos, pero no era eso lo que Capa quería. Su actitud, al menos, así lo evidenciaba. No tenía motivos para dudar de él, al contrario, cuanto le había contado hasta el momento resultaba coherente, y era obvio que poseía unos conocimientos y destrezas muy superiores a los de su clase. Por ejemplo, estaba al corriente de sus inocentes entretenimientos con las menores, uno de los cuales había derivado en una hija que estaría en alguna parte.

Ese y otros muchos detalles habían llevado a Vyns a considerar a Capa como alguien superior, aunque aún no tenía claro si de verdad era comparable al Viejo. Suponía que no, pero desde luego estaba muy por encima de todos los ángeles y demonios, y tal vez por eso le costaba tanto entenderle cuando se expresaba. Los seres excepcionales no se comunican como los demás.

También parecía tener sentido que Tedd y Todd lo hubieran salvado en el Infierno. Si habían observado el potencial de Capa y querían que aprendiese esas nuevas runas, no sería lógico que lo dejaran morir.

A Vyns le dolía la cabeza de pensar. La pregunta que más lo inquietaba era por qué esos dos tipos habían ayudado a Capa. ¿Qué interés tenían en él?

Al fin, aquellos dos dejaron de discutir sobre a quién pertenecía el mérito de haber descubierto a Capa y retomaron su extraña conversación, un alivio para el ángel, que se mordía las plumas de la impaciencia.

—Recuerdo con la mayor de las gratitudes vuestra inestimable ayuda en el Infierno —dijo Capa—, y me preguntaba, si no es indiscreción, si mis humildes servicios han logrado compensar la infinita bondad de la que fui objeto en tan señalada ocasión.

—¿Lo has oído, Todd? —Tedd encajó el bastón entre dos piedras y acomodó el peso de su cuerpo—. No tiene claro si estamos o no complacidos con él.

—No me extraña, Tedd —dijo Todd, que empezó a lanzar piedras contra las rocas. Casi daba la imagen de un niño normal que estuviera jugando—. A Capa le preocupa si estamos satisfechos, por eso pregunta, aunque ya sabe que no podríamos estar más contentos con él. Sin embargo, su interés demuestra su clase.

—Al fin estamos de acuerdo en algo, Todd. Me atrevería a señalar que nunca hemos estado tan orgullosos de nadie, y hemos conocido a un número incontable de sujetos interesantes.

Vyns advirtió que Capa se relamía.

—Por un momento temí haber pecado de una excesiva demora —dijo Capa con timidez.

—Eso piensas, ¿verdad, Tedd? —El niño dejó de tirar piedras y miró al anciano—. Te conozco demasiado bien.

—Yo no he dicho eso, Todd —se enfadó Tedd—. Conozco las dificultades por las que el muchacho ha pasado para reunirnos de nuevo a los dos y encontrar mi bastón. Mi única reserva es respecto al siervo que se ha buscado, pero si Capa confía en él, no tengo inconveniente en aceptar su criterio.

—¿Siervo? —soltó Vyns—. ¿Yo? Mira que…

Capa lo miró de reojo y el ángel guardó silencio.

—¿Has visto, Tedd? Realmente lo tiene muy bien amaestrado.

Vyns recurrió a toda su paciencia para no decir algo de lo que seguro se arrepentiría más adelante.

—Mi inquietud, caballeros —dijo Capa—, guarda relación con el cumplimiento de mi deuda. Me complacería saber si necesitaréis de nuevo mis servicios. De ser el caso, estaría encantado de volver a prestarlos, tanto que si recurrierais a otro, mi turbación sería insoportable. Podría llegar a pensar que no cumplí plenamente con vuestras expectativas.

—Díselo claro, Todd. Explícale que estamos convencidos de que nunca conoceremos a nadie tan capaz y predispuesto como él, y educado, además.

—Lo haría, Tedd, pero no es necesario. Capa ha satisfecho la deuda a la perfección, lo que le libera de cualquier lazo con nosotros. Además, ya no requeriremos los servicios de nadie más. Nunca volveremos a separarnos.

Ahora Vyns lo entendió todo.

—Tenías que juntarlos. Es eso, ¿verdad? Estar separados es su punto débil.

—Después de lo que hicieron por mí, no podía abandonarlos en ese estado —explicó Capa—. Lo habría hecho aunque no me lo hubiesen pedido. La Onda iba a tener consecuencias imprevisibles y ellos necesitaban que alguien los ayudara en caso de que sucediera lo único que les podía perjudicar: su separación. Solo una mente brillante como la de estos caballeros es capaz de anticipar cualquier eventualidad y prepararse adecuadamente. Me inclino ante vuestra audacia.

Vyns se sintió mareado, tuvo que apoyarse contra una roca. De modo que esa era la razón de todo. Tedd y Todd habían salvado a Capa para que este, a su vez, les devolviera el favor si la Onda los separaba. Sencillo, normal, incluso lógico... De no ser porque ese plan implicaba necesariamente saber que la Onda se iba a producir.

Una vez más, las piezas encajaron. Vyns sabía por Yala, quien a su vez lo supo por su viaje con Raven a través del Infierno, que hubo dos personas más con el menor durante la Onda, y que una de ellas era un niño que encontraron en el Agujero. Ese niño era Todd y el otro Tedd. La pareja que nunca se dirigía a nadie directamente había estado en la séptima esfera, en la morada del Viejo, cuando Raven lo mató. Por eso sabían que la Onda se iba a producir, porque ellos estuvieron involucrados en el suceso.

Tedd y Todd estaban al corriente de que el Viejo iba a morir y... ¿qué hicieron? ¿Intentaron detener a Raven? ¿Lo ayudaron? ¿Lo planearon todo ellos? Vyns estaba confuso.

Le surgió una nueva duda y aprovechó para interrogar a Capa, ahora que Tedd y Todd parecían discutir acaloradamente entre ellos.

—¿Te enseñaron a copiar las habilidades de los demás? Fueron ellos, ¿no? Obtuviste la sanación de Sirian, aprendiste a moldear a través de Susan y tomaste el sentido de la orientación de Dast.

—Correcto, mi estimado Vyns.

—Si ellos estaban separados, lo que equivale, si no lo he entendido mal, a heridos de gravedad —Vyns pensaba en voz alta—, necesitaban que tú pudieras cuidar de ti mismo y ser el más fuerte. Si morías en la guerra, nadie los reuniría de nuevo. Soy bueno, ¿eh?

—El mejor —asintió Capa—. Jamás he albergado dudas respecto de tu capacidad.

—Pues yo sí. Me arde la cabeza de intentar entenderlo todo.

—Habrá tiempo, no temas.

De un saltito, Capa se colocó cerca de Tedd y Todd.

—Antes de afrontar la tristeza de despedirnos, me gustaría preguntar por cierto inconveniente con el que me he topado. Me he visto en la obligación de

cometer una falta porque, al copiar la habilidad para la sanación de cierto ángel, que por cierto tiene unos ojos muy parecidos a los vuestros, me temo que lo
privé de ella al mismo tiempo y naturalmente no era esa mi intención.

—¿Lo has vuelto a hacer, Todd? —se enfadó Tedd—. ¿Tan complicado es
explicar minuciosamente todos los pormenores de nuestros generosos regalos?
¿Es que no puedo dejarte solo ni un momento?

—Me intriga cómo puedes contemplar la posibilidad de dejarme solo si nunca nos separamos, Tedd. —Todd parpadeó, divertido ante la cólera del anciano—. La explicación fue detallada hasta el extremo. Lo que ha sucedido es que
los recuerdos de Capa de aquella época en la que tanto sufría deben de ser un
poco difusos. No te preocupes, en cuanto su memoria mejore, recordará que
nosotros nunca hablamos de *copiar* nada, sino de *sustraer*.

El rostro de Capa se deformó por el espanto.

—Pero… Entonces el pobre Sirian… Y los demás… Yo les…

—Eso me tranquiliza, Todd —dijo Tedd—. No querría tener que atender
una reclamación por parte de quien tanta satisfacción nos ha proporcionado.
No sería lógico que alguien destinado a ser el Viejo no considerara que todo tiene un precio y que no es posible conseguir algo sin una lógica contraprestación.

—Hablar de una contraprestación me parece algo exagerado, Tedd. ¿Puede
compararse acaso con el beneficio que ha obtenido a cambio? No, Capa no
protestará en modo alguno porque sabe que nuestra intención es conseguirles
a nuestros amigos y colaboradores sus deseos más preciados. Ofrecemos algo
que nadie más puede otorgar y a cambio pedimos solo el mínimo indispensable
para poder continuar con nuestra labor. ¿Qué es todo eso comparado con la
posibilidad de convertirse en Dios?

Capa recobró la compostura, salvo por cierta palidez en el rostro.

—Sin duda, los acontecimientos se desarrollaron tal y como narráis, pero
mi memoria, lamentablemente, está afectada por ciertas e inmensas lagunas
que han obrado en mi contra. Una vez más, si mis palabras han sido causa de
irritación, aceptad mis más sinceras disculpas.

Vyns se adelantó a la reverencia que Capa estaba a punto de realizar y lo
agarró por los hombros.

—Espera —dijo situándose delante de él—. Creo que ya entendí cómo esos
dos conocen runas que nadie más conoce.

—¿No es evidente? —se sorprendió Capa.

—Han visto el libro del Viejo, ¿a que sí?

—Técnicamente, no, dado que ellos consideran que el libro es de su propiedad.

—Es como con los menores —bufó Vyns con desprecio—. Siempre que alguien muere aparece un listillo para reclamar…

—No, no, Vyns, no se trata de algo tan trivial. Tedd y Todd sostienen que ese libro les pertenecía desde mucho antes. En una ocasión se rompió y se perdieron sus páginas, y la reconstrucción del libro fue una odisea espectacular. Una historia apasionante… Recuerdo cuando me lo contaron y…

—Eso es una trola y bien gorda. Nunca he oído a ningún ángel decir que ese libro se rompiera, ni siquiera a los que pudieron ver con sus propios ojos algunas de sus páginas.

—La historia es larga, Vyns, pero no temas, te haré partícipe de ella. ¿No es una suerte que el tiempo no suponga un problema para nosotros, dada nuestra inmortalidad? Una cualidad maravillosa, ¿no crees?

—¿Cómo es de larga esa historia?

—Mucho.

—Está bien, escucharé, pero sin reverencias, ¿eh? Espera, no vamos a hablar delante de esos dos. Si les da por intervenir en la conversación con sus diálogos privados, soy capaz de suicidarme. Son más raros que tú, Capa. Dame un segundo que les voy a…

—No será necesario.

—¿Por qué no?

—Porque ya han partido.

Vyns giró sobre sus talones a toda velocidad. En efecto, allí no había ni rastro de Tedd y Todd. Hacía un momento discutían, Vyns oía su palabrería de fondo, pero ahora no quedaba de ellos ni sus huellas. No hacía falta ser un genio para deducir que esos dos esmirriados no podían haberse largado caminando entre aquellas rocas afiladas, sobre todo el vejestorio, a quien le temblaban las rodillas continuamente. Debían haber recurrido a la evocación.

—¿Vas a permitir que anden por ahí?

—No está en mi mano impedir nada a quienes tanto me ayudaron —sonrió Capa—. Esos caballeros son los más generosos de toda la Creación y es incalculable el número de personas a las que han ayudado, siempre ofreciéndoles más de lo que parece posible.

—Capa, creo que tu fascinación por esos dos te confunde. Los que hacen esas cosas tan bonitas que dices son tres, no dos, y se llaman Melchor, Gaspar y Baltasar, los reyes magos, según las costumbres de los menores. O Papá Noel, si lo prefieres.

—Amigo mío, no puedes comprenderlo todo. Nadie puede. Tedd y Todd también tienen su camino, que no nos concierne. Ellos se encuentran muy por encima de la comprensión de cualquiera. Confía en mí. Seguirán su propio destino y nosotros el nuestro.

Vyns se removió, molesto.

—Me toca un poco las narices tanto rollo de que no lo puedo comprender. Cuéntame su historia de una vez, Capa.

—Lamento no disponer ahora de tanto tiempo, pero lo haré, como te he prometido.

—Entonces, ¿qué? ¿Juntar a esos dos eran las obligaciones de las que me hablabas?

—Por supuesto. Comprometí mi palabra con esa deuda, que como has podido comprobar por ti mismo ha quedado completamente saldada.

—Bueno, entonces… ¿Qué hacemos?

—Ahora, mi estimado e impaciente Vyns, daremos culminación a la tarea que habíamos iniciado. Detendremos la guerra y salvaremos toda la existencia. Yo ocuparé el lugar que me corresponde como el Viejo, aunque estoy considerando cambiar ese apelativo por uno más acorde con mi lozana juventud. Todavía no lo he decidido, pero apartando ese importante detalle a un lado por el momento, instauraremos un nuevo orden en el que reinará la paz y la armonía…

—Casi nada.

—Y te asignaré un puesto relevante a mi lado, como mi mano derecha. Todos te amarán, Vyns, y a mí me adorarán. Vamos a hacer grandes cosas juntos, amigo mío. Llevo tanto planeando nuestro destino. Ah…, va a ser maravilloso.

—Lo que tú digas…

CAPÍTULO 16

L a mitad de los menores ya ha cruzado por el orbe, Stil. ¿Atacamos?
   —Nadie tocará a los menores hasta que yo lo ordene.

—No creo que Tanon les hubiese permitido…

—Tanon no está aquí ahora. Yo sí. Si quieres, cuando regrese, lo discutes con él. Yo no tengo inconveniente. Lo que sí comienza a molestarme es que no prestéis atención a mis instrucciones. Creo que han sido muy claras.

—Desde luego, solo intentaba anticiparme. Con franqueza, habría sido una maniobra inteligente para librarnos de ellos.

—Esa es una de las razones de que yo esté dirigiendo y tú no. No hay nada de inteligente en atacar a los menores. ¿Qué interés tienes en exterminarlos?

—Antes ninguno, pero ahora nos están perjudicando.

—Solo tratan de sobrevivir. No son nuestro enemigo.

—Tampoco nuestro aliado.

—Yo no lo veo de ese modo.

—No lucharán para nosotros, Stil. Sus creencias no se lo permitirán.

—No todos son tan estúpidos. Su líder es diferente y las creencias no importan cuando sus vidas están en juego. Están asustados y tienen miedo, seguirán a Jack. ¿Por qué crees que hablé con él en persona? Me aseguré de mostrar las alas y pasear cerca de ellos.

—Para que piensen que eres un ángel.

—Exacto. Algunos conocen la verdad, pero la mayoría de los menores vio a Jack hablar con un ángel, no con un demonio, y después el camino hasta los orbes quedó despejado. Jack utilizará ese suceso para tranquilizar a su gente. No le queda otro remedio si quiere infundirles esperanza.

—Entonces, los estás alentando a unirse a los ángeles, ya que eso es lo que creyeron ver.

—Solo a la muchedumbre, los que ven lo que quieren para librarse del miedo. Jack conoce muy bien la verdad.

—¿Y él luchará para ti, Stil? ¿Estás seguro?

—Nadie puede estarlo, pero no luchará en contra.

—No entiendo por qué no.

—Son muchas cosas las que no entiendes. ¿Qué crees que pensará Renuin? Ella verá a un ejército de menores que ha cruzado la primera esfera y...

—Y pensará que han hecho un trato con nosotros.

—¿Acaso no es verdad que lo han hecho? De momento, hemos evitado una lucha contra un ejército cuyas capacidades no conocemos bien, y mucho más numeroso que el nuestro. Habríamos sufrido bajas, y si Renuin nos hubiera atacado estando en combate, no habríamos sobrevivido. Y nos va a atacar, no lo dudes, no esperará a que nos repongamos. Con los sanadores el tiempo está de su parte, no de la nuestra.

—Espero que tengas razón.

—Pongámonos en el peor de los casos, el más improbable, en el que los menores se unen a los ángeles. Prefiero tener a esos dos bandos juntos, delante, que separados en frentes distintos. Podríamos acorralarlos en un terreno cerrado para anular su supremacía numérica, pero estar rodeados, y con el Agujero como única posible retirada, no es lo que nos conviene. Y, repito, esa es la peor de las situaciones imaginables, una que considero que es prácticamente imposible que se dé.

—No vamos a retirarnos, Stil. Lo siento, pero solo te transmito el sentir de nuestra gente. Preferirán la muerte a regresar al Agujero, lo sabes muy bien.

—Su sentir es el mío. No vamos a retroceder, pero hasta que nos curemos nuestra posición es defensiva. Si Renuin comete el error de darnos tiempo, volveremos a tomar la iniciativa. A los menores no los tendremos en cuenta. Si acuden a ayudarnos, tanto mejor, pero no los necesitamos.

—Pero...

—Pero nada. Ahora vas a impartir mis órdenes, claras y sin cambiar nada. ¿Me has entendido bien? Excelente. Asegúrate de que todos entiendan que esta es la última batalla de todas. Los ángeles nunca nos permitirán volver a recuperarnos, ¿lo entiendes? Mientras uno solo de ellos esté en pie, nos acosarán y no podremos dormir. Y nosotros, como tú has dicho, tampoco cederemos mientras podamos empuñar una espada. Cuando se inicie la siguiente batalla, ya no pararemos hasta el final de la guerra.

—Entiendo.

—Esta vez no podemos concedernos el lujo de alargar la lucha indefinidamente. O los aplastamos rápido o nos derrotarán por desgaste. El fin de la guerra está más cerca que nunca.

—Venceremos.

—Una cosa más, antes de que te retires. Todas mis órdenes continúan vigentes, todas. Si alguien toca a mi esposa, yo mismo lo partiré en dos. Ahora, vete.

—Las reverencias, mi apreciado Vyns, demuestran humildad, una cualidad de lo más admirable dado nuestro estatus.

—Que sí, joder.

—Las personas tienden a sentirse menos intimidadas ante un ser superior que les dedica una reverencia y una sonrisa. Difumina los límites entre clases, y los desafortunados que han nacido en un estamento inferior se sienten menos amenazados ante quien no vacila en inclinarse ante ellos. Porque, seamos sinceros, Vyns, saberse inferior es algo que asusta.

—O te da la risa. Ya te he dicho que a ti te consideran un bufón.

—Y el miedo no es la emoción adecuada para conducir una conversación, no, ese no es el camino. Por eso insisto tanto en que practiques, Vyns. Elegancia, respeto, humildad… La reverencia correcta expresa todo eso y mucho más. El siguiente escalón que has de conquistar es lograr revestirte de una sólida coraza de inmunidad ante las críticas ajenas. Notarás que no faltará quien trate de menospreciarte. Responder a esas provocaciones es el mayor de los errores. Ya no puedes rebajarte a su nivel, Vyns, tú estás muy por encima. Además, no sería un enfrentamiento justo. Tu superioridad sin duda saldría a relucir y eso conduciría a la humillación del otro. No deseamos que tal cosa suceda.

—Tampoco deseamos que nos partan la cara. Si aparezco en público haciendo esa especie de baile raro, lo más probable es que me apedreen.

—Eso no pasará.

—¿Apostamos?

—Tu nueva condición como mi mano derecha conlleva distinción. Reconocerán en ti parte de mi gracia y tu superioridad será incuestionable. Te adorarán.

—¿De verdad? ¿A mí? ¿Realmente lo crees, Capa?

—Me atrevo a decir que a ese respecto estoy en posesión de la más profunda de las convicciones.

—¿Y eso es bueno? Capa, yo no sé si soy el adecuado. Lo de hablar en público y eso…, no se me da muy bien, la verdad. A veces me enciendo si me tocan los… Pierdo los papeles y me da por… No, Capa, no quiero estropearlo.

Tú puedes volar, saltar de un lado a otro, curar, mover montañas... Todo eso impone, mola, pero yo solo sería un ángel haciendo el ridículo.

—Únicamente es cuestión de práctica. Nada más. Y una pizca de voluntad, claro. El halo de majestuosidad que me envuelve también se proyectará en ti.

—Está bien. Vamos allá. Empieza de nuevo la reverencia esa, que no veas si es rebuscada. La verdad es que dejé de prestarte atención, me mareaba solo de verte. Pero te juro que voy a practicar.

—No, no, Vyns, estos movimientos no son en modo alguno una reverencia.

—¡Menos mal! Si llego a tener que aprender ese... ¿Qué es? ¿Un baile? Algunos pasos me recuerdan a ciertas posturas de artes marciales de los menores, aunque un poco afeminadas, no te ofendas.

—Aún es pronto para tu nivel actual de conocimiento, mi preciado Vyns. Ahora, con estos movimientos, no persigo otra cosa que la armonía.

—¿Qué?

—Mi mente debe equilibrarse para poder comulgar con la existencia.

—¿Qué?

—Solo así alcanzaré la comprensión absoluta, gracias a la cual no quedarán secretos para mí en toda la Creación.

—Capa, para de una vez. ¡Detente!

—¿Has notado algún error en alguno de mis pasos? Te suplico que me lo digas, Vyns, volveré a empezar inmediatamente para...

—No, nada de eso. Estate quieto aunque solo sea un momento y dime con palabras sencillas qué estás haciendo y por qué te estoy mirando mientras bailas esa danza grotesca.

—Para salvar al mundo, naturalmente. No me parece probable que el desgaste de la luz haya escapado a tus dotes de percepción.

—¡Como para no darse cuenta! Pero si casi parece que sea de noche.

—Bien, pues si llegamos a quedarnos a oscuras, la existencia desaparecerá.

—¡Menuda putada! ¿Estás seguro, Capa?

—¿Acaso he errado en alguno de mis pronósticos hasta el momento? Es de una evidencia incuestionable. La muerte del Viejo extinguió la luz. Lo que percibimos ahora no son más que los restos de su último aliento, que por lo visto han durado unos once años, pero el final está cerca.

—¡Dime que puedes arreglarlo!

—Indudablemente.

—Pues venga, vuelve a bailar, dale caña. Y no vuelvas a hacerme ni caso, eh, como si no estuviera. Menea esa cadera, Capa. Aunque yo creía que ese problema lo resolviste cuando fundiste la cuarta esfera. ¿No deberían haberse separado los planos de nuevo?

—Ese era el problema más apremiante, en efecto. Pero el que afecta a la luz es muy diferente. Ya te advertí de que nuestra labor era larga, ardua y compleja.

—¡Pues no te enrolles y ponte a bailar de nuevo! Por cierto, será rapidito, ¿no?

—No es bueno precipitarse en un asunto tan delicado en el que toda la existencia está en juego. El menor error podría tener consecuencias desastrosas. ¿Es concebible acaso un mundo sin luz? ¿Sin mi luz? ¡Qué espanto!

—Lo pillo, pero Capa, tenemos que detener la guerra. Lo prometiste.

—¿Y no es mi método el más acertado? ¿De qué sirve la paz sin un mundo en el que desarrollar nuestra…?

—¿De qué sirve un mundo sin nadie que lo pueble? ¿Quieres que nos quedemos tú y yo bailando y haciendo reverencias por toda la eternidad?

—Sin la menor duda, no es ese un destino que me agrade. Vyns, una vez más tu claridad de ideas despierta mi admiración.

—Estupendo. Ahora vamos a parar esa matanza.

—Pero me pregunto si no lograríamos ambos objetivos al mismo tiempo con mi plan inicial. Cuando todos presencien mi luz y sean bañados por ella, la evidencia será palpable y…

—Será demasiado tarde, Capa. Van a matarse y lo sabes.

—No obstante, no puedo intervenir directamente. No es sano imponer mi criterio a los demás. Deben aceptarme por ellos mismos, abrirse a mí por propia voluntad, entregarse…

—¡No hay tiempo! Tienes que intervenir como hiciste en la batalla de la segunda esfera.

—¿Recuerdas al Viejo? Él se mantuvo al margen durante la Primera Guerra. En ese sentido, conocía bien el lugar que debía ocupar. El libre albedrío…

—¡A la mierda con el libre albedrío! El Viejo tenía tiempo, no estaba amenazado el mundo entero. Tú no. ¡Tú eres mejor que el Viejo, la madre que te parió! Por favor, Capa, se me da de pena suplicar. Nuestros hijos están aquí. Tu hijo, Capa, piénsalo bien. ¿Vas a dejarlo morir en esta guerra de mierda? Tú me enseñaste que matarnos no nos conduce a nada. ¿O era palabrería barata? Solo tú puedes detener esta locura. Si no actúas en consecuencia, si no los detienes… ¡Entonces me das asco! ¡Maldigo el día en que decidí seguirte! Te lo advierto, Capa, si dejas morir a tu hijo, lo único que demostrarás es que eres un payaso danzarín que solo sabe soltar frases idiotas en posturitas ridículas.

—Mi hijo… Cuánta razón tienes, mi adorado Vyns. Mis disculpas por este pequeño lapsus. Debes comprender que mi sublime responsabilidad a veces perturba mi juicio, pero con tu inestimable apoyo para enderezarme no tengo nada que temer. Ah, lo haremos, Vyns, por supuesto que sí. Tú y yo salvaremos el mundo.

—Así se habla, joder. ¿Y cómo lo hacemos?

—¿No cuentas con un plan?

—¿Yo? Pero si yo no… ¿Tú tampoco?

—Confieso que mi siguiente paso estaba centrado en restaurar la luz.

—Pues estamos apañados… Oye, no meterán las narices en esto Pin y Pon, ¿verdad?

—Tedd y Todd.

—Eso he dicho.

—Esos caballeros no interferirán. Nuestros asuntos no son de su interés. Tan solo buscan…

—A ver si lo advino. Buscan a Tadd, Tidd y Tudd, ¿no? Quieren juntar las cinco vocales, así tienen más compañeros con quien hablar porque como no se dirigen a nadie más, seguro que se aburren.

—No es lo que iba contestar, Vyns, pero es una teoría que no carece de ciertas posibilidades. Tal vez debería considerarla.

—¡Capa! ¡La guerra! Que les den a esos dos chalados. Vamos a centrarnos un poco en el marrón que tenemos, ¿te parece?

—Que no cunda el pánico. Tan solo es cuestión de reflexionar sobre el problema en cuestión. Detener la guerra. Que no se diga, Vyns, que no somos capaces de…

—¡Lo tengo!

—Ah, lo sabía. Qué acierto el mío al llamarte a mi lado. ¿Sería mucha molestia que compartieras conmigo la brillantez de tu idea?

—Quítate la capucha para dejar las orejas al aire y presta atención, Capa. Vas a tener que ponerte las pilas y hacerlo condenadamente bien. Afila esa lengua tuya, porque tendrás que revelar unos cuantos secretos si queremos detener esta masacre. ¿Estás conmigo?

—Naturalmente. ¿No es hablar una de mis cualidades más notables?

Por un fugaz instante, Rick había olvidado por qué palpaba la nieve como un poseso. Solo veía sus manos desnudas desapareciendo entre el manto blanco, removiéndolo sin descanso.

Al fin se detuvo. Sufría una fuerte desorientación. Por primera vez desde su enlace con Yala no era consciente del transcurrir del tiempo. Podría llevar horas rebuscando entre la nieve. No sabía de qué se trataba, pero sí que debía ser algo importante. Había perdido… la cabeza. ¡Sí, eso era, una cabeza! No se trataba de una frase hecha, era en sentido literal. ¡Buscaba la cabeza de Raven!

Los recuerdos irrumpieron en su mente como una explosión. Rick había tratado de impedir que Asius le cortara la cabeza. Había caído sobre él en el último instante, mientras la espada de hielo descendía sobre el cuello de Raven, pero no sabía si había llegado a tiempo de desviar el tajo. Recobrados sus recuerdos, se sintió centrado. Comenzó a estudiar los alrededores en busca de alguna pista.

No tardó en dar con un débil rastro que parecían huellas. La maldita nieve las había cubierto, pero no podía tratarse de otra cosa. Las siguió, alimentando la esperanza de que perteneciesen a Raven y que su amigo siguiera vivo y de una pieza, a menos que pudiera caminar con la cabeza debajo del brazo, cosa que a estas alturas casi estaría dispuesto a creer. Rick se frotó las sienes. Entendió que desvariaba y que si continuaba con esa línea de pensamientos se volvería loco. Debía mantenerse cuerdo y atento, razonar. Que las huellas apenas fueran visibles significaba que había pasado tiempo. Esa sí era una deducción lógica.

Caminó entre las ramas muertas y fosilizadas que asomaban entre las dunas blancas. La nieve caía de lado, una ligera brisa silbaba, y olía a fuego y piedra quemada. Lo más probable era que el viento arrastrara los restos humeantes de la última explosión de Raven.

A su izquierda acechaba la niebla, oscura y amenazadora, mucho más cerca de lo que recordaba. A ese ritmo, no tardaría demasiado en sepultar los restos de la prisión de Black Rock, que si no recordaba mal, era el nombre de aquel lugar antes de la Onda. Al mirar hacia la niebla, Rick reparó en que la nieve se movía. Luego le pareció que no era nieve, aunque sin duda se trataba de algo de color blanco. Corrió en esa dirección.

—¡Raven!

Las piernas se le enterraban hasta las rodillas, pero eso no lo frenó. Superó un montículo de nieve y encontró una mancha roja. Unos pasos más allá, yacía Asius. Eran sus alas lo que había visto moverse hacía un instante. En el abdomen del ángel se clavaba una rama negra que se retorcía y se enroscaba sobre sí misma.

—¡Asius!

Rick cayó de rodillas a su lado. De la comisura de su boca, teñida de granate, resbalaba un hilillo de sangre.

—¿Esto te lo he hecho yo? ¡Dios! ¡Perdóname! Yo solo quería salvar a Raven. No… no controlo mi fuerza…

—Hiciste… bien… —susurró Asius.

Se formó una pompa en su boca que estalló en minúsculas gotas rojas.

—Te ayudaré.

Rick estaba muy cansado de luchar, de preocuparse por salvar el mundo y de que todo le saliera mal. Asius no tenía por qué acabar así. No lo consentiría.

—Te sacaré de aquí aunque sea lo último que haga.

—Raven… Allí…

El ala de Asius se estiró. La punta temblaba, pero indicaba claramente una dirección. Rick vislumbró una silueta alargada, inconfundible, que caminaba entre una cortina blanca que descendía desde el cielo.

—Raven puede curar —dijo Rick, aliviado—. Lo traeré. Tú aguanta, Asius. ¡Eres un maldito ángel! Te dejé solo con los demonios la última vez, pero no volveré a hacerlo. ¡Lo juro!

Echó a correr, medio saltando entre la nieve, resbalando, deslizándose sobre ella. La figura de Raven se hacía cada vez más nítida a medida que se aproximaba. Caminaba despacio, pero muy derecho, lo que no era habitual en él. Lo llamaba a gritos, pero Raven no daba muestras de oírlo.

Al fin lo alcanzó.

—Espera, maldita sea.

Raven ni siquiera ladeó un poco la cabeza para prestarle atención. Andaba inclinado hacia adelante con la boca medio abierta y una expresión de estupidez pintada en el rostro. Por un momento Rick se preguntó si le pesaba la nariz porque daba la impresión de que se inclinaba peligrosamente hacia el suelo.

—¡Raven! Asius está herido. Te necesita.

—La muerte es la solución.

—¿Qué? ¿Vas a dejar morir a un ángel? No te lo permit... —Rick se quedó mudo al ver hacia dónde se dirigía Raven.

Algo más adelante se alzaba el muro de niebla, no la que estaba enterrando el mundo entero bajo su manto de oscuridad, sino la niebla de Black Rock, la que se parecía a la que siempre habían conocido tras la Onda. Niebla estancada en una ubicación fija.

Raven había vuelto a referirse a la muerte como salida, pero no pensaba en la de Asius, sino en la suya. Al parecer, continuaba empeñado en esa teoría de que morir era su misión, o puede que solo quisiera despedirse de este mundo para no hacer daño a nadie más. Quizá por ello quisiera internarse en la niebla.

Sin embargo, Rick seguía convencido de que esa no era la solución. El suicidio no podía serlo, a ningún problema. Agarró a Raven, decidido a detenerlo y por la fuerza si era preciso. Nada más tocar su hombro huesudo, Rick sufrió una descarga terrible. Su cuerpo convulsionó, un dolor atroz alcanzó hasta la última molécula de su ser, y sin darse cuenta se vio tumbado sobre la nieve.

Logró levantarse con un esfuerzo sobrehumano, a tiempo de ver la silueta de Raven desaparecer entre la niebla.

Stil estudiaba con mucha atención el charco negro en que se había convertido el orbe que conducía a la cuarta esfera. No era sencillo destruir un orbe, se requería la pericia de un moldeador muy fuerte y experimentado, y una cantidad de tiempo inmensa para preparar las runas.

Con anterioridad, hubiera sido obligatorio contar con una autorización expresa de los tres Justos, dado que los orbes se consideraban creaciones únicas. Además de constituir los únicos elementos de la Creación que podían ocupar dos ubicaciones al mismo tiempo, su composición era desconocida; los que ya existían habían sido obra del propio Viejo y este no había transmitido a nadie la fórmula para erigir otros nuevos. Por todo ello resultaban tan preciados y que se hubiera destruido uno de ellos era una monstruosidad.

Sin embargo, la evidencia de que al menos uno de los orbes se había convertido en una papilla negra y apestosa era indiscutible. Stil se tapó la nariz con las alas y llamó a un demonio.

—¿Alguna idea sobre el responsable?

—Ninguna. —El demonio arrugó el gesto.

—Indaga si alguien sabe algo. Destruir los orbes podría evitar que los ángeles nos atacaran antes de que los nuestros se hayan curado del todo. Pero no quiero considerarlo siquiera sin asegurarme que después podemos reestablecer la conexión entre las esferas.

—Tal vez podríamos destruir todos menos uno. Sería más fácil contenerlos si supiéramos por dónde vienen.

—Por eso antes quiero enterarme de si eso se puede hacer —dijo Stil—. No voy a perder el tiempo con posibles estrategias si antes no encuentras a alguien que sea capaz de destruir los orbes. Ve.

Stil trató de concentrarse en otra cosa que no fuera aquel hedor insoportable. Le costaba pensar rodeado de esa peste intensa, casi se mareaba un poco, y aún tenía que supervisar demasiados aspectos a fin de establecer la mejor estrategia posible.

Se encaminó a la zona donde se realizaban las maniobras. Los evocadores estaban distribuidos atrayendo sombras y titanes. Las bestias del Agujero constituían una fuente de guerreros prescindible pero útil, pues les permitía contrarrestar en parte la falta de sanadores.

Un demonio salió a su paso.

—¡Stil! —dijo con urgencia—. ¡Tienes que ver esto!

Un grupo se arremolinaba alrededor de un titán.

—Si estáis agotados no me importa, seguid invocando tantos como podáis —ordenó.

—No se trata de eso. Mira.

El titán trataba de ponerse en pie, pero no podía porque le faltaba una pierna. El Barón de las Alas Blancas exigió una explicación con el ceño fruncido.

—Ha aparecido así. Y no es el único.

Le mostraron otro que no tenía cabeza. El titán, que permanecía sentado, podía confundirse con un montículo de piedra en llamas.

—¿Y las sombras? —preguntó Stil.

Su estado era mucho peor. Le enseñaron una colección de trozos de oscuridad que según los evocadores eran parte de las sombras. Patas, colas, torsos, todos ellos inmóviles, se fundían con la escasa luz que bañaba la primera esfera hasta parecer parte del paisaje.

—Detened las invocaciones hasta que sepamos lo que está sucediendo —ordenó Stil—. Quiero una explicación lo antes posible. ¡Sin excusas!

Se alejó cargando con una preocupación con la que no contaba. Sin los titanes ni las sombras, tendría que modificar toda la estrategia de combate y reorganizar a los demonios. La única opción que les quedaría, llegado el momento de luchar, sería arremeter en una acción suicida, matar a los ángeles de un solo golpe o morir mientras ellos se curaban y resistían. No era un plan que le gustara en absoluto.

Se acercó a otro numeroso grupo de demonios. Repasaban una estructura de runas de aspecto complejo. Las llamas ardían con fuego verde, como las empleadas para la evocación, pero Stil no reconoció a ninguno de los evocadores de alto rango, los que debían supervisar cualquier operación con las sombras y los titanes.

—¿Qué estáis haciendo aquí? ¿Quién ha ordenado estas maniobras?

Un demonio lo interrogó con la mirada.

—Fuiste tú, Stil —repuso con inseguridad.

El Barón no detectó nada extraño en el demonio, parecía sincero, y eso lo desconcertó por un instante. Iba a exigir una aclaración, cuando un titán se materializó cerca de la estructura de runas.

—¡Funciona! —se alegró el demonio, con el entusiasmo de quien acaba de realizar una proeza—. Vamos, seguid.

El titán estaba intacto, y lo más increíble de todo, portaba a uno de los suyos en la espalda. Aparecieron más titanes, todos completos, sin que les faltara ninguna parte del cuerpo, y cada uno llevaba a un demonio sobre la espalda, a veces dos, uno en cada hombro.

Las llamas cobraron mayor intensidad. Siguieron apareciendo titanes y algunas sombras, estas sin demonios encima.

El demonio con el que había hablado se acercó y estrechó la mano de Stil.

—Tenías razón —le felicitó—. Eres un genio.

—Espera —dijo Stil—. Yo no…

—Fui yo —contestó alguien a su espalda.

El Barón se giró despacio. Nilia se detuvo a dos pasos de él.

—Son los que quedaban en las puertas del Agujero —explicó Nilia—. Le prometí a Dast que los sacaría de allí.

Stil intuyó que se avecinaba una conversación muy tensa.

—Dast murió.

—Lo sé —dijo ella—. Vengo de hablar con Jack. Fue él quien le cortó la cabeza, lo que demuestra que Dast era un idiota.

Stil se tomó tiempo para observarla con atención. Nilia se mantenía erguida, hermosa, seria, aunque no llegaba a estar relajada del todo. La conocía lo suficiente para saber que no estaba contenta y que algo en su interior, probablemente la rabia, se dejaba traslucir en una mirada afilada y peligrosa.

—¿Qué pasa? —dijo ella—. Pensé que te alegrarías de tener refuerzos. Les dije a los evocadores que la orden la habías dado tú. ¿Estás molesto?

Era evidente que tenían asuntos que tratar que solo les concernían a ellos, pero no daba la impresión de que quisiera airearlos delante de los demonios.

—Una gran decisión, Nilia. ¿Sabes algo sobre los titanes que nos llegan mutilados?

—Vienen del Agujero. La niebla también está devorando nuestra antigua residencia y ya no se limita al plano de los menores. Los titanes que transportan a los nuestros ya estaban fuera, por eso no están afectados. Pregúntales a ellos y te lo confirmarán.

Stil no necesitaba consultar a nadie para saber que era verdad, pero lo inquietaba que Nilia se pusiera a la defensiva y hubiera sugerido que él podría no creer en ella.

—De acuerdo, entonces. En cuanto Tanon regrese, iniciaremos las movilizaciones.

—No regresará. Ahora eres tú contra tu esposa, a menos que tengas algún reparo, por supuesto.

—¡Dejadnos! —gruñó Stil.

Los demonios que merodeaban cerca se retiraron.

—Sé que era tu amigo —dijo Nilia—. Pensé que debías saberlo por mí.

—¿Por qué lo hiciste?

—Lo sabes muy bien.

—No, no lo sé. ¿Eres consciente de nuestra situación y lo que supone perder a Tanon? Te lo repito, ¿por qué?

—Porque era un idiota y un cobarde. Suplicó por su vida, casi lloró.

—¿Es por mi culpa? —preguntó Stil—. Me odias y tenías que desquitarte. Jamás te oculté lo que sentía por Renuin ni te prometí nada.

—Era un cobarde y un traidor. Nos hicieron perder la Primera Guerra en cuanto supieron que Sirian no nos apoyaría, pero ya están todos muertos. Han pagado por sus maquinaciones.

—¿Todavía no lo has superado? Ese odio que sientes no puede ser bueno. Vives en el pasado.

—Habló quien sigue prendado de su esposa.

Stil calló durante un rato. Comprendía a Nilia y cuánto había sufrido, aunque le asombraba ver en lo que se había convertido. El Agujero y el descubrimiento de la verdad acerca de la Primera Guerra la habían transformado en una criatura llena de rencor. Él comprendió la situación de Nilia cuando estuvieron en el Agujero porque en cierto modo la compartía, dado que era uno de los pocos que también había averiguado la verdad. Aquello los unió. Stil llegó a admirarla por su fuerza, pensaba que aprovechaba su ira para ser mejor y sobrevivir en el Agujero, pero no imaginó que seguiría igual después de escapar. Stil sabía que era culpa suya.

Cuando salieron del Infierno, Stil no le ocultó su deseo de recuperar a Renuin. Ahora se daba cuenta de que esa fue la última desilusión que Nilia recibió.

—Te debo una disculpa. Nunca te mentí, pero no pensé en cómo te afectaría. Te veía tan fuerte, tan independiente. Pensaba que no necesitabas a nadie, no como yo, incluso envidiaba esa cualidad tuya. Sinceramente, creí que solo fui un entretenimiento para ti, porque pensábamos que nunca escaparíamos y...

—Eso es lo que yo signifiqué para ti.

—No es cierto.

—Ya no me importan tus mentiras.

—¿Ahora me acusas de no decirte la verdad? O puede que no quieras creerme. ¿Ya no puedes confiar en nadie? Espero que no. Yo... —Stil alargó el brazo.

—¡No me toques!

Nilia se sacudió la mano de Stil y acercó las manos a las fundas de sus puñales. Stil mantuvo la calma.

—He tratado de ayudarte, porque necesitas ayuda, sobre todo si estás considerando empuñar tus armas contra mí.

—No tienes la menor idea de lo que yo necesito.

—Me siento un poco culpable, Nilia, pero solo un poco. Sabías lo que hacías conmigo. Eres tan responsable como yo de lo que pasó.

—En eso estamos de acuerdo. La culpa es mía, pero nadie volverá a engañarme nunca más. —Nilia relajó de nuevo su postura—. Tengo que irme. Ahora eres el líder de todos los demonios, espero que ganes esta guerra. ¿O también te convertirás en un traidor cuando te enfrentes a Renuin?

—¿Te vas? ¿Has matado a Tanon y no nos ayudas? Olvídame a mí y piensa en tus compañeros.

—Hace mucho que esta no es mi guerra.

—Si perdemos, los ángeles te encerrarán de nuevo.

—Nadie volverá a encerrarme jamás. Nadie. A quien se cruce en mi camino lo despedazaré. Sin excepciones —añadió mirándolo fijamente—. Podéis intentarlo cuantos queráis, porque os mataré a todos. ¿Me has oído bien? O eso, o tendrá que matarme a mí quien se atreva a pensarlo siquiera.

—Me das lástima —dijo Stil—. De verdad, tenía muchas esperanzas en ti.

—Lo imagino. Era muy buena ayudándote a mantener el prestigio de tu clan, ¿verdad? Y también ayudándote a sobrellevar tu soledad, la parte en la que Tanon no te era de utilidad. Eso se acabó. Guárdate tu lástima.

—¿Y qué harás? Tú estás hecha para la guerra. No me creo que vayas a sentarte por ahí a contemplarlo todo mientras nosotros luchamos. Tú eres la traidora, Nilia. Eres inestable y serías capaz de matar a un demonio si no te gustara cómo te ha mirado. Viendo lo que has hecho, casi eres más peligrosa que los ángeles. Adelante, márchate.

—Eso pienso hacer. ¿Crees que mato sin razón? Desde luego que me juzgas mal.

—Entonces, dime qué quieres. Dame una razón para no ver en ti a alguien dominado por el odio y la locura. Explícame qué puedes desear más que conseguir nuestra victoria.

—No me creerías.

—¿Por qué te tocas el vientre? ¿Te encuentras mal?

Nilia se apresuró a retirar la mano de su tripa.

—Adiós, Stil. —Se volvió. Nilia se alejó y dio un salto que terminó sobre la espalda de un titán—. Eres el último Barón con vida. Cumple con tu deber y mata a tu esposa para ganar la guerra. Puede que entonces te cuente lo que de verdad me importa.

Hizo un gesto a un evocador que estaba junto al fuego verde. El demonio asintió y repasó una runa. El titán y Nilia desaparecieron.

CAPÍTULO 17

Los ángeles formaban junto a la montaña que había caído de las alturas y que había detenido la última batalla, entre las llamas que aún flotaban en el aire, sobre las cenizas y las cicatrices que la guerra había dejado sobre el terreno de la segunda esfera.

Los ángeles, al completo, esperaban la orden de marchar a la última batalla. En los puestos de la vanguardia se situaban los custodios. Sus escudos brillaban, incluso los que estaban abollados, al igual que las corazas que protegían sus alas.

El ejército se dividía en batallones cuadrados, separados por un espacio suficiente para que sanadores y corredores se pudieran desplazar con comodidad y rapidez allí donde fueran necesarios. Los primeros debían curar y los segundos tenían que transmitir órdenes e informar a Renuin para que tomara las decisiones pertinentes.

Sanadores y corredores eran los únicos que no mantenían posiciones fijas. El resto estaba estructurado como un gigantesco bloque, pensado para aplastar todo a su paso.

Renuin se había decidido por una formación sólida, lenta pero muy difícil de penetrar o dividir. No tenía prisa. No necesitaba desplegarse para cubrir el terreno con rapidez. Los demonios no tenían a dónde huir y ella no quería correr riesgos. Lo único que la preocupaba eran las sombras y los titanes, que podían ser invocados en el centro de la formación, lo que sembraría el caos.

Renuin inspiró y alzó la mano, dispuesta a dar la orden de marchar a la guerra. Allí, con el brazo en alto ante todos los ángeles, sintió un leve escalofrío ante lo que se avecinaba. Antes de abrir la boca, salieron dos ángeles de la formación. Por sus andares y posturas idénticas, supo inmediatamente que se trataba de los gemelos.

—Yala, ¿a dónde vas? —le dijo mientras se acercaba a ella. Los gemelos no respondieron, miraban al frente con la cabeza ligeramente inclinada hacia adelante—. Aún no he dado la orden.

—No voy a la guerra —dijo uno de los gemelos cuando los dos pasaron a su lado.

—¡Detente! —ordenó Renuin—. Puedes estar en desacuerdo conmigo, pero si ni siquiera te dignas hablarme estás faltando al respeto a todos tus hermanos.

El gemelo de las alas negras se paró y se dio la vuelta. El otro siguió caminando.

—No tengo nada contra ti ni contra los demás, pero tengo un asunto del que ocuparme.

—Un asunto del que debiste ocuparte en su momento, pero la dejaste escapar. —Renuin se acercó un poco y alzó la barbilla para poder mirarlo a los ojos—. Ahora nos abandonas para enmendar tu error.

El gemelo permaneció impasible.

—Ella me salvó a mí antes; ya no le debo nada. No os abandono, voy a matar al demonio más peligroso de todos.

—Estará con Stil. Y Stil estará con su ejército. No puedes ir solo.

—No. Ella busca a Raven. Y Raven está con Rick.

Renuin reconoció que era probable, aunque no sería la primera vez que Nilia sorprendía a todos con algo imprevisible. Con todo, Yala estaba decidido, y era el único que podía saber con certeza dónde se encontraba Raven, siempre y cuando continuara acompañado del menor al que Yala estaba unido.

—¿Sabes algo de Asius?

—Raven sigue vivo —respondió el gemelo.

Esperaba que eso significase que no sabía nada de Asius, no que hubiese fracasado en su misión y estuviera muerto. Renuin sabía que la unión con el menor no funcionaba de un modo permanente, sobre todo mientras él y Yala estuvieran en planos distintos, como parecía ser el caso.

—Suerte, Yala. Asegúrate de regresar con nosotros cuando acabes con ella.

—Volveré.

El gemelo dio un paso atrás, pero en lugar de girarse se quedó quieto, en una postura extraña, como si se hubiera convertido en una estatua. Solo sus cabellos dorados se agitaban. El otro gemelo, el de las alas blancas, se acercaba corriendo a toda velocidad. Renuin miró a su alrededor en busca de alguna señal del enemigo o de cualquier posible peligro. No atisbó nada fuera de lo normal, salvo las caras de los custodios, que observaban a Yala con los ojos muy abiertos.

El gemelo de las alas blancas no redujo la velocidad a pesar de estar a pocos metros. Saltó. Renuin pudo apartarse en el último segundo, antes de que el gemelo de las alas negras fuera derribado por su par. Le golpeó en la espalda con las dos manos. Luego lo levantó por los pies y lo lanzó contra un árbol a pocos metros de distancia. El árbol se partió por la mitad por el impacto.

El de las alas blancas saltó de nuevo. El otro giró sobre su espalda a tiempo de evitar una fuerte patada. El siguiente golpe no lo pudo esquivar y esta vez fue una roca la que reventó en pedazos cuando su cuerpo se estrelló contra ella.

—¡Yala! ¡Basta! ¿Qué te pasa?

Puede que hubiese perdido el juicio. Renuin no sabía cómo pararlos, en realidad apenas sabía cómo interpretar aquella escena. ¿Sería como si ella se peleara consigo misma? Pero algo debía hacer…

—Mil disculpas, mi querida dama. ¿Sería mucho pedir que me informaras de si has visto una sombra?

Renuin bajó la vista a su derecha y se encontró con los ojos relucientes de Capa y una sonrisa exageradamente ancha en el fondo de su capucha negra.

—¿Qué? —se sobresaltó—. ¿Qué haces tú aquí?

—Me temo que se me ha perdido. —Capa ladeó la cabeza, compungido—. Esos animalitos pueden aguantar mucho sus necesidades, pero lo cierto es que si no los saco a pasear con cierta frecuencia se vuelven un poco irritables. Mi paciencia es casi ilimitada, pero me mordisquean la capa. Mira, ¿lo ves? Este rastro reluciente son babas, y esta marca es un desgarro que tuve que reparar.

Uno de los gemelos gritó, agarró al otro y le golpeó en la frente con la cabeza. Renuin no pudo saber cuál era cada uno porque habían guardado las alas mientras Capa la distraía. El que había golpeado agarró al otro por el cuello y comenzó a estrangularlo.

A Renuin le recorrió una ola de angustia. Debía llamar a un sanador para que Yala no se causara una lesión irreversible, como matar a uno de los gemelos. También tenía el problema de Capa. Si estaba a su lado, los demonios no podían andar muy lejos, a pesar de que no advertía el menor rastro de ellos.

—Es una suerte que haya aparecido en este preciso instante —se alegró Capa—, cuando mis inestimables aptitudes de persuasión son más necesarias. Si me disculpas…

Capa se acercó a los gemelos dando saltitos. Renuin ordenó a los corredores desplegarse y explorar los alrededores, y a varios custodios que se acercaran.

—No es esa la solución a tus problemas, mi querido amigo —dijo Capa.

Los gemelos continuaron con su forcejeo. El que estaba siendo estrangulado descargó varios puñetazos desesperados en el otro, pero no consiguió librarse de él.

—Raramente la violencia es la solución —insistía Capa—. Si me permites un comentario respecto a tu actitud…

—¡Cogedlo! —ordenó Renuin.

Dos custodios se acercaron a Capa y Yala.

—¿A mí? —se extrañó Capa—. ¿Qué razón subyace a mi detención y captura, si soy el único que puede ayudar a este pobre desdichado? Oh, entiendo, entiendo… Te referías a que apresaran a Yala. Una idea interesante. Tal vez logres contenerlo por ahora, pero el mal está en su interior y acabará brotando pronto o tarde. Y seguro que alguien saldría mal parado de intervenir en los asuntos de los gemelos.

Los custodios vacilaron. Se miraron y luego a Renuin, con la duda pintada en el rostro.

—¡A Capa, no a Yala! —gritó furiosa por tener que aclararlo.

—Mi destino es no ser comprendido —suspiró Capa. Compuso una mueca de lo más dramática y extendió los brazos con las muñecas dobladas hacia abajo, dispuesto a entregarse y a que lo esposaran—. Amigo Yala, lamento profundamente no poder aliviar el dolor de tu gemelo de las alas negras, ese que te provoca los problemas de coordinación que supongo tanto te confunden.

Los custodios, que estaban a punto de apresar a Capa, tuvieron que frenar en seco cuando Yala se interpuso en su camino.

—Dejadlo en paz —dijo el gemelo de las alas blancas con tono amenazador.

Los ángeles consultaron a Renuin una vez más, quien cedió. El gemelo de las alas negras se acercó a Capa.

—¿Sabes qué me sucede?

—Naturalmente, aunque tal vez debería confirmar los síntomas para cerciorarme. No deseo formular un diagnóstico erróneo, como podrás entender. —Capa sonrió—. Antes me gustaría realizar una petición sin importancia. Si no es una molestia excesiva, me ayudaría que me hablaras siempre con este gemelo. La última vez que disfruté del placer de tu compañía a punto estuve de dislocarme el cuello mirando a un gemelo y al otro alternativamente.

Capa se pasó la mano por la nuca para reforzar su explicación.

—Lo intentaré. Habla.

—Sientes… un desgarro en lo más profundo de tu ser, un frío que ningún calor puede mitigar, una tortura que…

—Más o menos —dijo el gemelo con el ceño fruncido.

—Nadie podrá decir que te explayes dando explicaciones, amigo mío.

—Al contrario que tú —repuso Yala.

—Excelente observación —asintió Capa—. Bien, pues que nadie tema nada porque, en efecto, sé cuál es el origen de tu dolencia. Lo que sientes, amigo mío, es consecuencia de tu estancia en el Agujero, al igual que el color de tus plumas. El nombre de tu aflicción es conocido por todo el mundo y…

—Dilo de una vez.

—La mortalidad.

—No le creas. —Renuin se acercó a ellos—. Estás intentando confundirnos a todos —le dijo a Capa—. ¿Insinúas que Yala se muere?

—Reconozco cierta falta de precisión por mi parte al señalar mis conclusiones, en especial, a causa de la particular dualidad de nuestro amigo. Supongo que no, que Yala no se muere, es solo el gemelo que estuvo en el Agujero. El otro ha percibido algo extraño en él y ha querido eliminarlo. Sería algo así como si un menor quisiera amputarse un miembro gangrenado.

—Rick no siente ese dolor —dijo Yala.

—Por supuesto que no. Los menores están completamente inmunizados contra ese tipo de dolencia. El primer instinto cuando ellos nacen es el de la propia supervivencia, y eso solo es posible cuando uno tiene conciencia de que es mortal.

—Ahora insinúas que el Agujero solo afecta a los ángeles que el Viejo encerró allí —opinó Renuin—. ¿Es eso?

—De ninguna de las maneras. —Capa se llevó las manos a la cabeza alarmado—. La mortalidad es un rasgo de los menores, no pueden sentir extrañeza por esa causa. En cambio, a nuestro querido Yala le está suponiendo un gran esfuerzo aceptarla. ¿No sabíais que ese era el verdadero castigo que nos impuso el Viejo?

—¿Cómo?

—Todos los demonios se mueren. Oh, por vuestros anonadados semblantes deduzco que ninguno de los aquí presentes estabais al corriente de la grave circunstancia que aqueja a la comunidad de los de alas negras. Bueno, resulta fácil de comprender que ellos no quieran que lo sepáis, pero considerando el viaje de Yala y el ostensible oscurecimiento de sus alas, pensé que habíais alcanzado la conclusión obvia. No pretendo ofender a nadie por no haberlo deducido, nada más lejos de mi intención. Me consta que la inteligencia abunda entre los ángeles. Sin ir más lejos, Lyam fue capaz de colegir la tragedia tras ver unos cadáveres.

—Por eso lo mató Nilia —dijo Renuin.

—Compruebo por tan acertadas palabras, mi estimada Renuin, que no erraba al presuponer tus excelentes capacidades de deducción, las apropiadas en alguien que ocupa una posición tan distinguida como la tuya.

Capa separó las manos y realizó unos extraños movimientos con ellas al tiempo que sonreía. Renuin no tenía tiempo para sus maneras extravagantes. Los demonios ahora eran mortales… Yala lo confirmó con una simple mirada.

Esa información era muy valiosa y se la había ofrecido Capa, quien sin duda los había visitado con ese propósito. Un gesto de un corredor le avisó de que no había más demonios en las inmediaciones.

El gemelo de las alas blancas regresó junto al otro y comenzó a estudiar sus alas negras. Le palpaba los hombros y el rostro. El de las alas negras permanecía quieto.

—¿Cómo podías saber todo eso sobre Lyam, Capa? —preguntó Renuin—. ¿Quién te lo contó?

—Lo deduje a partir de ciertos indicios que me facilitó Vyns, por supuesto, a quien el propio Yala le había relatado dichos indicios. ¿Cómo iba yo a suponer que nadie más deduciría lo mismo que yo a partir de la misma información? Suerte que Vyns compartió conmigo cuanto sabía. Un ser excepcional, por cierto. Sin duda recordarás a un ángel con excesivo temperamento que protagonizó una pequeña insubordinación en la última asamblea que mantuvisteis.

—Sé perfectamente quién es Vyns.

—Puedo asegurarte de que se arrepiente profundamente de aquel episodio. Está trabajando con denodados esfuerzos para controlar sus emociones y reacciones, y estimo que, bajo mi supervisión, sus progresos en esa ardua tarea conducirán a una mejoría notable.

—Vyns no se iría contigo, demonio —aseguró Renuin—. Puede tener diferencias conmigo o con cualquier otro, pero es un ángel leal. No puedo creerte.

—Precisamente eso le dije yo a él, que no me creerías. ¿No es del todo fascinante que pensemos del mismo modo? Lo tomaré como una señal de que pronto llegaremos a entendernos, Renuin, y de que por fin aceptarás que mi admiración por ti no conoce límites.

—Tiene que ser un truco de alguna clase. No puedo aceptar que Stil...

—Y no debes. Tu amado esposo es el único que no ha sido afectado por esa traumática experiencia y sus terribles consecuencias. Adelantándome a tu pregunta, te diré que nadie conoce la causa, ni siquiera él mismo. La sospecha más generalizada es que guarda relación con sus alas, o al menos con sus plumas, que lucen el mismo blanco resplandeciente que nos deslumbró a todos desde que fue creado por el Viejo. Stil siempre hizo gala de una fortaleza inexplicable en sus alas. Sin duda quienes se enfrentaron a él en la Primera Guerra todavía conservarán el recuerdo fresco en su memoria.

Renuin dejó de escuchar a Capa para detenerse a reflexionar. Desenfocó los ojos mientras él gesticulaba y adornaba su interminable disertación.

Los demonios eran mortales. Ese era el gran secreto que Stil guardaba. El secreto que daba un significado a la guerra que según su esposo ningún ángel podía comprender. Y no le faltaba razón.

Ahora entendía por qué Tanon había rechazado la tregua de Asius. La paz no los curaría ni les devolvería la inmortalidad. No se trataba únicamente de evitar volver a ser encerrados. Querían vengarse, matarlos antes de que su existencia terminara, acabar con quienes consideraban responsables de su estado, el peor imaginable para quienes fueron creados con el propósito de perdurar por toda la eternidad. Ninguna negociación sería posible con ellos, ni aunque los ángeles aceptaran dejarlos en libertad. Los demonios seguirían marcados por la mortalidad y no se resignarían a perecer sin más. El odio que debían de sentir era inmensurable, más todavía sabiendo que habían perdido la Primera Guerra a propósito para infiltrar a Diacos. Ellos mismos habían asumido que serían encerrados, pero nunca imaginaron hasta qué punto el Viejo castigaría a quienes se alzaron contra él.

Con todo, debían albergar alguna esperanza o la locura se habría adueñado de ellos. Actuaban con paciencia y determinación, planificaban sus ataques. Unos simples desquiciados que solo buscaran venganza se habrían lanzado a matar nada más poner un pie fuera del Agujero.

—Si pensaran que su fin era inevitable —dijo Renuin—, habrían atacado descontroladamente, sin pensar, con la única intención de matar a cuantos pudieran, sin considerar el futuro. Casi desearían encontrar la muerte en combate antes que esperar un final propio de los menores.

—Una lógica irrefutable —asintió Capa—. ¿Qué sentido tiene la existencia sin esperanza? Un tema emocionante, si dispusiéramos de más tiempo para un debate apropiado. La esperanza de los demonios reside en Stil, naturalmente. Estudiando a quien es inmune, cuentan con dar con una cura. Hay otras teorías, por supuesto, como encontrar esa cura en el famoso libro del Viejo, pero la de Stil es la más difundida. Sin desmerecer en absoluto las numerosas a la par que valiosas cualidades de Stil, esa es una de las razones de que goce de una popularidad tan magnífica. No imaginas cuánto lo presionaron para que no entrase en batalla, por miedo a que muriese. Sin embargo, Stil siempre mantuvo que nada se interpondría entre tú y él, querida Renuin, y se negó a esconderse hasta el desenlace, tal y como se había previsto inicialmente.

Eso también explicaba el interés de Nilia en salvarlo. Stil encarnaba la esperanza de los demonios, lo convertía en el más preciado de todos.

—¿Cuánto tiempo me queda? —preguntó Yala.

—Precisarlo es complicado. Al principio de nuestro encierro, cuando nos dimos cuenta de en qué consistía el verdadero castigo, podéis imaginar que todos los esfuerzos que no estaban dedicados a asegurar nuestra supervivencia se encaminaron a la búsqueda de una cura. Algo más tarde nacieron los primeros hijos…

Capa sollozó y tuvo que dejar de hablar un momento. Renuin se horrorizó ante la idea de dar a luz a hijos…

—¿Muertos?

—Algunos sí —dijo Capa recomponiéndose. Se sorbió la nariz—. Otros no. Parecían normales, los pobrecillos, pero ninguno llegó a cumplir un solo siglo. Después se apartó a un lado el tema de la descendencia. Oh, qué terribles momentos… Cuánto sufrimiento… No puedo seguir hablando de ello, mis disculpas.

Renuin se acordó de Nilia y todo encajó de repente. Stil podía interesarle o no, pero su verdadera motivación era el hijo que había engendrado. Lo que planeara estaría relacionado con encontrar la cura para que no naciese siendo mortal. Era obvio que eso le importaba más que la guerra.

—Perdón, Yala —se disculpó Capa. Se sorbió de nuevo la nariz—. No he contestado a tu pregunta. La onda lo tergiversó todo y ahora es extremadamente complicado saber de cuánto tiempo dispones. La estimación más optimista es de un milenio para los demonios, aunque en tu caso, que contrajiste la mortalidad hace poco y después de la Onda, me atrevería a suponer que el tiempo podría alargarse considerablemente. Al menos es lo que deseo desde lo más profundo de mi ser. Y aunque soy de la creencia de que las palabras adecuadas, pronunciadas con la sinceridad más incuestionable, deberían ser suficientes, prefiero añadir un obsequio para ti, mi querido amigo. Nada más que una muestra de mi gratitud por tu intento de salvar a mi hijo.

Los gemelos se miraron. Renuin frunció el ceño.

—¿Tuviste un hijo sabiendo…?

—Con una menor —dijo muy rápido Capa—. Entiendo tu confusión, Yala. Permite que la despeje. Sin duda recordarás que intentaste detener un autobús en medio de la tormenta.

—Tú no estabas allí —dijo el gemelo.

—En realidad sí, pero mi dominio de mis nuevas alas no es tan preciso como me gustaría. —Capa desplegó sus alas metálicas—. Me avergüenza reconocer que subestimé la fuerza de esa tormenta, la capa se me enredó con un ala y fui salvajemente desplazado de un lado a otro. No pude llegar a tiempo de detener el autobús, pero recobré mi serenidad al ver dos gemelos rubios corriendo en ayuda de los menores. Fue muy hermoso contemplarlo desde arriba. Lamentablemente, pude apreciar que el de las alas negras llegó un segundo tarde y, bueno, el autobús se precipitó. Soy de los que aprecian la intención más que el resultado, y no podías saber que tu gemelo estaba enfermo. Por eso me conmovió tu actuación.

—¿Falló la sincronización por mi mortalidad?

—¿No lo sabías? Es comprensible. De todos modos, quiero ofrecerte un presente, como he dicho. Ahí detrás hay un titán, grandote, para que pueda cargar con los dos gemelos. Súbete a él y te llevará a tu destino.

—Por fin te descubres —dijo Renuin—. Yala, no le creas. Nos ha contado todo eso para engañarnos. Quiere quitarte de en medio porque eres el mejor guerrero que tenemos.

El gemelo de las alas blancas miró a Renuin fijamente, el otro no despegó los ojos de Capa.

—No rebatiré esa acusación —dijo Capa—, pues adivino que proviene de un profundo dolor y no de la lógica. He hecho cuanto podía, mi estimado Yala. Si mis palabras no te han parecido sinceras, nunca podré convencerte. —El Niño extendió las manos y sonrió—. La decisión es solo tuya.

El gemelo de las alas blancas se apartó de Renuin, se reunió con el de las alas negras y juntos, al mismo paso, se fueron en la dirección que Capa había indicado. Renuin no trató de impedirlo. Equivocado o no, Yala había tomado su decisión y no lograría hacerle cambiar de idea. Además, estaba resuelto a marcharse desde antes de que Capa apareciese.

—Dices sentirte mal cuando no te creen, Capa, pero no has aclarado por qué nos has revelado el gran secreto de los demonios.

—Me sigue resultando complicado lidiar con la necesidad de ciertos indivi-duos para aceptar las buenas intenciones sin la existencia de una justificación oculta. No obstante, en este caso, tengo que alabar tu perspicacia porque dicha justificación existe y no es otra que detener la guerra, ahora que no es necesa-ria.

—¿Que no es necesaria?

—En modo alguno. Me permito señalar que ya habéis ganado sin el menor esfuerzo. Solo debéis retiraros y esperar. Los demonios perecerán en unos po-cos siglos, ¿Qué supone esa insignificante fracción de tiempo en comparación con la eternidad?

Renuin se reprendió por no haberlo considerado antes. El miedo inicial a que Stil fuera mortal y la palabrería de Capa la habían desviado de un detalle tan importante como ese. Era cierto, podían ganar.

No le pasó inadvertido que Capa hablara como si no fuera parte de los demonios. Recordó que en su última conversación ya había mencionado que estaba por encima de cualquier categoría.

—¿Eso es lo que quieres? ¿Que nos retiremos?

—Suena considerablemente peor de lo que es. Una mente despojada de sentido común podía cometer el error de confundirlo con la cobardía, pero entablar combate conllevará muertes de algunos ángeles, por no mencionar la posibilidad de la derrota y el consiguiente exterminio. ¿Cómo imaginas que te sentirías dentro de unos milenios, sabiendo que los demonios ya no están por voluntad del Viejo, que fue quien les impuso ese castigo, pero que tampoco están todos los ángeles que deberían porque murieron en una guerra inútil? Mi intuición no aventura una respuesta satisfactoria para esa pregunta. Perder más vidas innecesariamente cuando todo está decidido es un dolor que te su-plico no nos hagas padecer a todos. Mi atrevimiento me lleva a sugerir que os dirijáis a la tercera esfera.

—¿Por qué?

—Allí está la mayor extensión de agua. Los moldeadores pueden alzar un muro que los demonios no podrán superar si ellos se dedican con todas sus energías a reforzarlo, sobre todo contando con los sanadores para restablecer sus fuerzas. El tiempo hará el resto.

La idea era buena. En aquel lugar los ángeles podrían resistir por tiempo indefinido. En cuanto los primeros demonios muriesen, su ejército empezaría a debilitarse y cada vez sería más sencillo contenerlos.

—Los demonios enseguida entenderán lo que nos proponemos y no podemos prever cómo van a reaccionar. Podrían dedicarse a destrozarlo todo o a planear cualquier otra locura.

—No si entran en razón, gracias a mí, debo decir. Con toda modestia, creo que después de unas décadas se cansarán y su predisposición a aceptar lo inevitable les hará escucharme. Eso en el peor de los casos, pues creo que podría convencerlos mucho antes. Se darán cuenta de que su lucha no tiene sentido y no querrán malgastar sus últimos siglos tratando de vengarse. Sin el miedo a ser encerrados de nuevo, no tendrán motivos para pelear.

—Tal vez sería así, suponiendo que puedas convencerlos. Tengo serias dudas al respecto.

—Sé que la gravedad de la situación es la que te lleva a dudar de mi capacidad, con la ofensa sin intención que eso supone para mi persona. Pero aun en ese caso, podríais salir de vuestro refugio y reanudar la guerra en cualquier momento, si es la decisión que creéis más oportuna. Lo único que sugiero, desde la mayor humildad que soy capaz de reunir, es que des una oportunidad a la resolución de este espeluznante conflicto sin que caigan más víctimas. Como muestra de mi poder de persuasión, conduciré a los demonios a la quinta esfera y dejarán libre la primera, para que se pueda ir y venir de una a otra sin complicaciones.

Renuin meditó la oferta unos segundos. Observó la duda en los custodios que la acompañaban, puede que incluso el deseo de que aceptara.

—Lo pensaré.

—Una década, lo suplico —rogó Capa, que parecía a punto de romper a llorar—. No es tiempo. Solo pido una oportunidad para que no muera nadie más.

Renuin apretó los labios.

—Un lustro.

—¡Suficiente! —Capa recuperó su semblante alegre—. Oh, no te arrepentirás, Renuin. Tu sabio proceder será elogiado por toda la eternidad.

Capa hizo una reverencia, que incluyó un giro en el aire ayudado por sus alas, y luego desapareció.

Durante un tiempo reinó un profundo silencio. Los custodios se acercaron a Renuin y asintieron.

—No creo que haga falta someterlo a discusión. Ordenaré los preparativos para marchar a la tercera esfera.

—No —repuso Renuin muy serena—. Seguimos adelante.

—Con todo el respeto, cuanto ha dicho Capa debe de ser cierto. Hemos comprobado que ha venido solo. No hay razón para…

—Puede que no haya mentido, pero no ha dicho toda la verdad. Nos quiere en la tercera esfera. Sobre todo quiere que los demonios puedan estar libremente en la quinta porque allí está el Mirador.

—¿Y?

—En el Mirador está recopilado todo nuestro conocimiento. Solo buscan ganar tiempo para encontrar una cura, y si lo consiguen…

Los custodios fruncieron el ceño al mismo tiempo, casi como si estuvieran sustituyendo a Yala.

—¿Estás segura?

—¿Quieres correr ese riesgo? Yo no. ¿Cuántas veces nos han engañado? Si los dejáramos tranquilos y encontraran la cura, les habríamos dado lo único que ahora necesitan para reponerse de la última batalla y que no tienen: tiempo. Eso es lo que más les importa, tiempo para dormir y poder curarse. Capa ha urdido este plan para conseguirlo, pero no se lo voy a conceder.

—Yo… Siento no haberlo considerado —admitió el custodio, avergonzado—. Ordenaré continuar avanzando.

—Tampoco podemos hacer eso. Capa lo habrá previsto. He tratado de ser convincente al aceptar su oferta, pero no sé si me habrá creído.

—¿Cuál piensas que es su segundo plan?

—No estoy segura, pero creo que quería espiarnos. Ahora mismo estará detallando a los demonios nuestra posición y nuestro ejército. Les dará toda la información que pueda y se prepararán para recibirnos.

—Pero si nos quedamos en la segunda esfera y no atacamos, les estaremos dando tiempo para curarse.

—Iremos —declaró Renuin—, pero no entraremos en la primera esfera desde aquí, que es por donde nos están esperando. Capa mencionó la quinta esfera, por donde sospecho que ellos desean ir, pero tampoco puedo estar segura. Solo queda una: la sexta. Implica un pequeño rodeo, pero es el lugar por el que menos se esperaran que abordemos la primera esfera. ¡Nos vamos a la guerra! ¡Ordenad a todos que se dirijan a la sexta esfera!

Richard Northon, antiguo capitán del ejército de la Zona Segura de Londres, estaba convencido de que no era un cobarde, y nadie que lo conociera se atrevería a insinuar lo contrario. En su expediente figuraban las misiones más arriesgadas y ni una sola queja por su parte a la hora de aceptarlas.

En el curso de su carrera militar había participado en numerosas guerras después de la Onda. La muerte no le era ajena. Se había llevado a muchos compañeros, la había visto de cerca, casi había sentido su aliento. Posteriormente había atravesado el Cielo y el Infierno en una lucha que jamás habría creído posible a pesar de toda su experiencia. En incontables ocasiones se había visto al borde la muerte, había tenido miedo, por supuesto, pero se había dominado a sí mismo.

Rick no era un cobarde. No dejaba que su miedo se interpusiera en sus objetivos, sino que le hacía frente desde su interior, en una batalla que siempre había vencido. Hasta ahora.

Una inmensa pared oscura se extendía ante él. Un montón de niebla era la causa de que su miedo lo paralizara. Un enemigo contra el que nada podían las balas ni las espadas de fuego.

Todo el que se había internado en la niebla se había perdido. Ni siquiera los ángeles escapaban, salvo los viajeros, que, ataviados con sus cetros, eran los únicos que podían atravesar la bruma sin perderse para siempre en su interior. Los viajeros y Raven, aunque él ni siquiera podía explicar por qué o cómo lo hacía.

Y eso precisamente era lo que acaba de hacer su escuálido amigo: meterse en la niebla. Rick no se atrevía. Sería un suicidio, el destino que Raven buscaba para sí. Puede que, una vez allí dentro, planeara no emplear sus facultades con el fin de perderse y no regresar jamás. Tal vez ya estuviese muerto, pero Rick creía que no. A pesar de no contar con ninguna certeza, algo le decía que Raven continuaba con vida.

En los últimos tiempos, Rick solía dejar la lógica a un lado para decantarse por su instinto y sus emociones. Consideraba que no había ido mal hasta ahora; al fin y al cabo, seguía vivo, que era mucho para todo lo que había pasado. Por desgracia, también era una emoción, el miedo, lo que le impedía dar un paso adelante.

Trató de razonar. Aquella niebla era diferente, era la niebla de Black Rock, pero saberlo no lo ayudó a disipar sus temores. Entonces se acordó de Asius, que agonizaba algo más lejos, atravesado por una rama. El ángel quizá sabría algo más.

Resolvió regresar en busca de Asius, pero a los pocos pasos sonó un fuerte crujido y sintió un golpe en la espalda. A unos diez pasos de distancia, había una roca humeante que se deshacía en pequeñas piedras. Justo detrás estaba Nilia.

—Lo malo de viajar con estos bichos es que se vuelven hostiles en cuanto te alejas de los evocadores —dijo sacudiéndose el polvo de encima.

Rick advirtió que sus rasgos estaban mucho más afilados que de costumbre, su mirada más dura, su voz empapada de un matiz peligroso. Nilia estaba enfadada.

—¡Has vuelto! ¿Cómo me has encontrado?

—Jack me dio la indicación.

—Necesito tu ayuda.

—No me interesa, soldado. —Nilia caminó hacia él con una lentitud que no era propia de ella. Deslizaba miradas furtivas a su alrededor—. ¿Dónde está Raven? ¿Por qué no vinisteis al Cielo? ¿Se enteró de mi embarazo y se puso a llorar? Porque tú lo escuchaste a través de Yala y se lo contaste, ¿o no?

—Eso no importa, Nilia. No le gustó, pero no fue por tu... estado. Quiere morir. Entiende que tú pretendes utilizarlo para que explote en el Cielo y mate a los ángeles.

—¡Qué estupidez! ¿Por qué querría yo algo así?

Rick se quedó bloqueado. La idea le parecía tan obvia como el rechazo que Nilia había mostrado con su respuesta.

—Ha intentado suicidarse.

—Y tú no lo has impedido. Eres un inútil. Cuando se tiró desde la azotea yo tuve que salvarlo. Empiezo a pensar que no eres más que un estorbo.

Rick podría decirle que impidió que Asius le cortara la cabeza, pero esa conversación tenía muchas posibilidades de terminar revelando que el ángel estaba muy cerca, indefenso, y Nilia podría decidir rematarlo.

—No sé por qué estás enfadada conmigo. Me parece normal que quieras exterminar a los ángeles. ¿De verdad te resulta raro que alguien llegue a esa conclusión?

Nilia se detuvo y relajó un poco la tensión de su rostro.

—Supongo que no es culpa tuya, pero eres un soldado, ¿no? Llevas toda la vida luchando. ¿Eres tan ingenuo como para creer que no habrá otra guerra después de esta? ¿Luchas por un mundo de felicidad donde todos nos demos palmadas en la espalda? Es lo más idiota que he oído nunca.

—Si eliminas a todos tus enemigos...

—Entonces los demonios se dividirán y lucharan entre ellos. Y si los ángeles ganan, sucederá lo mismo con el tiempo. ¿Crees que ellos no tienen diferencias? Yo era un ángel, Rick. La paz es solo una ilusión para los estúpidos que no reconocen la realidad. Repasa tu historia. ¿Alguna vez habéis estado sin mataros entre vosotros? Jack probablemente tiene que predicar esas tonterías para controlar las masas, pero un soldado como tú, que ha visto más que ningún otro menor... Me decepcionas.

Rick no podía rebatir ese argumento. La guerra había sido parte de la humanidad desde siempre, por lo que no había una sola razón lógica para pensar que eso cambiaría en el futuro. Un mundo sin armas, sin utensilios diseñados para quitar la vida a un semejante, era impensable, más difícil de imaginar que un mundo sin sombras.

Nilia lo exponía con una naturalidad que le hacía sentirse un imbécil.

—Entonces, ¿qué quieres de Raven? ¿Por qué no me lo dices de una vez?

—¿No lo sabes? Ya te dije una vez que los deseos íntimos, los que de verdad importan, nunca son complicados. Es lo más natural del mundo...

—Tu hijo.

—No era tan difícil, ¿verdad? Nacerá muerto si no encuentro a Raven y me lleva a la séptima esfera.

Rick entendió de repente que el problema con su hijo estaba relacionado con el Infierno. A esas alturas ya daba por sentado que esas deducciones rápidas se debían a un conocimiento que le transmitía Yala, que en aquella ocasión vino seguido de más datos.

—Te mueres... ¿Eres... una menor?

—No te rompo la cara porque me contengo. Menor... —Nilia escupió en la nieve—. Pero soy mortal, sí. ¿Yala ya lo sabe?

Rick asintió.

—En ese caso entiendo que no te importe lo que suceda en la guerra y solo quieras lo mejor para tu hijo. Percibo el rechazo de Yala ante la idea de solo vivir unos siglos, que es... lo que te queda, ¿no?

—¿Que no me importa la guerra? ¿Piensas que voy a dejar que esos idiotas sumisos me vuelvan a encerrar? Ya has hecho tus preguntas, soldado, ahora dime dónde está Raven antes de que pierda la paciencia. Vives gracias a mí, ¿recuerdas? ¿O prefieres que te obligue a hablar?

Una ola de odio y repulsión se extendió por todo el cuerpo de Rick.

—¿Crees que te tengo miedo, asesina?

Nilia tensó los labios.

—Ya eres como yo... No tengo ganas de jugar contigo, así que apártate, te lo advierto.

—¡Apártame tú! —chilló Rick, enloquecido.

—Tú, no, idiota.

Cuando Rick trató de barrer el odio que sentía, reparó en que veía a Nilia desde una distancia superior a la que se encontraba, incluso su propia espalda. Entonces lo comprendió. Se giró y allí estaba Yala, con los dos pares de ojos clavados en Nilia. Los gemelos sacaron las espadas al mismo tiempo.

Rick retrocedió un paso, consciente de que la pelea entre ellos era inevitable. La rabia que había sentido hacía un instante no era suya, sino de Yala, y no había más que echar un vistazo a los ojos de Nilia para saber que no pensaba huir.

Se midieron entre ellos durante largos segundos que a Rick le parecieron eternos. Él tampoco se atrevió a moverse por miedo a romper aquella especie de pausa, a pesar de hallarse justo en el medio. No se le ocurría un lugar más peligroso cuando comenzara la pelea entre Yala y Nilia. Tragó saliva.

Entonces echaron a correr al mismo tiempo, Yala y Nilia, ambos al encuentro de su enemigo, ambos en dirección hacia Rick.

Su intención fue apartarse, aunque no sabía si tendría tiempo. Sin embargo no hizo falta. Yala y Nilia se detuvieron tras dar solo unas pocas zancadas. Abandonaron la postura de combate y desviaron la cabeza. Rick siguió sus miradas, intrigado, y se encontró con una mole negra que avanzaba hacia ellos.

¡El grandullón! Rick no lo veía desde que fue al Cielo, pero ahí estaba, imprimiendo a su paso enormes agujeros en la nieve. Los copos blancos se amontonaban sobre su cabeza rapada y el conjunto contrastaba con el color negro de su piel. El hombretón caminaba con paso firme pero reposado, sin prisa, y ninguno apartaba la vista de él.

Rick agradeció la oportuna aparición de aquel gigantesco y silencioso hombre. El grandullón siguió avanzando hasta llegar hasta él. Sin decir una palabra lo agarró y se lo echó sobre los hombros.

Y con el soldado cargado sobre la espalda, fuertemente aferrado por su manaza, se internó en la niebla.

Los demonios estaban tumbados cerca de la ladera de la montaña; algunos entre las rocas, otros apoyados en los árboles. Sus cuerpos se desperdigaban por todas partes, en grietas o riscos, sobre porciones de terreno suspendidas, en cualquier lugar y de cualquier manera. No había tiempo para organizarse mejor ante la amenaza inminente de los ángeles. Los demonios dormían para recuperar todas las fuerzas que pudieran.

Sobre ellos flotaban unas runas muy sencillas. Estaban separadas por una distancia concreta, estudiada para que si una de ellas explotaba, se desencadenara una reacción en cadena que fuera detonando el resto. La explosión produciría un sonido particular que despertaría a los demonios.

Stil había ordenado que siempre hubiese alguien cerca de la primera runa, preparado para activarla en caso de que los ángeles atacaran. El resto de los demonios que permanecían despiertos tenían la orden de retirarse, con los titanes delante, hasta que todos estuviesen despiertos y listos para la lucha.

—¿Cuántos puede cargar cada titán? —preguntó Stil.

El evocador hizo un cálculo rápido.

—Cuatro con garantías de que no perderá a ninguno y suponiendo que no corran. No es que sean muy rápidos, pero pueden con un demonio en cada hombro y otro en cada brazo. En realidad, la fuerza no es el problema. Cualquier titán podría transportar a muchos más, pero si se cae alguno, no se detendrá a recogerlo.

—Quiero que tengan los brazos libres para que se puedan cubrir la cabeza. No podemos garantizar que no sean atacados, más bien al contrario.

—Entonces cada titán debería transportar a dos demonios.

—Que así sea. Asegúrate de que están asignados por parejas y de que pueden cargar a los demonios y ponerse en movimiento con la mayor rapidez. Sin despertarlos, por supuesto. —El evocador frunció el ceño—. ¿Algún problema? —añadió Stil.

—No, pero… Esta zona estaba perfectamente controlada y ahora… Juraría que hay uno más.

En un par de pasos se colocó frente a dos demonios que dormían. Estiró la pierna y le dio una patada a un bulto oscuro situado en medio. El bulto se movió y se levantó. No era demasiado grande. Extendió dos brazos envueltos en cuero negro y dejó escapar un bostezo con gran exageración.

—¡Capa! —exclamó Stil.

El Niño parpadeó, sorprendido. La escasa luz de la primera esfera lo había ocultado tras las sombras, pero a pesar de la oscuridad sus ojos azules resplandecían.

—El mismo. Me vais a disculpar… —Capa bostezó de nuevo—. En modo alguno rehúyo mis obligaciones, pero la fatiga causada a raíz de mi dedicación me indujo a pensar que sería bueno descansar los ojos. ¡No estaba durmiendo! —se apresuró a señalar.

Stil estaba acostumbrado a su dramatismo, por lo que no le dio importancia.

—¿Dónde estabas, Capa?

—Cumpliendo con mis obligaciones, por supuesto. ¿No lo he mencionado ya? Qué raro. En los últimos tiempos, no suelo olvidarme de proporcionar esa información. Tenía que saludarte, Stil, todo un honor que te halles de vuelta. Mis más sinceros respetos por haber soportado un segundo cautiverio.

Capa exhibió una de sus numerosas reverencias.

—Enderézate, Capa. Tengo tareas para tu talento como evocador. Estamos en peligro y necesitamos a todos los titanes que…

—Llegados a este punto, considero conveniente rectificarte un pequeño error, si me lo permites, Stil. El peligro que te agita se ha diluido, y no por arte de magia, sino gracias a un humilde servidor. He mantenido una agradable charla con tu esposa, dos en realidad. La primera vez se negó a creer en mis palabras, pero en la segunda ocasión me mostré muy elocuente. He negociado con éxito la paz. —Capa repitió la misma reverencia—. De nada.

Stil se temió lo peor, pero mantuvo la compostura, ya que necesitaba que Capa le precisara qué había hecho. Además de haber creado la evocación, sabía que podía volar con unas alas metálicas, que había curado a Tanon y que parecía haber adquirido la facultad de los moldeadores. Capa era mucho más de lo que mostraba. Stil soportaría sus excentricidades hasta que tuviese toda la información.

—¿Qué has hecho, Capa? ¿Te importa compartirlo conmigo?

—De ningún modo. Me agrada tu predisposición a escucharme, una actitud poco frecuente en mis interlocutores. Por algo eres el más grande y admirado de todos los demonios, Stil. Me sumo a esa fascinación.

—¿Podrías contarme cómo has negociado la paz?

—Admito que fue más sencillo de lo que parece.

—¿No impusieron condiciones?

—Alguna, pero apenas son nimiedades sin importancia. Los ángeles van a ayudaros a encontrar una cura para la mortalidad. Los sanadores os asistirán en lo que haga falta. ¿No es una noticia maravillosa?

Stil no pudo contener un escalofrío que le recorrió las alas. Tuvo que pedirle al evocador, que continuaba a su lado, que se mantuviera en silencio con un gesto severo. Capa había desvelado su secreto a los ángeles y desbordaba felicidad al contarlo. Seguro que Renuin supo sacar partido de la locuacidad de Capa y le habría engañado con la promesa de que colaborarían para salvar a los demonios. Y Capa se lo había creído.

Stil exhaló aire con fuerza.

—Capa…, no van a ayudarnos. Conozco a Renuin y si te ha dicho que acepta la paz es porque te está utilizando. Estará calculando cómo acceder de la segunda esfera a esta sin que los ataquemos, eso es todo. ¿Les has contado algo más? Capa, tengo que saberlo. ¿Entiendes lo que está en juego? ¿Comprendes las consecuencias de lo que has hecho?

—Confieso que mi entusiasmo se debe a que me dejé arrastrar por una emoción desmedida y prematura. En honor a la verdad, no, Renuin no accedió a ayudaros, pero le conté lo que más temíamos, que no necesita luchar, solo esperar para ganar esta guerra. Y accedió. Los ángeles se retiran a la tercera esfera. Me permito señalar que este es un primer paso, una muestra de confianza. Ahora, mi admirado Stil, todo lo que debes hacer es acudir a la quinta esfera para comenzar a estudiar los cristales del Mirador.

—¿Dijiste que haríamos eso?

—Naturalmente. Ellos han dado el primer paso y ahora vosotros debéis corresponder a ese noble gesto. Cuando vean que no atacáis, lo entenderán y se ofrecerán a ayudaros. Cuando antes mencioné que lo harían, confieso que únicamente estaba adelantando acontecimientos. La paz hay que trabajarla y los secretos no son de ninguna ayuda.

—¿Estás completamente seguro de que ya no están en la segunda esfera?

—No es desacostumbrado que nadie crea en mis palabras sin el respaldo de una prueba. No acierto a entender de dónde procede esa desconfianza tan mayúscula que irradio, pero no sería inteligente negar la evidencia. Renuin, en persona, fue quien accedió a nuestro acuerdo. Puedes enviar a un corredor a comprobar que los ángeles se están retirando de la segunda esfera.

Stil asintió en dirección al evocador, que entendió la orden y se marchó a toda prisa.

—Como es lógico —prosiguió Capa—, aún era pronto para hablar con ellos sobre Tanon y la causa de la Primera Guerra. Calculo que en un par de años se habrán convencido de que la guerra no es el camino y abandonarán la tercera esfera con una predisposición mucho mayor hacia el diálogo.

Stil decidió esperar a que el corredor regresara y verificara la historia de Capa.

—¿Y cuál es, según tú, el motivo de la Primera Guerra sobre el que los ángeles van a hablar contigo? ¿Tanon? Sabes que no.

—Fueron muchas las razones, ¿no es cierto?, pero yo me refería al germen, a la gota que colmó el vaso, como dicen los adorables menores, a la decisión del Viejo de prohibir que tuviésemos descendencia.

—No te sigo, Capa.

—Tanon, tu gran amigo, mi estimado señor a quien tanto echaremos de menos, era el ángel más fuerte de todos.

—Después del Favorito.

—Excelente puntualización. Sí, el Favorito fue el primero en ser creado, un ángel hermoso, magnífico, una obra de arte. Después, nuestro amado Viejo creó a la primera generación de ángeles, que no eran tan hermosos ni tan magníficos. ¿No es posible que haya una razón para esa diferencia?

—El Favorito era único —contestó Stil.

—No reconsideraré mi opinión sobre tu discernimiento por recurrir a la opinión más extendida, pero confieso que esperaba más de ti. En fin, sigamos. Después el Viejo creó otras dos generaciones de ángeles, nada inusual en esto. Pero más tarde, nacieron los primeros ángeles que no habían sido creados por el Viejo. Nuestro querido Tanon enseguida llamó la atención de todos. Incluido la del Viejo, en mi opinión. Y entonces...

—Prohibió que tuviésemos más hijos —terminó Stil—. Insinúas que Tanon era como una versión mejor y que de habernos permitido procrear, las nuevas generaciones habría evolucionado hasta... ¿Hasta un ángel capaz de rivalizar con el Viejo? ¿Esa es tu teoría?

—Ah, sabía que mi confianza en tu prodigiosa mente no se vería defraudada. ¿No es sencillamente maravilloso que hayamos llegado a la misma conclusión? El Viejo tenía miedo de Tanon y lo que representaba y, claro, le hizo de menos. Qué triste... Tanon se desvivía por complacerlo, pero el problema residía en su simple existencia, no en sus actos o sus palabras. Aunque es de justicia señalar que no solo nosotros estamos al corriente de este detalle.

Stil todavía no había tenido tiempo de reflexionar si Capa estaba o no en lo cierto, pero por el momento, decidió seguirle la corriente.

—¿Lo sabe alguien más?

—Hay alguien... No me lo ha confesado abiertamente, pero su manera de proceder cuadra. Claro que podría equivocarme y a lo mejor Nilia solo se comporta de ese modo por estar embarazada, como cualquier madre.

—¿Cómo? —Stil sintió un mazazo en su interior—. ¿Nilia está embarazada?

—¿No lo sabías? ¡Por todos los…! —Capa se llevó las manos a la capucha—. Te ruego perdones mi inoportuna indiscreción. Cómo iba yo a imaginar… Pero, claro, teniendo en cuenta lo complejo de ese triángulo que se ha formado con Renuin, entiendo que la pobrecilla no quisiera enfrentarse a tu rechazo por segunda vez. Lo malo es que…

—¡Basta!

Stil dio un paso atrás. Necesitaba pensar aunque fuese solo un instante. Nilia estaba embarazada… Iba a tener un hijo… Él iba a ser padre. No sabía cómo encajar la noticia cuando toda su concentración estaba en ganar la guerra y sobrevivir. ¿Por qué no se lo habría anunciado? Recordó que quizá había estado a punto la última vez, cuando le dijo que si ganaba la guerra tal vez le revelaría lo que a ella de verdad le importaba. Se refería a su hijo, al de los dos. Y si, como decía Capa, compartía la creencia de que esa criatura sería más fuerte, haría cualquier cosa con tal de curarle su mortalidad.

Stil nunca había pensado en Nilia como una madre. Hacía milenios que ningún demonio se planteaba tener descendencia debido a la mortalidad. ¿Sería posible que ella quisiera probar el resultado de unirse con un inmortal? No, Nilia había sido sincera con él. No creía que se hubiera quedado embarazada a propósito pensando que él transmitiría su inmunidad al bebé. Debió de ser un accidente. ¿Cuándo lo habría descubierto? Después de la Onda, seguro, o se lo habría contado. Debió de enterarse después de que él reafirmara su intención de recuperar a su esposa.

Le atravesó una punzada de culpabilidad al imaginar cómo se sentiría, cargando sola con…

—¿Te lo contó a ti, Capa?

—Me temo que no. Mi exquisito don para la elegancia y el buen hablar no son mis únicos talentos. Mis dotes de observación también forman parte de la colección de mis mayores orgullos. Traté de aproximarme a ella y ofrecerle consuelo, pero nunca me reveló nada. Mi pudor y mi tacto me impidieron aclararle que conocía su secreto, y también cierto temor a enfrentarme a su ira, debo reconocer. Ahora mismo no me gustaría nada ver a Nilia enfadada. Por otro lado, estoy razonablemente seguro de que no se lo dijo a nadie. Nilia es tan dura como hermosa y su sufrimiento la ha envuelto en una coraza que no creo que nadie pueda penetrar. Ni siquiera yo.

Stil sabía que él era el único capaz de lograrlo. Debía mostrarle que no estaba sola ni perdida, y que nadie tenía la culpa de lo que le ocurría. Resolvió hablar con ella, aunque con mucho tacto o corría el riesgo de desatar su ira. Como había señalado Capa, casi prefería enfrentarse él solo a un ejército de ángeles que a una Nilia enfurecida.

El evocador regresó en ese momento.

—Es cierto. Los ángeles se retiran de la segunda esfera.

Capa movió las manos de un modo extraño. Sonrió.

—La satisfacción de haber contribuido a la paz me colma de una felicidad indescriptible. Si me lo permites, querido Stil, inicio en este momento mi retirada, siempre que no precises de mis servicios, por supuesto.

—Gracias, Capa. Iremos al Mirador.

El Niño realizó la reverencia de rigor y desapareció. El evocador parpadeó varias veces antes de volverse a Stil.

—Entonces ordenaré poner rumbo a la quinta esfera.

—No.

—Pero el Mirador…

—Me importa muy poco ahora. Debemos ganar la guerra.

El evocador frunció el ceño.

—Discúlpame, Stil, pero acabas de decir…

—Prefiero que Capa piense que nos ha convencido. No sé qué trama, pero no me fío de él. Me fío menos aún de que Renuin le haya creído.

—Está confirmado que se retiran de la segunda esfera.

—Pero no adónde van. Renuin debió de deducir que Capa nos contaría esa historia sobre el acuerdo de paz y calcular las dos posibilidades: que le creyéramos o no. ¿Quieres arriesgar nuestra vida y nuestra libertad por un plan de Capa?

El evocador tragó saliva.

—No.

—Pensemos… El tiempo juega a favor de los ángeles, les interesa iniciar la batalla antes de que nos repongamos. Si Renuin cree en el plan de Capa, nos esperarán en la quinta esfera. Si no, vendrá aquí, supondrá que seguimos tratando de ganar el mayor tiempo posible.

—Entonces debemos irnos. ¿A la tercera esfera?

—Demasiado arriesgado. Es posible que se hayan retirado allí momentáneamente para aparentar que cumplen el plan de Capa. Solo queda un camino. Ordena a los titanes que carguen con los heridos. Nos vamos a la sexta esfera.

—¡Suéltame ya, maldita sea!

Rick se debatía con el grandullón. Forcejeaba con su gigantesca mano, que le cubría toda la cara. El hombretón, para no variar, permanecía en silencio, y resultó que era más fuerte de lo que habría imaginado, porque no era capaz de retirarle la mano. Tumbado sobre el hombro del gigante, no estaba en la mejor postura para hacer fuerza.

Una luz extraña se abrió paso hasta sus ojos, y comprendió que el hombretón al fin había desistido y había dejado de cubrirle la cara con su manaza. Rick se bajó de su espalda y se frotó los ojos con los puños. Volvió a frotarse con más fuerza, parpadeó varias veces. Le costaba dar crédito a lo que tenía ante él.

—¿Dónde estamos?

El grandullón no contestó. Como él, daba la impresión de estar estudiando el entorno. No había modo de describir aquel lugar. Era una mezcla de… de todo, de cualquier cosa que se pudiese imaginar. Había luz y oscuridad al mismo tiempo, en algunas partes había sombras, en otras no. En el aire flotaban motas negras, algunas tan grandes como nubes de oscuridad.

El paisaje, por denominarlo de algún modo, era caótico. ¿Se hallaban en el interior de alguna construcción o al aire libre? Había paredes sin terminar, fabricadas con diversos materiales que Rick no identificaba del todo, aunque le parecían piedra, mármol o acero. Al mismo tiempo, notaba que estaban a la intemperie. Ante ellos se extendían praderas, mares y desiertos, surcados por vientos que no encontraban resistencia en los objetos físicos. En medio de lo que podría ser un bosque, se alzaba la punta de un iceberg, coronada por la arena del desierto, que se derramaba sobre el hielo de uno de sus laterales.

La disposición era tan desordenada, tan irreal, que Rick se mareó un poco. Allá donde mirara se superponían fragmentos de realidad, revueltos sin orden ni lógica, como si el mundo se hubiese resquebrajado y sus pedazos se hubieran removido. Por un instante, Rick esperó que apareciese un gigante y comenzara a colocar en su sitio las piezas de aquel puzle de proporciones colosales.

Al prestar más atención, reparó en que había partes de ese rompecabezas que no reconocía ni se correspondían con nada que hubiese visto con anterioridad. Ni siquiera sabía si se trataba de formas sólidas, solo eran imágenes que su cerebro no sabía interpretar.

El conjunto, además de transmitir desorden y confusión, estaba impregnado de una atmósfera marchita. Predominaba el gris, la luz no arrancaba brillos ni grandes destellos, y casi todo parecía roto o incompleto. Los olores y los sonidos apenas se apreciaban.

Rick extendió la mano y tocó una columna. Sintió frío y calor a la vez. Al observar cómo flotaban los objetos, quiso comprobar si había gravedad; al menos él se mantenía pegado al suelo, y cuando saltó volvió a caer.

Dio varios pasos temblorosos, tratando de adaptar sus sentidos. Cayó en la cuenta de que no era capaz de medir el tiempo. Se sintió perdido y desorientado. Aquello no le gustaba en absoluto; era un lugar sin sentido, un lugar donde nadie debería estar.

Fue la primera vez que se le pasó por la cabeza que había muerto.

Sirian contemplaba consternado el desfile de rostros tristes y apagados en que se había convertido la humanidad. Su agotamiento era tan grande que apenas hablaban entre ellos, sino que se limitaban a seguir adelante, a dar un paso, y luego otro más. Se apoyaban unos en otros, de vez en cuando caían y tropezaban debido a la oscuridad. La luz no había desaparecido del todo, pero cada vez se parecía más a lo que conocían como una noche cerrada, en cuyas alturas no brillaría una luna que reflejara la luz del sol.

Los soldados empuñaban sus espadas a modo de linternas. Habían tenido que abandonar casi todos los vehículos en la primera esfera, dado que eran demasiado grandes para atravesar los orbes. Solo contaban con motos y bicicletas, y estructuras alargadas con forma de carros que habían fabricado para transportar las escasas pertenencias que habían podido traer con ellos, el último recuerdo de su mundo. Había algunos libros, pero casi todo eran productos de primera necesidad como comida, medicamentos y ropa. El ganado había sido un problema. Habían salvado tantos animales como habían podido y los habían transportado en camiones, pero ahora tenían que caminar junto a los menores, atados por una cuerda para que no se perdieran.

Sirian había conseguido una máscara tras la que ocultar de nuevo su rostro. Así nadie podría ver la expresión de pena que lo embargaba ante semejante escena. Jack empleaba una máscara distinta, pero igual de eficaz que la suya. Lo observaba todo impasible, pertrechado por un rostro serio y petrificado. Ni una mueca, ni un gesto. Solo una mirada penetrante, reflejo de una mente calculadora que lo analizaba todo y a todos. Sirian esperaba que nadie más se derrumbase, porque temía que Jack ordenara abandonarlo y seguir adelante.

—Después de esa colina hay que girar —anunció Jack—. Seguiremos hacia… la derecha. No sé determinar los puntos cardinales, así que continuad en esa dirección hasta llegar a un bosque.

—¿A qué distancia está ese bosque? —preguntó Lucy.

—No tengo ni idea. ¿Sirian?

—Son más de treinta kilómetros si vas donde me temo, pero espero que no.

Jack obvió la insinuación del ángel.

—Ya lo has oído. Treinta kilómetros.

Lucy asintió y se retiró, pero Sirian se percató de que había reprimido las ganas de decir algo. Él no pensaba callarse.

—No llegarán, Jack.

—Siempre nos habéis subestimado, ¿no es así, *mayores*? Pero aquí estamos, y con un ejército capaz de plantaros cara. No me digas lo que podemos o no hacer.

—¿Entonces por qué me salvaste, si no quieres mi ayuda ni mis consejos?

—Porque podía, porque Jimmy me lo pidió y porque prefiero contar con tu ayuda para movernos por estas condenadas esferas. Pero no te equivoques, si no hubiese dado con un modo de salvarte, te habría entregado a los demonios igual.

Sirian le creyó. Era consciente de que Jack consideraba que la crisis en la que se encontraban era culpa de ambos. Si no podía perdonarse a sí mismo, mucho menos al ángel.

—Stil te dejó pasar a cambio de quedarte en esta esfera, pero vas hacia los orbes, ¿no es cierto? No piensas respetar el pacto, ni luchar para los demonios. A Stil no le gustará y no es un estúpido.

—Me importa muy poco lo que a Stil le guste. Llevas razón, no pienso quedarme en esta esfera a esperar a que me llame para ir a librar su guerra. Con suerte los ángeles lo mantendrán ocupado.

—Es una decisión muy arriesgada que estás tomando tú solo. Toda la humanidad sufrirá la ira de los demonios si tú los traicionas. Sentarás el precedente de que no se puede confiar en vosotros, se generalizará la idea de que los menores sois traicioneros. Por otra parte, el trayecto es demasiado largo para el estado en que se encuentra la mayoría. Dime que has pensado en hacer un alto, al menos para que descansen.

—Sirian, en el fondo te respeto, aunque no lo parezca, y admiro lo que has logrado desde tu posición. Pero parece que tienes la impresión de que comparto contigo mis decisiones y voy a tener que aclararte que no es así. Ningún ángel ni demonio volverá a decidir por mí ni por ningún otro ser humano mientras yo viva. ¿Lo has entendido?

—Perfectamente. Y me apena que me veas así, Jack, porque estoy de tu parte. Te ayudaré en lo que pueda, no temas.

—Mejor, porque eres un guía, un mapa viviente de este lugar. Cuando te pregunte, contestas, y si no te gusta, tú y los otros tres neutrales podéis iros cuando queráis. Un último detalle… No necesito que me recuerdes los problemas a los que me enfrento ni que dudes sobre mis intenciones. Ya lo he sopesado todo. Si algo he demostrado es que sé preparar un plan de contingencia, así que relájate y no me distraigas. Nos largamos de la sexta esfera. Está decidido.

A Sirian no le molestó que Jack se marchara sin darle opción a replicar, tampoco que no tuviese en cuenta sus advertencias. Le preocupó su nueva actitud, demasiado arrogante. Daba la impresión de haber cambiado totalmente. Antes usaba a los demás, los manipulaba, ahora los apartaba de su lado y tomaba las decisiones él solo. Hasta el momento habían sido acertadas, pero todo el mundo comete un error en algún momento. Y el momento no podía ser peor para equivocarse.

—¿Qué haces tú aquí?

La voz de Jack sonó alterada. Sirian lo vio a unos diez pasos de distancia. Le temblaba una mano y movía la cabeza en varias direcciones. Jimmy se acercó corriendo hacia él con la espada en alto.

—Déjamelo, Jack. ¡Es mío!

Sirian también corrió. Llegó a tiempo de detener al pequeño Jimmy. Le levantó en el aire cogiéndole por las axilas.

—¡Suéltame! —forcejeó Jimmy—. ¡Tengo que proteger a Jack!

—Qué chico tan encantador...

A Sirian se le congelaron las plumas de la única ala que le quedaba al escuchar aquella voz jovial.

—Se nota que quiere jugar. ¿No es admirable que conserve tanta energía en una situación en la que el desánimo se desprende de todos los corazones? Tal vez debería traer una de mis mascotas para que el niño se entretenga.

—¡No! ¡Capa, detente! —Sirian dejó a Jimmy en el suelo y le mandó quedarse quieto.

El chico cedió de mala gana tras cruzar una mirada con Jack.

—No te preocupes, Sirian —dijo Jack—. Capa no traerá ninguna sombra porque a lo mejor su hijo se asusta de ver a un bicho como ese. Y no quieres que a tu hijo le pase nada, ¿verdad?

Capa abrió mucho los ojos.

—Desde luego que no. No imaginas cuánto agradezco tu advertencia. —Se acercó a Jimmy en dos pequeños saltitos—. Lo siento mucho, pequeño. Otro día jugaremos. El gran Jack lleva toda la razón al señalar que no debemos perturbar a los niños. Confío en que lo entiendas y aceptes mis más sinceras disculpas.

Jimmy frunció el ceño un instante.

—No puedo pincharle, Jack. Sé que es un demonio, pero parece un niño. Aunque si me lo ordenas...

—Adorable... —murmuró Capa.

—Tranquilo, Jimmy. —Jack le dio un golpecito en el hombro—. No creo que sea necesario pinchar a nadie. Capa es muy razonable y entiende muy bien su situación.

—Oh, sí, entender es una de las cualidades que más valoro de cuantas componen mi personalidad. Y dada mi naturaleza generosa me siento inevitablemente inclinado a compartir esa comprensión con...

—Conmigo, espero —le interrumpió Sirian con brusquedad.

—Sí, sí, desde luego. Si alguien merece una disculpa por mi parte sin duda eres tú. —Capa se inclinó ante el ángel—. No merezco el perdón por lo que te hice, Sirian, mi antiguo maestro. Solo puedo apelar a tu infinita comprensión

con la verdad, que no es otra que mi desconocimiento sobre las fatales consecuencias que se derivarían de mis acciones. En mi ignorancia creía que copiaba
tu facultad para la sanación, no que la sustraía. Jamás te hubiese privado de tu
maravilloso don. Debes creerme o no podré perdonarme a mí mismo.

Capa cayó de rodillas y se aferró a la pierna del ángel mientras se deshacía
en disculpas interminables. Su voz se quebraba, se sorbía la nariz y su cuerpo se
estremecía. Sirian creyó que rompería a llorar en cualquier momento. A pesar
de su rabia, su intuición le dijo que Capa era sincero. No le habría arrebatado
el don de la sanación con conocimiento de causa.

—Ya basta de melodramas —intervino Jack—. ¿Por qué buscabas la prisión
de Black Rock, Capa? Hablé con Dast y sé que fuiste tú quien le indicó que
abriera las puertas del Infierno en Londres. No me digas que es una coincidencia, porque no te creeré.

—Y harías bien —dijo Capa—. Como ya le expliqué a Rick, tu amigo y au-
daz colaborador, no buscaba esa prisión, sino un objeto singular, uno que muy
pocos saben apreciar debidamente, pero que tú, Jack, sin duda encontrarás
fascinante.

—¿Qué objeto? Suena a una treta para desviar mi atención.

—No, no. Es alargado y negro, y solo yo podía recuperarlo por razones que
tú seguro que entiendes, no me cabe la menor duda. Sirve para que cierto caballero de avanzada edad pueda auxiliar a sus doloridas y desgastadas rodillas.

—¡El bastón de Tedd!

Por primera vez en mucho tiempo, Jack mostraba una emoción diferente del
enfado. Era una mezcla de asombro y tal vez miedo.

—En efecto —asintió Capa.

—Tú eres su plan. A ti te encargaron que los juntaras si algo salía mal.

—Confío en que no sientas celos de que no te lo pidiesen a ti.

—Dime que no lo has hecho, Capa.

—¿Y faltar a mi palabra? ¡Jamás! Deberías haber visto esos rostros ilumina-
dos por la felicidad. No hay nada comparable a reunir a dos viejos camaradas.
No pienses que soy ajeno a la alarma que destilan tus palabras. Tedd y Todd se
ocupan de sus propios asuntos, te lo aseguro, y en algunos de ellos no debemos
involucrarnos los demás, pues están muy por encima de nuestra comprensión.

—En eso estoy de acuerdo.

Por el tono de Jack, Sirian dedujo que se le escapaban detalles de aquella
conversación. Con todo, le había quedado claro que se trataba de algo de la
mayor importancia o Jack ni siquiera habría pestañeado.

—Nada me gustaría más que continuar con esta agradable charla, pero una
vez presentadas mis disculpas a Sirian y constatado que mi hijo se encuentra en
las mejores manos posibles, debo reanudar mis tareas. Aún me queda mucho
para consolidar la paz que con tanto esfuerzo he logrado.

—¿La paz? —se extrañó Sirian.

—¿No os lo había mencionado? Vaya, un despiste imperdonable. Sin duda tantas emociones al encontrarme con grandes amigos me han desbordado. Quizá pequé de algo de entusiasmo al mencionar la paz, pero sí he logrado una tregua entre ángeles y demonios. Pobrecillos, solo están ante el inicio de la comprensión plena. Por eso, y con todo mi dolor, debo dejaros para seguir trabajando en ello.

—¿Ya no hay guerra? —preguntó Jack—. No me lo creo.

—¿He mentido yo en alguna ocasión? Sin embargo, estoy acostumbrado a que por alguna misteriosa e inexplicable razón mi palabra siempre sea puesta en duda. Podéis comprobar que los demonios y los ángeles ya no luchan, y ocupan la quinta y tercera esferas, respectivamente. Tal vez contar con vuestra presencia ayude a que todos nos entendamos.

—No nos escucharían y lo sabes. Somos insignificantes para ellos.

—No ahora que contáis con un ejército formidable y ellos han sido diezmados en número. Pero no es la fuerza ni la amenaza el camino que consolidará la paz. Mi hijo, Jack, será una muestra de lo que podemos lograr uniéndonos todos. Yo estaré a vuestro lado, lo prometo. Apelo a tu buen sentido para demostrar lo que de todos modos es la verdad más pura de todas: que no queréis participar en ninguna guerra. De otro modo, sabes que siempre sospecharán, que os encontrarán antes o después. Presentándoos voluntariamente y desarmados, bajo mi protección, tendréis la oportunidad de hablar. Convocaré un gran consejo y se decidirá el destino de toda la Creación. Dime, Jack, ¿no compartes la opinión de que los menores deberían participar en un evento de tal magnitud? ¿Y no serías tú el indicado, el que tiene una visión más amplia y el que debe demostrar, con palabras y no con violencia, que os merecéis un lugar en las siete esferas? ¿No es mejor la oportunidad que te doy que seguir huyendo eternamente de unos seres inmortales? ¿No sería una cruz que recaería sobre las futuras generaciones?

—¡Basta! —exclamó Jack—. Lo he entendido. Iremos, pero no desarmados.

—No es lo más apropiado.

—No voy a dejar indefenso al último resto de la humanidad. Mi ejército se quedará cerca del orbe de...

—La quinta esfera —terminó Capa.

—Perfecto. Cubrirán una posible retirada si es un engaño. Yo asistiré a esa reunión solo y desarmado. Lo tomas o lo dejas.

Capa adornó su rostro con una sonrisa deslumbrante.

—Lo tomo, lo tomo. Ah..., un primer paso. No te arrepentirás, Jack. Mis respetos a tu buen juicio. Caballeros, ha sido un inmenso placer.

Capa hizo una reverencia y desapareció.

Jack se quedó pensativo.

—No le has creído —dijo Sirian.

—Capa es el personaje más complicado con que me he topado en mi vida. Soy incapaz de descifrar sus intenciones, pero tampoco me da la impresión de que haya mentido.

—Yo empiezo a conocerte a ti, Jack, y sé que has fingido aceptar para que él pensara que estabas de acuerdo.

—No sé si está loco del todo o es un inconsciente, pero Capa es peligroso. Juntó a Tedd y Todd, y solo por eso no se puede confiar en él.

—Son los que causaron la Onda con Raven, ¿verdad? De los que te niegas a hablarme.

—Es por tu bien.

—O porque no te fías de mí.

Jack miró a Sirian y sonrió.

—No me creerías si te contara lo que planean Tedd y Todd, o mejor dicho lo que planeaban, porque es evidente que algo salió mal. Ni siquiera un ángel lo creería. Pero te lo contaré, te lo prometo. Será después de que me ayudes una última vez. Nunca más te pediré algo si ahora accedes a una cosa.

—Vas a recurrir a ese plan de contingencia que siempre tienes para cuando hay problemas, ¿verdad?

Jack se agachó enfrente de Jimmy.

—Quiero que busques a Stacy y a Lucy, y les digas que hay un cambio de rumbo. Nos quedamos en esta esfera y marcharemos al sur… O lo que sea esa dirección. —Jack señaló con el dedo—. No sé por qué me parece el sur.

—Jo, yo también quiero saber lo de esos dos tipos con los nombres tan chulos.

—Jimmy…

—Está bien, lo haré.

Jimmy se marchó refunfuñando.

—No puedes pedirme eso, Jack —dijo Sirian cuando estuvieron solos—. Sé lo que hay en esa dirección y es una locura.

—Nadie nos buscará allí, porque nadie se lo espera.

Sirian sintió un escalofrío al comprobar que Jack hablaba completamente en serio.

—No podréis salir de allí jamás.

—Podremos. El mundo ha cambiado, Sirian. ¿Cuántas cosas se han desbaratado después de la Onda? Los demonios escaparon del Infierno, la niebla la puede cruzar cualquiera… ¿Quieres que siga?

—Piénsalo, Jack. No puedes tomar una decisión como esa tú solo.

—Supongamos que tienes razón y nunca logramos salir. ¿No era ese el plan que perseguías al sellar el Cielo y el Infierno? Queríamos quedarnos solos en la Tierra. Bien, pues la Tierra ya no existe. Capa puede que no tenga malas intenciones, pero es peligroso, lo sepa él o no. No me ha dejado más opciones. No podemos ir a las esferas que ha mencionado y no voy a regresar a la primera o la segunda, donde se libra la guerra. La cuarta y la séptima son inaccesibles. No hay otro camino. Piénsalo. O dame una alternativa mejor. Dime que prefieres arriesgar a la humanidad basándote en los desvaríos de Capa o en cualquier otra idea que tengas. ¡Prueba que me equivoco!

Sirian lo intentó. Le dio vueltas en silencio durante un largo rato. Mientras reflexionaba, no pudo desviar la atención de que ahora veía su propia sombra en la sexta esfera y la luz se estaba extinguiendo. Todo había cambiado, eso era indiscutible.

—De acuerdo —dijo al fin—. Ni siquiera sé cómo se te ha ocurrido esta idea, Jack, me asombras.

—Por eso nadie más lo habrá previsto.

—Será lo último que haga por ti.

—Ese es el trato. Iremos al laberinto de fuego, a la prisión en la que Dios os encerró a los neutrales. Una vez dentro me ayudarás a sellarla y después te marcharás y nos dejaréis en paz de una maldita vez.

Rick había pasado de la sorpresa y el desconcierto a la preocupación. Si aquel extraño lugar era la muerte, como había supuesto, le esperaba una larga temporada de soledad y aburrimiento en el sitio más feo e incomprensible que se podía imaginar.

Debido a su confusión no sabía cuánto tiempo llevaba vagando por aquellos paisajes irreales e inconexos, desprovistos de cualquier lógica. Había atravesado hielo, fuego, tierra, agua, bosques, desiertos, y toda clase de porciones de realidad concebibles, mezcladas como si un huracán hubiera puesto el mundo del revés. Había gritado, solo para comprobar que el sonido también se propagaba de un modo extraño. Rebotaba en algunas direcciones y evitaba otras.

Para complicar las cosas, no había encontrado el menor rastro de Raven o del grandullón. Estaba solo.

Se detuvo al ver la niebla de nuevo, la pequeña nube gris por la que había llegado. Debía de haber caminado en círculos. Rick consideró por primera vez atravesarla en el otro sentido, y se sintió como un estúpido por no haber reparado es esa posibilidad antes. No había razón para permanecer allí. ¿O sí la había? Puede que Raven estuviese perdido en aquel lugar sin sentido. Dudó. Deseaba marcharse con todas sus fuerzas, o al menos intentarlo, pero no perdía nada por buscar a su amigo un poco más; si no, los remordimientos lo carcomerían después por haberlo abandonado.

Nada más darse la vuelta, le llamó la atención un pequeño lago, un pantano, más bien, de aguas turbias y cristalinas al mismo tiempo, con arena en algunas partes de la superficie y una cascada de fuego que se vertía en uno de sus bordes. Un rayo de luz brillaba en el centro del pantano. Aquella luz era diferente; parecía sólida, una columna ligeramente inclinada.

No se dio cuenta de que caminaba sobre el agua hasta llevar medio camino recorrido. Junto a la columna de luz había más arena que descansaba sobre la superficie. Aquella arena era gris, sin brillo. La luz venía de arriba… ¿De un sol? Encima de él brillaba una inmensa circunferencia de luz. Era igual que el sol, salvo por el hecho de que no le dolían los ojos al mirarla y parecía que estuviese más cerca, a unos… ¿doscientos metros? ¿Un kilómetro? No podía precisarlo, pero no daba la impresión de estar a millones de kilómetros de distancia.

Ahora pensaba que tal vez había regresado a la Tierra, porque en las siete esferas del Cielo no había sol, allí la luz lo inundaba todo.

La idea le resultó cada vez más plausible. Había atravesado la niebla, pero no hacia el Cielo, sino al otro lado. Se encontraba en los restos de lo que fue la Tierra, contemplando los destrozos que la niebla había causado. Por eso no veía a nadie, porque nadie podía sobrevivir. La única duda era cómo había sobrevivido él. A lo mejor se debía a su conexión con Yala. ¡Yala! La última vez que lo había visto estaba a punto de enfrentarse a Nilia. El grandullón había interrumpido la pelea, pero al internarse en la niebla, puede que la hubieran retomado.

Rick se concentró. Rebuscó en los conocimientos y recuerdos del ángel, tratando de dar con alguna información que lo ayudara a identificar aquel sitio. No encontró nada que se pareciese a lo que sus ojos veían. Ni una sola de las imágenes coincidía con… Rick detectó algo que le resultó familiar. La cascada de fuego que se derramaba en el agua parecía… No, no lograba identificarla, pero la imagen le despertaba ese cosquilleo que se siente al estar a punto de reconocer algo.

Razonó que Yala había visto ese fuego antes. Estaba absolutamente convencido de ello y esa certeza despertó una verdad aterradora en su mente. No quería creerlo, deseaba más que nada pensar en otra cosa, pero ya era tarde. La idea estaba allí y su curiosidad comenzó a dar vueltas, a explorar las posibilidades, a formular preguntas y a extraer conclusiones que resultaron muy dolorosas.

Todo era simple si partía de la base de que Yala apenas había pasado tiempo en la Tierra, y en el Infierno había estado acompañado por el propio Rick. Por consiguiente, si Yala había visto ese fuego antes y él no, tenía que pertenecer a alguna parte del Cielo donde Rick no hubiera estado. Solo se le ocurrió un lugar: la séptima esfera.

Ese sitio espantoso y decrépito era el hogar de Dios. La Onda lo había devastado, porque los sentimientos de Yala, aunque imprecisos, evocaban alguna clase de lugar majestuoso, inmenso, donde nadie podía sentirse mal.

Poco a poco, todo fue encajando, y finalmente, muy a su pesar, Rick supo que la arena negra no era arena. Era ceniza. Eran los restos del cadáver de Dios.

—Cualquier adjetivo o expresión que emplee será insuficiente para describir la admiración que siento por…

—Me hago una idea, Capa, de verdad. No te enrolles. ¡Espera! Yo me he esforzado con las condenadas reverencias, ¿no? Ahora esfuérzate tú. Describe tu admiración con una palabra… Vamos, que no es tan complicado…, solo una… Te estás poniendo rojo… Venga, que tú puedes.

—Brillante.

—¿Ves? No ha sido tan difícil.

—No debes ser modesto, mi querido Vyns, tu estrategia ha funcionado a la perfección.

—Me refería a que era muy fácil. Capa, sé que te cuesta entenderlo, pero todos te ven como a un bufón. Y admitámoslo, no eres muy normal. Solo tenías que contarles la verdad, y todos ellos irían a cualquier esfera menos a la que tú les pidieses. ¿Sabes una cosa? Esos líderes y grandes pensadores, con sus grandes responsabilidades y sus grandes propósitos… toda esa mierda es mentira. Lo que cuenta es el interior y esas chorradas, claro que sí, eso dicen. Luego aparece un tío raro como tú, les revela la verdad, y solo por la pinta que tienes, ni uno solo de ellos te cree.

—Una perla de sabiduría que tendré muy en cuenta de ahora en adelante. Se podía expresar con más rigor y mejores palabras, pero se trata de un mensaje contundente, Vyns. Ya no te considero mi aprendiz, Vyns, eres mucho más que eso. Eres mi amigo.

—Eh, venga, tampoco nos pongamos tontitos… Que me sonrojo, joder.

—Es el reconocimiento justo.

—Capa eres tú el que los ha manipulado. Te has plantado delante de esos estirados, los tres líderes actuales de las tres facciones, y has hecho que vayan todos a la sexta esfera. Yo me habría cagado en los pantalones por la tensión de que me pillaran, pero tú… ¡Tú eres grande!

CAPÍTULO 18

Rick tuvo el impulso de salir corriendo. Ni siquiera iba a sopesar las impli-caciones de estar ante los restos de Dios. Por mucho que tuviera conoci-miento de su muerte desde que Raven se lo contó en el Infierno, se trataba de un hecho por encima de su comprensión que superaba cualquier intento de asimilarlo por su parte.

Un sonido indescriptible lo arrancó de sus pensamientos. Rick volvió la ca-beza a tiempo de ver algo muy grande volar a través de la niebla. Iba tan rápido que no supo qué era hasta que atravesó un árbol gigante, una duna de arena y se estrelló contra una columna de mármol, o algo que recordaba al mármol. Rick supo que era uno de los gemelos antes de ver cómo resbalaba hasta llegar al suelo, dejando un rastro rojo sobre la columna.

Apenas una fracción de segundo después, Nilia también entró volando, gi-rando sobre sí misma, descontrolada, agitando brazos y piernas. Ella se empo-tró contra una pequeña montaña de color amarillo. Levantó una nube de polvo del mismo color.

El duelo debía de haber empezado en cuanto el grandullón y él se habían internado en la niebla. El otro gemelo apareció poco después, caminando, bus-cando con la mirada. Sus ojos se detuvieron en la pequeña nube amarilla. Rick advirtió movimiento entre el polvo. La lucha no había terminado.

Nilia apareció en un suspiro y saltó sobre el gemelo. Rodaron abrazados y golpeándose el uno al otro. Desaparecieron tras una cascada de arena. Rick corrió hacia ellos, escaló una pared y desde lo alto vio… ¡a Raven! Estaba algo alejado, en otra dirección, frente a un brazo de piedra que se retorcía y elevaba, como un tosco camino hacia las alturas, hacia el sol del que emanaba aquella luz tan pura. Rick tardó medio segundo en decidir ir en busca de su amigo. Si alguien podía detener la pelea y averiguar qué estaba pasando, ese era él.

Poco antes de alcanzarlo, mientras se preguntaba por qué Raven no se movía, Rick advirtió que había dos siluetas delante de su amigo. Cuando frenó había reconocido a una de ellas: el niño que habían encontrado en el Infierno. A su lado, apoyado sobre su brazo, se apostaba un anciano encorvado, de pelo blanco y largo, recogido en una coleta. Los ojos del niño habían cambiado. Ahora eran violetas, idénticos a los del anciano, aunque ahí terminaba cualquier parecido físico entre ellos. Eran tan diferentes como la edad que aparentaban.

—¡Raven! Los encontraste —dijo entre jadeos, al llegar a su lado—. Son los que estuvieron contigo durante la Onda, ¿verdad?

—No te metas en esto, Rick. —Raven extendió el brazo en un gesto firme, sin mirarlo—. Quédate ahí. O mejor aún, vete.

—Yo no creo que lo haga, Tedd —dijo el niño—. Es el soldado del que te hablé, el único mortal que ha estado en el Infierno. Contaba muchas historias y hacía gala de un mantra muy popular: yo nunca abandono a un compañero. ¿Qué opinas?

—Coincido contigo, Todd —contestó el anciano—. No se irá. Siempre me han fascinado las personas que albergan una lealtad inquebrantable e irracional. Por lo que él sabe, Raven ha matado a muchas personas, incluida una niña. Tiene el mayor potencial de todos pero solo ha causado problemas. Sin embargo, el soldado no duda ni por un segundo de que su deber es permanecer a su lado en todo momento, incluso aunque eso implique abandonar al resto de la humanidad cuando más lo necesitan.

—Eres demasiado severo, Tedd —dijo Todd—. El soldado cree que puede ayudar a Raven a enfrentarse a su destino. Piensa que está a la altura de los acontecimientos, así se siente útil y justifica su existencia ante sí mismo. Me gusta. Es fácil ayudar a personas así a encontrar la felicidad. Si lo hubiésemos conocido en otro momento…

Rick se sintió desarmado ante aquella extraña pareja, no solo por su manera de hablar, que era todavía más insólita que la de Capa. Tedd y Todd no le dedicaban ni una sola mirada, ni a él ni a Raven, a pesar de que este último no despegaba sus ojos de ellos. Tampoco le resultaban amenazadores, lo que le llevó a bajar la guardia.

De la conversación entendió que el niño, Todd, había prestado atención a cuanto había sucedido a su alrededor, tanto en el Infierno como en la Tierra, por lo que no tenía ningún problema mental, como había supuesto. También había detectado cierto… ¿desprecio? Puede que se equivocara por su forma indirecta de expresarse, pero tenía la impresión de que Tedd y Todd lo habían llamado ingenuo y habían cuestionado su decisión de ayudar a Raven en lugar de acompañar a los suyos al Cielo.

—No les hagas caso, Rick. Te confundirán.

—¿Te das cuenta, Todd? —El anciano dio un tirón al brazo del niño—. Estás confundiéndolos. Siempre te pasa lo mismo y yo tengo que aclararlo todo.

—Ya sabes que no me gusta llevarte la contraria, Tedd —aseguró Todd con dulzura, mirando al anciano con adoración—. Te sube la tensión y te pones mal. Además, Raven estaba encantado conmigo hasta que tú apareciste. Me buscaba por todo Londres, se notaba que me apreciaba. Y fíjate cómo nos mira ahora. Deberías ser más amable con él.

Rick se arriesgó a intervenir. Se acercó a Raven y susurró.

—¿Por qué no les preguntas lo que pasó?

—Porque ya lo sé. Ahora lo recuerdo. Nunca debí venir aquí con ellos, fue un accidente.

—Te he dicho que te disculpes, Tedd —insistió Todd—. Después de tanto tiempo trabajando para venir aquí a resolver nuestros asuntos y no fuiste capaz de vigilar que nadie nos siguiera.

—¿Cómo dices, Todd? —se enfadó el anciano—. Pero si lo hice yo todo. Tú solo tenías que vigilar que nadie interfiriera. Para una cosa que te encargo… Tienes razón, fue culpa mía por delegar algo en ti.

—Entonces tendré que disculparme yo, Tedd —bufó Todd—. Porque tú eres demasiado orgulloso. Nuestras actividades no incumbían a Raven, pero fue un descuido por nuestra parte que nos siguiera. Por eso no estamos enfadados con él, ni siquiera por estropear nuestros planes.

—Desde luego que no, Todd. —Tedd se acomodó en el bastón—. ¿Enfadarnos? Nosotros nunca censuramos a nadie y para demostrarlo haré algo mucho mejor que disculparme. A pesar de que su intromisión nos separó y desató la Onda, le contaré a Raven cómo averiguar su propósito y qué significa la runa de su espalda. Nunca hemos tenido otra intención que no sea ayudar a los demás, como demuestra nuestra dilatada trayectoria.

—¿Tú provocaste la Onda, Raven? —preguntó Rick—. ¿No fueron ellos? Pensaba que…

—Me entrometí, es cierto lo que han dicho. Y luego… no tuve elección. Lo siento. Siento todo lo que he hecho, pero tenía que detenerlos.

Rick sacudió la cabeza, aturdido.

—¿Detenerlos? Dicen que quieren ayudarte. ¿Cómo es posible si los separaste o lo que sea? ¿Quién miente aquí?

—Nadie —aseguró Raven—. No es su estilo, por lo que sé.

—Ahora vamos por buen camino, Todd. —Tedd sonrió—. ¿Lo ves? Raven sabe reconocer nuestra sinceridad.

—Y también nuestra disposición a ayudarlo a pesar de que nos perjudicó,

Tedd, no olvides ese detalle porque eso le honra.

—A ver si lo entiendo de una vez —gruñó Rick—. Estos dos vinieron a buscar ese libro que decía Jack, ¿no?

—No solo eso. Jack también dijo que buscaban algo más, ¿recuerdas?

—Sí. ¿Y tú se lo impediste? ¿Cómo? ¿Por qué? ¿Y qué era lo que buscaban?

Tedd y Todd se quedaron quietos y en silencio, indiferentes. Raven miró a Rick por primera vez.

—No sé exactamente quiénes son Tedd y Todd, pero ellos presumen de ayudar a todo el mundo mientras realizan una curiosa tarea. Y no mienten.

—¿Qué tarea es esa?

—Es muy compleja y la llevan a cabo de diversas maneras que son complicadas de explicar.

—¿Pero qué es?

—Coleccionan almas.

—¿Qué? Perdón, no te he oído bien.

—Lo has oído perfectamente.

Rick no pudo evitar sentirse como un auténtico estúpido, pero tenía que preguntarlo de todos modos.

—¿Eso de las almas no era cosa de Satán?

—No te dejes llevar por cuentos sin ningún fundamento, Rick —contestó Raven—. A Satán, precisamente, sí le quitaron su alma, por eso murió. Tedd y Todd le ayudaron a escapar del Infierno, que es lo que más ansiaba Satán. A cambio tomaron su alma. No trates de entenderlo, solo cree en mí una última vez. Tedd y Todd vinieron aquí a por ese libro, que ellos llaman *La Biblia de los Caídos*, y que según ellos les pertenece desde hace mucho. Ese libro encierra el mayor secreto imaginable.

—¿Y por qué no dejaste que lo cogieran?

—No se lo impedí. —Raven tragó saliva—. Les impedí que tomaran el alma de Dios, ese era su objetivo.

Rick se atragantó antes de poder hablar.

—¿Qué? Repítelo.

—Necesitaban antes la de Satán para... practicar. Hubo un tiempo en que buscaron la de un ángel llamado Vyns, un amigo de Lyam, pero la de Satán era la mejor de todas las que Dios creó, la que más garantías les proporcionaba de que todo iría bien cuando fueran tras su verdadero objetivo.

—Creo que me estoy mareando.

—Te dije que no lo entenderías, que no es algo que nos incumba a ninguno, más que a ellos, pero yo me vi en medio de todo esto y... tenía que hacer algo, ¿lo entiendes? No podía quedarme de brazos cruzados. Ojalá fuese más inteligente. Ojalá se me hubiera ocurrido algo mejor...

—Raven, cálmate. Era Dios. Nadie habría sabido qué hacer.

—Ojalá hubiera sido cualquier otro el que hubiese estado en mi lugar. Yo tomé una decisión. Solo quería salvarlo, Rick, salvar su alma. Eran tan hermosa… Desearía poder describirla… No podía consentir que cayera en sus manos, así que…

—Así que le mataste.

—¿Estás completamente seguro? —preguntó Sirian.

—¡Jimmy! —llamó Jack.

—Esos de ahí son los últimos —informó el niño—. Lo hemos logrado, Jack. Estamos todos y no hemos dejado a una sola persona por el camino. Recomiendo hacer un alto porque hay demasiada gente a punto de desmayarse por el esfuerzo.

Jack miró a Sirian. Gruñó y asintió al mismo tiempo.

—De acuerdo —se resignó el ángel—. El fuego no quema, pero no lo podréis atravesar, así que no lo intentéis. Aquí hay más luz que en el exterior porque sobre nuestras cabezas también hay una pared de fuego que impedía que pudiéramos escapar por arriba. Antes podíamos volar…

—Es como una jaula —apuntó Jack.

—Exacto. La configuración de los niveles es móvil, por eso podréis acceder a los que ahora están flotando cuando cambien de ubicación. No se puede prever cuándo sucederá, ni qué niveles subirán y cuáles descenderán, pero es probable que tengáis que construir viviendas y almacenar provisiones en todos ellos.

—No parece una distribución complicada para ser un laberinto —reflexionó Jimmy—. Jack, estoy seguro de que podré memorizarlo en poco tiempo.

—Pero no encontrarás la salida nunca más, Jimmy —advirtió Sirian—. El camino no es complejo, en efecto, pero su seguridad se basa en que nunca ocupará la posición que es lógica. Nosotros la buscamos durante milenios y solo la vimos después de la Primera Guerra, cuando nos metieron dentro.

—Eso es porque no estaba yo con vosotros.

Sirian sonrió con sinceridad.

—No te preocupes, Jimmy —dijo Jack—. Por ahora solo me preocupa que nadie más pueda entrar. Ya nos ocuparemos de salir más adelante, si es lo que queremos. Aquí hay terreno de sobra para vivir y procrear durante muchas generaciones. Mejoraremos nuestras armas y, cuando necesitemos más espacio, reclamaremos la sexta esfera al completo. La guerra, los ángeles y los demonios que se queden fuera. Y tú también, Sirian. Ya sabes que no es personal.

—Sí, lo sé —dijo el ángel—. Os echaré de menos.

Se volvió hacia el muro de fuego que delimitaba el laberinto, la prisión de los ángeles neutrales. Un arco inmenso constituía la única entrada y salida. Sirian se acercó al borde y estiró el dedo. Repasó la runa que sellaría ese acceso para siempre.

Sirian frunció el ceño y continuó repasando.

—¿Y bien? —se impacientó Jack.

—No funciona.

—No me engañes, que te conozco.

—No miento. El fuego debería descender hasta cubrir el arco por completo y hacer que no se distinga del muro. Puedes preguntarles a ellos, si no me crees —añadió señalando a los otros tres ángeles neutrales, los únicos supervivientes del grupo de Sirian.

Jack dio un paso adelante.

—Tus trucos no te servirán de nada conmigo.

Iba a repasar la runa él mismo cuando el muro de fuego rugió. Una ola comenzó a ascender con ánimo perezoso. Las llamas se curvaban y cambiaban de color.

En pocos segundos estuvieron ante un muro de fuego verde.

Renuin contempló impotente cómo se desbarataba la estricta formación del ejército de los ángeles. Se abrió paso hasta la vanguardia, con el convencimiento de que se encontraría con los demonios, que seguramente habían anticipado su estrategia y habían entrado por sorpresa en la sexta esfera. Se equivocaba. En lugar del enemigo se topó con un muro de llamas verdes.

Los ángeles se miraban unos a otros, desconcertados. Varios de ellos lanzaron llamas con las espadas, sin resultado. El fuego verde resistía sus ataques sin apagarse.

—¡Retroceded! ¡Ahora! ¡Regresamos a la segunda esfera!

No iba a comprometer la seguridad de todos los ángeles enfrentándose a un imprevisto para el que no estaban preparados. Evaluarían la manera de superar ese obstáculo o tomarían otro camino para llegar hasta los demonios, pero quedarse allí, viendo cómo se desordenaban las filas, era un suicidio.

—¡No podemos! —le dijo un custodio.

—¿Por qué no?

—Porque también hay fuego verde. Estamos rodeados.

—¿Todos?

El custodio no respondió. No hizo falta, su expresión resultó de los más elocuente. No se trataba de un muro para impedir su avance, era una trampa para encerrarlos y habían caído en ella.

Otro ángel se situó a su lado.

—¿Quién ha podido crear esa barrera? Resiste todos nuestros intentos de destruirla.

—Fíjate en el color de las llamas —dijo Renuin—. Han sido los evocadores.

La muralla de fuego tembló, y después, el suelo. La vibración se propagó desde la base del muro verde hacia el interior. Al alcanzar el centro, la palpitación fue tan violenta que todos los ángeles cayeron al suelo. La tierra se resquebrajaba, crujía desde el interior, desde las profundidades.

Renuin rebotó varias veces en el suelo. Se quedó sin aliento por un golpe cuando iba a gritar una orden, aunque no tenía ni idea de en qué iba a consistir dicha orden. Los ángeles se agarraban unos a otros, miraban a su alrededor buscando una explicación.

Entonces las llamas verdes desaparecieron.

—¡Exijo una explicación ahora mismo! —rugió Stil. Fue el primero en levantarse del suelo, agarró a un evocador por el cuello—. Ese fuego que nos rodeaba era verde. Quiero que me digas ahora mismo qué habéis hecho.

—No hemos sido nosotros —se defendió el evocador. Afianzó los pies en el suelo, que todavía palpitaba un poco, aunque no tanto como para hacerles perder el equilibrio—. Nos hemos sorprendido tanto como los demás. Mira al resto de los evocadores, Stil, están asustados. ¿Por qué íbamos a rodearnos de fuego nada más entrar en la sexta esfera?

—¿Tampoco habéis disuelto las llamas?

El evocador negó con la cabeza.

—Lo intentamos, pero no lo conseguimos. Debió de ser esa especie de terremoto.

Stil lo soltó. Los demonios se ponían en pie y se miraban unos a otros desconcertados.

—¡Stil! ¡Tienes que ver esto!

Acudió a donde lo llamaron. Varios demonios miraban hacia abajo. La luz era ya tan débil que casi no existía, pero sus ojos estaban más que acostumbrados después del encierro en el Agujero. Stil imitó a los suyos y entonces lo vio.

La sexta esfera quedaba debajo de ellos y se desplazaba dejando un cráter gigantesco atrás. Esa fue la primera sensación que tuvo. Enseguida comprendió que eran ellos los que se movían y que el cráter era el resultado de que la extensión de tierra que ocupaban había sido arrancada del suelo. Ahora flotaban en el aire.

—¿Cómo es posible? —preguntó un demonio.

—Solo hay un modo —contestó Stil—. Los moldeadores. ¡Que despierten a los heridos! Si es que siguen dormidos…

—¿Los ángeles nos han tendido esta trampa?

—¿Tienes otra explicación? ¡Que todo el mundo se prepare! Comienza la última batalla de esta guerra.

—Lo has logrado, Capa. ¡Eres cojonudo!

—No ha sido… nada fácil… Te lo… aseguro.

—¡A los tres bandos a la vez! Eh, no te distraigas, macho, tú a lo tuyo. Sube un poco a los menores que van algo más bajos que los demás. ¡Los ángeles! ¡Capa, que se inclina la plataforma! ¡Enderézala!

—Lo intento… ¿Mejor…?

—Ahora sí. Se han caído dos, pero… Mejor no te presiono. Sigue, que vas bien. ¿No sería más fácil si abrieras los ojos?

—No… puedo… Necesito hasta… el último resto de… mis fuerzas…

—Vale, vale. Yo te guío desde aquí arriba. Me oyes bien, ¿no?

—Sí.

—Tío, que no se te caigan o la cagamos. ¡Ja! ¡Es que lo veo y no lo creo! Date prisa, Capa, se está yendo la maldita luz y tú vas de negro. Al menos quítate la capucha para que te vean. Bueno, si te va a distraer no, déjala. ¡A lo tuyo, Capa! ¡Las plataformas! Pasa de lo que yo diga.

—Pesan… mucho…

—¡Y lo dices ahora! La madre que te… Sube a los menores. ¿Cuántas veces te lo tengo que repetir? Ahí, ahí, quieto. Lo que te estás perdiendo por no abrir los ojos…

—Así que lo mataste —repitió Rick, que, aun después de haber contemplado las cenizas, continuaba teniendo serios problemas para aceptarlo—. ¿Cómo, Raven? ¿Cómo es posible?

—Él me lo pidió. Y yo obedecí. ¿Debería haberme negado? Ahora creo que sí, siento que sí, pero los veo a ellos y…

Raven no pudo acabar la frase. Tragó con evidentes dificultades el nudo que se le había formado en la garganta.

Rick volvió a mirar a la inefable pareja y, aunque ponía todo su empeño, no lograba ver más que a un viejo decrépito de piernas temblorosas agarrado a un mequetrefe de diez años, dos parodias de seres que en un alarde de excentricismo hablaban únicamente entre ellos. Además, le resultaba imposible advertir algo amenazador en Tedd y Todd, y hasta el estornudo de un bebé parecía suficiente para acabar con ellos.

Por eso entendió que algo no encajaba. Jack los había prevenido contra ellos. Un hombre que había tratado con ángeles y demonios sin pestañear temía a la pareja de los ojos violetas, y Rick había aprendido a respetar la opinión de Jack, que podía compartir o no, pero que raramente se alejaba de la verdad. Luego estaba la historia de Raven, según la cual se había visto obligado a matar a Dios para que Tedd y Todd no se hicieran con su alma. Resultaba obvio que si él no advertía peligro alguno, tenía un problema.

Tal vez parte de ese problema residiera en que Tedd y Todd afirmaban conocer el significado de la runa en la espalda de Raven, además de manifestar la intención de ayudarlo a cumplir su destino, según sus palabras. Esa era la parte que más confundía a Rick.

—¿No deberíais odiar a Raven si os estropeó… vuestros planes?

—Seguro que lo dice por tu mal humor, Tedd —aseguró Todd—. Y eso que no te ha visto cuando pierdes el bastón.

—Solo me enfado cuando tú lo escondes, Todd —gruñó el anciano—. Nosotros no odiamos a nadie. Es un sentimiento inferior que no conduce a nada. De ser nuestro caso, no podríamos ayudar a los demás.

—Muy cierto, Tedd. —El niño acarició la cabeza del anciano—. El soldado no sabe que nosotros ofrecemos lo que más desean. No podríamos cumplir las mayores aspiraciones de los demás si odiáramos continuamente.

—Mi deseo no lo podéis cumplir —dijo Raven.

—Ahora viene el momento en que discrepamos, Tedd. Intenta controlar tu mal genio. ¿Prefieres que yo le explique que ni siquiera él conoce cuál es su deseo?

—Déjame a mí, Todd. —El anciano se enderezó cuanto pudo apoyando las dos manos en el bastón—. Tú no tienes tacto para decirle a alguien que suicidarse no es lo que en realidad quiere. Cuando alguien está tan confuso como para creer que quitarse la vida es lo mejor, hay que ser muy cuidadoso.

Rick vio una luz en aquella declaración. De repente no le importaba lo que estaba ocurriendo, solo tenía claro cuál era el siguiente paso que debía dar.

—Raven, escúchalos —dijo muy excitado—. El vejestorio lleva razón. Suicidándote no resolverás nada. Eh, niño, habla con el viejo. Tenéis que convencerlo.

—El soldado ha comprendido nuestra misión, Tedd. Y tú que no creías en él… No podemos decepcionarle, así que, vamos, dile a Raven lo que de verdad quiere saber.

—Yo nunca decepciono a nadie, Todd. Raven solo quiere respuestas y saber su destino, el propósito de su intervención en esto. No es tan difícil de entender.

—¿No fue un accidente que terminara aquí con vosotros? —El rostro de Raven se iluminó—. ¿Por qué, entonces? ¿Los has oído, Rick? Hay un motivo para mis actos.

De repente Rick desconfió sin saber por qué. Lo embargó un sentimiento contradictorio.

—¿Y se lo vais a contar sin más? —le preguntó a Tedd y Todd—. ¿Sin pedir nada a cambio?

—Detecto cierto recelo en el soldado, Todd. —El anciano frunció los labios—. Y no se me ha olvidado que antes se refirió a mí con un tono poco educado. Mira cómo nos estudia ahora. No me gusta. ¡No me gusta nada esa actitud!

El niño se agachó a tiempo de evitar que el bastón de Tedd le diera en la cabeza cuando el anciano lo agitó en un pequeño ataque de cólera.

—Calma, Tedd. El soldado cambiará de opinión al ver que contestamos a Raven y que siempre ofrecemos algo primero sin esperar nada a cambio. Explícale a Raven que las respuestas que busca están ahí arriba, en esa esfera de luz.

Rick, al igual que Raven, alzó la cabeza y contempló lo que había considerado un sol que estaba muy cerca. El brazo de piedra que tenían delante se retorcía e iba ganando altura. Parecía un camino hasta aquella gigantesca bola de luz.

—Es cierto —murmuró Raven, ausente. Su nariz apuntaba a la esfera—. Percibo algo ahí arriba.

—Entonces, vamos —dijo Rick—. Acabemos con esto de una vez. Vosotros podéis buscar vuestro libro por ahí.

—Espero que lo encuentres, Todd —dijo Tedd. Se frotó los ojos con una mano arrugada—. Mi visión ya no es lo que era.

—Yo también lo espero, Tedd. Raven fue el último que lo tuvo en sus manos, lo recuerdo. Pero esto ha cambiado mucho desde nuestra última visita. La Onda lo ha alborotado todo un poco. Sería una lástima perder algo tan valioso. Quizá puedas pedirle a Raven que nos oriente sobre su ubicación.

—¿Queréis que os ayude a encontrar el libro? —preguntó Raven—. Supongo que puedo hacerlo…

—¡No! —le cortó Rick—. Por fin se han delatado. Todo ese rollo de la esfera es mentira, solo quieren que les encuentres el libro.

—¿Por qué nos pasa siempre lo mismo, Todd? —preguntó Tedd—. ¿No hemos ayudado a una persona que estaba perdida? ¿No hemos despejado sus dudas y temores? ¿No le hemos dado una razón cuando todo cuanto creía saber de sí mismo era que sus circunstancias se debían a un accidente?

—Tenéis razón —dijo Raven—. Estoy en deuda con vosotros.

—Olvidas que vinieron a por el alma de Dios —apuntó Rick.

—Nosotros no podemos comprenderlo todo, Rick. No tenemos la sabiduría suficiente para ciertos asuntos, pero sí sé que debo ascender por ese camino de piedra. Os diré dónde está el libro…

—¡No lo harás! —tronó una voz.

Rick nunca había oído nada semejante. Aquella vibración había sido tan grave que hasta su ropa se agitó. Era como un trueno que lo envolvía todo, un sonido casi palpable, imponente. De no ser porque las palabras se entendieron a la perfección, Rick podría haber confundido aquella voz con un terremoto.

—¡Tú! —exclamó Raven, asombrado.

Rick se quedó sin aliento al ver quién se aproximaba.

—¿Puedes hablar? Yo creía que eras mudo.

El grandullón pasó entre ellos y se detuvo ante Tedd y Todd. El contraste de tamaño con la pareja de los ojos violeta le hacía parecer todavía mayor. Solo su cabeza rapada podría aplastar a ambos si caía sobre ellos.

Tedd y Todd no lo miraron ni le hablaron, tal y como solían proceder, pero resultó obvio que habían notado la presencia del gigantesco hombre negro, pues se apartaron de su camino.

El grandullón miró a Raven y asintió con la cabeza. Después comenzó a ascender por el camino de piedra. Raven se colocó a su lado. Rick tardó algo más en reaccionar, pero echó a correr detrás de ellos.

Nilia corrió veloz. Saltó entre las diferentes porciones de realidad en que se había convertido la séptima esfera, con el filo de los puñales hacia abajo y los ojos fijos en el cuello del gemelo, que se levantaba aturdido después de haberse estrellado contra la columna de mármol. La miró con indiferencia. Ella entendió el motivo de esa mirada justo antes de recibir el impacto.

La onda de fuego la alcanzó en el costado y la derribó.

—Buen truco —dijo ella mirando al otro gemelo, que acababa de golpearla—. Aunque arriesgado. No volverás a cogerme desprevenida fingiendo que uno de los gemelos está indefenso.

—No lo necesito —repuso Yala.

—Necesitarás más que eso, rubio.

Nilia se levantó de nuevo y atacó al mismo gemelo, que la esperaba con su espada en alto. Le dio una patada y recibió otra. Intercambiaron varios golpes. Desde su último encuentro, en el que había sido derrotada, Nilia había decidido variar la estrategia de esquivar a Yala hasta agotarlo. Ahora se centraba en entorpecer sus movimientos y simetría, todo su afán era impedir que los gemelos se juntaran, aunque eso significara estar más expuesta. Los ataques de Yala tenían menos fuerza cuando no lograba una sincronización perfecta.

El ángel detenía los puñales y trazaba arcos de fuego. Como en el anterior combate, su empeño era privar a Nilia de espacio para sus piruetas. Ella se mantenía entre los gemelos lanzando ataques rabiosos a uno y otro por igual. Él parecía aceptar que Nilia estuviese en medio, controlada.

Destrozaban todo alrededor. Árboles, dunas, montañas, icebergs... Desgarraban el suelo, quemaban el aire con sus armas. Se convirtieron en un remolino de destrucción que devastaba cuanto encontraba a su paso.

Nilia se agachó y barrió con la pierna a uno de los gemelos. Se giró a tiempo de evitar la espada del otro, colocado detrás. El que había caído arrojó su espada. El otro la recogió y acertó a Nilia con ella. Le dio de canto, con fuerza. Nilia salió despedida dejando un surco en el suelo, pero chocó contra algo sólido, absorbió el impulso con las piernas flexionadas y rebotó. En solo un instante estaba de vuelta sobre el gemelo que tenía las dos espadas. Acabó abrazada a Yala. Le mordió en el cuello y golpeó su cabeza con la suya. Luego lo derribó sobre el otro gemelo.

Uno de los cuatro pies de Yala se interpuso en el camino de su puñal, que descendía sobre la espalda descubierta del ángel. Otro de aquellos pies la atizó en la rodilla. Los gemelos se levantaron muy rápido, primero uno, que ayudó al otro con una mano mientras lanzaba un puñetazo con la otra. Ese puñetazo lo esquivó Nilia con dificultad, por tener la pierna en mala posición debido al golpe en la rodilla. El siguiente puñetazo la alcanzó en el estómago y la dejó sin aliento.

Retrocedió un paso.

—¿Crees que no conozco tu secreto? —dijo un gemelo lanzando un espadazo.

—Lo sé desde que hablaste con Renuin —dijo el otro.

Los gemelos estaban juntos, hombro con hombro. Acosaban a Nilia sin dejar que recuperara el equilibrio del todo y la obligaban a mantenerse a la defensiva.

—Es evidente que puedes ver por la espalda.

—Por eso tratas de situarte en medio de mí.

Nilia no podía replicar. Detuvo una espada, esquivó otra y recibió un puñetazo en un hombro. Siguió reculando. Yala avanzaba imparable.

—Y solo hay un modo de que veas por detrás.

—El ojo de Urkast. Lo mataste, ¿verdad?

Otro golpe la alcanzó. Nilia terminó de espaldas en el suelo. Fue a revolverse, pero uno de los gemelos la sujetó, y el otro le dio un puñetazo en la cara y luego otro. Entre los dos la cogieron, por las manos y los pies, y la estrellaron contra una roca. Nilia soltó los puñales. Cada gemelo le asestó una patada al mismo tiempo, en la espalda y en el pecho. Yala arrancó una columna y la dejó caer sobre ella.

Nilia se desplomó entre los fragmentos de piedra. Jadeaba, le temblaban los brazos.

—Siempre has sido una asesina —dijo Yala, dispuesto a rematarla.

—Cierto —susurró ella—. Pero Urkast no ha sido el único al que he matado. —Dos alas de fuego inmensas brotaron de su espalda. Nilia rodó y se plantó delante de los gemelos—. ¿Te suenan? Son de uno que era más fuerte que tú. ¿De verdad pensabas que me enfrentaría a ti sin más después de haber perdido una vez?

Los gemelos trataron de apartarse, pero no les dio tiempo. Nilia los golpeó al mismo tiempo, un revés a cada uno. Yala voló en dos direcciones opuestas. Cada gemelo derribó incontables estructuras a su paso.

—Idiota confiado —escupió Nilia—. Eres bueno, rubio, de los pocos capaces de hacerme sudar, pero ahora ya nadie puede medirse conmigo.

Nilia agitó las alas de fuego.

—¡Esperadme!

Rick resbaló. Su pie derecho se deslizó sobre un poco de arena y a punto estuvo de caer por el borde del camino de piedra, que se enroscaba y ascendía en espiral a lo largo de un trecho angosto y poroso, atravesado por numerosas grietas. Tomó nota de fijarse en dónde colocaba los pies.

Raven y el grandullón le sacaban varios metros de ventaja, lo que le resultaba extraño, dado que él los había perseguido corriendo, mientras que ellos avanzaban pausadamente. Apretó el paso para darles alcance.

—Es culpa mía —se lamentó Raven—. Debería haberte encontrado antes.

—Yo tampoco logré dar contigo —contestó el grandullón con su garganta grave e inhumana.

—Pero era mi deber encontrarte a ti y no al revés —repuso Raven.

—Tedd y Todd te encerraron en Black Rock para evitar que nos encontráramos. No fue culpa tuya.

Hablaban como dos amigos que hacía tiempo que no se veían. Rick, que no deseaba intervenir en su conversación, se limitó a acompañarlos en la espiral de roca, cada vez más alto, más cerca de la esfera de luz.

—Lo estropeé todo al venir y provocar la Onda —balbuceó Raven—. No sé por qué lo hice… Yo… Creo que estaba confundido…

—No es preciso que entiendas el propósito de tus actos —rugió el grandullón—, pero eso no importa porque tu destino es precisamente cumplir con esas acciones que te confunden.

—No me estás ayudando a entenderlo.

—Debías venir aquí porque así debía suceder. Así es tu existencia y debes aceptarla.

—Pero... ¡he vuelto a fracasar! ¿Qué importa ya lo que haga?

—Si tú has fracasado, yo también.

—Es lo que acabo de decir.

—En esta ocasión es diferente —aseguró el hombre negro—. Aún podemos aportar algo, no todo está perdido. Además, te veo mejor que la última vez. Por lo menos no vas persiguiendo dragones por todas partes.

¿Dragones? Rick debía de haberse perdido alguna parte de la conversación porque aquello no tenía sentido.

—Lo recuerdo... —dijo Raven pensativo—. ¿También es culpa de Tedd y Todd que ahora no pueda cambiar de cuerpo?

—En efecto. Pero no mintieron en lo más importante. Debes llegar hasta la esfera de luz.

Raven miró hacia arriba.

—Sí, las runas... Ahora lo veo.

Rick también estudió la esfera. Ahora que estaba más cerca veía grietas, manchas que la ensombrecían. Aguzó la vista tanto como pudo y distinguió líneas de luz. Entendió que la oscuridad era el vacío, y la luz, símbolos, como había dicho Raven. Aquella especie de sol era una bola gigantesca que alguien había tejido con runas.

Una de ellas dejaba entrever una profundidad particularmente grande, como un hueco, como si faltara una pieza.

—¡Raven, lo tengo! —dijo Rick muy excitado—. La runa de tu espalda, ¿recuerdas? Lyam la examinó y dijo que estaba incompleta. El resto es esa bola de luz de ahí arriba.

—¿Rick? —Raven se volvió y lo miró como si acabara de encontrárselo después de mucho tiempo—. ¿Sigues aquí? Vete, márchate.

—No pienso abandonarte.

—No puedes estar aquí, amigo mío —repuso Raven con tono compasivo—. Lo que voy a hacer no es para ti, ni para ningún otro. Si te quedas, morirás.

Raven se giró y siguió ascendiendo por la espiral, acompañado del gigantón. Por primera vez, Rick había visto una expresión de serenidad en el rostro de su amigo, su voz había sonado tranquila y segura, sus ojos habían brillado con... puede que con sabiduría. Aquel ya no era el Raven que había conocido. Sus movimientos también eran distintos. Ya no se tambaleaba, mantenía el rostro ligeramente alzado.

Rick no se dio cuenta de que le seguía los pasos, maravillado del cambio que había experimentado Raven. Un cuerpo desprovisto de gracia alguna, acostumbrado a tropezarse, resbalar y caer constantemente ahora irradiaba un porte casi majestuoso y elegante. Estaba a punto de suceder algo increíble y no podía apartar los ojos de quien consideraba su amigo, con quien tantas penurias había pasado, junto a quien había viajado por los tres planos de la existencia.

Una llama brotó de la espalda de Raven. Convirtió en cenizas su ropa, que se desmenuzó en una lluvia de polvo gris. La llama ardió sobre las líneas que surcaban la huesuda espalda durante unos segundos y después se apagó. Un resplandor dorado envolvió el cuerpo de Raven. Ni él ni el grandullón alteraron su marcha ni dieron muestras de sorprenderse. Raven caminaba completamente desnudo sin inmutarse, dentro de un cuerpo escuálido, alargado y dorado.

—Tú también deberías marcharte —anunció Raven.

—No —repuso el hombretón—. Permaneceré a tu lado hasta el final. Mi destino siempre fue compartir el tuyo.

Raven asintió. El aura que lo envolvía se intensificó hasta adquirir la misma tonalidad que la esfera de luz que ardía encima de ellos. Continuó caminando con decisión, en línea recta, más allá de la curva… sobre el aire, alejándose de ellos. El hombre negro se detuvo y lo observó con atención, igual que Rick, que no podía despegar los ojos de la figura de Raven ascendiendo, flotando entre un fulgor dorado.

Lo inundó una indescriptible sensación de paz. No comprendía qué estaba sucediendo, pero sentía que era lo que tenía que pasar, que Raven, después de tanto sufrimiento, por fin había encontrado las respuestas que buscaba. La calma que percibía en su interior era una proyección de la de Raven, estaba seguro.

Una aguja de dolor le atravesó el cuello. Fue un pinchazo que lo paralizó y extendió el frío por todo su cuerpo. Rick sintió que el calor lo abandonaba rápidamente. Algo húmedo resbalaba desde su boca. Los músculos del cuello ya no tenían firmeza para sujetar la cabeza, y cuando se le cayó y apoyó la barbilla sobre el pecho, vio gotas rojas que se desprendían desde su labio inferior. No había dolor, pero sí percibió que lo invadía la nada.

Eso fue lo último que sintió.

—Por ahí vienen, Capa. Diría que los demonios van un poco retrasados. Asco de oscuridad… No me deja medir bien la distancia. Al menos los pedazos esos de tierra en donde los has subido ya no se balancean. Vas mejorando. ¿Me oyes, Capa? ¿Cómo vas ahí abajo?

—Mejor… Concentrado… Me cuesta hablar.

—Es la primera vez que te oigo decir algo así. ¿Todavía no puedes abrir los ojos? No entiendo cómo puedes dirigirlos sin mirar y con ese baile raro que haces. De verdad que me asombra que no vuelques las plataformas y los estrelles a todos contra el suelo. Ese sí sería el final de la guerra.

—Confía… en mí.

—Confío más si no hablas y estás a lo tuyo. Los demonios, Capa, te he dicho que su peñasco va más lento que los demás. ¡Mira a los menores! Serán idiotas… No dejan de asomarse al borde y al final se la van a pegar.

—¿Los demonios… Mejor?

—Sí, demasiado rápido incluso. No, no los frenes que tienen que recuperar terreno. Súbelos un poco más. Ahí lo llevas. Forman un triángulo perfecto. Deberías subir aquí y mirar.

—Me encantaría…

—Que no hables. Van a alucinar, Capa. Cuando vean de lo que eres capaz no tendrán más remedio que escucharte. Así me convenciste a mí, ¿recuerdas? Te vi curar, volar, saltar de una esfera a otra, reventar la cuarta, por cierto… Y no sé cuántas cosas más. Te admirarán, maldito enano, no podrán negar la evidencia. Te harán caso, estoy seguro. ¡Vas a ser el que traerá la paz! ¿Quién lo habría dicho con esa pinta que tienes? Esto no se olvidará, seguro, pero tienes que hacerme un favor. Solo uno.

—¿Cuál?

—Es tu turno de confiar en mí. Cuando los hayas juntado y les hables a todos, volando sobre ellos, cuando estén admirando de lo que eres capaz y tengas toda la atención, por favor, no hagas reverencias. Solo por esta vez.

—Lo intentaré.

Una de sus alas absorbió el arco de fuego sin apenas notarlo. Nilia caminaba hacia Yala con mucha tranquilidad.

—Reconozco que antes de enseñarte mis nuevas alas, me apetecía medirme contigo. Todo un fracaso por mi parte. —Nilia despedazó una runa que Yala había interpuesto en su camino—. Y no es una buena noticia para ti, rubio, porque eso me enfurece. Vamos, júntate, coloca bien a ese par de idiotas. Así podré descuartizaros al mismo tiempo.

Los gemelos arrimaron los hombros y trazaron un arco de fuego, cada uno con su espada hasta juntar las puntas en el centro. La media luna de llamas surcó el aire con un silbido. Nilia cruzó sus alas de fuego delante de ella y las separó justo en el instante en que recibió el impacto. El arco de fuego rebotó hacia Yala en un efecto bumerán. Los gemelos no pudieron esquivarlo y volaron hacia atrás hasta empotrarse contra un muro de piedra que quedó reducido a escombros y polvo. Se separaron a tiempo de evitar una nueva embestida de Nilia.

Yala retrocedió en dos direcciones distintas. Nilia lanzó a uno de los gemelos un árbol que arrancó de un iceberg y, sin detenerse a comprobar si acertaba o no, se abalanzó sobre el otro. El gemelo blandió la espada. Ella la detuvo con los puñales en cruz. El gemelo aprovechó para darle un puñetazo en la cara. El rostro de Nilia giró a un lado y le devolvió el golpe. La cabeza de Yala se dobló hacia atrás y el gemelo cayó. Nilia lo agarró por los pies, lo levantó y giró sobre los talones, a tiempo de utilizarlo como arma arrojadiza contra el otro gemelo, que corría hacia ella por detrás.

—¿Todavía no has aprendido a no atacarme por la espalda?

Estrelló al gemelo contra el suelo y se abrió una grieta. El otro pisó al que había caído y hundió la cabeza en el pecho de Nilia para obligarla a retroceder y dejar espacio al gemelo que ya se estaba incorporando.

Nilia detenía los golpes en vez de esquivarlos, y devolvía algunos de vez en cuando. Los gemelos, en lugar de coordinar movimientos, se turnaban. Se retiraba uno cuando se veía obligado a realizar una finta para esquivar un golpe de Nilia y el otro ocupaba su lugar inmediatamente sin darle tiempo a ella para que se recuperara. Se mantenían frente a frente, en un combate en línea. A veces Nilia ganaba terreno, a veces Yala la forzaba a ir hacia atrás. Así continuaron durante un tiempo.

Nilia previó la siguiente maniobra de Yala y conectó un puñetazo demoledor a un gemelo en el preciso momento en que el otro estaba detrás de él, ambos en línea. Los dos salieron despedidos. Antes de que se recobraran, Nilia saltó sobre una línea de fuego, tomó impulso y volvió a saltar. Embistió una montaña y provocó un alud sobre Yala.

Los cascotes temblaron y saltaron por los aires cuando el primer gemelo emergió de entre los restos. Nilia, que esperaba sobre los escombros, se mantuvo firme y le enterró un puñal en el muslo. El otro gemelo atacó para cubrir al que había sido herido. Ella se retorció para esquivarlo y le cortó en un brazo. Yala, que ni siquiera soltó un gemido, redobló sus esfuerzos por mantener la presión sobre ella. Nilia, en una posición ventajosa, no estaba dispuesta a ceder la iniciativa. Descargó un diluvio de ataques frenéticos sobre Yala, obviando los golpes que recibía, segura de que infligía un daño superior al que soportaba.

Le dio una patada en la cabeza a un gemelo, se volvió y atravesó la mano del otro con un cuchillo. Regresó al primero y repitió la misma patada en el mismo sitio, que lanzó al gemelo a varios metros de distancia. Esquivó su propio puñal. El gemelo de las alas negras se lo había arrancado de la mano y después lo había arrojado.

Nilia no se detuvo. Le asestó una patada en las costillas, un codazo en un ojo y le dio tiempo a romperle un brazo, al doblárselo hacia atrás por el codo. Regresó a por el de las alas blancas. Saltó y le dio una tercera patada en la cabeza. La mandíbula crujió y quedó desencajada.

—¡Nadie puede vencerme! —chilló, enloquecida.

Amagó con el cuchillo que le quedaba, le dio un cabezazo que le reventó un ojo y clavó una vez más su puñal en la misma pierna que antes había herido. El gemelo tuvo que apoyar una mano en el suelo para no caer.

El de las alas negras, que tenía un brazo roto, la atacó con la espada y logró asestarle un tajo en la espalda, pero fue un corte superficial, un rasguño. Nilia lo desarmó con un golpe en la muñeca y le rompió el otro brazo.

Contuvo sus ganas de rematarlo. Se giró de nuevo a por el de las alas blancas, que se había levantado a pesar de la herida de su pierna. Nilia apretó el puñal y se lo enterró en el pecho hasta el mango. El gemelo ni siquiera había intentado frenarla. Tenía los dos brazos rotos, a pesar de que eran las heridas que había causado al gemelo de las alas negras. Lo que significaba…

Recibió un golpe demoledor en la espalda, justo entre las dos alas, que era el punto más vulnerable. Nilia cayó hacia adelante y escupió sangre sobre el cadáver del gemelo de las alas blancas. Se giró en el suelo, dolorida, mientras el de las alas negras se cernía sobre ella.

—Nunca pensé que sacrificarías al gemelo inmortal.

—Lo que sea para acabar con la peor amenaza que existe —rugió Yala, con las alas negras completamente extendidas. Sus brazos estaban en perfecto estado y sostenían la espada con firmeza—. Paga por todo lo que has hecho.

Nilia se desplazó a un lado y lanzó el cuchillo que le quedaba con todas las fuerzas que logró reunir desde su posición, tirada en el suelo. Yala, libre de lesiones, pudo esquivarlo a pesar de la rapidez de Nilia y apartar la cabeza en el último instante. El puñal atravesó la melena rubia del gemelo y siguió su trayectoria sin causarle daño.

Yala saltó y aterrizó con un pie sobre el pecho de Nilia. Ella escupió sangre de nuevo. Con las mandíbulas apretadas lo observó alzar su espada. Él desvió la mirada al cuello de Nilia. Inició el movimiento. Y se quedó quieto.

Le fallaron las fuerzas. La espada resbaló y la sangre comenzó a correr entre sus labios. Yala cayó de rodillas con los ojos en blanco.

—Te advertí de que no me enfrentaría a ti sin saber cómo vencerte. —Nilia continuó mirándolo—. Hay otra herida que te he causado sin que lo sepas.

Alzó la cabeza y vio a Rick en lo alto de una espiral de piedra, cayendo por el precipicio. Tenía el puñal de Nilia clavado en la nuca.

Yala expiró su último aliento cuando Rick se estrelló de cabeza contra una roca.

Como el resto de los ángeles, Renuin no podía creer que estuvieran volando sobre una gigantesca extensión de tierra arrancada del suelo, envueltos en una oscuridad cada vez más sombría.

Su mente trabajaba a un ritmo frenético, con el fin de buscar el modo de calmar a los ángeles y encontrar una solución. Los moldeadores eran los únicos que podrían detener la extensión de tierra voladora, pero necesitaban tiempo para estudiar lo sucedido, algo imposible dado el caos que reinaba entre todos ellos. No tenía palabras que ofrecer a los suyos para tranquilizarlos porque cualquier cosa que dijera sería mentira. La única explicación lógica que se le ocurría implicaba que iban a morir. No podía entender cómo los demonios habían logrado desarrollar una trampa tan perfecta como aquella, pero su propósito le pareció obvio: la tierra que los sostenía pronto desaparecería y entonces caerían al vacío. Perdida la facultad de volar, morirían por el impacto, y a los pocos que lograran sobrevivir, sería fácil rematarlos. Se hallaban completamente indefensos.

—¡Renuin! ¡Allí!

Miró donde le indicaban. Forzó la vista y en la oscuridad distinguió a los demonios. También flotaban en una porción de tierra inmensa, con las espadas de fuego brillantes, dispuestas para el ataque.

—¡Y allí!

En el lado opuesto divisó otra plataforma más. Creyó que los demonios se habían dividido en dos para atacarlos desde diferentes ángulos, pero enseguida advirtió que no se apreciaba ninguna espada de fuego. Tras prestar más atención, atisbó brillos metálicos y lo que parecían espadas, aunque de color plateado.

—Son los menores —concluyó.

—¿Qué significa todo esto? —preguntó un ángel.

Renuin se volvió y alzó los brazos. Habló tan alto como pudo para que todos la escucharan.

—No podemos estar seguros de quién ha planeado todo esto, pero no hemos sido nosotros. Por lo tanto, han sido nuestros enemigos. Esos de allí son los menores y se han aliado con los demonios o nunca habrían cruzado la primera esfera. Ha llegado la hora definitiva, el momento de demostrar que ninguna traición ni alianza puede con nosotros, que se ha terminado nuestra paciencia con quienes una vez fueron nuestros hermanos y, ahora, después de tantas muertes como han causado con sus conspiraciones, se han servido de los menores para atacarnos. ¡Nunca se han atrevido a enfrentarse a nosotros! ¡Nunca! Recurrieron a la traición como cobardes, luego a esas monstruosidades que invocan y ahora se escudan tras los menores. ¡Nosotros les vamos a demostrar que hacen bien en temernos! ¡Porque esa es la verdad! ¡Nos tienen miedo! Siempre lo han tenido. ¿Vamos a consentir que nos venzan unos cobardes? ¡Yo digo que no! ¡Vamos a prevalecer y mantener el orden de nuestro Creador! ¡Se lo debemos a todos los que hemos perdido! ¿Estáis conmigo?

La muchedumbre rugió y alzó sus espadas.

—¡Entonces preparaos para la guerra!

—Esta es la última ocasión que tendremos de ganarnos nuestra libertad. Yo estuve con mi esposa, como sabéis, pero regresé a vuestro lado porque creo en lo que defendemos. Nadie volverá a encerrarme jamás, y quien quiera intentarlo tendrá que matarme. ¿Vamos a consentir que nos arrojen de nuevo al Agujero? ¿Vamos a olvidar a los que dieron la vida por nuestra causa y a aceptar que nos digan cómo debemos vivir o si podemos o no tener descendencia? Yo quiero a Renuin más que a nadie, pero no voy a renunciar a mí mismo y a mis creencias, no después de todo lo que hemos pasado juntos para llegar a este punto, de todo lo que perdimos en el Agujero y en la guerra. Ahora tenemos una oportunidad para conquistar nuestra libertad. Ahora tenemos una oportunidad para descubrir una cura a la mortalidad. Yo mismo me empeñaré en ello, os lo juro, porque sois mi familia. Pero para eso debemos ganar esta batalla. Los menores dijeron que no querían inmiscuirse, pero están aquí. ¡Mirad las armas de sus ejércitos! Se acercan a nosotros, como los ángeles. Cuando nos juntemos, solo os pido una cosa. ¡Recordad el Agujero! ¡Recordad los milenios de sufrimiento que pasamos allí y la mortalidad que contrajisteis! ¿Queréis volver? ¡Entonces no hace falta que os diga lo que debemos hacer! ¡Esto es la guerra!

—¡Todos me conocéis! Me llaman mafioso, corrupto y cosas similares. Todo es falso. La realidad es mucho peor. ¡Soy el peor ser humano de todos los que estamos aquí! Pero voy a luchar por nuestra supervivencia. Ya no importa quiénes éramos en el pasado. No nos enfrentamos a los ángeles ni a los demonios. Nos enfrentamos a la extinción. Hoy no importa quiénes sois: buenos, malos, policías, delincuentes… Hoy solo somos seres humanos y por primera vez nos vamos a unir contra la peor amenaza que se haya conocido. No importa la edad, el sexo, la raza, ¡nada! Todos, absolutamente todos, vamos a luchar. Los soldados formarán primero. El resto atacará con lo que sea, piedras, balas, insultos… ¡Les escupiremos si hace falta! ¡Pero ningún ángel o demonio pondrá un pie en esta plataforma en la que ahora volamos! ¡Vamos a luchar por nuestro derecho a existir! ¡Solo tendremos una oportunidad! ¡Vamos a demostrar que no somos menores, como nos llaman! ¡Y tenemos tanto derecho a la vida como ellos!

Rugieron y comenzaron a revolverse. Jack apenas los veía en la oscuridad, pero tenía plena confianza en que se estaban organizando lo mejor que podían.

—Jimmy, quédate aquí.

—Lo sé, lo sé. Yo te cubriré, Jack. Te prometo que no te pasará nada. —El pequeño Jimmy se frotó las manos, excitado—. Al primero que se acerque lo ensarto.

—Esta vez no, Jimmy —dijo Jack, arrodillado a su lado—. ¿Recuerdas que te he dicho en más de una ocasión que eres especial?

—Sí —dijo Jimmy con desconfianza—. Pero yo…

—Lo siento mucho. Sé que quieres protegerme, pero no puedes participar en esta guerra. Tú, Jimmy, más que ningún otro, tienes que sobrevivir al precio que sea.

—¡Bah! Tienes miedo por mí, pero no te preocupes. ¡Yo mato…!

Sirian se acercó por detrás y le asestó un golpe contundente en la cabeza. El niño cayó al suelo sin sentido.

—¿Podrás planear solo con un ala? —preguntó Jack.

—No sé a qué distancia estamos del suelo o de otra parte flotante, aunque intuyo que muy lejos o esta trampa no tendría sentido, pero le salvaré. Si no logro frenarme lo suficiente, yo absorberé el impacto. Eso y la armadura de Jimmy bastarán.

—Sé que te dije que nunca te volvería a pedir un…

—No te preocupes por eso. Ahora tienes una guerra que ganar. Yo te prometo que salvaré al chico. Tienes mi palabra.

—Gracias, Sirian. Y siento todo lo que te… Sálvalo, no imaginas lo importante que es.

—Lo sé.

Jack asintió.

—Adiós, amigo mío.

—Volveremos a vernos —prometió el ángel.

Nilia replegó sus alas de fuego y se tendió de espaldas con los ojos cerrados. Además de un dolor atroz en todo el cuerpo, sentía una extraña sensación de vacío, no de plenitud, como esperaba tras derrotar a Yala.

Le dolía la espalda allí donde el ángel la había atacado cuando había estado a punto de vencer. Cerró los ojos solo un segundo, necesitaba descansar un poco.

Al abrirlos de nuevo, allí tendida entre los restos de la séptima esfera, la invadió una sensación de alarma. Sobre ella brillaba una inmensa esfera de luz.

Nilia solo había estado unas pocas veces en la séptima esfera y estaba segura de no haber visto nunca aquel sol formado por runas, aunque nada alrededor era como ella recordaba.

Una figura brillante ascendía hacia la esfera. Nilia reconoció a Raven levitando, envuelto en un aura que irradiaba una luz del mismo color que las runas hacia las que flotaba. En aquel momento maldijo haber tomado las alas de Tanon, ya que al cambiárselas por las suyas también renunció a la facultad de volar.

A pesar de que continuaba sin percibir ninguna amenaza, la sensación de peligro no se desvanecía. Con todo, resolvió terminar lo que había venido a hacer y largarse de allí cuanto antes. Se levantó y recorrió un poco el caos y la destrucción que ella y Yala habían sembrado. Gracias a que lo habían revuelto todo durante la pelea, ahora sabía dónde buscar el libro del Viejo.

Se detuvo un instante ante el cadáver de Rick y se arrodilló junto a él.

—No es un mal lugar para que descansen tus restos, soldado.

Le arrancó el cuchillo de la nuca y, tras limpiarlo un poco, lo guardó en la funda. Después se marchó. Nilia avanzó hasta llegar a una ondulación del terreno cubierta de vegetación y rocas de varios colores, todo revuelto como si un huracán hubiera pasado por allí. Allí había caído tras uno de los golpes de Yala. Estuvo tendida boca arriba solo una fracción de segundo, pues tuvo que levantarse enseguida para defenderse de los gemelos, pero ese breve instante había sido suficiente para reparar en un brillo muy particular.

Nilia rasgó el tronco de un árbol con su puñal, metió la mano en su interior y extrajo el libro del Viejo. También había perdido su lustre, como el resto de la séptima esfera. No resplandecía ni rezumaba su habitual aire majestuoso.

Nunca antes lo había tocado. Su contacto la decepcionó, pues solo le recordó al cuero desgastado. De no ser por las runas que adornaban sus gruesas tapas, podría haber pasado por un libro de los menores, uno muy extenso, eso sí, de incontables páginas.

—Aquí la tenemos, Tedd —dijo un niño a su espalda—. Deberíamos felicitarla por un combate tan espectacular.

—No podría estar más de acuerdo, Todd —repuso alegre un anciano encorvado—. Ha sido un privilegio contemplar una lucha tan reñida. Con todo lo que hemos presenciado no es fácil dejarnos tan asombrados.

Nilia se dio la vuelta, aunque ya los había visto gracias al ojo de Urkast.

—Tú eres el crío que encontramos en el Agujero —dijo señalando al que el viejo llamaba Todd. Ahora tenía los ojos violetas, idénticos a los del anciano de coleta blanca que se apoyaba en su brazo y en un bastón negro—. Imagino que el abuelo es el tercer tipo que estuvo con Raven durante la Onda.

—Siéntate, Tedd —le pidió Todd—. No debes fatigarte. ¿No te dije que me reconocería?

—Prefiero seguir de pie, Todd —repuso Tedd—. Estoy muy cansado y quiero marcharme en cuanto hayamos ayudado a esta preciosidad. No creo que pudiese descansar si no recompensamos un esfuerzo como el suyo.

—Un menor llamado Jack Kolby me habló de vosotros —dijo Nilia—. Os recomiendo que no me hagáis perder la paciencia o volveréis a estar separados, pero en muchos pedazos diferentes.

El viejo arrugó todavía más la nariz. Se irguió cuanto pudo, que no era demasiado.

—Jack Kolby va hablando mal de nosotros, Todd —gruñó—. ¿Lo has oído? Después de lo que hicimos por él. ¡No lo soporto! Fue el propio Jack quien nos pidió ayuda, no al revés.

—Sin duda es un ingrato, Tedd —asintió Todd—. Y su resentimiento ha puesto a Nilia en nuestra contra.

—Cortad el rollo, payasos.

—Creo que esta vez no voy tolerar esta falta de respeto, Todd. —Tedd golpeó el suelo con el bastón—. Me he contenido demasiado tiempo.

—No, no, no, Tedd. Nosotros no somos así, ¿recuerdas? ¿Cuántas veces tengo que decirte que, por más que nos esforcemos, los demás nunca aceptarán que solo actuamos en su beneficio, si no lo demostramos primero? Le explicaré a nuestra amiga que podemos curar al hijo que lleva dentro. Sabes que tenemos obligación de conceder a los demás sus mayores deseos.

Nilia sonrió.

—Qué amables. ¿Me equivoco al suponer que necesitáis este libro para poder curar a mi hijo?

—Además de fuerte es lista, ¿verdad, Tedd?

—Y hermosa, Todd, no olvides ese detalle. Diría que es una criatura perfecta, de no ser por ese mal genio y falta de consideración. Por eso no podemos consentir que su hijo nazca en un estado tan desfavorable. Esta vez yo revisaré las runas del libro, que tú siempre metes la pata y no quiero correr riesgos.

—De acuerdo, Tedd —asintió el niño—. Pero no te acostumbres. Yo le devolveré el libro a Nilia en cuanto hayas repasado tus conocimientos, no vaya a ser que se extravíe de nuevo. Con esa cabeza que tienes podrías olvidarlo por ahí y ya ves lo que nos ha costado encontrarlo.

—Jack también dijo que erais peligrosos, aunque omitió añadir que sobre todo sois cargantes. —Nilia sacó un puñal y lo hizo girar sobre una mano, imitando a Tedd, que realizaba el mismo movimiento con su bastón—. Lo cierto es que no hay nadie más peligroso que yo. En fin… —suspiró—. Pensé que ya no tendría que matar más idiotas en una larga temporada, pero está visto que siempre me encuentro a alguien con ganas de bronca. Vamos, pequeñajos, no malgastéis palabras porque nada que digáis conseguirá embaucarme. Jamás volverá a engañarme nadie. ¿Os apartáis? Muy bien. ¿Queréis el libro? Venid a por él.

—Lo sabía, Todd. A pesar de nuestra predisposición y nuestras buenas palabras con ella, no es capaz de ver la verdad. Te he prevenido muchas veces contra la gente sin educación.

—Supongo que no me gusta llegar a esto, Tedd —admitió Todd con gran pesar—. Pero es cierto que no nos deja otra opción. No le causes daño, por favor, no es mala persona.

Nilia había luchado contra demasiados adversarios como para saber que no hay que dejar que el enemigo escoja el momento y el lugar de la lucha, si se puede evitar. Escuchar las estupideces de Tedd y Todd no conduciría a nada, y ya tenía claro que no se dejaría engañar ni por su aspecto ni por su palabrería.

No obstante, tuvo la molesta sensación de que aquella no sería una pelea más. Fue solo una intuición, basada en el hecho de que aquella pareja había llegado a la séptima esfera, por lo que no podía tratarse simplemente de un viejo y un chaval, como aparentaban. Había algo más, seguro. En cualquier caso, ella nunca le había dado la espalda a un oponente, por muy duro que fuese. Ni a dos tampoco.

Desplegó las alas de fuego. Tedd y Todd aún no se habían dignado mirarla, lo que le hacía suponer que estaban dotados de alguna clase de visión especial, como la que ella tenía gracias al ojo de Urkast.

Si de algo se enorgullecía Nilia era de estar prevenida ante cualquier eventualidad. Sin embargo, nunca hubiera estado preparada para lo que estaba a punto de suceder.

Una luz lo inundó todo y la cegó. Mientras se protegía los ojos y se hacía mil preguntas, notó que un calor abrasador la envolvía y, luego, una detonación tan fuerte que pareció haberse producido dentro de su cabeza. El aire vibró, el suelo desapareció bajo sus pies, sintió una presión asfixiante por todo su cuerpo.

Después perdió el conocimiento.

—¡Capa! ¡Frena! ¡Van a chocar! ¡Los estás moviendo demasiado deprisa!

—Al fin estamos todos en armonía. Es para mí un honor indescriptible mostraros lo que una colaboración entre todos, bajo mi guía y tutelaje, puede llegar a alcanzar. Una convivencia…

Vyns profirió una maldición. Capa debía de estar ensayando su discurso y no le escuchaba. El ángel consideró descender hasta él para avisarlo de que las extensiones de tierra que había arrancado del suelo se acercaban a demasiada velocidad. No sabía si Capa podría detenerlas a tiempo sin que la inercia arrojara a ángeles, demonios y menores al vacío. Confiaba en que así fuera, pero lo cierto era que contemplar aquellos tres gigantescos peñascos volar hacia Capa era una imagen imponente. Aún le costaba creer que su pequeño compañero encapuchado fuese capaz de una proeza de esas características.

Por otra parte, temía interrumpir a Capa. ¿Y si perdía la concentración? Las consecuencias podrían ser catastróficas. Así que Vyns, indeciso, se limitó a ser testigo del curso de los acontecimientos. Al fin y al cabo, ese era el rol que siempre había desempeñado: el de observador.

La luz acababa de extinguirse por completo. Parecía una noche cerrada en el plano de los menores. Los ángeles y los demonios podían ver en la oscuridad, sobre todo estos últimos. Los menores estarían más asustados. Seguramente por eso, Capa, que ya había demostrado que sabía lo que hacía aunque no lo pareciese, estaba acelerando la aproximación de los tres bandos.

Por fin la velocidad se redujo, aunque no lo suficiente, a juicio de Vyns, que continuaba convencido de que se produciría la colisión.

—¡Capa! ¡Más despacio!

De repente Vyns atisbó un resplandor que le llenó de terror, un fogonazo de fuego al que no tardaron en seguirle muchos otros. No supo quién había comenzado, pero las tres facciones estaban atacándose. El fuego plateado de los menores se fundía con el de los ángeles y los demonios. Aquellos idiotas no podían estar cerca sin tratar de matarse unos a otros.

Entonces las tres extensiones de tierra chocaron y la sexta esfera retumbó.

—¡Capa!

El Niño estaba justo en el centro de la colisión, en medio de una guerra violenta y descontrolada. Vyns no vaciló en saltar. Aterrizó en un caos como nunca había visto. A su alrededor corrían ángeles, demonios y menores con armaduras. Se despedazaban unos a otros. El fragor de la batalla era ensordecedor.

—¡Deteneos! ¡Idiotas!

Ni siquiera podía escuchar su propia voz. Había explosiones, miembros cortados que volaban de un lado a otro, locura y muerte por todas partes. Vyns estuvo seguro de que nadie sobreviviría a una carnicería como esa.

Algo extraño le sucedió. Vyns veía cada vez menos. Las espadas de fuego y las runas que ardían en el aire se extinguieron. Notó una presión en todas las partes de su cuerpo. El sonido se deformó, los gritos y los aullidos apenas eran reconocibles. Se sintió muy confuso y todo se volvió negro, ni siquiera podía ver sus propias manos.

Recordó las palabras de Capa y comprendió lo que sucedía. Aquello no era oscuridad sin más, no era la simple ausencia de luz. La negrura que los circundaba era el fin de todo, la consecuencia de que se extinguiera el último aliento del Viejo, como lo había denominado Capa. Esa oscuridad era mucho peor que la niebla o cualquier otro elemento imaginable, era una oscuridad que la luz del Viejo siempre había mantenido a raya. Era la nada. Pronto aquel manto sombrío se tragaría toda la Creación.

La presión aumentó hasta el punto de que Vyns no pudo mantenerse en pie. Cayó de rodillas. Tuvo que apoyar una mano, luego terminó tendido en el suelo.

Tumbado boca arriba, esperó el final. Cerró los ojos, aunque sabía que no supondría diferencia alguna mantenerlos abiertos.

Raven tenía los sentidos al límite. Absorbía un torrente de información infinita, la suma de todo conocimiento. La comprensión de la realidad estaba a su alcance, la sabiduría, el propósito de su propia existencia, aquel que siempre había ignorado. Pero nada de eso le interesaba.

Saboreaba las emociones que experimentaba, en especial una sensación de plenitud que nunca había conocido. No había dolor, solo paz. No había inseguridad ni miedo y, aunque persistía la impresión de soledad, sentía que se había convertido en algo único. Se obligó a recrearse en esas emociones inefables porque pronto todo acabaría.

La esfera de luz resplandecía ante él. Raven levitaba enfrente de un pequeño espacio vacío, un hueco en la estructura de runas al que le faltaba una pieza esencial para estar completa. Aquella pieza era él, era el signo que Dios había grabado en su espalda.

Se giró despacio y encajó a la perfección. De inmediato sintió que ese era el lugar, que allí debía estar. Por fin entendía cuanto le había pasado desde la Onda, el propósito que Dios había planeado para él y que ahora estaba a punto de cumplir. Entendió también que, dado lo incomprensible de su especial destino, por eso se había sentido tan confundido.

En su interior, Raven siempre había conocido la última voluntad de Dios y esa voluntad era que muriese, pero no en cualquier parte ni de cualquier manera. Debía morir convirtiéndose en la última parte de la runa y completar de ese modo la esfera.

Una felicidad inexplicable lo conmovió al completar su destino.

—Gracias —murmuró.

Resbaló una lágrima por su mejilla. La luz de las runas que formaban la esfera prendió en llamas que fueron fundiéndose en un ávido crepitar.

Y entonces, por última vez, Raven explotó.

La sexta esfera se estremeció. Vibró tan fuerte que Vyns rebotó sobre el suelo en el que yacía. La presión que lo aplastaba remitió, sus sentidos se despejaron y una cálida luz lo inundó todo. Vyns no podía creerlo. Habría llorado de alegría de no ser por lo asombrado que estaba.

Su primera impresión fue que el Viejo había revivido y que su luz de nuevo llegaba a todas partes, pero enseguida notó una diferencia que no se podía pasar por alto: había sombras. Aquella luz ahuyentaba la oscuridad y sin duda había detenido el fin de la existencia, pero no era como la anterior a la Onda. En cierto sentido, le pareció que era artificial.

Cuando sus ojos se adaptaron, lo vio, justo encima de él: un sol resplandeciente que derramaba luz en abundancia. Vyns nunca había contemplado el sol, excepto en el plano de los menores. Escuchó exclamaciones de asombro a su alrededor, pero no quería retirar la vista de aquella maravilla dorada, como si hacerlo implicara que el sol se desvanecería y regresaría la oscuridad. No le importaba de dónde hubiese salido, solo que siguiera allí arriba, alumbrando su mundo.

Alguien cerca de él ofreció una explicación.

—Es la séptima esfera. Lo sé. Soy un viajero.

La séptima esfera… La morada del Viejo se había convertido en un sol para que ellos pudieran perdurar. De alguna manera, incluso después de muerto, había creado un sol a partir de su propia esfera. Entendió que el estruendo y la vibración que había sentido debieron de ser el resultado de una explosión inmensa capaz de incendiar la séptima esfera. Vyns se mareó solo de intentar imaginar cómo había sido posible algo así.

Su alegría se derrumbó al torcer la cabeza y contemplar el horror que había sembrado la guerra. Había cadáveres por todas partes, sangre, vísceras. Un hedor putrefacto flotaba en el ambiente.

No había más que muerte y destrucción, rostros avergonzados en los tres bandos, tristes y destrozados. Las pérdidas debían de ser incalculables.

Vyns estiró la mano y recogió algo del suelo que terminó de hundirle en un pozo de sufrimiento. No pudo contener las lágrimas, de dolor y rabia por igual, de odio, de todas las emociones y de ninguna, porque sentía un vacío enorme en su interior.

—¡No merecéis seguir con vida! —gritó—. ¡Ninguno de vosotros! ¡No sois más que un asqueroso montón de mierda!

Habría seguido gritando e insultándolos durante mucho más tiempo, pero un nudo en la garganta se lo impidió.

Vyns se arrodilló y posó la cabeza sobre el cadáver de Capa, y lloró.

Nilia tenía la cabeza enterrada en la nieve. Sacudió su melena negra y vio una masa gris a un palmo de su rostro. Se incorporó con sus movimientos rápidos y ágiles, sobreponiéndose al dolor que recorría su cuerpo, y retrocedió de un salto. La niebla se extendía ante ella, gris y amenazadora, tan cerca que podría tocarla con solo dar un paso y extender el brazo.

Retrocedió más. Se alejó de aquel muro que se lo tragaba todo y que nadie podía detener. Su pie tropezó con algo. Medio enterrado en la nieve, aprisionado por una rama muerta muy gruesa, Nilia encontró el libro. También había sobrevivido a la explosión, como ella. Antes de recogerlo escrutó los alrededores para buscar algún rastro de Tedd o Todd, pero no advirtió señal alguna de la extraña pareja. Sí vio una barrera de fuego dispuesta en línea recta. Ocupaba la misma extensión que la niebla por la que ella y Yala habían llegado a la séptima esfera después de Raven.

Aquel fuego tenía un brillo peculiar, el mismo que rodeaba a Raven la última vez que lo vio, cuando levitaba hacia la esfera de runas. Nilia comprendió de inmediato lo sucedido. Aquella muralla de fuego se consumiría pronto sin dejar rastro, lo que probablemente aceleraría el avance de la niebla. El plano de los menores estaba a punto de dejar de existir, y ella también si no se daba prisa.

Se alejó un par de pasos cuando una mancha roja llamó su atención. Nilia decidió echar un vistazo por si Tedd y Todd continuaban con vida. Era sangre y discurría muy cerca de la niebla, serpenteando entre la nieve. No tardó en encontrar a Asius, que yacía boca arriba y sangraba por la boca. Su ala derecha se fundía con el blanco de la nieve, mientras que la izquierda estaba enterrada en la niebla. No solo el ala, también el brazo y la mitad inferior de su cuerpo, perdidos en una nube oscura.

El ángel abrió los ojos y la miró.

—¿Fue Raven? —preguntó ella—. ¿Trataste de detenerlo y te noqueó?

—Rick —susurró Asius—. Quería salvar a Raven.

Nilia se arrodilló a su lado. Asius resistía bien el tormento que debía suponer ser devorado lentamente por la niebla. El soldado tuvo que darle muy fuerte para dejarlo inconsciente, o en un estado tan lamentable que le impidiera retirarse a tiempo de la niebla.

—Tendría que haberte matado yo en la Ciudadela —dijo Nilia—. No es el final que mereces.

—Depende. —Asius tenía problemas para mantener los ojos abiertos—. He visto el fuego. Rick hizo bien en detenerme.

—Crees que mereces este sufrimiento, ¿verdad? Piensas que así expías tu error. Rick me contó que pensabas que yo iba a usar a Raven para acabar con vosotros.

—Lo que no merezco es que sea tu rostro lo último que vea.

— Eres idiota. Lo que merecemos no tiene nada que ver. Imagino que te gustará saber que todo era un plan del Viejo.

Asius asintió con un movimiento casi imperceptible. Desvió la vista hacia el libro.

—No temas —dijo Nilia—. Este condenado libro no va a causar más problemas. Toma. Cógelo. Seguro que el Viejo habría preferido que el último en tocarlo fueses tú y no yo.

—No puedes hacerlo.

—Sí puedo. —Nilia colocó el libro debajo de la mano del ángel—. No se me ocurre un destino mejor que la niebla para este libro. En fin, tengo que irme. También te gustará saber que ganasteis la guerra. Yala mató a Tanon y ahora tenemos que escondernos porque los ángeles nos están dando caza para encerrarnos otra vez.

—Matar… —Asius tosió, escupió un chorro de sangre al hacerlo— se te da mejor que mentir.

—Mira que eres idiota. ¿No quieres un consuelo antes de morir? Tú mismo, la verdad es que no se me da muy bien, de todos modos.

—Lo que quiero que hagas es precisamente lo que de verdad se te da bien.

Nilia dudó un instante.

—No lo dices en serio.

—¿Tengo cara de bromear? ¿Cuál es el problema?

—No lo sé. —Nilia frunció el ceño—. Estás indefenso. No es…

—¿Divertido?

—Iba a decir estimulante.

Sacó el puñal y le colocó la punta sobre el cuello.

—Hazlo.

—Como quieras, pelirrojo. ¿Una última palabra?

—Dile a Rick que me mataste en una pelea. No quiero que se sienta culpable por mi muerte.

—No lo hará, tienes mi palabra. Adiós, Asius.

El ángel cerró los ojos y ella hundió el filo en la piel.

EPÍLOGO

Ahora estamos todos en disposición de debatir nuestro futuro —dijo Sirian finalizando su discurso—. Todos tenemos el mismo conocimiento, pues ya hemos puesto en común los hechos.

Renuin carraspeó.

—Convendría no olvidar que gran parte de esos hechos nos los ha contado Nilia.

—¿Y? —preguntó Stil.

—¿Podemos dar crédito a una asesina?

—Podemos —afirmó Stil con rotundidad—. Los hechos encajan. Y Nilia puede ser lo que quieras, menos una mentirosa.

—¿Por qué la defiendes? —se molestó Renuin—. Ha matado a casi tantos demonios como ángeles. ¿O es que todavía sientes…?

—Perdón por interrumpir, pero… —sonrió Jack—. ¿Por qué no resolvéis vuestras diferencias en la cama, como todo el mundo? Es solo un consejo. Lo cierto es que me gustaría largarme cuanto antes a morir tranquilo y no veo que por este camino avancemos mucho. Los hechos están muy claros —dijo clavando la mirada en Renuin—. Es evidente que Nilia no ha mentido. Así que sigamos.

—Coincido con el menor —anunció Stil y, mirándolo a los ojos, dijo—: Pero cuida tu boca al dirigirte a mi esposa.

—Me parece bien que estés de acuerdo conmigo, demonio. ¿Podemos continuar o quieres lanzar alguna otra advertencia?

—Yo soy el árbitro aquí —intervino Sirian—. Si estamos haciendo un esfuerzo por entendernos, respetareis que actúe como moderador o me iré y podréis continuar matándoos.

Sirian repasó a los presentes con la mirada. Stil, Renuin y Jack guardaron silencio en un gesto de conformidad, aunque no ocultaban el esfuerzo que les suponía contener sus ganas de discrepar. Vyns era el único que permanecía absorto al final de la mesa. Sostenía la capucha negra de Capa entre sus manos y no despegaba sus ojos de ella.

—Perfecto —continuó Sirian—. Aceptados y conocidos los hechos, solo resta...

—Solo resta lo más complicado de todo —le interrumpió Jack—. Los hechos no importan nada. El conflicto está en nuestras interpretaciones de lo sucedido y las conclusiones que hemos sacado cada uno. Ahora empieza lo divertido según mi experiencia.

—Celebro que nos ilustres con las costumbres de tu especie, como la de resolver las diferencias en la cama —dijo Renuin—, pero interrumpir al que habla no es una muy buena.

—Pido perdón de nuevo —dijo Jack—. Vosotros podéis hablar y discutir una década o un milenio, yo no. Así que os ahorraré tiempo a todos. Me quedo con la segunda esfera. No tengo intención de meterme en vuestros asuntos ni de que nadie se meta en los nuestros. Solo exijo un lugar para que los menores podamos vivir. Es la esfera más pequeña de las que quedan, así que soy generoso, ¿verdad? Perfecto, ya podéis seguir con vuestras diferencias, en la cama o encima de esta mesa, si lo preferís. Que seáis todos muy felices.

—No tan deprisa —dijo Stil. Jack, que ya se había levantado, se quedó quieto—. Si te marchas ahora, nosotros decidiremos quién se queda en la segunda esfera y bajo qué términos. Pero no seré yo quien te detenga. Adelante, vete.

—Jack, no —dijo Sirian—. Debemos llegar a un consenso. Si te vas, estarás rompiendo las negociaciones antes de empezar siquiera.

—¿Y crees que si me quedo lo lograremos?

—¿Tienes algo mejor que hacer que intentarlo por lo menos?

—Buen argumento —concedió Jack. Volvió a sentarse—. No os molesta el humo, ¿verdad?

Nadie puso objeción mientras Jack encendía un puro.

—Los menores necesitan un lugar para vivir —opinó Renuin—. ¿Insinúas lo contrario? —le preguntó a Stil.

—No, no lo insinúa —respondió Jack—, porque eso implicaría la guerra de nuevo y ha quedado claro que nadie la puede ganar de verdad. El bando que lo lograra quedaría reducido a diez o doce miembros como mucho. Cualquier opción militar es inadmisible y todos lo sabemos. Quedan cinco esferas habitables. Una para nosotros y cuatro para vosotros. Es más que justo.

—Hay que discutir los matices —repuso Stil muy tranquilo—. Los menores sois peligrosos y no hablo de la guerra. Vuestra corta vida no os obliga a ver más allá de unos años, décadas, como mucho, pero no os preocupa lo que suceda dentro de un siglo. Por eso no estabais lejos de destruir vuestro propio plano antes de la Onda. Atentabais contra el orden natural, arrasabais selvas, extinguíais especies animales… Seguro que me entiendes, ¿no, Jack?

—Perfectamente. —Jack trató sin éxito de hacer un aro con el humo que expulsó por la boca—. Todo eso que has dicho solo significa que tenemos mucho margen para mejorar.

—¿Esa es tu única defensa? —preguntó Renuin.

—¿No es suficiente? A ver si se me ocurre algo mejor. Como represento a los menores debo de esforzarme, creo. Ah, sí, a ver qué tal esto. Ese sol de ahí arriba que ahora nos permite vivir a todos lo creó Raven, el tipo a quien vosotros dos, que ahora acusáis a mi especie de destruir la Tierra, queríais asesinar. ¿Entendéis dónde estaríamos todos de no ser porque Rick intervino y lo salvó de morir ejecutado por Asius? Sí, Rick, un menor. Qué curioso. Dime, Renuin, de cumplirse la orden que le diste a Asius, ¿qué habría pasado? Stil, ¿qué hubiera ocurrido de cumplirse la orden que distéis los barones de matar a Raven solo porque los ángeles lo querían capturar?

—Nos equivocamos, es cierto —admitió Stil—. Pero vosotros también. Rick estaba rescatando a un amigo, no era consciente de que salvaba a toda la Creación. Intentas aprovechar un suceso aislado para justificar a toda tu especie.

—Si un suceso aislado de un menor causara el desastre, ¿no me lo echarías en cara?

—Tal vez. Pero es la trayectoria de la humanidad lo que me preocupa. Vuestra historia demuestra cómo incrementáis el poder destructivo hasta amenazar todo lo que os rodea. ¿Cuánto tardaréis en crear alguna industria que contamine y altere la armonía de las esferas? No os importará cuánto daño causéis, solo cuánto se beneficien unos pocos. Germinarán las desigualdades entre vosotros y os pelearéis por cubrir falsas necesidades que os habréis impuesto vosotros mismos. ¿Cuánto tardaréis en mataros entre vosotros?

—¿Me lo preguntan un marido y una mujer que están en bandos contrarios de la guerra más devastadora que se ha conocido?

—También tu amigo el neutral piensa como yo —dijo Stil—. Sirian, ¿no me contaste cuando llegamos a la primera esfera que los menores debían ser guiados?

—Yo no puedo tomar parte —repuso Sirian—. Solo mediar para que alcancéis un acuerdo. Recordad que este lapso, desde la Onda hasta el final de esta guerra, solo ha sido una transición hacia una nueva era. Depende de vosotros cómo demos los primeros pasos.

—¿Y tú, Renuin? ¿Me dirás que te gusta la idea de dejar a los menores libres de hacer lo que quieran?

—No, no me gusta, pero no veo otra alternativa. Si queremos entendernos y evitar otra guerra todos debemos aceptar que nos hemos equivocado en el pasado. Yo estoy de acuerdo en que se retiren a la segunda esfera. Los aislaremos y no permitiré que su mal se extienda más allá. Cuando destruyan su entorno y traten de expandirse al nuestro, no podrán hacerlo. Si no son capaces de aprender, morirán solos en su esfera, pero no nos arrastrarán con ellos. Es la mejor oferta que puedo haceros —añadió mirando a Jack.

—Siguiendo las directrices del Viejo de no intervenir… —apuntó Stil—. No es la mejor manera de apoyar un nuevo comienzo, más bien parece un intento de reproducir el estado anterior a la guerra.

—Poco a poco —dijo ella—. ¿Cuál es tu sugerencia?

—Aislarlos no es suficiente. Debemos controlarlos.

—¿No querrás decir manipularlos para que sirvan tus propósitos?

—Me encanta que sigáis demostrando menosprecio a nuestra inteligencia —intervino Jack—. Yo acepto el aislamiento de Renuin. Firmaré nuestra renuncia a expandirnos más allá de la segunda esfera, pero ninguno de vosotros tendrá derecho a entrar tampoco.

Stil enderezó las alas.

—Eso no es aceptable. De todos modos, estoy dispuesto si los ángeles acceden a ello. ¿Qué opinas, Renuin? ¿Eras sincera cuando decías que no te preocupaba lo que pudieran hacer los menores? La decisión es tuya. Y por supuesto también la responsabilidad, porque pienso culparos de lo que hagan ellos. Los tres sabemos que antes o después su naturaleza los conducirá de nuevo a la autodestrucción, no solo la suya. ¿Mantienes que deseas seguir con la política del Viejo de dejar que hagan lo que quieran?

Renuin tardó en contestar.

—Con toda sinceridad, es lo que deseo. Sin embargo, la situación es demasiado inestable. Ese sol no durará eternamente. Unos cuantos millones de años, de sobra para que a los menores no os preocupe, pero a nosotros sí. No puedo consentir que empeoréis las cosas, lo siento —dijo mirando a Jack.

—Ya me parecía a mí —sonrió Stil.

—Así que pretendéis someternos mientras vuestras respectivas esferas sí son exclusivamente de vuestro dominio. ¿Lo he entendido bien? —Jack mordió el puro—. Esto me pasa por ser demasiado bueno y permitir que esta negociación parta de una posición desfavorable por mi parte. A ver si lo dejo claro, y esto va para los dos: no me importa que nos llaméis menores, pero a partir de este momento, los tres bandos somos iguales. Si no, me iré y volveremos a empezar con las espadas. Esta nueva era de mierda no la vamos a comenzar con el cuello bajo vuestras botas, ¿está claro? Un trato equitativo o moriremos matando a todos los seres alados que podamos.

—Amenazas… —Stil arqueó una ceja—. Diría que te quedas sin argumentos, menor.

—Puedes decir lo que quieras, demonio.

Cruzaron una mirada intensa.

—Un control periódico —dijo Renuin—. La segunda esfera será vuestra, pero podremos pasar solo a comprobar que no desbaratáis la armonía. Considéralo una oportunidad de ganaros ese trato equitativo.

Jack volvió a fumar. Chupó y exhaló humo. Se recostó en el asiento.

—Un día para cotillear lo que queráis. Ese es el trato. Una vez cada lustro. No podemos destrozar el mundo en menos tiempo.

—Cada año —intervino Stil.

—Acepto —repuso Jack muy rápido.

Renuin asintió.

—Nosotros nos quedaremos en la quinta esfera, porque vamos a ser los que estudiemos cómo prolongar la vida de ese sol o cómo crear uno nuevo. Estudiaremos las runas que lo componen y para eso necesitamos los cristales del Mirador. Al menos, los que no destrozaran Nilia y Tanon… Como siempre, seremos los ángeles los que os salvemos a todos.

—Qué noble por vuestra parte —apuntó Stil—. Imagino que con esa excusa también estudiareis la evocación, ¿verdad? Para no tener una desventaja frente a nosotros.

—Igual que vosotros trataréis de potenciarla para poder saltar entre esferas, ¿verdad, Stil? Sabemos que Capa podía hacerlo. ¿O pretendes decirnos que solo os vais a centrar en encontrar vuestra cura y luego a vivir felices?

—Menos mal que solo éramos los menores los que suponíamos un peligro para los demás —señaló Jack—. Me reconforta mucho ver lo bien que os lleváis. ¿Seguro que no preferís delegar en otros vuestros respectivos puestos? A ser posible, dos que sean capaces de dejar a un lado sus problemas sentimentales.

—Es evidente que no voy a dejar morir a los demonios —le dijo Stil a Renuin, sin reparar en Jack—. Si alguien tiene algún problema con eso, me da lo mismo. Nos quedaremos la tercera esfera y nadie se entrometerá en nuestros asuntos, como poco hasta que hayamos dado con la curación. Céntrate de verdad en estudiar el sol, porque conozco tus trucos.

—Te recuerdo que fue un demonio el que nos tendió la trampa a todos —apuntó Renuin.

—Capa no se consideraba un demonio —repuso Stil—. No actuaba bajo la influencia de ningún Barón.

—Ni de la cordura —dijo Jack.

Vyns se levantó y golpeó la mesa con las alas.

—¡Al próximo que se le ocurra hablar mal de Capa le rompo la boca! ¡Aquí y ahora! —Tenía el rostro crispado. Los fulminó a los tres con la mirada—. ¡No puedo creer que me deis tanto asco! Ahí sentados, los grandes pensadores decidiendo el destino de los demás. Miraos a la cara, idiotas, escuchad vuestras propias palabras.

—Vyns —dijo Sirian—, no puedes dirigirte en ese tono...

—¡Cierra la boca, moderador, porque no he terminado! —Vyns volvió a centrarse en los tres líderes—. Seguís escupiendo miedo y odio. Sois incapaces de aprender. Capa fue el único que lo entendió, idiotas. ¿Algún otro se planteó alguna vez luchar por la paz? ¡No! Capa trataba a todo el mundo con respeto y amabilidad. También se os olvida que separó el Agujero al cargarse la cuarta esfera, así que no estaríamos aquí de no ser por él. Capa se desvivió para que encontráramos un modo de convivir. Nadie más lo intentó siquiera. ¡Nadie! ¿Cuántas veces trató de hablar con vosotros? ¿Quién más dijo la verdad para ayudar a que no hubiera secretos entre nosotros? ¡Pensadlo un poco antes de abrir la boca, la madre que os parió!

Vyns se sentó tan rápido que estuvo a punto de volcar la silla y caer al suelo. Se mantuvieron en silencio durante un largo rato. Al final, Sirian se atrevió a hablar.

—Creo que sería justo...

—¡No he terminado! —Vyns se levantó de nuevo—. Solo estaba tratando de calmarme porque me ponéis de los nervios. Sigo escuchando amenazas y viendo el miedo que os profesáis unos a otros. Os doy por perdidos en eso. Pero si se supone que sois los tres cerebros más importantes, a lo mejor podríais aprender una lección de Capa. Reflexionad por qué sus planes salieron mal. Fuisteis incapaces de tomarle en serio porque por fuera no era más que un pobre bufón al que le gustaba hacer reverencias y hablar de esa manera tan molesta. Ninguno de vosotros fue capaz de mirar más allá y descubrir sus verdaderas intenciones. ¡Qué pena dais! Lo sé muy bien porque yo soy igual o peor que vosotros, pero no imaginé que las grandes mentes no pudieran entenderlo, ni siquiera ahora, después de haber visto de lo que Capa era capaz y lo que realmente pretendía. Debería daros vergüenza y deberíais aprender de esa vergüenza. Hacedlo por los que dependen de vosotros. Y no ensuciéis la memoria del único que tuvo los cojones de dedicar su existencia a luchar por lo que de verdad importa.

—Entiendo tu dolor, Vyns —dijo Jack—. Y no quiero llevarte la contraria, pero Capa también se equivocaba. No se puede pretender la paz juntando tres ejércitos completamente armados que están en guerra. Ese fue su error.

—Nadie es perfecto —repuso Vyns—. Prefieres remarcar un error táctico en lugar de ver el fondo, sus intenciones. ¿Tú lo habrías hecho mejor? Apuesto a que eso piensas, y vosotros dos también, a pesar de ser una pareja incapaz de superar sus diferencias. No puedo miraros sin que se me revuelvan las tripas. Me largo de aquí, porque si volvéis a mencionar a Capa...

—Vyns, espera —le pidió Sirian—. No te vayas. Tenemos que hablar para solucionar los problemas. No deberías estar solo con tu dolor en un momen...

Vyns ya se había marchado. Había recogido la prenda negra de Capa y no les había dedicado una sola mirada.

—Déjalo —dijo Stil—. Una de las cosas que él y Capa no entendieron es que no se puede cambiar el parecer de los demás en un momento, ni pretender que una guerra de esta escala se resuelva simplemente con una actuación y un discurso. Vyns necesita tiempo, como todos.

—Creo que solo queda un punto por discutir —señaló Renuin—. Cada uno tendremos nuestra propia esfera. La primera, que es la más pequeña, será un puesto de observación para vigilar que la niebla no avance. Falta resolver quién ocupará la sexta, en la que ahora nos encontramos.

—Yo lo haré —anunció Sirian—. Yo y mis tres compañeros, los neutrales que quedamos. Esta esfera será un espacio para que nos veamos y sigamos trabajando en nuestras diferencias, que, como bien dice Stil, nos llevará mucho tiempo. Los neutrales seremos una especie de embajadores. Si alguien duda de nuestra imparcialidad o prefiere nombrar a otros para esa tarea que lo diga ahora. —Nadie se opuso—. También tengo mis exigencias, como vosotros. Cualquiera será bienvenido a la sexta esfera siempre y cuando vaya desarmado, ni espadas ni armaduras ni ninguna otra clase de amenaza. Aquí no se tolerarán las peleas de ningún tipo.

Discutieron un poco más, pero al final todos aceptaron. Sellaron un acuerdo para mantenerse separados, pero en paz. Cuando estrecharon sus manos, hubo recelo y desconfianza en las miradas de todos ellos, excepto Sirian.

Jack se retiró razonablemente satisfecho. Albergaba dudas y temores, pero ya no podía hacer nada más porque su tiempo se acababa.

Al llegar al orbe encontró a Vyns, que todavía conservaba una mirada muy intensa, cargada de dolor, rencor y muchas otras emociones. La capa negra colgaba de su mano derecha.

—No estuve muy amable —dijo entre dientes.

—Bueno, no celebrábamos una fiesta. Escucha, Vyns, es probable que todos hayamos dicho cosas hoy que lamentaremos cuando haya pasado tiempo y casi no nos acordemos de esta guerra. Dudo que te guarden rencor. Renuin te perdonará, estoy convencido.

—No me importa su perdón —bufó Vyns. Jack lo observó con atención, intrigado y sorprendido—. Estoy cansado de muchas cosas. Me importa más el tuyo.

—¿Cómo?

—Tu perdón —aclaró Vyns—. Quiero irme con vosotros, si te parece bien. Ya no... Ya no quiero ser parte de ellos.

Vyns apartó la mirada. Jack, que no se esperaba algo así, tardó un poco en reaccionar.

—Serás más que bienvenido —dijo estirando la mano.

El ángel la estrechó.

Después, cruzaron juntos el orbe.

—Os dejaré a solas —dijo Sirian.

—No hará falta —repuso Renuin.

—Sí hace falta —afirmó Stil—. Gracias, Sirian.

Stil dudó si aferrar a Renuin por el brazo para retenerla mientras Sirian se alejaba. Al final no fue necesario.

—¿A esto hemos llegado? —preguntó el demonio—. Ya ni quieres hablar conmigo.

—Desde aquí podemos ver los cadáveres que aún yacen en la sexta esfera. ¿De verdad hace falta que te recuerde a qué hemos llegado?

—No me refiero a la guerra. ¿Por qué te resistes? ¿De verdad quieres terminar así, sin hablarme, sin volver a mirarme a la cara salvo por cuestiones políticas? Entonces no eres más que una cría estúpida.

—¿Cría estúpida? —se encendió Renuin—. ¿Cómo te atreves? No fui yo quien planificó una rebelión a tus espaldas.

—Eso ya lo has superado, no finjas. Lo que todavía llevas atravesado es la historia con Nilia. ¿Qué quieres, una disculpa? Te la daría si sirviese de algo. Te he demostrado lo que siento por ti durante esta guerra, y no aparentes que no me crees. Cometí un error, sí, algo de lo que tú eres incapaz porque eres perfecta, pero yo no. ¡Estaba solo! ¡Pensé que nunca volvería a verte! No puedes entender la desesperación que sentí en el Agujero. Pero todo eso ya lo sabes, como sabes que jamás habría rozado a otra si hubiese creído... ¡Bah! ¡Me enfada que me obligues a explicarte lo evidente! ¡Me rendí! ¿Lo entiendes? Creí que moriría allí abajo. ¡Llegó el momento en que ya no tenía fuerzas para soportarlo! Habría muerto de no ser por Nilia. Puedes comprenderlo dentro de las circunstancias o comportarte como una idiota, tú decides, pero nada de lo que diga va a cambiar lo que sucedió ni lo que siento por ti. Tú, en cambio, sí puedes cambiar y superarlo. ¿Me equivoco?

Renuin suavizó su expresión.

—No soy perfecta, Stil. Nadie mejor que tú para saberlo.

—Solo te falta adaptarte y evolucionar. La Onda lo cambió absolutamente todo. Una nueva era requiere nuevas formas de pensar. Por ejemplo, no me digas que los ángeles no piensan tener descendencia. Si no lo piensan todavía, lo harán. ¿O vas a mantener la prohibición del Viejo?

—Tal vez se revoque esa prohibición, quién sabe, pero no lo haré yo. Lo decidiremos entre todos los ángeles, forjaremos nuestro futuro juntos. ¿Piensas que la Onda es una excusa para que ahora hagamos cada uno lo que nos parezca? Puede que vosotros funcionéis de esa manera, pero nosotros no.

—Nosotros somos libres. Acompáñame, Renuin, ven conmigo. ¿Qué te retiene allí?

—¿Tengo que explicártelo? Supongamos que nada. Los demonios no me aceptarían. Ah, sí, seguro que nadie me tocaría porque tú lo ordenas. ¿Crees que me gustaría estar entre quienes me miran con rechazo y se contienen por una orden? Yo represento ahora todo contra lo que habéis luchado.

—¿Tienes miedo?

—No recurras a un truco tan bajo, Stil, por favor. No alardees de lo libres que sois porque los demonios necesitarán tiempo antes de poder mirarme sin odio, lo sabes muy bien. Presume todo lo que quieras, pero nadie se libra de su pasado de un día para otro. ¿Por qué no vienes tú conmigo?

—¿Es eso lo que quieres?

—¿Tienes problemas de oído?

—Me pides lo imposible, lo único que no puedo darte.

—¿Por qué? ¿Prefieres estar con Nilia?

—No empieces. Ella se marchó con los menores. Si me voy contigo, los demonios no encontrarán la cura. No puedes pedirme que los deje morir. No lo haré.

—¿Y qué tal cuando deis con la cura?

—¿Qué tal si tú vienes y cuando demos con la cura yo voy contigo?

—Me canso de estos juegos absurdos. Y no entiendo por qué a ti parecen divertirte. Cuando os curéis, ya no te respetarán tanto, Stil, puede que entonces esa orden que diste de no tocarme se le olvide a alguien. ¿Lo has considerado?

—No. Porque no me respetan solo por mi inmunidad.

—Pero es una parte importante. Ni siquiera tú sabes cómo reaccionarán cuando ya no estén obligados a consentirte todo lo que desees. Será diferente. Tal vez no me hiciesen nada, no digo tanto, pero verás que tus órdenes ya no se cumplen de inmediato, que tus opiniones se rebaten con mayor frecuencia, y eso solo será el principio. No los conoces tanto como crees. En vuestro trato siempre ha estado presente tu inmunidad.

—En cambio, parece que tú crees conocerlos muy bien… Es cierto, necesitas tiempo.

—Ya es suficiente, Stil. ¿Por qué insistes? Sabes que no puede ser.

—No me detuve cuando una guerra nos separaba y no me detendré ahora.

—Yo lo haré, entonces. Adiós. Ya sabes dónde encontrarme.

Renuin se volvió y caminó hacia el orbe. Stil observó sus hombros, por si los encogía, por si detectaba algún síntoma de que le supusiera un esfuerzo continuar sin volverse. No vio nada de eso.

Y Renuin no se volvió.

—¡Volveré dentro de un año! —gritó Stil—. ¡Aquí mismo! ¡Te estaré esperando porque sé que tú también vendrás!

Esta vez Renuin tampoco se giró, pero le había oído. Y acudiría a la cita en un año. Él la conocía mejor que nadie.

—¡Vamos, vamos! ¡Echadle ganas! ¡He visto a ancianos reumáticos con más energía que vosotros! ¡Moved esas palas! ¡Le he prometido a ese maldito chupapuros de Jack que el huerto estaría terminado y sembrado en una semana! Y yo cumplo mi palabra, pichones. ¡Tú! ¡El nuevo! ¿Descansando? ¿Tomando el sol? ¿Quieres que te traiga un Martini?

—Me gustaría descansar un poco, si es posible. No estoy acostumbrado a la agricultura.

Arthur Piers se acercó hasta colocar su rostro a un palmo del novato.

—No recuerdo tu nombre.

—Vyns.

—Pues claro que puedes, hombre. —Piers le dio un manotazo en la espalda que podría haber resultado doloroso para un menor—. Solo os meto un poco de caña para mantener el ritmo, pero descansa lo que necesites. Y ponte fuerte.

—Gracias.

Piers le guiñó un ojo y volvió a pasear entre los agricultores. El ángel sonrió, se sacudió la tierra de las manos y se sentó bajo un árbol. A pesar de que a Vyns no le gustaban los trabajos manuales, mantenían su mente ocupada y el dolor alejado, y había descubierto que le agradaba estudiar a los menores. Podía pasar mucho tiempo observándolos, como si echara de menos sus antiguas funciones. Era complicado romper las costumbres.

Consiguió relajarse, al menos hasta que llegó Nilia y se acercó a él.

—No sabes quién es tu hija, ¿verdad? —Nilia señaló el espacio que había justo al lado del ángel—. ¿Puedo?

Vyns mantuvo la vista fija en los menores que trabajaban la tierra de la segunda esfera, pero asintió.

—¿Cómo lo sabes? —preguntó.

—Capa —dijo Nilia, sentándose a su lado—. Le costaba guardar secretos. Yo también le echo de menos.

—Debería estar sentado él a mi lado y no tú —bufó Vyns—. Pero qué le vamos a hacer. Nada salió como queríamos.

Nilia hizo una mueca, como si solo estuviese de acuerdo a medias.

—¿Ya no me odias, Vyns?

—No me lo recuerdes. Trato de mejorar, pero me cuesta, sobre todo contigo. ¿Crees que se puede cambiar?

—Por voluntad propia, no —contestó Nilia—. Al menos no de un modo realmente significativo. Hace falta alguna presión externa.

—Bueno, yo tolero tu presencia —dijo Vyns—. Es un paso. Y tengo intención de acordarme de todo lo que me enseñó Capa. Excepto de esas condenadas reverencias.

—Siento mucha curiosidad por ti, Vyns.

—¿Cómo es eso? —El ángel la miró por primera vez, extrañado.

—Capa era especial. Nunca supe realmente lo que tramaba. Se fijó en ti por alguna razón y me gustaría saber cuál es.

—A mí también —confesó Vyns.

—Siempre te consideré un idiota. Ahora sé que me equivocaba. —Nilia se levantó—. Volveré a verte, a menos que dejes de tolerar mi presencia, claro.

—¿También te quedas con los menores?

—Aún tengo que decidirlo, pero creo que estaré por aquí una temporada. Encontrarás a tu hija, no te preocupes. Si lleva tus genes, busca a una mujer con problemas para controlar su boca y poco sentido común.

—Muy graciosa.

—Lo digo en serio. La encontrarás, Vyns, estoy segura. Hasta pronto.

—¡Eh! ¡Tía! —Piers se acercó corriendo en ese momento—. Espera —dijo resoplando—. Tu colega el soldado, Rick…

—Murió —dijo Nilia.

—Lo sé, lo sé —jadeó Piers—. Era muy popular y estuve en el funeral que le organizaron. Un idiota se puso a berrear en medio del sermón, ¿te lo puedes creer? Decía que cantaba, el muy payaso. Pero tú no asististe, preciosa, o te habría visto. Tal vez podríamos ir a dar un paseo tú y yo…

—Qué tentador… Deja que me lo piense. —Nilia se acercó y le dio un beso a Piers. Sus labios se mantuvieron unidos varios segundos. Al separarse, Piers no se dio cuenta de que seguía con la boca abierta—. Adiós, Vyns. Ya nos veremos.

El ángel sonrió ante la caricatura en que se había convertido Piers. Ni una botella entera de alcohol le habría hecho tambalearse más.

—La tengo en el bote, ¿eh? —dijo finalmente con una sonrisa estúpida y un guiño muy forzado. Extendió la palma de la mano hacia arriba.

Vyns se levantó y chocó los cinco con Piers.

—Yo creo que hay posibilidades de boda.

—¿En serio? —preguntó Piers, acentuando más su expresión estúpida.

Vyns sonrió y asintió.

—Eh, ese de ahí está sembrando las semillas incorrectas.

Piers se volvió como un rayo para observar a los agricultores. Vyns aprovechó para escabullirse.

—¡Jimmy! —gritó Jack—. ¡Baja de ahí!

—¡Voy!

El pequeño Jimmy descendió saltando de roca en roca, deslizándose entre los riscos y las grietas de la montaña. Se plantó delante de Jack en un tiempo récord, digno de un ángel.

—Déjame sitio en esa piedra, que estoy cansado. —Jack se acomodó con cierta dificultad—. ¿Qué hacías ahí arriba?

—Estudiaba el sol —contestó con mucho entusiasmo—. Creo que he localizado las otras esferas, que son la única referencia con la que cuento para determinar su ubicación. Memorizando su posición espero calcular su órbita y…

—No me interesa, Jimmy. Es decir, es importante, por supuesto, pero tengo que hablar contigo de algo más importante todavía.

—Todavía no te mueres, ¿no?

—No, pero queda muy poco.

—Ah, vale. —El niño se sentó en el suelo con las piernas cruzadas—. ¿Y qué es eso que me vas a contar?

Jack se preguntó si Jimmy lloraría cuando llegara su hora. No tenía la menor duda de que el chico lo quería y lo echaría de menos, pero parecía que ciertas emociones, como el miedo, no tenían cabida en su interior. No había espacio para ellas porque la curiosidad llenaba todos los huecos.

—Verás, Jimmy, ha llegado el momento de que sepas quién eres.

—¡Soy especial! —dijo muy excitado—. Me lo has dicho muchas veces.

—Más de lo que imaginas. Tu linaje es…

—¿Mi qué?

—Tu ascendencia, tu línea de sangre… Tu padre, antes tu abuelo y así sucesivamente.

—Lo pillo.

—Tu linaje es muy antiguo.

—Anterior a la Onda.

—Más.

—¿Cuánto?

Jack lo pensó un momento.

—Es el más antiguo de todos.

—¡Como un ángel!

Jack lo pensó de nuevo.

—Es posible que más todavía.

—¡Mola! —El pequeño Jimmy frunció el ceño—. Aunque eso no parece posible.

—Es complicado, es cierto, pero tienes que creerme, Jimmy.

—Pues explícamelo. No soy ningún tonto.

—Eso intento. —Jack respiró hondo antes de seguir—. No te he hablado nunca de tu padre.

—Murió en las pruebas para obtener alas. Fue un héroe.

—Tu padre adoptivo no, el biológico. —Por fin Jimmy se había quedado callado por completo, concentrado en sus palabras de Jack—. Tu verdadero padre…

—El que murió era el verdadero —protestó Jimmy.

—Tienes razón —dijo Jack echando mano de una considerable dosis de paciencia—. Quiero decir que tu padre biológico murió antes de la Onda. Yo lo conocí y me ayudó en una ocasión muy especial.

—¿En Black Rock?

—¿Cómo lo sabes?

—Siempre que se mencionaba esa prisión delante de mí, evitabas el tema o me mandabas marcharme. No era complicado deducir que allí pasó algo importante.

—Sí, lo conocí en Black Rock, pero eso es lo de menos.

—Quiero saberlo. —Jimmy cruzó los brazos sobre el pecho.

—Y te lo voy a contar, aunque debes saber que se trata de una historia muy larga.

—¿Cuánto?

—Mucho.

—¿Cuánto?

—Jimmy, esto es muy serio —se enfadó Jack—. Me muero y tal vez no tenga ocasión de volver a contarte esto como es debido.

—Perdón —dijo Jimmy, avergonzado—. Habla, por favor.

—Antes tienes que prometerme que harás lo que yo te diga cuando ya no esté. Es más importante de lo que puedes entender. ¿De acuerdo?

—Lo prometo, Jack. Yo siempre cumplo mi palabra.

—Bien. Tu linaje, además de ser el más antiguo, es especial. Jimmy, tienes que dejar de hacer locuras y de ser tan temerario.

—Pero si a mí no puede pasarme nada.

—Esa es la clase de pensamiento que quiero que abandones a partir de ahora. Sirian y Vyns te ayudarán, también Lucy. Velarán por ti porque debes vivir, Jimmy. Y tú no se lo pondrás difícil.

—Suena aburrido.

—Para ti probablemente lo sea —concedió Jack—, pero solo un poco. Ahora tienes una responsabilidad. No puedes permitir que desaparezca tu línea de sangre.

—¡Lo prometo!

—Jimmy, eso supone que debes tener hijos.

El chico frunció el ceño.

—¿De verdad? La cosa es que... Bueno, si tú me lo pides, lo haré.

—Ahora no, Jimmy, cuando seas mayor, unos años al menos. —Jack se inclinó y puso las manos sobre sus hombros—. ¿Lo harás por mí? Ten hijos, muchos, con varias mujeres. Asegúrate de que te sobrevivan varios descendientes. ¿Me has entendido?

—¡Que no soy tonto!

—Lo sé.

—Pero ahora cuéntame lo de mi *linjaje*, ¿eh? Quiero saber qué pasó en Black Rock.

—Linaje —corrigió Jack—. Para empezar tus antepasados, los primeros de todos, fueron... especiales. Lo siento, no encuentro una palabra mejor. Los llamaban brujos...

—¿Brujos? —se extrañó Jimmy—. Mi padre me contó una historia una vez sobre una bruja fea, con una verruga en la nariz, que volaba en una escoba.

—Eso es un cuento, Jimmy. Tienes que distinguir entre lo que es ficción y lo que es... Olvídalo. Siéntate y ponte cómodo, porque veo que nos llevará más tiempo aún del que había previsto. Verás, todo comenzó cuando se rompió un libro muy importante que guardaba un gran secreto en su interior...

Unos niños jugaban en una explanada. Corrían alegres y blandían palos como si fueran espadas de fuego. Los de mayor edad, de unos seis años, se habían colocado bolsas en los hombros que colgaban sobre su espalda, en una pobre imitación de las alas de ángeles y demonios. Los pequeños trataban de emular las formaciones de cinco soldados propias de los humanos.

Robbie Fenton envidiaba la forma en que aquellos niños habían superado el horror que habían vivido. Los más pequeños no lo registrarían en sus memorias, y solo sabrían lo ocurrido por los relatos y las historias que leerían cuando crecieran. Robbie esperaba que su hijo fuera uno de los que no recordaran el viaje y las circunstancias que los habían traído al Cielo. Así debería ser, pues solo contaba con unos pocos meses de edad, pero ahí estaba, jugando con niños de tres años en adelante. Si su cerebro se desarrollaba a la misma velocidad que su cuerpo, cualquier cosa era posible.

—Cómo se lo pasan los críos, ¿eh? Me encantaría ser como ellos.

Robbie, absorto en vigilar a su hijo, no se había dado cuenta de que un tipo se había sentado a su lado, un hombre rubio de pelo corto, con una profunda expresión de tristeza y dolor. No era una expresión inusual, y el mismo Robbie no luciría una más animada, salvo cuando mirara a su hijo.

—Así es —asintió Robbie—. Solo con observarlos se me contagia algo de su alegría. ¿Cuál es el suyo?

—Ninguno —contestó el hombre—. Estoy aquí por el hijo de un amigo mío que murió en la batalla de la sexta esfera.

Por desgracia, tampoco aquella era una situación que resultara sorprendente. Ya en la Onda las familias quedaron destrozadas o divididas, y ahora solo había pedazos que comenzaban a fundirse en nuevas comunidades. Más adelante tal vez se consideraran familias. ¿Quién podría aventurar cómo serían los tiempos que estaban por venir?

—Entonces eres un buen amigo por ocuparte de su hijo.

—Lo intento, aunque dudo mucho que yo llegara a ser un buen padre.

—Claro que sí —objetó Robbie—. Estás aquí, vigilando al chico, cuando podrías estar en otra parte. Lo único bueno de nuestra situación es que tenemos una segunda oportunidad para hacer las cosas mejor. Yo también tengo un pasado del que no me siento orgulloso, pero se quedó sepultado en la niebla. Ahora empezamos un nuevo camino.

—Una forma bonita de pensar.

—¿Cuál es el hijo de su amigo?

—El de los pantalones verdes, ese que corre tanto, el que acaba de quitarle el palo a la niña.

Robbie se quedó helado allí mismo. El chico que había señalado el desconocido era su propio hijo.

—¿Quién eres?

Robbie tenía miedo, pero en el fondo sabía que algún día tendría que aparecer alguien para reclamar al chico. Aunque no imaginaba que sería tan pronto.

—Un amigo de Capa, un ángel para más señas. Me llamo Vyns.

Robbie contempló petrificado la mano que le ofrecía. No sabía si debía o no estrechársela. El pánico no le dejaba pensar.

—No puedes… —titubeó el hombre.

—¿No puedo ayudarte?

—¿Ayudarme? —Robbie parpadeó.

—Eso he dicho. Tú eres su padre, no Capa. Tú lo has criado y espero que sigas haciéndolo. De todos modos, sabes que dentro de poco ese niño tendrá preguntas que no podrás responder. Yo estaré por aquí y puedo completar su educación si a ti te parece bien.

Aquel tipo parecía sincero. Robbie sabía que debía aceptar su ofrecimiento, quería asentir, pero todavía no había recobrado el dominio de su cuerpo.

—Estuve en el funeral que se llevó a cabo por todos los que no pudieron conseguirlo —prosiguió el ángel—. Sé que perdiste a tu mujer... Mira, no se me dan bien las grandes palabras, pero mi oferta de ayudarte es sincera. Me mantendré alejado si es lo que prefieres.

—No, por favor —consiguió decir Robbie—. ¿Cómo era ese tal... Capa?

El ángel esbozó una sonrisa ambigua.

—Esa es una pregunta mucho más difícil de lo que parece. Era un tipo extraño, eso seguro que lo sabes, poco común. A mí me sacaba de mis casillas muchas veces, pero lo que creo que te interesa saber es que tenía un gran fondo. Si tu hijo lo ha heredado, será una buena persona.

—Debes comprender que me cueste aceptarlo después de... su traición con mi...

—Os dio un hijo, que es lo que más queríais. ¿No cambió eso vuestras vidas? El pasado al que te referías antes, ese que te avergüenza, estaba relacionado con Jack y sus actividades ilegales. ¿No cambiaste esa vida por otra mejor desde que conociste a Capa y tu mujer quedó embarazada?

—Supongo que sí.

—Como te he dicho, Capa no era normal. No resulta sencillo averiguar por qué lo hizo de ese modo. Imagino que si os hubiera contado la verdad, no le habríais creído siquiera. Eso le pasaba mucho. Así que actuó de su peculiar manera, dentro de sus posibilidades, porque créeme si te digo que tenía muchas cosas pendientes y muy importantes. Estoy seguro de que tenía buena intención, Robbie, y de que os escogió porque vio algo en vosotros. Tal vez fuiste tú, esa capacidad para cambiar y ser mejor persona de lo que eras.

—¿Eso hizo contigo?

—Quiero creer que sí —dijo Vyns, pensativo—, que ahora veo las cosas con más claridad gracias a él. A pesar de que yo nunca seré un ángel brillante —suspiró—. Hay cosas que ni siquiera Capa podía cambiar.

—Me gustaría haberlo conocido.

—Yo te contaré cosas de él y, si estás de acuerdo, algún día también me gustaría hablarle a tu hijo de Capa.

—Por supuesto.

—Tengo una última petición. Esta es de Capa, no mía. Tampoco tienes que hacerlo si no lo deseas, pero yo sé que a Capa le habría gustado que le pusieras el nombre de Rylan al chico.

—¿Es una broma?

Vyns se extrañó.

—¿Qué tiene de malo?

—Ese es el nombre que tiene. A mi mujer le gustaba desde mucho antes de la Onda. Mira. ¡Rylan! Ven aquí un momento.

El chico volvió la cabeza y los miró. Dejó caer el palo y corrió hacia ellos. Cuando llegó le dio un abrazo a Robbie.

—Quiero que conozcas a un amigo mío, hijo. Este es Vyns.

—Encantado de conocerte, Rylan. Tengo un regalo para ti. —Vyns pidió permiso a Robbie con una mirada, quien asintió. Sacó una capa negra y la colocó sobre los hombros del niño—. ¿Te gusta?

Rylan se removió dentro de ella, dado que era demasiado grande para él y la pisaba. Metió su pequeña cabeza dentro de la capucha, pero el pico superior le colgaba tanto que le impedía ver. Robbie estiró por detrás para dejar el pico a la altura de la frente.

—¿Te gusta? ¿Qué se dice cuando te hacen un regalo?

Rylan miró al ángel, ladeó un poco la cabeza, separó las manos y se dobló por la cintura.

—Este chico promete —sonrió Vyns.

Jack Kolby abrió la caja de puros y la volcó. Derramó la ceniza despacio, dejó que el viento la arrastrara y formara remolinos con ella.

—Adiós, Gordon, y gracias por todo. Pronto me reuniré contigo.

Luego se sentó y encendió un puro. Desde su posición, en lo alto de una colina, dominaba una amplia extensión de terreno. Todavía ardían algunas líneas de fuego en el aire, restos de la última batalla que libraron los ángeles y los demonios en la segunda esfera. Algo más lejos, en medio de un valle, reposaba reluciente el orbe que conducía a la primera esfera.

Vio una silueta negra saliendo del orbe y pasar entre las llamas sin prestarles la menor atención. Para cuando llegó a la zona de los humanos y las miradas se giraron en su dirección, Jack ya se había terminado el puro, así que encendió otro.

Dos caladas más tarde, Nilia se sentó a su lado.

—¿Satisfecho?

—¿Tú qué crees?

—Que no —contestó muy rápido Nilia—. No importa lo que consigas, salvar al mundo o destruirlo. Una vez que lo has logrado, necesitas más. La gente como tú nunca tiene suficiente. No sirves para estarte quieto y disfrutar sin más. No serías como eres si supieras ser feliz.

—Será eso entonces —dijo Jack, pensativo—. ¿Te pasa a ti también?

—Yo nunca estaré en tu situación porque siempre habrá una guerra que librar.

Jack reflexionó un momento sobre esa afirmación tan rotunda, una afirmación que compartía y que lo asustaba. Había que ser muy ingenuo para creer que en adelante se abriría una etapa de paz a la que todos contribuirían. Los ángeles ya se habían dividido en la Primera Guerra, de la que salieron los demonios. Y la historia bélica de la humanidad era mejor no recordarla. Sí, habría otra guerra; podrían transcurrir dos siglos o dos milenios, pero sucedería otra vez, y Nilia estaría involucrada.

—Gracias —dijo Jack—. No sé si es tu propósito, pero haces que no me importe tanto morir.

—Pero te importa.

—Será el instinto básico de supervivencia.

—¿Y si pudieras vivir un poco más? Una parte de ti, al menos. He venido a ofrecerte la oportunidad que perdiste hace tanto tiempo. ¿Qué me dices?

Jack dejó la calada a medias, aunque no retiró el puro de su boca.

—¿Te refieres a…?

—Un hijo, Jack.

—¿Contigo?

—No pensé que te desagradara la idea.

La mente de Jack trabajó deprisa, tanto que se olvidó de fumar. Repasó cuanto sabía en busca del motivo de aquella proposición.

—Vyns y Capa tuvieron hijos con menores. Vyns me lo contó al venir, quería encontrar a su hija… Pero tú… El hijo de Capa es un portento sin haber cumplido un año. Eso lo sabes tan bien como yo.

—Me sorprendió mucho cuando lo vi, lo admito.

—Si te sorprendiste es porque no es normal. Es obvio que la hija de Vyns no es como el hijo de Capa o sería fácil distinguirla. Pero tú quieres tener un hijo con un menor porque piensas que será como el de Capa.

—Sigue pensando.

—¡La Onda! La hija de Vyns nació antes, por eso es normal, o como poco no destaca a simple vista.

—Supongo que se trata de otro de los cambios que ha producido la Onda. Eso es lo que pienso. Pero sigue, no te quedes ahí.

—De acuerdo. Crees que esos niños serán más fuertes que un ángel porque Tanon era una bestia, y no fue creado, sino que nació.

—No puedo estar segura, pero me parece que hay una posibilidad razonable. Incluso de que vayan mejorando con nuevas generaciones. Te falta solo un detalle más.

—Pretendes crear un ejército de Nilias. —A Jack le recorrió un escalofrío nada más decirlo.

—Y también de menores, no lo olvides. Jack, la gestación de un ángel dura décadas, pero la de los menores es muy rápida, más todavía en el caso de estos híbridos. ¿No quieres averiguar qué hay de cierto en todo esto? Tu hijo sería el primero de los que han de venir después. Tu sangre, Jack, crearía la mejor opción que tenéis de defenderos en las futuras guerras.

—También podemos mejorar nuestras armaduras y desarrollar nuevas armas. Jimmy ya está trabajando en equipos de seis y…

—Buscas excusas que ni tú mismo te crees. ¿Por qué te resistes? Te lo expondré de otro modo. ¿Crees que alguno de los menores me rechazaría si le propusiera tener un hijo con él?

Aquella pregunta ni siquiera merecía la pena contestarla. Nilia solo tenía que chasquear los dedos y la siguiente guerra se originaría entre todos los candidatos a procrear con ella.

—¿Por qué yo?

—No me desagrada tu modo de pensar.

—¿Pero no estabas embarazada?

—Lo perdí. —Nilia torció el gesto—. Puede que fuera la pelea contra Yala o la explosión que creó el sol, no estoy segura, o puede que ambas cosas.

—¿Y tu mortalidad?

—Por fortuna también la perdí. Ahora soy como antes. Me curé en la séptima esfera, probablemente la luz que todavía quedaba allí, o algún otro resto de la presencia del Viejo.

Jack encendió el puro de nuevo. Aspiró el humo y lo liberó despacio.

—Es por Tedd y Todd, ¿verdad? No te gusta tanto cómo pienso, pero sabes que tuve tratos con ellos.

—También eso cuenta, cierto. Y sí me gusta cómo piensas. Lo que no me gusta es que me tomes por mentirosa.

—De acuerdo. ¿Qué hay de *La Biblia de los Caídos*? ¿Leíste ahí sobre los híbridos?

—Ese libro ya no existe, lo destruí.

—¿De veras? ¿Por qué? —bramó Jack.

—Para empezar, por tener un título tan idiota como ese —bufó Nilia—. Ese libro ha causado muchos problemas, y eso que no es sencillo interpretarlo, pero se acabó.

—No lo entendiste —aventuró Jack.

—No, y no quiero que nadie más lo haga, por eso lo envié a la niebla. Ahora soy la criatura más poderosa que existe, Jack. Sobreviviré a cualquier guerra en el futuro. No quiero que nadie se invente unas runas nuevas por culpa de ese condenado libro y lo eche todo a perder. Supón que eres el mejor francotirador del mundo, ¿permitirías que inventaran los misiles o las bombas atómicas?

—Ya veo. Pero a lo mejor ni siquiera era posible.

—Ahora seguro que no lo es.

No tenía sentido insistir por ahí. Le podía recriminar cuanto quisiera que había destruido un mundo de posibilidades que ya no sabrían en qué consistirían, pero a Nilia le daría lo mismo. Su único objetivo era ser la más fuerte y que nadie volviera a utilizarla jamás.

—Hay alguien más peligroso que tú, Nilia. Son dos en realidad.

—Tedd y Todd murieron. La explosión los separó.

—¿Estás segura?

—Completamente. —Nilia lo miró con una sonrisa divertida—. ¿Algo más o ya te has convencido? Vas a morirte, Jack. ¿Quieres tener descendencia con la criatura más fuerte que existe y que tu hijo lidere a los menores, o prefieres dejar para otro ese sacrificio tan grande?

—Todo sea por los menores. —Jack expulsó el humo con una sonrisa—. Me has convencido, Nilia, pero debes reconocer que no he sido el típico hombre fácil.

—¡Rylan! —chilló Robbie.

Vyns apreció un matiz desesperado en su voz.

—Tranquilo, lo encontraremos.

—¿Seguro? Estaba ahí, jugando con los demás niños. —Robbie se tiraba de los pelos con desesperación—. Me distraje solo un momento y... y... ¡se ha esfumado! ¿Dónde se habrá metido? Eres un ángel, ¿no? ¡Encuentra a mi hijo!

Vyns apenas se inmutó.

—Así no daremos con él. Relájate. No puede haber ido muy...

—¡Ahí! ¡Ahí está!

Robbie echó a correr hacia un montón de arbustos. El ángel lo siguió, seguro de que allí no estaba el pequeño Rylan. Temía más dejar solo a Robbie con su paranoia, que tardar unos minutos más en encontrar al crío.

Se equivocó. El niño estaba allí, revolviendo las ramas y sonriendo. Robbie se abalanzó sobre él.

—¡Hijo! ¡No vuelvas a hacer eso! Ven aquí. Menudo susto me has dado.

Por un instante, Vyns los vio forcejear y temió que el niño ya fuera demasiado fuerte para Robbie.

—¿Te echo una mano? —se ofreció el ángel—. ¿Ves cómo se encuentra bien?

—¡Suelta ese palo! Solo quiero cogerte, hijo. Está bien, quédatelo. —Robbie por fin lo tomó en sus brazos y lo sacó de los arbustos—. ¿Qué te pasa, Vyns? ¿Por qué pones esa cara? El niño está perfectamente, mira cómo sonríe.

—N-No es un palo... Eso que tiene en las manos... ¡Suéltalo, Rylan!

Robbie miró a su hijo, alarmado.

—¿Te encuentras bien?

Vyns se mareó. Tuvo que apoyarse en el tronco de un árbol.

—Es un bastón —dijo el ángel—. Y espero, de verdad, que sus dueños no vengan a reclamarlo.

Nota del autor. Julio de 2014

Cuando lo pienso detenidamente, tengo serias dudas de si esta saga se hubiese terminado de escribir de no ser por el apoyo que César y yo hemos recibido de los lectores a lo largo de estos años. La razón es muy sencilla: nadie iba a poder leerla porque el sector editorial nos cerró las puertas.

Cuando terminamos el primer libro, lo presentamos a todas las editoriales de España que tenían en su catálogo novelas de fantasía. Nos rechazaron todas o nos ignoraron, lo que es algo muy habitual. Yo me convencí de que la novela debía de ser muy mala si ningún profesional decidía apostar por ella, así que para qué seguir escribiendo una historia que nadie iba a leer. Es justo mencionar que César nunca lo creyó: él siempre pensó que la historia merecía la pena y que podía encontrar un público.

Entonces apareció la oportunidad de publicar en digital, allá por 2010, y decidimos probar. No tenía sentido dejarla en el disco duro una vez escrita, y publicarla en formato digital no costaba nada. Nos encontramos con una sorpresa que yo no me esperaba: había lectores que compraban libros aunque estos no se publicaran con un sello editorial. Ahora, cuatro años más tarde, me parece algo evidente, de sentido común. Al fin y al cabo, nunca he escuchado a ningún lector preguntarle a otro de qué editorial es un libro cuando se lo recomiendan, o decir que no va a leer una novela porque no le gusta la casa que lo publica. Es evidente que este no es un criterio masivo para escoger un libro, pero por aquel entonces yo no lo sabía, y opinaba que sin una editorial no eres nadie en este mundillo.

Son muchas las cosas que aprendimos desde entonces. La más importante de todas, en mi opinión, es que hay personas que se arriesgan, que prueban nuevos caminos y, en este caso en concreto, que dan una oportunidad a autores desconocidos y no se limitan a los canales establecidos desde siempre. Son esa clase de personas las que hacen posibles los cambios importantes. Sin ese tipo de personas, sin su apoyo, no creo que hubiésemos terminado esta saga.

César y yo queremos dar las gracias a todos los que han seguido esta serie hasta el final, y tenemos la esperanza de que algunos de los que ahora leéis estas líneas hayáis empezado hace cuatro años, cuando publicamos el primer tomo con el título *Juego de alas*.

También tenemos la esperanza de que os haya gustado; somos así de entusiastas.

No podemos mencionar a todas las personas que nos han ayudado de un modo u otro, aunque nos gustaría, pero sí queremos hacer una mención especial al club de lectura de Facebook. Ese grupo está lleno de gente, de muchos países, que se ha dejado sentir de una forma especial, diaria, muy cercana. Cuando yo dejo un mensaje, siempre recibo respuestas, ¡inmediatamente! Es como si siempre hubiese alguien por allí. Escribir, en cierto modo, es una tarea solitaria, pero ese grupo hace que no lo parezca, y no hay palabras suficientes para agradecer esa compañía.

A estas alturas, creo que ya no tiene sentido ocultar el hecho de que todas mis novelas están relacionadas, forman parte de una historia mucho más grande que las engloba a todas, y de la que *La Guerra de los Cielos* es solo una parte. Yo no tenía intención de hablar de esto, sobre todo por no dar la impresión de que es imprescindible adentrarse en las demás novelas para entender esta, pero es algo que comentan todos los lectores, sobre todo en Facebook, y que yo guarde silencio al respecto no parece lógico.

Conocer esa historia global a la que me refiero no es en absoluto un requisito para comprender *La Guerra de los Cielos*, ni ningún otro de mis títulos. El final que acabas de leer es el que César y yo planeamos hace siete años, aproximadamente, cuando ideamos esta guerra. Por supuesto que han cambiado algunos detalles, pero nada que altere la esencia de esta novela.

La historia global, para el que desee conocerla, está repartida entre todos los libros. Hay pistas e información en cada uno de ellos, en los personajes que aparecen en varias novelas y en otros detalles. Mi intención es que esa historia global sea un añadido, un guiño, un premio para el que lea todos los títulos y también un pequeño juego. Reunir todas las piezas y reconstruir esa historia al completo creo que puede ser entretenido, incluso un pequeño reto para quien quiera aceptarlo.

No sé si se trata o no de un error enfocarlo de ese modo. No dudo de que a algunos lectores les disgustará, a fin de cuentas es imposible escribir algo que agrade a todo el mundo, pero lo cierto es que a mí sí me gusta, me resulta muy divertido hacerlo de esa manera, y me ayuda a disfrutar más escribiendo.

Sigo creyendo que no debo indicar un orden de lectura de las novelas, sobre todo porque ni yo mismo sé por dónde conviene empezar. En mi opinión, es mejor no saber qué personaje de una novela aparecerá en otra, o si se repetirá alguno. De nuevo puedo equivocarme, pero hay muchos lectores compartiendo sus teorías y explicando el orden que ellos consideran mejor. Si yo estableciese un orden «oficial», mataría automáticamente todas esas teorías, que yo creo que son una parte interesante de estos libros, de la comunidad formada en Facebook, y que además fomentan conversaciones entre los lectores.

A continuación quiero hablar del futuro de *La Guerra de los Cielos* y contestar a las preguntas más frecuentes que recibimos.

No tenemos intención de continuar esta historia, al menos a corto o medio plazo. La consideramos cerrada. Sí tenemos alguna idea para una secuela, pero si la escribiéramos, sería dentro de dos o tres años, como poco, y no es seguro. Tampoco tenemos planes para escribir una precuela que verse sobre la Primera Guerra.

Ahora bien, una posibilidad que consideramos es permitir que otros escritores colaboren con nosotros y amplíen la historia, pero se trata de algo complejo y de momento no estamos preparados para poner ese proyecto en marcha.

Sí tenemos intención de llevar *La Guerra de los Cielos* al cómic y al mundo de la animación en 3D. Se trata de algo muy costoso, en tiempo y en dinero, y necesitaremos mucha ayuda. No podemos saber, a día de hoy, hasta dónde seremos capaces de llegar con este proyecto, solo anunciar nuestra intención de expandir *La Guerra de los Cielos* más allá de la novela. Hay que ser realistas y entender que no contamos con el respaldo de ninguna gran empresa y todo tenemos que hacerlo por nuestra cuenta, dentro de nuestras limitaciones.

Ha llegado el momento de despedirme y daros las gracias una vez más. Para nosotros ha sido pura diversión escribir estos libros. Esperamos que os hayan entretenido unas cuantas horas y nada nos gustaría más que saber qué os ha parecido la historia.

Un abrazo a todos, menores, y muchas gracias por leer.
Fernando Trujillo

Bibliografía de Fernando y César

Fernando Trujillo

La Biblia de los Caídos
El secreto de Tedd y Todd
El secreto del tío Óscar
La última jugada
Sal de mis sueños
Yo no la maté

Fernando y César

La prisión de Black Rock
La Guerra de los Cielos

César García

Asesinato en el campus (Castigo de Dios)
Juicio final, sangre en el cielo
Niebla y el señor de los cristales rotos
La señora Wang y las tres rosas de jade
La última ruta
Un príncipe en la nevera
Cipriano, el vampiro vegetariano

Contacto con el autor

Mail: nandoynuba@gmail.com

Página web: http://www.fernandotrujillo.org/

Facebook: https://www.facebook.com/fernando.trujillosanz

Twitter: https://twitter.com/F_TrujilloSanz

Google +: https://plus.google.com/+FernandoTrujilloSanz/

COMUNIDAD

Club de lectura en Facebook:
https://www.facebook.com/groups/ClubdeLecturaFTS/

Blog (fan) sobre el «Universo Trujillo»:
https://teddytodd.wordpress.com/

Blog (fan) sobre las novelas de Fernando y César:
https://libroscesaryfernando.wordpress.com/

Página (fan) sobre *La Guerra de los Cielos* en Facebook:
https://www.facebook.com/PaginaFanDeLaGuerraDeLosCielos